Cysgod y Mabinogi

Cysgod y Mabinogi

PEREDUR GLYN

*I Mam a Dad,
am bopeth.*

Argraffiad cyntaf: 2024
© Hawlfraint Peredur Glyn a'r Lolfa Cyf., 2024

*Mae hawlfraint ar gynnwys y llyfr hwn ac mae'n
anghyfreithlon llungopïo neu atgynhyrchu unrhyw ran ohono
trwy unrhyw ddull ac at unrhyw bwrpas (ar wahân i adolygu) heb
gytundeb ysgrifenedig y cyhoeddwyr ymlaen llaw*

Cynllun y clawr: Tanwen Haf

Rhif Llyfr Rhyngwladol: 978-1-80099-549-9

Dymuna'r cyhoeddwyr gydnabod cymorth ariannol
Cyngor Llyfrau Cymru

Cyhoeddwyd ac argraffwyd yng Nghymru
ar bapur o goedwigoedd cynaliadwy gan
Y Lolfa Cyf., Talybont, Ceredigion SY24 5HE
e-bost ylolfa@ylolfa.com
gwefan www.ylolfa.com
ffôn 01970 832 304

Rhagair

Nofel ydi hon. Mae'r stori'n gafael eto mewn ambell edau o'r straeon yn y llyfr blaenorol, *Pumed Gainc y Mabinogi*, ac yn parhau â hanesion rhai o'r cymeriadau hynny.

Nid oes raid i chi fod wedi darllen *Pumed Gainc y Mabinogi* er mwyn deall na (gobeithio) mwynhau *Cysgod y Mabinogi*, gan fod y llyfr hwn yn gallu sefyll ar ei ben ei hun. Mae popeth sydd angen i chi ei ddeall am y cymeriadau, eu cefndir a'r byd y mae eu hantur yn digwydd ynddo o fewn y cloriau hyn. Wedi dweud hynny, bydd unrhyw un sydd wedi darllen *Pumed Gainc* yn adnabod rhai o'r cymeriadau a'r chwedloniaeth sy'n cael sylw yma, a gellid dweud bod darllen y gyfrol flaenorol yn cyfoethogi'r profiad o ddarllen *Cysgod*. Rhan-ddilyniant ydi hwn, felly!

Ceir gwahanol benodau o safbwyntiau gwahanol gymeriadau, sydd â'u ffyrdd personol o ysgrifennu, siarad a dehongli'r byd o'u cwmpas. Rydw i wedi ymdrechu i gyfleu daliadau ac arferion crefyddol a hunaniaethau rhywedd cymeriadau mewn modd addas; mae unrhyw gam gwag yn fai arna i.

Peredur Glyn
Porthaethwy
Gorffennaf 2024

Prolog

Helyg

Dwi'n rhuthro i lawr y creigiau tuag at lle wnes i adael y cwch. Yn baglu, bron â syrthio. Dagrau'n llosgi fy mochau. Achos bod Lleucu wedi mynd – wedi diflannu oddi ar wyneb y ddaear.

Ac mae sgrechian yr adar yn llenwi pobman.

Lleucu ofynnodd i fi ddod i'r ynys ddiawl yma. Fy ngorfodi, bron.

Doeddwn i ddim wedi siarad efo Lleucu ers hydoedd. Ers i ni ffraeo. Mi adawodd hi'r dre flynyddoedd yn ôl. Ond pan gurodd hi ar fy nrws i ddeuddydd yn ôl, liw nos, ei hwyneb yn llwyd a thenau ond ei llygaid yn llachar, sut allwn i wrthod ei helpu hi?

Mae cymaint o'r person ydw i rŵan yn ddiolch iddi hi. Doedden ni ddim yn debyg i'n gilydd. Hi'n posh; fi wedi tyfu i fyny mewn tŷ cownsil. Hi yn y brifysgol; fi wedi gadael yr ysgol y cyfle cynta ges i. Hi'n mwydro efo peintio lluniau ac ati; fi'n gweithio y tu ôl i'r bar yn y dafarn-hen-ddynion fasech chi byth yn disgwyl i hogan fel hi fod eisiau ei thywyllu. Ond dyna ni. Dyna be ydi ffrindiau, 'de.

Ers ymddangos ar fy stepen drws doedd Lleucu ddim wedi ymlacio unwaith. Mi oedd hi wedi'i chyffroi, do, ond hefyd roedd ganddi ryw egni nerfus doeddwn i ddim wedi'i weld mewn bron neb o'r blaen. Ei sylw hi'n cael ei dynnu weithiau gan rywbeth oeddwn i'n methu ei weld. Dro arall mi fasa hi'n gwyro ei phen yn sydyn fel tasa hi'n gwrando'n astud ar rywun, er nad oedd neb yn siarad. Unwaith neu ddwy mi sibrydodd – yn reit gas – wrthi hi ei hun. Ond pan faswn i'n gofyn iddi hi be oedd yn bod, mi oedd rwbath yn fflachio yn ei llygaid, fel ofn, ei gwefus hi'n crynu, y geiriau'n methu â dŵad.

Y peth odia iddi hi ei wneud oedd gofyn, bron cyn camu dros y trothwy, a oedd gen i unrhyw luniau ar waliau'r fflat – peintiadau felly. Does gen i ddim rili, dim ond un llun bach ges i'n anrheg symud-i-mewn gan Mam; llun o gwch gan artist lleol ydi o, yn eistedd ar silff wrth waelod y grisiau. Mi welwodd Lleucu pan bwyntiais i at hwnnw, gan fagio'n ôl at y wal a gweiddi arna fi i'w droi o ar ei ben i lawr. Wn i ddim pam, ond mi wnes i fel y gofynnodd hi. Mi setlodd hi fymryn bach wedi hynny.

'Mae'n rhaid i ti ddod hefo fi,' meddai hi.

'I ble?'

'Mae 'na ynys.'

'Ynys? Pam fi?'

'Jyst... Plîs, Helyg.'

'Pa ynys?' gofynnais i.

'Mae hi oddi ar arfordir y de,' atebodd Lleucu. 'Yn Sir Benfro.'

'Iesu Grist. Ma fanna yn ben arall y wlad, Lleucu!'

Ond mi oedd hi'n fy anwybyddu, yn edrych o'i chwmpas eto yn anesmwyth.

Dwi'm yn gwbod pam na wnes i jyst gofyn iddi hi adael y tŷ y foment honno. Neu roi diod cryf iddi ac awgrymu ei bod hi'n ymlacio. Ond mi oedd 'na rywbeth am ei hymddygiad oedd yn codi braw arna fi. Doedd y ffordd oedd hi'n bihafio ddim yn normal.

Weithiau does 'na ddim ond un dewis cywir, rili. Mae rhywun yn rhoi eu tryst ynddo ti, a'r unig beth iawn i'w wneud ydi eu helpu nhw. Bod y ffrind gorau ti'n medru bod.

Doedd gen i ddim diwrnod off tan y penwythnos, i fod, ond mi oedd Lleucu'n benderfynol o fynd i'r ynys heddiw – 'dim fory, dim y diwrnod wedyn, ond *heddiw*' – felly mi ddwedais wrth fy mòs mod i'n sâl, a dyma ni'n dau yn mynd yn fy nghar i. Siwrnai hir i lawr y lonydd mynyddog, troellog hynny sy'n gwahanu'r gogledd oddi wrth y de. Fi'n gyrru; Lleucu yn cnoi ei hewinedd wrth fy ochr i.

Tawedog iawn oedd hi ar y siwrnai. Mi wnes i drio cychwyn sgwrs sawl gwaith – 'Pam ti angen mynd i'r ynys?', 'Ti 'di bod yno o'r blaen?', 'Oes 'na rwbath ti heb ddeud wrtha fi?' – ond ches i'r un ateb, mwy na hi'n ysgwyd ei phen neu godi ei sgwyddau, ei llygaid hi'n gwibio yma ac acw.

Heb sôn am hynny, mi oeddwn i'n teimlo'n anghyfforddus yn ystod y daith i'r de mewn ffordd nad ydw i'n medru ei ddisgrifio'n iawn. Fatha'r synnwyr yna bod rhywun yn sbio arna fi, ella'n ein dilyn ni. Fel tasa 'na gysgod y medrwn i ei weld o gornel fy llygad oedd yn diflannu pan drown i fy mhen. Dwi'n meddwl mai'r pryder am Lleucu a'r straen o yrru mewn ardal ddiarth oedd o.

Mi fu raid i ni hurio cwch mewn lle o'r enw Llanismel er mwyn mynd at yr ynys. Hen ddingi ciami efo injan rydlyd, ond am ryw reswm doedd Lleucu ddim eisiau i ni fynd 'i'r llefydd amlwg' i holi am reid. Mi oedd y tonnau'n arw, y glaw yn fân a'r cwch yn lot rhy fach, ond doedd dim am stopio Lleucu.

Wrth i ni adael y cei gwag mi oedd y bore'n dechrau codi. Efo'r cwch yn chwyrnu, dyma ni'n hwylio'n simsan heibio i greigiau Ynys Sgomer. Ond ddim yr ynys honno oedd gan Lleucu ddiddordeb ynddi.

Mi oedd hi'n niwlog. Doedd y cwch bach ddim yn hapus efo'r tonnau oedd yn corddi o'n cwmpas ni, ac mi gwynodd yr injan sawl gwaith – finnau'n tendio iddo fo tra bod Lleucu yn eistedd yn y blaen yn rhythu ar orwel oedd ar goll yng nghanol y llwydni.

Mi hwylion ni am be oedd yn teimlo fel oes, a Chymru'n diflannu o'n holau, gan adael dim ond y ni a'r tonnau. A finnau'n gobeithio bod gynnon ni ddigon o betrol i gyrraedd yn ôl at y tir mawr.

'Dacw hi,' meddai Lleucu'n sydyn, ei llais yn gryg. Doeddwn i ddim hyd yn oed yn siŵr ai efo fi oedd hi'n siarad. Ond wedyn mi welais innau hefyd.

Ynys Gwales. Mi oedd hi fel tasa hi'n cropian tuag aton ni drwy len o niwl, fel anghenfil mawr. Dwi'n cofio rhynnu.

Wrth i ni agosáu, mi feddyliais i mod i'n gweld arwyneb gwyn yr ynys yn *symud* – cyn i mi sylweddoli mai adar oedd yno. Cannoedd o adar. Miloedd ar filoedd ohonyn nhw.

Gannets ydi'r adar sy'n byw yma – hucanod oedd Lleucu yn eu galw nhw. Y creigiau wedi'u gorchuddio gan y pethau, yn cuddio'r ynys, bron, efo'u cyrff gwelw. Mi oedd mwy fyth o'r hucanod yn troelli'n fygythiol yn yr awyr uwch ein pennau ni. Ac mi oeddwn i'n medru eu clywed nhw ymhell cyn cyrraedd y lan; clebran aflafar a chras, a phigau miniog yr hucanod wedi'u codi at y cymylau wrth iddyn nhw udo, y sŵn fel statig ar hen deledu neu fel lli yn mynd drwy foncyff sy wedi pydru.

Dwi'n cofio teimlo ias oer yn diferu drwydda fi bryd hynny; rhyw deimlad eu bod nhw'n ceisio ein rhybuddio ni am rywbeth – neu'n trio ein dychryn ni i ffwrdd…

Mi ffeindiais i le gweddol gysgodol ar ogledd-ddwyrain yr

ynys i lanio. Neidiodd Lleucu allan o'r cwch cyn i ni hitio'r lan, gan wlychu ei sgidiau a'i throwsus, ond prin wnaeth hi sylwi. Stryffaglodd hi dros y creigiau oedd wrth ymyl y dŵr. Mi sylwais i pa mor wyn a thenau oedd ei dwylo hi'n edrych yn erbyn y graig wrth iddi hi ymbalfalu i fyny'r llethr moel. Dyma fi'n brysio ar ei hôl hi wedi i mi lusgo'r cwch i fyny ar y graean.

Does neb yn byw ar Ynys Gwales, dim ond yr hucanod. Tasech chi'n adeiladu tŷ yma, mi fasech chi'n teimlo'r oerni o bob cyfeiriad, ddydd a nos, a dim ond ar ddiwrnod braf fasech chi'n medru gweld Sir Benfro i'r dwyrain. Fel arall mi fasech chi'n byw yn eich byd llwydlas eich hun, yn bennaeth ar graig yng nghanol nunlle, heb weld neb a heb ddim i'w glywed heblaw rhu y gwynt a thwrw'r adar.

Heddiw, fama, mi oedd hi'n teimlo fel mai Lleucu a finnau oedd yr unig ddau berson oedd yn dal i fodoli.

Ni a'r adar.

Felly pam oedd gen i'r teimlad bod rhywun yn fy ngwylio i...?

Mi oedd Lleucu'n brasgamu hanner can llathen o fy mlaen i ar draws copa'r ynys, gan anelu tuag at be oeddwn i'n dybio oedd glannau'r de-orllewin. Mi o'n i wedi cael ar ddallt nad oedd hi erioed wedi bod i Ynys Gwales o'r blaen, ond dyma hi'n cerdded fel tasa gynni hi syniad clir i ble'r oedd hi'n mynd.

Mi o'n i'n dechrau colli fy ngwynt ac mi oedd raid i mi hanner cau fy llygaid yn erbyn yr awel rewllyd. 'Aros amdana fi!' gwaeddais i, ond doedd Lleucu ddim fel tasa hi'n clywed.

Yna mi aeth hi o'r golwg.

Mi waeddais wrth feddwl ei bod hi wedi llithro a disgyn i'r môr. Ond wrth i mi gyrraedd lle buodd hi, mi welais ei ffurf hi'n cropian fel madfall i lawr y clogwyn serth. Fama mi oedd hollt yn y graig yn plymio i lawr i'r dŵr ffyrnig. Y tonnau'n lluchio eu hunain yn gas yn erbyn ochrau'r hollt a ffrwydradau o ewyn bob eiliad neu ddwy.

'Dydi hi ddim yn saff!' bloeddiais at Lleucu. 'Ty'd yn ôl i fyny.'

Mi gododd hithau ei hwyneb ata fi, ac wrth weld ei llygaid mi gamais i'n ôl mewn braw. Mi oedden nhw fel cyllyll, y llafnau'n llachar a chas. 'Mae'n rhaid i ni wneud hyn, Helyg!' gwaeddodd hi dros reiat y tonnau. 'Dyma'r unig ffordd!'

Doeddwn i ddim yn dallt hynny – dwi'n dal ddim. Ond mi lyncais fy ateb a dechrau brwydro i lawr y creigiau tuag ati.

Efo dipyn o drafferth mi gyrhaeddais i garreg go fflat oedd yn cael ei chysgodi rhag y môr gan ddarn o'r clogwyn oedd yn plygu am i mewn. Mi oedd Lleucu yma'n barod, yn rhythu ar wyneb y graig, yn chwilio am rywbeth.

'Be sy?' gofynnais i.

Dyma hi'n hanner troi tuag ata fi fel taswn i wedi'i styrbio hi. 'Sgen ti dy ffôn?' brathodd hi.

'Oes. Ond does 'na'm affliw o signal fama.'

'Dim ots. Tynna lun efo'r camera yn fama. O unrhyw beth fedri di.'

Yn ddryslyd mi estynnais fy ffôn bach a thynnu cwpwl o luniau o ble'r oedd Lleucu'n sefyll. Ond welwn i ddim byd heblaw cerrig.

'Wn i ddim be—' dyma fi'n dechrau deud ond ar hynny mi ebychodd Lleucu, cyn camu at wyneb y graig – a symud reit drwyddi hi!

O leia, dyna sut oedd o'n ymddangos i fi, ond wrth i mi neidio ati i drio dal gafael ynddi, mi sylwais i bod bwlch yn y wal o'n blaenau, fel drws neu goridor oedd yn gwbl anweledig oni bai eich bod chi'n sbio o'r union ongl iawn. Mi oedd fy mhen i'n troi ac mi oeddwn i'n dechrau blasu ofn yn sur ar fy nhafod. Ond, a finnau ddim eisiau gadael fy ffrind ar ei phen ei hun, mi ddilynais Lleucu drwy'r hollt ddu yn y graig.

Oedden ni allan o'r tywyllwch mewn ychydig eiliadau. Ond mi oedd y golau'n wahanol yma; mi sylwais ein bod ni mewn ogof. Mi oedd bwlch llydan yn y to a oedd yn gadael i olau dydd sbecian i mewn, ac mi oedd yna ddau dwll arall yn y waliau rownd yr ochr, un ar y chwith ac un ar y dde, y naill tua llathen ar ei draws. Mi oedd y tyllau hynny'n rhy uchel i mi fedru gweld drwyddyn nhw, ond mi oedden nhw'n amlwg yn mynd reit drwy'r graig, fel tasa cawr wedi bwrw ei ddyrnau drwyddi. Dwi'n meddwl mod i wedi gweld be oedd yn edrych fel siapiau wedi'u peintio ar waliau'r ogof hefyd, gan gynnwys un siâp oedd yn ymddangos sawl gwaith – seren o ryw fath.

Mae'n rhaid i fi gyfadda mod i wedi cael teimlad od yn y lle yna. Teimlad nad oedden ni ar ein pen ein hunain yma. Teimlad bod rhywun yn ein gwylio ni. Ond mae'n rhaid mai'r cysgodion oedd yn chwarae triciau ar fy llygaid.

Mi wnaeth Lleucu sŵn sydyn yn ei gwddw oedd yn hanner ffordd rhwng hapusrwydd ac ofn. Rhedodd ymlaen a sefyll o dan lafn o olau dydd oedd yn dod o'r bwlch uwch ein pennau. Mi oedd yna sglein yn ei llygaid ac ar ei gwefus oedd yn gwneud i mi deimlo'n anghyfforddus.

Dyna pryd welais i be oedd ar y llawr.

Doedd o ddim yn amlwg ar yr olwg gyntaf, ond mi oedd 'na gerrig eraill yma yn ychwanegol at ffurfiant naturiol yr ynys. Cerrig mewn cylch mawr o'n cwmpas ni, wedi eu pentyrru'n ofalus. Olion hen wal, ella. Hen *iawn*.

'Oedd 'na adeilad yn arfer bod fama neu rwbath?' medda fi, gan gwrcwd i edrych.

'Tŵr,' oedd ateb swta Lleucu. 'Ac mae o'n dal yma.' Mi

edrychais arni yn ddwl. Daliodd hi fy llygaid i. 'Mae mond raid i rywun wbod sut i sbio.'

Dechreuodd Lleucu sgubo tywod a broc môr oddi ar lawr yr ogof, yn amlwg yn edrych am rywbeth. Mi helpais i hi, heb syniad am be oedden ni'n chwilio. 'Llunia, Helyg!' chwyrnodd Lleucu, a dyma fi'n ufuddhau, camera fy ffôn yn bownsio fflachiadau oddi ar y waliau a'r llawr. Ond wn i ddim a ges i luniau call o unrhyw beth.

Dyma Lleucu yn dal ei gwynt ac yn penlinio yng nghanol yr ogof. Mi es i draw i weld be oedd hi wedi'i ffeindio. Mi dynnais lun sydyn o'r llawr, gan ddal Lleucu ynddo fo. Yng ngolau'r fflach mi ges i gip o farciau yn y graig o dan ein traed – rhychau neu rywbeth yn y llawr oedden nhw, efo siâp pwrpasol fel tasa llaw ddynol wedi'u llunio nhw.

Ches i ddim cyfle i edrych yn fanylach achos mi oedd Lleucu wedi gafael ynddo fi gerfydd fy nghrys ac yn syllu i fyw fy llygaid.

'Be ti'n—' dechreuais ofyn ond mi dorrodd hi ar fy nhraws.

'Ma'n rhaid i ti fynd, Helyg.' Mi oedd ei llais hi'n rhygnu'n od, fel tasa llif y geiriau'n cael eu gwthio allan drwy grac bach. Mi driodd hi ddeud rywbeth arall, ond yna mi ollyngodd ei gafael ynddo fi a chamu'n ôl gan riddfan mewn poen.

Digwyddodd popeth wedyn fel breuddwyd. Hyd yn oed rŵan fedra i ddim bod yn siŵr be ddigwyddodd go iawn a be oedd fy nychymyg i, nac ym mha drefn y digwyddodd pethau. Mae gen i gof o weld Lleucu yn edrych o'i chwmpas mewn penbleth ac yna mewn hapusrwydd llwyr. Mae gen i hefyd gof o'i hwyneb hi yn llawn arswyd – efallai yn sgrechian. Dwi'n cofio sŵn taranau neu ddaeargryn a rhu'r tonnau yn agos, agos yn fy nghlustiau. Mi oedd yna fflach wen lachar – hwyrach i fi daro fy mhen. Ond y peth mwyaf eglur dwi'n ei gofio – ond hefyd yn gwbl amhosib – ydi gweld tŵr o'n cwmpas ni'n dau lle'r oedd yr adfeilion yn sefyll; waliau'n codi'n uchel tuag at nenfwd yr ogof, grisiau cywrain yn troelli i fyny at y tyllau yn y ddwy wal, oedd yn edrych fel ffenestri rŵan – y ddwy yn llydan led y pen a golau gwyrdd yn ffrydio drwyddyn nhw...

Wn i ddim pa mor hir fues i'n anymwybodol.

Pan agorais i fy llygaid, mi oedd popeth wedi mynd. Gan gynnwys Lleucu.

Mi edrychais i o gwmpas yn wyllt, rhag ofn ei bod hi wedi syrthio i'r môr drwy ryw dwll nad oeddwn i wedi'i weld, ond doedd dim golwg ohoni.

Dwi ddim yn cofio sut ddois i allan o'r ogof. Dwi'n stryglo i gofio unrhyw beth yn glir. Y peth nesa dwi'n ymwybodol ohono ydi mod i'n rhedeg i lawr y creigiau i gyfeiriad y cwch, er mwyn dianc o'r ynys ofnadwy yma.

Mae Lleucu wedi diflannu. Fy ffrind.

A hyd yn oed rŵan maen nhw'n dod, fel byddin erchyll, yn symud tuag ata fi fel ton dros y tir: yr adar. Maen nhw'n sgrechian ac yn bytheirio ac yn rhuthro o bob ochr ac i lawr o'r awyr, ac yn fy ofn dwi'n gweiddi, gweiddi, gweiddi.

1

NOOR

Mae'r môr yn dywyll heno.

Peth dwl i'w ddweud, rwy'n gwybod, achos pam *na* fyddai'r môr yn dywyll yn y nos? Ond rwy'n nabod tonnau Bae Ceredigion yn well na'r rhan fwyaf o bobl, a heno, er bod y lleuad mas, dyw ei goleuni ddim yn torri drwy ddüwch y dŵr.

O ffenest y car rwy'n gweld yr arfordir yn carlamu heibio. Mae dwy law Mali Teifi'n dynn ar y llyw, ei llygaid wedi'u hoelio ar y ffordd droellog o'n blaenau, pob cyhyr ynddi yn dynn. Fi, rwy'n eistedd wrth ei hochr yn plethu fy mysedd er mwyn i mi beidio cnoi fy ewinedd. Mae hi ymhell heibio hanner nos ac mae diffyg cwsg yn dangos ei ôl ar y ddwy ohonon ni.

Ond does dim amser i oedi. Mae rhywbeth yn mynd i ddigwydd heno, ac efallai taw dim ond fi all ei stopio.

Fe ddechreuodd y cyfan gyda'r corff a olchodd lan ar y promenâd yn Aberystwyth. Dyn digartref, meddai'r papurau newydd, wedi cwympo i'r môr yn y nos a boddi. Ond rwy'n gwybod bod y gwirionedd yn aml yn llechu o dan yr wyneb. Doedd rhywbeth ddim yn teimlo'n iawn am y stori yna, felly dyma fi'n cerdded y strydoedd a gwrando, yn y ffordd rwy'n wastad yn ei wneud. Dyw pobl ddim yn tueddu i sylwi arnaf i, neu ddim yn meddwl mod i'n eu deall. Eu camgymeriad nhw yw hynny.

Beth ddysgais i oedd bod sgrap bychan o bapur wedi cael ei ddarganfod yn sownd yn llaw y corff marw, a'r heddlu wedi celu'r wybodaeth. Ar y darn papur roedd dau air wedi eu sgwennu: *Arthur Campion*.

Mae'r Campions yn deulu parchus sydd â'u gwreiddiau yn ddwfn ym mhridd Ceredigion. Arthur yw dafad frith y teulu, gŵr ifanc sydd yn manteisio ar y breintiau sydd ganddo. Dyw hi ddim yn gyfrinach yn lleol bod Arthur wedi cael ei hun i drafferthion gyda'r heddlu droeon – ond bod pŵer ei rieni wedi ei gadw mas o'r ddalfa bob tro.

Dyw e ddim yn berson da. Ond, yn fwy na hynny, mae *teimlad* gen i bod rhyw dywyllwch y tu mewn iddo fe, fel sydd o dan y tonnau heno. Doeddwn i ddim yn credu taw damwain oedd marwolaeth y dyn ac roeddwn i'n siŵr bod gan Arthur rywbeth i'w wneud â beth ddigwyddodd.

Wrth gwrs, nid ditectif ydw i ac nid datrys llofruddiaethau yw fy job i. Ond mae'n dal gyda fi ddyletswydd i wneud rhywbeth.

Fi yw'r Gwyliwr. Ers canrifoedd mae pobl fel fi wedi derbyn y dasg gyfrinachol o gadw Cymru yn saff oddi wrth y cysgodion sydd ar y gorwel pell. Rwy'n gwylio'r glannau am beryglon – y mathau o beryglon sydd y tu hwnt i amgyffred criwiau'r bad achub neu'r heddlu. Y mathau o beryglon sydd ddim hyd yn oed yn cyffwrdd ag ymwybyddiaeth y chi sy'n gysurus y tu ôl i'ch ffenestri llachar.

Fy enw i yw Noor Al-Kashif, ac er na ches i mo 'ngeni yma, dyma fy nghartref.

Mae Arthur Campion yn hoffi crwydro'r clogwyni o gwmpas Aberystwyth, weithiau ar ei ben ei hun, weithiau yng nghwmni pobl eraill sydd yn ymddwyn yr un mor amheus â fe. Dyw e ddim yn ddyn gwyliadwrus iawn; a dweud y gwir mae e'n disgwyl wedi meddwi neu ar gyffuriau hanner yr amser, felly doedd bod yn gysgod iddo ddim yn rhy anodd. Gobeithiais y byddai'n datgelu rhywbeth, ond er i mi ei ddilyn dros gyfnod o dair wythnos, doeddwn i'n ddim agosach at ddatrys ei gyfrinach.

Tan neithiwr.

Roedd e'n loetran gyda rhyw ffrind ger Craig Lais, y ddau'n smocio wrth i'r haul fachlud. Doeddwn i ddim yn gallu mynd yn ddigon agos i glywed yn iawn, ond roedd hi'n amlwg bod Arthur ar bigau'r drain; roedd e'n rhannu sibrydion yn llawn cyffro gyda'i gyfaill. Yng nghanol y parablu a'r mwg, clywais un frawddeg yn eglur: 'Heno, ar y traeth yng Nghwm Cilfforch, byddwn ni'n newid y byd am byth.'

Fe chwarddodd e wedyn. Wna i byth anghofio'r chwerthiniad hwnnw; roedd e'n wallgof ac yn ewfforig. Ac yn y funud honno fe deimlais i gysgod yn cwympo drosta i a'r arswyd mwyaf yn gafael yn dynn yn fy nghalon, fel pan y'ch chi'n sylweddoli bod rhywbeth mawr o'i le.

Rhuthrais yn ôl i'r dref er mwyn siarad gyda Mali, fy ffrind pennaf. Mae hi'n gwybod pethau, ei hymennydd hi'n gweithio fel un neb arall rwy erioed wedi ei gyfarfod. Yn fwy na hynny, rwy'n gwybod y byddai Mali'n fy helpu pan fyddai neb arall yn fodlon.

Mae Arthur Campion yn mynd i wneud rhywbeth heno, mas fan hyn yn nyfnderoedd duaf y Bae. Ond nid os cyrhaeddwn ni fe mewn pryd.

Mae'r car yn gwichian i stop. Rydyn ni ar hewl gul, dywyll, gyda chloddiau mawr yn codi i'r naill ochr.

'Dyma ni,' medd Mali. Mae ei llais yn gryg a'i llygaid yn

hanner cau. 'Alla i ddim gyrru yn bellach na hyn. Mae Cwm Cilfforch y tu ôl i ni; mae'r môr draw fanna.' Mae hi'n pwyntio o'n blaenau, ble does dim ond y nos i'w weld – mae'r lleuad wedi cuddio dan gwmwl erbyn hyn.

Nawr mod i yma, rwy'n dechrau ailfeddwl. Beth os ydw i wedi gwneud camgymeriad? Beth os taw dim ond dyn ifanc sy'n hoffi ei gyffuriau yw Arthur a mod i wedi gwneud môr a mynydd o ddim byd? Neu, beth os ydw i wedi gwthio fy nhrwyn i ble na ddylwn i?

Mae Mali'n troi llygaid coch ataf. 'Arhosa i yma, ife?'

Nid cwestiwn yw e. Rwy'n nodio. Fi yw'r Gwyliwr. Mae hyn lan i fi.

'Paid mynd i unlle,' rwy'n dweud, yn tynnu fy nghôt amdanaf ac yn clymu'r sgarff yn dynn rownd fy mhen.

'Wrth gwrs.'

Rwy'n camu mas i'r nos.

Rydyn ni ychydig filltiroedd i'r de o Aberaeron. Mae cannoedd o draethau a baeau bychain ar hyd yr arfordir. Rwy'n nabod llawer ohonyn nhw, ond mae'r llecyn hwn yn ddieithr i mi. Lle go anghysbell yw e, ar ben y clogwyni. Rwy'n cerdded yn araf tuag at y pentir gan adael car Mali ar ôl. Er y tywyllwch, gallaf weld amlinell ddu'r tirwedd yn nadreddu i'r gogledd ac i'r de; yn y pellter i'r ddau gyfeiriad mae goleuadau pentrefi i'w gweld, ond dyw eu goleuni ddim yn cyrraedd fan hyn. Islaw mae'r tonnau yn taro yn erbyn y creigiau, eu rhythm yn rhoi mymryn o gysur i mi, er bod curiad fy nghalon yn llawer cyflymach na symud y llanw. Rwy'n aros. Weithiau mae stopio yn well na rhuthro. Dim ond am funud.

Rwy'n cau fy llygaid ac yn agor fy nghlustiau, yn arafu fy anadlu. Mae synau'r arfordir yn gyfarwydd iawn bellach, wedi treiddio i mewn i fy esgyrn i: cryndod y gwynt ar y brwyn, symudiadau'r anifeiliaid bychain anweledig yn y glaswellt, dwndwr y môr mawr y tu hwnt i ble y gall llygaid weld. Y synau hynny y *dylai* rhywun eu clywed – y seiniau sy'n golygu bod y byd yn dal i droi. Ond nawr rwy'n gwrando'n astud am rywbeth sydd o'i le.

Yn sydyn rwy'n blasu dŵr heli ar fy nhafod. Mae'n hallt ac yn felys ar yr un pryd. Blas nad ydw i'n gallu ei esbonio, ond blas rwy'n ei nabod erbyn hyn.

Dyna pryd rwy'n gwybod bod y môr yn siarad â fi.

Mae'n swnio'n wallgof, ond mae'n wir. Weithiau rwy'n clywed sibrwd sydd fel petai'n dod o du mewn fy mhen, ond yn swnio'n bell i ffwrdd – fel pan 'dych chi'n rhoi cragen at eich clust i smalio clywed y tonnau. Ar y dechrau roeddwn i'n meddwl taw dychmygu oeddwn i, ond dydw i ddim. Mae gyda fi gysylltiad â'r môr – un na ofynnais i amdano, ond teimlad sy'n rhoi calondid i mi – neu efallai fraw. A phob tro, am yr eiliad hallt honno, rwy'n un â'r môr, ac mae'n llifo drwof i.

Noor, meddai'r tonnau, *maen nhw'n agos. Mae dy angen di, Noor.*

Dyna pryd rwy'n gweld y golau.

Ychydig i fy chwith mae gwawr felen yn codi o hollt yn y ddaear. Bae cul sydd yno, ble mae'r clogwyni yn pwyso i mewn at ei gilydd fel crafanc.

Yna rwy'n eu clywed nhw. Y lleisiau. Maen nhw'n dod o'r bae.

Mae'r blew bach yn codi ar fy mreichiau wrth i mi sylweddoli nad siarad mae'r lleisiau, ond *canu*. Allaf i ddim clywed y geiriau. Mae'n fwy fel taswn i'n gallu teimlo'r seiniau yn crynu drwy'r tir ac i mewn i fi, y pridd yn griddfan. Canu araf, ingol, afiach.

Mae cyffro a braw yn llifo drwof ac yn fy helpu i symud.

Rwy'n ymbalfalu drwy'r tyfiant sy'n gorchuddio pen y clogwyn tuag at ble mae'r golau melyn yn sgleinio. Rwy'n cyrraedd yr ochr ac yn edrych i lawr.

Mae fy nghalon yn llamu lan fy nghorn gwddw.

Islaw mae traeth sydd wedi'i gau ar y ddwy ystlys gan golofnau miniog o graig. Ar y tywod, nid ymhell o'r lan lle mae'r tonnau'n tasgu yn dalpiau o ewyn, mae pobl.

Dwsinau o bobl.

Maen nhw'n sefyll mewn hanner cylch, yn wynebu'r môr, eu cefnau ataf i. Mae nifer ohonyn nhw yn dal ffaglau tân yn eu dwylo – y rhain sydd yn golchi'r bae yn y golau anghynnes. Mae'r holl bobl yn gwisgo clogynnau sydd efallai yn las tywyll. Mae cyflau ar eu pennau yn gorchuddio eu hwynebau, felly allaf i ddim nabod neb.

Yng nghanol yr hanner cylch mae ffigwr tal. Mae hwn yn gwisgo'r un clogyn glas tywyll, ond yn lle hugan am ei ben mae ganddo helmed fetel, fel masg, sydd yn gorchuddio ei ben yn gyfan gwbl. Mae metel llyfn y mwgwd yn adlewyrchu'r fflamau'n welw, ac wrth iddo droi ei ben i'r naill ochr a'r llall gallaf weld bod siâp i'r helmed sydd yn gwneud iddo edrych fel wyneb – wyneb anghysurus yr olwg, parodi o berson.

Mae'r dyn sy'n gwisgo'r masg yn edrych fel offeiriad mewn gwasanaeth crefyddol, ond ddim fel unrhyw wasanaeth i fi ei weld o'r blaen. Yn ei ddwylo uwch ei ben mae gwrthrych metel, rhywbeth crwn a thenau; allaf i ddim gweld beth yw e. Mae'n fflachio'n wyrddlas yn y golau.

Mae'r bobl i gyd yn canu – mewn harmoni, ond harmoni annisgwyl sydd yn gwneud i fy stumog droi; nid nodau ydyn nhw, ond rhywbeth rhwng cerddoriaeth a llefain. Mae llais yr offeiriad sy'n dal y disg yn fwy swnllyd na'r lleill, fel petai'n cael ei chwyddo gan uchelseinydd.

Tuag ugain troedfedd o'r lan mae dau berson yn sefyll, y tonnau'n cyrraedd dros eu pengliniau. Mae'r ddau yn gwisgo gynau glas fel y lleill – ond mae person arall yn sefyll rhyngddyn nhw yn wynebu'r môr, yn gwisgo dim ond crys a throwsus. Rwy'n meddwl taw dyn ifanc yw e.

Rwy'n dal fy ngwynt. Hyd yn oed o'r fan hyn gallaf weld y llanc yn symud yn aflonydd, y ddau arall yn gafael ynddo yn gadarn fesul braich. Mae e'n ofnus. Dyw e ddim eisiau bod yno.

Mae'r canu yn cyrraedd anterth, yr offeiriad yn bloeddio rhywbeth mewn iaith nad ydw i'n ei deall – ac yn sydyn mae'r awyr yn goleuo. Fflach, bron fel mellten ond yn saethu *y ffordd anghywir*, yn codi o'r dŵr ar y gorwel ac yn neidio i'r awyr. Mae lliw gwyrdd, oer i'r golau, ac mae'n adlewyrchu oddi ar y cymylau ac wyneb y môr. Am eiliad mae'r golau'n hofran yno – a dyna pryd mae'r offeiriad yn gweiddi rhywbeth rwy *yn* ei ddeall.

'Mae'r arwydd wedi'i wneud! Nawr – nawr i gyflwyno'r offrwm! Mawl iddo!'

Mae'r disg metel yn ei law yn llachar fel tase fe ar dân – ac mae'r ddau sy'n gafael yn y dyn ifanc yn y tonnau yn ei ddal yn dynnach fyth wrth iddo ddechrau gwingo, yn amlwg yn ceisio torri'n rhydd. Yna rwy'n ymwybodol o ffigwr *arall* ar rimyn y dŵr; allaf i ddim ei weld yn iawn ond mae'n ffigwr tal, popeth o'i gwmpas yn dywyllwch. Doedd e ddim yno ynghynt – rwy'n siŵr o hynny. Mae wedi ymddangos o nunlle. Wrth i mi edrych arno, rwy'n teimlo'n od, fy nghorff i gyd yn gwrido a fy anadl yn twymo.

Â'i gefn aton ni, mae'r ffigwr tal yn camu'n bwrpasol i mewn i'r môr. Mae e'n codi un llaw yn araf – a'r hyn sy'n fy nharo yw pa mor hir yw'r bysedd ar y llaw. Bron fel crafanc. Mae'r dyn arswydus – allaf i'n dal ddim gweld ei wyneb – yn cyrraedd ble mae'r 'offrwm' druan, ac yn sydyn mae ei law fawr yn gafael ym mhen y llanc ac yn ei wthio o dan y dŵr.

Mae'r dorf yn dal i ganu. Bonllef amhersain, orfoleddus. Mae'r offeiriad yn ailddechrau llafarganu, ei alaw yn groes i nodau'r lleill.

Dyna pryd rwy'n clywed y sibrwd yn fy mhen eto.

Noor. Mae storm yn dod. Rwy'n llyfu fy ngwefus. *Paid ag ofni. Mae grym y tonnau gennyt ti.* Rwy'n cau fy nwylo'n ddyrnau. *Nawr.*

Cyn i mi ddeall beth rwy'n ei wneud, rwy eisoes yn sgrialu i lawr wyneb y clogwyn. Does dim llwybr yma, dim ond creigiau a thywod slic, felly rwy bron â syrthio, ond er bod fy nhrowsus yn rhwygo a mod i'n cael crafiad cas ar fy llaw, mae'r adrenalin yn fy ngyrru ymlaen.

Rwy'n cyrraedd y traeth. Mae arogl drydanol yn yr aer ac mae cysgodion yn ymestyn tua'r dŵr.

Dyw'r bobl ddim yn sylwi arnaf i nes mod i'n bloeddio 'Hei!' – ac maen nhw'n troi.

Aneglur yw'r wynebau sy'n syllu'n filain arnaf i o dan y cyflau glas – dydyn nhw prin mwy na thywyllwch gydag ambell fflach o lygaid gwyllt. Wynebau dieithr i gyd. Heblaw am un – dyna fe: Arthur Campion. Dyw e ddim yn gwybod pwy ydw i, ond bydden i'n ei nabod e unrhyw bryd.

Ond nid Arthur sydd yn arwain y ddefod. Dim ond un ymysg y lleill yw e.

Cwlt yw hwn, cwlt o acolitiaid. Ond acolitiaid i bwy?

Yn y môr mae'r ffigwr brawychus yn dal y dyn ifanc o dan y tonnau, yntau'n sblasio a chicio – yn ddiwerth yn erbyn cryfder y crafangau sy'n ei wthio i lawr. Dyw e ddim fel tase'r dyn tywyll wedi fy ngweld – neu dyw e ddim yn malio amdanaf i.

Serch hynny, mae'r bobl ar y lan yn sicr wedi sylwi arnaf i. Mae'r offeiriad yn ei helmed arswydus yn troi, heb stopio canu, a nawr mod i'n nes ato rwy'n sylwi mor fawr yw e. Mae e o leiaf chwe throedfedd a hanner o daldra, yn llydan fel mynydd. Mae'r mwgwd yn cuddio ei wyneb ond gallaf weld ei lygaid candryll drwy'r tyllau du.

Mae e'n gwneud ystum gyda'i law. Yn ddisymwth mae nifer o'r cyltyddion yn symud tuag ataf i ar draws y tywod, ambell un yn tynnu cyllyll o'u clogynnau. Dim piti ar eu hwynebau, dim rhesymeg. Arthur Campion yw un ohonynt, ei gwfl wedi'i fwrw'n ôl nawr gan ddangos llygaid melyn a gwefusau'n dynn ar draws ei ddannedd.

'Arthur!' rwy'n galw arno – falle mod i ddim yn ei *nabod* e ond o leiaf mae'n wyneb cyfarwydd. 'Ti ddim moyn gwneud hyn.'

Dyw hi ddim fel tase fe'n clywed.

Ac rwy'n sylweddoli, falle *bod* e moyn gwneud hyn…

Heb syniad beth arall i'w wneud, rwy'n gafael mewn llond llaw o dywod a'i hyrddio i wyneb y dyn yn y masg.

Mae ei gân aflafar yn stopio'n syth – mae'n rhaid bod tywod wedi mynd drwy'r tyllau llygaid yn y mwgwd. Mae'r offeiriad yn ysgwyd ei ben ac yn baglu yn ei ôl gan rwbio ei law yn sydyn ar draws flaen yr helmed.

Yna mae'n sefyll yn syth eto ac yn pwyntio ataf i. 'Nid oes neb,' meddai yn ei lais uchel, atseiniol, 'yn cael ymyrryd yn y ddefod.'

Rwy'n codi fy mreichiau tuag atyn nhw, gan gymryd cam yn ôl. Mae fy nwylo ar agor, y cledrau mas fel arwydd o heddwch. 'Stopiwch,' rwy'n ymbil.

Ond maen nhw'n dal i ddod yn eu blaenau. Gormod ohonyn nhw i mi ddelio â nhw. Mae'r offeiriad wedi ailddechrau llafarganu, y sillafau'n dod yn fwy rhugl a swnllyd, ei lais yn gweddnewid.

Mae dwy reddf yn ymladd y tu mewn i mi. Y reddf i redeg bant a'r reddf i redeg ymlaen. Mae fy nwylo'n dal wedi eu hymestyn, y bysedd ar led. Yr unig beth allaf i feddwl ei ddweud yw 'Bant â chi! EWCH!'.

Yn sydyn mae'r awyr yn cracio. Taran – mor agos nes bod fy nghlustiau'n clecian. Mae popeth yn siglo – a dyna pryd rwy'n gweld y môr yn rhuthro i mewn, ton sydd yn codi'n uwch ac yn uwch wrth iddi sgubo'n ffyrnig tua'r lan. Mae taranau'n parhau i atseinio o'm cwmpas i, fy esgyrn yn crynu.

Fe welaf i'r dyn tywyll sydd yn boddi'r llanc yn codi ei ben yn sydyn wrth i'r tonnau gorddi o'i amgylch. Mae'n chwipio ei wyneb tuag ataf i, ac am eiliad – am *eiliad* – rwy'n gweld ei wyneb, fy nghalon yn colli curiad wrth i mi weld ei lygaid marwedig gwyn, ei groen fel gwymon a'i geg fawr ar led fel pydew...

Yna mae'r dŵr yn syrthio fel dwrn ar ei ben e ac ar ben y rhai sydd gyda fe yn y tonnau, cyn i'r dyfroedd ruthro yn eu blaen ar draws y tywod gan orchuddio'r cyltyddion mewn ewyn arian. Prin bod amser i glywed eu sgrechiadau. Dyw'r don ddim yn stopio: mae'n tyfu i fod yn faint mur castell, cyn dymchwel drosta i a'r offeiriad. Mae ei gân yn gorffen yn syth.

Rydyn ni y tu mewn i drobwll, y sŵn yn fyddarol. Mae tywod a cherrig mân yn fflangellu o'n cwmpas ac mae'r ddaear yn siglo, y dŵr a'r cysgodion yn ymlid ei gilydd—

Yna: rhu o wynt hallt ac mae'r tonnau yn sugno'n ôl yn glou tua'r môr. Mae mellten yn cracio uwchben, mellten go iawn y tro hwn. Mae'r tonnau'n ffrwtian – yna yn gostegu.

O'r diwedd mae curiad fy nghalon yn arafu. *Diolch*, rwy'n sibrwd.

Ymhell i ffwrdd rwy'n clywed y môr yn murmur.

Mae taran yn rowlio ar y gorwel.

Yna mae hi'n dechrau bwrw glaw.

Rwy'n wlyb at fy nghroen eisoes. Mae'r cyltyddion wedi diflannu. Nac ydyn – ddim i gyd, achos gallaf weld rhai pobl yn diflannu i fyny'r clogwyn, yn ffoi am eu bywydau, Arthur yn eu mysg. Ond rwy'n amau bod rhai wedi cael eu cipio gan y môr a'u sgubo mas.

A does dim golwg o'r ffigwr tal â'r wyneb brawychus.

Mae gweld y traeth mor wag, ac yntau'n llawn eiliadau ynghynt, yn fy simsanu. Rwy'n cwympo ar fy ngliniau ar y tywod. Rwy'n syllu allan dros y tonnau ac yn meddwl eu bod yn edrych hyd yn oed yn dywyllach nawr. Mae beth bynnag wnaeth y bobl hyn gyda'u defod wedi *newid* rhywbeth. Mae'r aer yn drymach. Mae diferion bach y glaw yn dechrau troi'n ddiferion mawr.

Dyna pryd rwy'n gweld gwrthrych bychan yn gwthio lan o'r tywod. Mae sglein oer iddo fe. Rwy'n plygu ac yn ei godi. Y disg metel yw e, y peth yr oedd yr offeiriad yn dal yn ei law wrth lafarganu. Rwy'n ei droi yn fy nwylo gan ryfeddu ato. Mae'n siâp cylch ac yn fflat, tua maint soser, a gyda chylch arall wedi'i dorri mas ohono tuag at yr ymyl. Roedd y dyn yn defnyddio'r twll hwnnw i afael yn y disg, ond, oni bai ei fod e'n rhyw fath o addurn, allaf i ddim gweld beth yw ei bwrpas. Mae rhyw symbolau ar yr arwyneb, ond mae'n rhy dywyll i mi weld manylion. Rwy'n ei wthio i mewn i'r bag bach sydd gen i rownd fy ysgwydd.

Ac mae rhywun yn codi o'r môr.

Y dyn ifanc yw e. Mae'n ffrwydro mas o'r tonnau fel pe bai llinyn wedi'i blycio, ei freichiau'n chwyrlïo a'i geg yn llowcio ocsigen.

Rwy'n rhuthro ymlaen, y tywod yn tasgu o dan fy nhraed, ac yn taflu fy hun i mewn i'r tonnau. Gan afael yn un o'i freichiau rwy'n ei helpu i'r lan. Mae e'n peswch ac yn goranadlu, ond mae'n fyw. Mae'n cwympo ar ei gefn, ei groen yn welw fel pysgodyn.

Rwy'n plygu wrtho. 'Mae'n iawn nawr, mae'n iawn,' rwy'n dweud.

Mae e'n syllu arnaf i fel taswn i'n ysbryd. Mae ei lygaid mor fawr nes mod i'n gallu gweld y gwyn i gyd. Mae e'n poeri dŵr môr mas ac yn rhwbio ei lawes dros ei wyneb. Mae'n rhythu o'i gwmpas yn chwil.

'Be ddigwyddodd?' mae'n dweud, hanner wrtho'i hun.

Rwy'n cymryd anadl ddofn i mewn, yna mas. 'Paid â phoeni, maen nhw wedi mynd nawr.'

Mae golwg gyfarwydd yn llithro dros ei wyneb, yr ystum mae person yn ei wneud pan maen nhw'n fy nghlywed i'n siarad Cymraeg a heb ddisgwyl hynny.

Mae'r llanc yn llusgo ei hun ar ei draed. Mae'n crynu drosto. 'Dwi gorod mynd,' meddai.

'Ti'n lwcus i fod yn fyw,' meddaf wrtho gan afael yn ei lawes i'w atal. 'Mae car gyda fi 'nôl fanna. Ti angen eistedd i lawr am funud, wi'n credu. Rhywle twym.'

Mae'r gwahoddiad yn cwympo o fy ngwefusau cyn i mi allu penderfynu a yw'n syniad da neu beidio. Dydw i ddim yn nabod y dyn yma. Roedd y cyltyddion yna'n ceisio ei foddi – felly mae e'n ddiniwed... rwy'n meddwl? Ta beth, mae'n bosib ei fod e'n gwybod pwrpas y ddefod ddigwyddodd heno – a phwy oedd wrthi.

Mae e'n dal i edrych o gwmpas yn chwithig. Mae'n rhedeg ei ddwylo drwy ei wallt. Rwy'n sylwi, am ryw reswm, ar ba mor hir yw ei fysedd e – fel rhai menyw.

'Ym, diolch,' meddai fe. Yna, 'Pwy ti, 'ta?'

Rwy'n sythu'r sgarff am fy mhen. 'Noor ydw i.'

Seibiant. 'Dafydd. Dafydd Jones.'

'Shwmae, Dafydd,' rwy'n dweud wrtho. 'Reit. Bydd y glaw yma'n gwaethygu. Gwell i ti ddod gyda fi i gadw'n sych – a saff. Yna fe gawn ni sgwrs. Dere.'

Mae'n fy nilyn i yn fud at y clogwyn, ei ddannedd yn clecian. Rwy'n oer fy hun, fy nillad yn drwm gan ddŵr. Mae'r nos yn cau amdanon ni a'r glaw yn bwrw'n drymach.

Wrth i ni gerdded, rwy'n cadw golwg eto ar y môr. Ydyn, mae'r tonnau'n dywyll heno, ond yn fwy na hynny, mae rhywbeth anghynnes amdanyn nhw. Rwy'n teimlo'n agos at y môr ac mae'r llanw a thrai yn llifo drwof i gymaint ag y maen nhw'n llifo dros y glannau, ond mae mwy i'r môr na jest dŵr. Mae pethau'n cuddio o dan y don – a heno rwy wedi synhwyro hynny'n fwy nag erioed.

Am ennyd rwy'n taeru fy mod i'n gweld siâp du yn y tonnau. Rhywbeth islaw yr wyneb, fel cysgod yn lledaenu, ymhell mas ond yn anferthol. Dydw i erioed wedi gweld rhywbeth fel hwn o'r blaen. Rwy'n ceisio canolbwyntio a *theimlo'r* môr, yn gofyn iddo esbonio i mi, ond y cwbl rwy'n ei gael yn ôl yw gwefr wag o arswyd. Ai fy ofn sydd wrthi?

Rydyn ni'n cyrraedd lle parciodd Mali. Mae goleuadau'r car yn llachar. Mae Mali'n ein gweld yn dod, yr olwg o ryddhad ar ei hwyneb yn sydyn yn troi'n gonsýrn wrth iddi weld Dafydd wrth fy ochr. Does dim amser i esbonio. Rwy'n agor y drws cefn ac yn helpu Dafydd i mewn, finnau wedyn yn taflu fy hun i'r sedd flaen.

'Gyrra.' Mae mwy o banig yn fy llais nag roeddwn i'n ei fwriadu. Mae Mali'n oedi, ond, wrth weld fy wyneb, mae hi'n gwgu ac yn tanio'r injan. Mae'r car yn hercio i lawr yr hewl fach i gyfeiriad y brif ffordd.

Rwy'n gweld Mali yn rhythu yn y drych ar ein cyd-deithiwr. 'Dyma Dafydd,' rwy'n dweud. 'Dafydd, dyma Mali Teifi, ffrind i fi. Mali, roedden nhw'n trial lladd Dafydd. Wi wedi dweud gwnawn ni ei gadw fe'n ddiogel.'

Mae Mali'n edrych mewn syndod arnaf i, yna yn ôl ar yr hewl. 'Wel,' yw'r unig beth mae hi'n ddweud i ddechrau. Wedyn mae hi'n ysgwyd ei phen. 'Olreit. Ond pwy yw "nhw"?'

Dydw i ddim yn gwybod yn union sut i'w hateb. 'Cwlt o ryw fath,' rwy'n dweud o'r diwedd. 'Mewn gwisgoedd hir glas. Oedd Arthur Campion yno – ond pobol eraill hefyd. Wi'n gobeithio gall Dafydd ddweud mwy wrthon ni.'

Rwy'n bwrw golwg arno fe yn rhynnu yn y cefn. Rwy'n estyn drosodd ac yn gwthio blanced tuag ato. Mae e'n ei chymryd yn swrth. Chawn ni ddim atebion ganddo heno.

'Welaist ti'r fellten?' rwy'n gofyn yn dawel wrth Mali yn y man.

Mae hi'n nodio, ei migyrnau ar yr olwyn yn wyn. 'Yn sacthu i fyny. Sa i erioed wedi gweld dim fel 'na o'r blaen.'

Rwy'n adrodd yn gryno wrthi beth ddigwyddodd. Ddim yn flodeuog – mae Mali'n hoffi ffeithiau plaen. Wrth i mi siarad mae ei hwyneb yn tywyllu.

'Wela i,' meddai hi pan rwy'n tawelu. 'Mae'n saff dweud dy fod ti wedi tynnu nyth cacwn am dy ben heno. Ond mae'n disgwyl yn fwy nag Arthur Campion, on'd yw e?'

Rwy'n cytuno. Rwy'n tybio taw darn bach mewn peiriant mwy yw Arthur.

'Yfory fe ymchwilia i mewn i gyltiau fel hyn,' medd Mali. 'Mae pob math o sectau tywyll yn gweithredu ar draws y byd. Dyw Cymru ddim yn eithriad. Ofergoel yw naw deg naw y cant ohono fe. Ond...'

Does dim angen iddi hi orffen y frawddeg. Mae mwy i beth

welais i nag ofergoelion. Roedd grym annaturiol yn y seremoni, yn y golau ddaeth o'r môr ac yn y ffigwr tal a'i wyneb erchyll.

Mae Mali'n gyrru yn ei blaen. Rwy'n ei dala hi'n bwrw golwg yn y drych ôl bob yn hyn a hyn, ei llygaid hi a rhai Dafydd yn cyfarfod – ac rwy'n gweld fflach o rywbeth yn wyneb fy ffrind. Ac ar wyneb Dafydd hefyd. Fel tase'r ddau ohonyn nhw'n deall rhywbeth nad ydw i.

Hwyrach mod i'n dechrau drysu. Mae angen cwsg arnaf i.

'I ble ti moyn mynd?' mae Mali'n gofyn.

Rwy'n rhedeg drwy'r opsiynau yn fy mhen, ond does dim ond un ateb sydd yn gwneud synnwyr ar hyn o bryd.

'Gaiff e aros 'da fi heno. Cer â fi adre plîs. I Dŵr-yr-Heli.'

Erbyn i ni gyrraedd y tŷ mae'r glaw wedi gwaethygu. Mae Mali'n gyrru bant yn glou ar ôl i ni gytuno i gwrdd yng ngolau dydd i drafod mwy. Mae'r car yn diflannu i lawr yr hewl sy'n arwain at Bow Street, y gwynt yn cipio sŵn yr injan yn syth.

Wrth i mi ddatgloi'r drws ffrynt a chamu dros y trothwy rwy'n gweld bod Dafydd yn nerfus.

'Dere i mewn,' meddaf i, 'mae'n iawn.'

Mae'n oedi, yna'n camu'n simsan i mewn i'r tŷ. Rwy'n cloi'r drws ar ein holau. Dau glo a bollt.

Hen dŷ unig ar frig y clogwyn uwchben pentre'r Borth yw Tŵr-yr-Heli. Hwn yw fy nghartref i; mi gefais i fe oddi wrth y perchennog cynt, ffrind i fi. Hi oedd y Gwyliwr blaenorol. Mae pob Gwyliwr, hyd y gwn i, wedi byw yma, ers canrifoedd. Dydw i ddim yn sicr beth yw oedran yr adeilad, ond mae rhannau ohono'n hŷn nag unrhyw dŷ arall yn yr ardal, siŵr o fod.

Mae fy meddwl yn rasio wrth feddwl am beth ddigwyddodd

ar y traeth, ond mae gyda fi ymwelydd i ofalu amdano gyntaf. Rwy'n dangos i Dafydd ble mae'r stafell ymolchi ac yn rhoi tywelion sych iddo. Mae'n edrych arnaf mewn ffordd wag wrth i mi ei adael ar ei ben ei hun. Wedyn rwy'n mynd i fy stafell wely er mwyn tynnu fy nillad gwlyb a gwisgo rhai sych. Fuaswn i ddim yn gwisgo *hijab* y tu mewn fel arfer, ond heno mae gyda fi gwmni.

Rwy'n treulio'r munudau nesaf yn paratoi un o'r stafelloedd sbâr ar gyfer Dafydd. Mae Twr-yr-Heli braidd fel labyrinth. Mae'n edrych yn weddol fach o'r tu fas, ond pan y'ch chi y tu mewn mae coridorau'n mynd i bobman a phob stafell ychydig yn is neu'n uwch na'r un drws nesaf iddi. Tŷ gafodd ei adeiladu ar gyfer cael gwesteion ynddo yw e, sy'n ei wneud yn lle mawr a gwag i fi.

Rwy'n cael hyd i set o ddillad i ddyn. Dydw i ddim yn gwybod pwy oedd eu perchennog. Does dim dyn wedi byw yma ers degawdau. Ond fe wnawn nhw y tro. Rwy'n eu gadael mewn pentwr tu fas i ddrws y stafell ymolchi, yn curo'n ysgafn i esbonio wrth Dafydd eu bod nhw yno, ac yna'n dychwelyd yn glou i'r gegin. Fanno rwy'n paratoi swp a choffi poeth ar ein cyfer ni'n dau.

Mae'r coffi yn chwerw ac yn llosgi fy nhafod, yn gwynto fel atgofion. Rwy'n plethu fy mysedd o amgylch y cwpan twym a gadael i'w wres lenwi fy nghorff. Yna rwy'n eistedd i fwyta fy swp ar fy mhen fy hun, yn syllu mas o'r ffenest ar y glaw.

Rwy wedi bod yn gwneud y swydd hon ers wyth mlynedd erbyn hyn. Gwylio'r glannau. Rwy wedi dysgu lot yn yr wyth mlynedd hynny, ond y mwyaf rwy'n ddarganfod am y byd sydd tu hwnt i beth mae pawb arall yn ei weld, y mwyaf rwy'n dechrau diawlio'r gwaith. Mae gwacter yn pwyso ar fy nghalon weithiau, fel yr ysictod chi'n gael pan 'dych chi'n sylweddoli eich bod chi wedi anghofio rhywbeth ond heb wybod beth. Dyw'r adeilad ei hun ddim yn helpu fy nerfau. Ambell waith rwy'n clywed sibrwd ym mhen arall y tŷ, er taw dim ond fi sy'n byw yma. Ac weithiau, o gornel fy llygad, rwy'n *siŵr* fy mod i'n gweld rhyw gysgod yn cropian dros sil y ffenest, fel petai darnau o'r nos yn toddi drwy'r gwydr. Ond mae popeth yn iawn wedyn y bore wedyn. Rwy'n cloi pob drws a ffenest drwy'r amser, rhag ofn.

Fe fydd angen cwsg arnaf i er mwyn dod dros cyffro heno, ond dydw i erioed wedi teimlo mor effro. Mae dwsinau o gwestiynau yn chwyrlïo drwy fy mhen. Beth oedd pwrpas defod y bobl yn eu cyflau? Beth oedd yr iaith aflafar oedd yn cael ei llafarganu? Pwy oedd yr offeiriad yn ei fwgwd metel? A beth oedd y fflach welson ni yn yr awyr?

Mae fy meddwl i'n dychwelyd at yr unigolyn tywyll a oedd wedi ceisio boddi Dafydd. Fe welais ei wyneb e, dim ond am eiliad. Roedd e'n... ofnadwy. Ac rwy'n teimlo mod i wedi'i weld e unwaith o'r blaen. Ond mae meddwl amdano yn fy ngwneud i'n chwil.

Yn sydyn rwy'n gwthio'r bowlen sŵp bant ac yn sefyll. Rwy'n cofio am y disg rhyfedd y codais i o'r tywod. Y peth roedd yr offeiriad yn gafael ynddo. Ond yn fwy na hynny, rwy'n cael proc i fy nghof; mae rhywbeth cyfarwydd am y disg.

Rwy wedi'i weld e mewn llyfr.

Mae cannoedd o lyfrau yn y tŷ hwn. Ffrwyth canrifoedd o gasglu. Does dim modd cyfri'r nosweithiau rwy wedi'u treulio'n darllen y llyfrau, yn ceisio ennill hyd yn oed un gronyn o'r doethineb sydd tu mewn i'w cloriau. Nawr rwy'n mynd drwy'r silffoedd yn chwilota'n ddiamynedd. Mae angen mynd drwy dair ystafell wahanol cyn cael hyd i'r llyfr rwy'n chwilio amdano. Gyda fy nghalon yn rasio rwy'n mynd â'r llyfr i'r stafell fyw ac yn ei osod ar y bwrdd bach.

Dyna pryd rwy'n sylwi bod Dafydd yma. Mae'n gwisgo'r hen drowsus a chrys – sydd braidd yn fawr iddo – ac mae'n eistedd yn stiff ar y soffa.

'Helô,' rwy'n dweud. Roeddwn i bron wedi anghofio amdano. Rwy'n cymryd cam rhyngddo fe a'r llyfr sydd ar y bwrdd – wn i ddim pam.

'Helô,' meddai yntau. Mae'n nerfus iawn, yn pigo ar ei lewys gyda'i fysedd main. Mae ei lygaid yn symud yn glou o un ochr i'r llall, fel petai e'n chwilio am rywun.

'Ti'n saff fan hyn. Paid â becso. Allan nhw ddim dy ffindo di yma.'

Mae mwy i fy ngeiriau nag mae e'n ei wybod. Mae hud cyfrin i'r tŷ hwn. Mae adeilad wedi sefyll yma ar Graig-yr-Wylan ers dros ddwy fil o flynyddoedd, mae'n debyg. Tŵr-yr-Heli yw ei enw nawr, ond beth oedd ei enw ymhell yn ôl, dydw i ddim yn gwybod.

Rwy'n eistedd yn y gadair sydd o dan y ffenest fawr. Rwy'n ceisio gwenu ar Dafydd. 'Mae 'da fi stafell sbâr i ti am heno. Alla i ddeall bod angen gorffwys arnat ti. Ond yfory wi moyn siarad. Iawn?'

Dyw Dafydd ddim yn ymateb. Mae'n cau ac agor ei ddyrnau ar ei bengliniau. Yna mae'n gwyro ei ben. 'Fair enough. Iawn. Diolch eto, Miss.'

'Noor. Mae'n iawn galw fi'n Noor.' Rwy'n codi, fy nghymalau i'n clicio. 'Mae coffi a bwyd twym yn y gegin. Dilyna fi.'

Awr yn ddiweddarach mae Dafydd yn ei wely ym mhen arall y tŷ, ond dwi'n methu cysgu. Mae'r llyfr ar agor ar y bwrdd o fy mlaen i, y disg metel od wrth ei ymyl, ac mae'r trydydd cwpan o goffi yn gymorth wrth i mi fodio drwy'r tudalennau crebachlyd.

Occultism in the North Sea Regions yw teitl y llyfr. Cafodd ei gyhoeddi yn 1910. Rwy wedi bwrw golwg arno unwaith o'r blaen, er bod yr ysgrifen yn anodd i balu drwyddo. Ond mae lluniau ynddo fe, cannoedd o luniau, rhai yn ffotograffau mewn du a gwyn o fwy na chanrif yn ôl, eraill yn lluniau mewn inc. Ac o'r diwedd rwy'n cael hyd i'r un rwy'n chwilio amdano.

Rwy'n edrych ar y llun, yna ar y disg metel. Yna ar y llun eto.

Mae'r cwpan coffi wedi oeri yn fy llaw.

Mae'r llun yn fach. Does dim ffys mawr amdano – dim ond un eitem arall mewn rhestr faith o *esoterica*. Llun syml o wrthrych (*'hand-drawn by the author from an original daguerreotype held by the Musée de Picardie, France'*) sydd yn debyg iawn i beth sydd gyda fi yma. Ai llun o'r disg yw hwn? Dydw i ddim yn sicr.

Dyma'r disgrifiad oddi tano:

The catalogue entry dated August 20th, 1890, for the daguerreotype photograph which is the source of the above sketch labels it as an "image d'une plaque ant[ique] avec un trou circ[ulaire]; date inc[onnue] & photographe inc[onnue]." I am told it was donated anonymously to the Musée (as part of a larger collection) and the curator was unable to divulge to me any information about the object portrayed by the daguerreotype, which I have failed to locate in any museum or private collection known to me. As such its provenance is entirely elusive. The daguerreotype being an early form of photography, one could surmise that it was taken not much later than the middle of the last century. The image shews only one side of the artifact; nevertheless some points of interest may yet be noted. It appears to be circular but is in fact not geometrically so: it is ovaloid. The removed portion from the surface of the upper half of the object, however, is indeed a perfect circle. The object appears to be flat and thin, judging from its shadow. It is clearly fashioned by the hand of man out of metal (or else some material which has the lustrous properties of metal), though the material cannot be identified from the photograph. A concave carven symbol appears in the lower portion of the object, underneath the circular hole; the exact shape is unclear in the daguerreotype due to its age and quality, but it appears to this author to be a five-pointed figure that has no compare; yet it recalls occult designs observed elsewhere. The age of the object is indeterminate inasmuch as it is clearly of ancient make; in both form and design it is of the La Tène type, thus pointing to its origin in northwestern Europe in the centuries immediately preceding the birth of Christ. Further speculation must be deferred until the object itself, which remains unfound, can be examined in closer detail.

Rwy'n anadlu'n drwm ac mae'r stafell yn troi. Os nad hwn yw'r gwrthrych sydd yn y llun, yna maen nhw'n union yr un fath. Fe allaf i ychwanegu mwy at ddisgrifiad yr awdur hwnnw. Mae'r metel yn edrych fel copor, ond dyw e ddim mor llachar â chopor, oherwydd bod sglein anghynnes glas iddo fe. Aloi o ryw fath, efallai. Hefyd mae'r disg yn debyg i eitem arall sy'n cosi fy atgofion; rwy'n sylweddoli taw un o drysorau Celtaidd Llyn Cerrig Bach rwy'n meddwl amdano. Ond nid yr un un yw hwn, gan fod symbolau gwahanol ar y ddau. Trisgell teircoes sydd ar y disg o Fôn, ond nid dyna yw'r symbol ar y disg hwn.

Mae'r siâp pum-pwynt yn rhythu'n hyll arnaf i o wyneb y disg. Dyw e ddim yn symbol rwy wedi'i weld o'r blaen. Nid seren yw e. Mae fwy fel coeden neu law yn pwyntio at i fyny, a bysedd neu bigau tenau yn sticio mas; un bys yn syth lan, dau yn crymu ychydig i'r dde ac i'r chwith, a dau arall yn plygu i lawr nes eu bod nhw bron â chyfarfod ei gilydd ar y gwaelod. Mae'r symbol yn *teimlo'n hen*, mewn ffordd – ac nid dim ond am fod y disg ei hun yn hynafol. Mae rhywbeth am y siâp anghynnes hwn sydd yn estyn amdanaf i mas o dywyllwch dechrau amser...

Rwy'n troi'r disg. Ar yr ochr arall – ochr nad oedd awdur y llyfr yn gallu ei weld oherwydd ongl y ffotograff – mae cyfres o symbolau bychain yn agos at ei gilydd. Fel llythrennau, ond nid mewn unrhyw wyddor i mi ei gweld erioed o'r blaen. Rwy'n rhythu arnyn nhw am rai munudau, ond heb allu gwneud pen na chynffon ohonyn nhw.

Rwy'n cau'r llyfr yn glep ac yn cloi'r disg yn nrôr y ddesg. Rwy'n sefyll. Rwy'n sylweddoli mod i'n barod i fy ngwely, oherwydd bod fy meddwl yn niwl i gyd a phob rhan ohonof i'n teimlo'n boenus. Ond yn y bore, bydd pethau i'w gwneud. Fe ffoniaf i Mali a gofyn a allwn ni gyfarfod yn gynnar yn y prynhawn i edrych ar y disg gyda'n gilydd. Efallai ei bod hi'n gwybod mwy am y symbol pum-coes neu'n nabod y llythrennau bychain od. A Dafydd – hwyrach bydd e'n gallu dweud mwy am y cwlt oedd ar y traeth ac yn ceisio dod â'i fywyd i ben.

Rwy'n edrych ar y cloc. Chwarter wedi pump y bore – amser gwawrio, bron. Amser i orffwys ychydig – os gallaf i – yna bydd angen gweithredu. Mae storm yn dod.

2

Doctor Gwermwnt

Roedd Doctor Talhaearn Gwermwnt yn dod o ach hir a nodedig ar ochr ei dad, ond, yn ei dyb ef, llinach ei fam oedd bwysicaf. Nid oedd ei fam yn fenyw nodedig o safbwynt y rhan fwyaf o werin bobl ei chymdeithas. Er iddi, ym marn Doctor Gwermwnt, ddiwallu ei swyddogaeth fel mam yn ddigonol, nid oedd ei gweithredoedd eraill o bwys. Ei *gwaed* oedd yn arbennig. Roedd ei genynnau yn deillio o'r Hen Ddyddiau, pan ddaeth ei chyndeidiau allan o'u dinas grisial pan oedd Cymru yn ifanc a dilychwin.

Oherwydd hyn, roedd Talhaearn Gwermwnt yn gallu dweud ei fod yn un o etifeddion yr unigolion mwyaf pwysig a phwerus i roi troed ar bridd Ynys y Cedyrn erioed.

Nid oedd prin neb arall yn gwybod am y llinach honno, wrth gwrs. Dywedodd ei fam wrtho nad oedd ei dad, hyd yn oed, yn gwybod am ei gwir goeden deulu. Ers cenedlaethau a chenedlaethau bu meibion a merched ei theulu yn eistedd yn dawel, heb ymyrryd, yn aros i'r Plant adennill yr hen rym a gafodd ei ddwyn oddi wrthynt. Roedd yr awr yn prysur ddyfod, meddai ei fam. Pan fyddai Talhaearn Gwermwnt wedi tyfu'n ddyn, byddai'n gallu cymryd rhan ym muddugoliaeth fawr eu teulu.

Byddai Llŷr Fawr yn cael ei ryddhau o'r diwedd.

Treiglodd y blynyddoedd yn araf heibio heb i'r fuddugoliaeth honno ddigwydd. Ni chafodd Talhaearn Gwermwnt ieuenctid dedwydd, ond gyda phob rhwystr perswadiai ei hun y byddai ei wobr yn fwyfwy yn y pen draw. Brwydrodd trwy salwch a marwolaeth ei fam. Cymerodd loches yn yr hen lyfrau a'r hanesion yr oedd hi wedi'i drwytho ef ynddynt. Cafodd ddwy radd prifysgol a doethuriaeth cyn dilyn gyrfa ei dad – oherwydd disgwyliadau pobl eraill yn hytrach nag oherwydd unrhyw ddymuniad penodol ar ran Talhaearn Gwermwnt. Yn rhinwedd ei swydd cafodd ddod wyneb yn wyneb â gwehilion y gymdeithas – pobl nad oedd ganddyn nhw unrhyw syniad beth oedd orau i'w cenedl ac i'w treftadaeth – a daeth i sylweddoli, dipyn wrth dipyn, bod angen gwneud rhywbeth.

Dyna pryd y daeth *ef* at ei ddrws.

Roedd Doctor Gwermwnt wedi clywed amdano *ef*, wedi darllen amdano ers iddo fod yn blentyn. Ond, er iddo ddyheu a breuddwydio, feddyliodd o byth y byddai *ef* yn dod ato. Yn fwy na hynny, daeth ef i longyfarch a phentyrru clod ar Doctor Gwermwnt am ei fod yn un o'r ychydig rai a oedd yn barod i weld y gwir. Rhoddodd ef y Llyfr Glas iddo ei ddarllen.

Newidiodd bywyd Talhaearn Gwermwnt yn gyfan gwbwl. Agorwyd ei lygaid.

A rhoddwyd tasg iddo.

Am dri degawd a mwy, felly, bu Doctor Gwermwnt yn cael hyd i eraill a oedd wedi cael y fraint o ddarllen y Llyfr. Gyda phob person ychwanegol a ddarllenai'r tudalennau bregus, meddai *ef*, byddai Llŷr un cam yn agosach i ddod yn rhydd o'i garchar.

Teulu bychan oedden nhw i ddechrau arni, yn cyfarfod yn gyfrinachol ac yn betrus. Ond drwy law gadarn Doctor

Gwermwnt a'i gymorth *ef* o'r cysgodion, tywyswyd mwy a mwy i'r praidd. Dros y blynyddoedd tyfodd eu niferoedd nes iddo ef sibrwd wrth Doctor Gwermwnt un diwrnod: *mae'n bryd*.

Cofiai Doctor Gwermwnt sut y rhoddodd ef y disg yn ei ddwylo crynedig, chwyslyd. Trysor metel oedd â'r symbol sanctaidd arno. Cofiai deimlo'r trydan oedd yn siffrwd drwy'r deunydd ac i mewn i'w fysedd.

Hwn ydyw'r torchrwy. Hwn fydd yn agor y porth. Fe'i rhoddaf i ti, yn anrhydedd am dy gyfraniad i'm teulu. Gwarchoda'r torchrwy, anwylyd.

Ond nawr roedd y torchrwy wedi mynd. Wedi'i gipio o law Doctor Gwermwnt ar anterth y ddefod.

Roedd popeth yn y fantol.

Felly roedd angen dial.

Eisteddai Doctor Gwermwnt yn awr mewn adeilad hir â nenfwd isel a heb ffenestri iddo. Tybiai mai hen gaban ar gyfer bad achub neu bysgotwyr oedd y lle, gan ei fod ar gwr traeth a bod gweddillion llithrfa y tu allan. Roedd yr adeilad wedi mynd â'i ben iddo a doedd y lampau trydanol tu mewn ddim yn gallu disodli'r cysgodion o'r corneli. Crynai'r hen do wrth i hen wragedd guro'u ffyn arno. Roedd generadur yn bustachu wrth y wal, yn pweru'r lampau ond hefyd yn chwythu arogl disel i lenwi'r ystafell a ffroenau Talhaearn Gwermwnt.

Daliai yntau hances boced yn dynn am ei geg, gan hoelio ei lygaid ar y drws ym mhen draw'r caban wrth i'w bobl ddod i mewn fesul un a dau. Roedd y rhan fwyaf ohonyn nhw'n wlyb diferol, eu gynau yn hel pyllau ar hyd planciau pydredig y llawr, ond roedd ambell un yn amlwg wedi manteisio ar gyfle i newid eu dillad cyn dod. Dyna oedd Doctor Gwermwnt wedi'i wneud hefyd yn ei festri gudd yng nghefn y neuadd.

Ar fwrdd bychan safai'r mwgwd seremonïol y gwisgai Doctor Gwermwnt ychydig oriau ynghynt. Sgleiniai corun metel y mwgwd, a oedd fel helmed ganoloesol, yng ngolau llym y bylbiau yn y to. Nid un lliw yn unig oedd y metel, ond sawl gwahanol liw, pob un yn toddi i mewn i'w gilydd. Roedd golwg haerllug i wyneb y mwgwd, ac, er bod ganddo lygaid a thrwyn a cheg yn y llefydd disgwyliedig, roedd rhywbeth am ei natur yn *annisgwyl*. Credai Doctor Gwermwnt fod yr wyneb yn cyfleu edrychiad y bobl a gerddodd allan o wastadedd y gorllewin amser maith yn ôl – a sut y byddai trigolion Cymru'n edrych heddiw pe na byddai'r gwaed wedi cael ei lastwreiddio dros y canrifoedd. Rhyw ddydd, synfyfyriodd Doctor Gwermwnt, byddai pawb yng Nghymru – a Phrydain, a phob man – yn edrych fel hyn unwaith eto.

Syllai dau dwll y mwgwd yn ôl arno a gwenai'r wên gam yn sarhaus, fel pe bai'n dweud wrtho, *rwyt ti wedi methu*.

Trodd Doctor Gwermwnt ymaith. Edrychodd ar ei wats boced arian – yr unig beth o eiddo ei dad, heblaw genynnau gwael, yr oedd wedi'i gadw. Roedd hi'n chwech y bore. Roedd rhai o'r praidd yn hwyr. Tybiai fod ambell un wedi cael eu golchi allan i'r môr ac na fyddent byth yn dychwelyd. Gwnâi hynny i'w galon dynhau fymryn mewn pryder – roedd colli hyd yn oed un o'i ddilynwyr yn peryglu'r cynllun.

Roedd pryder arall yng nghefn ei feddwl: beth oedd wedi digwydd i Dafydd Jones? Oherwydd eu brys i adael y traeth, ni chawsai gyfle i weld a fu'r ddefod yn llwyddiant. Do, gwelsant y golau, ond wedyn...? Roedd cymaint yn dibynnu ar p'run ai bod Dafydd, eu hoffrwm, yn farw neu'n dal yn fyw...

Deffrowyd Doctor Gwermwnt o'i synfyfyrio gan ddau o'i ddilynwyr mwyaf triw yn dod i mewn gan lusgo dyn rhyngddynt. Roedd hwnnw wedi cael crasfa gan y ddau arall, ei wyneb yn glytwaith o ddu a phorffor a'i wefus yn gwaedu. Cafodd y dyn truenus ei wthio yn ei flaen tuag at Doctor Gwermwnt, gan syrthio ar ei fol. Griddfannodd. Roedd yr holl ddilynwyr eraill yn sefyll yn ddistaw mewn cylch o gwmpas yr ystafell. Dim ond sŵn cyson y generadur oedd i'w glywed.

Safodd Talhaearn Gwermwnt. Roedd ei ysgwyddau fel clwyd a'i freichiau a'i goesau yn foncyffion. Serch hynny, roedd ei symudiadau'n osgeiddig ac roedd ei faint yn gwrthdaro â'r siwt ddu-las drwsiadus y gwisgai a'r gansen ben-arian yn ei law chwith – nid oedd arno angen y gansen er mwyn cerdded, ond i Doctor Gwermwnt roedd hi'n addas i arweinydd gario ffon, fel yn y dyddiau gynt. Er ei fod yn ei chwedegau, nid oedd un eiliad o'r blynyddoedd hynny, ymddengys, wedi gwanhau ei gorff na dylu llafn ei feddwl. Roedd ei wyneb yn dalp gwyn o gnawd nad oedd yn hawdd darllen emosiwn arno, a'i ddau lygad yn byllau oer glas diwaelod a fyddai'n boddi unrhyw adyn a oedd yn ddigon anffodus i syrthio i mewn iddynt.

Syllodd y llygaid hynny yn awr ar y swp o ddyn wrth ei draed.

'Arthur,' meddai Doctor Gwermwnt. Roedd y gair yn drywaniad a wnaeth i Arthur Campion godi ei ben i edrych am ennyd ar ei arweinydd – yna suddodd y pen eto. Dechreuodd lefain.

Ers i enw Arthur Campion gael ei ddarganfod ar gorff dyn marw, gwyddai Talhaearn Gwermwnt y byddai'r ennyd hon yn cyrraedd. Roedd pawb o'r praidd yn gwybod pa mor hanfodol oedd cadw eu mudiad yn gyfrinach. Ond mae dynion yn wan.

Roedd y corff a gafodd ei olchi ar y traeth yn Aberystwyth yn un o'i ddilynwyr ef. Cafodd hwnnw ei ddal yn ceisio ymofyn arian oddi wrth rieni Arthur drwy fygwth 'datgelu cyfrinach' iddynt am eu mab. Tybiai Doctor Gwermwnt mai dweud wrth

Mr a Mrs Campion am y praidd – ac am eu gweithredoedd pwysig a chyfrinachol – oedd bwriad y cnaf. Roedd brad fel hynny'n haeddu'r ddedfryd eithaf.

Arthur oedd yr un a ddewiswyd i ladd y bradwr. Ei enw ef, wedi'r cyfan, oedd wedi ei ysgrifennu ar y darn papur ac roedd disgwyl iddo lanhau ei lanast ei hun. Ond ni fu'n ddigon trylwyr; daeth y corff i'r fei mewn modd cyhoeddus iawn. Diolch byth bod y Campions wedi llwyddo i berswadio'r heddlu nad oedden nhw angen holi Arthur am y farwolaeth – ond roedd y difrod eisoes wedi ei wneud.

Ni wyddai Doctor Gwermwnt o sicrwydd mai esgeulustod Arthur a arweiniodd at ymyrraeth y fenyw, ond roedd hi wedi galw ei enw ar y traeth, ac roedd hynny'n ddigon o dystiolaeth iddo. Anystywallt, dyna oedd Arthur.

'Fe wnes i drial,' meddai Arthur gan godi'n sydyn i fod ar ei bengliniau. Roedd ei lais yn drwchus a'i lygaid yn wyllt. 'Fe wthiais i fe dros y clogwyn fel na fydde fe'n dweud wrth Dad a Mam. Bai'r *môr* oedd e. Y môr olchodd e ar y lan yn lle 'i lyncu fe am byth.'

Camodd Talhaearn Gwermwnt yn agosach at Arthur. Curai'r glaw nes bod yr adeilad yn siglo, ond roedd llais Doctor Gwermwnt, er nad oedd yn gweiddi, yn glir fel bore o aeaf.

'Arthur,' meddai eto, 'doeddet ti ddim yn ddigon gofalus. Mae'r môr yn anwadal, ydi, ond mae angen i ni felly fod yn gadarn yn erbyn ei lanw. O'th herwydd di rydyn ni wedi colli'r torchrwy. Hebddo, allwn ni ddim mynd yn ein blaenau. Oherwydd dy aflerwch *di* y digwyddodd hyn.'

'Mae 'da fi broblem, wi'n gwybod hynny,' meddai Arthur dan igian. 'Wna i newid! Wna i beth bynnag sydd angen er mwyn eich plesio chi. Er mwyn ei blesio *fe*. Wi jest moyn un cyfle arall…'

Tynhaodd Doctor Gwermwnt ei fysedd o amgylch pren ei gansen. Teimlai wres cyfarwydd yn treiddio drwy ei wythiennau. Roedd y llid yn dod – dyna oedd ei enw arno. Fel arfer roedd gan Doctor Gwermwnt y gallu i reoli ei dymer ac i wthio'r gwewyr i grombil ei enaid. Ond pan fyddai'r dicter yn mynd yn ormod iddo byddai fel argae yn chwalu. Y llid yn gorlifo.

'Ni allet ti,' poerodd mewn llais crynedig, pob sillaf yn ymdrech, 'fod wedi gwneud tremyg mwy arnaf i na HYN.' Ar y gair olaf daeth ei ffon i lawr ar dalcen Arthur Campion fel gordd. Clywodd pawb y glec wrth i'r dwrn arian gwrdd â'r benglog. Tasgodd gwaed ar yr hen ystyllod. Disgynnodd Arthur ar ei gefn. Plygodd Doctor Gwermwnt drosto, ei ddwy law ar ei gansen a'r pren du'n gwasgu yn erbyn gwddw Arthur. Gwthiodd. Gwingodd Arthur, swigod pinc ar ei wefus. Defnyddiodd Talhaearn Gwermwnt holl nerth ei ysgwyddau hyd nes nad oedd gwynt ar ôl yn ysgyfaint Arthur Campion. Hyd yn oed wedyn, parhaodd Doctor Gwermwnt i wasgu. Ni stopiodd nes iddo glywed sŵn yr asgwrn cefn yn torri.

Cododd yn araf. Yn ofalus, ofalus – er mwyn iddo allu ailafael yn ei dymer – sychodd ei dalcen â'i hances boced cyn glanhau pen arian ei gansen â'r un hances.

Ni siaradodd neb. Gwyddai Doctor Gwermwnt na fydden nhw'n anghofio hyn.

Cymerodd anadl ddofn. Yna, 'Ewch ag ef allan. Pwyswch y corff â cherrig o'r traeth. Taflwch ef i waelodion y lli. Byddwch yn fwy gochelgar nag y bu ef.'

Symudodd pedwar o'i ddilynwyr yn sydyn ac yn eiddgar. Cariwyd corff Arthur Campion allan o'r adeilad, y glaw a'r gwynt yn chwipio i mewn tan iddyn nhw gau'r drws ar eu holau.

Edrychodd Doctor Gwermwnt ar yr wynebau oedd yn parhau i syllu'n ddisgwylgar arno. Rhai yn ofnus. Rhai â llygaid caled. A rhai nad oedd ganddyn nhw bron ddim o'u hunain ar ôl. Ond gwyddai na fyddai'r un ohonynt byth yn gwrthod ei orchmynion, byth yn gorffwys tan bod y dasg wedi'i chwblhau.

'Bu'r bore hwn,' meddai Doctor Gwermwnt, 'yn fater i'w glodfori ac yn fater i'w alaru. Cafodd yr arwydd ei wneud. Cawsom ymateb. Mae'r Plant yn disgwyl ein dyfodiad, maes o law. Mae hynny'n rhywbeth i gael cysur ohono. Ond.' Gadawodd y gair hwnnw i arnofio rhyngddyn nhw am eiliad. 'Ymyrrwyd ar y ddefod. Bydd *ef* yn gynddeiriog.'

Arhosodd gan sawru'r tensiwn ymysg ei ddilynwyr o fod wedi digio'r un na ddylid ei ddigio.

'Nid oes amser i orffwys,' meddai wedyn. 'Bydd y llong yn hwylio gyda'r wawr yfory. Mae angen i mi adennill y torchrwy cyn hynny. Rydw i'n gwybod pwy sydd wedi'i gymryd.'

Teimlodd y llid yn dechrau berwi y tu mewn iddo eto wrth feddwl amdani, y fenyw a oedd wedi tarfu ar eu defod, hi ddaeth â'r tonnau i ddymchwel ar eu pennau, hi oedd â dillad a chroen oedd yn sarhad ar Gymru…

Gan reoli ei lais, aeth yn ei flaen. 'Hi yw'r un sy'n trigo yn y tŷ ar ben y clogwyn. Hi yw'r "Gwyliwr". Ers canrifoedd mae ei math wedi amharu ar weithredoedd pobl fel ni. Ond ddim rhagor. Chwiliwch amdani. Mae hud cablaidd yn gwarchod ei thŷ rhagom, ond os bydd hi'n gadael ei chartref yna nid oes gobaith iddi. Ei henw—' cymerodd anadl drwy'i drwyn '— yw Noor Al-Kashif. Cewch ei manylion cyn gadael. Dyw hi ddim yn perthyn yma – mae'n bryd i'r môr ei golchi ymaith. Lladdwch y Gwyliwr – a dewch â'r torchrwy i mi. Mae gennych chi tan fachlud haul i wneud hyn.'

Suddodd Talhaearn Gwermwnt i'w sedd wrth i'r lleill adael. Gwrandawodd ar y gwynt a'r glaw ac ar suo'r generadur. Yna, pan ddywedodd ei wats ei bod hi'n saith o'r gloch, cododd.

Roedd nifer o hen lwybrau a thwneli yng nghlogwyni'r arfordir yr oedd modd eu defnyddio er mwyn symud o un lle i'r llall heb i neb weld; ffyrdd cyfrinachol a gafodd eu cloddio gan ddwylo angof ganrifoedd ynghynt. Defnyddiodd Dr Gwermwnt un o'r twneli hynny yn awr, gan oleuo ei ffordd â fflachlamp a chyda'i gansen yn clecian yn gyson ar y garreg. Cerddodd drwy'r tywyllwch nes dod allan ar bwys ffordd gefn. Roedd car yn disgwyl amdano, ei yrrwr arferol, Mr Bevan, yn sefyll wrth y drws gydag ambarél yn barod.

Doedd Mr Bevan byth yn holi – dim ond yn gyrru.

Gyrrwyd Dr Gwermwnt yn ôl i'r dref wrth i'r byd ddeffro o'i gwmpas. Roedd y storm yn gwaethygu fesul awr ac roedd yr awyr yn llwyd. Felly nid oedd neb ar y stryd i weld Doctor Gwermwnt pan ddisgynnodd o'r car a mynd i mewn i'r adeilad tri-llawr ar Princess Street, yr un â'r geiriau *Gwermwnt & Co., Solicitors* mewn paent taclus ar y drws glas.

Siglai'r gwynt dref Aberystwyth i'w sail, a pharatôdd Talhaearn Gwermwnt ar gyfer ei ddiwrnod olaf cyn y byddai'r ddaear yn newid am byth.

3

Dafydd

Pan dwi'n deffro, dwi'n meddwl bo fi dal yn boddi a bo ceg fi'n llawn o ddŵr môr.

So dwi'n fflingio'n hun ar y llawr, yn tagu ac yn tagu ac yn pynshio at y gwyneba dwi'n gweld o gwmpas fi yn bob man, yn grabio ynddo fi, yn tynnu fi i lawr—

Ond wedyn does 'na neb yna, a dwi ar ryg wrth ymyl y gwely mewn stafell weird dwi'm yn nabod.

Dwi'n trio sefyll – ac yn difaru stretawe. Ma corff fi i gyd yn lladd, mysls fi fatha bo fi 'di cal stid.

Wedyn dwi'n cofio noson cynt.

Dwi'n dechra hyperventiletio. Dwi'n cofio llaw anfarth yn gafal rownd fi a gwthio fi o dan y tonna, a popeth yn mynd yn ddu, a'r teimlad bo fi definitely mynd i farw, a dim gola mawr na'm byd ond jyst lliw du. Dwi'n mynd yn light-headed ac isio chwdu.

Lle ddiawl ydw i?

Dwi mewn rŵm sy'n edrach 'tha bod o mewn museum. Loads o furniture, gormod onyn nhw 'di cramio fewn i'r un lle. Ornaments lle bynnag ti'n sbiad nes bod dim lle ar ôl ar run o'r silffoedd i mbyd arall. Ogla musty 'tha bod neb 'di byw 'ma ers ages. Llunia drosd y walia – dim llunia normal ond llunia o bobol drist. Ma gin y papur wal y patrwm afiach du a gwyrdd 'ma sy'n neud fi deimlo'n sâl eto.

Dwi'n dragio'n hun ar y gwely a gorfadd yna, yn edrach fyny ar y ceiling. O leia dwi 'di stopio hyperventiletio rŵan.

Dyna pryd dwi'n cofio am Noor.

Nath hi safio fi neu rwbath? Yn ara bach ma bits o memory fi'n dechra dod 'nôl i fi. Cofio gweld wynab hi wrth i fi ddŵad allan o'r tonna – cerad i fyny'r clogwyn – ista mewn car – rhywun arall yn y car, dynas hŷn oedd yn sbiad arna fi'n rhyfadd – cal shower mewn bathrwm ancient – yfad coffi lot ry boeth – ista yn rŵm ffrynt hi –

'Di hyn im yn iawn. Dwi'm yn nabod Noor. Ddylsa fi ddim bod fama.

Wrth i fi drio codi off y gwely dwi'n cal dipyn bach o fertigo. Gorod cau llgada yn sydyn – ond pan dwi'n gwneud hynna dwi'n gweld y môr yn ddu hefo gwaed.

Ma dylo fi'n crynu.

Dwi'n sylwi bo fi'n gwisgo trwsus gre a crys hen gwyn dwi ddim bia. Dwi'n cofio rŵan, nath Noor menthyg nhw i fi. Raid bo fi jyst 'di syrthio i gysgu yn dal i wisgo nhw. Dwi'n chwilio drwy'r stafall am dillad fi'n hun a gweddill stwff fi, ond methu ffeindio mbyd. Raid bod Noor 'di symud nhw.

Ma pob peth yn dal yn fflat fi. 'Nôl yn dre.

Ma llygad fi'n disgyn ar wbath shiny ar yr hen dressing table yn gornal. Letter opener neu rwbath felna ydi o, cyllall bach basically, er dydi'r blêd ddim yn edrach yn beryg iawn. Achos instinct dwi'n grabio fo a gwthio fo mewn i pocad fi, achos ti byth yn gwbod. Ma rhoid llaw yn pocad fi a gafal yn dynn yn handlan y gyllall yn neud i fi deimlo dipyn bach yn well.

Wrth i fi sefyll fanna, dwi'n gweld 'yn hun mewn drych sy ar dop y dressing table. Dwi bron â cal hartan. Dwi'n edrach yn uffernol. Ma'r wynab sy'n stêrio yndôl arna fi 'tha sgeleton. Ma 'na fagia piws massive o dan llgada fi, bruises dros bob man, lower lip fi 'di chwyddo ac yn ddu. Golwg ddigon drwg i neud i bobol notishio fi ar stryd, ma siŵr. Shit.

Be dwi angan ydi doctor, ond sna'm chance o hynna. Fydd rhywun yn gwylio'r hospitals a'r surgeries i gyd, garantîd.

Fydd raid i fi jyst denig. Tsiansio hi bo fi'n medru mynd yn bell o 'ma. Rwla fedran *nhw* byth gal hyd i fi.

Ma gwynab y Doctor yn dŵad i mewn i pen fi yn sydyn. Pan oedd o'n gwisgo'r helmet freaky 'na. Llgada fo'n sgleinio tu mewn i'r ddau dwll a pob dim o gwmpas fo'n dywyll...

O'n i meddwl fasa petha'n wahanol yn Aber. Dyna pam ddoish i 'ma.

Ond run fath ydi hi yn bob man. Dim ots lle dwi'n mynd.

Dio ddim yn ffêr.

Yn sydyn dwi'n teimlo'n flin, mor uffernol o flin. Dwi'n gweiddi rhegi. Dwi'n chwipio llaw fi ar draws y dressing table gan fflingio petha ar llawr, sy'n neud twrw diawledig ond dwi'm yn cêrio achos dwi mor flin. Dwi'n smashio dwrn arall fi i mewn i'r wal, gan dorri drw'r papur wal du a gwyrdd a gadal twll yn y plastar – a dwi'n difaru'n syth wrth i'r boen saethu fyny braich fi. Dwi'n sugno ar nycls fi a blasu gwaed.

Ma 'na gnoc ar y drws.

'Dafydd?'

Llais Noor. Dwi'n rhewi, ceg fi'n sych. Nath hi gnocio mor ysgafn – ella bo hi 'di bod yn curo ers ages. Faint nath hi glŵad...?

'Ym, ia, helô?'

'Gwympest ti? Wyt ti'n iawn?'

Dwi'n llyncu'n galad. Na, dwi'm yn iawn. Ond os ma'i 'di deffro fydd hi'n anodd i fi neud getawe cyflym rŵan. Ac, a bod yn onest, dwi angan painkillers a plasters neu rwbath gynni hi. Ella fedra i slipio allan wedyn pan ma cefn hi 'di troi. Teimlo'n euog neud hynna pan ma'i 'di bod mor ffeind, ond rili y pella dwi ffwr o bobol ffeind y gora fydd hi i bawb.

'Yndw, diolch. Ym, dwi'n dŵad allan yn munud.'

'Iawn.' Ma llais Noor mor llyfn a cynnas. 'Dere mas pan ti'n barod. Mae brecwast i ti os ti'n moyn.'

'Diolch.'

Dwi'n clŵad sŵn traed hi yn cerad off lawr y coridor. Ocê, fasa brecwast yn aidial, achos dwi'n starfio. A genna fi'r blas hallt 'ma yn ceg fi.

Dwi'n troi rownd er mwyn peidio gorod edrach arna fi'n hun yn y drych, ond dwi'n cal twinge o boen wrth i crys fi frwsio yn erbyn chest fi. Yn ara dwi'n agor botyma'r crys i gal gweld be sy'n bod.

Yn y reflection yn y drych dwi'n gweld be sy'n chosi'r boen a dwi'n rhegi'n ddistaw. Ma'r memory yn dŵad yndôl.

Dwi'n sbiad ar be nathon nhw carfio ar chest fi.

Na, ddim carfio – 'scarify' 'di'r gair. Oddan nhw'n iwsio haearn poeth i losgi'r siâp i mewn i'r croen. Dwi'n cofio ogla'n hun yn cwcio. Dwi'n taeru bo fi di teimlo'n sort of hapus ond yn ofn ar yr un pryd. Ma rhei petha'n medru brifo gymint nes bod nhw'n mynd holl ffor rownd yr ochor arall a teimlo'n dda. Dwni'm. Mi odd 'na lais yn sibrwd yn clust fi hefyd. Llais fatha mêl.

Reit rŵan dwi'n edrach ar y siâp ma'n nhw 'di brandio fi hefo. Dwi'm yn teimlo'n hapus nac yn drist, jyst yn wag. Dwi'n rhedag bys fi drost y scar tissue coch. Ma'i'n brifo i gyffwrdd o.

Ddyliwn i roid ointment arno fo neu fydd o'n mynd yn infected, er bod o'n cauterized. Ond na, dwi'm isio sôn wrth

Noor am y peth. Achos mae o'n rhy weird. Ac ma'r *siâp* sgynno fo yn…

Na. No wê dwi'n dangos hwn i neb.

Dwi'n cau botyma'r crys yn ofalus. Dwi'n rhoid llaw yn pocad fi i jecio bod y gyllall fach dal yno. Wedyn dwi'n cerad allan o'r stafall gan drio osgoi bob reflective surface dwi'n basio.

4

NOOR

Rwy'n ceisio peidio syllu gormod ar Dafydd wrth iddo fwyta ei frecwast, ond mae ei anafiadau'n disgwyl gymaint gwaeth yng ngolau dydd.

Mae bron yn ddiwedd y bore eisoes – fe gysgais i'n rhy hwyr, yn ceisio dod dros neithiwr. Mae'r tywydd yn ddiflas, y storm heb dawelu. Tu fas mae fel y cyfnod yna jest cyn y wawr, pan mae'r golau'n ceisio gwthio'i hun mas ond mae'i nos yn dal ei gafael ynddo fe am ychydig eto.

Mae Dafydd ar ei ail bowlen, yn amlwg ar ei gythlwng. Does dim awydd bwyd arnaf i – mae cwpanaid arall o goffi yn ddigon.

'Alla i gael hyd i'r first-aid cit, os ti moyn,' rwy'n dweud er mwyn llenwi'r distawrwydd, ond hefyd achos mod i'n sylwi nad ydw i wedi cynnig hynny eisoes – mae bod yn lletywraig yn brofiad anghyfarwydd. 'Mae'n rhaid dy fod ti mewn dipyn o boen.'

Mae Dafydd yn edrych i fyny am eiliad, heb stopio bwyta. 'Mae'n ocê. Diolch. Dio ddim yn brifo lot.'

Dydw i ddim mor siŵr. Fel cymaint o ddynion, mae'n trio bod yn ddewr am bethau. Beth mae e ei angen yw gofal meddyg a rhywle diogel i orffwys – ond dydw i ddim yn feddyg a dydw i ddim moyn iddo fe orfod aros yn Nhŵr-yr-Heli am hwy nag sydd raid. Fyddai hynny ddim yn addas.

Rwy'n nôl y bocs cymorth cyntaf o'r cwpwrdd uwchben y ffwrn, gan ei roi ar y bwrdd o flaen Dafydd. 'Defnyddia be ti angen o hwnna,' dywedaf wrtho. 'Does dim llawer yna, ond mae 'na blasteri a thabledi. Ïodin hefyd os ti angen e. Croeso i ti gael coffi o'r pot hefyd – i'w yfed, hynny yw. A mwy o cereal hefyd. Wi wedi rhoi dy sgidie yn y cwpwrdd crasu i sychu. Ddylen nhw fod yn iawn toc. Wi'n mynd i'r stafell fyw nawr. Dere drwodd pan ti'n barod, dim brys. Mae angen i ni gael sgwrs fach, wi'n credu.'

Saib, yna mae Dafydd yn nodio'n glou. 'Ocê.'

Rwy'n gadael y gegin ac yn mynd i orffen fy nghoffi wrth syllu mas ar y môr tymhestlog yn colbio'r bae. Mae'r glaw yn parhau i ddod i lawr fel llen. Mae'r hen faromedr Fictoriaidd ar y wal yn dangos pwysedd isel iawn – sy'n gwneud synnwyr gan ei bod hi'n bwrw cymaint – ond rwy'n teimlo trymder yn yr awyr, fel petai'r cymylau'n gwthio i lawr arnon ni.

Rwy'n cynnau'r radio ac yn gwrando ar Radio Cymru am sbel. Maen nhw'n sôn am y tywydd gan ddweud bod glaw mawr a gwyntoedd cryfion ar draws y gorllewin i gyd, hynny yn mynd yn erbyn y rhagolygon o'r diwrnod cynt. Y lefel rhybudd wedi codi i oren dros nos, ac yn debygol, meddai'r Met Office, o godi i goch erbyn amser cinio. Mae'n debygol iawn y bydd pobl yn colli eu bywydau ac y bydd difrod sylweddol i adeiladau. Rwy'n ceisio gwrando ar fwy ond mae'r signal yma yn ofnadwy – a dydw i ddim yn gallu canolbwyntio ar y sgwrs sy'n dilyn, rhywbeth am ffilmiau yw e – felly rwy'n diffodd y radio.

Storm dros Gymru. Yn lledaenu dros Brydain efallai.

Er gwaethaf cynhesrwydd y coffi, rwy'n teimlo'n oer.

O'r diwedd daw Dafydd drwodd, yn llechwraidd ac yn anfoddog, fel ci sydd wedi'i gornelu.

Rwy'n gwenu arno ond dydw i ddim yn gwybod sawl gwên sydd gyda fi ar ôl. Rwy eisoes yn cael y teimlad yna fel petaech chi'n ceisio cario gormod o bethau yn eich dwylo.

Mae Dafydd yn eistedd yn araf yn y gadair gyferbyn â fi, y golau llwyd o'r ffenest yn goleuo ochr dde ei wyneb, gan adael yr ochr chwith mewn cysgod. Mae ei ddau lygad mawr yn gwrthod dal fy rhai i. Mae ganddo un law yn ei boced.

'Wna i fod yn onest 'da ti, Dafydd,' meddaf i. 'Nid damwain oedd hi mod i ar y traeth 'na neithiwr. Mae'r bobl oedd yn ceisio dy foddi di – fe wnes i eu dilyn nhw yno. Wel, un ohonyn nhw ta beth. Does dim angen i mi ddweud hyn wrthot ti, ond maen nhw'n bobl beryglus. A wi moyn stopio beth maen nhw'n ei wneud. Felly wi ar dy ochor di.'

Dyw Dafydd ddim yn ymateb. Allaf i ddim darllen ei wyneb.

'Wyt ti'n gwybod,' meddaf i ar ôl cymryd sip o goffi, 'pam oedden nhw yno? Beth oedden nhw'n trial ei wneud?'

Saib. Yna mae Dafydd yn ysgwyd ei ben yn araf. Dyw e ddim yn dal fy llygaid.

'Sut gawson nhw afael arnat ti?'

Mae Dafydd yn crafu ei foch efo bys main. 'Nathon nhw grabio fi rei diwrnodiau yndôl. Wrth i fi adael y fflat. Yn y nos.'

'Ti'n byw yn yr ardal?'

'Yn Aber. Mond ers fatha tri mis, ia. O'r gogledd dwi'n dŵad.'

'Mm. Ydyn nhw am ddod ar dy ôl di, ti'n meddwl?'

Mae Dafydd yn edrych arnaf i am y tro cyntaf ers munudau. 'Yndyn.'

Rwy'n myfyrio. 'Dydw i ddim yn credu bod nhw'n gwybod bod ti'n dal yn fyw. Oedden nhw wedi gadael erbyn i ti... wel, godi mas o'r môr. Hwyrach bod nhw'n meddwl bod ti wedi boddi.'

Mae Dafydd yn pwyso'n ôl yn ei sedd. 'Ocê.' Mae yntau'n meddwl hefyd. 'Dwi angan gadal Aber, 'ta.'

Rwy'n codi ael. 'Smo ti'n moyn mynd at yr heddlu?'

'I be?' mae'n wfftio. 'Be 'swn i'n ddeud 'thyn nhw?'

Pwynt teg.

'I ble'r ei di?' rwy'n gofyn.

'I ffwrdd. Lle bynnag dydyn *nhw* ddim yn medru ffeindio fi.'

Rwy'n nodio'n bwyllog. Dyw Dafydd ddim wedi dweud popeth wrtha i, ond, o ystyried beth mae e wedi'i ddioddef, efallai fod angen amser arno fe.

'Os taw dyna beth ti'n moyn, iawn. Fe af i â ti i dy fflat. Os ti'n... cofio rhywbeth arall ar y ffordd, yna byddai hynny o help i fi. Ond, cyn hynny, wi angen picio i weld rhywun.'

Mae wyneb Dafydd yn dangos ei fod yn pwyso a mesur ei opsiynau. Yn y pen draw mae'n cytuno.

Rwy'n codi, yn rhoi'r mẁg gwag ar sil y ffenest, ac yn mynd tua'r drws. 'Mae'r tywydd yn ofnadwy,' meddaf i dros fy ysgwydd. 'Gei di fenthyg cot law.'

Mae Idris wedi bod o gwmpas erioed.

Gofynnwch i unrhyw un lleol a dydyn nhw ddim yn gallu meddwl am unrhyw amser pan nad oedd e wedi bod yn byw yma. Mae'n 'gymeriad'. Er hynny, dydw i ddim yn credu bod neb wir yn ei *adnabod* e.

Mae ei gartref oddi ar y ffordd, felly fyddech chi ddim yn cael eich hunain yno ar hap a damwain. Rhyw ddwy filltir o Dŵr-yr-Heli mae e'n byw. Mae e'n cadw ei hun iddo fe'i hun, ar y cyfan, a does dim teulu gyda fe. Taswn i'n gorfod dyfalu ei oedran, fydden i'n dweud ei fod yn edrych fel dyn cant oed sydd â chorff dyn deugain. Dyna effaith awel y môr, mae'n siŵr.

Pysgotwr yw Idris. Mae e i'w weld yn y farchnad ambell waith yn gwerthu pysgod, crancod a gwichiaid o gefn ei fan (sydd yn gorfod bod yn hŷn na fe). Yn y farchnad dyw e ddim yn gwneud sŵn na chreu sylw, oni bai eich bod chi'n mynd ato i brynu rhywbeth, ac fel arfer y mwyaf y gallwch ei ddisgwyl ganddo yw gwên grebachlyd a llaw sych fel lledr yn rhoi eich newid i chi. Ond fel arfer mae e yn un o ddau le, sef yn ei dŷ neu ar ei gwch.

Idris oedd un o'r bobl gyntaf i fi eu cyfarfod pan gyrhaeddais i Geredigion, ac rwy wedi'i weld e'n aml ers hynny. Mae'n ddyn cymwynasgar ac rwy wedi dibynnu arno sawl gwaith, eriocd wedi cael fy ngwrthod. Heddiw, rhaid i mi ofyn am ei help unwaith eto. Does neb yn nabod y môr fel y mae e, ac yn sicr mae beth bynnag sydd ymlaen gan y cwlt hwn yn ymwneud â'r tonnau. Bydd Idris yn gwybod beth i'w wneud.

Rwy'n gyrru mor bwyllog ag y gallaf i ar hyd y ffyrdd bach oherwydd bod y glaw'n gwneud yr hewl yn llithrig. Mae Dafydd yn eistedd yn sedd y cydymaith a golwg anghyffordus arno.

Wrth i mi barcio yn y buarth graean sydd o flaen cartref Idris, rwy'n ei weld e ar y doc islaw. Mae 'doc' yn air crand am bentwr o flociau concrid sy'n gwahanu pen draw'r iard oddi wrth y môr. Mae Idris wrthi'n gosod tarpolin ar draws dec ei gwch. Mae e'n hynod falch o'i gwch, a hwnnw yn gwch go fawr, gyda winsh gadarn arno er mwyn codi a gostwng y rhwyd bysgota a phropeler mawr yn gwthio'i ben hyll mas o'r dŵr islaw'r cefn.

Er bod y glaw yn pistyllu o'i gwmpas a'r gwynt yn gryf, dyw hynny ddim fel tase fe'n tarfu ar Idris. Mae e'n sefyll yn eofn yn erbyn y tywydd, ei wyneb yn glogwyn, ei fysedd yn clymu rhaff yn fedrus.

Rwy'n galw arno. Mae'n troi ei ben ac yn codi llaw fawr, cyn pwyntio tuag at y tŷ. Rwy'n nodio'n ddiolchgar ac yn arwain Dafydd i mewn.

O feddwl ei fod yn gartref i ddyn tal, mae tŷ Idris yn fach. Mewn rhai ffyrdd mae'r tu mewn yn union beth fyddech chi'n ei ddisgwyl o dŷ llongwr: lluniau o gychod ar y waliau; annibendod o gregyn a broc môr ar sil y ffenest; arogl myglyd o bysgod a hen bren. Ond mae pethau eraill yma hefyd sy'n dangos pwy yw Idris a pham ei fod e'n wahanol i bob dyn arall rwy'n ei nabod: modelau origami lliwgar o wahanol adar môr mewn rhes ar hyd y pentan; jig-so ar ei hanner ar fwrdd bach yn y gornel; silffoedd yn gwegian â llyfrau mewn ieithoedd fel Lladin, Groeg a Japaneg. Dyw Idris ddim wedi esbonio llawer wrtha i am y pethau hyn, er i mi geisio ei holi sawl tro. Mae'n cadw ei gyfrinachau yn dynn at ei frest, ond mewn ffordd sydd yn teimlo'n fwy cysurus na di-ddweud, sy'n un o'r pethau rwy'n ei edmygu amdano.

Mae dau blentyn yn chwarae ar y mat o flaen y tân. Nid plant Idris ond plant y cymdogion. Mae'r rheiny yn byw hanner milltir i ffwrdd, yn nes at yr hewl. Akram ac Ikhlas yw'r rhieni a'r plant yw Tamir, sy'n saith, ac Amirah, sy'n dair. Maen nhw wedi bod o dan adain Idris ers iddyn nhw gyrraedd yma rai blynyddoedd yn ôl yn ffoaduriaid o Syria. Bryd hynny roeddwn i'n rhan o grŵp o fenywod a gododd arian er mwyn rhoi lle i fyw i ffoaduriaid yng Ngheredigion.

Doedd gyda fi ddim mwy o wybodaeth am Syria na neb arall ar y pwyllgor, ond roedd rhai o'r lleill yn edrych arnaf i fod yn gyswllt rhwng y teuluoedd newydd a'r gymuned, oherwydd fy mod i'n Fwslim ac yn siarad Arabeg. Gan fy mod i'n gwybod mor anodd yw hi i setlo mewn lle dieithr, doedd y dasg ddim yn fwrn. Teulu Akram ac Ikhlas oedd y cyntaf i ddod. Doedd Tamir ddim hyd yn oed wedi'i eni pan adawon nhw Syria, gan iddyn nhw orfod aros am flynyddoedd yn Lebanon cyn dod i Brydain. Ganwyd Amirah yng Nghymru.

Maen nhw'n edrych i fyny ac yn gwenu wrth i Dafydd a finnau gerdded i mewn, er bod llygaid Amirah yn tyfu'n fawr wrth weld Dafydd, sy'n ddieithryn iddi. Maen nhw'n fy nabod i'n dda, er na fues i erioed yn berson plant.

'Bore da. Ble mae Mam a Dad?' rwy'n gofyn i Tamir. Mae ei rieni am iddo fe siarad Cymraeg er mwyn ymarfer beth mae'n ei ddysgu yn yr ysgol.

'Nhw wedi mynd i siop,' meddai fe. 'Gadael ni 'ma.'

'Pam?'

Mae'n pwyntio at y ffenest. 'Oherwydd mae'n bwrw glaw.'

Rwy'n plygu wrth Amirah. Mae hi'n chwarae â thegan pren o arch Noa y cerfiodd Idris ers talwm. 'Beth wyt ti'n chwarae, Amirah?' holaf i mewn Arabeg. Mae fy nhafodiaith i yn wahanol iawn i'r un maen nhw'n ei siarad gyda'u rhieni, ond rydyn ni'n gallu deall ein gilydd ddigon.

'Cwch anifeiliaid,' yw ateb Amirah. Mae hi'n gwneud sŵn eliffant (rwy'n credu). 'Maen nhw'n mynd ar y cwch cyn i'r glaw eu boddi nhw.' Mae hi'n gwenu'n siriol.

Yna mae sŵn drws y cefn yn agor ac mae Idris yn cerdded i mewn o'r gegin, olion y tywydd drosto i gyd. Mae Amirah, ei hwyneb yn llawen, yn gweiddi '*Rajul-samak!*' arno, sef ei henw hi am Idris; mae'n golygu, mewn ynganiad merch dair oed, rhywbeth fel 'Mistar Pysgodyn'.

Mae Idris yn dda gyda'r plant ond dyw e ddim beth fydden i'n ei alw yn gariadus. Dydyn nhw ddim yn eistedd ar ei lin i gael stori na dim byd felly. Maen nhw'n bodloni ar chwarae ar lawr y lolfa wrth iddo fe fwrw ati â'i waith. Wrth fy ngweld i a Dafydd mae Idris yn amneidio tua'r gegin ac rydyn ni'n ei ddilyn yno, mas o glyw y plant.

Mae'n gyfyng yn y gegin. Mae Idris yn tyrru uwchben Dafydd, sydd wedi gwelwi wrth i'r hen forwr rythu arno.

'Dyma Dafydd,' meddaf i yn frysiog. 'Mae e'n… Idris, mae pethau od yn mynd mlaen a dwi angen dy help di.'

Mae Idris yn rhwbio ei farf yn fyfyrgar ac yn amneidio arnon ni i eistedd. Bychan yw bwrdd y gegin – bwrdd ar gyfer un. Mae Dafydd a finnau'n rhannu mainc fechan tra bod Idris yn gwegian mewn cadair bren gron sy'n edrych fel tase hi wedi dod oddi ar long o Oes y Tuduriaid.

Does neb yn dweud dim am funud. Gallaf i glywed y ddau blentyn yn chwarae drws nesa. Yna mae Idris yn cydio mewn llechen fach betryal sydd wedi'i chlymu i'w wregys, yn tynnu darn o sialc o'i boced ac yn ysgrifennu rhywbeth ar y llechen. Mae'n ei dangos i fi.

Y golau?

Dyw Idris ddim yn siarad. Dydw i ddim yn gwybod os taw *methu* siarad mae e neu'n dewis peidio, ond dim ond drwy ysgrifennu mae e erioed wedi cyfathrebu gyda fi neu unrhyw un arall. Dyw'r llechen a'r sialc byth yn gadael ei ochr.

'Welest ti fe hefyd? Tua, beth, hanner awr 'di dau y bore?'

Mae Idris yn nodio.

'Beth ti'n meddwl oedd e?'

Mae e'n glanhau'r llechen â'i fys cyn sgriblo rhywbeth newydd arno, *Ddim yn arwydd da.*

Wrth i mi ddarllen y geiriau hynny rwy'n teimlo crafanc o fraw yn fy nghalon. Rwy'n edrych i lygaid Idris er mwyn ceisio gweld sut mae e'n teimlo am y peth. Maen nhw'n ddwfn ac yn loyw.

Dyw Idris ddim yn gwybod popeth amdanaf i, ddim am fy rôl fel Gwyliwr. O leiaf, dydw i ddim wedi dweud dim wrtho fe am hynny. Ond rwy'n aml yn ei holi am bethau dirgel y môr, ac nid dim ond y pethau bob dydd, ac mae e'n rhy gyfrwys i beidio â bod wedi dyfalu bod rhywbeth yn mynd mlaen gyda fi. Dyw e erioed wedi tyrchu ymhellach. Dyna rywbeth arall rwy'n ei hoffi amdano.

Rwy'n meddwl am beth ddigwyddodd ar y traeth. Os yw'r cwlt yma mor beryglus ag y maen nhw'n ymddangos, dydw i ddim moyn rhoi Idris ar eu radar nhw. Mae'n well felly peidio â gadael iddo fe wybod pob manylyn.

Yn frysiog, ac mor ddi-hid ag y gallaf, rwy'n esbonio iddo mod i a Dafydd wedi bod ar y clogwyni yn y nos ac wedi gweld y golau. Yna rwy'n estyn fy mag ac yn tynnu'r disg mas. Dyma'r cylch metel roedd offeiriad y cwlt yn ei ddefnyddio yn ystod y ddefod.

'Fe ges i hyd i hwn ar y traeth yn agos at ble welson ni'r golau,' meddaf i gan ei roi ar y bwrdd rhyngon ni.

Dydw i ddim yn siŵr pam rwy'n dangos y disg i Idris. Y peth call i'w wneud fyddai ei guddio fe rhag llygaid pawb, gan ei fod yn amlwg yn rhywbeth o bwys i'r cwlt hwn. Ond mae'r demtasiwn i weld a yw Idris erioed wedi gweld gwrthrych fel hwn yn ormod.

Y funud mae'n gweld y disg gyda'i symbol bum-coes, mae newid yn dod dros Idris. Mae'n syllu arno ond dyw e ddim yn estyn amdano. Os rhywbeth mae'n symud oddi wrtho.

Rwy'n gallu gweld bod Dafydd hefyd yn anghyfforddus iawn wrth weld y disg. Mae e'n gwrthod dal llygad Idris.

'Ti wedi gweld y symbol yma o'r blaen, Idris?' rwy'n gofyn yn betrus. Mae'r gegin yn teimlo'n glòs yn sydyn, y waliau'n agosach aton ni.

Mae saib hir. Yna mae Idris yn estyn ei lechen ac yn ysgrifennu arno am beth amser.

Ddim wedi gweld y disg o'r blaen. Mae'r symbol yn hen iawn ond ddim yn gwybod beth yw e. Dim ond yn llefydd tywyllaf y byd mae hwn i'w weld. Peryglus.

Mae gwythïen yn fy ngwddw yn dechrau crynu. 'Beth ti'n feddwl, "peryglus"?'

Dim ateb.

Rwy'n plygu ymlaen ato fe. 'Idris, mae pethe mawr yn digwydd. Mae 'na bobol ddrwg iawn lan i rywbeth. Os ti'n gwybod unrhyw beth, wnei di ddweud wrthon ni?'

Mae Idris yn ysgwyd ei ben yn araf. Ei fys yn tapio'r gair ar y llechen. *Peryglus.*

Mae fy nwylo'n ddyrnau o dan y bwrdd. *Ond mae hyn y tu hwnt i fy ngallu i*, dyna rwy'n moyn dweud wrtho. *Mae hyn yn fwy na dim byd wi wedi delio ag e o'r blaen.*

Yn lle hynny rwy'n sibrwd bron, 'Elli *di* wneud rhywbeth amdano fe?'

Mae wyneb Idris yn caledu. *Na*, mae'n ysgrifennu, y sialc yn gwichian.

'Ti'n gwybod am rywun arall fydde'n gallu helpu?' Rwy'n clywed mor desbret rwy'n swnio.

Wrth dapio'i fys eto, yn galed y tro hwn, ar y llechen – *Na* – mae Idris yn sefyll yn sydyn. Mae'n fwy na fi o bron i droedfedd a, gan fy mod i'n eistedd, mae e uwch fy mhen i nawr fel clogwyn tywyll. Rwy'n teimlo fy hun yn suddo i mewn i'r gadair.

Ei wyneb yn gymylau stormus, mae Idris yn crafu'n wyllt ar y llechen ac yn ei ddangos i mi. *Rhaid i chi fynd. Nawr. Rhaid i chi gadw draw o'r tŷ hwn.*

Dyw e ddim wedi bod mor grac â hyn yr holl amser rwy wedi'i nabod e. Mae cryndod yn ei gorff a'i gysgod sydd yn gwneud i mi ei ofni.

Rwy'n gweld ei lygaid e'n symud yn glou tua'r ddau blentyn sydd yn chwarae yn y stafell fyw. Falle taw dyna pam bod e'n moyn i ni adael. Dyw e ddim moyn peryglu'r plant. Ond eto – oes raid iddo fe fod mor llym?

Rwy'n codi, yn lletchwith am fod Idris yn sefyll yn agos. Mae Dafydd, sydd wedi bod yn syllu'n bryderus yr holl amser, yn deall ac yn sefyll hefyd.

'Diolch, Idris,' meddaf i. 'Diolch beth bynnag.'

Mae Idris yn gwneud ei hun yn llai fymryn ac yn ochneidio, yn disgwyl yn llai brawychus – nawr ei fod e'n gwybod ein bod ni'n gadael.

Wrth i fi a Dafydd gerdded drwy'r lolfa – rwy'n bwrw gwên fflat tuag at Amirah a Tamir – mae Idris yn cydio yn fy llawes. Mae'n dangos ei lechen i mi eto.

Bydda'n ofalus.

Rwy'n nodio fy nghadarnhad. Rwy'n methu â chael gwared ar y cwlwm o arswyd sy'n dynn yn fy mrest. Fydda i'n methu â dibynnu ar Idris heddiw wedi'r cyfan. Felly rwy'n rhuthro mas drwy'r glaw at y car, Dafydd yn dynn wrth fy sodlau.

Rwy'n gyrru tuag at Aberystwyth. Mae'r glaw yn dal i gwympo – dyw hi ddim wedi stopio bwrw ers neithiwr, y dŵr yn creu llynnoedd yn yr hewl a'r caeau bob ochr yn troi'n gorsydd. Fel rhywun sy'n byw reit ar bwys yr arfordir, rwyf i wastad yn falch bod tir sych i'w gael pan ydych chi ei angen e, bod ffin rhwng y môr a'r tir – ond, ar ddiwrnod fel heddiw, brau iawn yw'r ffin honno.

Does dim signal ffôn symudol lle mae Idris yn byw, a fawr ddim yn Nhŵr-yr-Heli chwaith. Rwy'n stopio'r car ar ben bryn tu fas i'r dref ac yn estyn fy ffôn o fy mhoced. Rwy'n eistedd yno am funud yn syllu ar y sgrin.

Rwy'n teipio 999 – ond yn oedi cyn gwasgu'r botwm.

Wrth yrru o le Idris rwy wedi penderfynu ffonio'r heddlu. Wel, bron â phenderfynu.

Tra oeddwn i yn ei dŷ fe, cefais yr ysfa i roi popeth ar blât Idris. Mae e'n edrych mor gadarn, fel craig sy'n gallu gwrthsefyll unrhyw storm. Ond doedd e ddim yn gallu fy helpu. Neu ddim moyn.

Felly beth fase'n gwneud synnwyr yw i mi roi gwybod i'r heddlu beth ddigwyddodd ar y traeth ben bore. Mae stopio'r cwlt yn rhywbeth y dylen *nhw* ddelio gydag e. Dyna pam mae prosesau a chyfreithiau'n bodoli, wedi'r cyfan, er mwyn bod unigolion fel fi ddim yn cymryd pethau i'w dwylo eu hunain.

Y broblem yw, dydw i ddim yn trystio'r heddlu – nid yr heddlu ffordd hyn, ta beth. Os bydden i'n mynd atyn nhw ac yn esbonio beth welais i, gan eu gadael nhw i sortio'r cwlt mas, beth fyddai'n digwydd? Hyd yn oed tasen nhw'n fy nghredu i, a fydden nhw'n gwneud rhywbeth am y peth, neu'n ei sgubo fe dan y carped? Yn fwy na dim, wrth olchi fy nwylo o'r broblem, a fyddwn i'n teimlo'n fwy rhydd – neu ar ddisberod?

'Be ti'n neud?' mae Dafydd yn gofyn.

Dydw i ddim yn gwybod.

Ond bydd Mali'n gwybod. Bydd ganddi'r holl wybodaeth sydd ei angen arnaf i. Rwy bob tro'n gallu dibynnu ar Mali.

Rwy'n diffodd sgrin y ffôn a'i roi yn fy mag. Yna'n tanio'r injan.

'Dy fflat di nawr, ife?' rwy'n gofyn, gan geisio swnio'n ddihid. 'Bant â ni.'

5

Mali

Fues i mewn tri chyfarfod yn ystod y bore, ond wnes i ddim talu sylw yn yr un ohonyn nhw. Meddwl gormod am Noor a'r dyn ifanc 'na yng nghefn y car. Chysgais i ddim winc ers eu gadael nhw chwaith – nid mod i byth yn cysgu lawer. Mae 'da fi ofn breuddwydio.

Mae'n chwarter wedi un ar ei ben a fi'n cerdded yn ôl i'r swyddfa sydd gyda fi yng nghefn y Llyfrgell Genedlaethol. Mae rhai pobl yn ei galw hi'n *the witch's hut* pan maen nhw'n credu nad 'yf i'n gwrando. Mae'n wir ei bod hi i lawr cymaint o goridorau ac is-goridorau nes byddai angen hud a lledrith i chi gael hyd iddi heb fap. Hon yw'r seithfed swyddfa i fi ei chael ers dechrau gweithio yma yn y Llyfrgell; saith swyddfa mewn deng mlynedd ar hugain. Sa i'n credu byddan nhw'n rhoi un arall i fi.

Mae'n dywydd brwnt y tu fas. Ar y coridor yma mae'r ffenestri yn hen ac yn drwchus, wedi gwrthod agor ers oes pys. Nid y byddwn i'n moyn eu hagor nhw ar ddydd fel heddi. Mae'r rhybuddion tywydd mor apocalyptaidd nes bod hanner y staff wedi aros gartre – dim modd iddyn nhw ddod â'u ceir i mewn ac mae'r bysus bron i gyd wedi'u canslo. Siawns bydd yr hanner arall yn gorfod mynd adre'n gynnar heddi, yn ôl beth ddwedodd y rheolwr. Ond mi ddois i erbyn naw o'r gloch yn fy Volvo ffyddlon ac fe arhosa i cyhyd ag sydd raid. Fi prin erioed wedi methu diwrnod o waith a doeddwn i ddim yn mynd i adael i dipyn o ddŵr stopio fi rhag dod i mewn heddi.

Yn un peth, mae angen i fi gael hyd i atebion am y cwlt y disgrifiodd Noor. Mae'n swnio fel petai rhywbeth brawychus wedi digwydd ar y traeth 'na. Roedd dim ond bod mas neithiwr yn gwneud i mi deimlo'n anesmwyth. Deimlais i rywbeth anghysurus am y bachan Dafydd 'na hefyd. Fel petai cysgod drosto fe.

Mae fy llygaid yn dechrau llosgi.

Fi'n teimlo'n well erbyn i fi gyrraedd fy swyddfa. Un fechan yw hi. Fi'n cofio'r ddadl ges i gyda'r rheolwyr pan ddwedon nhw bod yn rhaid i fi symud o fy swyddfa flaenorol ac ymuno â system *open-plan* yn yr 'hwb' wasanaethol newydd. Yn y diwedd fe ges i fy ffordd a dyma nhw'n cael hyd i'r stafell hon i fi. Dyw hi ddim yn ddigon mawr i ddal chwarter y llyfrau fi'n berchen arnyn nhw, ond wrth lwc mae lle arall ble fi'n cadw'r gweddill – rhywle dy'n nhw ddim wedi'i ddwyn oddi arna i eto.

Gan ollwng fy hun yn swp y tu ôl i'r ddesg, fi'n cau fy llygaid ac yn ceisio dod â chydbwysedd y tu mewn i'n hun. Dyw cwmni pobl eraill ddim yn gweddu'n dda i fi. Nawr fi'n diflannu i mewn i'n hun. Mae'n dda weithiau gallu cael seibiant rhag realiti.

Yn sydyn mae sŵn. Fi'n troi i weld Kate Roberts yn eistedd ar ben y silff lyfrau yn hisian arnaf i, fel pe bawn i wedi tarfu ar ei chwsg.

'Damo ti, Kate Roberts,' meddaf i, 'ddim nawr. Llwglyd wyt ti?'

Mae Kate Roberts yn grwgnach ac yn llamu i lawr ar ganol y ddesg cyn ymestyn mewn ffordd dra anfoneddigaidd.

Cath yw Kate Roberts. Cawson nhw hyd iddi hi yn cwato yn y Llyfrgell naw mlynedd yn ôl, heb goler amdani. Wedi crwydro oddi ar y stryd, debyg. Fi enwodd hi'n Kate Roberts am iddi fod yn llechu tu ôl i res o gopïau o *Te yn y Grug* pan ffeindon nhw hi. Does dim anifeiliaid i fod yn yr adeilad, ond does neb wedi gallu dal Kate Roberts hyd yn hyn. Mae ganddi guddfannau di-ri a thwneli nad oes neb ond hi yn gwybod amdanyn nhw, felly hi yw anifail anwes answyddogol y Llyfrgell erbyn hyn. Mae HR yn troi'n biws gyda'r syniad bod cath wyllt yn lordio'r staciau ac mae'r ffaith mod i'n ei bwydo hi bron bob dydd yn un o'r ffactorau am y tensiwn rhyngof i a'r penaethiaid. Ond fydden i byth yn gadael i Kate Roberts lwgu. Falle bod hi'n lodes sarrug a di-ddweud, ond mae hi'n cadw cwmni i fi pan nad oes llawer yn gwneud.

Fi'n hysio Kate Roberts bant oddi ar y ddesg. Fi'n rhoi powlen o fwyd iddi lan ar y silff rhwng y *first editions* sy gyda fi o *Traed Mewn Cyffion* ac *Y Byw sy'n Cysgu* ac mae'r gath yn neidio i fyny yno, gan droi ei phen-ôl ata i a dechrau bwyta, ei chynffon yn chwifio'n hamddenol.

Mae arogl sych hen bapur yn llenwi'r stafell wrth i mi dynnu dau lyfr o fy mag a'u gosod ar y ddesg. Dyw'r naill lyfr na'r llall ddim yng nghatalog y Llyfrgell. Daethon nhw'n wreiddiol mas o'r bocsys a bocsys o gyfrolau fu'n eistedd yn nyfnderoedd yr adeilad gan ddisgwyl i rywun roi trefn arnyn nhw.

Fi yw un o'r rhai sydd â'r job hynny. Ond mae gyda fi gyfrinach; weithiau, os fi'n gweld llyfr o fath penodol, smo fi'n gwneud cofnod swyddogol ohono fe. Mae'n mynd i mewn i fy Nghasgliad Personol i yn lle.

Mae grym i eiriau ysgrifenedig. Maen nhw'n gofnod o bethau na ddylid eu hanghofio, yn ffordd o roi anfarwoldeb i rywun neu rywbeth. Ond maen nhw hefyd yn gallu cael eu haddasu a'u golygu a'u camgofio a'u camddehongli – ac mae mwy fyth o bŵer yn hynny.

Mae rhai llyfrau yn beryglus.

Sa i'n cofio pryd i fi wneud y penderfyniad i adnabod llyfrau o'r fath a'u cadw bant o olwg y cyhoedd. Doedd e ddim yn fwriadol ar y dechrau; fe fydden i'n benthyg llyfr o'r pentwr nawr ac yn y man, er mwyn ei ddarllen yn fy amser fy hun cyn i mi orfod ei gofnodi a'i ryddhau i'r silffoedd, ond wedyn yn anghofio ei ddychwelyd. Byddai diddordeb arbennig gyda fi mewn cyfrolau oedd yn sôn am y Gymru go iawn, y Gymru sy'n cuddio tu ôl i'r baneri a'r traddodiadau a'r chwedlau.

Ond buan y byddwn i'n sylweddoli bod llygaid pobl gyffredin ddim i fod i weld y tudalennau hyn. Datblygodd y 'benthyg' yn fwy o berchnogaeth wrth i mi gadw fy ngafael arnyn nhw. A dros amser fe ddaeth yn gasgliad. Y Casgliad.

Llyfrau anarferol, esoterig o bedwar ban byd ydyn nhw. Y math sy'n cynnwys gwybodaeth y mae'r rhan fwyaf o bobl heddiw wedi'i hen anghofio. Llyfrau prin. Llyfrau unigryw. Llyfrau gwaharddedig.

Mae'r Casgliad wedi'i guddio yn un o'r stafelloedd angof yng ngwaelodion tywyllaf yr adeilad, i lawr drysfa o gynteddau oer. Does neb yn mynd yno heblaw amdanaf i. Does neb o staff y Llyfrgell yn gwybod am y Casgliad – ychydig iawn o bobl arall sydd – ac mae'n well iddo aros fel hynny. Mae anwybodaeth weithiau yn beth braf.

Bore 'ma, cyn y cyfarfod cyntaf, cyn y wawr, fe chwilotais i drwy'r Casgliad a chael hyd i'r ddau lyfr hyn. Fi wedi darllen pob llyfr yn y Casgliad o leiaf unwaith, ond gydag ailddarllen daw mwy o ddealltwriaeth. Ddwedodd Noor fod y cwlt yn gwisgo clogynnau glas, a bod yr offeiriad wedi defnyddio geiriau fel 'offrwm' ac 'arwydd'. Mae'r ddwy gyfrol yma yn trafod cyltiau traddodiadol Prydain a'u symbolaeth. Rhywle rhwng y cloriau mae esboniadau i beth ddigwyddodd neithiwr – fi'n siŵr o hynny. Fi'n berwi'r tegell ac yn setlo lawr i ddarllen.

Mae'r print ar y tudalennau brown mor hynafol, ac ansawdd y tudalennau mor wachul, nes y bydd hi'n cymryd peth amser i fi balu fy ffordd drwyddyn nhw. Heblaw am hynny, nid yn y Gymraeg mae hwn ond mewn Lladin canoloesol. Fi'n gallu darllen Lladin, ond mae e'n ornest ychwanegol.

Fi'n palu ymlaen, yr hen ieithwedd a'r llythrennau yn raddol yn creu synnwyr yn fy mhen wrth i mi symud fy mys ar draws y dudalen. Mae fy ngwefus yn symud yn fud wrth i mi gyfieithu'n araf.

Yn sydyn mae poen miniog yn trywanu fy nhalcen. Fi'n cau fy llygaid yn dynn.

Ddim nawr! Pam nawr?

Mae'n boen fi'n rhy gyfarwydd ag e. Mae'n fy nharo i pan fi'n darllen, yn enwedig, ond ar adegau eraill hefyd. Bob tro yn dod mas o nunlle. Teimlad fel meigryn, ond nid y meigryn yw e.

Y Llyfr Glas yw e.

Y Llyfr Glas yn galw arna i. Yn fy nhynnu i'n ôl tuag ato fe, tuag ato *fe*, yn bygwth fy nghofleidio â'i grafangau—

Na. Fi'n agor fy llygaid. Yn cymryd llymaid mawr o de.

Chei di mohona i heddi, gwboi…

Mae Noor fy angen i. Rydyn ni'n *partners in crime*, fel fi'n dweud wrthi, yn helpu ein gilydd pryd bynnag mae angen. Wel, nawr mae hi angen fy help i.

Bydd hi yma unrhyw funud, sbo, a bydd hi'n disgwyl cael synnwyr mas ohonof i. Felly fi'n craffu ar eiriau'r gorffennol er mwyn chwilio am atebion.

Dyna pryd mae'r ffôn ar y ddesg yn canu.

Damo. Fi'n casáu siarad ar y ffôn.

Kirsty sydd yno. Mae hi'n gweithio wrth y ddesg flaen – ac mae hi mewn dipyn o fflap.

'Mali, mae rhywun 'ma i dy weld di.'

'Fi'n fisi.' Does dim amser gyda fi i ragor o gyfarfodydd heddi. Mae pethau pwysicach i'w gwneud.

'Mae'r... person hyn yn insistent iawn. Wedi bod yma ers sbel. Yn dechre mynd yn agitated.'

'Dwed wrthyn nhw am ddod yn ôl fory plîs, Kirsty.'

Fi ar fin rhoi'r ffôn i lawr pan fi'n clywed llais arall yn y cefndir, yn amlwg yn siarad gyda Kirsty ac yn dweud, 'Mae'n rhaid i fi weld Mali Teifi rŵan hyn. Mae o am Lleucu. Dwedwch fod o am Lleucu.'

Fi'n oedi. Mae'r enw Lleucu yn canu cloch ym mhellafoedd fy meddwl, ond alla i ddim rhoi pìn yn yr atgof.

'Mali, ti yna?' meddai Kirsty.

Dyma fi'n ochneidio'n ddwfn. 'Iawn. Fydda i lan mewn deg munud.'

Mae'r Llyfrgell Genedlaethol yn sefyll ers dros ganrif. Dros y blynyddoedd mae rhannau wedi cael eu hychwanegu neu eu diweddaru, tra bod rhannau eraill bron fel buon nhw ers yr Ail Ryfel Byd. Wrth i mi gerdded tuag at y brif fynedfa, mae'r newydd yn cymryd drosodd oddi wrth yr hynafol o flaen fy llygaid. Mae'r rhannau newydd yn ddisgleirdeb o wydr a phaent llachar, o loriau sgleiniog ac olion buddsoddi. Dim ond pobl fel fi maen nhw'n eu cuddio mas y bac.

Fel arfer mae'r brif fynedfa yn brysur, fel byddech chi'n ei ddisgwyl, ond heddi mae bron yn wag. Does fawr ddim all demtio pobl i lyfrgell ar fore fel hwn.

Fi'n gweld yn syth pwy oedd wedi bod yn gofyn amdana i. Allech chi ddim eu methu nhw – yn sefyll yno yn wlyb diferol gyda wyneb fyddai'n tawelu'r dyfroedd. Mae Kirsty yn fy ngalw i draw, y rhyddhad yn glir yn ei llygaid.

Mae'r ymwelydd yn troi ata i wrth i mi nesáu. Dyma sgimren o beth tenau: ifanc, falle tridegau cynnar; croen brown; llygaid blinedig ond treiddgar; gwallt o gwrls tynn wedi'i lifo'n las ac wedi'i eillio rownd ochrau a chefn y pen; dillad blêr sy'n dangos staeniau chwys o dan ceseiliau'r crys-T a baw ar odre'r jîns; hen sgrepan yn cael ei ddal mewn dwylo sy'n goch gan oerfel. Mae'r olion gwlyb ar y llawr yn arwydd bod y sgimren wedi bod yn cerdded yn ôl ac ymlaen ers achau.

'Pnawn da. Mali Teifi 'yf i.' Fi'n clymu fy nwylo tu ôl i fy nghefn i beidio gorfod ysgwyd llaw.

Mae sgwyddau'r ymwelydd yn gostwng fymryn. 'Helô 'na.' Acen ogleddol. 'Helyg dwi. Helyg O'Shea. Dwi'n iwsio "nhw".'

Nhw? Mae'n cymryd munud i fi ddeall, ond iawn, 'nhw' yw'r rhagenw maen nhw'n moyn i fi ei ddefnyddio. Digon hawdd.

'Ym, iawn. Sut alla i'ch helpu chi, Helyg?'

'Dwi 'di bod yn trio cael gafael arnoch chi ers dyddiau. Gafoch chi 'yn e-byst i?'

Fi'n llyfu fy ngwefus. 'Sori, mae'n rhaid mod i wedi'u methu nhw.' Fi'n tsieco fy e-bost pan fo raid, ond mae'n well 'da fi gyffyrddiad papur go iawn.

'Nesh i ffonio ddoe hefyd.'

'Oeddwn i'n brysur ddoe. Wel, fi 'ma nawr.'

Mae Helyg yn rhedeg llaw drwy eu gwallt. 'Dach chi'n nabod Lleucu Powell?'

Pam mae'r enw yna'n canu cloch? 'Fi ddim yn siŵr. Pwy yw hi?'

'Hogan Gwilym Powell. Dwi'n meddwl bod chi'n arfer ei nabod o?'

Mewn ton o atgofion fi'n sylweddoli pwy maen nhw'n sôn amdano. Gwilym Powell. Wel, wel.

Fi'n teimlo'n hun yn gwrido tamed.

'Wela i. Ie, fi'n cofio Gwilym. Ac yn cofio Lleucu fach hefyd, nawr bod chi'n gweud.' Mae rhywbeth am y cyfyng gyngor sy'n dawnsio yn llygaid Helyg O'Shea yn cynnau fflam o bryder ynof i. Fi'n edrych o gwmpas.

'Beth am i ni gael hyd i rywle bach yn dawelach?'

A hithau yn dri munud wedi dau o'r gloch, fi'n hebrwng Helyg at ardal mas o'r ffordd, i lawr y coridor o'r fynedfa. Mae cadeiriau esmwyth yma a phentwr o bapurau newydd ddoe ar fwrdd coffi gerllaw. Does neb arall yma a dyw pobl ddim yn pasio'n aml.

Fi'n cymryd un o'r cadeiriau ac mae Helyg yn eistedd gyferbyn.

'Chi'n nabod Gwilym?' meddaf i.

'Ddim rili. Ond dwi'n nabod Lleucu.'

'Shwt mae Gwilym?'

Saib fer sy'n dweud y cyfan. 'Sori, wnaeth o farw ychydig flynyddoedd yn ôl.'

Mae'r newyddion yn dyrnu fy nghalon yn fwy nag oeddwn i'n ei ddisgwyl. Mae fy mrest yn mynd yn boeth. 'O. Doedd e ddim yn hen iawn.'

'Nag oedd. Liwcimia, dwi'n meddwl.'

Fi'n edrych ar y wal am funud. Mae poster yno sy'n dweud *cofiwch adnewyddu eich cerdyn llyfrgell bob tair blynedd*.

Roeddwn i'n hoff o Gwilym.

'Fi'n cofio Lleucu,' meddaf i yn dawel, heb ddal llygaid Helyg. 'Heb ei gweld hi ers iddi fod yn blentyn. Oedd hi'n groten fach ddeallus a siaradus bryd 'ny.'

'Amdani hi dwi isio siarad efo chi.' Mae Helyg yn pwyso yn eu blaen. Alla i glywed curiad eu calon nhw o fan hyn. 'Mae hi wedi diflannu.'

Fi'n syllu arnyn nhw'n gegrwth.

'Wedi diflannu?'

'Do.'

'Sut? Pryd?'

Mae Helyg yn llyncu'n galed. 'Pythefnos yn ôl. Ar yr ynys. Mi o'n i'n teimlo bod yna rywbeth annifyr am y lle, ond oedd Lleucu'n mynnu. Wedyn aeth hi â ni i'r ogof 'ma. Un munud oedd hi yno; y munud nesa oedd hi 'di mynd. Mae'n rhaid bod 'na esboniad call iddo fo i gyd. Ond does neb yn fodlon helpu fi.'

Mae'r geiriau'n dymchwel o'u ceg nhw mor glou nes mod i'n methu dilyn. Mae Helyg yn stopio i ddal eu gwynt.

'Sori,' maen nhw'n dweud wedyn. 'Dwi ddim yn gwbod lle arall i droi.'

'Cymerwch eich amser, Helyg. Pam y'ch chi wedi dod ataf i?'

Maen nhw'n agor poced flaen eu sgrepan ac yn tynnu mas darn o bapur wedi'i blygu'n ddestlus. 'Achos hwn.' Mae Helyg yn agor y papur yn ofalus, bron fel pe bai'n grair, ac yn ei droi i fy wynebu. Llythyr ysgrifenedig yw e sy'n llenwi un ochr o'r papur. Allaf i ddim ei ddarllen e'n iawn heb fy sbectol.

'Ylwch fama,' medd Helyg wrth bwyntio at frawddeg sydd

ar droed y dudalen. Fi'n craffu. Mae wedi'i ysgrifennu fel *postscript*, yr ysgrifen yn frysiog a diofal.

Dyma mae'n ddweud, *os oes raid, dos at Mali Teifi – hen ffrind i Dad – fydd hi'n gwbod be i neud*.

Hyd yn oed heb ddarllen y gweddill, mae hwnna yn fy nharo fel geiriau rhywun sydd mewn helynt dirfawr. Druan o Lleucu.

'Chi wedi bod at yr heddlu?'

Mae Helyg yn rhoi gwên ddilornus. 'Dydi'r heddlu'n coelio dim dwi'n ddeud. Maen nhw'n neud fi allan i fod yn nyts. Ond dwi *ddim* yn nyts.'

'Na. Wrth gwrs. Wel, beth oedd Lleucu yn ei wneud cyn iddi ddiflannu?'

Mae Helyg yn parablu eu stori. Rhywbeth am Lleucu yn mynd â nhw i Ynys Gwales, ei bod hi wedi bod yn 'paranoid ac yn siarad â hi ei hun', a bod y ddau ohonyn nhw wedi cael hyd i adfeilion rhyfedd o dan yr ynys. Maen nhw'n sôn am adar hefyd, ofn yn disgleirio yn eu llygaid.

'Dwi'n meddwl,' medd Helyg wrth orffen, 'bod rhywun 'di cipio Lleucu. Does 'na'm esboniad arall.'

'Pam y'ch chi'n meddwl hynny?'

Maen nhw'n llyfu eu gwefusau yn ofalus. 'O'n i'n ama bod rhywun 'di'n dilyn ni lawr o'r gogledd. Ges i'r teimlad od 'ma pan oedden ni ar yr ynys – bod 'na rywun arall yno hefo ni, er to'n i'n methu gweld neb. Mi oedd Lleucu yn rili stresd am rwbath. Ac yn ofn – gymaint o ofn arni. Fatha bod hi 'di rhoi ei thrwyn i mewn i rwbath toedd hi'm fod i neud. O'n i'n meddwl ella bod rhywun ar ei hôl hi achos hynna. Ac na nhw nath snatsio hi pan oeddan ni yn Ynys Gwales.'

Fi'n cymryd anadl ddofn. 'Mae'n flin 'da fi, Helyg, ond sa i'n gwybod beth alla i wneud i helpu. Menyw wyf i sydd ar yr ochr anghywir o'i chanol oed ac yn byw yn ei llyfrau. Be wn i am bobol druan sydd wedi cael eu herwgipio? Fi'n flin eich bod chi 'di cael profiad anodd 'da'r heddlu, ond mae hyn wir yn swnio fel rhywbeth mae angen i chi ei adael yn eu dwylo nhw.'

Mae Helyg yn pwyso mlaen. 'Ylwch, dwi'm yn siŵr pam, ond mi oedd Lleucu yn meddwl y basech chi'n medru neud rwbath. Fel arall, pam 'sa hi 'di rhoi'ch enw chi ar waelod y llythyr fel y peth ola sgwennodd hi? A dwi'n trystio ei instincts hi.'

Mae tyndra y tu mewn i mi: fi moyn helpu Helyg a Lleucu, os gallaf i, oherwydd fi'n cofio'r ferch fach honno oedd yn dod i aros yn Bow Street ers talwm, pan fyddai ei thad yn dod i ymweld â'i hen ffrind coleg. Mae gen i atgof clir o Lleucu yn gwrando'n llygadrwth arnaf i'n darllen detholiadau o'r Mabinogi iddi hi o flaen y tân. Bu ei mam hi farw pan oedd hi'n ddim o beth, a'i thad a'i magodd hi wedyn. Gwilym.

Roeddwn i'n hoff o Gwilym.

Ar y llaw arall, nid dim ond Helyg sydd angen fy help. Mae'r hyn mae Noor wedi ei ddatgelu yn hollbwysig – yn bwysicach, ddwedwn i – yn broblem sydd angen ei datrys yn syth. Dyw amser ddim o'n plaid ni. Allaf i ddim gadael i fy llygad lithro.

Fi'n ciledrych ar fy watsh. Ugain munud wedi dau.

'Helyg,' fi'n cyfaddawdu, gan ddechrau codi, 'fe wna i drial eich helpu chi, ond does 'da fi ddim yr amser heddi. Mae gwaith ofnadw o bwysig 'da fi i'w orffen gynta. Ond,' fi'n ychwanegu wrth weld eu hwyneb, 'fe wna i geisio cael hyd i amser cyn diwedd y pnawn i feddwl am bwy *all* eich helpu. Mae'n siŵr galla i feddwl am rywun fyddai'n gwybod mwy am... sefyllfaoedd fel hyn.' Sa i'n siŵr am hynny o gwbl, ond mae'n teimlo fel y peth iawn i'w ddweud. 'Oes rhif ffôn galla i ei ddefnyddio i gael gafael arnoch chi?'

Mae Helyg yn oedi cyn sythu yn eu sedd. 'Mi wna i aros fama, os ydi hynna'n iawn. Nes bod gynnoch chi amser i siarad.'

Fi'n sniffio. 'Iawn, 'te. Mae 'na gaffi yr ochor arall i'r cyntedd os y'ch chi…'

'Ma fama'n iawn.' Maen nhw'n gwasgu llythyr Lleucu i fy llaw. 'Darllenwch hwn. Plîs. Ella neith o newid eich meddwl chi.'

Fi'n cymryd y llythyr, yn ei ailblygu heb ei ddarllen, a'i roi yn fy mhoced. 'Iawn.' Ond eisoes mae fy meddyliau yn symud yn ôl i'r llyfr Lladin roeddwn i'n ei ddarllen gynnau fach.

Fi'n gadael Helyg yn eistedd braidd yn stiff yn yr alcof. Fi'n gwneud nodyn yn fy mhen i geisio cael pum munud yn nes ymlaen i fynd i siarad gyda nhw eto. Dim ond tegwch fyddai hynny.

Yn ôl yn fy swyddfa – a hithau bellach yn bum munud ar hugain i dri – fi'n prysuro yn syth at yr hen lyfrau eto. Mae Kate Roberts wedi mynd yn dorch ar ochr y ddesg. Fi'n gadael iddi gysgu.

Yna, gyda fy sbectol ddarllen ymlaen a chan bwyso dros y tudalennau cyntefig, fi'n ceisio dod yn nes at y gwirionedd.

6

Dafydd

Ma'r tywydd yn ddiawledig wrth i ni ddreifio i mewn i Aberystwyth.

Hen hatchback pot-jam ydi car Noor, efo suspension sy'n neud chdi deimlo fel tasa chdi'n ista yn gefn pic-yp, ond ma'r injan yn reit solid chwara teg, so 'dan ni'n mynd ar dipyn o glip. Ma Noor yn dreifio fel woman on a mission.

Ma tidal waves masif yn codi ar bob ochor pan 'dan ni'n dreifio drwy bylla ar y lôn. Dwi'n convinced bod y dŵr am ddŵad mewn drwy'r gaps yn ochra'r drysa, achos garantîd dydi'r car 'ma ddim yn waterproof.

Ma allt Penglais fatha afon, y draenia 'di overflowio achos y glaw. Yr holl geir yn dod tuag aton ni, neb yn mynd run ffordd â ni. Pawb yn trio denig o'r dre. Chydig o bobol yn trio cerad ar y pafin ond dwi'n hannar disgwyl gweld y gwynt yn pigo nhw fyny a rhoi fflîch iddyn nhw i'r awyr. So ma strydoedd Aber yn wag heddiw, achos ma unrhyw un sy hefo sens yn aros tu mewn tan bod y storm yn pasio.

Os neith y storm basio.

Ma'r dre 'ma'n dal yn ddiarth i fi. Dwi mond 'di bod 'ma ers, be, tri mis. Odd raid fi neud quick relocation pan aeth petha'n ffliwt yn Sir Fôn. Y rheswm nesh i ddewis Aberystwyth oedd am bod neb yn gwbod pwy ydw i fama – ond yr hira dwi'n aros, y mwya o risg sy 'na bydd pobol yn dŵad i nabod fi. So cwpwl o wsnosa'n ôl nesh i ddechra neud plans i symud mlaen, ella i America. Rwla lle basa pobol *rili* ddim yn nabod fi.

Ond wedyn nesh i gyfarfod y Doc.

Dwi'n deud wrth Noor lle ma fflat fi ac ma'i'n nodio. Ma'i'n nabod ffordd hi rownd y dre, so dwi'n sbiad allan o ffenast.

Ma'n edrach fel bod y siopa i gyd ar gau achos y tywydd. Ma'r newsagents 'di cymryd y signs i fewn fel bod nhw ddim yn chwythu ffwr a'r caffis 'di sdacio cadeiria am ben y byrdda tu allan – er bod y gwynt yn cario amball gadar ar hyd y lôn.

Dyna pryd dwi'n gweld rhywun ar y pafin wrth i ni basio. Jyst am eiliad. Dwi'n teimlo rysh o banig, achos dwi'n taeru bo fi'n nabod yr wynab sy dan yr hwd llwyd 'na. *Oedd hi'n edrach arna fi?*

Dwi'n troi pen fi i jecio ond fedra i'm gweld neb rŵan.

Dwi'n sincio lawr yn sêt fi. Dyna downside y ffaith bod 'na fawr neb allan heddiw: os dy'n *nhw* allan yn chwilio amdana fi, dwi'n hollol exposed…

Ma Noor yn tynnu fyny tu allan i fflat fi sy ar ochra'r dre. Ma'i'n edrach i fyny ar y bilding a dwi'n medru deud bod hi'n jyjio'r lle, ond ma'i'n ddigon ffeind i beidio deud dim byd.

'Wna i aros amdanat ti fan hyn,' ma'i'n deud. Ma accent hi'n rili gwahanol, ia, ac obviously dim Cymraeg ydi iaith gynta hi, lle bynnag ma'i'n dod o. Siarad o'n rili da ddo. Siarad o'n well na fi.

'Does 'im raid i chdi.' Dwi rili ddim isio iddi hi aros.

'Dyw e ddim yn broblem.'

Blydi hel. Ocê, 'ta.

Dwi'n mymblan diolch ac yn cleimio allan o'r car. Ma'r glaw

yn hitio côt fi yn syth so dwi'n rhedag at y drws ffrynt. Taro'r rhifa mewn i'r keypad ac wedyn dwi fewn.

'Di fama ddim yn lle neis i fyw. Hen stiwdant housing ydi o nath fynd yn rhy ryff hydnoed i stiwdants, so ma pawb sy'n byw 'ma rŵan yn doj. Ma 'na staenia ar y grisia ac ma'r paent yn pilio o'r walia, sy'n damp drwy'r amsar. Miwsig swnllyd uffernol yn dŵad o fflat y boi moel sy ella'n cwcio meth. Dwi'n brysio pasio drws fo ac i fyny.

Ma fflat fi ar y llawr top. Gen ti'r boi meth ar y llawr gwaelod a dau fflat ar bob llawr wedyn, so saith fflat i gyd. Dwi'n meddwl bod cwpwl ohonyn nhw'n wag, ond ma'n teimlo fel tasa occupants y bloc yn newid bron bob wsnos.

Dwi'n stopio ar y landin top ac yn cofio'n sydyn bod goriada fi ddim genna fi.

Dwi'n sefyll fama yn gwisgo dillad rhywun arall a methu mynd i fewn i fflat fi'n hun.

Shit. Idiyt.

Technically faswn i'n medru galw'r landlord i ddŵad draw i agor y drws i fi, ond does genna fi ddim ffôn chwaith. Dydi'r landlord ddim yn foi clên eniwe.

Drip.

Ma 'na ddropyn o ddŵr, yn oer fel rhew, yn disgyn i lawr cefn côt fi. Dwi'n gorod brathu gwefus fi cofn i fi weiddi. Dwi'n sbio i fyny.

Drip.

Fedra i weld staen tywyll yn yr hen baent. Ma 'na leak yn y to. Ma'r bilding 'ma mor nacyrd nes bod y glaw yn literally dŵad trwodd at fama.

Drip.

Dwi'n gwylio wrth i'r diferion sblashio ar y llawr laminet wrth traed fi. Pob *drip* yn neud eco off y walia. Dwi'n sylwi bod mysls fi i gyd wedi tensio.

Ma'r letter-opener 'na nesh i fachu o tŷ Noor dal genna fi. Dwi'n tynnu fo allan o pocad fi ac yn sterio arno fo, wedyn ar y twll clo. Dwi rioed 'di medru pigo cloeon, ond dwi 'di gweld ffilms lle ma boi yn neud o efo cyllall. Ond sgen i'm clem sut i neud hynna. Dwi'n rhoid y letter-opener 'nôl yn bocad y gôt ac yn teimlo'n thic.

Drip.

Blydi hel. Ma *raid* i fi gal fewn i'r fflat. Un opsiwn sy ar ôl: dwi'n mynd i orfod torri mewn i fflat fi'n hun.

Drip.

Dwi'n gafal yn yr handlan efo dwy law, sbredio traed fi ac yn preparo i roi ysgwydd fi yn erbyn pren y drws.

Ond pan dwi'n cyffwrdd o, ma'r drws yn agor...

Dwi ar full alert rŵan. Oes 'na jans nesh i'm cloi'r drws ar ôl 'yn hun? O'n i mewn dipyn o stad pan o'n i yma ddwytha, tri diwrnod yn ôl. So... ella?

Drip.

Drip.

Yn slo bach dwi'n gwthio'r drws ac mae o'n gwichian yr holl ffor ar agor. Dwi'n hofran yn y ffrâm am funud, jyst yn gwrando. Mond yn medru clŵad sŵn y glaw yn hamro'r ffenestri. A'r blydi dripian 'na o'r to.

Drip.

Drip.

Drip.

Mor ddistaw â dwi'n medru, dwi'n camu fewn i'r fflat. Dwi ddim yn anadlu.

Bedsit ydi'r fflat rili. Ma 'na un brif stafall sy'n combined living room a gegin, tra ma 'na bathrwm off i'r dde a bedrwm off i'r chwith. Sa chdi'n medru neidio o un pen i'r fflat i'r llall, dyna pa mor crampd 'di o. Sgen i'm lot o ddodrafn – basically jyst be nath y previous occupant gadal ar ôl: soffa, bwrdd efo cadeiria sy'n mismatched, TV stand heb TV arno fo... Dim y math o le fasach chi'n dŵad â fisitors iddo fo.

Does neb arall yma. Ma'r lle jyst fel nesh i adal o.

Ma relief yn fflydio drwydda fi. Dy'n nhw heb ffeindio fi eto.

Fydd raid i fi bacio'n gyflym: mond y bare essentials, ond digon i fi fedru byw ar y lôn am dipyn. Ma 'na gwpwl o fechdana ready-made yn y ffrij (dwi'n prynu nhw o Spar er mwyn safio gorod cwcio), er bod nhw'n sych braidd erbyn hyn, a potal o ddŵr, so dwi'n stasio'r cwbwl mewn bacpac sy'n gorfadd wrth y soffa. Dwi angan dillad, obviously, ac isio newid allan o'r hand-me-downs hen-ffasiwn 'ma dwi'n wisgo, so dwi'n mynd i mewn i'r bedrwm i nôl rwbath o'r cwpwrdd. Dwi'n tynnu côt fi a taflu hi ar y gwely.

Dyna pryd ma rhywun yn gafal ynddo fi.

Instinct cynta fi ydi i wthio yndôl yn erbyn nhw, ond ma'n nhw'n gry ac yn lapio braich nhw rownd gwddw fi. Dwi'n stryglo, cicio. Ma llaw arall nhw yn grabio chest fi ac ma'n nhw'n trio codi fi. Dwi'n hitio elbow fi i mewn i bol nhw – ma'n nhw'n gryntio mewn poen ac yn llacio grip nhw. Dwi'n plygu coesa fi ac yn smasho fi a nhw i mewn i'r wal. Ma'n nhw'n gollwng fynd.

Dwi'n sbinio rownd, dwrn fi'n tynnu'n ôl yn barod i pynshio nhw.

Dyn sy 'na. Boi mawr, dros ei six foot. Ma croen fo'n edrach yn sâl, bron yn felyn, fatha malnourished ydi o neu rwbath. Mae o'n gwisgo côt hir sy'n dripian ar y carpad ac ma'i hwd o 'di tynnu lawr, ond dwi'n gweld llgada fo ac ma fel tasa fflama'n llosgi tu mewn i eyeballs fo. Y peth weird ydi, dydi o'm yn edrach yn flin: mae o bron yn emotionless, rili, heblaw bod 'na rwbath rili intense am y ffordd ma'n sbiad arna fi. Mae o'n plygu lawr fatha bod o'n mynd i ymosod arna fi eto.

A dwi'n sylwi bo fi'n nabod o...

Ma brên fi 'di cicio i mewn i fight or flight, adrenalin yn nadu fi rhag meddwl yn strêt, ond dwi'n meddwl bod y boi yma'n gweithio i'r Doc. Dwi'n cal memory sydyn o wynab fo yn ganol môr o wyneba erill, pob un yn edrach yr un fath – y tân melyn 'ma yn llgada nhw...

Mae o'n lansio tuag ata fi ac yn grabio fi fatha tasa fo'n arth. Dwi'n scrawny, ia, a llai cry na fo, ond dwi'n ffastach. Cyn i fi wbod be dwi'n neud dwi 'di side-stepio fo ac yn smacio dwrn i mewn i jaw fo. Yn galad.

Ma 'na gyrgl yn dod o gwddw fo – rhwng rhuo llew a rhywun yn crio. Yna mae o'n hitio fi lawr ar y gwely efo cefn ei law. Mae pob dim yn ddu am eiliad. Wrth bo fi'n gorfadd ar y gwely mae o'n troi fi ar 'y mol ac yn twistio braich chwith fi tu ôl i cefn fi. Dwi'n gweiddi.

Dwi'n clŵad sŵn ripio a dwi'n nabod sŵn rhwygo duct tape. Ma penglin y boi yn pinio fi lawr a dwi'n stryglo i anadlu. Dwi'n stryglo wrth iddo fo drio lapio'r tâp rownd ceg fi. Ma llaw dde fi'n sgrablo o gwmpas am unrhyw beth fedrith helpu fi. Ma bysadd fi'n cyffwrdd rwbath gwlyb ar y gwely o dana ni – côt fi.

Dwi'n iwsio strength fi i gyd ac yn gwthio i fyny. 'Dan ni'n rowlio off y gwely – a smac ar y llawr, fo ar 'mhen i. Mae o'n uffernol o drwm.

Yn sydyn mae o'n neud y sŵn gyrgl od eto. Ma golwg confused ar wynab fo wrth iddo fo stagro yndôl oddi arna fi. Mae o'n cymryd cwpwl o steps ara cyn slympio i lawr yn ben draw'r stafall. Yn sterio arna fi drwy'r amsar. Wedyn mae o'n cau llgada fo.

Ma cyllall yn sticio allan o chest fo.

Y letter-opener 'na gesh i yn nhŷ Noor ydi o. Ma raid bo fi, heb sylweddoli, 'di tynnu fo allan o pocad côt fi pan oeddan ni'n cwffio.

Dwi heb stabio neb ers ages.

Dwi'n sefyll, braidd yn groggy. Pen fi'n troi. Dwi'n gadal y boi – 'di o wedi marw? – ar y llawr ac yn mynd i'r bathrwm a golchi wynab fi efo dŵr oer a trio llnau'r gwaed off dylo fi gymaint â dwi'n medru. Dwi'n newid i dillad fi'n hun ac yn stwffio petha sbâr i mewn i'r bacpac.

Dwi hefyd yn nôl y gwn o'r lle o'n i 'di cuddio fo dan y gwely.

Dwi'm yn mad keen ar gael gynna, 'de, ond ma'r handgun yma'n souvenir o'r lle o'n i cynt.

Dwi'n tsiecio fo. Un deg dau bwlet yn y clip. Fully loaded. Dwi'n rhoi'r gwn yn waistband trwsus fi ac yn gwisgo jaced i guddiad o.

Mi ddoth y boi yma ar ôl fi – 'di cal ei anfon gan y Doc ma siŵr. Di ffeindio allan bo fi 'di syrfeifio ac isio gorffan be ddechreuon nhw.

Hwn 'di signal fi i adal y dre 'ma am byth.

Dwi'n mynd at ffenast y stafall wely ac yn edrach allan. Drw'r glaw fedra i weld bod 'na ffordd i fi ddringo i lawr ochor y tŷ, er fydd hi'n risgi. Ond ffor 'na neith Noor ddim gweld fi'n gadal. Gobeithio neith hi jyst colli mynadd a gyrru o 'ma. Gwell iddi hi felna.

Dwi'n rhoid strapia'r bacpac rownd sgwydda fi a paratoi i agor y ffenast.

Dyna pryd dwi'n stopio. Yn edrach ar y dyn sy'n ista yn y gornal.

Ma gwaed yn dechra neud pwll o dano fo rŵan. Ma calon fi fel tarana yn clustia fi.

Ella dylwn i alw ambiwlans. Ond fasa hynna'n tynnu gormod o sylw ata fi. Ac ma'r boi yma'n haeddu be bynnag sy'n dŵad iddo fo.

Ond well i fi jecio eniwe.

Yn uffernol o ara, dwi'n mynd ato fo a plygu lawr. Mae o'n dal i anadlu, jyst. Hanging on by a thread.

Dwi'n gadal y letter-opener yn sownd ynddo fo. Dwi'm digon dewr i dynnu fo allan.

Dwi'n edrach drw pocedi fo. Fydda i angan pres i gal o 'ma. Dwi'n chwilio ond yn cadw un llygad ar gwynab fo cofn bod o'n deffro. Dydi o ddim yn deffro.

Sgynno fo ddim pres arno fo. Ond ma gynno fo mobeil. Dwi'n cynna'r ffôn ac yn gweld bod y sgrin ddim yn locked. Handset rhad – burner phone. Dim ond un rhif sy gynno fo yn y phonebook. Dwi'n meddwl bo fi'n nabod y rhif.

Dio heb ddarllan y text dwytha mae o 'di dderbyn. Dwi'n pwyso ar y mesij. Dim ond imej ydi o, dim geiria; ma'n cymryd cwpwl o eiliada i downloadio.

Pan dwi'n gweld llun o be ydi o, dwi'n rhegi.

Screenshot off ryw website ydi o. Local news neu rwbath ella. Llun o ddynas yn gwenu a siarad efo pobol erill, mewn ryw event neu'i gilydd.

Llun o Noor.

Pam uffar ma'n nhw 'di anfon llun o Noor at y boi yma?

Yna dwi'n gweld at pwy ma'r text wedi cal ei anfon. Multiple addresses.

Ma *llwyth* o bobol wedi derbyn y llun yma.

Y bora 'ma.

Ma Noor mewn peryg. Ma'n nhw ar ei hôl hi. Ma'r llun iddyn nhw fedru nabod hi. Ac os dy'n nhw am ladd fi, ma'n nhw probably am ladd Noor hefyd.

Dwi'n sefyll. Ma traed fi'n teimlo mor drwm.

'Di hyn ddim problam fi. Ddyliwn i jyst mynd. Gadal Aber, gadal Cymru. Fedrith Noor ddelio efo hyn ei hun. Ma'i'n ddynas capable.

Ond nath hi helpu chdi pan doedd 'na neb arall.

Ac am ryw reswm weird, yr unig beth dwi'n clŵad ydi dripian y dŵr drwy'r twll yn y to ar y landin, yn mynd yn fwy a mwy swnllyd yn clustia fi ac yn smyddro pob sŵn arall, nes bod o fatha rywun yn smasho drwm eto ac eto:

Drip.
Drip.
Drip—

7

Helyg

Felly dyma sut wnes i lanio yn y Llyfrgell Genedlaethol, mewn rhyw fath o stafell aros efo neb ar ôl i fy helpu i.

Ar ôl i mi adael Ynys Gwales roeddwn i'n methu wynebu'r dreif adra. Ddim heb Lleucu. Felly mi jeciais i mewn i stafell uwchben tafarn mewn pentre pitw bach o'r enw Marloes a chysgu am bymtheg awr.

Dwi'm yn siŵr pam na wnes i reportio bod Lleucu ar goll i'r heddlu cyn mynd i gysgu – ond o'n i wir yn teimlo mod i wedi mynd yn wallgof, yn methu â chael sŵn y blydi adar 'na allan o fy nghlustiau, hyd yn oed pan oeddwn i'n gwasgu'r glustog i lawr dros fy mhen ac yn sgrechian i mewn iddi.

Gan Mali Teifi mae'r llythyr wnaeth Lleucu ei adael ar fy nghyfer i, ond dwi'n cofio fo air am air. Wnes i ddim cael hyd i'r llythyr tan i fi ddychwelyd i'r car ar ôl i fi golli Lleucu. Yn y *glove-box* oedd o. Wedi'i sgwennu ar bapur efo *letterhead* y caffi wnaethon ni stopio ynddo fo am ginio sydyn ar y ffordd i lawr i Sir Benfro. Mae'n rhaid bod Lleucu wedi'i sgwennu pan oeddwn i yn y lle chwech.

Dwi'n dal ddim yn siŵr be i feddwl ohono fo. Pan dwi'n darllen y geiriau dwi'n clywed llais Lleucu:

Annwyl Helyg,

Dwi'n gobeithio wnei di ffeindio hwn. Dydw i ddim yn gwybod a fydda i'n dod 'nôl o'r ynys. Dydw i ddim yn gwybod be wnawn ni ddarganfod yno. Mae lot o bethau nad ydw i'n eu gwybod.

Dwi mor sori am dy lusgo di i mewn i hyn. Ond dwi wedi bod mewn trafferth ers tro byd. Y munud maen nhw'n rhoi eu dwylo amdanat ti, does dim dianc.

Wnes i ddarllen llyfr, weli di. Jyst darllen llyfr. O'n i'n gwybod na ddylswn i fod wedi'i ddarllen. Ond oeddwn i'n methu helpu fy hun. A doedd dim byd yr un fath wedyn.

Dwi'n methu dianc rhag fy meddwl fy hun. Fedra i ddim cysgu, achos pan dwi'n cysgu dwi'n breuddwydio. Os mai breuddwyd ydi o. Dwi'n gweld y byd yn wahanol i sut fues i. Mae yna bethau yn y byd yma faset ti byth yn coelio. Cysgodion. Lleisiau. Pwerau.

Dydi hyn ddim yn gwneud synnwyr. Dwi'n gwybod.

Do'n i'm isio gorfod dibynnu arna chdi, ond o'n i angen rhywun o'n i'n medru drystio. Dwi'm yn meddwl mod i'n haeddu dy ffydd di, ond dwi mor falch wnest ti gytuno i ddod hefo fi. Mae'n golygu lot.

Ti'n haeddu esboniad o ryw fath. Wna i roi'r gorau fedra i – dallta, efo bob eiliad sy'n pasio, dwi'n dechrau colli gafael ar be sy'n wir a be sydd ddim.

Mewn breuddwyd mi wnes i weld Ynys Gwales – ac mae hynna'n gwneud i mi feddwl ei fod o'n lle pwysig. Dydi fy mreuddwydion i ddim yn perthyn i fi bellach. Maen nhw'n perthyn iddo fo. A be bynnag mae o'n freuddwydio – neu'n ei gofio? – dwi'n profi'r un peth. Y boen. Y casineb. Mae'n uffernol. Ac un peth nath o freuddwydio amdano fo oedd Gwales.

Mae o'n casáu Ynys Gwales. A pan ti'n casáu rwbath mae o'n llenwi bob atom ohona chdi.

Dwi'n meddwl fedra i ffeindio fo ar Gwales a dwi'n meddwl

bod ffordd i fi stopio fo. Methu dweud sut wrtha chdi ond pan fyddan ni yno fydda i'n dallt mwy – Mor anodd canolbwyntio – Meddwl yn llawn atgofion pobol eraill – Ma nhw am foddi popeth Helyg does nam lot o amser ar ol raid i fi stopio nhw Raid i fi stopio nhw!!!

Sori mod i heb fedru treulio mwy o amser efo chdi – Sori am beidio bod yn ffrind gwell – Sori am bopeth – Sori sori sori

Lleucu

xxx

os oes raid, dos at Mali Teifi – hen ffrind i Dad – fydd hi'n gwbod be i neud

Dwi'n medru gweld o'i sgwennu a'i sillafu hi bod ei meddwl hi'n tywyllu wrth i'r llythyr fynd yn ei flaen. Mae o'n dechrau yn dwt ac yn neis, fel y llythyrau maen nhw'n dysgu chi i'w sgwennu yn yr ysgol. Ond mae rhywbeth yn gafael yn Lleucu cyn y diwedd; fedra i deimlo'i braw hi lle mae ei hysgrifen yn mynd yn flêr, y feiro bron â thorri drwy'r papur.

Er hynny, fedra i'm gwneud pen na chynffon o be mae hi'n sôn amdano.

Be ddigwyddodd i Lleucu?

Dwi'm yn coelio mewn pethau goruwchnaturiol – dim ysbrydion, dim *aliens* – a dwi'n sicr bod esboniad *logical* i bob peth sy'n digwydd yn y byd, hyd yn oed os does neb wedi ffeindio'r esboniad eto. Yn yr achos yma, doedd yna ddim posib bod Lleucu wedi diflannu – dydi pobl ddim yn *diflannu*, ddim rili – ac felly dim ond tri esboniad synhwyrol oedd yna: naill ai mi oedd hi wedi disgyn i'r môr a boddi, neu mi adawodd hi'r ynys o'i gwirfodd heb ddeud wrtha i – a heb i mi weld – neu ddaru rhywun ei chipio hi.

Mi wnes i drio ei galw hi a'i thecstio hi ddwsinau o weithiau ar ôl i fi ddeffro ym Marloes, ac wedyn eto dros y diwrnodiau nesa, ond heb fyth gael ateb. Hynny wnaeth i mi ddod i'r casgliad nad oedd hi wedi gadael yr ynys.

Dwi ddim yn meddwl ei bod hi wedi syrthio i'r môr, ond pan siaradais i efo'r heddlu dyna yn amlwg oedden nhw'n gredu oedd wedi digwydd iddi. Oedd raid i fi eu darbwyllo nhw a'u hambygio nhw, ond yn y pen draw dyma ddau blisman ac aelod o'r criw bad achub lleol yn mynd â fi yn ôl i Ynys Gwales er mwyn chwilio am Lleucu.

Mi oedd hi'n gryn ymdrech i fi adael y cwch, a bod yn onest. Mi allwn i weld yr hucanod ym mhob man o'n i'n sbio, eu gweiddi nhw yn annioddefol. Mi oedd yna deimlad od hefyd ar yr ynys, fel pan mae'r awyr yn fregus a chynnes ar ôl storm o fellt a tharanau.

Rwbath i'w wneud efo'r tywydd oedd o, mae'n siŵr. Pwysedd yr aer yn cyfuno efo'r gorbryder oeddwn i'n ei deimlo ac yn chwarae triciau ar fy meddwl.

Mi wnes i fethu cael hyd i'r twnnel cul yn y graig oedd yn arwain at yr ogof lle diflannodd Lleucu. Mae'n rhaid ei fod o yno, ond mi oedd fy mhen i'n llanast ac yn fuan dyma fi'n cael *panic attack* – dwi'n meddwl mai dyna wnaeth i'r heddlu benderfynu mod i off fy mhen. Doedden nhw ddim yn hapus efo fi ar ôl i ni gyrraedd y tir mawr eto. *Cautioned for wasting police time.*

Pan mae rhywun dach chi'n nabod yn mynd ar goll, mae bron yn waeth na chlywed eu bod nhw wedi marw. Dwi wedi clywed am gannoedd o aelodau teulu a ffrindiau yn chwilio am rywun sydd ar goll. Weithiau maen nhw'n cael hyd iddyn nhw; weithiau dydyn nhw ddim. Wnes i feddwl, wrth deithio'n ôl i fyny i'r gogledd, am drio trefnu *search party* i chwilio am

Lleucu. Ond doeddwn i ddim yn nabod ei theulu hi. Na'i ffrindiau eraill hi – doedd 'na neb o'r bobl oedden ni'n dau'n nabod o'r dafarn ers talwm yn dal yn yr ardal. Mi wnes i ambell gais ar y cyfryngau cymdeithasol er mwyn cael help oddi wrth pobl oedd yn ei nabod hi, ond frathodd neb yr abwyd. Neb fel tasen nhw'n poeni digon amdani hi, neu ddim yn meddwl bod rwbath yn anarferol amdani'n diflannu. Mae'n ymddangos fel tasa Lleucu ddim wedi bod yn agos at neb ers sawl blwyddyn a'i bod hi wedi bod yn symud o gwmpas ers sbel. Rywsut roedd Lleucu wedi mynd o fod yn hogan boblogaidd efo ffrindiau ym mhob tre – i fod efo neb ar ôl oedd hi'n agos atyn nhw.

Heblaw amdana i.

Fedrwn i fod wedi gadael pethau. Mi oedd ein hen gyfeillgarwch ni yn fwy fel atgof na pheth byw. Doedd hi ond wedi bod yn ôl yn fy mywyd i ers ychydig o ddiwrnodiau. Beth oedd hi i mi i wneud i fi dreulio fy amser yn chwilio amdani, yn trio datrys beth ddigwyddodd iddi? Wnaeth hi unrhyw beth i fi pan fuodd Mam farw? Er i fi fynd i angladd ei thad hi yn fuan wedyn? A doedd hi ddim yno chwaith pan ddaru'r ddau foi 'na bigo ffeit efo fi tu allan i'r dafarn wrth i mi adael un noson. Erbyn hynny mi oedd hi wedi hen adael y pentre, wedi mynd i wneud ei ffortiwn dros y ffin yn gweithio mewn rhyw swyddfa.

Taswn i'n ddigon calon-galed – ac efo digon o sens – mi faswn i 'di anghofio amdani, derbyn mai breuddwyd ofnadwy oedd y cyfan, a mynd yn ôl i dywallt peintiau, llnau gwydrau a delio efo dynion â'u gwynt nhw'n drewi o gwrw. Dyna *ddylswn* i fod wedi gwneud.

Ond ddim fel 'na mae bywyd yn gweithio.

Mi wnes i benderfynu dysgu gymaint ag oeddwn i'n medru am Ynys Gwales. Ges i hyd i astudiaethau archaeolegol oedd yn deud bod olion tai crynion o gynhanes yno a sylfeini adeiladau hirsgwar o'r canol oesoedd. Doedd yr un ohonyn nhw'n matsio'r adfeilion ges i a Lleucu hyd iddyn nhw yn yr ogof, ond mi oedd o'n dystiolaeth nad rhywbeth goruwchnaturiol oedden ni wedi'i weld – jyst gweddillion hen gytiau, mae'n siŵr.

Mi ddysgais hefyd fod yr ynys yn ymddangos yn straeon y Mabinogi. Rwbath am griw o filwyr yn aros mewn neuadd ar yr ynys am flynyddoedd, heb fynd yn hŷn. Dwi'n dallt dim am chwedlau, ond ella bod hwn yn atgof o adeilad go iawn oedd yn arfer bod ar yr ynys. Am wn i bod straeon yn medru addurno rwbath cwbl ddi-nod os oes digon o amser yn pasio.

Er bod yr adar yn dal i sgrechian yn fy mreuddwydion i, does dim byd afreal amdanyn nhw chwaith. Mae'r ynys wedi bod yn gartref i hucanod ers canrifoedd. Mi ddois i ar draws erthygl yn y *Western Mail* o 1890 yn disgrifio helwyr aeth yno i ladd adar a dwyn wyau; llythyr arall o'r un cyfnod yn cwyno bod gwylwyr adar yn styrbio'r cywion ar yr ynys. Wnes i wylio hen ffilm fer ddu-a-gwyn o'r enw *The Private Life of the Gannets*, sy'n sôn am adar Ynys Gwales; mi enillodd honno Oscar. Yn fwy diweddar mi ddaru rhai o'r hucanod ddechrau marw yn eu dwsinau, achos y *bird flu* mae'n rhaid. Jyst adar ydyn nhw.

Jyst adar.

Mi chwiliais i am unrhyw straeon yn disgrifio pobl yn mynd i drybini ar yr ynys, neu o'i chwmpas. Weithiau roedd llongau yn dryllio ar ei chreigiau hi – fel yr SS *Dalserf* wnaeth daro'r ynys yn 1910 achos niwl trwm – ond dydi hi'm yn ymddangos bod neb wedi mynd ar goll neu farw ar Ynys Gwales erioed.

Mae'r môr yn lle peryglus. Weithiau mae llongau jyst yn suddo.

Ac mae pawb yn disgrifio Ynys Gwales, i bob pwrpas, fel lle saff.

Ches i ddim moment o *eureka* felly. Mi o'n i'n iawn yn fy amheuon gwreiddiol; mae rwbath wedi digwydd i Lleucu – rwbath ofnadwy, ond rwbath mae 'na esboniad iddo fo.

Dwi'n siŵr o hynny.

Dwi'n siŵr.

Wrth i mi eistedd fama yn y llyfrgell, yr oriau'n llusgo heibio a dim golwg o Mali Teifi'n dychwelyd, dwi'n meddwl am y canfed tro am lythyr Lleucu.

Ynddo fo mae hi'n sôn am 'freuddwydio'. Ac am 'atgofion'. Dwi'n medru cydymdeimlo efo sut mae hunllef yn medru bod mor llachar, yn teimlo mor realistig, nes bod y profiad yn gwaedu i mewn i dy fywyd bob dydd.

Efo bob eiliad sy'n pasio, sgwennodd hi, *dwi'n dechrau colli gafael ar be sy'n wir a be sydd ddim.* Mae ei chysylltiad hi efo realiti yn fregus. Mae hi'n deud ei bod hi wedi darllen rhyw lyfr, a bod hwnnw'n mwydro ei phen hi. Pa lyfr fedrith hi fod wedi'i ddarllen gafodd gymaint o effaith arni hi?

Dwi'n meddwl fedra i ffeindio fo ar Gwales a dwi'n meddwl bod ffordd i fi stopio fo... 'Fo'. Ai hwnnw sy wedi mynd â hi? Ond i ble? A phwy ydi o? Mae rhyw ddyn wedi bod yn ei hambygio hi, mae'n rhaid. Dwi'n gwybod sut mae dynion yn medru bod. Yn obsesiynol. A rywsut, Ynys Gwales oedd yr ateb. Ella ei bod hi'n disgwyl ei gyfarfod yn fanno a rhoi *ultimatum* iddo fo.

Dyna'r unig esboniad sgen i.

Dwi'n mynd at y lluniau o'r ynys sy ar fy ffôn. Ar y pryd doedd gen i'm syniad o be oeddwn i'n dynnu llun ohono fo; jyst pwyntio a chlicio oeddwn i. Ond dwi'n meddwl bod Lleucu ar dân isio i fi gadw cofnod o be oedd yn yr ogof. O be sgwennodd hi yn ei llythyr, ella'i bod hi'n ofni be fasa'r dyn 'ma yn wneud iddi. Yn meddwl na fasa hi'n dŵad oddi yno'n fyw.

Mae'r rhan fwyaf o'r lluniau yn dda i ddim, allan o ffocws, neu'n rhy dywyll, neu'n fflach wen fel ysbryd yn gwthio at ymylon y ffrâm. Mae ambell un o'r lleill yn dangos y symbol od oeddwn i wedi'i weld drosodd a throsodd ar y waliau. Alla i ddim deud os mai cerfiadau 'ta peintiadau ydyn nhw, ond maen nhw'n edrych yn hen ofnadwy beth bynnag. Er hynny, dwi ddim yn meddwl y basa Lleucu wedi cyffroi gymaint dros rywbeth fel yna.

Allan o'r cwta ugain o luniau wnes i eu tynnu ar yr ynys, un – dim ond un – sy'n dangos Lleucu. Hwnnw oedd yr ola i mi ei dynnu cyn i... bopeth ddigwydd. Dydi hi ddim yn sefyll ar gyfer y camera a doeddwn i ddim yn bwriadu iddi hi fod ynddo fo. Dim ond hanner yn y ffrâm mae hi, wrthi'n plygu tuag at y llawr, ei hamlinell hi'n aneglur achos ei symudiad hi, ei gwallt aur hi'n chwythu dros ei thalcen. Mae golau'r fflach yn gwneud iddi edrych fel tasa hi wedi'i naddu allan o galch. Mae un o'i llygaid glas i'w weld yn glir; mae hi'n syllu dros fy ysgwydd chwith, efo golwg arni na fedra i ei ddarllen. Mae hi fel tasa hi'n edrych ar rywbeth sy'n bell, bell i ffwrdd – yn bellach na waliau'r ogof.

Mae'r llun yn fy ngwneud i'n drist. Dwi'n trio dychmygu beth oedd yn mynd drwy ben Lleucu ar y foment honno. Dwi'n trio peidio meddwl mai hwn, ella, ydi'r llun ola erioed fydd gen i o fy ffrind.

Wrth i mi graffu ar y sgrin dwi'n dechrau teimlo cur main yn fy mhen. Debyg bod angen i mi stopio straenio fy llygaid.

Dwi'n taflu'r ffôn yn surbwch ar y gadair freichiau gyferbyn. Dwi ddim agosach i ddallt be sy'n mynd ymlaen nag oeddwn i bythefnos yn ôl. Dwi'n teimlo mod i'n mynd rownd mewn cylchoedd.

Dyna pam es i ar drywydd yr unig berson oeddwn i'n medru gofyn iddi am help: Ms Mali Teifi. Wn i ddim byd amdani heblaw'r proffil byr sy ar wefan y Llyfrgell Genedlaethol. Yn ôl hwnnw, mae hi wedi gweithio yma ers amser hir fel archifydd o ryw fath. Dwi'm yn siŵr be 'di job archifydd.

Wnaeth Lleucu erioed sôn am Mali wrtha fi, felly Duw a ŵyr pam wnaeth hi annog fi i nôl help ganddi. Dwi'n meddwl rŵan, wrth edrych 'nôl, i Lleucu ychwanegu'r llinell ola 'na sy ar waelod y llythyr pan gyrhaeddon ni Lanismel. Mi oedodd hi am funud yn y car pan es i i hurio'r cwch. Do'n i ddim yn gwbod be oedd hi'n wneud ar y pryd. Dim ond wedyn wnes i ffeindio'i llythyr yn y *glove-box*. Mae'n rhaid bod rwbath yn y funud honno wedi gwneud i Lleucu fy mhwyntio fi at Mali Teifi.

Od.

Dynes od.

Dwi ddim yn ei thrystio hi cto. Mi oedd gynni hi'r ffordd *off* yma o siarad efo fi, fatha'i bod hi'n hanner gwrando ond hanner ddim. Mae'n glir bod hi ddim yn dallt pa mor bwysig ydi hi i fi ffeindio allan be ddigwyddodd i Lleucu.

Mae o'n deimlad mor rhwystredig. A dwi wedi blino'n lân.

Mae fy amrannau i'n teimlo'n drwm iawn a fy llygaid i'n dywodlyd. Ond mae angen i fi aros yn effro. Er mwyn Lleucu.

Dwi'n parhau i eistedd yma. Awr. Dwyawr. Mae'r pnawn yn sleifio'n araf heibio. Weithiau mae pobl yn pasio wrth fynd i'r dderbynfa neu ddod o'na, ond mae cyfnodau hir pryd dwi'n gweld neb. Does neb yn gofyn amdana i nac yn talu sylw i fi. Wrth i'r dydd fynd yn ei flaen mae llai a llai o bobl yma ac mae'r storm yn mynd yn waeth ac yn waeth. Fedra i glywed y glaw. Mae'r twrw wrth iddo guro'r ffenestri yn gwneud i mi suddo'n ddyfnach i mewn i fy nghadair, bron fel taswn i'n gobeithio y bydd y glustog 'ma'n fy amddiffyn i.

A dwi yma. Ar ben fy hun bach. Dim ond y fi a'r glaw.

Lle mae Mali? Dydi hi heb ddŵad yn ôl.

Mae fy llygaid i mor, mor drwm.

A dwi wedi blino.

Gymaint.

8

Noor

Dyw Dafydd ddim wedi dod i lawr o'r fflat eto.

Mae golwg rhywun ar bigau'r drain wedi bod arno drwy'r bore. Dydw i ddim yn ei feio fe – mae wedi cael profiad ofnadwy ac mae'n rhaid ei fod e'n dal mewn sioc. Dyna pam rwy wedi penderfynu aros gyda fe, am y tro. Rwy angen gwybodaeth ganddo, am y cwlt yma, ond hefyd dydw i ddim eisiau iddo fe wneud unrhyw beth fydd e'n ei ddifaru.

Petai fy nhad, heddwch iddo, yn fy ngweld i heddiw, yn gyrru o gwmpas ar fy mhen fy hun gyda dyn, byddai ei lygaid e'n troi yn ei ben. Mae'n brofiad digon anarferol i fi, rhaid dweud. Rwy'n tynhau fy hijab gan ei jecio yn y drych. Am ryw reswm daw atgof i mi o fy nhad o flynyddoedd maith yn ôl. *Wyddoch chi beth, Baba, mae pethau yn wahanol yn y wlad yma, ac mae dyletswydd arnaf i wneud pethau na fyddech chi byth yn eu credu. Gobeithio y byddech chi'n browd ohonof i, er gwaethaf popeth.*

Wrth i'r glaw forthwylio'r to mae'r car yn ysgwyd. Peth ail-law tila y prynais i am ganpunt drwy gylchgrawn yw e. Mae'n symud ac yn stopio – a dyna fe, fwy neu lai. Ond mae hynny'n ddigon fel rheol. Mae'r *gauge* yn dangos bod hanner tanc o betrol gyda fi. Ar ôl i Dafydd ddod yn ôl, rwy'n tybio y dylen i yrru i rywle sydd yn bell o'r môr tan bod y storm yma wedi pallu. Rhywle yn y bryniau, falle. Bydden ni'n saffach fan hynny nag wrth y môr – gobeithio.

Rwy'n cynnau'r gwresogydd bach. Dyw e ddim yn gwneud y car yn llawer cynhesach. Yna rwy'n cynnau'r radio. Dim ond statig sydd i'w glywed. Rhyfedd. Mae'n rhaid taw'r storm sy'n tarfu ar y signal neu rywbeth. Weithiau rwy'n gwrando ar sŵn gwyn er mwyn fy helpu i gwympo i gysgu, ond mae'r sŵn sy'n dod o'r radio nawr yn annifyr ac yn gwneud dolur i fy nghlustiau. Rwy'n ei ddiffodd ac yn ceisio anwybyddu'r ias sy'n goglais fy asgwrn cefn.

Mae Dafydd yn cymryd ei amser. Neu efallai taw fi sy'n poeni. Dydw i erioed wedi bod yn un dda iawn am ddisgwyl. Eironig.

Dyw Dafydd ddim fel dynion i mi eu cyfarfod o'r blaen. A bod yn onest, mae'n well gen i gymdeithasu gyda menywod. Nid fy mod i'n osgoi dynion. Ond mae'n wir bod llinynnau traddodiad yn golygu nad oeddwn i'n nabod llawer o ddynion pan oeddwn i'n tyfu lan, a pherthnasau oedd y rheiny bron bob tro, ta beth. Felly mae heddiw wedi bod yn brofiad anarferol i fi.

Mae Dafydd yn gymeriad diddorol. Dyw hi ddim fel taswn i'n teimlo'n arbennig o *gyfforddus* yn ei gwmni fe – nid dyna'r gair addas – ond mae rhywbeth amdano sy'n fy atgoffa o'r bechgyn oedd yn lolian ar gornel yr hewl gartre pan o'n i'n ifanc. Eu hysgwyddau sgwâr, eu breichiau noeth, mwg eu sigaréts yn llifo'n nadreddog o'u gwefusau wrth iddyn nhw smalio peidio edrych. Mae Dafydd yn dawel ac yn, wel, *awkward*, ond mae rhywbeth cryf amdano.

Wrth deimlo fy mochau'n cynhesu, rwy'n ceisio cael hyd i rywbeth i ddwyn fy sylw. Mae fy meddwl i'n troi eto at beth ddigwyddodd neithiwr. Rwy'n estyn fy mag ac yn tynnu'r disg metel mas yn ofalus.

Mae e'n teimlo'n oer rhwng fy mysedd – oer iawn, yn oerach nag unrhyw beth arall yn y bag. Dydw i ddim yn siŵr beth rwy'n disgwyl ei weld arno, achos heblaw am beth ffeindiais i mas yn y llyfr neithiwr – wel, y bore yma – dydw i ddim agosach at ddarganfod cyfrinach y cylch hwn.

Wrth eistedd yno yn gafael ynddo rwy'n cael teimlad annisgwyl. Mae pwysau annaturiol i'r disg. Rwy'n cael yr argraff ei fod yn fy nhynnu i lawr tua'r ddaear, fel magned cryf...

Rwy'n gwthio'r disg yn ôl i'r bag. Rwy'n cymryd anadl ddofn ac yn sychu'r chwys oddi ar fy nhalcen.

Mae'r peth yna'n codi braw arnaf i.

Gobeithio bydd Mali'n gwybod mwy amdano fe. Efallai... efallai y gallaf i ei adael e gyda hi? Yr hiraf rwy'n aros yng nghwmni'r peth yma, y mwyaf rwy'n sylweddoli nad ydw i'n barod ar gyfer y ddyletswydd hon. Mae Mali wedi delio gyda phethau anarferol drwy'i bywyd – byddai'n well taswn i'n gadael popeth iddi hi. Mae hi'n *gwybod* pethau.

Rwy'n gweld fy hun eto yn y drych bach. Mae fy llygaid yn goch. Rwy'n ysgwyd fy mhen yn sydyn. Mae'n amlwg bod diffyg cwsg wedi sugno'r egni ohonof i. Efallai bydda i'n teimlo'n wahanol pan welaf i Mali.

Rwy'n cau fy llygaid. Yn rhannol er mwyn peidio gorfod edrych arnaf fy hun; yn rhannol er mwyn ceisio ymlacio. Gan afael yn dynn yn olwyn y llyw rwy'n dechrau hanner canu'n ddistaw. Hwiangerdd y dysgodd fy mam-gu i mi oes yn ôl. *Zahab el-laylo, talaa alfagr, wal asfour 'sawsaw'...*

Yn sydyn mae clec – ac mae drws y car yn cael ei daflu ar agor. Rwy'n gweiddi'n wyllt wrth i law gref afael yn boenus yn fy mraich a fy llusgo mas.

Dyn sydd yno, mewn côt law ddu. Mae pâr o lygaid melyn gwaedlyd o dan gwfl ei gôt. Mae ei anadl yn sur. Mae e'n fy ngwthio i lawr ar y palmant, minnau'n gweiddi a gwingo er mwyn dianc. Yna mae poen yn saethu drwof i wrth iddo fe fy nghicio i'n galed yn fy asennau.

Mae popeth yn digwydd mor glou. Wrth i mi geisio codi ar fy nhraed, mae'r dyn eisoes yn gwthio ei hun i mewn i'r car, yn amlwg yn chwilio am rywbeth. Rwy'n gafael yng nghefn ei gôt a cheisio ei dynnu fe o'r car. Ond mae e'n fwy na fi. Gan hanner troi ataf i, bron yn ddiymdrech, mae'n gafael yn fy nghrys â'i law chwith ac yn fy hyrddio bant fel taswn i'n sach o flawd.

Mae'r glaw wedi fy socian i'n syth. Mae'r dŵr yn diferu i mewn i fy llygaid. Rwy'n ystyried bwrw fy hun yn ei erbyn e eto, ond fyddai dim gobaith gyda fi o'i ymladd e. Yr unig fantais yw bod y dyn yn fawr a'r car yn fach; mae'n amlwg bod y dyn yn stryffaglu wrth geisio cael hyd i beth bynnag mae e'n moyn ei ddwyn.

Yna rwy'n sylweddoli rhywbeth. Rwy wedi gweld y dyn hwn o'r blaen. Ar y traeth. Ymysg yr wynebau aflan oedd yn edrych arna i yn ngolau'r ffaglau.

Mae e'n un o'r cwlt.

Ac mae e'n chwilio am y disg…

Mae tymer a phoen yn corddi tu mewn i mi. *Alla* i ddim gadael iddo fe fynd â'r disg. Rwy'n chwilio o gwmpas am rywbeth i'w fwrw e, ond rwy'n pallu gweld llawer oherwydd y glaw. Dyna pam nad ydw i'n sylwi ar y person arall sy'n dod lan ataf i nes ei bod hi'n rhy hwyr.

Am eiliad rwy'n meddwl taw Dafydd sydd yno. Ond nid fe sydd yno. Menyw yw hi – a dyw hi ddim yn gyfeillgar. Mae hi'n llamu ataf i mas o lenni'r glaw ac rwy'n gweld fflach o fetel yn ei llaw dde.

Rwy'n bloeddio gan daflu fy hun i'r ochr wrth i'w chyllell drywanu dim byd. Mae'r momentwm yn gwneud iddi hi faglu ac rwy'n dal ar y cyfle i afael yn ei braich er mwyn ceisio cael gwared ar y gyllell. Mae'r fenyw'n gryfach na'r disgwyl ac rydyn ni'n reslo am eiliad – yna rwy'n llwyddo i grafu ei hwyneb, fy ewinedd yn suddo i mewn i'r croen meddal, salw – ac mae hi'n cymryd cam yn ôl mewn syndod. Cyn iddi gael ei balans rwy'n ei gwthio yn galed yn ei brest ac mae hi'n cwympo mewn ffrwydrad o ddŵr yng nghanol yr hewl.

Mae'r dyn nawr yn tynnu ei ben mas o'r car. Mae fy mag yn hongian o'i law. Rwy'n rhewi.

'Lladda hi,' daw llais y fenyw wrth iddi godi'n simsan ar ei thraed, y geiriau'n drwchus yn ei gwddw. Mae'r gyllell yn dal ganddi ond mae hi'n cadw ei phellter. Mae gwaed yn llifo i lawr ei boch lle crafais i hi.

Mae'r dyn yn gwneud sŵn fel chwyrnu ci gwyllt. Yn araf mae'n tynnu rhywbeth o'i gôt cyn ei lithro dros ei law. Rwy'n gweld taw dwrn metel yw e, *knuckledusters*, lwmp trwm cas sydd â dim ond un pwrpas: malu esgyrn.

Gan godi ei ddwrn yn barod i fy mwrw mae'r dyn yn brasgamu tuag ataf i. Mae'n syfrdanol o gyflym ar ei draed. Rwy'n bagio'n ôl wrth weld ei law yn dod i lawr at fy wyneb—

Yna mae'r dyn yn cwympo'n glewt ar y palmant wrth i rywbeth chwalu'n galed ar ei ben. Y tu ôl iddo mae Dafydd, ei wyneb yn danbaid a'r glaw yn wreichion o'i gwmpas. Mae e'n gafael yn rhywbeth; mae'n dod â fe i lawr eilwaith ar benglog y dyn gyda *chrac*.

Mae gan Dafydd egni fel llewpard wrth iddo droi ar ei sawdl a neidio tuag at y fenyw. Mae hi'n chwifio'r gyllell ond mae

Dafydd yn codi ei law tuag ati – ac rwy'n gweld beth mae e'n ei ddal.

Gwn yw e.

Mae'r fenyw yn gweld hefyd. Mae hi'n symud yn ôl yn syth, ei llygaid yn llydan.

'Dos i'r car!' gwaedda Dafydd arnaf i.

Dydw i ddim yn cael hyd i eiriau i'w ateb – ond rwy'n gweld beth mae e'n ceisio'i wneud. Rwy'n llusgo fy hun tuag at y car, gan fachu'r bag o law ddiymadferth y dyn, cyn dringo i sedd y gyrrwr a thanio'r injan.

Yn y drych gallaf i weld Dafydd yn dal i sefyll â'i wn yn pwyntio at y fenyw. Mae hi'n oedi – dydw i ddim yn deall pam. Yna mae Dafydd yn codi'r gwn i'r awyr ac yn tanio.

Mae'r ffrwydrad yn gwneud i mi roi sgrech fach, ond rwy'n gweld y fenyw yn rhedeg bant i lawr y stryd, wedi'i dychryn ddigon. Ar unwaith mae Dafydd yn llithro i mewn i'r car wrth fy ymyl, ei anadl yn stêm.

'Dreifia, Noor,' medda fe. 'Fydd 'na fwy ohonyn nhw. Ella bod gynnon nhw gar hefyd.'

Mae'n taflu golwg dros ei ysgwydd. Mae'n rhegi dan ei anadl. 'Ma'r boi nesh i golbio yn dal yn fyw. Wela i o'n symud.'

Wrth i mi wasgu'r pedal ac i'r car ruo yn ei flaen, rwy'n bwrw golwg ar Dafydd. Mae ei wyneb fel carreg, ei lygaid yn fawr ac yn pefrio â chyffro nad ydw i wedi gweld yno o'r blaen. Mae ei fysedd tenau bron yn esmwytho'r gwn wrth iddo'i orffwys ar ei lin.

'Diolch,' meddaf i ar ôl i ni droi'r gornel a chael fy ngwynt yn ôl. 'Am fy achub i.'

'Iawn,' medd Dafydd. Mae'n edrych y tu ôl i ni. 'Ma'n nhw'n dilyn, dwi'n meddwl. Dwi'n gweld car yn gyrru'n ffast. 'Dan ni angen 'u colli nhw.'

'Ond wi angen mynd i'r Llyfrgell. At Mali.'

'Ddim eto. Ma'n nhw isio lladd chdi, Noor.'

Rwy'n dal fy anadl. 'Fi? Pam fi?' Ond rwy'n gwybod yr ateb.

'Am bo chdi 'di torri ar draws be oddan nhw'n neud neithiwr. Wnan nhw ddim stopio tan bod nhw 'di cal be ma'n nhw isio. Ma raid i ni gadw chdi'n saff.'

Mae fy nghalon i'n curo'n glou, fy mysedd yn crynu ar yr olwyn.

'O'r gorau,' meddaf i. 'Fe yrra i bant o'r dre a rownd hewlydd bach cefn gwlad. Gobeithio galla i eu colli nhw fanna.'

'Grêt,' medd Dafydd, ei fysedd yn cau'n dynn o gwmpas y gwn.

Mae'n rhaid i fi weld Mali. Mae'n *rhaid* i fi. Ond allaf i ddim arwain llofruddion at ei drws.

Felly rwy'n gyrru fel mellten mas o Aberystwyth a cheisio mynd ar goll.

9

♦

Doctor Gwermwnt

Canodd y ffôn ar y ddesg.

Syllodd Doctor Gwermwnt arno yn fud. Ei arfer oedd gadael i'r ffôn ganu deirgwaith ar ei ben cyn ei ateb. Dim ots pa mor argyfyngus neu ddi-nod fyddai'r alwad, dylai neb ddisgwyl iddo fod yn fyrbwyll – nac ychwaith yn ddiog – cyn codi'r derbynnydd.

Canodd y ffôn eilwaith.

Nid oedd technoleg fodern yn rhan o bractis Talhaearn Gwermwnt. Glynai ef yn dynn at yr hen draddodiadau a fu'n ddigon da i'w dad-cu a'i hen dad-cu, hyd yn oed tra bo gweddill y byd yn llithro tuag at y dibyn. Gwaharddai gyfrifiaduron ac unrhyw ffonau nad oeddent wedi'u cysylltu â'r wal. Nid oedd cysylltiad band eang yn yr adeilad ac felly doedd dim modd cysylltu â'r rhyngrwyd yno. Teipiaduron, tapiau rîl-i-rîl a phedalau troed a ddefnyddiai'r ddwy ysgrifenyddes yn eu hystafell ar y llawr gwaelod. Byddent yn trawsgrifio llythyrau a dogfennau cyfreithiol eraill wedi i Doctor Gwermwnt eu harddweud i mewn i'r hen beiriant sain a eisteddai y drws nesaf i'r ddau ffôn rôtari ar ei ddesg. Roedd un ffôn yn ddu, ar gyfer galwadau yn ymwneud â gwaith y gyfraith – i gyd wedi'u sgrinio gan Mrs Talbot yn ei swyddfa fechan drws nesaf – a'r ffôn arall yn goch, ar gyfer yr ochr arall o'i fywyd. Âi'r galwadau hynny yn syth at Doctor Gwermwnt. Dim ond llond llaw o bobl ar y ddaear oedd yn gwybod y rhif.

Bu Talhaearn Gwermwnt yn gwneud galwadau niferus ar y ffôn coch yn ystod y dydd, yn enwedig yn y ddwyawr ddiwethaf. Roedd bellach ar ei ben ei hun yn y swyddfa, gan fod y merched wedi gorffen eu gwaith, ac eithrio ei yrrwr personol, Mr Bevan, a ddisgwyliai yn amyneddgar yn yr ystafell gefn gan ysmygu ei bibell.

Yr un lleisiau yr oedd Doctor Gwermwnt wedi bod yn eu clywed ar y ffôn coch ers blynyddoedd. Lleisiau dynion o wahanol rannau o Gymru (tybiai) yr oeddent hwy eu hunain yn arweinwyr ar grwpiau oedd yn rhannu ei amcanion ef. Ni wyddai eu henwau na dim arall amdanynt, dim ond bod ganddynt – fel yntau – ymrwymiad llwyr i gynlluniau eu meistri.

Roedd yr awr dyngedfennol bron arnynt ac roedd y gwahanol linynnau'n cael eu plethu. Roedd y llong wedi'i pharatoi ac wedi docio yn ei harbwr cudd. Roedd y signal wedi ei anfon neithiwr. Roedd y preiddiau eraill yn barod.

Ond roedd y torchrwy wedi ei ddwyn. Roedd hwnnw yn nwylo aflan y Gwyliwr. A heb y torchrwy...

Canodd y ffôn coch am y drydedd waith.

Symudodd Doctor Gwermwnt ei law tuag at y derbynnydd, ond oedodd cyn ei godi. Gwingodd ei fysedd yn yr awyr uwchben y ffôn. Roedd Doctor Gwermwnt yn disgwyl galwad bwysig, diweddariad ar yr helfa am y disg coll ac am ffawd Noor Al-Kashif. Aeth ei ddilynwyr allan i'r gymuned y bore hwnnw i wneud y gwaith chwilio, ond doedd dim newyddion hyd yn hyn. Roedd Eirwen, un o'i ddilynwyr mwyaf cyfrifol, i fod i adrodd yn ôl wrtho. Ganddi hi oedd y cyfrifoldeb o ddefnyddio ffonau symudol a theclynnau o'r fath er mwyn cyfathrebu gyda gweddill y praidd, gan na faeddai Doctor Gwermwnt ei ddwylo â phethau felly. Saith o'r gloch y nos oedd y dedlein y rhoddodd iddi.

Roedd hi bellach yn dri munud i saith.

Canodd y ffôn am y pedwerydd tro.

Roedd llaw Doctor Gwermwnt wedi rhewi uwchben y derbynnydd. Gwyddai eisoes beth fyddai adroddiad Eirwen. Pe bai ei newyddion hi'n galonogol, byddai wedi galw eisoes a byddai'r cynllun nawr yn rowlio ymlaen tuag at ei ddiweddglo. Felly roedd Eirwen a'r lleill wedi methu – a sylweddolai Doctor Gwermwnt beth oedd goblygiadau'r methiant hwnnw.

Gan nad oedd ei ddilynwyr wedi gallu cwblhau'r dasg, byddai'n rhaid iddo ef droedio llwybr amgen…

Canodd y ffôn am y bumed waith. Cododd Talhaearn Gwermwnt y derbynnydd hanner ffordd drwy'r caniad.

Gwrandawodd ar adroddiad byr Eirwen heb yngan gair.

Dim ond dau beth a ddwedwyd wrtho oedd yn annisgwyl, sef bod Dafydd Jones wedi'i weld gyda'r Gwyliwr a bod un o'i ddilynwyr, a oedd wedi mynd i gartref Dafydd rhag ofn, wedi cael ei ladd ganddo.

A oedd Dafydd felly'n gweithio gyda'r gelyn? Felly yr ymddengys. Tywyllodd meddyliau Doctor Gwermwnt. Roedd y ffaith bod Dafydd yn fyw yn peri i'w galon gyflymu, oherwydd yr oedd rôl bellach gan y bachgen i'w chwarae – ond nid os oedd ef yn brwydro yn eu herbyn. Roedd hon yn broblem ychwanegol. *Gormod o broblemau a'r amser i'w datrys yn brin*, meddyliodd Doctor Gwermwnt yn chwerw.

Oedodd. Roedd Eirwen yn dal ar y lein, y distawrwydd rhyngddynt yn llethol. Yna meddai yntau, 'Dyna ni. Parhewch, fel y trefnwyd. Bydd angen i *mi* wneud beth y methoch *chi*.'

Gallai glywed anadlu Eirwen yn cyflymu ond rhoddodd Doctor Gwermwnt y derbynnydd yn ôl yn ei grud cyn iddi allu ateb.

Eisteddodd am funud cyfan yn syllu ar y drws caeedig o'i flaen.

Yna daeth sŵn dwfn y gloch fecanyddol o grombil y cloc taid a ddywedai mai saith o'r gloch oedd hi.

Yr ail lwybr amdani, felly.

Yn araf, safodd Doctor Gwermwnt. Aeth at y cabinet pinwydd bach yn yr alcof cudd drws nesaf i'r cloc a thynnodd allan botel a gwydryn. Nid oedd Doctor Gwermwnt yn yfed alcohol bron byth, ond heno roedd ei angen arno. Tywalltodd fodfedd o goniac Hine Antique Premier Cru i'r gwydr a'i yfed mewn un llwnc. Llosgodd y brandi ei gorn gwddw ond pylodd y ddiod fymryn ar ei ofn. Mymryn.

Daeth geiriau i'w feddwl yn sydyn. Rhywbeth yr oedd y llais eithriadol hwnnw wedi'i sibrwd yn gynnes yn ei glust fwy nag unwaith. *Gwna hyn a bydd y byd yn lle gwell. Gwna dy ran a bydd beiau'r byd yn cael eu golchi ymaith.*

Tywalltodd ddiod arall iddo'i hun a'i hyfed yn gynt, ei law yn crynu. Yna dychwelodd y botel a'r gwydryn i'w cuddfan.

Cododd dderbynnydd y ffôn du. 'Byddwch yn barod mewn dau funud union, Mr Bevan, os gwelwch yn dda,' meddai.

Gwisgodd ei gôt a'i het. Cododd ei friffces yn un llaw a'i gansen yn y llall. Edrychodd o gwmpas ei swyddfa am y tro olaf, cyn mynd i lawr i grisiau.

Aeth y car drwy'r gwynt a'r glaw allan o Aberystwyth, ar hyd lonydd cul a arweiniai tua'r bryniau.

Eisteddai Doctor Gwermwnt yn y cefn. Ni fyddai Mr Bevan byth yn siarad ag ef wrth yrru; dyna un o'r rhesymau pam fod Doctor Gwermwnt yn ei werthfawrogi. Gwyddai Mr Bevan ei le a'i ddyletswydd.

Treiglai taranau uwchben. Fflachiodd ambell fellten. Ond roedd y car yn fawr a doedd prin unrhyw sŵn yn treiddio drwy'r drysau trwchus. Teimlai Doctor Gwermwnt yn ddiogel am y tro rhag dannedd y storm – ond nid oedd yn teimlo'n ddedwydd. Plethai ei ddwylo'n dynn er mwyn eu stopio rhag crynu.

Cyraeddasant ben y daith. Diffoddodd Mr Bevan yr injan. Dyrnai'r glaw ar do'r car.

Oedodd Doctor Gwermwnt cyn camu allan. Cariai ambarél mawr du ond gadawodd ei gansen a'i friffces yn y car. Chwipiai'r gwynt yn filain ar ddeunydd tila'r ambarél.

Ar fryn a edrychai i lawr ar bentref Llanilar safai olion caer. Doedd dim meini yn y glaswellt a dim ond ambell chwydd o bridd a dystiai y bu unrhyw beth yma. Er hynny, fel ar ddwsinau o fryniau eraill yng Nghymru, doedd dim amheuaeth y bu, filoedd o flynyddoedd ynghynt, waliau o bren praff yn amddiffyn y bryn hwn. Diau bod neuadd fawreddog rhyw frenin wedi sefyll yma am genedlaethau, cyn i elyn ac amser ei wneud yn ddim ond glaswellt moel.

Nid i ymweld â'r gaer y daeth Doctor Gwermwnt heno – ond i ymweld â beth oedd *islaw'r* bryn.

Dim ond i'r sawl oedd yn gwybod ei fod yno – ac a oedd â'r hawl i fod yno – yr oedd y mynediad yn arddangos ei hun. Roedd hud a lledrith – ymhell tu hwnt i ddealltwriaeth Doctor Gwermwnt – yn cuddio cyfrinach y fryngaer. Heno, roedd gan Talhaearn Gwermwnt y caniatâd a'r wybodaeth, er nad yr awydd, i fynd drwy'r fynedfa. Safai honno rhwng dwy ywen a oedd wedi tyfu'n ddi-syfl ers yr hen ddyddiau. Camodd Doctor Gwermwnt yn araf rhyngddynt ac agorwyd crombil y bryn ar ei gyfer.

Aeth i lawr.

Roedd y twnnel o'i flaen yn serth, y waliau crwm yn llyfnach na cherrig ar draeth ac yn ffurfio tiwb hirgrwn cul a thal. Nid oedd grisiau, felly roedd rhaid i Doctor Gwermwnt fod yn ofalus wrth ymbalfalu i lawr. Gollyngodd ei ambarél a thynnu fflachlamp fechan o'i boced er mwyn goleuo'i ffordd. Roedd y twnnel yn oer, yn drybeilig o oer, ond yn gwbl sych. Wrth i Doctor Gwermwnt gerdded yn ei flaen roedd ei anadl yn rhygnu yn ei frest a'i ddannedd yn clecian. Serch hynny roedd ei wyneb yn haen o chwys – dim ond yn rhannol oherwydd ymdrech ei siwrnai.

Cyrhaeddodd y gwaelod. Gwyddai mai'r gwaelod ydoedd oherwydd bod golau arall yma. Yn ei gof o'r lle hwn o'i ymweliadau blaenorol, glas oedd lliw y golau, ond ar yr adeg honno methai Doctor Gwermwnt roi enw i'r lliw. Roedd yn fwy o deimlad nag o liw. Teimlad o henaint a gorthrwm.

Neuadd oedd hi. Pan ddysgodd Talhaearn Gwermwnt am y lle, y gair a ddefnyddiwyd oedd *eglwys*. Nid eglwys, wrth gwrs, yn y modd Cristnogol – er ei bod i Doctor Gwermwnt yn fwy sanctaidd nag unrhyw un o'r llannau cablaidd yr oedd eraill yn eu mynychu – ond eglwys ddu. Roedd hi'n siambr addoli o ddyddiau cynharaf Prydain, pan fu cannoedd o ddwylo angof yn naddu ei cholofnau yn y dyfnderoedd islaw'r bryn (neu tybed, myfyriodd y Doctor, ai'r bryn a ddaeth wedyn?). Nid Duw'r Crist yr addolai'r bobl hynny, ond grym hŷn o lawer.

Er mai hon oedd yr unig eglwys ddu i Talhaearn Gwermwnt erioed fod ynddi, dywedir bod dwsinau o addoldai cyfrin tebyg wedi'u cuddio ar draws Prydain a thu hwnt. Ond roedd yr union eglwys hon yn arbennig. Roedd pŵer cyntefig iddi yr oedd dyn yn gallu ei deimlo'n pefrio o'r muriau tywyll. Hon oedd cadeirlan yr holl eglwysi du.

Oherwydd hon oedd Eglwys Manawydan.

Roedd clec esgidiau Doctor Gwermwnt yn swnio'n bitw wrth iddo gerdded ar hyd llawr yr eglwys. Roedd maint a phensaernïaeth y neuadd tu hwnt i'w ddirnadaeth – teimlai fel petai cannoedd o droedfeddi rhwng y llawr a'r nenfwd, ond roedd hynny'n amlwg yn amhosib achos byddai'n golygu ei fod ymhell, bell o dan ddaear. Ond ni theimlodd Doctor Gwermwnt fod ei daith i lawr y twnnel wedi mynd ag ef fwy na rhyw ugain llath o ystlys y bryn. Gwnâi amhosibilrwydd y lle Talhaearn Gwermwnt yn chwil – felly roedd wedi penderfynu nad oedd byth am edrych i fyny, dim ond cadw ei lygaid ar ei draed drwy'r amser.

Stopiodd gerdded. Llyncodd ei boer. Curai ei galon fel gordd.

'Daethost.'

Roedd y llais yn ysgafn fel awel ond yn galed fel dur. Teimlai Doctor Gwermwnt iddo gael clep ar draws ei wyneb. Cramennodd gronyn o chwys uwchben ei lygad.

Daeth y llais o bobman ar unwaith – neu yn wir teimlai Doctor Gwermwnt y deuai o du mewn ei ben. Roedd ffigwr yn sefyll ym mhen arall yr eglwys – ni allai ei weld gan ei fod yn syllu'n benderfynol ar y llawr, ond roedd yn synhwyro'r presenoldeb corfforol. Gwyddai mai hwn oedd yr un oedd yn siarad, yr iaith yn gyntefig a goslef annaturiol iddo fel pe bai'r geiriau'n cael eu cynhyrchu un ar y tro yn hytrach nag mewn brawddegau. Roedd rhywbeth am y llais oedd yn gwneud Doctor Gwermwnt yn sâl – ac eto roedd y llais, a'r person hwn, yn dod â llawenydd i'w galon. Llawenydd – ond braw hefyd.

'Arglwydd,' meddai Doctor Gwermwnt, ei lais bron yn cracio. Ni chododd ei ben. Roedd wedi edrych ar yr arglwydd hwn unwaith o'r blaen. Nid oedd am edrych arno eilwaith. Pan oedd yn sefyll o flaen ei braidd o ddilynwyr roedd Doctor Gwermwnt yn ddyn cryf a phendant, yn feistr ar bob dim y cyffyrddai. Ond yma, o flaen yr unigolyn hwn, teimlai fod ei ddewrder mor fregus â sidan.

Manawydan. Roedd yn enw o'r hen chwedlau, wrth gwrs, ac ni wyddai Talhaearn Gwermwnt ai dyna ei wir enw ai peidio. Yn sicr, cymeriad mewn stori oedd yr arwr ffyddlon a dibetrus o Bedair Cainc y Mabinogi – cyfaill Pryderi, gŵr Rhiannon. Roedd canrifoedd o adrodd ac ailadrodd yr hanes wedi gweddnewid pa bynnag debygrwydd oedd rhwng Manawydan y chwedlau a'r Manawydan gwreiddiol hwn. Ond roedd grym mewn enw. Cymaint oedd y grym a ddaliai enw Manawydan nes bod praidd Doctor Gwermwnt byth yn ei alw wrth yr enw hwnnw. Iddyn nhw, yr Arglwydd Llwyd ydoedd.

'Yr ydym ar drothwy yr awr dyngedfennol,' meddai'r Arglwydd Llwyd. 'Y mae ymron popeth yn ei le.'

'Ydi, Arglwydd,' meddai Doctor Gwermwnt yn llesg. 'Bydd popeth yn digwydd fel iddo gael ei bennu.'

'Yr wyt yn anghofio,' suodd llais yr Arglwydd Llwyd, 'nad oes modd cadw'r gwirionedd rhagof. Gwelaf fwy nag y dychmygi.'

Aeth llwnc Doctor Gwermwnt yn sych fel rhisgl. 'Wrth gwrs, Arglwydd. Bu ymyrraeth yn ystod y ddefod. Collwyd y torchrwy. Tarfodd y Gwyliwr ar ein defod. Anfonais fy nilynwyr ar ei hôl ond ni fuont yn llwyddiannus yn ei dal nac yn adennill y torchrwy.'

'Boddwyd yr offrwm?'

'Do. Wel... efallai.' Gwridodd. 'Nid ydw i'n gwybod.

Mae'n... mae'n dal yn fyw. Ond yn gweithio gyda'r Gwyliwr, ymddengys.'

Distawrwydd oedd yr unig ateb a gafodd. Cododd Doctor Gwermwnt yn groen gŵydd drosto a gallai glywed waliau'r eglwys yn dirgrynu.

Yna daeth yn ymwybodol o bresenoldeb arall yn yr eglwys gyda nhw. Roedd rhywun yn llechu y tu ôl iddo, yn ei wylio, yn ei *farnu*.

Y Milwr.

Teimlodd Doctor Gwermwnt, heb weld dim, ffurf yr Arglwydd Llwyd yn symud tuag ato. Yna roedd y llais fel chwa o wynt llaith yn ei glust.

'Nid yw'n gymes bod un wraig yn rhydd i amharu ar ein gweithredoedd. Nid hyd yn oed y Gwyliwr odid yn ei thŵr hud. Pa sut y gellir rhyddhau fy nhad – a pha sut y gallaf i a'm brodyr a'm chwaer gael tir glas i ni'n hunain, ein hetifeddiaeth – os bydd y fath esgeulustod yn digwydd?'

Curodd calon Doctor Gwermwnt yn gynt fyth. Caeodd ei lygaid. Teimlodd wedyn y Milwr, y *llall* oedd yng nghefn yr eglwys, yn nesáu. Roedd anadlu hwnnw yn ddwfn ac yn araf fel draig. Teimlodd Doctor Gwermwnt gawdel o emosiynau'n hidlo drwy ei ben. Roedd pwysau'r teimladau hynny bron yn ddigon i wneud i'w bennau gliniau blygu oddi tano – ond llwyddodd i aros ar ei draed. Clywai lais y Milwr yng nghefn ei feddwl, fel cryndod ar wyneb llyn, yn ailadrodd *methiant, methiant, methiant*.

Roedd digio'r Arglwydd Llwyd yn peri parchedig ofn ar Talhaearn Gwermwnt, ond roedd digio'r Milwr yn torri ei galon. Oherwydd hwnnw oedd ei feistr ef, ei ddyledog deyrn, y sawl a ddangosodd dudalennau'r Llyfr Glas iddo.

Yn y chwedlau roedd teulu gan Manawydan fab Llŷr. Roedd

rhyw wirionedd i'r straeon, achos gwyddai Doctor Gwermwnt fod gan y Manawydan hwn hefyd deulu – neu math o deulu, beth bynnag. Yn y Mabinogi fe'u henwyd nhw yn Brân, ei frawd llawn, Branwen, ei chwaer, a'r ddau hanner brawd o dad gwahanol. Nisien oedd enw un o'r hanner brodyr hynny.

A hwn oedd y llall.

Efnisien.

Yn wahanol i Manawydan, roedd enw Efnisien yn un y defnyddiai praidd Talhaearn Gwermwnt gyda blas. Efnisien oedd wedi dangos y gwirionedd iddynt oll. O'i herwydd ef y daethant at ei gilydd. Peintiodd y traddodiad llenyddol Efnisien fel rhyw fath o elyn neu wrth-arwr, ond, i Doctor Gwermwnt a'i braidd, Efnisien oedd y dyn oedd wedi agor y drws i'w hachubiaeth. Nid oedd unrhyw beth na wnelont ar ei orchymyn ef.

Ac eto...

Roedd murmur Efnisien yn dal i ruglo ym mhenglog Doctor Gwermwnt gan wneud i'w groen gosi. Roedd rhywbeth cwbl arswydus am fod yng nghwmni Efnisien a oedd ar unwaith yn frawychus ac yn orfoleddus. Megis bod yng nghwmni duw. Teimlodd Doctor Gwermwnt hynny ar y traeth y bore hwnnw, pan oedd Efnisien yno yn gweithredu'r ddefod gyda nhw, yn gwthio Dafydd islaw'r tonnau, a theimlai hynny'n awr wrth iddo sefyll rhwng Efnisien a'i hanner brawd.

Llyncodd. Aeth y poer i lawr ei gorn gwddw yn araf fel triog du.

'Yr wyt,' meddai'r Arglwydd Llwyd, y llais yn torri ar draws ei feddyliau darniog, 'wedi dyfod yma i ymofyn cymorth?'

Llwyddodd Doctor Gwermwnt i nodio. 'Ydw, Arglwydd,' meddai. 'Er mwyn ymladd y Gwyliwr hon mae angen grymoedd dy deulu di.'

Roedd sarhad yn ateb Manawydan. 'Distadl yw trechu menywod. Yn y dyddiau a fu, gwŷr, nid gwragedd, a fu'n gwylio'u glannau ac yn ein gwrthsefyll. O leiaf y pryd hynny yr oedd cryfder ganddynt. Och! y mae dy hil wedi gwanhau dros yr oesoedd i alluogi un fenyw i ddarfu ar ein gwaith bendigedig.'

Ni allai Doctor Gwermwnt feddwl am ateb digonol.

'Do, methaist,' parhaodd yr Arglwydd Llwyd, 'ond serch hynny cei gymorth gennyf. Bydd fy annwyl frawd' – teimlodd Doctor Gwermwnt anadlu cryg Efnisien yn treiddio drwyddo – 'yn gwneud yr hyn na ellaist ti. Agatfydd bod angen grymoedd tu hwnt i'r hyn ysydd gennyt ti a'th braidd er mwyn adennill yr hyn a gollwyd gennyt. Y mae creaduriaid... arbennig gan fy mrawd ysydd yn ateb namyn ei alwad ef. Byddant *hwy* yn trechu'r fenyw fechan hon.'

'Rwyt yn rhy hael, Arglwydd,' atebodd Doctor Gwermwnt yn frysiog.

Yn sydyn gafaelodd llaw yn ei foch, y bysedd yn gleddyfau. Gwaeddodd mewn braw ond doedd ganddo ddim y nerth i wrthsefyll wrth i'w ên gael ei hercio'n boenus tua'r nenfwd. Cyn iddo allu sylweddoli beth oedd yn digwydd, cafodd ei hun yn syllu ar wyneb yr Arglwydd Llwyd.

'Nid haelioni ydyw!' bloeddiodd yntau, ei lais yn fwy na'r bydysawd ac yn gwneud i bob asgwrn yng nghorff Talhaearn Gwermwnt losgi. 'Y mae ein haelioni wedi diferu arnoch chwi wehilion dynolryw er ys deuthum ar eich tir coch! Y mae ein haelioni wedi eich codi o'ch trwmgwsg ac wedi eich deffro i leufer fy Nhad ac i'r gwyrthiau ysydd yn eich disgwyl yn y byd a ddêl! Y mae ein haelioni wedi dy ddyrchafu, adyn, uwchlaw dynion eraill. Codwyd y llen glaslwyd oedd yn gorwedd ar draws dy fyd a gwelaist yn ei le y gorfoledd lliwgar y datgelwyd – *dyna* fu haelioni! Nid haelioni yw'r hyn a wnaf heddiw, ond yr hyn ysydd yn *angenrheidiol* er mwyn i'r Deffro ddigwydd. Y Deffro! Y Deffro! Nachaf hyn yn unig ysydd o bwys – nid aiff nac aberth nac ymdrech yn wastraff os y bydd yn arwain at ddeffro Llŷr! Y sawl a rynga fy modd a fydd yn eistedd wrth fy nhraed yn y byd newydd, ond y sawl a'm digia a fydd yn profi poenedigaeth oesol. Hyn y tyngaf i, canys wele! MYFI, MANAWYDAN YR ARGLWYDD LLWYD YDYW'TH IACHAWDWRIAETH NEU'TH DDINISTR!'

Doedd gan ymennydd Doctor Gwermwnt ddim y gallu i brosesu'r hyn a welodd wrth edrych i fyw llygaid Manawydan. Byth wedyn roedd ganddo atgof o wyneb oedd yn haul mewn eclips ac o lygaid oedd yn dyllau di-ben-draw. Ond, yn yr ennyd hon, yr hyn a wnaeth meddwl Talhaearn Gwermwnt oedd cau'r drysau'n glep. Llewygodd.

Agorodd ei lygaid ond gwelai ddim ond tywyllwch. Blasodd gyfog ar ei dafod.

'Anwylyd,' meddai Efnisien, ei lais mor ddwfn â'r môr mawr.

O dan ei foch teimlai Doctor Gwermwnt laswellt tamp. Roedd awel oer yn chwythu ond doedd dim glaw.

Cododd ar ei draed yn simsan. Nid oedd golwg o'r Arglwydd Llwyd. Roedd unrhyw wacter a deimlai Talhaearn Gwermwnt yn ei absenoldeb yn cael ei lenwi'n awr gan Efnisien.

'Sut—?' dechreuodd ofyn, ond roedd eisoes yn gwybod, er nad oedd yn gallu esbonio. Roedd Efnisien wedi'i gario ymhell o'r eglwys ddu i rywle arall. Gwyddai hyn oherwydd bod *Efnisien* yn gwybod hyn, ond roedd y wybodaeth hynny megis edrych ar addurn wedi'i chwalu – roedd modd dehongli rhywbeth am ei siâp a'i batrwm gwreiddiol, ond roedd ei wir ffurf ar goll am byth.

'Yr wyt ar ymylon celli ysydd wedi bodoli yma er ys i mi ddyfod i Gymru y tro cyntaf,' meddai Efnisien. Safai rhes drwchus o ynn o'u blaenau. Tybiai Doctor Gwermwnt eu bod yn y tiroedd dryslwynaidd y tu allan i Bontarfynach, ond nid oedd yn sicr. Roedd Efnisien wedi'i gludo nifer o filltiroedd o'r eglwys ddu. Disgynnai'r glaw o'u cwmpas ond nid oeddent yn wlyb. Roedd hud Efnisien yn eu cadw'n sych hyd yn oed tra bod y storm yn siglo'r byd.

Edrychodd Doctor Gwermwnt arno. Yn wahanol i'r Arglwydd Llwyd, roedd yn gallu dioddef edrych ar ffurf Efnisien pan, fel nawr, roedd y ffurf yn deg. Yn wir, roedd hi'n awr yn odidog edrych arno: gwên goeglyd a lyncai eich calon ac wyneb fel pe bai wedi'i gerfio o farmor. Ambell waith, fodd bynnag, byddai Efnisien yn diosg ei ffurf brydferth ac yn arddangos ei wedd arall. Hyd yn oed i Doctor Gwermwnt, a ddaliai gariad llwyr tuag at Efnisien, roedd edrych ar yr wyneb *hwnnw* fel edrych ar farwolaeth. Y llygaid... y geg gam ar led, *yn llyncu...*

'Ar gyfer helfa,' meddai Efnisien wedyn, 'y mae angen helwyr. A gwn innau am yr helwyr gorau ysydd erioed wedi troedio pridd. Hwynt-hwy a gânt hyd i'r hyn a gollaist.'

Cyn i Doctor Gwermwnt allu ymateb, newidiodd goslef Efnisien. Roedd yn canu a hynny mewn harmoni gyda'i hun, fel petai sawl llais yn dod o'r un gwefusau. Roedd y nodau'n rhai amhersain nad oedd yn bodoli yng ngraddfeydd cerddorol unrhyw ddiwylliant ymysg dynion. Nodau na ddylent fodoli. Fel anghytgord o wawr amser.

Sylwodd Doctor Gwermwnt fod geiriau, neu o leiaf sillafau, i'r gân, er nad oedd yn deall eu hystyr: *chwid-chwid-*

chwidogaeth! drosodd a throsodd. *Chwid-chwid-chwidogaeth!*

Yn sydyn daeth, fel ateb, sŵn o grombil y coed.

giffygaffagiffygaffagiffygaffagiffygaffa—

Wrth glywed, teimlodd Doctor Gwermwnt ei feddwl yn chwalu. Roedd y sŵn yn gyfuniad o'r holl boenau y profodd erioed, yn atgasedd ac yn anobaith ac yn alar. Sŵn creaduriaid o ryw fath ydoedd, ond nid sŵn udo na rhuo – ond anadlu. Rhwygai eu hanadl drwy'r glaw gan ysgwyd brigau'r coed yn gryfach na gallai'r storm.

—giffygaffagiffygaffagiffygaffagiffygaffa—

Crynodd y ddaear. Er na chlywai Doctor Gwermwnt garlamu traed, roedd yn ymwybodol o rywbeth yn dod yn nes. Ac yn nes.

—giffygaffagiffygaffa—

'Y maent yn dyfod,' sibrydodd Efnisien gyda chyffro angerddol. 'O Annwfn y dygodd Pryderi hwy, a myfi a'u cymerodd oddi wrtho wedyn, gan eu gwneuthur yn atebol i minnau yn unig. Yng nghysgod y coed y cuddiasant fyth er ys hynny, i ddyfod namyn pan y mae eu meistr yn chwibanu arnynt.'

—giffygaffa—

'Wele! dônt heno am dro. Yr Helfa Wyllt. *Y Cŵn!*'

O enau Talhaearn Gwermwnt daeth sgrech i fferru'r gwaed wrth i ddau fwystfil ffrwydro ato o'r goedwig, eu llygaid fel llusernau Uffern.

—giffygaffagiffygaffagiffygaffagiffygaffagiffygaffagiffygaffa—

10

Mali

Pan fi'n claddu fy nhrwyn mewn tasg, mae popeth arall yn mynd yn angof.

Mae fe wastad wedi bod yn wendid gyda fi. Un tro roeddwn i'n treulio'r dydd yn copïo testun meddygol o hen lawysgrif, pan gurodd y glanhäwr ar ddrws y swyddfa – roedd hi'n saith y bore a doeddwn i heb fwyta nac yfed dim.

Dyna pam, nawr, fi'n digwydd taro fy llygad ar y cloc a sylwi mewn braw ei bod hi'n ddeg o'r gloch y nos a minnau wedi bod yn darllen y llyfrau Lladin hyn ers canol y pnawn. Fi'n arswydo wrth sylweddoli y dylen i fod wedi cyfarfod Noor ers meitin. *Damo.*

Mae gyda fi'r teimlad mod i'n anghofio rhywbeth arall hefyd, ond alla i ddim meddwl beth...

Yn frysiog fi'n gwlychu 'ngheg drwy yfed llymaid o'r ddysgled o de – cyn ei boeri fe yn syth mas gan ei fod e'n oer. Mae fy mola i'n cwyno ond fi'n ceisio ei anwybyddu wrth i fi dowlyd y ddwy lawysgrif i fy mag, gwisgo fy nghardigan a rhuthro o'r swyddfa.

Mae sawl drws ochr i'r Llyfrgell, a dyna sut fi'n dueddol o adael Noor i mewn i'r adeilad. Wrth gwrs mae cerdyn aelodaeth gyda 'ddi ac mae hi'n gallu dod i mewn drwy'r brif fynedfa, ond weithiau mae angen cyfrinachedd. Fi'n synnu nad yw hi wedi cysylltu gyda fi eto – onid oedd hi wedi bwriadu dod draw yn ystod y pnawn? Ydi hi wedi bod yn aros amdana i ers hydoedd... neu heb droi lan o gwbl?

Mae'r coridorau ar ochr ddwyreiniol yr adeilad yn olau i gyd, ond does neb o gwmpas. Fi'n clywed dim byd heblaw curo'r glaw a fy nghalon. Fi'n sweipio fy ID ar y darllenydd electronig sydd ger yr allanfa ac mae'r drws trydanol yn agor yn araf. Yn syth bìn mae chwa o wynt yn hyrddio'i hun i mewn i'r adeilad a fi'n cael fy ngwlychu. Gan felltithio na wisgais i gôt law, fi'n sticio fy mhen mas i edrych a yw car Noor yn y maes parcio.

Dim golwg o Noor na neb arall. Llond llaw o geir sydd yno i gyd, gan gynnwys – gobeithio – fy *estate* cyntefig i. Mae'n bosib bod rhai aelodau staff eraill wedi gadael eu ceir yma gan fod y tywydd mor wael. Mae rhannau o'r maes parcio dan ddŵr eisoes.

Fi'n mynd yn ôl i mewn ac yn cau'r drws.

Fi'n dychwelyd i'r swyddfa gan gnoi fy ewinedd. Sa i'n gwybod yn union pam fi'n poeni gymaint – mae Noor fel fi, yn cael ei sylw wedi'i dynnu gan yr hyn a'r llall nes bod amser yn mynd yn drech na hi. Mae hi wedi bod yn hwyr o'r blaen.

Ond mae rhywbeth am heno...

Fi'n codi'r ffôn sydd ar y ddesg, yn gwasgu 0 er mwyn cael llinell allanol, ac yn deialu rhif mobeil Noor.

Mae'n canu.

A chanu.

Yna mae rhywun yn pigo lan.

'Helô?'

Llais dyn yw e. Fi'n rhewi. Pam bod dyn yn ateb ei ffôn hi?

'Ble mae Noor?' Fi'n synnu fy hun ar ba mor grac fi'n swnio.

Saib. Mae sŵn injan car yn y cefndir. 'Pwy 'di hwn?' meddai'r llais.

'Mali Teifi. Ble mae Noor?'

'Mae hi fama. Yn dreifio. Dafydd dwi.'

Fi'n ymlacio tamed bach. 'O, reit, wela i. Y'ch chi'n iawn?'

'Ym, yndan.' Wedyn mae llais Noor yn y cefndir yn dweud rhywbeth. 'Fyddan ni yna mewn chwarter awr.' Cwpwl o eiriau eraill gan Noor. 'Y drws ochor.'

'Iawn. Fi newydd fod fanna. Doeddech chi ddim yno.'

'Na, 'dan ni 'di bod yn dreifio ers oria. Trio rhoi'r slip iddyn nhw. 'Dan ni'n ocê rŵan, dwi'n meddwl.'

Mae fy meddyliau ar ras. '"Rhoi'r slip"? I bwy? Be sy'n bod?'

'Mi nawn ni explainio pan 'dan ni yna. Ma'n complicated. Sori. Ym, welwn ni chi mewn munud. Ta-ra, ta-ra.'

Mae fe'n hongian lan. Fi'n llyfu fy ngwefus yn ofidus. Smo hyn yn swnio'n iawn o gwbl.

Lan ar ben y silffoedd llyfrau fi'n gweld fflach o lygaid gwyrdd – Kate Roberts yn rhythu arnaf i.

'Ydi, Kate Roberts bach,' meddaf i'n dawel wrthi. 'Mae heno'n disgwyl fel y bydd hi'n noson hir.'

Am funud mae Kate Roberts yn llonydd fel delw. Yna – gyda chwip o'i chynffon, mae hi wedi mynd, gan ddiflannu drwy un o'i channoedd o gilfachau cudd ac i grombil y Llyfrgell lle dim ond hi sy'n gwybod ei ffordd.

A bod yn onest, heno fydden i ddim yn meindio dianc i guddio gyda 'ddi.

Mae Noor a Dafydd bron yn cwympo i mewn drwy'r allanfa

wrth i mi ei agor. Mae golwg wedi blino'n lân ar wynebau'r ddau – ond maen nhw'n byrlymu gydag egni nerfus.

Maen nhw'n sefyll yn y cyntedd, dŵr yn diferu o'u cotiau ar y carped tenau. Fi'n cau'r drws – gyda chryn ymdrech – er mwyn cadw'r glaw a'r gwynt mas.

'Dewch gyda fi,' meddaf i. 'Fe ffeindiwn ni rywle tawel.'

Mae Noor yn nodio, er wrth gwrs mae fan hyn yn dawel ddigon – ond beth fi'n olygu mewn gwirionedd yw rhywle *preifat*. Mae camerâu cylch cyfyng ar y coridorau hyn, a fi ddim yn moyn i'r bois diogelwch ofyn gormod o gwestiynau.

Felly i lawr â ni i'r celloedd islaw.

Byddai Theseus ei hunan mewn perygl o fynd ar goll ym mherfeddion y Llyfrgell Genedlaethol. Ewch i lawr y cyntedd anghywir ac mae wedi canu arnoch chi. Mae miloedd ar filoedd o lyfrau o bob math yn storfa'r Llyfrgell a'r casgliad yn cynyddu'n ddyddiol. Fe gafodd y seleri a'r staciau gwreiddiol eu hehangu dros y blynyddoedd – llyfrgell ar ben llyfrgell ar ben llyfrgell – a gyda hynny fe grëwyd, yn anfwriadol, encilion bychain yma ac acw. Alcofau angof, *dead-ends*, coridorau sy'n arwain i nunlle. Smo'r rhan fwyaf o staff y Llyfrgell – a phrin neb o'i defnyddwyr, hyd y gwn i – yn mentro i'r encilion hyn. Weithiau maen nhw'n gwbl wag heblaw am y llwch; dro arall bydd pentyrrau o lyfrau llaith yng nghornel hen silff; pethau does neb yn gweld angen eu trefnu na'u catalogio, na chwaith â diddordeb mewn cael gwared arnyn nhw. Fe allech chi wersylla yn un o'r encilion hyn am wythnosau (fi'n siarad o brofiad) heb i neb fwrw ar eich traws chi. Mae'r encilion yn ben tost i'r rheolwyr ystadau ac yn peri dim gofid i unrhyw un arall. Ond i bobl fel fi maen nhw'n llefydd i gael heddwch – ac i gadw pethau fi'n moyn eu cadw'n ddiogel, bant o lygaid busneslyd...

Fi'n arwain Noor a Dafydd ar hyd y coridorau tuag at

un o'r encilion hyn, y lle fi'n ei alw'n Stafell Goch – nid am unrhyw reswm dramatig heblaw bod y drws, unwaith, wedi'i beintio'n goch, er ei fod e'n fwy fel pinc gwelw nawr. Pan ges i hyd i'r stafell yn wreiddiol, ar ben cyntedd lle roedd y bwlb wedi chwythu ers degawd ac felly yn hollol dywyll, roedd y drws ar glo. Fe dorrais i mewn ac yn nes ymlaen fe osodais i badloc, fel taw dim ond fi fyddai ag allwedd. Mae'n swnio fel tawn i'n ddihiryn, on'd yw e, ond doedd fawr ddim yn y Stafell Goch cyn i mi ei darganfod heblaw am silffoedd gwag ac arogl y gorffennol. Nawr mae'n lle i ddianc o'r byd ac i ddarllen.

A heno rydyn ni'n mynd yno i gynllunio.

Fi wedi gweddnewid y lle dros y blynyddoedd. Fe wnes i ei lanhau a symud rhan o fy Nghasgliad yma, dipyn wrth dipyn, nes bod y silffoedd erbyn hyn yn gwegian. Mae'r stafell yn weddol gul ond mae hi'n hir. Ers talwm fi'n tybio taw stafell gyfarfod oedd hi, gan fod bwrdd derw hir yng nghanol y llawr, bwrdd oedd yn rhy drwm i'w symud mas pan oedden nhw'n cefnu ar y lle hwn.

Mae gwresogydd trydan yn sefyll yn agos at un wal, ond dyw e ddim yn gwneud y stafell yn llawer cynhesach. Mae hi wastad yn oer yma.

Fi'n hwpo Noor a Dafydd drwy'r drws coch ac yn ei gau ar ein holau. Mae'r dŵr glaw yn dal i ddiferu oddi arnyn nhw. Fydden i'n casáu bod allan yn y tywydd hwn. Llawer gwell yw lloches yn y silffoedd.

Mae Dafydd yn edrych o'i gwmpas â'i geg yn hongian ar agor, fel pysgodyn yn sugno am aer. Mae rhywbeth am y ffordd mae ei lygaid e'n symud i bob man sy'n gwneud i mi deimlo'n chwithig.

Mae Noor yn sefyll gyda'i chefn ata i, gan orffwys cledrau ei dwylo yn fflat ar y bwrdd. Mae hi'n plygu ei phen, ei sgwyddau'n codi a gostwng yn araf. Fi'n gadael llonydd iddi er mwyn iddi gael ei gwynt ati.

Fi'n troi at Dafydd. 'Ti'n dal 'ma, felly? Beth yw dy hanes di?'

'Ym…'

Mae e'n rhythu am dipyn. Dyn ifanc yw e – neu mae'n disgwyl yn ifanc i fi, ta beth. Yn ei ugeiniau canol, ddwedwn i; croen glas-wyn ganddo fe, mor sgleiniog nes ei fod bron â bod yn dryloyw; ysgytwad o flew glaslancaidd ar ei ên; tocyn o wallt browngoch anniben ar ei ben; dim owns o gnawd ar ei esgyrn fel petai ei gorff yn swp o onglau miniog, ond o'i wddw a'i sgwyddau fi'n gallu gweld bod cyhyrau gyda fe. Mae ei lygaid e'n las tywyll ac yn fawr fel rhai plentyn.

'Beth mae "ym" yn ei feddwl? Siarada, grwt.'

Mae Dafydd yn tynnu ei law dros ei geg. Mae bysedd hir gyda fe, yn fwy main a destlus nag y byddwn i wedi'i ddisgwyl.

'Mi nath Noor ffeindio fi ar lan y môr.'

'Fi'n gwbod 'ny.' Fi'n ochneidio. 'Beth oeddet ti'n wneud fanno?'

Saib fechan. 'Odd y bobol 'na 'di dal fi. Peth nesa o'n i'n gwbod, oddwn i yn y môr ac oddan nhw'n trio boddi fi. O'n i bron â bod yn gonar.'

Fi'n nodio'n araf. 'Felly pam ti'n dal 'ma gyda Noor?'

'Achubodd e fi.' Noor sy'n siarad, heb droi rownd. 'Mi ddaeth dau ohonyn nhw ar fy ôl i yn y dre a, heblaw i Dafydd droi lan, fydden nhw 'di'n lladd i.'

Mae Dafydd yn edrych braidd yn swil. Fi'n dal ddim yn sicr ohono fe, ond os yw Noor yn ymddiried ynddo fe, yna wna innau hefyd. 'Pwy ddoth ar eich hole chi, 'te?'

'Aelodau o'r cwlt.' Mae Noor yn troi i wynebu fi a Dafydd. 'Pobol frawychus. Maen nhw'n gwybod pwy ydw i. Ac yn amlwg moyn gorffen be ddechreuon nhw 'da Dafydd.'

Fi'n gweld bod Noor yn rhynnu. Druan ohoni – mae ei dillad yn wlyb diferol. Fi'n ei thywys gerfydd ei llaw yn nes at y tân trydan ac yn eistedd gyda hi wrth y bwrdd. Mae Dafydd yn gafael mewn cadair ac yn eistedd ychydig lathenni i ffwrdd, yn gollwng ei sgrepan wrth ei ymyl.

Gyda'i gilydd mae Noor a Dafydd yn adrodd eu hanes. Mae Noor yn dda am egluro pethau i fi, yn gwybod mod i'n hoff o fanylion pendant. Mae Dafydd yn llai eglur – a'i acen yn drwchus – ond fi'n gael y *gist*.

'Dim ots ble fydden i'n gyrru,' meddai Noor gan ochneidio, 'roedden nhw'n llwyddo i'n dilyn ni. Fel tasen nhw'n gwybod lle'r oedden ni. Oedd raid i fi stopio am betrol yn Eglwysfach ac oeddwn i'n poeni bydden nhw'n dal ni bryd 'ny. Ond yn y pen draw wi'n credu mai'r glaw achubodd ni – doeddech chi methu gweld heibio'ch trwyn, felly mae'n rhaid bod nhw 'di troi'n ôl. Dyna pryd o'n i'n teimlo ei bod hi'n ddiogel i ni ddod 'ma.' Mae ei llygaid yn bryderus. 'Wi ond yn gobeithio mod i heb dy roi di mewn perygl drwy wneud hynny…'

Fi'n dal fy llaw lan. 'Paid â becso. Fe wnest ti'r peth iawn. Allwn ni sortio hyn mas gyda'n gilydd – a'ch cadw chi'ch dau yn ddiogel. Ond mae angen i ni weithio'n glou – rhag ofn eu bod nhw'n ffeindio mas lle ydych chi.'

'Diolch, Mali,' medd Noor. Fi'n ei gweld hi'n ymlacio tipyn.

'Well i fi ddeud wrthoch chi beth fi'n ei wybod, 'te,' meddaf i, 'ond dyw e ddim yn lot.' Fi'n esbonio mod i wedi bod yn chwilio am fwy o wybodaeth am y cwlt yn fy llyfrau heddiw. Roedd hyn yn seithug, braidd, yn anffodus. Mae dwsinau o sectau cyfrin sy'n cysylltu eu hunain â'r lliw glas ac mae cynnal defodau ar lan y môr yn dra chyffredin. Gallai'r criw hwn fod yn un o amryw o gyltiau. Chwarae gemau mae cyltiau fel rheol, yn hoffi'r seremonïau a'r teimlad o gysylltu â gorffennol tybiedig – ac yn aml esgus ydyn nhw i gael rhyw, a bod yn onest. Ond mae'r cwlt ni'n delio ag e yn fodlon ceisio boddi dyn a thrywanu menyw – felly yn amlwg yn bobl sy'n cymryd eu defodau'n ddifrifol dros ben. Credadunion. Pobl wnaiff ddefnyddio eu ffydd er mwyn cyfiawnhau unrhyw beth. Pobl beryglus.

'Y peth fi'n dod yn ôl ato yw'r gole hwnnw yn yr awyr,' fi'n dweud. 'Oedd e'n disgwyl fel mellten yn codi o'r môr ac yn mynd tua'r cymylau. Cofiwch, mae hynny'n gallu digwydd yn naturiol. A dyw'n llgade ni'n methu dweud pa gyfeiriad mae mellten yn mynd fel arfer. Ond oedd hon yn *teimlo'n* wahanol.

'Mae'r llyfr hwn' – fi'n gosod fy llaw ar glawr un o'r ddwy gyfrol oeddwn i'n eu darllen heddi – 'yn disgrifio sut mae rhai cyltie'n defnyddio'r tywydd er mwyn cyfathrebu gyda'u "duw". Mae'r gred bod pwere goruwchnaturiol yn ein rheoli ni 'di bodoli ers bore'r byd – rhai credoau yn fwy poblogaidd na'i gilydd. Ta beth. I'r credinwyr, mae gole yn yr awyr ar foment dyngedfennol yn arwydd bod rhywun yn gwrando arnyn nhw.'

Mae Noor yn nodio. 'Dwedodd yr offeiriad bod "yr arwydd wedi'i wneud".'

'Ie.' Fi'n myfyrio am eiliad. 'Geirie od i'w defnyddio. "Wedi'i wneud" – nid "wedi'i arddangos" neu rywbeth felly. Tybed… tybed a oedden nhw'n credu taw *nhw* wnaeth yr arwydd?"

'Pam?'

'Fel deisyfiad? Yn galw arno fe i ddod atyn nhw…' Sa i'n hoff o'r syniad hwnnw.

'Ti'n golygu,' medd Dafydd, 'na ddim melltan normal oedd hi?'

'Falle; falle ddim,' atebaf yn ofalus, 'ond y peth pwysig yw bod y cwlt yn debygol o *gredu* nad mellten normal oedd hi. Ac os yw cwlt yn cael y *go-ahead* gan eu duw – wel, mae hynny'n gallu arwain at bethe drwg iawn.'

Mae wyneb Dafydd yn gwingo am eiliad.

'Ddwedais i ddim wrthot ti mod i wedi casglu hwn o'r tywod,' medd Noor. 'Mali, mae angen i ti ei weld e.'

Ar hyn mae hi'n tynnu gwrthrych mas o'i bag a'i osod yn ofalus iawn ar y bwrdd rhyngon ni.

'Dyma'r disg roedd yr arweinydd yn ei ddefnyddio,' meddai. Mae hi'n egluro'n sydyn beth ddarganfyddodd hi yn un o'r llyfrau sydd ganddi gartref. 'Y dyn wnaeth ymosod arna i – fe geisiodd e gymryd hwn. Maen nhw'n chwilio amdano fe.'

Fi'n syllu ar y disg. Mae rhywbeth amdano sy'n gwneud i mi deimlo'n anghynnes a dipyn bach yn chwil. Fi'n cau ac yn agor fy llygaid sawl gwaith, fel taswn i'n ceisio deffro.

Yna fi'n cipio'r disg yn ddisymwth o'r bwrdd ac yn ei droi yn fy nwylo. Mae'n hynod o ysgafn i'w ddal, bron fel papur, ond eto mae ganddo drymder amhosib.

'Fe gafodd disg tebyg i hwn ei ddarganfod yn Llyn Cerrig Bach yn ystod yr Ail Ryfel Byd,' fi'n dweud, hanner i mi fy hun. '"Plac" maen nhw'n galw hwnnw. Wedi'i wneud o efydd, yn dyddio o Oes yr Haearn. Os fi'n cofio'n iawn maen nhw'n credu taw addurn oedd y plac, yn rhan o wrthrych mwy. Ond mae symbole gwahanol ar y plac yma. A dyw e ddim yn disgwyl fel taw efydd yw'r metel.'

'Ti'n nabod y siapiau sydd arno fe?'

Gan gynnau lamp fechan ar y bwrdd fi'n plygu i edrych yn agosach. Ar un wyneb y disg mae cyfres o lythrennau, mewn wyddor nad ydw i wedi'i gweld o'r blaen, pob llythyren yn llai na centimedr o daldra ac wedi'u naddu mewn tair rhes dwt.

Maen nhw mor fach nad ydw i'n gallu dweud mwy ar hyn o bryd, ond falle, gyda chwyddwydr ac amser, y gallwn i weld yn well.

Fi'n troi i edrych ar y siâp sydd ar yr ochr arall.

Pum bys, un yn pwyntio i fyny, dau wrth ei ymyl yn gwyro i'r chwith a'r dde, a dau ar y gwaelod gyda'u pennau bron yn cyffwrdd. Mae'n fy atgoffa i o frigyn ar goeden farw.

Fi'n syllu arno fe am amser hir – beth sy'n teimlo fel amser hir, ta beth. Er nad ydw i'n gwybod beth mae'n ei olygu, mae proses gyfarwydd wedi dechrau ffrwtian yng nghefn fy meddwl lle fi'n ymwybodol mod i wedi gweld hwn o'r blaen – ond angen cofio ble.

Yna mae'n fy nharo i.

Fi'n rhuthro at un o'r silffoedd ac yn bodio esgyrn cefn y llyfrau sydd yno. Llyfrau o'r Casgliad – llawysgrifau yw hanner ohonyn nhw, tra bo'r gweddill yn llyfrau printiedig prin.

Mae'r un fi'n chwilio amdano ar yr ail silff i lawr. Fy nghalon yn curo'n gynt, fi'n ei dynnu fe ac yn ei agor ar y bwrdd. Yn dechrau hedfan drwy'r tudalennau, ar gymaint o wib nes bod un yn rhwygo fymryn. Dim ots. Fi'n stopio yn y lle cywir.

Ac mae'r gwaed yn llifo o fy wyneb i.

Yn araf, a gan lyncu'n galed, fi'n troi'r llyfr nes bod Noor a Dafydd yn gallu ei weld.

'Dyma oedd y cliw'r oeddwn i ei angen,' fi'n sibrwd. 'Y siâp. Fi'n gwybod pa gwlt yw e nawr.'

Yng nghanol y dudalen mae braslun. Pum bys, un yn syth i fyny, dau i'r ochrau, a dau yn plygu i lawr.

Mae Dafydd yn griddfan. Gan droi oddi wrthon ni, mae e'n mynd i sefyll yn erbyn un o'r silffoedd.

Fi'n rhedeg fy mys yn araf dros y dudalen. Mae'r hen bapur yn sych ac yn arw. 'Mae'r llyfr yma mewn Almaeneg, wedi'i ysgrifennu tua'r flwyddyn mil chwe chant pedwar deg,' meddaf i, yn sylwi pa mor grynedig yw fy llais i. 'Mae'r llawysgrif yn disgrifio digwyddiade ocwlt ar gyfandir Ewrop. Fe wna i ddarllen y darn perthnasol i chi.'

Mae Noor yn syllu arnaf i, ei hwyneb yn wlith gan bryder. Mae Dafydd yn eistedd eto, ei ben yn ei ddwylo.

Fi'n plygu dros y dudalen ac yn cyfieithu wrth fynd, '"Mae'r siâp hwn wedi'i gopïo oddi ar arteffactau a gafodd eu codi oddi ar gyrff saith person a losgwyd fel gwrachod yn y cyfnod pan taw Rudolf Kristien oedd y *Graf* ar Ffrisiaid y Dwyrain. Deuai'r gwrachod hyn o ynys baganaidd Bant, sydd yn wyllt ac yn wynebu'r môr ar ei waethaf. Pedair menyw a thri dyn gafodd eu dienyddio, a hynny yn y cyfnod diweddar pan oedd hela gwrachod yn bla yn y gwledydd hyn. Roedd pob un o'r saith gwrach yn berchen ar garreg fechan oedd â'r symbol hwn arno. Bydden nhw'n cario'r cerrig hyn mewn bagiau bychain wedi'u cuddio o dan eu dillad ac yn agos at eu crwyn. Wrth gael ei arteithio, cyfaddefodd un o'r gwrachod mai hwn oedd y symbol roedden nhw yn ei ddefnyddio er mwyn cyfathrebu â'r diafol. Fe'u gwelwyd hefyd, ymysg ei gilydd, yn llunio'u bysedd ar y llaw chwith er mwyn ffurfio ystum tebyg i'r siâp hwn, sydd yn awgrymu mai seiffr gyfrinachol oedd e, yn galluogi iddyn nhw adnabod ei gilydd. Rhoesant enw i'w diafol, Lirus, a chyfaddef mai eu bwriad oedd cynnal defod i ddenu Lirus o'r môr."'

Fi'n stopio. Wrth godi fy llygaid i esbonio i Noor a Dafydd, mae fy llais yn swnio'n bell i ffwrdd, fel nad fy llais fy hun yw e.

'Mae'r symbol ar y disg hwn yn arwydd o ddilynwyr Lirus, os y'n ni'n gallu credu'r llyfr hwn. Lirus, neu Liros, yw'r ffurf hynafol ar enw sy'n ganolog i chwedloniaeth Geltaidd. Mewn

Hen Wyddeleg, ystyr y gair oedd "y môr" – Lir, arglwydd y tonnau. Yn y Gymraeg sydd ohoni heddi, Lirus yw *Llŷr*.'

Mae Noor yn pwyso ymlaen ar y bwrdd. 'Beth wyt ti'n ddweud?'

'Mae'r cwlt yma'n addoli Llŷr. Y Llŷr mas o fytholeg. Ond dyw e ddim yn chwedl iddyn nhw – maen nhw'n credu ei fod e'n *bodoli*. A'i fod e'n dduw.'

11

Helyg

Dwi'n ôl yn yr ogof ar Gwales. Mae'r waliau cerrig wrthi'n cau o fy nghwmpas i a dwi'n gorwedd ar fy nghefn yng nghanol y llawr, yn methu symud. Mae Lleucu yn hofran uwch fy mhen, ei gwallt hi'n chwythu fel tasa hi o dan ddŵr, a phan dwi'n trio estyn allan i'w dal hi, dydi fy mraich i ddim yn ei chyrraedd. Dwi'n clywed clychau yn canu'n wyllt – cyn i'r sŵn hwnnw droi i fod yn sgrechian yr hucanod. Mae cylch melyn fel haearn tawdd yn llosgi rownd lle dwi'n gorwedd. Dwi'n boen i gyd. Yna mae dwy linell o'r tân yn llosgi'n igam-ogam tuag ata fi o ochrau'r cylch. Dwi'n methu gweld Lleucu ddim mwy, dim ond y cylch a'r tân yn y tywyllwch—

Pan dwi'n deffro mae pob man yn ddistaw.

Dwi wedi cael hunllef debyg i honna sawl gwaith ers i fi adael Ynys Gwales. Does gen i ddim isymwybod *subtle* iawn; dwi'n gwybod mai ystyr yr hunllef ydi mod i'n beio fy hun am ddiflaniad Lleucu. A pham faswn i ddim? Be dwi 'di lwyddo i'w gyflawni, wir yr, yn y dyddiau ers hynny?

Dwi'n dal yn y Llyfrgell, wrth gwrs. Mae lot o'r goleuadau'n dal ynghyn, yn y ffordd oeraidd yna pan mae adeilad wedi cau am y nos ond dydyn nhw ddim am wneud pethau'n rhy hawdd i ladron.

Mae hynny'n golygu mod i wedi fy nghloi y tu mewn i'r Llyfrgell Genedlaethol.

Wel. Diwedd gwych i ddiwrnod perffaith.

Mae gen i dywod yn fy llygaid. Mae fy nghorff i'n cracio wrth i mi sefyll, ac mae'r bendro arna i am fymryn bach. Dwi'n tsiecio fy watsh; mae hi ymhell wedi un ar ddeg y nos. Dwi wedi cysgu ers oriau. Blacowt go iawn. Mae hanner ohono fi'n falch mod i wedi cael cwsg iawn o'r diwedd, ond mae'r hanner arall yn panicio mod i yn rhywle dydw i ddim yn ei nabod – a ddim i fod yno.

Dwi'n cerdded yn araf allan o'r alcof lle roedd y cadeiriau ac at ben draw'r coridor. Yn sbecian o gwmpas. Dim byd. Dim seciwriti na neb. Does gen i ddim clem sut na wnaeth *rhywun* fy ngweld i pan oedden nhw'n cloi i fyny, ond dwi'n cymryd y bues i mewn cornel ddigon allan-o'r-ffordd nes eu bod nhw wedi methu fi wrth wneud eu rowndiau.

Mae'r prif gyntedd yn teimlo'n fawr. Dydw i ddim yn agoraffobig fel rheol, ond yn sydyn dwi'n teimlo fel tasa'r nenfwd yn rhy uchel a'r waliau'n plygu i mewn tuag ata fi – fel yn y freuddwyd. Dwi'n gollwng fy llygaid i sbio ar y carped coch. Mae olion traed budur ar ei hyd o, mae'n debyg achos yr holl bobl sy 'di cerdded i mewn o'r storm. Dwi'n hanner dilyn yr olion sgidiau i gyfeiriad y prif ddrysau. Maen nhw wedi'u cloi, wrth gwrs. Mae'r glaw yn malu yn erbyn y chwareli gwydr ac mi fedra i glywed chwibanu'r gwynt, fel udo'r adar ar Ynys Gwales…

Dwi'n troi'n ôl tua'r cyntedd.

'Oes 'ma bobol?' dwi'n galw, ac mae fy llais i'n atseinio. Does bosib bod yna *rywun* yn dal yma?

Ond mae yna rywbeth yn *wahanol* am heno. Mi fedra i ei deimlo fo ym mêr fy esgyrn.

'Helô?' dwi'n gweiddi eto, ond mae fy llais i'n swnio mor fach a brau wrth iddo atseinio'n ôl ata fi. Dwi'n tynnu fy hwdi allan o'r bag ac yn ei wisgo fo, gan dynnu'r cwfl dros fy mhen. Rywsut mae hynny'n gwneud i mi deimlo ychydig bach yn saffach, mewn cocŵn.

Wrth gwrs, er bod hyn yn sefyllfa anffodus, mae'n rhaid mod i'n reit saff yn fama. Os nad ydw i'n trigro'r larwm ddiogelwch gynta, yn y pen draw bydd rhywun yn cael hyd i fi – a chyn belled â mod i'n medru eu darbwyllo nhw mod i ddim yn fandal, yna fydda i'n ocê, a ga i adael y lle 'ma.

Yna dwi'n cofio pam ddois i yma, a dwi'n teimlo pigiad o rwystredigaeth efo Mali Teifi. Yn doedd hi i fod i ddod yn ôl ata fi cyn diwedd y diwrnod? Pam wnaeth hi adael i fi aros – a chysgu – am gymaint o amser?

Er bod fy mhen i'n deud y dylwn i anghofio amdani hi – faint o help allith Mali fod, rili? – mae fy nghalon i'n deud bod rhaid i fi ddal i drio. Er mwyn Lleucu.

Y broblem ydi, dwi ddim yn gwybod lle mae swyddfa Ms Teifi. A does neb o gwmpas y medra i eu holi am gyfarwyddiadau. Mae'r adeilad yma yn fawr – a finnau mor fach.

Yn teimlo'n ddiwerth braidd, dwi'n eistedd ar gadair galed wrth ymyl y wal. Mi oedd hyn yn wastraff o fy amser i. Does ryfedd bod fy nghorff i'n dechrau ildio. Er gwaetha saith awr o gwsg dwi'n dal i deimlo fel taswn i'n nofio yn erbyn y llanw.

Dwi'n plygu mlaen gan rwbio fy nhalcen efo blaenau fy mysedd. Dau ddewis sy gen i; naill ai eistedd fama yn aros tan y bore, neu fynd i drio cael hyd i rywun fedrith fy helpu. Ond dydi hynny'n fawr o ddewis, nacdi?

Mae fy nhraed i'n drwm, fel tasa grym mwy na disgyrchiant yn eu gludo nhw at y llawr. Dwi'n cicio fy sgidiau i ffwrdd ac yn ymestyn bodiau fy nhraed yn eu sanau, gan drio cael y gwaed i lifo'n haws. Mae o'n helpu rywfaint, ond fedra i ddim cael gwared ar y teimlad mod i'n dal mewn breuddwyd. Mae rhywbeth afreal am fy sefyllfa, nes bod cosi annifyr yn gwrido ar hyd fy nghroen wrth i mi feddwl am y peth.

Dwi'n teimlo fel hyn pan mae *panic attack* yn dŵad. Dwi'n ddigon o gwmpas fy mhethau i gofio am yr ymarferion sy'n medru – i fod – atal yr ymosodiad rhag hitio. Dwi'n trio dargyfeirio fy sylw at rywbeth dibwys, ac yn dechrau gosod fy sgidiau wrth ymyl ei gilydd yn dwt ar y carped. Yn gyntaf ochr yn ochr. Wedyn cefn wrth gefn. Wedyn un ar y carped ac un ar y pren. Dwi'n cyfri'r llinellau ar y preniau, fesul tri: tri, chwech, naw, un deg dau...

Dwi'n clywed sŵn.

Mae o'n gwneud i mi rewi achos, hyd yn hyn, mae wedi bod yn eithriadol o ddistaw tu mewn yma, heblaw am ddwndwr y storm. Ond hefyd mae'r sŵn yma yn od. Fedra i ddim ei ddisgrifio fo, heblaw ei fod o fel rhywun yn crafu cyllell ar garreg, yn ôl a blaen, yn ôl a blaen. Mae'r sŵn yn bell i ffwrdd, mor ddistaw nes mod i ddim yn sicr nad ei ddychmygu ydw i, ond mae o'n gyson ac yn gyflym – ynôlablaenanôlablaenanôl ablaena—

Dwi'n sefyll yn fyrbwyll, gan gicio un o fy sgidiau ar ddamwain nes ei bod hi'n sgrialu ar draws y llawr. Dwi'n troi fy nghlust er mwyn trio clywed y sŵn yn well, ond mae o mor ddistaw nes bod y storm yn ei foddi.

Mae ofn yn gafael ynddo fi go iawn rŵan. Dwi'n gwybod nad ydi hi'n gwneud synnwyr i fi gael fy nychryn gan ddim ond sŵn. Mae'n debygol mai dim ond y gwres canolog yn dod ymlaen ydi o, neu rywbeth. Ond mae'r cyfuniad o'r sŵn a'r unigedd a'r blinder a'r storm yn gwneud i mi deimlo arswyd – arswyd dwi heb ei deimlo ers mod i'n blentyn bach, pan fydda

Dad yn sôn wrtha i am yr hen dduwiau paganaidd oedd yn llechu yng ngherrig y bryniau uwchben ein pentra a'r alaw oedden nhw'n ei chanu…

Efo fy mag ar fy nghefn a'r sgidiau yn ôl ar fy nhraed dwi'n cerdded allan o'r cyntedd ac yn ddyfnach i mewn i'r Llyfrgell. Dwi ddim yn siŵr pam dwi'n gwneud hynny yn lle hongian o gwmpas y fynedfa. Ond mae'r sŵn crafu yn-ôl-a-blaen yn dal i rygnu yn y pellter, lle bynnag dwi'n troi, ac mae fy ngreddf yn deud wrtha i y dylwn i adael y cyntedd.

Na, dim greddf ydi o. Does 'na'm rheswm rhyfedd, 'anesboniadwy' dros pam dwi'n gwneud hynny. Dydi fy meddwl i ddim yn eglur ac felly mae unrhyw benderfyniad yn well na dim penderfyniad.

Dyna pam dwi'n ffeindio fy hun ar goridor dieithr sy wedi gweld dyddiau gwell. Mae'r carped wedi gwisgo fwy yn fama a dydi un o'r bylbiau ddim yn gweithio. Heb syniad ble i fynd, dwi'n mynd yn fy mlaen. Troi cornel. Cornel arall. Gweld grisiau. Mynd i lawr y grisiau. Coridor arall. Cornel arall. Coridor arall. Mae fy meddwl i'n ddryslyd – a dwi'n dal i glywed y rhygnu. Ydi o'n nes rŵan – 'ta'n bellach i ffwrdd? Amhosib deud.

Dyna pryd dwi'n gweld bod y llawr yn wlyb.

Ddim jyst yn damp ond yn wirioneddol socian, fatha bod rhywun wedi tywallt bwced yma. Mae fy llygad i'n dilyn y gwlybaniaeth, sy'n rhedeg mewn llinell rownd y gornel ac i lawr set o risiau cul. Dwi'n gweld olion sgidiau yn y gwlybaniaeth.

Am bod unrhyw arwydd o fywyd yn arwydd da – ella – dwi'n dilyn yr olion traed gwlyb. I lawr y grisiau â fi, i ran breifat o'r Llyfrgell. Mae fy nghalon yn dyrnu a fy nwylo yn ysgwyd yn fy mhocedi wrth i mi ddilyn y trywydd ymlaen ac ymlaen…

Dwi'n stopio. Yr unig ola yma ydi *emergency lighting* gwyn yma ac acw. Fedra i ddim gweld yr olion traed bellach.

Ond, yn fwy na hynny, be sy'n gwneud i mi stopio ydi mod i'n taeru bod mwg o 'nghwmpas i. Na, ddim mwg – niwl? Dydi o ddim yn drwchus, ond yn debyg i pan mae dy anadl di yn troi'n wynt y ddraig ar noson oer, sych. Dydi'r niwl yma ddim yn dŵad o unlle amlwg – mae o jyst *yno*. Llen sy'n gwneud llinellau syth y waliau yn aneglur.

Dwi'n camu ymlaen yn ara bach drwy'r niwl wrth iddo fo droelli o gwmpas fy sgidiau. Dwi'n clywed sibrwd gwynt yn fy nghlustiau ac yn dod yn ofnadwy o ymwybodol o sŵn fy anadlu.

Dydi hyn ddim yn digwydd go iawn. Jyst fy meddwl i'n chwarae triciau ydi o.

Cam ymlaen. Ac ymlaen eto.

Mae'r sibrwd yn cynyddu yn fy nghlustiau, yn swnio fel gwegian trawstiau hen dŷ. A'r crafu cyson yn-ôl-a-blaen yn dal yno, fel tasa fo mewn rhan bell o'r adeilad ac y tu ôl i fy nhalcen i ar yr un pryd.

Tywyllwch llwyr ar y coridor yma rŵan. Fy nwylo'n crynu, dwi'n tynnu fy ffôn allan ac yn defnyddio'r sgrin i oleuo'r ffordd. Prin bod y golau gwyn yn torri drwy'r düwch.

Cam ymlaen. Rhaid bod yn ddewr. Cam arall.

Dyna pryd dwi'n eu clywed nhw.

Mae rhywun yma…

12

Dafydd

Mae hyn i gyd fatha breuddwyd dwi methu deffro ohoni hi.

Ma Noor a Mali yn siarad efo'i gilydd, wyneba nhw'n edrych yn grim iawn, ond dwi ddim rili yn gwrando ar be ma'n nhw'n ddeud. Ma brên fi'n sbinio wrth i fi drio dallt bob dim.

Dwi'n coelio mewn ysbrydion. Odd teulu fi yn uffernol o superstitious wrth i fi dyfu fyny. Odd raid i ni symud tŷ un tro am bod chwaer fi'n gweld ghost hogan bach ar waelod y grisia bob nos. Ddaru fi ddim gweld yr hogan bach, ond o'n i'n medru gweld yr effect odd hi'n gael ar 'yn chwaer. Pan nath Mam ffeindio allan dyma wynab hi'n mynd yn wyn i gyd. Nath hi trio iwsio sbels a ballu ond odd yr hogan bach yn dal yn apirio bob nos. So odd raid i ni fynd. Bechod – o'n i'n licio'r tŷ yna.

Dwi'n coelio mewn aliens hefyd. Ma hi'n obvious i fi dydan ni ddim ar ben 'yn hunan a bod 'na bownd o fod beings mwy clyfar na ni allan fanna rwla. Y peth weird odd, doedd Mam byth yn fodlon coelio bod aliens yn bodoli. Does 'na neb ond ni, fasa hi'n ddeud, a roid celpan i fi os o'n i'n dadla. Neb ond ni ar y ddaear 'ma, a neb yn gwylio allan amdana ni. Dyna pam dydi pobol sy'n marw ddim yn medru restio, am bod 'na nunlla iddyn nhw fynd. Odd hi'n poeni am farw achos dodd hi'm yn coelio yn y nefoedd nac afterlife neis a hapus. Nath hi fyw mewn ofn drw bywyd hi i gyd, dwi'n meddwl.

Ond o'n i'n secretly yn meddwl bod hi'n rong. *Ma* 'na betha beyond i byd ni. Ma raid bod 'na. Petha 'dan ni'm yn dallt. Petha 'dan ni'm yn barod amdanyn nhw eto.

Ac ella na dyna ydi Llŷr. Ella.

Ma'r llyfr hen odd Mali yn translatio i ni yn dal yn gorfadd ar y bwrdd efo'r pejan ar agor sy'n dangos y siâp, symbol Llŷr. Dwi'n sbio arna fo. Methu tynnu llgada fi off y fo.

Dwi'n teimlo poen. Dwi'n rhegi.

Ma Noor a Mali yn troi i edrych arna fi.

'Dafydd, wyt ti'n iawn?' Ma'i 'di gofyn hynna i fi llwyth o weithia heddiw yn barod. Ma Noor yn ddynas glên, yn hollol wahanol i be faswn i 'di ddisgwyl o hogan Muslim single. O'n i'n meddwl bod nhw ddim yn cael bod yn gwmni dynion sy ddim yn teulu nhw neu rwbath. Ma raid bod lot o be o'n i'n feddwl yn rong.

Dwi'n nodio. 'Dwi'n champion.'

Dwi ddim yn champion – definitely ddim – ond dwi'n teimlo na bai fi ydi o bod pobol y Doc ar ôl Noor, a ddylia fi o leia trio helpu hi cael nhw off cefn hi. So dio'm yn mynd i helpu neb i sôn am problema fi.

Ma Mali yn edrach yn rili stressed. Ma'i probabli mond yn ei fifties ond ar hyn o bryd ma'i'n edrach fel hen ddynas, fatha bod gwallt hi wedi mynd yn wyn yn y pum munud dwytha.

'Beth ti'n wybod am Llŷr, Noor?' ma'i'n gofyn mewn llais fflat.

Ma Noor yn ista heb groesi ei choesa. 'Mae ei enw fe yn y Mabinogi. Fe yw tad Bendigeidfran a Branwen. Ond wi ddim yn cofio iddo fe fod yn gymeriad.'

Ma Mali'n nodio'n ara. 'Mae chwedle'n bethau od, a dweud y gwir. Mae gyda ni heddi'r llyfr dy'n ni'n ei alw *y Mabinogi*, sef storïe o ddwy lawysgrif o rhwng chwe a saith can mlynedd yn ôl. Yn y rheiny dyw "Llŷr" yn ddim byd mwy nag enw, patronymig. Ond mae'r storïe'n hŷn na hynny, wrth gwrs. Yn *llawer* hŷn. Drwy lefaru, gwrando a chofio bydden nhw 'di cael eu rhannu am ganrifoedd, y manylion yn cael eu newid, ar bwrpas neu ar ddamwain, mymryn bach bob tro. Dyw'r ysgolheigion ddim yn gwybod beth oedd ffurf wreiddiol y Mabinogi – os oes hyd yn oed ffurf wreiddiol i *unrhyw* stori. Ond gan fod plant Llŷr yn llenwi'r Bedair Cainc, mae'n gwneud synnwyr y bydde gwrandawyr y chwedle hynafol yn gwybod pwy odd e.

'Dyna yw'r safbwynt academaidd. Ond nid dyna'r gwir i gyd. Mewn ffordd, nid hwnna yw'r gwir *o gwbl*…'

Dwi obviously ddim yn dilyn lot o hyn. Pan ma pobol glyfar yn siarad ma pen fi'n sbinio, ac weithia ma'n neud fi deimlo dipyn bach yn flin achos bod nhw ddim yn medru deud petha mewn ffor hawdd i bawb ddallt. Dwi'n cael craving sydyn am ddiod. Rwbath cry.

Ond ma Noor 'di hoelio llgada hi ar Mali, yn gwrando ar bob un gair, ceg hi yn hongian mymryn bach ar agor.

'Fi ddim wedi dweud hyn wrth neb o'r blaen,' ma Mali'n deud, gan edrach fatha bod hi'n brifo tu mewn. Yn sydyn ma'i'n rwbio nycls hi ar talcan hi, fel tasa hi'n trio sgrwbio memories hi allan. 'Wel. Os yw Llŷr yn rhan o hyn, mae'n rhaid i ti wybod beth fi'n ei wybod, Noor. Fi'n siarad o brofiad. Dyw e ddim yn brofiad fi'n hapus ag e. Ddigwyddodd e pan o'n i'n ifancach ac yn fwy ffôl.

'Fe wnes i gwrdd â dyn. Mewn tafarn oeddwn i. Oedd 'yn ffrind i'n hwyr ac o'n i ben fy hun. Oedd hi'n oer, y gwres wedi torri. Alla i gofio'r ddau hen fachan hyn ar y bwrdd drws nesa'n smocio – pan oeddech chi'n dal i gael gwneud hynny – ac yn chwythu mwg tuag ata i dan chwerthin. Sa i'n hoffi tafarndai yn gyffredinol, ac oedd hi'n fisi y noson honno. Gormod o sŵn.

'Ta beth, dyma'r boi hyn yn dod lan ata i. Jest eistedd fanna gyferbyn â fi. Wedodd e fod e'n astudio llenyddiaeth yr oesoedd canol yn y Brifysgol, fel fi, a dyma ni'n siarad am sbel. Aeth popeth arall yn angof, chi'n gwybod. Ddaeth fy ffrind i ddim yn y pen draw.

'Weles i fe gwpwl o weithie eto. Sa i'n cofio llawer am y cyfarfodydd hynny. Fydde fe'n ymddangos heb rybudd – a heb i fi weld o ble ddaeth e. Un funud doedd neb yno; y funud nesa, bydde fe'n ymddangos. Ac yna bydde fe wedi diflannu yn ddisymwth beth amser wedyn. Ddylse fi fod wedi bod yn fwy pryderus am hynny, ond a bod yn onest oedd cael dyn fel hwn yn ymddiddori ynddo i yn beth cyffrous. Y peth rhyfeddaf yw, alla i'n dal ddim cofio ei wyneb e'n eglur.

'Y trydydd tro i ni gwrdd, dyma fe'n dechre siarad ymbyty llyfr. Oedd e'n hoff o'r Mabinogi ac yn dweud wrtha i bod mwy i'w ddysgu amdanyn nhw, am yr hen chwedle, nag oedd academyddion yn gallu ei ddychmygu. Oedd y llyfr hwn oedd e'n sôn amdano fe yn arbennig – a doedd dim llawer o bobol oedd yn gwybod amdano fe. Ofynnodd e i fi a hoffwn i weld copi. Ddwedes i y bydden i. Ieffach, oeddwn i mor ddifeddwl yr adeg hynny!

'Dyma ni'n cwrdd un tro eto. Y tro ola. Ar lan y môr oedd hi – fi'n cofio mor dwym oedd y tywod. Ddangosodd e'r llyfr i fi. Llawysgrif bach bratiog. Y Llyfr Glas oedd e'n ei alw fe, oherwydd bod clawr glas eithriadol o hen iddo fe. Dyma fi'n agor y llyfr a...'

Ma'i'n stopio siarad. Dwi'n gweld bod dagra yn llifo lawr gwynab hi, ond dydi hi ddim yn neud *sŵn* crio. Ar ôl fatha munud cyfan o neb yn deud dim byd, ma'i'n anadlu'n drwm ac yn cario mlaen efo'i stori.

'Erbyn i'r Mabinogi gael ei sgwennu i lawr yn be sydd heddiw yn cael eu galw yn Llyfr Coch Hergest a Llyfr Gwyn Rhydderch, oedden nhw wedi cael eu rhannu yn storïe penodol, ac roedd pedair ohonyn nhw yn cael eu galw yn *geinciau*. "Felly y terfyna'r gainc hon o'r Mabinogi", ac ati. Chwedl neu alaw yw ystyr "cainc" – neu gangen ar goeden, rhywbeth sy'n tyfu o wraidd dych chi'n ffili ei weld bellach. "Y Bedair Cainc" maen nhw'n cael eu galw heddiw: "Pwyll", "Branwen", "Manawydan", "Math". Mae pawb yn gwybod hynny, meddech chi. Ond beth ddysges i wrth ddarllen y Llyfr Glas oedd bod *pumed gainc* i'r Mabinogi...

'Dim ond flynyddoedd wedyn wnes i ddeall bod 'na reswm pam nad yw pobol yn gwybod am y Bumed Gainc. Ar ryw adeg, efallai yn fuan ar ôl y Concwest Normanaidd, dyma'r gwybodusion Cymreig yn penderfynu bod angen cuddio'r Bumed Gainc. Yn eu barn nhw roedd perygl mewn gadael i ormod o bobol glywed diwedd y stori. Beth wnaethon nhw oedd cael hyd i bob llawysgrif – a'u dinistrio nhw. Mae'n fy atgoffa i o'r *damnatio memoriae*, yr hyn oedd y Rhufeiniaid a'r Eifftwyr ers talwm yn arfer ei wneud er mwyn difa unrhyw gof a chofnod o bobol doedden nhw ddim yn eu hoffi.

'Pwy a ŵyr faint o lawysgrife gafodd eu llosgi yn yr ymgyrch i waredu Cymru rhag y Bumed Gainc, ac mae'n siŵr bod peth wmbreth o destunau Cymraeg eraill wedi cael eu troi'n lludw ynghyd â nhw.

'Ond allwch chi ddim difa stori. Y funud mae rhywun yn agor eu ceg i'w dweud hi, mae hi mas yna. Mae stori fel fflam sy'n amhosib i'w ddiffodd yn gyfan gwbl, waeth pa mor gadarn chi'n meddwl eich bod chi wedi stampio mas y marwor. Chi'n gweld, roedd rhywun wedi cadw copi o lawysgrif oedd yn cynnwys y Pum Cainc. Wedi'i hachub hi rhag y goelcerth. A dyma fe – neu hi, pwy bynnag oedden nhw – yn copïo'r testun i mewn i nifer o gyfrole bychain. Cafodd pob un ei lapio mewn clawr glas, a chawson nhw eu rhannu'n gyfrinachol ymysg y bobol hynny oedd ddim moyn gadael fynd ar y gorffennol.

'A dyna beth ddangosodd y dyn 'ma i fi. Un o'r Llyfre Glas gwreiddiol hynny. Ddwedodd e ddim sut ga'dd e afael arno fe. Ond ddarllenais i e yn syth, achos pwy fydde ddim?'

'Felly,' ma Noor yn gofyn a'i llais hi'n fach, 'Beth yw stori'r Bumed Gainc?'

Ma Mali yn chwerthin yn drist. 'Y peth yw...' Ma'i'n sychu llgada hi. 'Y peth yw, sa i'n gallu dweud wrthot ti.'

'Dwyt ti'm yn cofio?'

'Fydden i'n *gallu* cofio, taswn i'n trio. Ond fi'n *dewis peidio* cofio.'

Ma Noor yn rhythu arni. 'Beth ti'n feddwl, dewis peidio?'

'Mae rhai storïe yn... bwerus.' Ma gwynab Mali yn mynd yn dywyll. Ma'i'n sbio *drwydda* ni, ddim arna ni. 'Ar ôl i fi ddarllen y Bumed Gainc, doedd dim byd yr un fath. Oedd e fel tase'r holl hapusrwydd wedi cael ei rwygo o 'mywyd i. Fi'n cofio'r teimlad, wedi i mi gau clawr y llyfr, fel taswn i'n ymladd yn erbyn llanw. Doedd y byd o nghwmpas i ddim yn edrych yr un fath. Oeddwn i'n gallu gweld lliwie a siapie yn bobman ac o'n i'n cael fy nenu atyn nhw – ond roedd rhywbeth peryglus am y lliwie. Ac am y dyn. Felly fe wnes i ddewis. Fe ddihanges i. Dwles i'r llyfr i'r môr a rhuthro o'r traeth.

'Wnaeth hynny ddim datrys dim byd. Bob diwrnod fe fydden

i'n teimlo'r *tynnu* hwn eto. Oeddwn i'n methu canolbwyntio ar ddim. Doeddwn i ddim yn bwyta'n iawn. Es i'n sâl. Oeddwn i hyd yn oed yn teimlo y bydden i'n gwella tawn i'n mynd i chwilio am y dyn ac yn ailddarllen y llyfr. Hyd yn oed tawn i ond yn cael cau fy llyged a *meddwl* am stori'r Bumed Gainc. Ond sylweddoles i y bydde hynny'n waeth na'r salwch oedd gen i.

'Felly fe wnes i geisio ei wrthsefyll e. Chi'n gwybod fel pan y'ch chi'n ceisio cofio breuddwyd, ond mae'n llithro bant, nes bod chi'n cofio dim ohoni hi? Wel, oedd hyn fel hynny – ond *y tu chwith*. Os nad 'yf i'n ofalus, fi'n cofio eto. Felly fi wastad yn ofalus. Alla i ddim gadael i fy hun gofio'r Bumed Gainc – na'i gofio *fe* chwaith.'

Ma Mali'n edrych 'tha bod hi newydd redag marathon.

'Pwy oedd y dyn?' ma Noor yn gofyn yn ysgafn.

Ma Mali'n codi llgada hi. Ma'n nhw'n ddu.

'Ei enw fe oedd Efnisien.'

Dwi'n cal poen sydyn yn pen fi sy'n teimlo fel llosgi.

'Efnisien – fel yn y Mabinogi?' Noor sy'n siarad, er dwi prin yn clŵad hi.

'Ie,' medda Mali, 'ond nid *fel* y cymeriad sydd yn y Mabinogi. Fe *yw* y cymeriad sydd yn y Mabinogi. Fersiwn ohono fe, ta beth.'

'Chwedl yn dod yn wir...'

'Nage – gwirionedd yn cuddio mewn chwedl.'

Fe wyddost ti pwy ydwyf. Y mae hi yr un fath â thi.

Dos o 'ma dos o 'ma dos o 'ma.

'Mae Efnisien yng nghainc Branwen yn creu helynt er mwyn sbort. Yn seicopath. Y gŵr sy'n torri ceffylau'n ddarne, yn towlu plentyn bach i'r tân. Er gwaetha ymdrechion y canrifoedd i lyfnhau gwir natur y Ceinciau, un peth sy wedi parhau'n finiog hyd heddiw yw pa mor greulon oedd Efnisien. Ac mae'r Efnisien wnes i ei gyfarfod yn waeth hyd yn oed na'r hyn sydd— Hei, be sy'n bod ar Dafydd?'

Gallet fy arwain yn ôl ati, er iddi fy nghau ymaith am gyhyd.
Dos o 'ma.
Gallet ti fod yn arwr.
'Dafydd?'
DOS O 'MA.

Dwi'n lluchio pynsh achos dwi'n siŵr bod y diawl o flaen fi yn rwla, ond does 'na neb. Ma rhywun yn gafael yn braich fi a dwi'n stryglo. Ond wedyn ma vision fi'n clirio dipyn a dwi'n gweld na Noor sy 'na, yn penlinio wrth ymyl fi. Dwi ar y llawr.

'Sori,' medda fi, gwddw fi'n sych a sôr. Dwi'n chwys socian.

Dwi'n meddwl bod y llais 'di gadal, ond ma chydig o boen yn dal ar ôl. Fatha cur pen cyn i'r tablets hitio.

Ma Mali'n sefyll. Yn sbiad arna fi efo llgada mawr. 'Ti wedi'i ddarllen e hefyd.' Mond hanner cwestiwn ydi o.

Dwi'n teimlo goosebumps dros croen fi i gyd.

Dwi'n llyncu. Ac yn nodio.

'Do.'

Ma Noor yn codi'n ara ac yn cymyd cam i ffwrdd.

Ma Mali jyst yn rhythu gan ysgwyd pen hi yn ara. 'Dyna pam ti'n disgwyl yn *gyfarwydd*, er nad ydw i wedi dy gyfarfod di cyn heddi. O'n i'n gallu'i weld e yn dy lygaid di – er nad oeddwn i'n deall, tan nawr.'

Dwi'n gwbod be ma'i'n feddwl. Nesh i gal yr un teimlad pan welish i hi yn y car. Odd hi'n sbio'n intently arna fi yn y drych ac o'n i'n teimlo'r connection 'ma efo hi. A dodd o ddim yn teimlo'n neis.

'Paid â gadael iddo fe siarad 'da ti, Dafydd.' Ma Mali yn crynu. 'Paid gadael fe i mewn.'

Dwi'n nodio, pen fi'n drwm. Ma hi'n iawn – ond haws deud na gneud.

Dwi'n sylwi bod Noor yn siarad efo fi. 'Pam wnaethon nhw dy ddewis di?'

'Ym, dwn i'm.' Dwi'n codi ar 'yn nhraed, yn teimlo'n self-conscious. 'Nath… nath o ddeud 'tha fi bo nhw 'di dewis fi. Bo fi'n medru neud rwbath mawr i helpu nhw. Ma gynno fo'r llais 'ma… Fasa chdi'n neud unrhyw beth iddo fo, ia, pan ti'n glŵad o. Nesh i ddarllan y Llyfr… Wedyn dyma nhw'n mynd â fi at lan y môr ben bora, a…'

Efo'n gilydd 'dan ni'n edrych ar y disg sy'n dal ar y bwrdd.

'Pwy yw'r "fo" ti'n sôn amdano?' medda Mali.

Ma'r mysls yn gwddw fi'n mynd yn dynn. 'Enw fo 'di Doctor Gwermwnt.'

Ma Mali'n codi eyebrows hi. 'Talhaearn Gwermwnt? Y *cyfreithiwr*?'

'Naci, solicitor 'di o. Fo sy'n arwain y Darllenwyr.'

'Pwy?'

'Dyna 'di enw fo amdanan ni – ym, amdanyn nhw. Ma pawb o'r grŵp 'di darllan y Llyfr Glas. So, "y Darllenwyr". Maen nhw 'di totally prynu mewn i be ma'n nhw'n drio neud efo Llŷr.'

'Be *maen* nhw'n drial ei wneud 'da Llŷr?' Ma Mali'n syllu arna fi, llais hi'n finiog. Fatha na bai fi ydi o.

'Dwi… Dwi ddim yn gwbod pob dim.' Ma'r chwys yn diferu lawr gwynab fi. 'Ond mi oedd Doctor Gwermwnt isio neud mwy na jyst anfon signal at Llŷr. Oddan nhw'n sôn am *ryddhau* fo. Am newid y byd…'

'Ond ddwedaist ti ddim wrtha i!' Ma Noor yn swnio'n offended wrth syllu arna fi. Dwi'm yn teimlo'n grêt am y peth chwaith. 'Oedden ni gyda'n gilydd drwy'r dydd. Pam na ddwedaist ti rywbeth yn gynharach?'

Dwi'm yn gwbod be i ddeud. 'Sori.'

Ma hi'n codi sgwydda hi fymryn i ddangos bod dim ots, ond dwi'n dal i weld poen yn llgada hi.

'Felly Doctor Gwermwnt oedd y bachan yn y mwgwd metel ar y traeth,' medda Mali. 'Fe oedd berchen ar y disg 'ma?'

'Ia. Odd gynno fo enw sbesial amdano fo. Y torch-rwbath. Torchroi?'

Ma Mali'n meddwl am eiliad. '"Torchrwy"? Hwnna oedd y gair?'

''Na fo! Be ma'n feddwl?'

'Dolen mewn cadwyn yw torchrwy. Linc tsiaen. Gair od i'w ddefnyddio ar gyfer disg metel bregus.'

'Dim rhyfedd eu bod nhw'n fodlon lladd er mwyn ei gael e'n ôl, os y'n nhw'n meddwl y bydd e'n eu helpu nhw alw eu "duw" atyn nhw,' medda Noor, yn swnio rili 'di blino. Wedyn, wrth Mali, 'Odyn nhw'n wir yn gallu neud rhywbeth felna?'

'Mae Efnisien yn eu helpu nhw,' medda Mali, yn ysgwyd pen hi. 'Mae unrhyw beth yn bosib. Mae hyn gymaint gwaeth nag oeddwn i'n feddwl. Mae e... Mae e fel...'

Tydi hi'm yn deud mwy.

'Nid dim ond Efnisien sy'n helpu'r "Darllenwyr" 'ma, wi'n ofni.' Ma Noor yn cynhesu ei hun wrth y tân letrig ac yn rhwbio dylo hi yn erbyn ei gilydd. 'Ges i freuddwyd. Sawl blwyddyn yn ôl. Hunllef. Weles i ddyn ynddo fe – ei wyneb e'n hyll a'i geg yn llydan agored. Yn gwmws fel gwelais i ar y traeth y bore 'ma. Efnisien – ond yn fy mreuddwyd i, doedd e ddim ar ei ben ei hun. Roedd pedwar ffigwr arall gydag e, i gyd yn frawychus fel y fe.' Ma hi'n cymryd gwynt mawr. 'Beth os taw *ddim* breuddwyd oedd hi?'

'Rhaid i ni beidio meddwl amdanyn nhw fel y cymeriade sydd yn y Bedair Cainc,' medda Mali, fatha bod hi'n mesur pob un gair yn ofalus, 'ond mae gwraidd o wirionedd i bob stori. Yn y chwedle roedd gan Efnisien frawd llawn, dau hanner brawd ac un hanner chwaer.'

'Pum person...' mae Noor yn sibrwd.

'Mae Efnisien *yn* bodoli – wedi llwyddo, rywsut, i oroesi ers canrifoedd a chanrifoedd. All e ddim bod yn ddyn normal. Ond os yw e'n bodoli go iawn, beth os yw gweddill ei deulu e'n go iawn hefyd? Yn sicr mae'r cwlt hyn yn credu bod Llŷr yn bod. Pam ddim *holl Blant Llŷr* hefyd?'

'Os oes mwy nag un o'r... "plant" yma,' medda Noor dan grynu, 'ac os ydyn nhw eisiau atgyfodi Llŷr, pam dydyn nhw ddim wedi trio gwneud hynny tan nawr?'

'Falle eu *bod* nhw,' ma Mali'n ateb. 'Falle'u bod nhw 'di bod wrthi ers canrifoedd, ond heb lwyddo eto. Falle taw dim ond nawr mae gyda nhw ddigon o ddilynwyr. Allwn ni ddim gwybod yn union pam. Yr unig beth sy'n cyfri yw taw *nawr* mae Plant Llŷr yn dewis gweithredu. Ac mae'n rhaid i ni ystyried bod 'da nhw'r ewyllys i wneud *unrhyw beth* yn ei enw fe. Mae cysgod y Mabinogi yn hir – ac wnaiff y diawled yma ddim stopio nes bod y byd i gyd o dan ei dywyllwch e.'

Does neb yn deud dim am funud.

Yn slo bach ma Noor yn sefyll. 'Ond heb y "torchrwy" yma – fydd y ddefod ddim yn gweithio. Fyddan nhw ddim yn gallu rhyddhau Llŷr.'

'Dy'n ni ddim yn gwybod hynny,' ma Mali'n rhybuddio hi. 'Falle bod y torchrwy wedi cyflawni ei bwrpas eisoes.'

'Mi odd y torchrwy yn bwysig iawn i Doctor Gwermwnt,' dwi'n deud. 'Odd o practically yn sacred iddo fo. Dio obviously ddim yn hapus bod Noor 'di gymyd o – nath o ddanfon pobol ar ôl ni. Dwi'n meddwl bod hi'n iawn; os 'di'r torchrwy gynnon ni, yna ni sy hefo'r upper hand.'

'Felly,' ma Mali'n gofyn, 'beth y'n ni am wneud?'

A dyna pryd ma drws y stafall yn agor.

13

Noor

Mae rhywun yma.

Alla i ddim gweld yn iawn pwy, oherwydd bod gyda nhw fflachlamp neu rywbeth yn bwrw golau llachar i mewn i'r stafell. Rwy'n codi fy llaw o fy mlaen rhag cael fy nallu. Mae'r tri ohonon ni'n aros yn stond wrth i ni i gyd syllu ar y person sydd wedi ymddangos.

'Be dach chi'n neud fama?' Mae'r llais yn fenywaidd, falle, ond wrth i'r fflachlamp – na, ffôn symudol yw e – gael ei gostwng, rwy'n gweld nad yw'r person sydd biau'r llais yn edrych yn arbennig o fenywaidd.

'O, chi wedi cael hyd iddon ni,' meddai Mali yn fflat.

'Pwy yw hi?' rwy'n gofyn wrth Mali.

Gan droi ataf i mae Mali'n dweud, '"Nhw", nid "hi". Dyma—'

'Helyg O'Shea.' Dyw Helyg ddim yn symud. Maen *nhw* yn edrych yn araf o Mali at Dafydd ataf i. Eu llygaid nhw'n aros arnaf i am fymryn hirach. 'Ddois i i chwilio amdanoch chi. Does 'na neb arall yn y bilding.'

'O,' meddai Mali. 'Nag o's. Mae'n hwyr iawn.'

'Dwi'n gwbod. Ddudsoch chi basech chi'n dŵad yn ôl ata i cyn diwedd y pnawn.'

Dydw i ddim yn hoffi tôn Helyg. Pwy bynnag ydyn *nhw*, er bod Mali'n gwybod pwy ydyn nhw, dyw hynny ddim yn rhoi'r hawl iddyn nhw dorri ar draws sgwrs breifat mewn ardal breifat o'r Llyfrgell.

Rwy'n rhoi'r torchrwy ar y bwrdd y tu ôl i fy nghefn, yna'n croesi fy mreichiau ac yn syllu ar Helyg. 'Sori, ond dy'n ni'n trafod pethau pwysig gyda'n gilydd.'

Dyw Helyg ddim yn gadael. Maen nhw'n camu i mewn i'r stafell.

'Dach chi 'di darllen y llythyr?' meddan nhw wrth Mali.

Mae Mali'n gwrido. 'Na. Naddo, mae'n ddrwg 'da fi. Aeth gwaith yn drech.'

Daw sŵn anhapus o wddw Helyg wrth iddyn nhw wthio'u ffôn i'w poced. Eto maen nhw'n bwrw golwg arnaf i a Dafydd, efallai yn ceisio dyfalu pam ein bod ni'n dau yn edrych mor flêr.

'Dwi'm yn gwbod be sy'n mynd mlaen fama,' meddai Helyg maes o law, 'ond mae petha od yn digwydd yn yr adeilad 'ma. Bob math o ryw syna a ballu.'

'Mae'n hen adeilad,' atebaf yn frysiog.

Mae Helyg yn gwgu. Yna, 'Dach chi'n clywed hwnna?'

Rwy'n gwyro fy mhen er mwyn gwrando, ond chlywa i ddim heblaw anadlu trwm Dafydd wrth fy ymyl. 'Nagw, dim.'

'Be chi'n glywed, Helyg?' hola Mali.

'Dach chi'm yn ei glywed o? Fatha sŵn... crafu. Fel llygod yn y walia.'

Rwy'n codi fy sgwyddau, heb ddeall am beth mae Helyg yn sôn.

Mae Mali'n cerdded yn araf at y drws, sydd yn dal ar agor. Yn sydyn mae hi'n dal ei gwynt.

'Beth sydd?' rwy'n gofyn.

'Mae 'na niwl...'

Rwy'n symud i sefyll wrth ei hochr i edrych. Mae'r coridor

tu fas yn dywyll, ond rwy'n gweld beth mae Mali'n sôn amdano. Mae haen wen o fwg rhyfedd ar draws y waliau a'r llawr, fel tasen ni mewn cwmwl.

Ac mae'n oer. Yn eithriadol o oer. Rwy'n gwybod bod fy nillad i'n dal yn damp ond rwy'n gallu teimlo *tonnau* o oerni yn pelydru o'r coridor. Mae fel gwynt, ond heb y sisial. Mae'n fwy fel... *pŵer*...

'Hei, chi.' Helyg sy'n galw. Rwy'n troi ac yn eu gweld nhw'n plygu dros y bwrdd. Maen nhw'n troi, gyda'u hwyneb yn welw. 'Sori, be 'di'ch enw chi?'

'Noor. Noor Al-Kashif.'

Mae Helyg yn codi'r torchrwy rhwng bys a bawd. 'Be 'di hwn?'

'Rhywbeth preifat.' Rwy'n camu atyn nhw ac yn cymryd y disg o'u llaw cyn ei wasgu at fy mron.

Mae Helyg yn clicio eu tafod ac yn troi at Mali, sydd yn dal i sefyll yn y fynedfa. 'Mae 'na symbol ar y disg 'na.'

'Oes,' meddai Mali, gan swnio'n bellennig. 'Ond peidiwch â phoeni am hynny nawr.'

'Dwi 'di'i weld o o'r blaen,' meddai Helyg, gan wthio bys i 'nghyfeiriad i. 'Y siâp seren yna.'

Rwy'n cymryd cam ansicr yn ôl. 'Ble welsoch chi fe?'

'Ar Ynys Gwales,' medd Helyg. 'Ar walia ogof lle nath ffrind i fi ddiflannu.'

Mae Helyg a finnau yn syllu ar ein gilydd. Yn eu llygaid nhw rwy'n gweld golwg benderfynol – ond mae ofn yno hefyd. Falle mod i'n edrych yr un fath. Pwy bynnag yw Helyg, maen nhw'n ddieithryn. Ddim yn rhywun rwy eisiau rhannu cyfrinachau'r torchrwy gyda nhw. Ond falle bod gyda nhw wybodaeth all ein helpu ni. Tybed.

Mae'r torchrwy yn teimlo'n gynnes yn fy llaw.

'Hwn yw beth mae'r Darllenwyr eisiau,' rwy'n murmur. 'Y torchrwy.' Yna rwy'n gwneud penderfyniad. 'Mae'n rhaid mynd â hwn mor bell i ffwrdd oddi wrthyn nhw â phosib. Falle wedyn na fyddan nhw'n medru rhyddhau Llŷr.'

Mae Dafydd yn gwneud wyneb. 'Pam *chdi* sy'n gorod neud? Well i fi fynd â fo.'

'Na,' rwy'n dweud, mewn llais pendant. Mae Dafydd yn ddioddefydd yn hyn i gyd, a dyw hi ddim yn deg ei roi e drwy'r felin ymhellach. Fy nyletswydd i yw hyn. Allaf i ddim rhoi mwy o bobl mewn perygl. 'Wna i fe. Ewch chi i rywle diogel. Gadewch iddyn nhw ddod ar fy ôl i.'

'Pwy 'dyn "nhw"?' medd Helyg. 'Am be dach chi'n sôn? A howld on – dwi isio edrych yn fwy agos ar y disg 'na. Ella bydd o'n help i fi ffeindio pwy gipiodd Lleucu.'

Rwy'n gafael yn feddiannol yn y torchrwy. Mae angen i mi ei gadw fe oddi wrth Helyg. Rwy'n ei roi'n ddiogel yn fy mag ac yn cau'r sip. 'Sori, ddim nawr.'

Mae Helyg yn edrych fel petaen nhw ar fin dweud rhywbeth pan fo Mali yn galw, 'Mae'n rhaid i ni fynd.'

'Pam?' Rwy'n symud ati'n glou.

'Maen nhw wedi dod o hyd i ni.' Mae llais Mali'n gryg gan arswyd. 'Sa i'n gwybod pwy, ond mae rhywun *yma*. Dyw hi ddim yn saff.'

Rwy braidd yn gyndyn i adael. Mae cymaint mwy sydd angen i ni ei ddatrys ac yn y stafell hon mae'n bosib bod llyfrau all ein helpu ni. Ond dyw Mali ddim yn dangos braw fel hyn yn aml. Rwy'n ei thrystio hi. Mae'n amser mynd.

Gan sicrhau bod y bag – a'r torchrwy – gen i, rwy'n rhoi llaw yn ysgafn ar gefn Mali er mwyn ei hannog hi i fynd ymlaen. Yn anfoddog mae hi'n camu i mewn i dywyllwch y coridor ble mae'r niwl yn troelli.

Mae fflachlamp yn fy mag. Rwy'n ei thynnu hi mas ac yn

tasgu ei golau o'n blaenau ni. Yna rwy'n dechrau symud, gyda Mali wrth fy ochr. Mae sŵn eu traed yn dangos bod Dafydd a Helyg yn dilyn.

Rydyn ni'n troi cornel. Mae Helyg yn dechrau dweud rhywbeth, ond yna rwy'n stopio mor sydyn nes eu bod nhw'n taro i mewn i mi.

Y'ch chi erioed wedi *blasu* ofn? Does dim ansoddair sydd yn ei ddisgrifio'n iawn. Mae fe'n hallt ac yn oer, ond hefyd yn asidig ac yn dwym. Wn i ddim a oes esboniad gwyddonol iddo fe. Ond pan mae'r blas yn dod ar fy nhafod, mae'n gwreichioni rhyw adwaith cyntefig yn fy ymennydd sydd yn fy rhybuddio o berygl eiliad cyn i mi deimlo gwefr erchyll yr ofn ei hun.

Dyna rwy'n ei flasu'n awr.

Yna rwy'n clywed.

Y crafu. Y rhygnu.

Rwy'n troi ac yn gweld wyneb Helyg yng ngolau'r fflachlamp.

'Dach chi'n 'i glywed o *rŵan?*' maen nhw'n sibrwd.

Ac mae Mali'n sgrechian.

Dydw i erioed wedi clywed neb yn sgrechian fel hynny o'r blaen, hyd yn oed yn fy hunllefau. Mae hi bron â syrthio ar ei phengliniau. Mae Dafydd yn neidio ymlaen ac yn ei dal hi. Rwy'n chwifio'r fflachlamp yn wallgof o fy mlaen.

Beth rwy'n weld yw llygaid. Pedwar llygad coch yn pefrio o'r tywyllwch. Ac maen nhw'n dod yn agosach… ac yn agosach… ac mae'r sŵn crafu yn dod *mas ohonyn nhw…*

Mae fy mysedd yn llacio mewn ofn ac rwy'n gollwng y fflachlamp. Mae'n chwalu ar y llawr – ac mae tywyllwch yn llenwi bobman.

Mae'r llygaid yn symud tuag aton ni.

'RHEDWCH!' mae Helyg yn bloeddio.

Rydyn ni'n troi. Ac yn rhedeg.

14

Mali

Roeddwn i'n bedair oed y tro cyntaf i mi gael yr hunllef amdanyn nhw.

Mam-gu soniodd am y creaduriaid hyn mewn stori amser gwely. Roedd ei disgrifiad ohonyn nhw mor glir, mor realistig, nes iddyn nhw blannu eu hunain yn fy nychymyg bach a gwrthod gadael. Pan ddeffrois i yn hwyrach mlaen yr un noson, gan lefain mewn ofn, ceisiodd Mam gu fy nghysuro gan ddweud, 'Dim ond hunllef gefest ti, bach – dim ond stori yw hi – dy'n nhw ddim yn bod go iawn.'

Ond hyd yn oed bryd hynny roeddwn i'n gallu gweld yn ei llygaid hi nad oedd hi'n llwyr gredu yn yr hyn roedd hi'n ei ddweud. Roedd yn amlwg bod darn bach ohoni hi'n meddwl eu bod nhw *yn* real, neu o leiaf nad ffuglen oedden nhw'n gyfan gwbl. O'r funud honno dyma fi'n sylweddoli y bydden nhw ryw ddydd yn cael hyd i mi eto, yn carlamu mas o wlad y tylwyth teg i hela'u prae...

Dros amser daeth breuddwydion cas eraill i nythu yn fy nosweithiau, ond honno oedd yr un gyntaf rwy'n gofio ei chael. Yr hunllef gysefin. A dydych chi byth yn anghofio'ch hunllef gyntaf.

Ond wnaeth Mam-gu *addo* nad yw hunllefau yn wir...

Fi'n hanner rhedeg, hanner baglu drwy dywyllwch y coridorau. Mae ambell law yn gafael ynof i gan fy ngyrru i mlaen; sa i'n siŵr dwylo pwy. Tu ôl i ni – mae'n teimlo mor agos – mae sŵn atgas sydd fel llithro, rhygnu, crensian… Yn fy hunllef blentynnaidd roedd eu traed nhw'n curo fel carnau ceffylau, ond er mod i'n siŵr mod i wedi gweld traed ganddyn nhw cyn i mi droi a dianc, *does dim sŵn traed i'w glywed ganddyn nhw*. Dim ond rhygnu dieflig a chyson eu hanadlu: *giffygaffagif fygaffagiffygaffagiffygaffa…*

Sa i'n meiddio edrych yn ôl. Mae'r hen chwedlau yn dweud bod edrych yn rhy agos arnyn nhw yn darogan eich marwolaeth. Felly fi'n rhuthro yn fy mlaen, yn gynt nag ydw i wedi rhedeg ers blynyddoedd.

Rydyn ni'n cyrraedd man lle mae'r coridor yn troi i'r dde ac i'r chwith. Mae'r niwl yn dal o'n cwmpas ni, ond mae bwlb yn y nenfwd yn bwrw golau egwan i'r chwith ac i'r dde.

'Pa ffordd?' mae Helyg yn bloeddio.

'Ddim yn gwybod,' medd Noor yn brin ei hanadl.

Gan afael yn y wal fi'n llwyddo i bwyntio bys crynedig. 'Ffordd hyn. Lan, lan.'

Mae Helyg yn troi rownd i edrych ac mae eu llygaid nhw'n chwyddo'n wlyb.

'Paid ag edrych! Paid!' fi'n poeri.

Rydyn ni'n powlio lan set o risiau cul, yn nes at rannau mwy newydd yr adeilad. Mae'r cynteddau hyn wedi'u goleuo'n well a fi'n gallu gweld Noor o fy mlaen i a Dafydd â'i gamau mawr o'i blaen hithau.

Mae drws ar ben y coridor sydd wedi'i wneud o fetel trwchus, er mwyn amddiffyn y llyfrau. Mae Dafydd yn gafael ynddo gyda'i ddwy law ac yn paratoi i'w hala ar gau. 'Dowch! Cwic!' mae e'n bloeddio.

Mae'r lleill ohonon ni'n gwthio heibio Dafydd i'r cyntedd y tu hwnt. Eiliad wedyn fi'n clywed rhuthr o egni a chwyrnu wrth i'r creaduriaid daranu i fyny'r grisiau, ond mae Dafydd eisoes wrthi'n tynnu'r drws ynghau, gyda ni'n pedwar ar un ochr a'r pethau aflan ar yr ochr arall.

Ond mae'r drws yn drwm ac yn cau'n araf. Yn rhy araf. Er bod Dafydd yn rhoi ei ysgwydd a'i holl nerth yn erbyn y metel, yn sydyn, drwy'r bwlch lled llaw rhwng y drws a'r ffrâm, mae safn enfawr yn ymddangos.

Mae Dafydd yn sgrechian wrth i'r dannedd larpio fodfeddi o'i wyneb. Mae ceg y creadur ar agor mor llydan â phen Dafydd, pob dant ynddi yn hir ac yn ddu. Mae poer o'r gweflau yn tasgu ar fysedd Dafydd gan hisian fel asid.

Yna mae Helyg yn ychwanegu eu hysgwydd nhw at y drws, a Noor hefyd, wrth i minnau gamu'n ôl. Mae'r safn yn tynnu'n ôl o'r diwedd ac mae'r drws yn cau gyda chlep.

'Ydi hwn yn medru cloi?' medd Helyg gan duchan. Mae'r creaduriaid yn dal i daflu eu hunain yn erbyn y drws o'r ochr arall, pob cnoc yn siglo'r ffrâm.

Fi'n ysgwyd fy mhen yn chwil. 'Mae angen allwedd, ond sdim un 'da fi.'

Mae Dafydd yn edrych o'i gwmpas yn wallgof am rywbeth, yna mae'n llamu tuag at silff alwminiwm sy'n sefyll yn erbyn y wal. Gyda chryn ymdrech mae'n ei llusgo yn erbyn y drws fel rhwystr, y creaduriaid yn bwrw eu hunain eto ac eto o'r ochr draw. 'Dowch drwy hwnna, y ffernols,' poera Dafydd.

'Wnawn ni ddim dianc wrth redeg,' meddaf i gan duchan. 'Maen nhw'n rhy glou – ni angen car.'

'Dafydd,' mae Noor yn dweud, ei llais yn hynod o gadarn, o ystyried, 'helpa di Mali lan y staer. Ewch chi mlaen at y fynedfa.'

'Ond—' Sa i angen help neb.

'Ewch!' Mae golwg benderfynol ar wyneb Noor, felly mae'r tri arall ohonon ni yn rhedeg i lawr y coridor. Fi'n gweld Noor yn estyn rhywbeth o'i bag – yna ry'n ni'n troi'r gornel.

Rydyn ni mas o rannau mwyaf labyrinthaidd y llyfrgell nawr, ond mae sawl coridor a staer yn dal rhyngon ni a'r prif gyntedd. Ymlaen, felly. Ymlaen. Dyw Noor ddim yn dilyn. Mae eiliadau'n tipio heibio a ni'n rhedeg—

Yn sydyn, o'r tu ôl, clec – a chryndod enbyd fel ar ôl i fellten daro. Y llawr yn siglo.

Yna mae Noor yn dod ar garlam rownd y gornel tuag aton ni. Mae hi gymaint mas o wynt nes ei bod hi'n gorfod arafu, ei dwylo'n gafael yn ei phengliniau. Ry'n ni'n stopio am eiliad gyda hi.

'Beth wnest ti?' meddaf i.

'Hud,' medd Noor rhwng pob llond ceg o aer. 'Swyn wnes i ddarllen amdano fe un tro. Dŵr halen a lludw mewn cylch – oedd potel 'da fi yn y bag, ar gyfer emergencies. Mae fe i fod i atal pethau drwg. Stopio nhw rhag dod dros y llinell o ludw.' Mae hi'n dal fy llygaid. 'Dydw i ddim 'di wneud e o'r blaen. Do'n i ddim yn siŵr bydde fe'n gweithio. Dydw i'n dal ddim yn siŵr. Wnaethon nhw geisio croesi'r llinell – ac oedd 'na deimlad fel swigen yn byrstio. Doedden nhw ddim yn hoffi hynna.'

'Faint o amser sy 'da ni?'

Mae Noor yn codi ei sgwyddau. 'Ddim yn hir.'

'Be ydyn nhw?' hola Helyg. Ry'n ni'n dechrau symud yn ein blaenau eto.

'Cŵn, ar un adeg,' fi'n ateb. 'Neu ryw anifail tebyg i gi. Ond dy'n nhw ddim o'r byd hwn. Maen nhw o rywle arall. Dyna pam bod nhw'n swnio felna – ac yn symud felna. Maen nhw wedi bod o gwmpas ers cyn i hanes gael ei sgwennu. Mae fersiwn ohonyn nhw yn chwedle pob gwlad. Maen nhw wastad yn dal eu prae ac mae marwolaeth yn eu dilyn nhw. Cŵn Annwfn ydyn nhw.'

Mae Noor yn ebychu rhywbeth mewn Arabeg o dan ei gwynt.

'Lle 'di Annwfn?' gofynna Dafydd.

'Nunlle da, dwi'n gesio,' medd Helyg.

Rydyn ni'n mynd lan staer ac yn cael ein hunain yn un o goridorau gogleddol y prif adeilad. Bron mas! Fi'n teimlo nerth yn gwthio fy nhraed mlaen. Ry'n ni'n troi'r gornel—

Ac maen nhw yno o'n blaenau ni.

Y ddau Gi.

Ni'n stopio'n stond. Mae Helyg yn sgrechian mewn braw. Mae Noor yn taflu ei breichiau ar led o fy mlaen i a'r lleill.

Am eiliad does neb yn symud.

Er bod y niwl rhyfedd yn dal i droelli o gwmpas bob man, mae'r Cŵn i'w gweld yn glir yng ngoleuadau'r to. Ac wrth eu gweld mae fy nghoesau'n ildio a fi'n suddo ar fy ngliniau.

Fi'n deall nawr pam taw fel cŵn mae'r chwedlau'n cyfeirio atyn nhw. Maen nhw'n sefyll ar bedair troed, mae cynffonnau ganddyn nhw ac mae dannedd miniog ganddyn nhw islaw trwynau hirion. Ond mae popeth arall amdanyn nhw yn gwbl annaturiol. Maen nhw'n fawr fel teigrod ac mae eu cefnau wedi crymu mewn talpau esgyrnog. Mae eu coesau'n gyhyrog ac yn *rhy hir*, gyda phawennau sy'n fwy fel crafangau madfall na rhai ci. Mae'r blew sydd gyda nhw mor fain nes ei fod e'n edrych fel pigau, yn wyn fel iâ heblaw yn y mannau moel lle mae'r croen i'w weld oddi tanodd, yn hanner tryloyw ac yn dangos cywasgu'r cyhyrau a'r organau y tu mewn. Mae glafoer yn diferu o gegau'r ddau, eu safnau'n arswydus o lydan fel tasen nhw'n gwenu'n dragywydd. Mae eu clustiau mor goch â'u llygaid, yn finiog fel cyllyll ac yn crynu weithiau fel teimlyddion chwilen. Un peth fi'n sylwi arno yw mai tair coes yn unig sy gan un Ci – mae stwmp lle bu ei goes flaen chwith, felly mae ei symudiadau'n herciog. A'r sŵn maen nhw'n ei gynhyrchu o rywle yng nghrombil eu cyrff… Mae'n artaith yn fy mhen ac yn gwneud i mi grynu: *giffygaffagiffygaffa—*

Sut daethon nhw drwy swyn Noor, alla i ddim dweud. Mae'n bosib nad yw waliau'r adeilad yn gallu eu stopio nhw. Faint o'r chwedlau amdanyn nhw sy'n wir? Ydyn nhw'n gallu pasio drwy garreg? Troi'n anweledig? Hedfan drwy'r awyr? Mae pob posibilrwydd yn echrydus.

'Yn ôl.' Mae Noor yn llwyddo i ddarganfod ei llais, ond fi prin yn ei chlywed hi uwchlaw rhygnu'r Cŵn. 'Yn ôl! Rhaid i ni ffeindio ffordd arall.'

Hyd yn oed wrth iddi siarad, mae'r Ci sydd â phedair coes yn cymryd cam ymlaen. Bron y galla i deimlo'i anadl – mae'n gwynto fel cig wedi pydru.

Mae'r Ci yn cloi ei lygaid ar Noor gan wneud sŵn erchyll sydd fel cyfarthiad – ac mae'n llamu tuag ati.

Dyw e ddim yn ei bwrw oherwydd, ar yr un pryd, mae fflach o ffwr du a chrafangau yn glanio o'n blaenau, gan sefyll â phedair troed gadarn rhyngon ni a'r Cŵn.

Kate Roberts.

Alla i ddim prosesu'r peth wrth i'r gath udo'n aflafar a di-ofn ar y ddau Gi. Mae ei chlustiau hi'n pwyntio lan, ei chynffon hi'n fawr ac yn anelu at y to, ac mae ei gwrychyn wedi codi gymaint nes ei bod hi ddwywaith ei maint arferol. Mae'r Ci fel mynydd o'i blaen hi. Mae hi'n poeri ato.

Ac mae'r bwystfil yn oedi. Mae cath fechan y Llyfrgell wedi peri i un o Gŵn Annwfn ailfeddwl!

Ddim am yn hir. Mae'r Ci arall yn dechrau cripian yn ei flaen yn herciog ar ei dair troed. Mae'r Ci cyntaf yn agor ei geg nes bod ei weflau'n cyffwrdd ei glustiau, ac mae'n rhuo ar y gath, ei gannoedd o ddannedd yn dirgrynu.

Dyna pryd mae Kate Roberts yn taflu ei hun ato. Gydag un naid mae ei chrafangau yn suddo i mewn i'w wyneb ac yn rhwygo'r cnawd ofnadwy. Mae'r Ci yn gwingo ac yn bloeddio ond dyw'r gath ddim yn gollwng ei gafael, felly yn ei atgasedd mae'r Ci yn chwipio ei gynffon hir rownd er mwyn ei tharo hi bant. Mae hi'n llithro – gan fynd â thalp o ffwr a gwaed tywyll gyda hi – ac yn cwympo ar ei thraed gyda sgrech gandryll arall.

Drwy wneud hyn mae'r Ci cyntaf, sydd â chraith hir i lawr dros ei lygad dde bellach, wedi symud digon i'r ochr nes bod bwlch i ni allu pasio. Galla i weld y cyntedd o'n blaenau. Mae'r sioc wedi cydio ynon ni gyd, fodd bynnag – a Noor yw'r unig un sydd yn dod at ei choed yn ddigon clou i fanteisio ar y dargyfeiriad. 'Dewch!' mae'n gweiddi, gan redeg heibio i'r Ci sydd â chraith.

Dyw Craith ddim yn gallu ein dilyn heb orfod mynd heibio Kate Roberts, sy'n dal i hisian arno a gwneud iddo betruso. Ond mae Teircoes, y Ci arall, yn cyfarth – os cyfarth yw'r gair amdano fe – ac yn rhedeg *lan y wal* tu ôl i'w gyfaill, mor heini â chysgod, cyn neidio oddi arno a hedfan dros ein pennau ni i gyd. Mae'n glanio'n ddi-sain ar ben un o'r cypyrddau mawr i'r chwith o'r prif gyntedd cyn llithro i'r llawr.

Mae'r niwl yn y cyntedd fel mwg coelcerth, ond oerni yn unig ydw i'n teimlo. Rydyn ni wedi cyrraedd canol y cyntedd ond mae Teircoes o'n blaenau ni tra bo Craith y tu ôl. Allwn ni ddim mynd ymlaen. Allwn ni ddim mynd y ffordd ddaethon ni. Mae chwyrnu'r Cŵn yn ein hamgylchynu.

Mae Craith wedi ymwroli bellach, ei sgwyddau'n chwyddo a'i dafod ddu'n llarpio fel neidr. Mae e'n symud yn ei flaen. Mae Kate Roberts yn ymddangos wrth fy nhraed, ei chefn hi'n fwa a'i llygaid hi'n wyllt. Mae ei theimlo hi'n rhwbio yn erbyn fy nghoes yn fy nghysuro am eiliad, yn fy nhynnu fi'n ôl o ddibyn braw. Ond mae'r Cŵn yn agosáu...

Yna – mae popeth yn arafu. Fi'n teimlo mor swrth yn sydyn, fy mreichiau a 'nghoesau yn drwm, drwm. Mae poen yn turio drwy fy mhen yn nodwydd danbaid.

Na. Plîs na.

Tu ôl i Teircoes mae siâp. Nid ffurf bendant ond *syniad* o siâp, wedi'i lapio mewn tywyllwch. Yna, yn raddol, mae'n cymryd amlinell dynol, gyda dau lygad du'n llosgi yn yr wyneb gwelw.

Mae Helyg a Noor yn ebychu mewn braw. Mae fy nhafod i'n blwm.

Mae e wedi cyrraedd. Ar ôl yr holl flynyddoedd. Mae wedi dod o hyd i mi.

Efnisien.

15

DAFYDD

Ma Efnisien yn cerad tuag aton ni, heibio'r Ci masif, ac yn rhedag llaw fo dros gefn pigog hwnnw wrth iddo fo basio. Ma fel bod o'n pet fo neu rwbath.

Dwi 'di rhewi'n llwyr. Ma'n teimlo fel bod magic sbel 'di cloi fi i'r llawr. Dwi'm yn clŵad yn iawn ac ma'r blydi mist 'ma rownda ni i gyd.

Ma Efnisien yn sbiad arna fi heb ddeud dim. Mae o'n sugno'r gwynt allan o lyngs fi. Dwi'n teimlo'n wag.

Ar y lan môr mi nath y boi 'ma drio boddi fi. Bryd hynny odd llais fo y tu mewn i pen fi, ddim yn deud dim byd rili ond jyst yn anadlu, ac ella'n sibrwd ond do'n i'm yn dallt y geiria, os na geiria oddan nhw.

Rŵan ma'n wahanol. Mae o'n cripian yn slo, slo bach, bron mor ara nes bod o'n edrych yn stationary. 'Di traed fo ddim yn symud. Ma'n fwy rili bod *y stafall yn shrincio o gwmpas fo*. Ma'r aer yn plygu fatha potal blastig pan ti'n tollti dŵr berwedig drosto fo. A dwi'm yn clŵad mbyd yn pen fi, siriysli *dim byd*, ond fedra i'm tynnu llgada fi off Efnisien.

Wedyn dwi'n clŵad sŵn y môr.

Dwi'n eitha siŵr bo fi'n 'i cholli hi achos wrth iddo fo symud tuag ata fi – neu fi tuag ato fo? – dwi'n cael visions o'r llyfrgell yn newid i fod y traeth 'na eto, ond tro 'ma dydi'r awyr ddim yn ddu ond yn wyrdd, lliw salwch, ac ma'r tonna'n dywyll fatha gwaed.

Dwi isio rhedag i ffwr ond fedra i ddim. Yn lle hynna dwi'n cerad mlaen drw'r tywod i mewn i freichia Efnisien ac efo pob step dwi'n sincio'n fwy dyfn i lawr, nes bo fi fyny at penaglinia fi ac yn dal i fynd yn gosach at Efnisien, yn gosach at y tonna. Dwi'n clŵad canu pell i ffwrdd, ond ddim cân dwi'n nabod – dio'm fatha miwsig o gwbwl rili – a sŵn clycha hefyd; clycha'n canu eto ac eto o waelod y môr...

Pan odd Mali'n sôn am sut nath hi gwarfod Efnisien a darllan y Llyfr Glas, nath hynny bron rhoi hartan i fi. Dwinna chwaith heb fedru stopio meddwl am y Bumed Gainc ers i fi ddarllan hi, esbeshli pan dwi'n cysgu. Mae o'n replayo yn meddwl fi drosodd a drosodd a drosodd – a bob tro dwi'n fwy o *ran* o'r stori, fatha bod o'n digwydd *i fi*. A bob tro dwi'n byw'r stori dwi'n gweld gwynab Efnisien a gwyneba erill diawledig – yn ganol y coed, o'r tu ôl i'r creigia, bob man – yn edrach arna fi ac yn gwitsiad nes bod nhw'n medru dal fi.

Clycha, clycha, clycha.

Dwi'n agor ceg fi i sgrechian, i weiddi ar Efnisien i adael llonydd i fi, ond ma ceg fi'n sydyn yn llawn tywod. Ma'r tywod yn disgyn allan o gwefusa fi a thrwyn fi a llgada fi a dwi methu gweld dim. Ac wedyn dwi'n teimlo dŵr y môr yn dechra cyffwrdd fi ac mae o'n wlyb ac yn boeth ac yn dragio fi i mewn...

Bang.

Lle ddoth y gwn 'ma ohona fo?

Bang.

O ia, pocad côt fi.

Dwi wastad 'di meddwl bod 'na ddwy ran ynddo chdi.

Meddwl chdi a corff chdi. Fel arfar ma'n nhw'n gweithio efo'i gilydd, mewn sync. Ond weithia, pan ma meddwl chdi'n mynd off rhy bell, ma dy gorff di'n cymryd drosodd ac yn dŵad â chdi'n ôl heb i chdi hydnoed sylwi.

Bang. Bang.

16

Helyg

Do'n i'm yn disgwyl bod gwn gynno fo. Dim ond mewn ffilmiau mae gen rywun wn. Ond y munud mae'r ffigwr tywyll yn ymddangos wrth y drws, y peth nesa dwi'n glywed ydi ffrwydradau'r gwn yn y cyntedd. Mae fy nghlustiau'n popio – mae Dafydd reit wrth fy ymyl i pan mae o'n tynnu'r triger.

Mae tri bwled yn mynd i gyfeiriad y dyn. Mae o leia un yn ei daro fo. Mae o'n camu'n ôl, plygiadau ei ddillad o'n symud. Dydi o ddim yn disgyn drosodd, ond mae o'n confylsio am eiliad fel tasa fo wedi cael sioc drydan. Dim gwaed. Wnaeth y bwled ddim ei foddran o'n fwy na phigiad gwenynen. Yna mae'r dyn yn *tyfu*, cysgodion yn dechrau troelli o'i gwmpas o fel nadroedd, ac mae'r cyntedd yn mynd yn dywyllach...

Mae Dafydd yn tanio eto. Mae'r bwled yn methu'r dyn ac yn taro'r plaster uwchben y prif fynedfa. Mae golwg ddryslyd yn llygaid Dafydd ac mae ei geg o'n hongian ar agor.

Noor sy'n ei stopio fo. Mae hi'n gafael yn ei fraich ac yn rhoi sgŵd iddo. Mae llygaid Dafydd yn rowlio tuag ati fel tasa fo newydd ddeffro ar ôl bod yn cysgu am hydoedd.

Mae Noor yn gweiddi, arno fo gymaint ac ar y lleill ohonon ni, a dwi'm yn siŵr be ddywedodd hi – dwi'n dal methu clywed yn iawn – ond mae ei hystyr hi'n glir. Mae angen i ni symud.

Dwi'n gweld Mali yn edrych yn hanner catatonig fel roedd Dafydd, felly dwi'n gafael yn ei sgwyddau hi ac yn ei thynnu hi o'r neilltu. Dydi'r Cŵn ddim yn poeni llawer am y gwn, mae'n ymddangos, achos mae'r ddau ohonyn nhw'n llithro'n eu ffordd heglog afiach tuag aton ni, un o'r cefn a'r llall o'r tu blaen.

Mae'r tywyllwch lle mae'r dyn – os mai dyn ydi o – yn tyfu'n fwy ac yn fwy, yn bygwth ein llyncu ni. Dwi'n meddwl mod i'n gweld ei geg o'n agor, yn dwll heb waelod. Dydi o'n deud dim – ond mae hisian swnllyd, fel gwynt yn sugno o dan ddrws, yn pelydru ohono fo. Mae fy ngwythiennau i'n gorlifo efo braw.

'Dilyna'r gath.' Mali sy'n siarad, ei llais hi'n dila. Mae hi'n pwyntio i'r ochr lle mae'r gath ddu yn saethu i lawr coridor ochr. Wn i'm pam wnaeth y gath ymddangos a sgrapio un o'r Cŵn dros ei wyneb, ond does 'na'm amser i feddwl. Dwi'n rhwygo fy sylw oddi ar y dyn ofnadwy ac yn tynnu Mali gerfydd ei phenelin ar ôl y gath fach. Dwi'n gobeithio bod Noor a Dafydd yn dilyn.

Mae'r coridor yma yn arwain o'r cyntedd ac i rannau cyhoeddus eraill o'r Llyfrgell. Mae drysau, arwyddion a chabinetau gwydr yn fflachio heibio wrth i ni redeg am ein bywydau. Weithiau dwi'n dal cip o'r gath ymhell o'n blaenau ni, ond mae hi'n mynd o gysgod i gysgod yn gynt na'r gwynt. Dwi'n gwneud fy ngorau i'w dilyn hi, lle bynnag mae hi'n mynd.

Mae'r Cŵn yn dŵad. Mi fedra i eu *teimlo* nhw, beth pellter i ffwrdd, er bod sŵn afiach eu hanadlu fel tasa fo ar fy ngwar i. Dwi ddim rili yn siŵr eu bod nhw hyd yn oed y tu ôl i ni erbyn hyn – ella byddan nhw'n ymddangos o rywle unrhyw eiliad, a bydd hi wedi canu arnon ni wedyn. Maen nhw'n symud mewn ffordd sy ddim yn normal. Mi faswn i'n siŵr mod i'n breuddwydio popeth tasa fo ddim yn teimlo mor real.

Dydi'r niwl rhyfedd oedd o'n cwmpas ni ddim mor drwchus yn y rhan yma o'r adeilad – lle bynnag ydan ni. Mae'n rhaid bod y niwl yn gysylltiedig efo'r Cŵn – neu'r dyn 'na. Ydi hynny'n golygu ein bod ni'n pellhau oddi wrthyn nhw? Mae gobaith yn dechrau codi tu mewn i mi, a dwi'n ei drawsnewid o'n syth i mewn i egni ac yn anfon yr egni i fy mreichiau a fy nghoesau, yn eu hewyllysio nhw i 'ngyrru i ymlaen, jyst ychydig lathenni'n rhagor...

Ond dwi ddim yn gwybod lle dwi'n mynd, heblaw fod o'n bellach ac yn bellach i ffwrdd o'r brif fynedfa. Be os dwi'n rhedeg yn ôl lawr i'r seleri lle does dim ffordd allan – lle bydd y Cŵn yn fy nghornelu i ac yn suddo'u dannedd i mewn i mi...?

Dwi erioed wedi bod mor ofnus o'r blaen. Ddim pan ddiflannodd Lleucu, hyd yn oed. Mae fy nghorff i gyd yn brifo achos yr ofn. Fedra i ddim meiddio troi i weld pa mor agos ydi'r Cŵn, felly dwi jyst yn edrych syth mlaen ac yn rhedeg.

Yna mae Mali'n baglu ac yn mynd ar ei hyd. Yn reddfol dwi'n sgrialu i stop ac yn ei llusgo hi ar ei thraed. Mae golwg ofnadwy arni, ei hwyneb hi'n gwingo efo arswyd. Mae Noor a Dafydd yn powlio heibio gan ein sgubo ni efo nhw, finnau rŵan yng nghefn y pac.

Ond mae hynna wedi ein slofi ni.

Mae'r Cŵn yn dod i'r golwg. Fedra i ddim helpu ond sbio arnyn nhw. Mi fedra i weld bod yr un efo craith dros ei lygaid ychydig o flaen y llall, y ddau'n llenwi'r cyntedd o wal i wal efo'u sgwyddau anferth a'u cymalau hir. Maen nhw'n agos. Yn rhy agos.

Heb ddallt be dwi'n wneud tan mod i'n ei wneud o, dwi'n gafael mewn diffoddydd tân coch oddi ar y wal wrth i fi basio –

gan wneud hynny mor frwnt nes bod y bracedi metel yn snapio
– ac yn troi'r *nozzle* tuag at y Cŵn. Dwi'n gwasgu'r pwmp.

Mae cwmwl gwyn yn ffrwydro allan yn swnllyd i gyfeiriad y Cŵn. Mae niwl artiffisial y diffoddydd yn cymysgu efo'r niwl arswydus sy yno'n barod. Dwi'n gweld amlinellau'r ddau Gi yng nghanol y cwmwl, yn amlwg wedi'u drysu – am eiliad. Dydw i ddim yn oedi. Dwi'n lluchio'r can i mewn i'r cwmwl efo fy holl nerth, y bibell yn hisian ac yn chwipio wrth i'r silindr metel fownsio oddi ar y llawr a'r waliau a'r Cŵn.

Dwi'n ei heglu hi. Efo fy ngwynt yn fy nwrn dwi'n sbrintio i lawr y coridor ar ôl Mali a'r lleill. Tu ôl i fi; sŵn clencian metel ar bren, crafu crafangau ar blaster.

Yna mae'r Cŵn yn torri drwy niwl y diffoddydd, yn dilyn eto.

Yr unig beth dwi wedi llwyddo i'w wneud ydi eu cynddeiriogi nhw fwy. Wnes i drio bod yn glyfar, ond dydi mymryn o CO_2 ddim 'di cael effaith arnyn nhw. Be bynnag ydi'r angenfilod yma, dwi'n dechrau amau nad oes unrhyw ffordd o'u stopio nhw...

Mae'r tri arall bron o'r golwg o fy mlaen i. Fedra i weld cardigan Mali yn fflapio tu ôl iddi. Dwi'n gwthio fy hun yn galetach, yn gwybod mai eiliadau yn unig sydd rhwng y Cŵn a finnau. A dwi ddim agosach at ffeindio ffordd allan o'r lle 'ma.

Yna, o gornel fy llygad, dwi'n gweld golau, adlewyrchiad mewn gwydr. Dwi'n stopio – bron yn llithro wrth wneud – ac yn edrych i'r dde, lle dwi'n *meddwl* mod i'n gweld y gath ddu'n sefyll y tu allan i'r adeilad ac yn sbio arna fi drwy'r ffenest. Ond dydi ei ffwr hi ddim yn wlyb; mae hi jyst yn sefyll yn llonydd yng nghanol y storm, yn syllu efo'i llygaid llachar gwyrdd.

Dwi'n camu at y gwydr ac yn sylweddoli mai allanfa dân

ydi hi. Drws allan! Ond dydi'r gath ddim yr ochr arall i'r gwydr wedi'r cwbl. Dwi ond yn gweld y tywyllwch a'r glaw.

Ac yn clywed mewian o'r tu ôl i mi. Cyn i mi fedru troi i edrych, mae'r gath wedi diflannu eto, a'r oll dwi'n weld ydi cysgod du yn saethu i fyny ar ben rhyw gwpwrdd ac o'r golwg.

Mae Noor, Dafydd a Mali bron wedi cyrraedd pen arall y coridor, wedi pasio'r allanfa dân heb sylwi arni. 'Ffor'ma!' dwi'n bloeddio arnyn nhw.

Dwi'n rhoi fy llaw yn erbyn bar metel y drws ac yn gwthio. Mae o'n stiff. Mae Noor yn cyrraedd ac yn rhoi ei dwylo hithau arno fo hefyd. 'Dan ni'n gwthio efo'n gilydd. Mae'r drws yn dal yn gwrthod symud. Felly dwi'n cymryd cam yn ôl ac yn rhoi cic iddo fo.

Mae'r drws yn hedfan ar agor ac mae'r glaw yn sgubo i mewn yn syth. Dwi'n hanner cau fy llygaid wrth i mi bron â chael fy nhaflu'n ôl gan gryfder y storm, ond dwi'n rhincian fy nannedd ac yn llusgo fy hun drwy'r drws ac allan o'r Llyfrgell. Daw Mali nesa, wedyn Dafydd a Noor yn ola – dydi hi ddim yn boddran cau'r drws ar ei hôl. 'Dan ni'n baglu allan i'r nos a'r gwynt a'r glaw.

Yna – mae 'na grash wrth i'r Ci teircoes daflu ei hun yn erbyn yr allanfa dân. Mae ei sgwyddau o yn rhy llydan i ffitio drwy'r ffrâm yn hawdd... Neu o leia dyna dwi'n *ddisgwyl*, ond yn sydyn mae o drwodd, ei gorff o wedi newid ei siâp er mwyn gwthio drwy'r twll. Mae ei wefusau gwlyb yn crynu mewn cyffro wrth iddo fo symud tuag aton ni.

Mae clec yn llenwi fy nghlustiau. Mae Dafydd wedi tanio ei wn, y bwled yn taro'r Ci ar ochr ei ben. Mae'r bwystfil yn hewian ac yn oedi, ond dwi'n sylwi nad ydi'r bwled wedi gwneud llawer o ddifrod i'w gnawd o.

Mae Noor yn gafael yn Dafydd i'w annog o i barhau i redeg, ond ar yr un funud mae'r Ci efo craith yn neidio dros ben y llall, ei ffurf o hefyd yn gweddnewid ar amrantiad er mwyn ffitio drwy'r twll, ei ddannedd anferthol yn anelu am Noor. Does ganddi hi ddim amser i ymateb – mae'r glaswellt yn llithrig o dan ei thraed ac mae hi'n sgrechian—

Ac mae Dafydd yn rhoi ei hun yn y ffordd. Mae dannedd y Ci yn methu Noor ac yn methu Dafydd, ond mae ei grafanc miniog yn fflachio allan wrth iddo lanio, gan suddo i mewn i fraich Dafydd. Mae o'n rhoi gwaedd o boen. Mae golau a chlec – y gwn yn tanio eto, Dafydd prin wedi anelu o gwbl – ac mae'r Ci yn disgyn yn ei ôl gan sgyrnygu.

Mae Dafydd yn saethu eto. Mae'r bwled hwnnw'n methu ei darged, ond mae'r Cŵn yn bagio. Dwi ddim yn meiddio aros i weld unrhyw beth pellach.

Yn wlyb at fy nghroen yn barod, dwi'n rhedeg mlaen ac yn sgrialu i lawr yr allt – sy'n fwd i gyd – gan brion syrthio ar fy hyd i mewn i bwll o ddŵr. 'Dan ni ar gyrion y maes parcio.

'Car,' mae Mali'n deud. Druan, mae ei hwyneb hi'n welw a'i llais hi'n crynu. Mae hi'n ymbalfalu yn ei phoced ac yn tynnu goriad allan, gan wasgu'r botwm ar yr ochr. Er bod y gwynt yn rhuo, dwi'n clywed blîp drysau car yn datgloi yn y pellter ac yn gweld goleuadau oren yn fflachio'n wantan drwy'r glaw.

'Dacw fo,' dwi'n gweiddi gan bwyntio.

Hen Volvo *estate* ydi o. Dwi 'mond yn gobeithio ei fod o'n gynt na Chŵn Annwfn…

Mewn â ni. Mae Dafydd yn hercio, ei fraich a'i ysgwydd yn amlwg wedi brifo ar ôl iddo fo gymryd y swadan gan y Ci.

Mae Mali'n dechrau dringo i sêt y gyrrwr ond dwi'n gweld gymaint mae ei dwylo hi'n crynu.

'Mi yrra i,' medda fi'n sydyn wrthi. Dwi'n cymryd y

goriadau gynni a dydi hi ddim yn dadlau. Mae hi'n mynd i'r cefn at Dafydd. Mae Noor yn sêt y pasinjer. Dwi'n gwthio'r goriad i mewn ac yn tanio'r injan. Mae'r hen gar yn chwyrnu'n effro yn syth bìn, y *chassis* metel yn ysgwyd. Dwi'n gwasgu'r sbardun a 'dan ni'n rowlio mlaen—

Ond mae 'na rwbath yn y ffordd.

Er bod y glaw'n llenni o'n cwmpas a'r nos yn ddu, ddu, dwi'n medru gweld rhywun yn sefyll tua phum llathen o flaen y car. Dwi'n hitio'r brêcs yn reddfol.

Y dyn ydi o. Y dyn o'r cyntedd. Dwi ddim yn medru gweld yn eglur – mae o'n rhan o'r nos, jyst yn *bresenoldeb* tywyll – ond dwi'n gwybod ei fod o yno. Mae'r blew ar fy mreichiau i'n codi a dwi'n teimlo fy mrest yn tynhau.

Mae o'n sbio arnon ni. Dwi'n siŵr o hynny. Mi wyt ti wastad yn gwybod os oes rhywun yn edrych arnat ti, hyd yn oed os nad wyt ti'n gweld neb. Y wybodaeth bod perygl yn agos. Ond yn yr achos yma, mae o'n fwy na hynny. Mae rwbath yn fy mhen i – fel bysedd poeth yn gwthio yn erbyn ochrau fy nhalcen, yn trio ymosod ar fy meddyliau i.

Mae Dafydd yn gweiddi, yn bloeddio yr un gair drosodd a throsodd gan bwyntio'n wallgof i mewn i'r tywyllwch. Dwi'n sylweddoli be mae o'n ei weiddi: 'EFNISIEN!'

Dwi'n gwasgu'r pedal yn ffyrnig. Mae'r car yn hyrddio ymlaen, yr injan yn straenio, a dwi'n dal fy ngwynt wrth i fi ddisgwyl taro i mewn i'r dyn a theimlo clec ar draws y bonet – ond does dim byd yno. Dwi'n cael yr argraff o gysgod yn llifo droson ni – ac wedyn 'dan ni'n bownsio dros balmant, yn sblasio drwy bwll anferth, ac yna, drwy wyrth, yn glanio ar y dreif sy'n arwain allan o'r maes parcio.

Jyst mewn pryd. Yn y drych bach cam uwchben y *windscreen* mae dau siâp tywyll yn carlamu o'r glaw, eu llygaid cochion yn fflamau. Dydi'r tywydd ddim fel tasa fo'n poeni'r Cŵn.

Dwi'n gwasgu'r pedal reit at y llawr ac yn anelu trwyn y car at ben draw'r dreif. Mae'r giât awtomatig i lawr ac yn blocio ein ffordd. Dim ots. Dwi'n gyrru drwyddo fo heb slofi, dwndwr metel yn malu o'n cwmpas ni – mae Dafydd yn rhegi – ac yna 'dan ni ar y ffordd fawr. Dwi'n lluchio'r olwyn i'r dde ac mae'r car yn gwichian wrth wneud slalom drwy'r dŵr. Dwi'n newid gêr ac yn rasio i fyny'r bryn ac i ffwrdd o Aberystwyth.

Mae pawb mewn gormod o fraw i ddeud dim. Fedra i weld Noor yn rhythu arna i efo llygaid mawr. Dwi ddim yn sbio'n ôl arni. Mae fy nghalon i'n curo mor gyflym. Dwi'n brathu fy ngwefus ac yn canolbwyntio ar beidio mynd â ni oddi ar y lôn.

'Dan ni wedi gadael y Llyfrgell a 'dan ni'n fyw. Mae hynny'n rwbath.

Ond maen nhw'n dilyn. Yndyn, maen nhw'n dilyn.

17

Noor

Unwaith rydyn ni mas o Aber, rwy'n troi yn fy sedd er mwyn tsiecio ar Mali a Dafydd.

Mae Mali'n welw, ei llygaid hi'n ddwfn yn eu socedi. Mae Dafydd yn gwingo, ei geg yn fflapio ar agor a chau fel tase fe'n ceisio dweud rhywbeth ond yn methu dod o hyd i'r geiriau. Mae'r gwn yn dal yn ei law. Mae rhwyg yn ei gôt ar ei fraich chwith.

'Ti'n gwaedu,' meddaf i.

'Yndw,' ateba Dafydd, ei ddannedd yn rhincian. 'Mae'n ocê.'

'Dyw e ddim yn *disgwyl* yn ocê. Tynn dy gôt.'

'Paid poeni amdano fo.'

Rwy'n amneidio tuag at y gwn. 'Rho fe i fi, Dafydd,' rwy'n dweud, mewn llais mor awdurdodol a chlir ag y gallaf.

Mae'n gas gen i ddrylliau. Rwy ar dân moyn gofyn i Dafydd, pam bod gwn ganddo fe? *Sut* bod gwn ganddo fe? Un o'r pethau rwy'n falch ohono am Gymru yw bod drylliau ddim yn gyfreithlon, yn enwedig y gwn llaw sydd ganddo fe. Peth onglog bach du yw e, y math lle mae'r bwledi i gyd mewn *magazine* tu mewn i'r handlen. Dydw i ddim yn gwybod faint o fwledi sydd ar ôl ynddo. Rwy'n teimlo ias wrth ystyried nad ydw i'n gwybod dim am hanes y dyn hwn, na phwy yw e, mewn gwirionedd. Ddylwn i ei drysto fe – neu ei ofni fe?

'Dafydd,' rwy'n dweud eto, yn gadarnach fyth. Mae e'n dal fy llygaid ac yn sadio rhyw fymryn; efallai ei fod e'n gwrido, hyd yn oed, wrth sylwi ar y goblygiadau bod dryll ganddo. Mae'n oedi cyn cydsynio. Ond yn lle rhoi'r gwn i mi, mae'n ei wthio i'r boced sydd yng nghefn fy sedd i. Gwell na dim.

'Byddan nhw'n dilyn.' Mae Mali'n syllu drwy'r ffenest ac yn byseddu botymau ei chardigan wlyb. 'Fyddan nhw byth yn arafu.'

'Wnaeth o gymryd bwlet,' medd Dafydd, bron iddo fe ei hun, a dydw i ddim yn sicr ai am y Cŵn neu Efnisien mae e'n sôn. 'Wnaeth o jyst... *gymryd* o. Fel tasa fo mbyd o gwbwl.'

'Be oedd y gath 'na?' mae Helyg yn gofyn, heb droi eu pen.

'Kate Roberts.' Mae llais Mali yn furmur, fel tase ei meddwl hi yn rhywle arall.

Mae Helyg yn codi ael. 'Ocê... Sut wnaeth hi lwyddo i frifo'r Ci?'

'Duw a ŵyr. Pethe rhyfedd ar y naw yw cathod. Falle bu cysylltiad hudol rhyngddyn nhw a Chŵn Annwfn amser maith yn ôl. Neu falle bod jest rhywbeth arbennig am Kate Roberts. Sa i'n gwybod o ble ddaeth hi...' Yna mae ei llygaid yn caledu. 'Noor. Yw'r torchrwy 'da ti?'

Rwy'n tapio'r bag ar fy nglin. 'Ydi. Falle, os af i ag e ymhell oddi wrthoch chi...'

'A gadal i'r monstyrs yna dy ddal di? Dim ffiars,' meddai Dafydd. Rwy'n sylwi ei fod yn gwasgu ei fraich chwith gyda'i law dde. ''Dan ni am aros efo chdi.'

Dydw i ddim yn siŵr sut i deimlo am hynny. *Fi* yw'r Gwyliwr. Rwy'n sylweddoli, ar ôl heno, bod ceisio rhannu'r ddyletswydd honno'n peryglu pobl eraill. A dyw hynny ddim yn deg arnyn nhw.

'Gawn ni weld.' Rwy'n tynhau fy ngwefusau. 'Gynta, mae angen i ni ddianc.'

Os gallwn ni ddianc...

Drwy ffenest gefn y car dydw i ddim yn gweld llygaid tanllyd y Cŵn, ond rwy'n gwybod eu bod nhw yno. Yn ddistaw yn fy mhen mae'r sŵn *giffygaffa* yn gwrthod gadael. Ydyn nhw'n gyflymach na'r car? Ydyn nhw'n gallu blino? Does dim syniad gyda fi.

Mae Helyg yn ein dreifio ni ar hyd hewlydd gwledig. Mae goleuadau blaen y car yn ymestyn yn dila i'r tywyllwch gan oleuo'r glaw – ond does dim ffordd i ddweud ble rydyn ni'n mynd. Rwy'n dyfalu bod Helyg ond yn ein cadw ni i symud, gan geisio cael pellter rhyngon ni a'r bwystfilod.

Rwy'n troi eto yn fy sedd ac yn rhoi llaw yn ysgafn ar benglin Mali. Mae hi'n stwyro ac yn edrych arnaf i.

'Oes 'na unrhyw beth,' rwy'n gofyn iddi, 'ti wedi'i ddarllen all ein helpu ni i weithio mas sut i stopio'r Cŵn?'

Mae'n *rhaid* bod ffordd. Rwy'n gwrthod derbyn y bydd raid i ni ddianc am byth.

'Mae angen i mi feddwl,' ateba Mali gan wgu.

'Iawn. Wi'n deall. Ond plîs meddylia'n glou!' Rwy'n teimlo'n euog yn syth wrth ddweud hynny, ond rwy'n teimlo pwysau mawr yn gwthio i lawr arnaf i, yn gwneud i fy sgwyddau deimlo'n eithriadol o drwm. Rwy'n ceisio llacio'r gwregys diogelwch, ond dyw e ddim yn gwneud gwahaniaeth. Mae fel tase bysedd yn gwasgu fy ngwddw yn araf.

Dydw i ddim yn siŵr beth i'w feddwl o Helyg O'Shea. Rwy'n ceisio eu hastudio nhw o gil fy llygad, mor ddi-hid ag rwy'n gallu. Dydw i ddim yn teimlo'n gyfforddus eu bod nhw wedi torri ar draws ein cyfarfod – beth, llai nag awr yn ôl? – a'n bod ni nawr yn eu dwylo nhw. O leiaf gyda Dafydd rwy wedi treulio ychydig o amser gydag e yn ystod y dydd, yn dechrau dysgu rhywbeth am ei gymeriad. Ond Helyg? Maen nhw'n ddirgelwch.

Nhw... Rwy'n fodlon galw pobl beth bynnag maen nhw'n gyfforddus gydag e, am wn i, ond mae'n anodd i fi gael fy mhen o amgylch y syniad o beidio bod yn fenyw *nac* yn ddyn. Sut mae hynny'n bosib? Mae'n ymddangos i fi bod rhywun fel Helyg yn ymladd yn erbyn y person oedden nhw wrth gael eu geni. Rydyn ni'n cael ein siarsio byth a hefyd i fod yn falch o'r person ydyn ni – yn dy'n ni? Ond efallai... Galla i ddeall sut beth yw teimlo'n wahanol i bobl eraill. Rwy'n fenyw Fwslim sy'n byw ar ei phen ei hun yng nghefn gwlad Cymru – rwy wedi cael fy siâr o bobl yn cymryd yn ganiataol eu bod nhw'n gwybod popeth amdanaf i! Tybed sut mae'n teimlo tu mewn i'ch pen i fod mewn corff sydd efallai ddim yr un cywir? Tybed sut mae'n teimlo i ryddhau eich hun oddi wrth y cadwyni mae cymdeithas yn eu clymu amdanoch chi...?

Mae Helyg yn fy nal i'n edrych arnyn nhw. Rwy'n moyn edrych bant, ond byddai hynny'n chwithig. Felly rwy'n gofyn, 'Beth yw'ch stori chi, 'te?'

Distawrwydd am funud. Dim ond chwyrnu'r injan. Yna, 'Dwi'n chwilio am ffrind i fi. Aeth hi ar goll.'

'O. Mae'n flin 'da fi.'

'O'n i'n gobeithio y basa Mali fama yn medru helpu. Mi nath 'na betha od iawn ddigwydd pan ddiflannodd Lleucu. Mae Mali'n amlwg yn berson sy'n gwybod lot am betha od iawn...' Maen nhw'n gadael y frawddeg i hongian fel hanner cwestiwn, hanner datganiad.

'Wel,' rwy'n ateb yn ofalus, 'weithie mae rhywbeth yn gallu digwydd sy'n newid y ffordd chi'n gweld y byd. Ddigwyddodd hynny i fi. Ac i Mali. A nawr mae e wedi digwydd i chi hefyd.'

Mae bysedd Helyg yn tylino'r llyw. 'Ma *raid* bod 'na esboniad,' meddan nhw, bron yn sibrwd.

'Does dim esboniad i bopeth. Ond os bydd ateb, bydd Mali'n ei wybod e.' Rwy'n edrych eto ar Mali. Mae ei llygaid ar gau a chyhyrau ei thalcen hi'n dynn, fel sy'n digwydd pan mae ei hymennydd hi'n gweithio. Mae hi gymaint clyfrach na fi. Weithiau mae'n hala ofn arnaf i gymaint mae hi'n ei wybod.

Rwy'n sylweddoli bod fy llaw wedi llithro i mewn i fy mag wrth i mi siarad a bod fy mysedd yn gorffwys yn erbyn y torchrwy. Mae metel y disg yn dwym. Alla i ddim ei esbonio fe, ond pan rwy'n ei gyffwrdd rwy'n teimlo fel taswn i'n suddo i mewn i ddŵr dwfn, pwysedd cysurus o'm cwmpas i – ond hefyd yn fy atal i rhag symud. Ar yr un pryd mae cyffwrdd y metel yn brofiad annifyr, dieithr – yn teimlo nad fy llaw i sydd yn gafael ynddo fe, fel tase fe yn bell i ffwrdd a minnau'n estyn amdano ond methu ei gyrraedd…

Rwy'n tynnu fy llaw mas o'r bag yn glou ac yn cau'r sip. Y torchrwy hwn – dyma beth mae Efnisien a'r Cŵn ar ei ôl, mae'n rhaid. Yn moyn fy lladd i er mwyn ei adennill. Allan nhw *ddim* cael eu dwylo arno. Ddylai neb gael eu dwylo arno.

Os na fydd gan Mali ateb, bydd angen i fi ddianc â'r torchrwy – a'i guddio. Tynnu sylw'r rhai sy'n ei hela a chadw Mali, Dafydd a Helyg yn saff. Nid eu problem nhw i gyd yw hyn.

'Pa fath o enw 'di Helyg, 'lly?' Llais Dafydd sy'n torri ar draws fy meddyliau. Mae ei lais e'n drwchus, fel rhywun sydd wrthi'n cwympo i gysgu. 'Dwi heb glŵad o rioed o'r blaen.'

Mae Helyg yn syllu arno yn y drych. Mae eu llygaid yn pefrio.

'Fi ddewisodd o. Do'n i'm isio enw benywaidd na gwrywaidd. O'n i isio fy enw fy hun.'

Saib. 'Ocê. Fedra i ddallt hynna.' Saib arall. 'Ma'n enw neis.'

'Enw!' Mae Mali yn eistedd ymlaen yn sydyn, gan roi braw i mi. 'Enw. Dyna'r ateb.'

'Beth ti'n feddwl?' meddaf i.

'Mae nerth mewn enwau,' ateba Mali, yn llawn cynnwrf. 'Yn yr hen chwedle mae gwybod enwau diafoliaid yn eu rhoi nhw dan eich rheolaeth – felly maen nhw'n cadw eu henwau yn gyfrinachol fel nad oes neb yn eu dysgu nhw. Beth am gymeriade mewn storïe sydd â llwyth o lysenwau? Mae celu'ch enw eich hun yn rhoi'r grym yn eich dwylo *chi*, nid yn nwylo neb arall. Ond beth... beth os tase'r storïe hynny'n seiliedig ar wirionedd? Beth os yw creaduriaid Annwfn yn fwriadol yn cuddio eu henwau oddi wrthon ni, fel nad oes gan neb arall bŵer drostyn nhw?'

'Be dach chi'n ddeud?' medd Helyg. 'Bod ni angen gwbod enwa'r Cŵn?'

'Ie.'

'A 'sa hynny'n golygu basan ni'n medru 'u rheoli nhw?'

'Falle.'

'Ond 'dan ni *ddim* yn gwbod be 'di enwa nhw?'

'Nag y'n.'

Rwy'n anadlu'n drwm. 'Os felly, sut allwn ni *ddod* i wybod eu henwau nhw? Oes llyfr yn rhywle sy'n enwi Cŵn Annwfn?'

'Sdim enwau gyda nhw yn y llyfrau sydd wedi goroesi,' ateba Mali. 'Dim ond eu hen feistri sy'n gwybod yr enwau – sy'n gallu galw arnyn nhw i hela...' Mae golwg dywyll yn sgubo ar draws ei hwyneb. Mae hi'n cau ei llygaid yn araf wrth iddi sylweddoli rhywbeth. 'Na, dim ond un llyfr sy'n cynnwys eu henwau nhw. Llyfr wnes i ei ddarllen flynyddoedd yn ôl.'

Rwy'n gwybod beth mae hi'n mynd i'w ddweud cyn iddi ei ddweud e. 'Y Llyfr Glas?'

'Ie. Mae'r ateb ym Mhumed Gainc y Mabinogi…'

Dyna pryd mae rhywbeth yn bwrw i mewn i'r car.

18

Dafydd

Pan ma be-bynnag-ydio'n crashio i mewn i ni – ddim o'r ffrynt ond o'r awyr, to'r car yn bendio – dwi'n gweiddi. Dwi'm fel arfar yn dychryn yn hawdd, ond dwi rili on edge ac felly dwi'n sgrechian ac yn gripio'r hedrest o flaen fi.

Ma Helyg yn riactio'n sydyn ac yn swyrfio i'r dde ac wedyn i'r chwith, ond achos bo fi ddim yn gwisgo seatbelt dwi'n cal 'yn lluchio i'r ochor. Ma pen fi'n banglo yn erbyn y ffenast a dwi'n gweld sêr.

Dwi'n meddwl bo pawb arall yn gweiddi mewn panig. Dwi'm yn clwâd lot heblaw am y ringio yn clustia fi (plîs ddim y clycha eto), ond dwi'n aware iawn o sŵn crafu ar hyd metal y to, fel angle grinder, ac mae o'n neud i'r car ysgwyd. Ma Helyg yn swyrfio eto a dwi'n ofni bod ni'n mynd i fynd off y lôn.

Peth nesa dwi'n gwbod, ma rhywun yn ysgwyd fi. 'Dafydd!' Noor sy 'na. Ma'i'n estyn rownd rhwng y seti a dwi'n gweld bod hi'n poeni. Dwi'n blasu gwaed yn ceg fi; ma raid bo fi 'di brathu tafod fi. Shit.

'Dwi'n iawn, dwi'n iawn,' medda fi. Ma corff fi i gyd yn brifo, a dwi'n teimlo'n uffernol o gysglyd, ond dwi'n dal yn fyw.

Dydi Noor ddim yn edrach yn convinced ond ma gynni hi bigger things i boeni amdan.

'Ydi o dal ar y to?' Helyg.

'Ddim yn gwybod.' Noor.

'Gyrra – dalia mla'n i yrru.' Mali.

Ma'r crafu ar y to 'di stopio, dwi'n meddwl. Dwi'n blincio ac ma ffocws fi yn dechra dŵad 'nôl.

'Be uffar odd hwnna?' dwi'n gofyn.

'Ci,' medda Noor. 'Ni'n meddwl bod ni 'di gnoco fe bant.'

'Nice one,' medda fi. Dwi'n weipio ceg fi ar llawas fi. Streaks o goch. Dwi'n sylwi'n sydyn bod genna fi sychad masif. Ma 'na botal o ddŵr yn bacpac fi. Wedyn dwi'n sylweddoli bo fi 'di gadal y bacpac yn ôl yn y Llyfrgell. Briliant.

'Faint sy'n dilyn?' medda Helyg.

Ma Mali'n sbiad drw'r ffenast gefn. 'Dim ond cysgod wela i...'

Ma Noor yn troi at Helyg. 'Chi'n meddwl gallwn ni'u colli nhw?'

Dydi Helyg ddim yn atab, mond yn edrach am eiliad ar Noor.

Garantîd os ydi'r Cŵn 'di dal ni unwaith, ma'n nhw'n medru dal ni eto.

Dwi'n estyn am y gwn o'r bocad o flaen fi. Dwi'n medru deud bod Noor ddim yn gyfforddus bod genna fi wn, 'de, ond dyna fo. Ma llaw dde fi yn sticî achos bo fi 'di bod yn trio cadw pressure ar y wound sy yn ysgwydd fi. Ma hynna'n gwneud stoc y gwn yn sticî hefyd.

Yn fwy clumsy nag arfar dwi'n clicio'r magazine allan er mwyn tsiecio faint o bwlets sy ar ôl.

Pedwar bwlet.

Briliant.

Beretta 9000 'di'r gwn. Ma llwyth o bobol wahanol, dwi'n ama, 'di handlo hwn ar ryw bwynt. Dyna sut ma petha'n gweithio yn Prydain. Dio'm fatha America, lle ma gen pawb a'i nain wn. Fama, os ti angan iwsio gwn ti'n benthyg un rhywun arall a'i roi o yndôl iddyn nhw wedyn, a gobeithio bydd y cops byth yn tresio fo. Obviously nesh i'm rhoi hwn yndôl, ond ma pwy sy bia fo yn bell i ffwr rŵan. Gobeithio.

Dwi'n gwthio'r magazine yndôl mewn efo clic. Ma'r sŵn yn tynnu sylw Noor.

'Dyw bwled ddim yn mynd i'w stopio nhw,' medda hi.

Ma hi'n iawn, probabli, ond dwi'n teimlo'n saffach efo gwn yn llaw fi. Dwi'n clicio'r safety off – wedyn yn meddwl eto ac yn rhoi o yndôl mlaen. Dwi'm isio brifo neb arall yn y car mewn mistêc.

Ma Helyg yn dreifio fatha maniac erbyn hyn. Dwi'n gafal yn yr handlan uwchben y drws fel bo fi ddim yn cal 'yn lluchio o gwmpas gymint. Ddylswn i wisgo seatbelt fi, probabli, ond sgen i ddim llaw sbâr ac mi fasa fo'n brifo ysgwydd fi.

Smash.

Ma un o'r Cŵn yn crashio mewn i ochor fi o'r car. Mae o fatha cal ein hitio gan lori. Sŵn metal yn plygu a teiars yn screechio ar y lôn. Drw gracs yn y gwydyr dwi'n medru gweld rwbath yn symud, dim ond blur, ond yn ganol y blur ma coch yn llosgi – llgada'r Ci.

Mae o'n taro i mewn i ni eto ac ma 'na grafu ar draws y ffenast – dwi'n siŵr na dannadd ydyn nhw.

Dwi'n gweiddi'n ôl ar y Ci fatha bo fi off pen fi, fel bo fi'n trio dychryn fo. Ma hynny'n neud i fi deimlo'n llai ofnus, ond fedra i deimlo hefyd gwddw fi'n poethi a corff fi'n dechra ysgwyd fel pan dwi'n colli contrôl. Ond ella bo hyn yn amsar lle bo *angan* i fi golli control. Dwi'n slamio llaw fi yn erbyn y gwydr; yn gweiddi a rhegi ar y basdad Ci; yn taro'r ffenast eto. Diawliad. Pam ma hyn yn digwydd i fi? Diawliad.

Dwi'n codi gwn fi—

Ma'r car yn troi'n sydyn – Helyg 'di troi'r olwyn yn galad i'r dde – ac ma'r gwn yn llithro o llaw fi ac i'r footwell. Ma Mali'n sgrechian.

'Be ti'n neud?' dwi'n galw allan.

'Trio colli nhw,' ydi unig atab Helyg.

Dwi'n dal llygad Noor ac yn medru gweld bod hi masif 'di dychryn. You and me both, dwi'n meddwl, ond wedyn dwi'n teimlo'n oer yn sydyn, achos dwi'n meddwl na 'di dychryn *achos fi* ma hi. Dwi 'di bod yn hefru fatha lunatic a gweiddi a taro...

Shit. *Shit*, ella bo fi'n haeddu hyn i gyd.

Dwi methu edrach arni hi. Dwi'n dal i grynu ond dwi'n cau llgada fi'n dynn ac yn trio gwthio'r teimlad 'ma i ffwr. I stopio bod mor flin.

Ond fedra i'm helpu fo.

Dyna fel dwi 'di bod erioed.

'Beth yw eu henwe nhw?' Noor sy'n gofyn i Mali. Ma swn y car mor uchal nes bo raid iddi hi weiddi i ni glŵad. 'Dyna yw'r unig ffordd!'

'Sut uffar,' medda Helyg, 'ydan ni am gael gafal mewn hen lyfr? Ma raid bod 'na ffordd arall.'

Dyna pryd dwi'n agor llgada fi a gweld Mali'n syllu arna fi. Golwg drist ond dewr arni. Dwi'm yn siŵr sut, ond dwi'n dallt am be ma'i'n meddwl.

Hi a fi, 'dan ni'n dau 'di darllan y Llyfr Glas. Felly 'dan ni'n dau'n gwbod y stori – sy'n golygu, rwla yn cefn 'yn meddylia ni, 'dan ni'n dau yn gwbod enwa'r Cŵn...

Ond ma hydnoed meddwl amdano fo – am y syniad o gofio'r

Bumed Gainc – yn rhoi poen yn talcan fi fatha hoelan boeth. Mil o migraines ar yr un pryd. Dwi'n sylwi bo gwynab Mali'n twistio a bod hi'n teimlo poen tebyg hefyd. Dwn i'm sut ma'i'n côpio efo fo.

'Dim ond un ffordd sydd,' medda hi. Ma hi'n cymryd anadl fawr ac yn weipio dagra hi.

Dwi'm yn dallt be ma'i'n neud nes bod hi'n rhy hwyr.

'Na, paid!' dwi'n galw, gan estyn drosodd i drio stopio hi – ond yn barod ma pen Mali'n disgyn yndôl yn erbyn cefn y sêt, ceg hi ar agor ac eyeballs hi'n wyn.

Ma Noor yn gweiddi enw hi mewn ofn.

'Be sy'n digwydd?' ma Helyg yn snapio.

'Gad hi,' medda fi wrth Noor. Does 'na'm tynnu hi yndôl rŵan. Dwi'n slympio yndôl, yn sydyn 'di blino'n uffernol. 'Ma hi wrthi'n cofio'r stori.'

Ma Noor yn rhythu arna fi efo golwg be-ti'n-feddwl arni.

Dwi'n anadlu allan yn slo. 'Ma cnwa'r Cŵn yn digwydd yn y Bumed Gainc, reit? Ond ma cofio details y stori yn... yn brifo. Fatha trauma. Wni'm. Dwi 'di blancio fo allan. Ella bod Mali hefyd. Ond rŵan ma'i 'di penderfynu cofio. Mynd i mewn i'r stori.'

Dwi'm yn dallt sut dwi'n gwbod hyn, ond wrth 'i ddeud o mae o'n neud sens. Wel, ddim *sens*, achos mae'n nyts, ond mae o'n disgrifio be sy'n digwydd – dwi'n meddwl.

'Fydd hi'n iawn?' medda Noor.

'Honestly? Dwi'm yn siŵr.'

Ma Mali'n twitshio bob cwpwl o eiliada. Anadlu hi'n crafu yn gwddw hi. Eyelashes hi'n crynu.

'*Be* mae hi'n neud?' ma Helyg yn gofyn. Golwg frazzled arnyn nhw, gwynab nhw'n chwys i gyd. 'Am be dach chi'n siarad?'

Dwi'n agor ceg fi i drio esbonio mewn ffordd well, ond yn sydyn ma Helyg yn gaspio ac yn smashio'r brêcs. Dwi'n cal 'yn nhaflu mlaen yn erbyn sêt Noor. Diolch byth bo'r lleill yn gwisgo belts nhw.

Dwn i'm pam 'dan ni 'di stopio. Ma'r injan yn dal i redag. Ma Helyg yn ffrantic wrthi'n iancio'r gearstick. Trio'i gael o mewn i reverse.

Ac ma'r injan yn stôlio.

Ma Helyg, Noor a finna yn sbiad drw windscreen y car ar ganol y lôn o flaen ni. Fanna yn yr headlights ma'r Ci. Yr un efo scar dros llygad fo. Mae o'n sefyll tua twenty metres i ffwr, coesa fo 'di sbredio a pen fo i lawr. Dwi'n taeru bo stêm yn codi rownd 'ddo fo.

Ma corff fi yn mynd yn oer i gyd – ac ysgwydd chwith fi'n throbio mewn poen. Ma bod yn agos i'r Ci yn neud o'n waeth.

'Dan ni gyd 'di rhewi. 'Di'r Ci ddim yn symud chwaith.

Wedyn ma 'na sŵn o'r tu ôl i ni a dwi'n neidio allan o croen fi. Y Ci arall di'o. Ma paws mawr fo ar gefn y car. Ma'r chassis yn siglo.

Cyn i fi wbod be sy'n digwydd dwi 'di tynnu'r handlan ac ma'r drws yn agor a dwi'n disgyn allan ar y tarmac. Glaw yn stido lawr ar gwynab fi. Dwi'n rowlio drosodd, yn mestyn i mewn i'r footwell ac yn gafal yn y gwn.

Safety off.

Bang.

Nesh i aimio at y Ci tair coes am na fo sy gosa, yn dringo ar gefn y car. Ma'r bwlet yn methu fo.

Ma pob dim yn hazy. Dwi'n blincio ond 'di hynna ddim yn helpu. Dwi'n trio codi'r gwn i saethu eto ond ma breichia fi fatha cerrig. Ma pob dim yn swnio'n bell i ffwr.

Ma'r Ci yn edrach arna fi ac yn cymryd step tuag ata fi. Ma dannadd fo mor hir.

'Hei!' Noor sy'n gweiddi. Ma'i 'di gadal y car. Ma'i'n dod i view fi yn chwifio fatha melin ac yn symud at ochor y lôn. 'Hei! Dere di fan hyn! Gad nhw fod!'

Dwi'n sylwi bod y torchrwy yn llaw hi, yn sgleinio yn y glaw. Ma'r Ci sy gosa ata fi yn edrach ar y torchrwy, llgada coch fo 'di hoelio arno fo.

Ma Noor yn trio distractio'r Ci. Dwi isio deud wrthi hi am beidio, am ddenig a safio'i hun, ond dwi methu symud ceg fi. Ma pob dim yn dywyll a gwlyb. Dwi'n clŵad y car yn refio; Helyg yn trio ailstartio'r injan ma siŵr. Ond does 'na'm point. Hyn 'di'r diwadd.

Ma'r Ci efo tair coes yn cymryd y bait ac yn cropian at Noor o'r ffor arall – *giffygaffagiffygaffa*... Ma hi'n trio symud i ffwr ond ma'i'n baglu a dwi'm yn gweld hi wedyn.

Ar yr un pryd ma'r Ci hefo scar yn dal i gerad tuag ata fi'n slo – *mor* slo – ac ma ceg fo'n agor, agor, agor nes bod o mor fawr â fi ac yn mynd i llyncu fi...

'CHWIDCHWIDCHWID'AWKT KW'WANACH!'

Llais Mali.

'CHWIDCHWIDCHWID'AWKT KW'WANACH! AIÂ SANAP'ACH, AIÂ KABHA'AL'ACH!'

Dwn i'm be ma'i'n ddeud. Ma hi ar ochor arall y car ond dwi methu gweld hi. Ma llais hi'n llenwi'r byd, a pan ma'i'n siarad ma'r ddau Gi yn stopio'n stond ac yn sbiad arni.

'CHRE'EGW WCHWE!'

Fedra i weld hi rŵan. Ma'i'n cerad rownd pen draw'r car, yn gosach ac yn gosach at y Cŵn ac ma llais hi'n mynd yn fwy a mwy uchal.

'CHNOMN'CHE WCHWE!'

Ma clŵad y geiria ma hi'n ddeud yn danfon cyllyll drw pen fi ac yn neud i fi sgrechian. Dim dyma'r tro cynta i fi glŵad y geiria 'ma.

'AIÂ, CHRE'EGW WCHWE NWCH, SANAP'ACH, KABHA'AL'ACH! CHNOMN'CHE WCHWE ADGE CHRE'EGW, SANAP'ACH, AIÂ, KABHA'AL'ACH, AIÂ!'

Dwi'n teimlo rysh sydyn yn chwythu drostan ni gyd, fatha ryw force sy'n neud i'r tarmac riplo. Ma Mali efo gwaed dros trwyn a ceg a gên hi ac ma gwallt hi'n sefyll i fyny 'tha bod letrig rownd hi i gyd. Wn i'm os dwi'n dychmygu fo ond dwi'n taeru bo penna'r ddau Gi 'di plygu reit i lawr a bod nhw ddim yn neud y sŵn *giffygaffagiffygaffa* 'na ddim mwy. Ac ma pob man yn ddistaw. Glaw ar gwynab fi.

Dyna 'di'r thing ola dwi'n gofio. Jyst du wedyn.

19

Doctor Gwermwnt

Roedd y bore yn cropian yn araf allan o oriau dyfnaf y nos. Pe bai'r tywydd yn brafiach, nawr byddai'r wawr yn cymryd ei chamau cyntaf dros y bryniau llwyd er mwyn adennill y tir y meddiannodd y tywyllwch. Byddai ei golau'n cymryd cryn amser i lusgo dros y milltiroedd du tuag at y môr yn y gorllewin, fel pe bai'n ceisio gohirio'r eiliad pan gyffyrddai ben draw'r byd.

Prin bod unrhyw beth mwy hynod yn y byd na'r haul yn rhoi ei fodiau yn nhonnau'r môr, gan droelli'r dyfroedd yn aur ac arian. Dyna oedd Doctor Talhaearn Gwermwnt yn arfer ei feddwl – pan oedd yn iau. Pan oedd hyfrydwch natur yn dal i fod yn rhywbeth a allai ennyn cyffro ynddo. Cyn iddo ddarllen y Llyfr.

Roedd yn hoff iawn o'r môr cyn hynny – ni theimlai heddwch mor llwyr â phan eisteddai ar ei ben ei hun ar un o glogwyni Ceredigion yn edrych draw dros y tonnau a gwrando arnynt yn ymchwyddo eto ac eto. Byddai'n clywed eu rhu wrth iddynt ddasgu yn erbyn y creigiau oddi tano ac yn clywed hefyd eu cân ddofn a ddeuai o grombil y môr, fel chwyrnu creadur anferth. Dysgodd hynny barchedig ofn o'r môr i Talhaearn Gwermwnt. Gwyddai fod cryfder yno a oedd yn gan-canwaith grym unrhyw fod dynol, a phe bai modd ymestyn allan a *defnyddio'r* cryfder hwnnw, yna oni fyddai modd gwella'r byd? Onid oedd cymaint mwy i fodolaeth na gweithgareddau gwamal, dibwrpas y gymdeithas gul yr oedd ef yn byw ynddi?

Ond, nawr ei fod yn oedolyn, gwyddai Doctor Gwermwnt yn well. Nid y môr ei hun oedd piau'r grym, ond y sawl a drigai oddi tan ei donnau. Yr oedd hwnnw'n aros yn ei gell nes i'r amser ddod pan fyddai'r drysau'n cael eu chwalu ar agor. Pan ddigwyddai hynny, byddai pobl yn sylweddoli eu bod wedi treulio eu bywydau esgeulus yn edrych *i mewn*, yn hytrach nag yn edrych *allan*.

Nid oedd y glaw wedi dangos unrhyw arwydd o ostegu. Yn wir, bu'r storm yn cynyddu fesul awr ers y ddefod ar y traeth. Roedd yr arolygon wedi darogan tywydd braf ar gyfer yr wythnos hon ac nid oedd Doctor Gwermwnt wedi disgwyl i'r ddefod achosi storm. Tybed ai hyn oedd egni Llŷr ar waith? Ystyriodd am eiliad mai'r Gwyliwr a alwodd y storm – ond diystyrodd y syniad hwnnw'n syth. Ni wyddai lawer am alluoedd y Gwylwyr dros yr oesau, ond doedd bosib bod gan rywun fel *hon* law i lywio'r gwyntoedd. Mae'n rhaid bod hyn yn rhan o'r Cynllun a derbyniodd nad ei le ef oedd gwybod pob manylyn. Ei le ef oedd dilyn Efnisien.

Pa bynnag reswm am y tywydd, roedd yn peri problem. Bellach roedd y gwynt mor gryf a'r glaw mor drwm nes y byddai'n beryglus mynd y tu allan, bron. Ac eto dyna fyddai angen iddynt ei wneud. Yn waeth na hynny, byddai angen iddynt fynd *ar* y môr – ac ni welwyd môr mwy tymhestlog a thrychinebus na hwn ar arfordir Cymru ers degawdau.

Ceisiodd dawelu ei feddwl. Nid oedd pwrpas poeni. Roedd hwn yn gynllun yr oedd Plant Llŷr wedi bod yn gweithio'n araf arno ers canrifoedd, gan geisio denu digon i ddarllen y

Bumed Gainc. Roedd hi'n amhosib bod rhywbeth fel y tywydd yn mynd i'w rhwystro! Na, byddai popeth yn iawn. Byddai'r Cŵn dieflig hynny yn llwyddo yn eu cyrch a byddai'r torchrwy yn ôl yn ei ddwylo mewn dim. Roedd y llong yn barod.

Wrth edrych nawr ar y storm a chwipiai'r byd, roedd Doctor Talhaearn Gwermwnt yn gweld mwy na hynt y gwynt a'r glaw, mwy na'r coed yn plygu a'r tonnau fel mynyddoedd erchyll du. Gwelai hefyd liwiau'r gorffennol yn ymwthio o du ôl i'r llen; gwelai gysgodion yr endidau nad oedd erioed wedi gadael y byd ond a oedd yn dal i lechu yn eu cuddfannau anweledig; clywai alawon amhosib yn croes-ymgroesi wrth atseinio o gelli anoddun y ddaear – a sŵn y clychau…

Teimlai Doctor Gwermwnt yr oerfel. Roedd gwydr rhyngddo a'r storm ond doedd dim cynhesrwydd yn yr adeilad hwn. Hen gapel ydoedd, un o'r cannoedd a aeth yn segur dros y cenedlaethau wrth i bobl Cymru droi un wrth un i ddim ond gweini eu hunain. Roedd yn gas gan Doctor Gwermwnt grefyddau dynol – ac roedd capelwyr ymysg y gwaethaf ohonynt – ond o leiaf gallai weld callineb mewn person yn ymroi i bŵer uwch, pa mor ofer bynnag boed y ffydd hwnnw.

Felly roedd y capel yn wag. Prynwyd ef ychydig flynyddoedd yn ôl gan un o'r Darllenwyr a'i ddefnyddio fel man i'r praidd ymgynnull, i ffwrdd o faldordd cymdeithas a chlustiau chwilfrydig.

Yma, nawr, y bore du hwn, roeddent yn paratoi at eu siwrnai olaf.

Ni wyddai Doctor Gwermwnt a fyddai unrhyw un ohonynt yn dychwelyd. Nid oedd yn poeni rhyw lawer am ffawd aelodau ei braidd. Nid oedd yn hoff o neb, mewn gwirionedd. Oedd, roedd yn *ddiolchgar* – ar ryw ffurf – bod rhai pobl benodol yn ei fywyd, oherwydd bod eu gwaith yn ei hwyluso ef a hefyd (p'run ai eu bod yn sylweddoli hynny neu beidio) yn symud cynllwyn mawr Plant Llŷr yn ei flaen. Mr Bevan, er enghraifft – a eisteddai nawr ym mhen draw'r oruwchystafell hon, ei lygaid ar gau a'i freichiau wedi'u plygu, ei bibell yn llipa rhwng ei wefusau – neu'r cleient hwnnw, Mr Calvert, a oedd yn ffynhonnell gyfrinachol a defnyddiol i Doctor Gwermwnt ar gyfer cael gafael ar nwyddau a gwasanaethau nad oedd o fewn cyfraith y wlad. Roedd hi'n ddefnyddiol adnabod dynion fel hyn. Ond petaent yn marw yfory? Ni thorasai Doctor Gwermwnt ei galon drostynt gan mai offer oedden nhw yn y pen draw. Dim ond un peth, yn ei farn ef, a oedd yn haeddu galar, sef y ffaith bod Cymru wedi colli ei ffordd ers yr hen ddyddiau.

Ers talwm, credai Doctor Gwermwnt, roedd pobl Cymru yn well. Yn y dyddiau hynny roedd edrychiad corfforol gwahanol gan y bobl a oedd yn ffrwyth yr undod rhwng Plant Llŷr a dynolryw. Ei gyndeidiau ef – ar ochr ei fam, o leiaf. Disgynyddion y genynnau perffaith hyn oedd etifeddion Cymru; nhw oedd wedi aros yno, wedi ei meithrin a'i thyfu, wedi ceisio cadw fflam Llŷr ynghyn. Ond pwy oedd yn byw yng Nghymru nawr? Faint o'r gwaed da oedd wedi cael ei lastwreiddio gan waed arall? Pe cawsai Doctor Gwermwnt ei ffordd, dim ond unigolion o'r llinach buraf fyddai'n cael darllen y Llyfr Glas a chael derbyn bendith Llŷr. Ond roedd cyn lleied o'r rhai hynny yn dal i gerdded y ddaear nes bu angen derbyn eraill i'r praidd. Codai hynny wrychyn Doctor Gwermwnt, ond roedd rhai aberthau yn angenrheidiol.

Sothach oedd llenyddiaeth yn ei dyb ef, yn enwedig llenyddiaeth gyfoes, ond roedd ganddo frith gof o gerdd Gymraeg a ddechreuai: 'Beth yw'r ots gennyf i am Gymru?' Hoffai Doctor Gwermwnt y llinell honno. Nid oedd yn cofio sut roedd y gerdd yn gorffen, ond cofiai'r llinell honno yn taro deuddeg pan y'i clywodd hi gyntaf. Nid *oedd* gan Talhaearn Gwermwnt ots am Gymru – nid yn ei ffurf bresennol, beth bynnag. Un tro bu Cymru a Phrydain yn un endid, sef Ynys y Cedyrn. Roedd y cadernid hwnnw, bellach, bron wedi diflannu.

Ond roedd ffordd ymlaen. Un ffordd. Ac roedd diwedd y ffordd honno, penllanw canrifoedd o ymdrechu, o fewn cyrraedd. Dim ond ychydig oriau eto.

Y Ddefod Olaf. Dyna fyddai anterth yr holl waith. Deuai pawb o'r ffyddloniaid o bob cwr at ei gilydd yn yr un fan, a Phlant Llŷr yn arwain y cyfan. Drwy gymorth y torchrwy a thrwy leisiau'r holl Ddarllenwyr yn asio mewn emyn gogoneddus, byddai Llŷr yn cael ei ddeffro.

A byddai'r tonnau'n codi…

Rhynnodd Doctor Gwermwnt yn sydyn. Aeth y poer yn ei lwnc yn ludiog.

Dyna pryd y sylweddolodd fod Efnisien yn yr ystafell gydag ef.

Trodd yn araf. Roedd Mr Bevan yn dal i hepian ar ei gadair – neu o leiaf roedd ei lygaid ar gau – ac roedd pawb arall islaw; gallai glywed eu mwmian achlysurol ac roedd arswyd ewfforig yn dirgrynu ohonynt.

Roedd Efnisien yn syllu ar Doctor Gwermwnt.

Gwyddai fod Efnisien yn flin. Yn gandryll. Er ei fod yn llonydd, roedd ei amlinell yn crynu'n wyllt fel petai'n cael ei adlewyrchu mewn mil o ddrychau. Gwelai Doctor Gwermwnt sawl fersiwn ohono ar yr un pryd; yr Efnisien prydferth a'i wyneb fel alabastr, ond hefyd yr Efnisien tywyll oedd yn gysgod wedi'i blygu o fewn cysgod – a hefyd yr Efnisien *arall*, un aneglur ond un oedd yn corddi'n dddychrynllyd tu mewn i'r Efnisienau eraill.

Teimlai Doctor Gwermwnt ei hun yn gwrido. Roedd cynhesrwydd cyfarwydd, brawychus yn ymgodi yn ei wddf. Aeth ei anadlu'n fas ac yn boeth. Roedd anffawd wedi digwydd, yn amlwg, ac roedd Doctor Gwermwnt yn rhannu llid Efnisien. Gwyddai bod angen i rywun *dalu* am y gwarth hwn.

'Beth ddigwyddodd?' sibrydodd.

'Yr oedd un yn eu mysg a wyddai enwau'r Cŵn,' meddai Efnisien (er na symudodd ei wefusau). 'Ufuddhasant iddi. Nid oes mwy i'w ddywedyd.'

'Y torchrwy…'

'Yn nwylo'r Gwyliwr yr erys.'

'A'r offrwm? Dafydd?'

'Fe'i hanafwyd, eithr nid yw'n farw. Yn ei waed y mae cryfder. Yn ei gnawd mae dadeni.'

Gwthiodd Doctor Gwermwnt ei ewinedd i mewn i gledrau ei ddwylo. 'Mae'n rhaid i'r fordaith fynd ei blaen. Allwn ni ddim oedi.'

Yn sydyn roedd Efnisien yn agos at ei wyneb. Yn lle anadl teimlai Doctor Gwermwnt drymder gormesol yn llenwi'r aer o flaen ei lygaid.

'Nid oedwn,' ysgyrnygodd Efnisien, 'ond ni allwn ychwaith adael i'r Gwyliwr oroesi. Rhaid ennill yn ôl yr hyn a gollwyd – a *gymerwyd* oddi arnom. Fe wyddost pa le y bydd y Gwyliwr. Rhaid i ti wneud hyn.'

'Ond—'

'Y mae'r Cŵn wedi methu. Y mae dy bobl dithau wedi methu. A fyddi di hefyd yn methu?'

Roedd dannedd Doctor Gwermwnt yn crensian yn erbyn ei gilydd. 'Na fyddaf.'

'Rhaid yw tywallt gwaed am hyn.'

'Rhaid!'

'Ni fydd methiant.'

'Na fydd!'

Nid oedd Talhaearn Gwermwnt erioed wedi teimlo mor flin. Oedd, roedd angen i rywun dalu'r pwyth am hyn. Byddai'r Gwyliwr yn marw. Ond... onid hefyd ar ei braidd *ef* oedd y bai? Beth oeddent wedi'i gynnig iddo heblaw am eu gwendid a'u hanallu? Hebddynt hwy byddai Doctor Gwermwnt wedi llwyddo a byddai eisoes yn datgloi cell Llŷr! Roedd wedi cael digon ar ffaeleddau pobl eraill.

Heb sylweddoli hynny, mae'n rhaid bod Doctor Gwermwnt wedi gwisgo'r helmed fetel. Teimlai'r pwysau am ei ben, yr ochrau'n gwthio'n oer ond yn gysurus am ei benglog. Drwy'r ddau dwll gwelodd Efnisien yn gafael mewn cyllell. Gwelodd fod Mr Bevan wedi deffro, ei geg ar agor a'i lygaid yn fraw pur. Gwelodd gyllell Efnisien yn fflachio. Llifai'r gwaed dros ei ddwylo wrth i'r llafn dorri a thorri. Llanwodd calon Doctor Gwermwnt.

Ymhen amser daeth ato'i hun. Roedd yn eistedd yng nghanol llawr yr oruwchystafell ac yn teimlo poen ym mhydew ei stumog. Nid oedd Efnisien yma. Roedd yr ystafell yn wag.

Gorweddai gweddillion Mr Bevan gerllaw, ei wyneb yn gyrbibion coch. Roedd cnawd a gwaed o'i gwmpas ac ar groen a dillad Doctor Gwermwnt.

Rywsut roedd edrych ar yr olygfa drwy dyllau'r masg yn haws.

Roedd basn bychan yn y gornel. Tynnodd Doctor Gwermwnt ei ddillad – ac eithrio'r helmed – ac ymolchi'n noeth, yn araf ac yn bwrpasol. Golchodd ei gyllell hefyd. Yna ailwisgodd, yn ei lifrau seremonïol y tro hwn. Roeddent yn lân ac yn sych, ac wrth eu gwisgo teimlai Doctor Gwermwnt yn well yn barod.

Edrychodd ar gorff Mr Bevan. Roedd hi'n drueni iddo farw, achos bu'n yrrwr ffyddlon i Doctor Gwermwnt. Ond, wrth farw, roedd wedi cyflawni rhywbeth gwerthfawr, sef selio penderfyniad Doctor Gwermwnt. Doedd dim angen gyrrwr arno bellach beth bynnag.

Byddai'r cwch yn hwylio ar yr awr ddynodedig. Nid oedd amheuaeth am hynny. Byddai'r rhan fwyaf o'r Darllenwyr arni o fewn yr awr, yn aros i godi'r angor.

Cyn hynny roedd tasg i'w gwneud. Dim ond llond llaw o'i braidd y byddai eu hangen ar Doctor Gwermwnt er mwyn cyflawni'r dasg honno. Nid drwy drais y byddai'n cael ei chyflawni – nid trais yn *unig* – ond drwy gariad. Roedd lle yn ei braidd ar gyfer maddeuant.

O dan ei fwgwd metel, gwenodd Talhaearn Gwermwnt â'i holl ddannedd.

20

Helyg

'Awn ni i fy nghartre i.'

Dyna ddwedodd Noor, a dwi ddim yn meddwl mod i mewn unrhyw gyflwr i ddadlau'r naill ffordd. Mi oedd Dafydd mewn stad arw iawn – wedi'i frifo'n waeth nag oedd yr un ohonon ni'n ei feddwl – ac mi oedd o allan ohoni pan ddaru ni ei osod o'n ôl yn y car. A Mali... Wel, mi oedd hi'n effro ac efo'r golau yma yn ei llygaid hi, ond mi oedd ei thrwyn hi wedi dechrau gwaedu, fel afon, ac mi gymrodd sawl munud i Noor fodloni nad oedd ei ffrind hi'n mynd i golapsio.

Mae'n rhyfedd. Wrth feddwl yn ôl, dwi ddim yn cofio yn union be ddigwyddodd ar ôl i Mali ddofi'r Cŵn. Fedra i ddim meddwl am air gwell na 'dofi', achos un funud oedden nhw'n barod i'n bwyta ni, y funud nesa oedd Mali'n siarad rhyw iaith arall a dyma'r ddau Gi yn tawelu. Ond wedyn... Mae fy atgofion i'n wlân i gyd.

Erbyn i mi glymu fy nerfau rhacs yn ôl at ei gilydd, mi oedd y Cŵn wedi mynd – i ba bynnag dwll du y daethon nhw ohono fo, gobeithio. Er bod y car wedi cael sawl tolc, mi oedd o'n dal i weithio. Mi ddaru Noor a Mali ffraeo am dipyn, ni i gyd wedi'n gwasgu'n ôl yn y car er mwyn mochel rhag y storm, ond ddim yn symud. Noor yn deud ei bod hi angen mynd â'r torchrwy peth'ma i ffwrdd a Mali'n ei galw hi'n 'dorth ddwl am drial gwneud popeth dy hun'. Wnes i ddim ond rhythu drwy'r ffenest flaen yn trio peidio cael *panic attack*.

Be dwi isio wneud ydi ffeindio Lleucu. Ond hefyd dwi isio bod yn saff. Felly yn y pen draw dyma fi'n torri ar draws y ddwy hwntw a deud, 'Ylwch, fedran ni'm aros fama drwy'r nos. Mi fyddwn ni 'di boddi. Mae 'na tua chwarter tanc ar ôl yn y car. Lle 'dan ni am fynd nes bydd y storm 'ma 'di pasio?'

Mi oedd Mali'n dal hances yn erbyn ei thrwyn ac yn deud dim.

Dyma Noor yn ochneidio ac yn deud i ni fynd i'w thŷ hi.

Felly dyna fuodd hi.

'Dewch i mewn, y tri ohonoch chi,' medda Noor wrth i fi a Mali helpu Dafydd o'r car at y drws ffrynt. Mi oedd y cwrteisi ffurfiol yn teimlo'n hurt a ninnau newydd ddianc oddi wrth y fath fwystfilod.

Mi gafodd Dafydd orfadd ar soffa yn y lolfa ac mi aeth Mali yn syth i lawr rhyw goridor tywyll fatha'i bod hi wedi bod yma o'r blaen. Ges i fy ngadael – eto – yn sefyll yn diferu yn y cyntedd.

Mae'r tŷ yn eistedd ar ddibyn reit uwchben y môr. Wrth i mi sefyll fama, y storm uffernol tu allan, dwi'n teimlo fatha Doctor Frankenstein yn ei gastell, y mellt yn cracio yn yr awyr a tharanau'n clecio bob hanner munud. Er bod y waliau'n drwchus, mae'r tŷ yn gwegian fel llong o ers talwm.

Ond mae'n well na lle'r oedden ni.

Mae 'na hanner dwsin o ddrysau a phasejis yn arwain oddi ar y prif gyntedd. Mae'r tŷ 'ma – be ydi'r gair? – yn anghymesur. Dim pedair cornel i stafell pan fo tair neu bump neu ddwsin yn gwneud y tro. Ambell ddrws yn llydan fel giât a rhai eraill yn wirion o gul. Stepiau yn bob man fel tasa pwy bynnag adeiladodd y tŷ yn casáu lloriau fflat. Dwi'n teimlo'n chwil jyst wrth sbio o gwmpas.

Mae'n goblyn o dŷ mawr i un ddynes.

Mae Noor yn dŵad allan o un o'r drysau, bwndel o ddillad yn ei dwylo. 'Dan ni'n syllu'n chwithig ar ein gilydd am eiliad. Mae golau'r lamp uwch ei phen hi'n gwneud i'w chroen hi sgleinio fel copor ar waelod afon. Dwi'n teimlo'n hun yn gwrido. Dwi'm yn licio pobol yn rhythu arna i.

'Tywelion i chi, Helyg.' Mae Noor yn gosod y pentwr yn ofalus ar gadair yng nghornel y cyntedd. 'Oes dillad sych 'da chi?'

'Oes.' Mae fy macpac i'n dal gen i, drwy wyrth.

'Iawn. Dewiswch unrhyw stafell i newid ynddi. Dim bwys. Mae bathrwm dau ddrws i lawr fanna ar y dde os chi'n moyn molchi. Ac ewch i'r gegin i fwyta neu yfed unrhyw beth chi'n gallu ffeindio.'

Mae hi wedi blino. Mi fedra i ei glywed o yn ei llais. A mwy na jyst y blinder o fod i fyny drwy'r nos – blinder fel tasa hi heb gael gorffwys ers blynyddoedd.

'Diolch,' medda fi.

Mae Noor yn gwgu fymryn. 'Pam?'

'Am adael i ni ddod i fama. Dwi'n gwbod na dieithryn dwi i ti. Fydda i allan o dy wallt di'n fuan.'

Saib fer, digon i wneud i mi feddwl ei bod hi'n falch o'r syniad o gael gwared ohono fi, yna mae hi'n gwenu'n denau.

'Dyw e ddim problem. Arhoswch 'da ni os chi'n moyn. Wna i'm gwadu bod angen yr help arnon ni.' Mae ei hwyneb hi'n syrthio ychydig. 'Ond wi'n gwybod bod hyn i gyd ddim byd i'w wneud 'da chi.'

'Dwi'm hyd 'n oed yn gwbod be ydi "hyn i gyd",' medda fi, braidd yn fwy sur nag oeddwn i'n ei fwriadu.

Mae Noor yn nodio. 'Wi'n deall.' Mae golwg od yn dod drosti. 'Sori. Wi'n gorfod mynd i wneud rhywbeth nawr.'

Dwi isio gadael iddi hi fynd. Dwi'm isio bod yn strach. Ond mae'n rhaid i fi wybod un peth.

'Pwy ydi o?'

'Hmm?'

'Y dyn nesh i hitio efo'r car wrth i ni adael y Llyfrgell. Nath Dafydd alw fo yn "Efnisien".'

Mae hi'n oedi cyn ateb. 'Y'ch chi 'di darllen y *Mabinogi*?'

'Naddo, ddim rili, ond dwi'n nabod enw Efnisien, 'de. Ond, ti'n gwbod, jyst stori ydi hi.'

Mae Noor yn sbio ar y llawr am dipyn cyn fy wynebu fi eto. 'Dydw i ddim yn gwybod pwy yw e. Ond mae e'n beryglus. A dylen ni ei ofni fe.'

'Dim problem efo hynny,' medda fi dan fy ngwynt. Wedyn, yn betrus, 'Ydan ni'n ddiogel fama?'

'Am y tro.' Does 'na fawr o hyder yn ei llais hi.

Mae hi'n diflannu drwy ddrws gan fy ngadael i'n sefyll fama ac yn teimlo'n rhyfedd o oer.

Yn y bathrwm dwi'n edrych yn y drych seimllyd ac yn gweld cythraul yn syllu'n ôl arna fi. Dwi'n dychryn fy hun. Mae fy llygaid i'n goch ac mae bagiau du oddi tanyn nhw. Mae fy wyneb wedi'i grebachu gan y glaw a'r oerni ac mae 'na gleisiau a chrafiadau bach piws yn cymysgu efo brown fy nghroen. Llanast. Dwi ddim yn cofio brifo fy wyneb, ond mae digwyddiadau'r oriau dwytha fel niwl. Mae'n siŵr mod i wedi syrthio rywbryd.

Yn sydyn mae fy nillad gwlyb i'n teimlo'n rhy fach i mi.

Dwi'n rhegi ac yn dadwisgo yn ffyrnig o gyflym, gan adael y dillad mewn pentwr yn wlyb socian ar y teils a finnau'n sefyll yn noeth ac yn crynu o flaen y sinc.

Mi oeddwn i'n arfer casáu fy nghorff. Methu edrych arno fo. Aeth hi mor ddrwg nes oedd angen i fi wisgo yn y tywyllwch. Rŵan mae pethau'n well – ond mi gymrodd amser. Amser i fi ddod i adnabod pwy ydw i ac i dderbyn y corff sgen i. Baswn, mi faswn i'n gallu cael rhyw *operations* i newid y darnau ohono fi sy ddim yn teimlo'n wir yn *fi*, ond ddois i i'r penderfyniad, yn y pen draw, nad honno oedd fy lôn i. Mae dysgu caru dy hun yn un o'r pethau anoddaf am fyw. Dwi'm yn meddwl lot ohona fy hun, ond dwi wedi dysgu maddau i fi fy hun, ac mae rhan fawr o'r diolch am hynny i Lleucu.

Dwi'n cofio'r noson. Oedd hi'n hwyr iawn ac mi oedden ni wedi bod yn siarad ers oriau. Fi'n agor fy nghalon am sut do'n i ddim yn teimlo mod i'n perthyn, mod i ddim yn siŵr pwy oeddwn i. Wel, ar ôl dipyn mi oeddwn i'n crio a hithau'n gwrando ar yr ychydig eiriau oeddwn i'n medru eu cael allan. Tua'r adeg honno mi oeddwn i wedi cyrraedd gwaelod y domen a heb yr egni i balu fy hun allan. Ond dyma Lleucu, yn ei ffordd dawel, prif-eneth-fform-blydi-sics arferol hi, yn dangos i fi bod dim byd yn bod efo fi. Dim fy mai i oedd unrhyw beth. Dwi ddim yn cofio ei geiriau hi'n union, a dwi'n dychmygu mai taflu *inspirational quotes* o bosteri ei chof ata fi oedd hi, ond y profiad o siarad, o gael rhywun yn gwrando arna fi heb farnu – hwnna wnaeth aros efo fi. Yn fuan ar ôl hynny dyma fi'n dod yn Helyg, yn 'nhw', derbyn mod i'n anneuaidd – a dod allan i'r byd fel y fi go iawn. Heb Lleucu tu ôl i fi fasa hynny wedi bod cymaint, cymaint anoddach.

Dwi'n clymu fy mreichiau rownd fy hun, yn pinsio'r cnawd uwchben fy asennau efo blaenau fy mysedd, ella er mwyn gwneud yn siŵr mod i'n dal yma.

Mae'r gawod uwchben y bath tun yn hynafol, y dŵr yn chwilboeth. Dwi'n sefyll o dano fo er mwyn golchi fy hun yn well. Mae'r hen bibellau yn gwichian.

Wedyn dwi'n gwisgo'r dillad sych sy gen i yn y bacpac. Dim ond un set sbâr ddois i. Dwi'n gwasgu fy nillad gwlyb uwchben y bath er mwyn cael pob diferyn allan cyn eu gwthio nhw i waelod fy mag.

Dwi'n ystyried mynd yn ôl i'r cyntedd i chwilio am bobl, ond wrth i mi adael y bathrwm dwi'n cael fy nharo gan euogrwydd sydyn.

Dwi fama, yn cael cawod a dillad glân, tra bod Lleucu'n dal ar goll.

Pa fath o ffrind fasa'n gwneud hynny? Oedd Lleucu'n iawn i drystio fi? Ydw i'r math o berson ddylai *unrhyw un* ei drystio...?

Gan sychu fy llygaid efo llawes fy nghrys, dwi'n ymbalfalu fy ffordd i lawr y coridor yn y modd chwithig 'na pan dach chi mewn tŷ diarth, yn gweld drws ar ôl drws yn arwain i dwn-i-ddim-ble. Dwi'm yn siŵr be yn union dwi'n chwilio amdano, ond dwi'n cael hyd i gilfach yn y wal efo hen glustog fratiog ynddi hi, felly dwi'n gollwng fy hun i mewn i honno gan blygu fy mhengliniau er mwyn ffitio.

Mae'r byd – fy myd i – fel tasa fo wedi newid yn gyfan gwbl yn yr oriau dwytha. Dwi wedi taro ar griw o bobl sy'n ymwneud efo pethau hollol amhosib – pethau faswn i ddim yn coelio ynddyn nhw taswn i heb eu gweld nhw efo fy llygaid fy hun. Dwi'n dal ddim yn gant y cant siŵr mod i ddim yn gweld pethau, ella hyd yn oed yn rhannu *shared hallucination*. Hwyrach mod i'n troi a throsi tu mewn i fy mhen fy hun, yn raddol fynd yn wallgof.

Dwi'n gwasgu fy llygaid yn dynn ac yn trio anadlu.

Lleucu. Dwi'n ei gweld hi yn llygad fy meddwl, yn yr ogof tu mewn i Ynys Gwales. Mae hi'n chwilio am rywbeth, wedi drysu, ei bysedd hi'n crafu'r graig. Dwi efo hi ond dwi'n methu ei helpu hi; dwi wedi rhewi yn fy unfan. Mae hi'n gwthio ei bysedd yn ddyfnach i mewn i'r llawr rhyngddon ni ac yn dechrau tynnu llinellau fel tasa fo'n glai, un llinell efo bob llaw, yn igam-ogam fel dannedd anghenfil. Dwi isio gofyn iddi be mae hi'n wneud, ond dydi fy llais i ddim yn dŵad. Mae Lleucu yn deud wrtha fi 'sbia o gwmpas, sbia o gwmpas', a dwi'n sbio ond ddim yn gwybod be dwi fod i'w weld. 'O gwmpas, o gwmpas,' mae hi'n sgrechian...

Dwi'n gwingo'n sydyn ac yn anadlu fatha taswn i heb gymryd gwynt ers tro. Mae'n rhaid mod i wedi syrthio i gysgu. Mae fy mraich i'n llawn pinnau a does gen i ddim teimlad yn fy moch a oedd yn pwyso yn erbyn wal oer y gilfach. Dwi'n tsiecio fy watsh. Dwi wedi colli cwpwl o oriau.

Dwi'n datblethu fy hun o'r cncil ac yn sefyll yn simsan. Mae gen i'r teimlad 'na dwi'n ei gael weithiau ar ôl deffro. Gwacter y tu mewn i mi. Fel taswn i'n dal hanner ym myd breuddwydion.

Dwi'm yn gwybod os bydd y bobl sy yn y tŷ yma efo fi yn medru fy helpu fi. Mae'n edrych fel tasa ganddyn nhw ddigon ar eu platiau. Ond does gen i neb arall i droi atyn nhw. Felly fydd raid iddyn nhw wneud y tro.

21

Noor

Mae'r radio yr un fath ar bob sianel. Panig. Argyfwng. Rhybuddion di-ben-draw i bobl aros y tu mewn ond i fynd i dir uchel os oes angen. Mae miloedd o dai heb drydan ac mae llifogydd wedi codi yn ystod y dydd yn bron bobman. Ac nid dim ond yng Ngheredigion – na Chymru'n unig chwaith, ond Prydain gyfan, a thu hwnt efallai. Mae'r Llywodraeth wedi galw am help y fyddin i gadw trefn ac i ddiogelu pobl, ond mae'r sefyllfa wedi gwaethygu mor glou nes bod pawb fel tasen nhw'n sgrialu i geisio gweithredu. 'Doedden ni ddim yn barod am hyn,' yw beth mae pawb yn ei ddweud, un ar ôl y llall. 'Daeth y storm o nunlle.'

Ond dylswn i fod wedi'i rhagweld...

Rwy'n cau fy hun yn fy stafell. Nid hon yw'r stafell wely fwyaf yn y tŷ. Hon yw'r stafell wnes i ei dewis ar hap y noson gyntaf i mi aros yma fel perchennog, wedi blino cymaint ac yn dal i alaru am fy nghyfaill a'i rhoddodd i mi – a hefyd yn teimlo poen yn fy stumog wrth i'r ddealltwriaeth suddo i mewn taw *fi* oedd y Gwyliwr nawr.

Mae'n stafell gul gyda ffenest fach sgwâr. Mae'n wynebu'r de-ddwyrain, y Qibla, ac fel arfer rwy'n cael cip o'r haul yn codi. Fe fyddai'r wawr yn torri maes o law, tase'r storm ddim yn gwneud popeth yn ddu. Dydw i erioed wedi gweld tywydd fel hyn o'r blaen.

Rwy'n gorwedd yn ôl ar y gwely. Wnes i ddim cynnau'r swits wrth ddod i mewn, felly mae'r stafell cyn dywylled â'r tu fas. Weithiau mae fflach mellten yn goleuo pethau am eiliad ac rwy'n gweld y cysgodion yn gleddyfau o'm cwmpas. Gallaf i bron arogli'r osôn wrth i'r awyr drydanu.

Bedair awr ar hugain yn ôl, roedd popeth mor syml. Chwilio am Arthur Campion. Gweld be oedd ei gysylltiad e gyda'r dyn wnaeth farw. Ffeindio cliw arall, efallai. Symud ymlaen. Gam wrth gam. Ond mae popeth rwy wedi geisio ei wneud er mwyn gwella pethau wedi gwneud y sefyllfa'n waeth. Mae Mali wedi gorfod ail-fyw ei hunllefau. Mae Dafydd wedi cael ei anafu. A Helyg...

Rwy'n meddwl amdanyn nhw yn y cyntedd gynnau, yn sefyll yno yn edrych ar goll. Fi a Mali, rydyn ni wedi dewis y bywyd hwn, fwy neu lai. Dafydd mae e yng nghanol pethau p'run ai yw e'n moyn e neu beidio. Ond Helyg? Maen nhw wedi cael eu taflu mewn i gorwynt beryglus heb y bwriad o wneud hynny.

Rwy'n rhynnu ac yn gwneud fy hunan yn belen ar ben y dillad gwely.

Roedd Helyg yn ddewr. Doedd dim rhaid iddyn nhw ddewis aros gyda ni. Doedd dim rhaid iddyn nhw yrru'r car, na'n helpu ni o gwbl. Beth ddwedon nhw oedden nhw'n ei wneud yma? Chwilio am eu ffrind? Mae Helyg yn rhywun sy'n dyfalbarhau, sy'n goroesi. Rwy'n edmygu hynna.

Goroesi ydyn ni i gyd yn ei wneud, mewn gwirionedd.

Dydw i erioed wedi bod yn berson positif iawn. Rwy wastad wedi ceisio helpu eraill er mwyn codi fy hwyliau fy hun. Ond os ydych chi'n helpu gormod ar bobl, yn rhoi darnau o'ch hun i ormod o bobl, a ydych chi yn y pen draw yn eich gwagio eich hun?

Rwy'n gorchuddio fy wyneb gyda fy nwylo. Na, dyw hynny ddim yn ffordd iawn i feddwl. Mae e wedi'i weirio i mewn i mi, y dymuniad hwn i roi cymorth i eraill. Mae'r Proffwyd – tangnefedd arno – yn gorchymyn i ni wneud hyn. Helpu yw cariad. Mae'r ddibyniaeth ar helpu cymdogion yn rhan greiddiol o'r diwylliant y tyfais i lan ynddo, heb sôn am y diwylliant yma yng Nghymru. Yn fwy na hynny, rwy'n gwybod yn fy nghalon taw hyn yw'r peth iawn i wneud.

Ond rwy wedi cael digon. Digon ar y boen yn fy sgwyddau, y cwlwm yn fy mrest, y blinder aruthrol sydd arnaf i bob dydd. On'd yw e'n dro i rywun arall gymryd y baich am dipyn?

Mae hyn i gyd yn ormod i fi.

Ond.

Fi yw'r Gwyliwr.

Dim ond fi.

Rwy'n gweddïo. Dydw i ddim wedi gweddïo ers dros ddiwrnod, ers cyn i mi fynd at y traeth a gweld y Darllenwyr. Felly rwy'n gweddïo nawr. Rwy'n golchi fy nwylo a fy wyneb yn y sinc fach sydd yn y gornel ac yn gorchuddio fy mhen â'r hijab. Gan nad yw'r haul wedi codi, rwy'n dechrau'r Fajr, gan ddefnyddio'r mat sydd wrth y ffenest i sefyll a phenlinio arno pan ddaw'r amser. Wrth i fy ngwefusau symud i eiriau sanctaidd sy'n dod yn awtomatig i mi, fy llais prin yn fwy na sibrwd, rwy'n ceisio ymlacio. Yn ceisio ailddarganfod fy hun.

Wn i ddim a ydw i'n Fwslim da. Nid fi sy'n penderfynu hynny beth bynnag. Ond dydw i ddim yn cyflawni'r salah, y gweddïau defodol, ddigon aml. Allaf i ddim cofio'r tro diwethaf i mi lwyddo i wneud pump mewn diwrnod. Byddai fy nhad-cu wedi digio'n llwyr wrtha i. Dyw hi ddim wir yn fater o fethu cael yr amser. Weithiau rwy gartre yn eistedd pan mae'n bryd gwneud y salah priodol, ond dydw i jest ddim yn codi i'w wneud. Ar adegau fel hynny dydw i ddim yn teimlo mod i'n haeddiannol o gael gweddïo – ac wedyn rwy'n teimlo'n euog oherwydd *hynny*. Roedd hi'n gymaint haws pan oeddwn i'n ifanc a phawb arall o'm cwmpas i yn gweddïo. Rownd fan hyn, mae'n teimlo fel tase neb yn gwneud.

Wedi i mi adrodd y taslim a chwblhau'r weddi, rwy'n agor fy llygaid. Mae'r stafell yn dal yn dywyll. Os cefais ateb i fy ngweddi, chlywais i mohono. Ond rwy'n teimlo tamed bach yn ysgafnach nawr. Tamed bach.

Rwy'n cynnau'r lamp sydd ar y cwpwrdd wrth erchwyn y gwely. Mae fy mag yn gorffwys yno. Rwy'n ystyried tynnu'r torchrwy mas er mwyn edrych arno eto, ond rwy'n penderfynu peidio. Mae hyd yn oed meddwl amdano fe, *gwybod* ei fod e yna tu mewn y bag, yn gwneud i mi deimlo fel tase fy nhraed i'n suddo'n rhy ddwfn i mewn i'r carped.

Tybed a gaf i fyth heddwch eto? Na chaf. Nid heddwch parhaol. Sbeciau bach o dawelwch yng nghanol môr stormus, dyna yw'r gorau y gall person obeithio amdano. Beth mae rhywun angen ei wneud yw gweithio mas y llwybr sy'n arwain at y llecyn nesaf o hedd. A goroesi tan hynny.

Rwy'n dal yn fyw, er gwaethaf popeth. Fy nhasg i nawr yw parhau i fyw nes bod y torchrwy yn ddiogel. Ar ôl hynny fe gaf i orffwys.

Efallai.

Mae Dafydd wrthi'n deffro pan rwy'n dod drwodd i'r stafell fyw. Mae'n gorwedd ar y soffa yn griddfan yn isel. Rwy wedi rhoi dôs fawr o *painkillers* iddo fe ac eli antiseptig iddo roi ar ei fraich. Gobeithio ei fod e'n iawn.

Fe daflodd ei hun o flaen y Ci. Byddwn i wedi cael fy mrathu fel arall, efallai fy lladd. Fe wnaeth e beth mawr. Mae achub un person yn achub *pob* person.

Allaf i ddim peidio cael fy atgoffa am wn Dafydd. Doeddwn i ddim yn hapus bod gwn gyda fe yn y lle cyntaf, er ei fod e wedi ceisio ei ddefnyddio i fy nghadw i'n ddiogel. Wn i ddim a yw hynny'n gwneud popeth yn iawn neu beidio. Pan ddiflannodd y Cŵn roeddwn i bron â thaflu'r teclyn afiach i ochr yr hewl, ond wedyn fe feddyliais i y byddai rhywun yn cael hyd iddo fe. Felly yn lle hynny fe gadwais i'r gwn yn ddiogel.

Wrth i mi syllu ar Dafydd, mae'n agor ei amrannau ac yn fy ngweld i. Llygaid bron fel rhai gwdihŵ gyda fe, yn sgleinio yn y tywyllwch.

'Sut wyt ti?' rwy'n gofyn yn lletchwith. Dyw e ddim yn llawer o gwestiwn, o ystyried beth rydyn ni'n dau wedi bod drwyddo.

''Di blino,' medda fe.

Rwy'n eistedd yn y gadair freichiau wrth y ffenest. Yn hon eisteddodd Dafydd y bore blaenorol, pan oeddwn i newydd ei gyfarfod e. Mae Dafydd yn dal i syllu arnaf i o'r soffa. Dydyn ni ddim yn agos at ein gilydd, ond mae'r stafell yn sydyn yn teimlo'n llawer llai. Gallaf glywed ei anadlu e.

'Diolch am fy achub i,' meddaf i. 'Eto.'

Mae e'n gwenu. Gwên wan ond hawdd. Am eiliad mae ei wyneb e'n ymlacio i gyd ac mae'n edrych yn llawer iachach. Rwy'n gwenu'n ôl arno, trwy fy mlinder.

Does dim goleuadau yn nenfwd y stafell hon. Er ei bod hi'n wawr, mae'r stafell yn dywyll, felly rwy'n mynd o amgylch yn cynnau'r hanner dwsin o lampau sydd wedi'u gwasgaru o amgylch y lle. Mae pob lamp yn lliw fymryn yn wahanol – gwyn, melyn, oren, aur – ac wrth i mi symud o fwrdd i fwrdd mae fy nghysgod yn cael ei ddal a'i fwrw i bob cyfeiriad gan y gwahanol lampau, yn dawnsio.

Wedi gwneud fy nghylchdaith o'r lampau, rwy'n mynd i eistedd yn y gadair freichiau eto pan mae Dafydd yn rhoi pesychiad bach sy'n gwneud i mi aros.

'Ti isio dŵad i ista fama?' medda fe. Mae ei lais yn ysgafn ac ychydig yn swil.

Mae lle ar y soffa wrth ei ymyl. Soffa hir, gyda lle i dri.

Dydw i ddim yn symud am eiliad. Gallaf i deimlo fy nghalon yn boeth tu mewn i mi.

Mae Dafydd yn sylwi ar fy mhetruster. 'Mae'n ocê, paid poeni am y peth,' medda fe gan grafu ei wallt.

'Na, mae'n iawn.' Yn araf rwy'n cerdded at y soffa ac yn eistedd ar y pen arall. Mae tua dwy droedfedd rhyngon ni. Mae Dafydd yn hanner troi tuag ataf i, ei wyneb yn gwingo wrth iddo wneud hynny. Poen oherwydd yr anaf yn ei fraich, mae'n rhaid.

'Ti'n edrych yn nacyrd,' medda fe.

Bydden i'n chwerthin tase'r egni gyda fi. 'Ges i gwpwl o oriau o gwsg bore ddoe. Felly wi fel y gog…'

'Maen nhw'n deud bod chdi'n dechra gweld petha pan ti'n mynd yn rhy sleep-deprived. Fatha bod ti 'di meddwi.'

'Fydden i ddim yn gwybod am hynny.'

'Na.' Saib. 'Ddylia chdi edrach ar d'ôl dy hun, sti.'

'Angen i fi edrych ar ôl pawb arall gynta.'

'Pam?'

Mae'n gwestiwn teg. Rwy'n rhoi ochenaid fach. 'Dyletswydd?'

'Be 'di hwnna, "duty"? Duty i be?'

'Mae'n anodd esbonio.'

'Tria fi!'

Rwy'n dechrau byseddu rhimyn fy nghrys. 'Fi yw'r Gwyliwr. Dim ond un Gwyliwr sydd 'na. Yn fan hyn ta beth. Pan mae un Gwyliwr yn marw, mae un arall yn cymryd eu lle nhw.'

'Ti'n siriys?'

Rwy'n nodio.

'So mae o'n fatha… passed down the generations?'

'Ydi, mewn ffordd.'

'Oedd Mam chdi yn Wyliwr cyn y chdi, 'ta?'

'Nag oedd. Doedd dim plant gan y Gwyliwr cyn fi. Hen fenyw o'r enw Mererid oedd hi. Fi oedd yr unig berson oedd hi'n nabod erbyn y diwedd, rili. Felly wi'n meddwl taw dim ond lwc oedd e taw fi ddewisodd hi.'

Tawelwch, cyn iddo ddweud, 'Ma raid bod hi 'di dewis chdi am reswm.'

'Falle.' Dydw i ddim yn argyhoeddi fy hun.

'Na, definitely.'

Rwy'n syllu arno fe. Mae e'n edrych yn gwbl ddifrifol.

'Diolch,' meddaf i, heb wybod beth arall i'w ddweud.

Mae Dafydd yn estyn ei law mas ac yn ei gosod ar ben fy un i. Mae cledr ei law yn oer fel llechen, ond dyw e ddim yn teimlo'n annifyr. Rwy'n gadael iddo fy nghyffwrdd am eiliad – cyn tynnu fy llaw bant. Dau deimlad yn ymladd y tu mewn i mi: *moyn* iddo fe fy nghyffwrdd i ond hefyd *ddim* moyn iddo fe wneud.

Mae'n edrych arnaf i. Rwy'n dal ei lygad ac yn rhoi gwên fach, yna'n edrych bant. Mae'r cysgodion a golau'r lampau yn troelli'n araf gyda'i gilydd. Rwy'n siŵr bod Dafydd yn dal i syllu arnaf i.

'Lle ti'n dŵad o?'

Mae'n gwestiwn rwy wedi'i glywed nifer fawr o weithiau, wrth gwrs. Cwestiwn sydd yn rhy aml â chwestiwn go iawn yn cuddio tu ôl iddo, *Dwyt ti ddim yn dod o Gymru, nag wyt?* Maen nhw'n gweld fy hijab a lliw fy nghroen, a dyna ni: allaf i ddim bod yn Gymraes! Dydw i ddim yn meddwl bod malais yng nghwestiwn Dafydd, ond mae clywed y geiriau wastad yn teimlo fel rhywun yn crafu eu hewinedd ar draws fy nghalon.

'Wnes i dyfu lan yn yr Aifft.' Golwg ddryslyd. 'Egypt.' Dealltwriaeth.

'Oedd 'na fatha pyramids a stwff o gwmpas?'

Nag oedd. 'Rhywbeth felna.'

'Oedda chdi'n licio tyfu fyny fanno?'

Rwy'n oedi cyn ateb. Mae'r gwynt yn siglo'r ffenestri.

'Mi oedd 'da fi deulu oedd yn fy ngharu i lot,' meddaf i, 'a llawer o ffrindiau. Cymuned oedd mor agos. Ond roedd y bobl oedd yn rhedeg y wlad... Doedden nhw ddim yn bobl dda. Yr heddlu chwaith.' Rwy'n rhwbio fy llygaid. Yn ofni cofio gormod. 'Roedd fy rhieni fi'n ceisio gwneud pethau'n well i Eifftwyr eraill. Daeth bywyd yn anodd i ni. O'n i a fy mrawd yn blant pan anfonodd ein rhieni ni i Loegr i fyw at anti oedd gyda ni. Wedyn symudais i i Gymru pan o'n i'n ddigon hen.'

'Ti rioed 'di bod yndôl i Egypt?' Mae e'n pwyso mlaen ychydig yn ei sedd.

'Ambell waith, do, ond jest i ymweld. Mi wnaeth gwrthryfel dwy fil ac un deg un newid pethau – rhai ohonyn nhw er gwell. Ond pan es i'n ôl doedd hi ddim y wlad o'n i'n ei chofio fel plentyn. Chefais i fyth hyd i Mama a Baba.'

Dyw Dafydd ddim yn gofyn cwestiwn arall. Rydyn ni'n eistedd mewn distawrwydd am sbel. Dim ond sŵn y storm.

Dydw i ddim yn moyn aros yn rhy hir yn fy ngorffennol. 'Beth amdanat ti?' rwy'n gofyn.

Gallaf weld ei fod e'n anesmwyth. Dydw i ddim yn credu byddai e'n datgelu dim wrtha i heblaw fy mod i newydd ddweud fy hanes i wrtho.

'Dio'm yn stori interesting rili. Tyfu fyny yn Sir Fôn. Cael i mewn i few scrapes. Y cops ddim yn fêts i ni chwaith! Nesh i endio fyny yn hongian efo bois o rochor rong y dre. Dwi 'di neud petha dwi'm yn prowd ohonyn nhw, 'de. Ond eniwe. Ges i ddigon. Dio'm yn ffor i fyw. So nesh i symud fama. I gael change o scenery.'

Rwy'n plethu fy mysedd. 'Sut wnaeth y Darllenwyr dy ddal di, 'te?'

Mae golwg od yn llithro dros ei wyneb am eiliad fer, cyn iddo godi ei ysgwyddau. 'Nath Doctor Gwermwnt bympio mewn i fi ar y stryd ryw ddwrnod. Nathon ni sgwrsio dipyn. Ddudodd o bod o'n solicitor ac yn medru helpu fi. Free of charge. Ym, nesh i'r mistêc o fynd am reid yn car fo a dyma rywun yn drygio fi. Pan nesh i ddeffro, o'n i'n prisoner nhw.'

Rwy'n pwyso ychydig tuag ato. 'Ble oedden nhw wedi dy ddal di?'

'Dwi'm yn gwbod.' Eto yr olwg od yna. 'Oddan nhw'n, ym, cadw fi mewn stafall heb ffenast.'

Beth dwyt ti ddim yn ei ddweud wrtha i, Dafydd?

'Pam ti?'

'Be ti'n feddwl?'

'Pam wnaethon nhw dy gipio di? Oedden nhw'n chwilio amdanat ti'n benodol?'

'Ym, nag oeddan. Jyst lwc ddrwg.'

Mae e'n aflonyddu'n sydyn ac yn plygu ymlaen ychydig.

'Wyt ti mewn poen?' rwy'n gofyn.

'Chest fi, ia. Dio'm byd.'

'Ti angen mwy o painkillers?'

'Dwi'n deud 'tha chdi, ma'n ocê.'

'Paid bod yn wirion. Y Ci wnaeth hyn i ti?'

Mae'n codi ei lygaid ataf i. Gallaf i weld y boen ynddyn nhw.

'Naci.' Ei lais yn sydyn yn swil iawn. '*Nhw* nath.'

'Nhw?'

'Y Darllenwyr.'

Mae ei fochau'n borffor.

Saib.

'Ti'n moyn i fi edrych arno fe?'

Mae fy nghalon i fel y taranau sydd tu fas.

Yn araf, un wrth un, heb dynnu ei lygaid oddi arnaf i, mae Dafydd yn datod botymau ei grys. Dylwn i edrych bant, ond dydw i ddim.

Mae fy anadl yn cloi yn fy ngwddw wrth i mi weld croen ei frest.

'Be wnaethon nhw i ti?' rwy'n sibrwd.

Mae craith yno. Nid craith normal, fel pan dych chi wedi cael damwain neu driniaeth. Ond craith sy'n dod drwy drais. Rhywun wedi llosgi cyfres o linellau i mewn i gnawd Dafydd. Mae dros y rhan fwyaf o'i fol ac i fyny at esgyrn ei ysgwyddau bron. Mae'r anaf yn goch ac yn gas ac mae'n edrych yn eithriadol o boenus.

Ond mae siâp i'r graith, a dyna sy'n gwneud i mi deimlo'n fwyaf sâl.

Pum coes yn arwain mas o ganolbwynt. Un goes lan, dwy goes yn plygu tuag i'r ochrau, dwy goes yn plygu am i lawr, eu pennau bron yn cyfarfod.

Symbol Llŷr yw e.

'Nathon nhw neud i fi ddarllan o,' medd Dafydd yn dawel, 'ac wedyn llosgi'r patrwm 'ma mewn i croen fi.'

Brandio Dafydd fel tase fe'n anifail.

Rwy'n teimlo'n grac. Mor grac. Allaf i ddim credu bod pobl yn gwneud pethau fel hyn i'w gilydd.

Mae'n dechrau cau botymau ei grys. Rwy'n dal llaw mas i'w stopio fe.

'Na, paid. Mae angen i ni roi rhywbeth ar hwnna. Neu fydd e'n mynd yn infected.'

Mae e'n oedi, yna'n nodio'n anfoddog. Rwy'n nôl yr eli antiseptig o'r bwrdd gerllaw. Mae Dafydd yn cau ei lygaid wrth i mi ei roi ar ei anaf. Mae'r cnawd llosg wedi chwyddo ac yn slic gyda chwys. Pan rwy'n rhedeg fy mysedd, mor ofalus ag y gallaf i, dros yr anafiadau mae Dafydd yn gwneud sŵn y tu ôl i'w ddannedd, ond dyw e ddim yn gwingo gormod.

Rwy'n rhwbio'r eli i mewn i'w greithiau ac rwy'n crynu, crynu. Mae ei gnawd yn feddal ac yn llithrig. Gallaf i glywed ei galon e'n curo. Fy nghalon fy hun hefyd.

Rwy'n beni ac yn eistedd yn ôl. Mae Dafydd yn agor ei lygaid ac yn edrych arnaf i mewn ffordd od.

Dydw i erioed wedi cyffwrdd dyn o'r blaen. Ddim fel 'na. Roeddwn i'n meddwl y byddai cyffwrdd Dafydd yn gyffrous. Ond doedd e ddim. Doedd y cyfan ddim yn teimlo'n... iawn.

Rwy ar fin dweud rhywbeth pan mae rhywun yn dod i mewn. Rydyn ni'n dau'n troi i weld Mali yn sefyll yn y drws. Mae golau'r cyntedd y tu ôl iddi yn bwrw ei chysgod i mewn i'r stafell fyw. Mae golwg salw iawn arni.

Mae Dafydd yn cau ei grys yn frysiog, ond nid cyn i Mali weld ei graith.

'Wnaethon nhw dy farcio di,' mae hi'n mwmian. 'Mae hynny'n gwneud synnwyr.'

Dydw i ddim yn deall ei hystyr. Rwy'n mynd ati ac yn ceisio ei hebrwng hi at sedd, ond mae hi'n chwifio fi bant. Mae hi'n eistedd o dan lamp â choes hir, a golau honno yn amlygu'r rhychau pryder sy'n donnau ar ei thalcen ac o dan ei llygaid.

'Gest ti gwsg?' gofynnaf i.

'Naddo. Do'n i ddim yn moyn cysgu.' Mae hi'n llyfu ei gwefusau'n araf. 'Ddim yn moyn mynd yn ôl *fanno*.'

Dydw i ddim yn gofyn beth mae hi'n feddwl wrth hynny. Rwy'n eistedd yn y sedd agosaf ati, gan adael Dafydd ar y soffa yn edrych yn anghyfforddus.

'Fy mai i yw hyn,' meddaf wrth Mali'n dawel. 'Ddylwn i ddim wedi mynd â'r disg atat ti. Dylwn i fod wedi mynd â fe yn bell, bell bant yn syth bìn.'

'Twt lol,' yw ateb Mali. 'Fe wnest ti'r peth iawn. Ar dy ben dy hun falle bydden nhw wedi dy ddala di eisoes.'

'Ond beth amdanat ti—?'

'Paid becso amdana i. Fi'n gryfach nag fi'n ymddangos. Sdim alcohol 'da ti yn y lle 'ma, debyg?'

Rwy'n gweld y direidi yn ddisglair yn ei llygaid am eiliad. Rhaid i mi wenu. 'Nag oes. Sori.'

'Anfaddeuol.' Yna mae hi'n rhoi ei phen ar ongl. 'Wyt ti'n clywed hynna?'

'Clywed beth?'

'Sdim ots. Ble mae'r torchrwy nawr?'

'Yn fy stafell wely i.' Mae e'n dal ar y cwpwrdd wrth erchwyn y gwely. Wrth feddwl amdano rwy'n teimlo fy mysedd yn dechrau chwysu.

'Dio'n saff fama?' Dafydd sy'n gofyn. Doeddwn i ddim yn meddwl ei fod o wedi'n clywed ni.

Rwy'n codi ac yn sychu fy nwylo ar fy nghrys. 'Am y tro.' Yna rwy'n meddwl am rywbeth. Wrth gwrs!

Heb aros i esbonio i'r lleill rwy'n brasgamu mas i'r cyntedd.

Mae Helyg yno, golwg gysglyd ar eu hwyneb. 'Be sy'n—?' maen nhw'n dechrau ei ddweud, ond dydw i ddim yn ateb. Rwy'n brysio i lawr y grisiau cam sy'n arwain o dan Dŵr-yr-Heli.

Hon yw rhan hynaf y tŷ, gredaf i. Dim ond hen fylbiau o'r ganrif ddiwethaf sy'n goleuo'r lle, a'r rheiny'n fflicro a chlecian wrth i mi eu cynnau. Mae'r nenfwd yn isel a'r waliau'n arw, y coridorau'n gul fel rhai castell. Mae stafelloedd i'r naill ochr ond dy'n nhw ddim yn ddigon braf i dreulio amser ynddyn nhw. Maen nhw'n rhy glawstroffobig – a phan rwy lawr yma mae wastad gyda fi'r teimlad hwnnw mod i'n clywed sibrwd a symud.

Mae Dafydd a Helyg yn fy nilyn i. Mae cyfrinachau i Dŵr-yr-Heli; efallai na ddylwn i eu datgelu nhw i gyd i ddau berson rwy ond newydd eu cyfarfod, ond rwy'n sylweddoli bod hon yn un gyfrinach mae angen i mi ei rhannu nawr.

Ymlaen â ni i lawr saith gris anghyson sydd fel tasen nhw wedi cael eu cerfio mas o'r clogwyn ei hun. Ry'n ni'n cyrraedd y coridor gwaelod, sydd yn arwain at wal. Mae'r wal hon yn ddibaent ac yn rhyfeddol o fflat o ystyried pa mor arw yw'r waliau bob ochr iddi – neu ddylwn i ddweud ei bod hi'n *ymddangos* yn fflat. Oherwydd pan dych chi'n mynd lan ati, reit lan, ac yn edrych arni o'r ongl gywir, rydych chi'n gweld bod marciau yno. Maen nhw mor ysgafn nes bod chi prin yn gallu eu teimlo nhw wrth redeg eich llaw dros y graig.

'Be sy ffor hyn?' Mae Dafydd wrth fy ysgwydd.

'Aros funud.' Rwy'n rhoi fy mysedd yn erbyn y wal fflat ac yn cau fy llygaid. Un o'r cyn-Wylwyr oedd wedi bod mor garedig ag ysgrifennu am y wal hon mewn llyfr y cefais hyd iddo ar hap un noson. Mae'r cerfiadau bron-yn-anweledig sydd ar y graig hon yn hen – yn *ofnadwy* o hen – ac yn dal hud o gynhanes Prydain. Dyna oedd awdur y llyfr yn ei feddwl, beth bynnag.

Rwy'n teimlo gwres yn symud drwy'r wal o dan fy llaw, fel haul yn graddol gynhesu ochr mynydd. Yna, mor hawdd ag anadlu, rwy'n teimlo'r graig yn symud...

Mae Dafydd yn chwibanu'n isel.

'Iesu,' meddai Helyg, sydd y tu ôl iddo yntau.

Mae'r wal yn agor fel drws. Er taw carreg ydi hi, mae hi'n swingio i mewn yn rhwydd fel tase hi wedi'i gwneud mas o bren.

Tu hwnt mae stafell.

'Dyma chi,' meddaf i, heb droi. 'Dyma rywle na fydd neb yn gallu mynd i mewn iddo. Hon yw Sanctwm y Gwyliwr Cyntaf.'

Mae Helyg yn gwthio'u pen heibio i mi er mwyn craffu i mewn. 'Sanctwm?'

'Lle diogel,' rwy'n esbonio. Dyw'r golau trydan ddim yn ymestyn i mewn i'r stafell ond rwy'n codi fflachlamp oddi ar fachyn ar y wal ac yn ei sgleinio i mewn drwy'r drws.

Petryal yw'r stafell, tua phymtheg troedfedd wrth ugain, ac wedi ei gwneud yn llwyr mas o garreg. Does fawr o ddim byd yma; mae silffoedd wedi'u naddu i mewn i'r ddwy wal ochr, bron fel mawsolëwm, ond maen nhw'n wag. Mae staeniau tywyllach yma ac acw ar y llawr neu'r wal, neu yn un o'r alcofau, sy'n awgrymu y bu rhywbeth yno ers talwm. Ond er gwaethaf sut mae'n swnio, dydw i ddim yn cael teimlad *drwg* o'r sanctwm. Doedd dim byd erchyll wedi digwydd lawr fan hyn – yn hytrach, rwy'n meddwl taw dyma lle roedd y Gwylwyr yn teimlo'n fwyaf diogel.

'Pwy sy'n gwbod am hwn?' medda Dafydd.

'Dim ond fi, wi'n credu,' atebaf i. 'A dweud y gwir, dim ond rhywun sy'n deall yr hud sy'n gallu agor y drws. Bydde rhywun arall methu mynd i mewn tasen nhw'n trial.'

'Gawn ni fynd fewn?' mae Helyg yn gofyn.

'Ddim nawr. Ddim ar ein cyfer *ni* o'n i'n meddwl ei ddefnyddio.'

Mae dealltwriaeth yn gwawrio ar wyneb Dafydd. 'Ar gyfer y torchrwy.'

Rwy'n nodio. 'Oedd y Gwylwyr ers talwm yn defnyddio'r sanctwm ar gyfer gwahanol bwrpasau. Dydw i ddim yn gwybod beth yn union, ond yn sicr roedd e'n rhywle i gadw pethau gwerthfawr. Cadw nhw mas o ddwylo'r gelyn. Felly bydd y torchrwy yn ddiogel fan hyn – gobeithio – hyd nes ein bod ni'n gwybod beth i'w wneud ag e.'

'Ydi'r torchrwy gen ti rŵan?' gofynna Dafydd.

'Nag yw. Mae e yn fy stafell i. Wna i ddod â fe i lawr yma nes mlaen.'

'Ocê,' medda Helyg. 'A be wedyn?'

Dydw i ddim moyn ateb y cwestiwn yna. Hyd yn oed os ydw i'n cadw'r torchrwy yma dan glo, siawns bydd rhywun rywbryd yn dod i'w hela fe. Ond fy mhroblem i yw hynny.

'Un peth ar y tro, Helyg!' atebaf gan fwrw golau'r fflachlamp o amgylch waliau cefn y sanctwm.

Yna mae Helyg yn dal eu gwynt. 'Be 'di hwnna?'

Maen nhw'n pwyntio at beth mae'r golau wedi glanio arno. Mae golwg wyllt o arswyd ar eu hwyneb, fel rhywun sydd wedi gweld ysbryd.

Rwy'n gweld beth maen nhw'n weld. Mae symbol yn uchel ar y wal gefn sydd wedi ei gerfio'n ddwfn a phwrpasol. Mae'r siâp yn gylch perffaith gyda dwy linell igam-ogam yn torri drwyddo.

'Os chi'n credu'r hen lyfrau,' meddaf i, 'hwnna yw arwydd y Gwyliwr Cyntaf. *Fe* wnaeth adeiladu'r Sanctwm yma – a Thŵr-yr-Heli hefyd, wi'n credu.'

Ond mae golwg fel y meirw yn dal ar wyneb Helyg. Maen nhw'n edrych arnaf i ac yn gorfod gwthio'r geiriau mas.

'Dwi 'di gweld y symbol 'na o'r blaen. Dwi 'di'i weld o yn 'y mreuddwydion i.'

Rwy'n anadlu'n ddwfn. 'Beth y'ch chi'n feddwl?'

Maen nhw'n anwybyddu'r cwestiwn. 'Ddim jyst mewn breuddwyd chwaith. Dwi'n gwbod rŵan lle gwelish i o go iawn. Ynys Gwales. Dyna oedd y breuddwydion yn trio'i ddeud wrtha fi, yn helpu i mi gofio. Cylch efo dwy linell igam-ogam yn torri drwyddo fo. *Mi oedd y siâp yna wedi'i gerfio ar lawr yr ogof lle nath Lleucu ddiflannu…*'

Mae pwysau fel y môr yn gwasgu i lawr arnaf i.

'Pwy oedd y Gwyliwr Cynta?' Dafydd sy'n gofyn, ei lais yn atsain oddi ar y waliau carreg.

'Faint dych chi'n ei wybod,' meddaf i, 'am Gantre'r Gwaelod?'

22

Mali

'Felly,' medda Noor, 'dyma'r hanes. Y gwir hanes, fel mae pob Gwyliwr wedi'i ddysgu i'r nesaf ers y dechrau, i wneud yn siŵr nad oedd e'n cael ei anghofio. Y gwirionedd am Gantre'r Gwaelod.'

Mae ei chefn tua ffenest y stafell fyw, gyda'r tri arall ohonon ni yn gwrando'n dawel arni. Mae trymder yn y stafell, y *stress* fel trydan rhyngddon ni.

Mae Dafydd ar y soffa, yn sipian coffi o gwpan sy'n rhy fach i'w fysedd e. Mae e'n edrych yn wyrdd. Cafodd e ei frathu gan Gi Annwfn – ac wrth i mi feddwl am yr anaf ar ei fraich, fi'n rhwbio fy mraich fy hun yn yr un fan. Mae Helyg yn cerdded yn ôl a blaen nepell o'r drws at y cyntedd. Maen nhw'n bigitan ac yn cnoi eu hewinedd. Fi'n eistedd mor llonydd ag y gallaf i ar bwys y ffenest fawr. Tu fas mae'r storm yn fflangellu tir a môr.

Mae bod yn yr un stafell â phobol eraill yn anodd i fi. Fi'n cau fy llygaid ac yn gwrando ar eiriau Noor, gan geisio anwybyddu'r synau sy'n gwrthod gadael fy mhen – *eu traed* – *yr anadlu*...

'Filoedd o flynyddoedd yn ôl, doedd Bae Ceredigion ddim o dan y môr,' medd Noor gan barhau â'i stori. 'Ar y tir mawr fflat oedd rhwng fan hyn a'r gorwel roedd dwy ddinas. Enw un oedd Maes Gwyddno, dinas yn llawn pobol fel chi a fi.

'Dydw i ddim yn gwybod beth oedd enw'r ddinas arall. Doedd y rhai oedd yn byw yn honno *ddim* fel chi a fi. Daethon nhw o'r môr ac o bell i ffwrdd – ac roedden nhw'n brydferth iawn. Mae'r storïau'n eu galw nhw'n Dylwyth Teg.'

Fi'n clywed Helyg yn gwneud sŵn anghrediniol. Sa i'n agor fy llygaid.

'Ie, Tylwyth Teg,' medd Noor. 'Ond ddim fairies bach gydag adenydd, mae'n debyg! Oedd Tylwyth Teg y chwedlau Cymraeg yn gryf ac yn glyfar. Ond cofiwch, *nid chwedl yw hon*...

'Fe ddaeth y Tylwyth Teg a phobol Cymru yn ffrindiau. Oedd rhai o'r bobl hyd yn oed yn addoli'r Tylwyth Teg fel tasen nhw'n dduwiau, yn credu bod pwerau hud gyda nhw. Maen nhw'n dweud bod rhai o'r Tylwyth a phobol y tir wedi cael plant 'da'i gilydd. Oedd popeth yn heddychlon – am gyfnod.

'Dyma ryfel yn dechrau rhwng pobol Cymru a'r Tylwyth Teg. Dyw hyd yn oed y Gwylwyr ddim yn gwybod pam. Beth bynnag oedd y rheswm, roedd y rhyfel yn waedlyd ac aeth e mlaen am amser maith. Doedd pethau ddim yn edrych yn dda i bobol y tir. Oedd y Tylwyth Teg yn elynion peryglus ac yn gallu defnyddio hud. Ond roedd gan bobol y tir ddewiniaid hefyd.

'Un o'r dewiniaid hynny oedd pennaeth Maes Gwyddno. Roedd 'da fe gastell yn uchel ar y bryniau uwchben y ddinas ac roedd e'n gweld bod y rhyfel yn troi yn ei erbyn e. Enw'r pennaeth yma oedd Seithenyn.

'Gyda help dewin arall, dyma Seithenyn yn creu hud mwy pwerus nag oedd neb wedi'i weld o'r blaen. Fe wnaeth e reoli'r môr a gorchymyn y llanw i ddod i mewn – a boddodd ddinas y Tylwyth Teg. Ond cododd y tonnau'n rhy bell a dod dros Maes Gwyddno hefyd. Dwy ddinas wedi'u boddi ar yr un pryd.

Yr unig ddarn o Maes Gwyddno oedd yn dal i sefyll oedd twˆr Seithenyn. Aeth y gweddill o dan y môr.'

'"Seithenyn, saf di allan",' fi'n murmur.

Mae Dafydd yn stwyro, ac yn troi ei ben ataf. 'Be?'

'Pennill mewn Hen Gymraeg yw e. Popodd e lan yn fy meddwl i nawr:

"Seithenyn, saf di allan
ac edrych, wrda, faranres môr:
Maes Gwyddno ry töes."

Mae e yn niwedd Llyfr Du Caerfyrddin. Mae'n disgrifio Seithenyn yn syllu mas ar y môr yn berwi ac mae'n gweld Maes Gwyddno wedi'i orchuddio. Wrth gwrs, yn y fersiwn honno menyw sy'n cael y bai am bopeth.'

Mae Noor yn nodio. 'Cantre'r Gwaelod. Dyna oedd yr enw roddodd pobol i'r lle ar ôl i'r gwir enwau gael eu hanghofio. Wrth gwrs, diflannodd *dwy* ddinas y diwrnod hwnnw. Ond pan *wi'n* sôn am Gantre'r Gwaelod, wi'n cyfeirio at ddinas y Tylwyth Teg. *Oherwydd eu bod nhw'n dal yno*, yn sownd o dan y dŵr – dyna mae'r Gwylwyr yn ei gredu. Nid lladd y Tylwyth drwy eu boddi oedd Seithenyn yn ceisio ei wneud, ond eu stopio nhw rhag dod ar y tir am byth. Eu cau nhw yn eu dinas eu hunain.

'Ar ôl y rhyfel doedd Seithenyn ddim yn gwybod pa mor hir fydde'r Tylwyth Teg yn aros yno yng Nghantre'r Gwaelod. Felly dyma fe'n penderfynu treulio gweddill ei fywyd yn amddiffyn yr arfordir newydd, rhag ofn bod y Tylwyth Teg yn dod yn ôl. Fe oedd y Gwyliwr Cyntaf – ac fe wnaeth ei ddilynwyr gario mlaen ar ôl iddo fe farw. Dyna mae pob Gwyliwr wedi'i wneud byth ers hynny, un ym mhob cenhedlaeth. Llinell o Wylwyr heb ei thorri ers pan aeth Cantre'r Gwaelod o dan y môr.'

'So fama,' medd Dafydd yn araf, 'y tŷ yma – ti'n deud na

dyna pam bod symbol Seithenyn ar y wal yn y stafall sicryt? Achos na *fama* oedd castall Seithenyn?'

'Ie. Dyna wi'n feddwl, beth bynnag. Does bron ddim o'r twr gwreiddiol ar ôl erbyn hyn. Ond wi'n credu bod y sanctwm yno ers y dechrau. Mae hud yn Nhŵr-yr-Heli. Mae 'na *reswm* pam bod y tŷ wedi sefyll ers cymaint o amser. Mae rhwbeth yn y waliau, yn y graig, sy'n ei gadw fe rhag cwympo – ac sy'n cadw rhai drwg rhag dod i mewn.'

Mae Helyg yn plygu'u breichiau. 'Ocê. Ond sut mae gwbod hyn yn ein helpu ni?'

'Achos,' meddaf i, 'fi'n credu *bod Efnisien yn un o'r Tylwyth Teg.*' Mae fy llais yn gryg. 'Swnio'n wallgof, ond mae e'n ffitio'r holl ddisgrifiade. Mae wedi byw ers canrifoedd. Mae nerth goruwchnaturiol gyda fe. Ac mae'n gallu newid sut mae'n edrych. Welsoch chi fe neithiwr pan oedd e mewn gwisg erchyll – ond mae gyda fe fwgwd pert hefyd. Dyna'i arf creulonaf; gwneud i ni feddwl ei fod e'n brydferth, ond ei fod e mewn gwirionedd yn dywyll tu mewn.'

'Ac ella bo 'na fwy o'r diawlad 'ma,' medd Dafydd yn ddigalon. 'I gyd isio deffro Llŷr.'

'Pwy ydi Llŷr?' gofynna Helyg.

'Duw,' meddaf i.

'Dy'n ni ddim yn gwybod,' mae Noor yn fy nghywiro. 'Beth bynnag yw e, mae pobol beryglus iawn yn fodlon lladd er ei fwyn e.'

'So y plan,' medd Dafydd, 'ydi sticio'r torchrwy yn y sanctwm, a fydd y Darllenwyr methu cael ato fo, a fyddan nhw felly methu rilîsio Llŷr?'

Mae Noor yn nodio.

'*Allwn* ni ddim gadael i'r torchrwy syrthio i'w dwylo,' fi'n chwyrnu. 'Tase Llŷr yn cael ei ryddhau, bydde hi'n gyflafan.'

Mae Helyg yn codi ael. 'Sut dach chi'n gwbod?'

'Oherwydd...' Fi'n llyncu'n galed. 'Oherwydd Pumed Gainc y Mabinogi. Mae'r stori'n sôn am... am sut aeth Pryderi i Annwfn er mwyn helpu Llŷr... Mae brwydr fawr... y môr yn golchi dros bobman... sgrechian...'

'O Mali, co, dere i fi gael tissue i ti.' Mae Noor yn estyn macyn papur o'i phoced ac yn ei roi i mi. Dyna pryd fi'n sylweddoli bod gwaed yn llifo mas o fy nhrwyn i. Fi'n gwasgu'r hances yn dynn at fy wyneb. Fi'n teimlo'n chwil. Ac yn clywed – yn dal i glywed – yr anadlu – *y Cŵn* – *mae fy nghysylltiad â nhw'n rhy gryf...*

Mae Helyg yn ymddangos wrth fy mhenelin gyda gwydraid o ddŵr. Fi'n nodio fy niolch ond ddim yn ei yfed e.

'Sori,' meddaf i, fy llais yn aneglur wrth i mi siarad drwy'r macyn papur.

Mae wyneb Noor yn llawn gofid. 'Yw cofio'r Bumed Gainc yn gwneud hyn i ti bob tro?'

'Ydi, bellach.'

'Mae'n rhy beryglus, Mali. Paid â meddwl amdano fe eto. Fe ffeindiwn ni ffordd arall.'

Mae'r atebion i gyd yn y Bumed Gainc. Fi'n siŵr o hynny. Ond mae meddwl am y stori fel cael cyllyll dur yn trywanu tu ôl i fy nhalcen eto ac eto.

'Iawn. Paid becso.' Alla i ddim gadael Noor i lawr. 'Fydda i'n iawn.'

Chei di mohona i heno, gwboi.

Mae Noor yn dal i bryderu, ond fi'n ei chwifio hi bant. Mae hi'n troi ei sylw at Helyg.

'Felly,' medd Noor, 'eich tro chi nawr. Ddwedoch chi rywbeth lawr grisie. Am symbol Seithenyn? Ynys Gwales?'

Mae Helyg yn plethu eu breichiau ac yn edrych ar y llawr.

219

'Mae Lleucu yn bwysig i fi,' meddan nhw wrth y stafell, eu llais yn fach. Maen nhw'n gwrido ychydig. 'Y ffrind gora i fi gael erioed. Ddois i yma i Aberystwyth i gael help i'w ffeindio hi.'

Wedyn maen nhw'n ailadrodd yn gryno yr hanes gefais i ganddyn nhw y tro cyntaf i ni gyfarfod. Am eu trip i'r ynys gyda Lleucu Powell, am honno'n diflannu, am y profiad od yn yr ogof.

'Mi ofynnodd Lleucu i fi dynnu lluniau jyst cyn iddi hi ddiflannu,' medd Helyg wedyn. 'O'n i'n meddwl na isio, fatha, croniclo'r lle oedd hi. Ond ella bod 'na reswm arall. Bod hi isio i fi *weld* rwbath.'

'Beth sydd yn y lluniau?' mae Noor yn gofyn.

'Symbols, fel y seren 'na sy ar y torchrwy. Mae'r un symbol yn ymddangos eto ac eto ar y waliau. Sbia.'

Maen nhw'n tynnu eu ffôn mas ac yn dangos ambell lun i ni. Yng nghornel un mae'r symbol erchyll i'w weld yn iasol o eglur.

'Hwnna yw arwydd Llŷr,' mae Noor yn dweud yn dawel. 'Wi'n cofio chi'n dweud yn ôl yn y Llyfrgell eich bod chi wedi'i weld e o'r blaen.'

'Do. Ond be sy *ddim* yn y llunia,' medd Helyg, 'ydi arwydd Seithenyn. Mi oedd o yn yr ogof, wrth ein traed ni, yn cyfro'r rhan fwya o'r llawr. Do'n i ddim yn *sylweddoli* mod i wedi'i weld o, ond mi nath 'yn subconscious i gofio! Llinell 'di'i naddu mewn cylch rownd tu mewn yr olion cerrig, llinellau igam-ogam yn croesi drosto fo.' Maen nhw'n tynnu llun gyda'u bys yn yr awyr er mwyn esbonio. 'Yr union un siâp sy ar wal y sanctwm lawr grisia.'

'Felly aeth Seithenyn i Ynys Gwales, ar ôl boddi Cantre'r Gwaelod,' fi'n dweud, bron i mi fy hun.

'Neu un o'i ddilynwyr,' ychwanega Noor.

Dyna pryd fi'n cofio am y llythyr – y llythyr sgwennodd Lleucu a'i roi i Helyg, hwythau wedyn yn ei roi i mi ddoe. Mae e'n dal ym mhoced gefn fy nhrowsus. Fi'n ei fyseddu mas a'i agor. Mae'n blygiadau i gyd ac yn damp.

'Ches i ddim amser i'w ddarllen,' meddaf i dan gochi.

Mae Helyg yn sylwi at beth fi'n gyfeirio ac mae eu hwyneb yn cwympo. Maen nhw'n cymryd y llythyr ac yn syllu arno am funud.

'Wn i'm faint o weithia dwi 'di darllen hwn,' meddan nhw gan lyfu eu gwefus yn araf, 'ond dwi'n meddwl mod i'n dechra dallt. O'n i'n ama na dyn oedd 'di mynd â Lleucu. Ond dwi'n meddwl rŵan – ar ôl clŵad chi'n siarad – na un o'r Tylwyth Teg 'ma nath.'

Maen nhw'n codi'r llythyr ac yn darllen pwt ohono i ni. *"Wnes i ddarllen llyfr... O'n i'n gwybod na ddylswn i fod wedi'i ddarllen. Ond oeddwn i'n methu helpu fy hun."* Wedyn mae hi'n deud fama, *"Dydi fy mreuddwydion i ddim yn perthyn i fi bellach. Maen nhw'n perthyn iddo fo. A be bynnag mae o'n freuddwydio... dwi'n profi'r un peth... Mae o'n casáu Ynys Gwales."* Ac yn nes ymlaen, *"Dwi'n meddwl bod ffordd i fi stopio fo..."* Efnisien ydi "o", ynde? Ella bo hi 'di mynd i gyfarfod Efnisien yn Ynys Gwales – i neud negotiations neu rwbath – a'i fod o 'di dod i'r ogof a'i chymryd hi...? Welish i ola mawr gwyn... a phetha amhosib...'

Sa i'n anadlu. Sa i'n meddwl bod Noor chwaith.

'Mae hi'n un o'r Darllenwyr,' fi'n sibrwd.

'Ma hi'n clŵad llais Efnisien yn pen hi—' mae Dafydd yn sefyll nawr '—am bod hi hefyd 'di darllan y Bumad Gainc.'

'Be dach chi'n feddwl?' Mae Helyg yn anadlu'n glou.

Mae Noor yn ceisio esbonio pwy yw'r Darllenwyr yn sydyn, ond mae Helyg yn ysgwyd eu pen yn chwyrn. 'Na,' meddan nhw mewn llais caled. 'Na. Fasa Lleucu ddim yn cael ei hun i mewn i unrhyw betha felna. Toedd o ddim yn ei chymeriad hi.'

Erbyn hyn mae Noor wedi cymryd y llythyr ac yn edrych drwyddo'n frysiog.

'Dyw e ddim yn fater o'i chymeriad hi,' fi'n dweud wrth Helyg, yn llusgo'r geiriau mas o du ôl i'r macyn gwaedlyd. 'Dyna'r peth am ddarllen y Llyfr Glas. Mae e'n gallu bachu unrhyw un. Mae mor anodd ymladd yn ei erbyn. Bai Efnisien yw hyn, nid bai Lleucu.'

Mae Helyg yn rhegi'n uchel ac yn rhoi eu dwylo dros eu llygaid. Am ennyd maen nhw'n sefyll yno dan grynu.

'Fedrith neb fynd yn erbyn Efnisien a curo,' mae Dafydd yn murmur. 'Fedra i'm coelio 'sa hi'n meiddio.'

Mae Helyg yn dadorchuddio'u llygaid ac yn syllu'n haearnaidd ar Dafydd. 'Os ydi rhywun yn desbret, wnawn nhw drio *unrhyw beth*. Ac mi oedd gan Lleucu olwg...' Smo nhw'n gorffen y frawddeg, dim ond yn blincio ac yn ysgwyd eu pen. '"*Ma nhw am foddi popeth*", dyna sgwennodd hi.' Maen nhw'n edrych arna fi. 'Cyflafan...'

Mae fy meddwl i eisoes yn gweithio pymtheg i'r dwsin wrth i mi geisio cofio beth fi'n ei wybod am Ynys Gwales. Y prif gysylltiad chwedlonol yw gydag Ail Gainc y Mabinogi. Yn honno mae'r Cymry, ar ôl marwolaeth Branwen, yn mynd â phen y brenin i Ynys Gwales, lle bydd y pen yn aros yn fyw. Yno mae neuadd arbennig ble maen nhw'n gallu gloddesta a bod yn hapus o fore gwyn tan nos. Maen nhw yno am wyth deg mlynedd a neb yn heneiddio byth. Mae'r llawenydd yn stopio pan mae un ohonyn nhw'n agor drws gwaharddedig ac mae pawb yn cofio am eu hen dristwch. O'n i wastad yn hoffi'r stori honno, achos o'n i'n meddwl mor neis fydde hi i gau eich hun bant yn rhywle ble gallech chi anghofio eich holl ofidion.

Fi'n sylwi bod Noor yn siarad 'da Helyg. 'Edrychwch,' medda hi. Mae ei llais hi'n dyner. Mae hi'n rhoi llaw ar ysgwydd Helyg ac yn dangos y llythyr iddyn nhw. 'Rhwng ei geiriau hi wi'n gallu darllen bod cynllun clir gan Lleucu, ei bod hi'n sylweddoli ei bod hi 'di cael ei thwyllo gan y Llyfr Glas. Beth wi'n meddwl ddigwyddodd yw bod Lleucu *wedi* bod yn un o'r Darllenwyr – ond ei bod hi 'di penderfynu ymladd yn ôl.'

Mae Helyg yn edrych ar Noor. Yn oedi – cyn nodio. 'Iawn. Ia, ocê,' meddan nhw. 'Ond dwi isio gwbod be oedd yn mynd drwy feddwl Lleucu. Odd hi'n *gwbod* basa Efnisien yno yn disgwyl amdani. Mae'n *rhaid* bod gynni hi blan. A hefyd mae'n rhaid bod 'na reswm pam bod hi 'di gofyn i fi fynd efo hi.'

'Weithie,' meddaf i'n dawel, 'falle'ch bod chi jest yn moyn rhywun i gadw cwmni i chi.'

Mae Noor yn edrych arna i yn sydyn – cyn blincio'n galed a throi bant.

'Dwi angen eich help chi i gyd,' mae Helyg yn dweud. 'Mae'n amlwg bod 'na linc rhwng be dach *chi'n* neud a be *dwi'n* neud. Llŷr. Seithenyn. Efnisien. Un peth sy'n eu cysylltu nhw i gyd: Ynys Gwales. Rhaid i ni fynd fanno.'

Mae Noor yn codi ei llaw. 'Arhoswch funud, Helyg. Mae angen i ni sortio'r torchrwy mas yn gynta.'

'Drwy gadw fo fama?' yw ateb pigog Helyg. 'Am ba mor hir?'

'Am mor hir ag sydd angen.'

'Ddudodd y Darllenwyr mbyd am Ynys Gwales, 'de,' ychwanegodd Dafydd. 'Cadw'r torchrwy allan o dylo nhw ydi'r priority, gorod bod.'

Fi'n tynnu'r macyn yn araf o fy wyneb, y gwaed hannersych yn ludiog o dan fy nhrwyn. 'Mae gan Helyg bwynt. Mae rhywbeth am Gwales sy'n berthnasol.'

'Iawn,' medd Noor, ei hamynedd yn amlwg yn byrhau, 'ond allwn ni ddim teithio i ynys mewn storm fel hon. Mae angen delio gyda'r torchrwy *nawr*. Credwch fi, bydd sanctwm Seithenyn yn ddiogel.'

'Dwi hefo chdi,' medd Dafydd gan gamu at Noor.

'Plîs.' Mae llais Helyg yn llesg. 'Mae amser yn rhedeg allan iddi hi.'

'Rhaid i fi gadw'r lle 'ma yn ddiogel,' saetha Noor yn ôl. 'Fi yw'r Gwyliwr. Sori, Helyg, ond—'

Dyw hi ddim yn gorffen ei brawddeg oherwydd mae mellten yn hollti'r awyr – fel tase hi wedi taro'r tŷ ei hun bron. Mae pawb yn neidio.

Yna fi'n rhoi sgrech.

Achos yng ngolau'r fellten fe welais i, tu fas i'r ffenest, ffigyrau. Maen nhw'n sefyll mewn rhes ychydig lathenni o'r tŷ, cyflau hir yn gorchuddio eu hwynebau.

Wrth glywed fi'n sgrechian, mae'r tri arall yn troi i edrych. Fflach arall.

'O God,' mae Dafydd yn sibrwd. 'O God, o God, o God.'

Mae Noor yn cymryd cam tuag at y ffenest. Yng ngoleuadau'r storm gallaf weld bod ei hwyneb fel maen.

Mae llais yn galw. O'r tu fas mae e'n dod, ond mae'n seinio uwchben y gwynt a'r glaw.

'Wyliwr!' mae'r llais yn taranu. 'Wyliwr! Yr ydym wedi dod i gymryd gennyt beth yr wyt wedi ei ddwyn. Agor dy ddrws, Wyliwr, neu byddi'n marw heddiw.'

Yna mae'r byd yn chwyrlïo'n lliwgar o flaen fy llygaid. Fi'n gallu teimlo meddyliau'r bobl sydd y tu fas, fi'n teimlo mor grac ydyn nhw, teimlo'r boen a'r ysfa sydd yn eu calonnau. Fi'n nabod eu teimladau nhw, achos dyna'r teimladau fi'n ymladd yn eu herbyn bob dydd.

Mae pob dim ar ben.

Rydyn ni'n rhy hwyr.

Mae'r Darllenwyr wedi cael hyd i ni.

23

Noor

Rywle yng nghefn fy meddwl roeddwn i'n disgwyl y bydden nhw'n dod yma. Wedi'r cyfan maen nhw'n gwybod pwy ydw i ac yn chwilio am y torchrwy.

Ond roeddwn i'n gobeithio y byddai hud Seithenyn yn ein gwarchod ni am dipyn mwy. Ac y byddai gyda ni fwy o amser.

Mae'r glaw'n rhy drwm a'r bore'n rhy dywyll i fi allu gweld yn glir, ond mae tua hanner dwsin ohonyn nhw mas fanna, wedi'u gwisgo fel pan welais i nhw ar y traeth. Mae'r gwynt yn chwipio'u clogynnau gan wneud iddyn nhw edrych fel ysbrydion.

Yna rwy'n gweld Doctor Gwermwnt.

Mae'n sefyll yng nghanol y lleill, yn fwy na nhw – nid yn unig yn dalach ond hefyd yn lletach ac yn *dywyllach*. O dan ei gwfl mae'n gwisgo'r helmed ofnadwy yna, y masg metel yn wyn yng ngolau'r mellt, yn crechwenu'n ddirmygus arnaf i.

Rwy'n teimlo'n chwil ac yn rhoi llaw ar sil y ffenest er mwyn sadio fy hun.

'Wyliwr,' mae Doctor Gwermwnt yn gweiddi eto, ei lais metelaidd yn treiddio'n ffiaidd drwy waliau'r tŷ. 'Rhowch ef yn ôl i mi, ac fe gewch drugaredd. Os na rowch ef – byddwch yn edifar.'

'Wnewch chi byth ddod i mewn i'r tŷ yma!' rwy'n bloeddio arno, fy llais yn wirion o swnllyd yn y stafell a does dim siawns ei fod e'n fy nghlywed i dros y storm.

Ond mae e'n ateb mewn chwerthiniad gwag. 'Dyna gredwch chi, Wyliwr. Ond gennym ni y mae'r grym. Nid gennych chi.'

Mae Mali a Helyg yn syllu arnaf i â llygaid ofnus tra bo Dafydd yn edrych i ffwrdd a'i wefus yn crynu, ei wyneb mor llwyd.

Maen nhw'n disgwyl i fi wneud rhywbeth.

Ond dydw i ddim yn gwybod beth. Mae fy nghalon yn curo mor glou nes mod i'n teimlo'n sâl.

'Y drws,' rwy'n dweud o'r diwedd. 'Rhaid i ni flocio'r drws ffrynt.'

'O'n i'n meddwl bod 'na hud yn stopio pobol ddrwg rhag dŵad i mewn?' medd Helyg wrth i fi a nhw ruthro mas i'r cyntedd.

'Dydw i ddim am geisio rhoi hynny ar brawf nawr.' Mae drws blaen Tŵr-yr-Heli yn braff ac yn drwchus, wedi'i wneud o dderwen llong mae'n debyg. Hon yw'r unig ffordd i mewn i'r tŷ. Os gallwn ni gadw'r Darllenwyr mas ddigon hir, falle bod gobaith i ni.

Gyda help Helyg rwy'n llusgo bwrdd o'r gornel ac yn ei osod yn erbyn y drws, cyn gwneud yr un peth gyda chadair bren drom.

Mae llais Doctor Gwermwnt yn codi eto. 'Tyrd â'r torchrwy i mi. Rwyt ti'n gwybod mai hyn yw ein tynged. Does dim angen ymladd.'

Mae rhywbeth am ei eiriau sydd yn taro fy nghlust yn od, ond does gyda fi ddim amser i feddwl. Drwy'r ffenest fechan ger y drws blaen rwy'n sbecian ac yn gweld dau o'r Darllenwyr yn symud tuag at y tŷ. Eiliadau wedyn mae sŵn ergydion ac mae'r drws yn ysgwyd gan siglo'r rhwystrau y gosodon ni o'i flaen. Drwy'r ffenest rwy'n gallu gweld fflachiadau o beth sy'n edrych fel bwyelli. Maen nhw'n ceisio torri'r drws i lawr.

Mae Mali'n dod o'r stafell fyw, mas o wynt. 'Maen nhw'n bwrw cerrig at y ffenestri,' meddai. 'Ond mae'r gwydr yn dal.'

'Am nawr.' Gallaf glywed clecian o sawl cyfeiriad wrth i'r cerrig a'r bwyelli daro yn erbyn y tŷ.

Rwy'n bwrw golwg sydyn i mewn i'r stafell fyw. Mae Dafydd yno, yn sefyll yng nghanol y carped gyda'i ddwy law yn crafangu yn ei wallt, fel tase pen tost eithriadol gyda fe.

'Dafydd!' rwy'n galw, 'dere gyda fi. Wna i ddim gadael iddo wneud dim i ti. Dere.'

Mae'n troi llygaid mawr ofnus ataf i. 'Ond...' meddai. Nid yw'n gorffen y frawddeg. Mae'n brathu ei wefus cyn nodio'n fyrbwyll. 'Iawn. Ddo i rŵan.'

Rwy'n troi'n ôl at y cyntedd. Mae Mali a Helyg yn gwylio'r drws, arswyd ar eu hwynebau wrth i'r bwyelli fwrw eto ac eto o'r ochr arall.

'Y torchrwy!' Llais Doctor Gwermwnt sy'n codi, yn ddyfnach ac yn dywyllach nawr. Mae'n gwneud i fy nannedd i rincian. 'Tyrd ag ef yn ôl i ni. Paham yr wyt ti'n gweithio yn erbyn Llŷr anfeidrol? Mae'r dyfodol y mae ef yn ei addo yn ddisglair fel gwawr newydd.'

Sŵn y bwyelli, y cerrig, y taranau, eto ac eto.

'Tyred! Tyred i'n mynwes. Cei le gogoneddus yn nheyrnas Llŷr.'

Bwyelli. Cerrig. Taranau.

'Dim ond i ti ddychwelyd y torchrwy i'w ddyledus berchennog. Tyred!'

'Trystiwch yn hud a swynau Seithenyn,' medd Mali wrthon ni'n gadarn. 'Allan nhw ddim ein cael ni yn fan hyn. Dyw pŵer y Darllenwyr ddim yn fwy na phŵer y bachan a foddodd Cantre'r Gwaelod!'

Rwy'n edrych ar Mali'n syn. Mae golwg ffyrnig arni, ei dyrnau wrth ei hochr. Mae'r gwaed sych ar ei hwyneb yn fy atgoffa i o hen arwres Geltaidd.

Ond mae Helyg yn ysgwyd eu pen yn anobeithiol. 'Ddown nhw drwodd yn y pen draw. Wneith y pren 'na ddim dal am byth.'

Wrth i'r drws grynu gyda phob trawiad o'r bwyelli, rwy'n dechrau meddwl bod Helyg yn iawn. Rwy'n gweld crac yn dechrau ffurfio ar du mewn y pren...

'Be am y torchrwy?' mae Helyg yn gofyn yn sydyn. 'Mae angen ei gadw fo'n saff.'

'Oes. Af i i'w nôl e.' Rwy'n ceryddu fy hun na feddyliais i am y torchrwy yn gynharach. Hwnnw, uwchlaw popeth, yw beth sydd angen i ni ei amddiffyn. Mae e yn y bag yn fy stafell wely. Dylwn i fod wedi mynd ag e i lawr i'r sanctwm eisoes, ond rhwng popeth arall wnes i ddim cymryd y cam syml hwnnw. 'Arhoswch chi'ch dau fan hyn nes dof i'n ôl. Rhowch fwy o bethau trwm o flaen y drws.'

Os bydd hynny'n gwneud unrhyw wahaniaeth...

Rwy'n rhuthro drwy'r coridorau at fy stafell wely. Mae'r drws yn gilagored ac rwy'n gwthio drwyddo ac yn mynd yn syth at y cwpwrdd wrth erchwyn y gwely lle mae fy mag.

Rwy'n ymbalfalu drwy'r bag yn frysiog.

Ac mae fy nghalon i'n stopio.

Oherwydd mae'r torchrwy wedi mynd.

Rwy'n chwilio'r stafell yn wyllt, gan daflu'r dillad gwely ar y llawr a thynnu droriau mas. Falle mod i wedi'i symud e heb gofio? Neu ei fod e wedi cwympo tu ôl i rywbeth? Rwy'n edrych o dan y gwely ac yn tipio'r cwpwrdd erchwyn ar ei ochr. Ond does dim golwg o'r torchrwy yn unrhyw le.

Yn teimlo'n chwil, rwy'n dychwelyd i'r cyntedd. Mae Mali a Helyg yn gweld o fy wyneb i bod rhywbeth mawr o'i le.

'Dyw e ddim yna.' Allaf i prin gael y geiriau mas. 'Dyw'r torchrwy ddim yna.'

'Ble adawaist ti fe?' Mae Mali yn cydio yn fy mraich.

'Yn fy stafell. Fydde fe nunlle arall.'

'Mae'n rhaid bod e! Meddylia!'

'Wi'n trial, ond—'

'Lle ma Dafydd?'

Helyg sy'n gofyn. Maen nhw'n sefyll yn nrws y stafell fyw yn edrych i mewn. Rwy'n camu yno i weld.

Mae'r stafell yn wag.

Mae teimlad oer yn llifo drwof fi. Poen yn fy mrest fel tase rhywun yn gwasgu fy nghalon ac yn sugno'r gwaed ohonof i.

Dafydd. Na.

Rwy'n rhedeg i mewn i'r stafell fyw ac yn gweld bod y drws yn y pen draw ar agor. Mae hwnnw'n arwain yn ddyfnach i mewn i'r tŷ. Ac i fy stafell wely i…

'Mae e wedi mynd â'r torchrwy,' meddaf i'n dawel.

'Ella'i fod o 'di mynd â fo i'r sanctwm yn barod?' awgryma Helyg yn obeithiol.

'Nag yw.' Mae llais Mali yn swnio'n bell i ffwrdd. 'Edrychwch.'

Mae hi'n pwyntio tuag at ben draw'r coridor sy'n arwain o'r stafell fyw. Yno mae glaw yn chwythu i mewn ac yn tasgu ar y llawr. Mae'r llenni glas yn ysgwyd yn filain yn y gwynt.

Oherwydd bod ffenest ar agor yno.

Prin y gallaf i aros ar fy nhraed wrth i mi fynd at y ffenest a syllu allan. Mae'r gwynt yn bwrw fy wyneb. Ond drwy'r storm rwy'n gallu ei weld e yn sefyll y tu fas i'r tŷ.

Mae Dafydd yn llonydd, yn anwybyddu'r glaw sy'n hyrddio i lawr arno fe. Mae ei gefn ataf i. Mae rhywbeth sgleiniog yn ei law. Y torchrwy.

Rwy'n gweiddi ei enw, yn clywed y tristwch a'r cur yn fy llais fy hun. Mae e'n troi yn araf i fy wynebu i. Rwy'n dal fy ngwynt. Mae ei lygaid e'n gwbl wahanol, yn felyn ac yn wallgof, fel rhai'r Darllenwyr wnaeth ymosod arnaf i ar y traeth ac yn y stryd. Mae e'n tynnu ei wefusau yn ôl dros ei ddannedd ac yn ysgyrnygu, fel tase fe'n ceisio delio gyda phoen enbyd.

Ac mae'n pwyntio'r gwn ataf i.

Sut gafodd e afael ar y gwn? Roeddwn i wedi'i guddio fe. Gadwes i fe yn y stafell wely, i ffwrdd oddi wrth Dafydd... yn yr un bag â'r torchrwy...

Allaf i ddim anadlu. Mae amser yn sefyll yn stond.

Er bod ceg ddu y gwn yn rhythu arnaf i, nid ar y dryll rwy'n edrych. Ond ar Dafydd.

Dydw i ddim yn adnabod ei wyneb.

Rwy wedi ei golli fe.

Yna mae Doctor Gwermwnt yn camu ato, ei fwgwd metel yn felyn llachar yn sglein y fflamau, ei glogyn yn chwipio yn y gwynt.

Mae Dafydd yn rhoi ei fraich i lawr yn araf, araf nes bod y gwn wrth ei ochr. Mae'n troi at Doctor Gwermwnt ac yn dal y torchrwy mas iddo ei gymryd. Yna mae'r dyn dieflig yn cofleidio Dafydd fel brawd. Mae breichiau Dafydd yn dal i hongian wrth ei ochrau yn ddiymadferth.

'Daethost yn ôl atom,' mae Doctor Gwermwnt yn dweud. 'Daw dy wobr yn y pen draw, was da a ffyddlon i Llŷr Fawr.'

Mae'r Doctor yn troi ei fwgwd ataf i. Rwy'n gweld ei lygaid du drwy'r tyllau yn yr helmed. Yna, 'Dinistriwch nhw â fflam ein ffydd!'

Nid arnaf i mae e'n galw, ond ar ei ddilynwyr. Gwelaf olau coch o gil fy llygad – mae un o'r cyltyddion yn dal rhywbeth tanllyd yn ei law. Can o betrol sydd â chadach ynddo fe, y cadach ar dân. Mae e'n ymestyn ei fraich yn ôl—

'EWCH!' rwy'n sgrechian ar Mali a Helyg, gan eu gwthio'n ddiseremoni yn ôl tuag at y stafell fyw. Wrth i ni redeg rwy'n clywed clec wrth i rywbeth dolcio yn erbyn ffrâm y ffenest cyn taro'r pared a chwympo ar y llawr y tu ôl i ni.

Yna mae rhuthr o wres a braw.

24

Helyg

Mae'n rhaid mai bom petrol ddaru nhw luchio, achos yn syth bìn dwi'n ogleuo gasolîn a sylffwr. Er mod i, wrth faglu'n ôl i mewn i'r stafell fyw tu ôl i Mali, yn methu gweld y tân, fedra i ei *glywed* o, fel tasa'r storm wedi dod i mewn i'r tŷ.

Be mae Dafydd wedi'i wneud?

Mae Noor yn dod i mewn i'r stafell ar garlam, golwg wyllt arni. Eisoes mae golau oren yn llenwi'r pasej y tu ôl iddi hi, yr aer rhyngddon ni'n dechrau niwlo gan fwg.

'Rhaid i ni fynd mas!' mae Mali'n griddfan.

'Oes 'na ffenest arall fedrwn ni ddenig drwddi?' Mae'r dychryn sy 'di bod yn ffrwtian ynddo fi ers clywed llais y dyn 'na bellach yn bygwth byrstio allan ohono fi.

'Maen nhw o amgylch y tŷ i gyd,' ydi ateb egwan Noor. 'Wnawn nhw ein dal ni os geisiwn ni ddianc.'

Tu allan i'r ffenest fawr fedra i weld y Darllenwyr yng ngolau'r bomiau eraill maen nhw'n eu cynnau. Dwi'n gwylio wrth i un ohonyn nhw luchio'i fom tuag at wal flaen y tŷ, hwnnw'n ffrwydro wrth iddo fo daro'r garreg a gollwng ton o fflamau i lawr y gwydr. Fedra i weld pren ffrâm y ffenest yn dechrau warpio.

'Mas!' mae Noor yn gweiddi gan wthio fi a Mali allan i'r

cyntedd. Wrth i ni wneud hynny mae 'na glec drom yn erbyn y drws ffrynt. Bom arall. Mae mwg a drewdod petrol yn llithro i mewn dan y drws.

Dwi'n cofio eich bod chi i fod i aros yn isel os ydi'r stafell ar dân, achos mae'r mwg yn codi at y nenfwd, felly dwi'n disgyn ar fy ngliniau ac yn dechrau cropian i ffwrdd o'r drws ffrynt. Drwy'r mwg, sy'n llenwi'r lle erbyn hyn, fedra i ddim gweld Mali na Noor yn glir – dim ond cysgodion.

Mae'r panig yn asid yn fy mol. Dwi'n anadlu'n rhy gyflym. Dwi'n dechrau tagu. Mae hi mor boeth.

Dwi'n sgrialu ar fy mhedwar fel anifail. Dim syniad lle dwi'n mynd. Jyst i rywle arall. Dwi'n wallgof ac mae fy llygaid i'n dyfrio. Mi fydd y tŷ yn mynd ar dân a byddwn ni'n llosgi'n fyw – os na fydd y mwg yn ein lladd ni gynta. Dwi'n methu stopio tagu. Chawn ni byth allan o fama.

Yna dwi'n teimlo llaw ar fy nghefn i.

Noor sy 'na. Mae hi'n gwthio cadach gwlyb dros fy ngheg i. Mae hi wedi tynnu ei hijab dros ei cheg ei hun. 'Dewch 'da fi a gwyliwch eich hun,' medda hi mewn llais cadarn.

Mae hi'n tywys Mali gerfydd ei llaw a dwi'n eu dilyn nhw wrth iddyn nhw redeg yn eu cwman i lawr coridor. Fedra i ddim gweld fawr o ddim byd heblaw siapiau llwyd, ond dwi'n meddwl bod Noor yn mynd â ni i lawr i waelodion y tŷ.

Dydi'r mwg ddim mor drwm yn fama – eto – ac wrth i ni ruthro i lawr yr hen gynteddau creigiog mae'n oeri fymryn, er y medra i'n dal deimlo gwres y tân uwch ein pennau ni. Dwi'n iawn i sefyll am eiliad ac yn rhwbio fy llygaid efo'r cadach gwlyb. Dwi'n dal Noor yn edrych arna i. Dwi'n nodio'n frysiog – dwi'n ocê – ac wedyn yn dal ati i'w dilyn hi a Mali.

Dwi isio taflu i fyny. Dwi prin yn medru anadlu – pob gwynt

yn dŵad fel igian – ond dwi'n gwthio mlaen. Dim fama dwi'n mynd i farw. *Dim fama dwi'n mynd i farw.*

Mae 'na sŵn crash uwchben, fel rwbath yn disgyn. Tŷ cerrig ydi hwn ond mi fedrith y tân wneud difrod diawledig yr un fath. Mae hud Seithenyn wedi methu.

Mae Noor yn ein stopio ni. Drwy ei sgarff mae hi'n deud, 'Dim ond un gobaith sydd 'da ni.'

'Dan ni tu allan i'r sanctwm. Mae Noor yn rhedeg ei dwylo eto dros lyfnder y wal ac mae'r graig yn llithro'n ôl i ddatgelu'r stafell gudd. 'Dan ni'n tri yn baglu i mewn. Mae Noor yn cipio'r tortsh oddi ar y bachyn ac yn gwthio'r drws ar gau tu ôl iddi, yn ein selio ni i mewn.

Dwi'n eistedd mewn tywyllwch llethol. Mae Noor yn cynnau'r fflachlamp a dwi'n gorfod rhoi llaw o flaen fy wyneb rhag i mi gael fy nallu. Ar ôl cwpwl o eiliadau mae fy llygaid i'n arfer. Fedra i weld Mali yn eistedd ar y llawr yn cofleidio ei phengliniau. Fedra i weld fy nwylo fy hun yn crynu wrth i mi lithro at y llawr. Sgen i ddim byd heblaw'r dillad dwi'n eu gwisgo.

'Be rŵan?' dwi'n gofyn.

Distawrwydd. 'Dydw i ddim yn gwybod,' mae Noor yn sibrwd o'r diwedd. 'Oeddwn i'n teimlo taw dod yma oedd y syniad iawn, ond…' Dydi hi ddim yn gorffen y frawddeg.

Dwi'n teimlo chwys yn diferu i lawr fy nhalcen ac i mewn i fy llygaid. Dwi'n sychu fo i ffwrdd efo fy llaw ond mae'n dŵad yn ôl yn syth.

'Dan ni'n eistedd yno am be sy'n teimlo fel amser hir. Y tri ohonon ni, yn deud dim.

Mae 'na ogla hen a myglyd i'r stafell yma, fatha tu mewn i eglwys sy 'di bod ar gau ers blynyddoedd. Mae'r llawr yn anghyfforddus. Dwi'n symud fy hun nes bod fy nghefn yn pwyso ar be sy'n teimlo fel colofn. Mae'r garreg yn oer yn erbyn y chwys sy'n rhaeadr i lawr fy nghefn i.

'Sdim gobaith 'da ni,' mae Mali yn mwmian.

'Rhywbeth oedd fy mam i'n arfer ddweud pan o'n i'n fach,' ydi ateb Noor. '"Mae'n bwysig cadw gobaith, gan fod rhywun wastad yn ein gwylio."' Ond does dim hyder yn ei llais.

Dwi'n medru blasu mwg ar fy nhafod. Dwi'n sniffio. Dwi'n reit sicr bod yr ogla tân yn gryfach yma nag oedd o funud yn ôl. Mae'r fflamau yn gweithio'u ffordd drwy'r tŷ. Yn lle ein hachub ni, mae Noor wedi ein harwain ni i'r seler i fygu…

Mae'r tortsh yng nghôl Noor wrth iddi eistedd gyferbyn â fi. Mae'n taenu ei olau gwyn dros y sanctwm, yn gwneud siapiau hir a brawychus wrth iddo fo fownsio oddi ar y cerfiadau.

Mae fy llygad i'n disgyn ar y symbol 'na ar y wal uwch ein pennau ni, yr un symbol welais i ar lawr yr ogof yn Gwales: arwydd Seithenyn. Mae hynny'n procio rwbath yn fy meddwl i.

'Ddudist ti na Seithenyn odd 'di bildio hwn?' Mae siarad yn brifo. Na'r stafell yma 'di rhan hyna'r tŷ?'

'Ie,' medda Noor. 'Wi'n meddwl.'

'So,' medda fi, 'ella bod 'na rwbath fama fedrith helpu ni. Rwbath nath Seithenyn, neu Wyliwr arall, ei adael.'

Saib, wedyn, yng ngolau'r tortsh, dwi'n gweld llygaid Noor yn troi ata fi. 'O's. Falle.' Wedyn, yn gryfach, 'O's. Fe chwiliwn ni.'

Dwi'n codi – fy mhen i'n chwil wrth i fi sylweddoli pa mor ddiegni ydw i. Mae hi'n dechrau cynhesu yma. Mae'r mwg yn amlwg yn dechrau dŵad i mewn i'r stafell rŵan – fedra i ei weld o yng ngolau'r tortsh – yn gwthio drwy ba bynnag fylchau mae'r ocsigen 'dan ni'n ei anadlu yn dŵad ohono fo. Fydd 'na ddim lot o'r ocsigen yna ar ôl yn fuan. Gawn ni ein coginio fatha tasen ni mewn popty.

Dwi'n teimlo fel taswn i'n colli arni wrth i fi redeg fy nwylo'n sydyn dros y graig ar fy ochr i o'r sanctwm, yn chwilio am declyn cyfrinachol mae Seithenyn, dewin o'r gorffennol – *ella* – wedi'i adael yma ar ein cyfer ni! Dwi bron isio chwerthin. Ond yn lle hynny dwi'n tagu, fy mrest i'n teimlo'n dynn. Dwi'n clywed Mali'n tagu hefyd.

'Does dim byd.' Mae llais Noor yn cracio. 'Dim byd.'

'Paid â stopio,' medda fi. 'Dalia ati i chwilio.' Mae *gwneud* rwbath yn well na jyst disgwyl i farw.

Dwi'n chwilio yn yr alcofau ac yn y cerfiadau troellog sy dros y colofnau, ond mae Noor yn iawn. Does dim byd. Dim ond stafell oedd hon. Dwi'n rhoi fy nhalcen yn erbyn y graig wrth i anobaith dynnu dagrau chwerw i lawr fy mochau i.

Mae Mali'n dal i dagu, ond yng nghanol y peswch dwi'n meddwl ei bod hi'n trio deud rwbath. Dwi'n troi ond yn methu ei gweld hi'n iawn.

'Mali?'

Dwi'n ymbalfalu. Mae fy nhroed i'n taro yn ei herbyn hi. Mae hi ar y llawr yn gorwedd ar ei hochr, ei hanadl hi'n rhygnu.

'Mali, wyt ti'n iawn?'

'...hud... drws...'

'Dwi'm yn dallt.'

'Iwso'r un hud.'

'Pa hud?'

'Yr hud wnes i ei ddefnyddio i agor y drws i ddod mewn.' Mae llais Noor yn agos at fy nghlust. Mae hi'n mynd ar ei chwrcwd ac yn helpu Mali ar ei heistedd. 'Falle... Falle bod yr un swyn yn gweithio rywle arall yma.'

Mae fy nghalon yn rasio. 'Oes 'na ffordd arall allan?'

Mae Noor yn trio ateb ond mae'r mwg yn llenwi ei cheg. Mae hi'n baglu i ffwrdd. Dwi'n colli golwg arni hi yn y tywyllwch.

'Noor?'

Dim ond sŵn tagu.

'Noor!'

Dwi'n teimlo ysgwydd Mali yn pwyso yn fy erbyn i. Dwi'n defnyddio'r holl nerth sgen i ar ôl i'w chodi hi ar ei thraed a'i thynnu hi at ben pella'r stafell. Ella wneith hyn roi munud arall i ni cyn i'r tân ddŵad.

Dal dim golwg o Noor. Mae'r tortsh, lle bynnag mae o, yn gwneud i'r mwg sgleinio fymryn, fatha bod 'na edau arian yn ei ganol o. Dwi'n gorwedd yn ôl. Dwi isio cau fy llygaid ond dwi'n gwybod basa hynny'n golygu mod i 'di rhoi'r gorau iddi. Dwi'n rhythu ar y nenfwd wrth i mi drio anadlu. Mae mor anodd. Mewn: un, dau, tri – yr aer fel ffwrnais y tu mewn i mi. Allan: un, dau, tri—

Dyna pryd dwi'n ei weld o.

Wrth gwrs.

Dwi'n symud fy ngwefusau i siarad ond does dim llais yn dŵad. Dwi'n gwthio fy hun i fyny ar un benelin. 'Noor!' Dwi'n gwthio'r geiriau allan. 'Arwydd Seithenyn! Arwydd Seithenyn!'

Dwi'n cymryd gwynt ond does yna ddim gwynt i'w ddal. Dwi'n gweld stribed coch o dan y wal lle ddaethon ni i mewn. Y tân. Dwi'n dal fy anadl. Yn cau fy llygaid.

Yna dwi'n eu hagor nhw wrth i fi deimlo rhywun yn camu'n sydyn dros lle dwi'n gorwedd. Ffigwr yn symud, yn ymestyn i fyny, yn rhoi ei llaw ar yr arwydd yn y wal…

Dwi ddim yn siŵr a oes fflach, neu ai dim ond fy ymennydd i'n dychmygu pethau wrth i'r mwg fy lladd i ydi o, ond munud nesa mae yna rywbeth oer yn taro fy wyneb. Gwynt. A glaw.

A golau.

Dwi'n agor fy ngheg ac yn anadlu, achos fedra i ddim dal fy ngwynt ddim mwy, ond yn lle mwg dwi'n blasu *awyr*. Mae rhywun yn gafael ynddo fi gerfydd fy nghrys ac yn fy llusgo ymlaen. Dwi'n gweld wyneb Noor, yn huddug i gyd, fodfeddi o fy un i. Wedyn dwi'n gweld y twll.

Mae o fel twnnel cyfyng, hir, ei ochrau fo yn hollol grwn, wedi'i dorri i mewn i'r wal o dan arwydd Seithenyn. Mae'n rhaid ei fod o wedi cael ei ddatgelu pan wnaeth Noor gyffwrdd yr arwydd. Dwi ddim yn dallt sut – dim ots gen i. Dwi jyst yn gwthio fy hun i mewn i'r twll ac yn dechrau cropian.

Mae'r tiwb yn mynd ymlaen yn syth fatha saeth, efo smotyn bach llwyd yn bell i ffwrdd. Dwi'n symud mor gyflym ag y medra i tuag at y smotyn, ond mae'r tiwb yn rhy gul i fi sefyll, felly dwi'n gorfod gwneud *commando crawl*, fy mhenelinoedd yn crafu yn erbyn y garreg.

Dwi'n clywed Mali a Noor y tu ôl i fi. Duw a ŵyr sut mae gan y naill ohonyn nhw y nerth i ddilyn, ond mae gobaith yn medru gwneud hynna i rywun.

Mae'r smotyn llwyd yn tyfu wrth i fi fynd yn nes ato fo, a'r gwynt a'r glaw yn chwythu i mewn i fy wyneb i yn gryfach ac yn gryfach wrth i mi gropian. Dwi'n sylwi mod i'n crio.

Dwi'n syrthio allan o'r pen draw. Mae mwd o dano fi, ond mae o'n oer ac yn hyfryd. Dwi'n agor fy ngheg ac yn llyncu aer, y glaw yn fy socian i'n syth. Wedyn dwi'n troi ac yn estyn i mewn i'r twll ac yn gafael yn mreichiau Mali. Dwi'n ei thynnu hi allan ac yn ei dympio hi yn y mwd. Mae hi'n crio hefyd.

Dim ond Noor sy'n ddistaw. Dwi'n rhoi fy llaw iddi ac mae hi'n ei chymryd er mwyn dringo allan. Mae hi'n troi ei hwyneb tuag at yr awyr am funud, y glaw yn neidio oddi ar ei thalcen.

Dwi'n eistedd yn swp ar fy nhin. 'Dan ni yng nghanol cae,

efo creigiau a glaswellt o'n cwmpas ni. Uwchben mae mellt a tharanau yn rhwygo'r awyr, a draw fanna mae Tŵr-yr-Heli ar dân, y mwg yn codi'n golofn i'r awyr. Dwi'n meddwl y medra i weld ffigyrau mewn clogynnau'n prysuro i ffwrdd, yn meddwl eu bod nhw wedi llwyddo.

Tu draw i'r tŷ a'r fflamau, be ddylwn i weld ydi trefi a phentrefi Ceredigion yn mochel rhag y storm. Ond be dwi'n weld ydi... tywyllwch. Dim goleuadau, dim cerbydau. Mae'r tywydd wedi trechu pob man. Mae'r cymylau, sy'n gloywi'n oren achos y fflamau islaw, yn edrych mor drwm a thrwchus nes eu bod nhw bron â disgyn ar ben y byd a'i fygu.

Mae'r gwynt yn codi'n gorwynt o'n cwmpas ni. Dwi'n ofni ei fod o'n mynd i'n chwythu ni i ffwrdd fatha dail. Wedyn mae *bŵm* mawr fel taran ond mae'n dod o grombil y ddaear – ac wrth i fi edrych dwi'n gweld dŵr yn codi o droed y clogwyn, i fyny i'r awyr. Ton ydi hi, ton anferth, uchel; y môr yn cael ei gorddi gymaint gan y gwynt nes bod y don yn codi uwchben y creigiau ac yn ffrwydro dros Dŵr-yr-Heli. Wedyn mae'r dŵr yn tynnu'n ôl, yn llifo dros y dibyn ac i mewn i'r môr eto, yr ewyn gwyn yn cymysgu efo'r mwd. Mae'r tân ar y tŷ yn hisian – ac yn diffodd.

Dwi'n troi i edrych ar Noor. Mae hi'n syllu efo'i llygaid fel gwydr a dwi'n teimlo fel bod 'na drydan yn dŵad ohoni hi. Yna mae hi'n syrthio ar ei phengliniau ac yn plygu i mewn i'r mwd. Mae'n cymryd eiliad i fi sylweddoli mai gweddïo mae hi.

Dwi'n clywed sŵn arall uwchben y storm. Injan. Dwi'n gweld dwy lamp car yn ymddangos wrth ymyl gweddillion y tŷ. Mae rhywun tal yn camu allan o'r cerbyd ac yn edrych yn wyllt o gwmpas y lle. Dwi'n trio deud wrth Noor bod angen i ni guddio, achos mae 'na rywun arall wedi dŵad i'n lladd ni, ond mae hi'n codi ei llaw yn wan ac yn gweiddi, 'Idris, Idris!' Mae'r ffigwr sy wrth y car yn chwipio'i ben i'n cyfeiriad ni ac wedyn yn dechrau rhedeg aton ni, a dyna pryd dwi'n sylweddoli bod mam Noor yn iawn. Mae 'na wastad rywun yn gwylio.

25

◆

Doctor Gwermwnt

Torrai'r llong drwy'r tonnau tymhestlog, y cymylau llwyd-ddu yn ymlid ei gilydd uwchben wrth i daranau ergydio'r byd. Er bod y môr yn fawr, roedd y capten yn feistr ar ei long ac yn llwyddo i'w symud yn ei blaen tuag at ben ei thaith. Ar ei bwrdd yr oedd y Darllenwyr, hwythau'n gadael arfordir Cymru – efallai am y tro olaf.

Roedd y capten yn un o'r Darllenwyr hefyd. Nid oedd lle i unrhyw rai ar y daith hon heblaw y rhai hynny a oedd wedi ymroi i'r Llyfr Glas. Cofiai Doctor Gwermwnt y diwrnod y cafodd hyd i'r capten – Hopcyn oedd ei enw, ei deulu'n hanu o Sir Benfro – yn ceisio crogi ei hun yn y caban bach lle cadwai ei offer pysgota. Torrodd Doctor Gwermwnt y rhaff a dangos i Gapten Hopcyn bod pwrpas amgenach iddo, ac wrth i'r dyn hwnnw fyseddu'r tudalennau hynafol yn grynedig, ei lygaid yn agor a'r dagrau'n llifo i lawr ei ên, gwyddai Talhaearn Gwermwnt fod gan Llŷr ddilynwr arall.

Cyfarfu â Hopcyn cyn hynny, wrth gwrs, pan ddaeth y capten yn gleient i bractis Doctor Gwermwnt, ei ystâd mewn helbul ariannol, gormod o anghysondeb rhifyddol yn ei lyfrau cownt. Bob tro y byddent yn cyfarfod roedd sefyllfa Hopcyn wedi gwaethygu, ac yn y cyfarfod olaf bu i

Doctor Gwermwnt blethu ei fysedd ac edrych yn ddwys ar ei gleient dros y ddesg, cyn egluro nad oedd dim y gellid ei wneud heblaw hysbysu'r heddlu a thrafod yr amddiffyniad gorau iddo yn y llys. Doedd dim gwirionedd yn hynny, wrth gwrs, ond roedd yr anobaith llwyr a welodd ar wyneb Capten Hopcyn yn gwneud yn iawn am y celwydd bychan, angenrheidiol.

Gall anobaith, meddyliodd Doctor Gwermwnt, droi'n obaith, dim ond bod y bugail yn gallu dod o hyd i'w ddefaid colledig a'u hebrwng at y gorlan wen.

Roedd Hopcyn – a'i gwch, yr *Irish Starling* – yn gaffaeliad gwerthfawr i rengoedd y Darllenwyr. Gwyddai Doctor Gwermwnt ers amser maith y byddai angen llong arnynt pan ddeuai awr y Ddefod Olaf, uchafbwynt eu hymdrechion. Nid oedd lleoliad y ddefod honno ar y tir mawr. Ni allai'r Darllenwyr ychwaith ddibynnu ar rywun o'r tu allan i'w cludo yno.

Fel hyn, ar y cyfan, yr adeiladodd Doctor Gwermwnt ei braidd. Byddai'n adnabod pa bobl a fyddai'n cyfrannu'r medrau priodol tuag at lwyddiant ei gyrch. Wedi dod i'w hadnabod, byddai'n eu cyflwyno i'r Llyfr Glas. Nid oedd pob un a ddarllenai'r Bumed Gainc yn dod drwy'r profiad gyda'u pwyll yn un darn; camodd un ddynes i ganol traffig gan chwerthin, funudau ar ôl cau'r llyfr; stopiodd calon un arall yn y fan a'r lle. Roedd ambell un hefyd a benderfynodd wrthod y cynnig, unwaith iddyn nhw ddarllen y Bumed Gainc; roedd yn rhaid iddynt hwy ddiflannu, wrth gwrs. Daeth Sais, un diwrnod, un a oedd wedi clywed am y Bumed Gainc – yntau'n ddysgwr Cymraeg – at Doctor Gwermwnt i'w ddeisyfu a gofyn am gael darllen y Llyfr. Yn anffodus, meddai'r papurau newydd, cafwyd hyd i'r Sais hwnnw wrth droed un o dyrrau'r Hen Goleg, ei wddf wedi torri. Damwain drasig.

Nid oedd Doctor Gwermwnt am i rywun-rhywun wybod am wyrthiau Llŷr. Nid pawb oedd yn haeddiannol.

Dyna'r cydbwysedd anodd oedd angen ei gadw, myfyriodd Talhaearn Gwermwnt, wrth i'r llong frigo ton anferth. Ar un llaw roedd y Plant yn mynnu dilynwyr, *darllenwyr*, cynifer â phosib ohonynt; credai Doctor Gwermwnt mai dyma sut roedd Efnisien a'i fath yn cael eu nerth. Ar y llaw arall, teimlai yn ei einioes mai dim ond Cymry ddylai gael y fraint o gyffwrdd y tudalennau gorfoleddus, ac felly roedd hi'n fater o ddethol. Dewis pwy a gâi ddarllen. Chwynnu'r rhai nad oeddent yn addas.

Daliai Doctor Gwermwnt hances sidan at ei geg. Nid oedd yn teimlo'n dda; y salwch môr yn corddi yn ei stumog a chur yn ei ben nad âi ymaith. Wrth i Gapten Hopcyn eu llywio yn bellach ac yn bellach i mewn i'r storm, roedd symudiadau'r llong yn mynd yn waeth. Roedd dau neu dri o'r Darllenwyr wedi cyfogi eisoes, drewdod eu salwch yn dechrau lledaenu.

Eisteddai Doctor Gwermwnt ar wahân i'r lleill. Roedd dau ddwsin ohonynt yma yn y caban teithwyr a phump arall ar y dec neu yn y whilws uwchben. Gan edrych arnynt â chymysgedd o falchder a dirmyg, ystyriai Talhaearn Gwermwnt mai'r bobl hyn oedd ei braidd.

Y rhai a fyddai'n rhoi eu bywydau er mwyn Llŷr Fawr.

Oedden nhw'n gwybod hynny? Nid oedd Doctor Gwermwnt yn siŵr. Roedd rhai o'i ddilynwyr wedi colli eu pwyll ddigon nes eu bod yn ddim mwy na chregyn, yn meddu yn unig ar y gallu i ddilyn ei gyfarwyddiadau symlaf. Ni fyddent hwy yn deall beth oedd am ddigwydd, ac yn wir byddent yn gwenu ac yn croesawu pa bynnag derfyn a ddeuai. Roedd eraill wedi cadw eu synnwyr ac wedi llwyr ymroi i'r cyrch hwn. Ond pan mae dyn yn berchen ar ei bwyll mae'n gallu newid ei feddwl, a dyna oedd pryder Doctor Gwermwnt.

Llygadai bob un ohonynt yn eu tro, gan chwilio am ansicrwydd yn eu hwynebau, am gliw bod eu calonnau'n dechrau troi. Byddai person o'r fath yn dda i ddim yn y Ddefod Olaf – byddai'n well iddynt fynd dros ochr y llong nawr. Ond, er mawr foddhad iddo, ni allai weld unrhyw amheuaeth yn llygaid ei Ddarllenwyr. Roedd ei braidd yn driw. Byddai'r ddefod yn llwyddiant, diolch i'w haberth hwy – ac ymdrechion Doctor Gwermwnt.

Eisteddai Dafydd Jones ar fainc gyferbyn ag ef, yn gwbl llonydd.

Y ddafad golledig.

Efallai y dywedai rhywun anwybodus fod golwg bron yn hyll ar Dafydd. Glynai ei groen llwydlas yn dynn am ei benglog ac roedd peli ei lygaid fel petaent yn rhy fawr i'w wyneb. Roedd ei freichiau a'i goesau yn heglog ac roedd rhaid iddo'u plygu mewn modd anghyfforddus yr olwg er mwyn ffitio i'w sedd. Yn ogystal, heddiw roedd Dafydd yn ymddangos yn bell i ffwrdd, hwyrach yn sâl; lledaenai wyrddni ar hyd ei fochau ac roedd ei wefusau'n crynu.

Ond, er gwaethaf hyn oll, i Doctor Gwermwnt roedd Dafydd yn edrych yn *dda*. Nifer fechan iawn o bobl â'r olwg yma oedd yn dal i fodoli yn y byd, tybiodd. Roedd y rhan fwyaf o deuluoedd wedi colli'r nodweddion dros y canrifoedd wrth iddynt gyfathrach â gwaed butrach. Ond nid Dafydd. Trwy lwc neu fwriad, roedd ef yn edrych fel y *dylai* Cymro edrych. Tystiolaeth cig a gwaed o'r Undod Perffaith. Dyfodol ei hil ei hun.

Pan gyfarfu Doctor Gwermwnt â Dafydd gyntaf – ar hap a damwain ar strydoedd Aberystwyth – bu bron iddo syrthio ar ei liniau mewn llawenydd pur. Ni laniodd sbesimen fel hwn erioed o'r blaen yn ei arglwyddiaeth ef! Dyna oedd ffawd.

Roedd *angen* rhywun fel Dafydd ar Doctor Gwermwnt. Roedd wedi bod yn chwilio am berson fel hyn ers blynyddoedd. Heb Dafydd, byddai angen iddo ddefnyddio rhywun arall – a dim ond un person arall y gwyddai amdano a oedd yn ffitio'r anghenion...

Diolchai Doctor Gwermwnt fod bendithion Llŷr wedi'i gynorthwyo i adennill Dafydd i'r praidd. Nid y bwriad oedd i'r bachgen gael ei hudo ymaith gan y Gwyliwr ar ddiwedd y ddefod ar y traeth. Pe bai'r seremoni wedi cyrraedd ei phen heb ymyrraeth, byddai Dafydd wedi cael ei dynnu o'r môr gan Doctor Gwermwnt ei hun.

Oherwydd dyna oedd y cynllun. Darganfod aberth gyda'r gwaed iawn yn ei wythiennau. Cyflwyno'r aberth hwnnw i'r môr, nes bod y dŵr heli'n llenwi ei ysgyfaint ac yn ei foddi. Gadael wedyn i Llŷr ei bwyso a'i fesur – ac os byddai'r aberth yn addas, yna byddai Llŷr yn dychwelyd ei fywyd iddo.

Pe bai'r ddefod wedi cael gorffen yna byddai Dafydd wedi ailagor ei lygaid yng nghwmni ei gyfeillion, ei gyd-ddilynwyr yn Llŷr.

Nid dyna ddigwyddodd.

Sylwodd Doctor Gwermwnt fod ei ddannedd yn rhygnu yn erbyn ei gilydd wrth iddo feddwl sut roedd y Gwyliwr bron iawn wedi cipio ei aberth, ei Ddafydd *ef*, oddi wrtho. Oddi wrth *Llŷr*.

Bron iawn.

Er gwaethaf popeth, roedd rôl gyntaf Dafydd wedi'i chwblhau.

Yn awr roedd tasg arall o'i flaen.

Troeon trwstan. Dyna'r cyfan oedd wedi digwydd. Dim ond

twmpathau yn y ffordd, wedi'u gosod yno i'w herio ond nid i'w drechu. Do, bu'r siwrnai yn anos na'r disgwyl. Ond nawr roedd popeth yn mynd yn union fel y dylent.

Roedd popeth yn barod am y Ddefod Olaf. Y Gwyliwr wedi ei losgi'n ulw a'r torchrwy a Dafydd yn ôl lle roeddent yn perthyn. Byddai'r Darllenwyr yn cyrraedd terfyn eu taith. Byddai Llŷr yn cael ei ddeffro – a byddai'r môr yn codi.

Gwna dy ran a bydd beiau'r byd yn cael eu golchi ymaith. Dyna oedd Efnisien wedi addo wrtho. Roedd Doctor Gwermwnt wedi gweld, yn ei freuddwydion, y golchi bendithiol hwnnw. Tonnau'r môr yn dymchwel dros y tir. Meysydd a bryniau, pentrefi a threfi, anifeiliaid a phobl – oll yn diflannu o dan y dŵr. Dilyw fel yn yr hen chwedlau. Ni fyddai Doctor Gwermwnt wedi brwydro cymaint er mwyn sicrhau'r dilyw hwnnw oni bai ei fod yn ymddiried yn Efnisien. Roedd angen dioddef y storm er mwyn gweld yr heulwen. *Bydd y byd yn lle gwell.*

Nid oedd syniad gan Doctor Gwermwnt sut roedd Llŷr yn edrych, ond yn llygad ei feddwl gwelai wyneb cynnes yn codi o'r tonnau fel haul o'r gorwel, ei ddwylo cadarn anferth yn amddiffyn y rhai a oedd wedi aros yn ffyddlon iddo – tra bod dyfroedd ei hud yn golchi'r budreddi o'r ddaear.

Tybiai na fyddai Llŷr yn boddi'r byd *i gyd* – os gwnâi hynny, pwy fyddai ar ôl i'w garu? Yn hytrach, credai Doctor Gwermwnt y byddai dyfroedd Llŷr yn dymchwel pencadlysau a thyrrau disglair holl lywodraethau'r byd, yn sgubo'r sbwriel i affwysion tywyll megis carth i garthffos, yn chwalu er mwyn ailadeiladu. Genedigaeth newydd i bobl y ddaear – yn awr dan arweiniad Plant Llŷr a'r rhai a arhosodd yn ffyddlon. Rhai fel Doctor Gwermwnt.

Dychmygai ddaear newydd a oedd yn archipelago o ynysoedd gwyrddion. Byddai dinasoedd newydd, llachar yn cael eu codi, gyda brenhinoedd o'r Hen Waed yn teyrnasu drostynt. Gobeithiai Doctor Gwermwnt y byddai ef yn un o'r brenhinoedd hynny – onid oedd wedi gwneud digon i haeddu'r fath anrhydedd? Ar yr ynysoedd newydd byddai'r trigolion yn gweld y môr o'u ffenestri bob bore, yn cofio'r daioni yr oedd Llŷr, ei Blant a'i ddilynwyr wedi ei roi iddynt. Byddai'n rhaid gwarchod y glannau, wrth gwrs. Nid pawb fyddai'n cael rhoi troed ar y tiroedd newydd. Roedd cadw purdeb yn bwysig.

Dyma oedd yn nychymyg Talhaearn Gwermwnt. Ond nid oedd modd deall meddwl Llŷr, mor anfeidrol ydoedd. Gwyddai Doctor Gwermwnt y byddai popeth yn digwydd er lles y Darllenwyr ac er drwg i bawb arall, ac os byddai llawer yn marw o dan donnau dial – yna dyna hi. Roedd angen aberthu er mwyn llwyddo.

'Tyrd yma, Dafydd,' galwodd Doctor Gwermwnt. Gwingodd wyneb y bachgen fel pe bai'n deffro o freuddwyd, cyn codi a cherdded yn araf ac ansad ar draws y dec. Gollyngodd ei hun wrth ymyl Doctor Gwermwnt.

Gwisgai Dafydd hen gôt ddu oeliog y cafwyd hyd iddi yn un o gypyrddau'r llong; roedd hi'n slic gyda glaw. Roedd gwresogydd trydan yn y caban a oedd yn arogli fel dillad gwlyb yn crasu. Gwthiodd Doctor Gwermwnt yr hances yn dynnach o amgylch ei drwyn er mwyn cadw'r drewdod o'i ffroenau.

'Sut wyt ti?' gofynnodd, a'r hances sidan yn mygu ei lais.

'Iawn,' meddai Dafydd yn undonog.

'Mae'n dda dy gael di gyda ni eto.'

'Iawn.' Roedd ei lygaid yn edrych ar ddim byd a'i fysedd yn crafangu ei bennau gliniau.

Ni hoffai Talhaearn Gwermwnt fod yn agos at bobl eraill, ond llyncodd ei atgasedd nawr a symud yn nes at Dafydd ar y fainc. Roedd eu penelinoedd bron yn brwsio yn erbyn ei gilydd. Trodd Doctor Gwermwnt ei ben fymryn a rhoi ei geg at glust chwith Dafydd.

'Pam,' meddai yn isel, 'wnest ti ein gadael ni?'

Herciodd wyneb Dafydd, a chwipiodd ei lygaid at Doctor Gwermwnt am eiliad, cyn eu tynnu'n ôl i edrych ar ddim byd eto.

'O'n i ar ben fy hun,' mwmiodd. 'Doeddach chi'm yna. Mond hi oedd yna.'

'Ond pam wnest ti ymladd yn ein herbyn ni wedyn? Tynnu dryll ar un o dy gyfeillion? Lladd un arall? Cadw'r torchrwy oddi wrthon ni?' Cyflymodd calon Doctor Gwermwnt wrth i'w eiriau galedu. Roedd bysedd cas ei lid yn crafu y tu mewn iddo.

Dywedodd Dafydd rywbeth aneglur, yn llyncu ei eiriau, ond o'i osgo tybiai Doctor Gwermwnt mai ymddiheuro oedd y bachgen.

'Nid ymddiheuriad sydd ei angen.' Aeth yr hances yn boethach o amgylch ceg Talhaearn Gwermwnt. Teimlai nodwyddau y tu ôl i'w lygaid. 'Beth sydd ei angen gennyt ti yw arwydd.'

Gwelodd annealltwriaeth ar wyneb Dafydd.

'Arwydd,' aeth Doctor Gwermwnt yn ei flaen, 'o dy ymroddiad i'r praidd. Rho'r dryll i mi.'

Daliodd ei law rydd allan.

Ni wnaeth Dafydd ddim am yn hir heblaw edrych ar gledr llaw Doctor Gwermwnt. Yna, yn araf, estynnodd i mewn i'w gôt a thynnu'r gwn allan.

Cymerodd Doctor Gwermwnt y dryll oddi arno. Teimlai'n ddig. Roedd ei ryddhad o gael Dafydd yn ôl wedi gwneud iddo anghofio, am ennyd, beth roedd y bachgen wedi'i wneud.

Nawr roedd oerni gwag ym mol Talhaearn Gwermwnt. Roedd Dafydd wedi'u bradychu. Ei fradychu *ef*. Bradwr. *Bradwr*.

Sylwodd fod llygaid Dafydd yn llydan ac yn ofnus. Sylwodd hefyd fod ei fys yn mwytho clicied y gwn, y baril yn pwyntio at frest y bachgen.

Gyda chryn ymdrech ymlaciodd Doctor Gwermwnt ei fraich. Gwthiodd y dryll yn sydyn i'r briffces oedd wrth ei draed a'i gau yn ofalus.

'Dyna ni.' Ceisiodd wneud ei lais yn ysgafn. *Bradwr*. 'Da was. Da was.'

Byddai lladd Dafydd yn y foment honno wedi bod yn drychineb. Yn wastraff.

Roedd *pwrpas* gan Dafydd.

Arafodd Doctor Gwermwnt ei anadlu. Sychodd chwys o'i dalcen.

Roedd ar bigau'r drain eisiau symud i ffwrdd, i gael llonydd, ond roedd rhywbeth yn peri iddo oedi. Rhywbeth yr oedd ef angen ei wybod.

'Beth welaist ti?' gofynnodd yn betrus. 'Beth oedd yno, pan aethost ti o dan y tonnau?'

Roedd yr ateb i'r cwestiwn hwn yn bwysig. Ni wyddai faint o'r ddefod yr oedd y Gwyliwr wedi llwyddo i amharu arni gyda'i hymyrraeth.

Ond roedd rheswm arall ganddo dros ofyn hefyd. Annealladwy, i bob pwrpas, oedd ffyrdd a gweithredoedd Llŷr, hyd yn oed i rywun fel Talhaearn Gwermwnt. Fel arfer derbyniai ef hynny – datguddir popeth yn ei amser priodol – ond sylweddolodd nad oedd yn gallu dioddef bod rhywun arall, a Dafydd o bawb, wedi cael gweld a phrofi rhywbeth nad oedd ef ei hun wedi cael gwneud. Crynodd ag eiddigedd.

'Dafydd,' meddai eto, nawr yn defnyddio'r llais arbennig y

defnyddiodd y tu allan i dŷ'r Gwyliwr, ond yn dawelach ac yn ddyfnach y tro hwn, 'dywed wrthyf beth welaist ti.'

Siglodd Dafydd ychydig yn ei sedd, sŵn cryg yn dod o'i wddf, ei amrannau'n ysgwyd wrth iddo gofio. 'Twllwch,' meddai, ei lais bron yn anhyglyw uwch twrw'r injan. 'Twllwch fatha marw. Wedyn… gola. Gola gwyn, ond gwyn mor oer a calad nes bod o bron yn las. Ac yn sgleinio fatha dim byd dwi rioed 'di'i weld o'r blaen. Teimlo fel bo fi'n cael 'yn nragio tuag ato fo.'

'Glywaist ti lais?' Roedd edau o boer yn hongian o wefus Doctor Gwermwnt. Prin y meiddiai anadlu. 'Glywaist ti eiriau?'

Trodd llygaid Dafydd yn araf i syllu arno. Gwelodd Doctor Gwermwnt ynddynt fflach o'r golau yr oedd y bachgen wedi'i ddisgrifio.

'Dim geiria,' mwmiodd Dafydd. 'Dim llais. Ond mi oedd 'na sŵn isal, fatha calon fawr yn curo, ac *mi oedd o'n dŵad o'r gola*. A'r gola yn tyfu.' Dechreuodd ei ên suddo tuag at ei frest. 'Wedyn llosgi. Teimlo'n boeth uffernol tu fewn i fi.'

'Oeddet ti'n hoffi'r teimlad?'

Ochneidiodd Dafydd. Roedd ei ddwylo'n crynu ar ei lin. 'Dwi'm yn gwbod.'

Brathodd Doctor Gwermwnt ei wefus, y cyffro bron yn ormod iddo. 'Ac wedyn? Beth wedyn?'

Nid atebodd Dafydd.

Golchodd rhyddhad dros Doctor Gwermwnt. Diolch byth. Er i'r Gwyliwr ymosod arnynt yn ennyd dyngedfennol y ddefod, roedd y rhan bwysicaf un wedi llwyddo, sef anfon Dafydd o dan y dywyll don fel offrwm. Ei foddi.

Yn bwysicach fyth, roedd Dafydd yn haeddiannol. Roedd wedi dychwelyd. Roedd wedi cael bendith Llŷr.

Byddai'r cynllun yn gweithio. Nid oedd dim i'w rhwystro i

gyd rhag teithio i safle'r Ddefod Olaf. Ac ym mriffces Doctor Gwermwnt roedd y torchrwy, yr hyn oedd ei angen er mwyn cwblhau'r ddefod honno – o'i ran ef, beth bynnag.

Edrychodd Doctor Gwermwnt eto ar y gŵr ifanc gwelw gyferbyn ag ef. Y bradwr. Yr un a ddychwelodd. Llanc a oedd wedi gweld yr hyn nad oedd unrhyw fod dynol arall wedi'i brofi.

Er gwaethaf popeth, byddai addewid Efnisien yn dod yn wir. Mewn ychydig oriau byddai Doctor Gwermwnt yn cael gweld drosto'i hun orfoledd wyneb yr Un Mawr, a byddai Llŷr yn gafael yn ei law ac yn ei dywys yn ôl tua phridd Cymru ar donnau dialedd – tonnau a fyddai'n golchi'r tywyllwch oddi ar wyneb y byd unwaith ac am byth.

Hwyliodd y llong fechan yn ei blaen i mewn i ddyfnderoedd dudew'r storm.

26

Dafydd

Dwi'n gweld o'n digwydd ar lŵp yn meddwl fi. Hydnoed pan dwi'n cau llgada fi.

Y fi'n pwyntio'r gwn at Noor. A gwynab hi'n edrach yndôl arna fi, mewn ofn ond hefyd fel bod wbath yn chwalu tu mewn iddi hi.

Dwi'm yn siŵr ddim mwy o be sy'n go iawn a be sy jyst yn pen fi. Ma popeth yn slo o gwmpas fi. Corff fi'n gragan hefo fi tu mewn iddo fo, ddim yn dallt y controls.

Cofio fi'n dal y gwn ar Noor. Gwynab hi yn mynd yn ddarna.

Odd o'r peth iawn i neud – dwi'n meddwl. Cymyd y torchrwy. Y peth iawn. Ddim yn braf, ond ddim yn rong. Mi nath clŵad llais Doctor Gwermwnt switshio gola on yn brên fi ac o'n i'n sydyn yn gweld yn glir. Odd Noor 'di *dwyn* y torchrwy. So odd hi mond yn iawn bo fi'n roi o yndôl i bwy odd bia fo. Ma'n rong dwyn petha.

Nesh i ddeud clwydda wrth Noor. O'n i'm yn gwbod be arall i neud. Ma deud clwydda'n instinct i fi. Odd Noor 'di bod mor glên. Dodd genna fi'm y galon i ddeud y gwir 'thi.

Ma'i'n meddwl bod y Darllenwyr wedi cidnapio fi. 'Di fforsio fi i neud be ma'n nhw isio. Ond ddim felna odd hi.

Fi nath ddewis.

Fi nath joinio nhw.

Nath Doctor Gwermwnt ffeindio fi. O'n i mewn lle isal iawn a ddaru o pigo fi fyny. Deud bod 'na ffor well o fyw. Y tro cynta nathon ni gwarfod, medda'r Doc, *Mae dy bechodau wedi dy ystaenio, Dafydd, ond mae ffordd i ti olchi dy hun.*

A dyma fo'n gadal i fi ddarllan y Llyfr Glas.

Y peth mwya dwi'n cofio o hynna ydi'r lliwia ddoth wedyn. Gymint o liwia.

Pan dwi efo'r Doc dwi'n teimlo'n saff. Mae o'n dallt fi fel does neb arall rioed 'di neud. O'n i hefo Noor, ac wedyn Mali a Helyg hefyd, am ddwrnod ac oddan nhw'n *cogio* bo nhw'n dallt ac yn acseptio fi, ond oddan nhw rili jyst yn mynd â fi i lawr lôn odd yn mynd i staenio fi fwy. Dwi isio bod yn berson gwell.

Gwynab Noor. Fi'n pwyntio'r gwn.

Dwi'n ffeindio'n hun yn sefyll ar ddec y llong. Sut ddiawl? Dwi'm yn cofio dŵad yma.

Does neb arall allan fama am bod y storm yn rhy hegar. Dwi'n gripio yn y reilin. Bob tro ma'r llong yn crestio ton, ma dŵr yn golchi dros y dec ac yn socian fi.

Ers i'r Ci 'na grafu fi, dwi'm 'di bod yn teimlo'n rhy grêt. Hyd yn oed ar ôl cael painkillers ac ointment a dipyn bach o rest, dwi'n stryglo. I ddechra hefo hi oedd ysgwydd fi jyst yn brifo; erbyn rŵan mae hi'n oer – a'r oerni'n sbredio drosta fi. Dydi o ddim fatha injury normal. Wel. Raid i fi jyst gwthio drwyddo fo. Ma'r Doc angan fi a fedra i ddim gadal fo i lawr.

Dwi'n cymryd anadl fawr er mwyn trio setlo bol fi. Ma'r gwynt yn chwythu'r glaw i mewn idda fi yn galad, fel tasa fo'n cwffio fi.

Dwn i'm i le 'dan ni'n hwylio. Ella o'n i'n gwbod ar un adag, ond ma brên fi fatha cadach. Methu cofio lot o mbyd heblaw fflash o wbath bob yn hyn a hyn. Yn cal hi'n anodd ffitio meddylia fi at 'i gilydd. Fatha bod rhanna o memories fi 'di cael 'u cloi.

Noor. Gwn.

Dwi'n blincio'n gyflym er mwyn gwthio'r memory 'na allan o pen fi. Dwi'm isio cofio hynna. Odd Noor yn ffeind efo fi... yn doedd? Odd hi'n ddewr. O'n i'n licio hi. Nath hi safio fi o'r môr pan oedd Doctor Gwermwnt wedi gadal fi.

Ond – odd hi hefyd yn stopio fi rhag bod yn fi.

Ma'n weird. Pan dwi i ffwrdd o Doctor Gwermwnt a'r Darllenwyr erill, dwi'n teimlo'n wahanol. Dwi'n *berson* gwahanol. Dyna pam o'n i mor barod i helpu Noor a'r lleill i drio cuddio'r torchrwy.

Dwi mond yn fi fy hun pan ma Doctor Gwermwnt o gwmpas.

Nath o ddewis fi am reswm. Deud bo fi'n *arbennig*. Odd clŵad hynna yn teimlo'n amazing. Cal rhywun yn dependio arna fi.

Dwi'm yn siŵr yn union pryd nesh i ddechra ofn fo. Rywbryd pan oddan nhw'n brandio symbol Llŷr i mewn i chest fi, dwi'n meddwl. God, odd o'n brifo. *Nid poen yw hyn, ond ecstasi.* Dyna nath Doctor Gwermwnt ddeud wrth iddo fo losgi fi, ac o'n i'n medru clŵad fo er bo fi'n sgrechian. Ac ella bod o'n iawn. Jyst bod rwbath yn brifo, dio'm yn meddwl bod o'n ddrwg. *Poen yw'r gost o gerdded y llwybr at yr Un Mawr, Dafydd...*

A pan ddaru Efnisien ddechra boddi fi, dwi rioed 'di bod gymint o ofn â hynna.

Ella na dyna pam o'n i mor fodlon i gymryd help Noor. I ddilyn hi'n ôl i tŷ hi.

Dilyn.

Dwi 'di dilyn pobol drw bywyd fi. Byth 'di arwain pobol

erill, jyst wastad yn mynd lle ma'n nhw'n deud 'tha fi am fynd, neud be ma'n nhw'n ddeud 'tha fi am neud.

Pan nesh i adal y gang a denig i lawr i Aber, odd hydnoed hynny ddim rili yn syniad fi. Rhywun arall 'di bòs y gang rŵan. Boi nath iwsio fi. Gaddo loads o betha i fi os o'n i jyst yn neud yr un job yma iddo fo. *'Di'r bòs ddim ffit dim mwy, sti. Ti'n cytuno efo fi, yndwyt? Hwn 'di côd y gun safe. Mi fyddi di'n helpu ni gyd. Hei, 'dio'm byd ti heb neud o'r blaen.*

Noor wedyn. Gesh i'r tsians i fynd 'yn ffor 'yn hun pan o'n i yn fflat fi, ond yn lle hynny nesh i redag yn ôl at Noor. Dilyn hi drw'r dydd a'r nos. Dodd hi ddim angan fi. Ddim rili. Do'n i'm yn perthyn.

Ma'i'n wahanol efo Doctor Gwermwnt.

Ia, ocê, 'dan ni'n dilyn fo. Ond ma pob un ohonon ni'n bwysig. Ma'r Doc yn medru bod yn sgeri, ond dwi'n gwbod bod o'n fodlon mynd i ben draw'r byd i neud petha'n well – ddim jyst i ni, ond i bawb ar y ddaear. Fasa fo'n sacriffeisio pob dim fel bo ni'n medru cyrradd Llŷr.

Dyna foi dwi'n hapus i'w ddilyn.

Ma'r llong yn siglo'n ddiawledig ond ma genna fi deimlad zen rŵan. Ma'n amhosib deud os na glaw 'ta môr sy'n sbreio yn gwynab fi. Ma'r dŵr mor oer nes bod o'n hisian wrth hitio croen fi. Ond mae o'n deimlad braf.

So dwi jyst yn gafal yn y reilin yn y storm ac yn gadal i'r môr fynd â fi i le bynnag dwi angan mynd.

27

Noor

Rwy'n eistedd yng nghartre Idris gyda fy nillad i'n drewi o fwg. Mae'r storm tu fas yn siglo'r waliau. Er bod tywel trwchus o amgylch fy sgwyddau, rwy'n methu stopio crynu.

Mae'r tŷ'n brysurach nag oeddwn i'n ei ddisgwyl. Mae'r plant bach, Tamir ac Amirah, yn dal yma, a bellach mae eu rhieni wedi ymuno â nhw. Mae Akram, eu tad, yn sefyll gyda'i gefn at y lle tân â'i ddwylo wedi'u plethu. Dyn bychan yw e gyda llygaid disglair a barf daclus. Mae'n syllu arnaf i ond yn dweud dim, er bod golwg ar ei wyneb sy'n awgrymu ei fod yn anghyfforddus gyda'r holl ymwelwyr.

Penlinio gyda'r plant yn y gornel bellaf mae Ikhlas, y fam. Mae hi tua'r un oed â fi, ond, er bod dau blentyn ganddi, rwy'n tybio mod i'n edrych ddwywaith ei hoedran. Mae hi'n gwisgo niqab porffor hardd; meddai hi wrtha i unwaith ei bod hi wedi dod â fe yr holl ffordd o Syria ble gafodd hi ei magu. Mae'r ddau blentyn wrth ei hymyl, yn chwarae fel oedden nhw ddoe, ond yn fwy tawedog. Mae Ikhlas yn siarad yn isel gyda nhw, melodi ei Harabeg yn treiddio'n dwym at fy nghlustiau, er yn rhy ddistaw i mi allu dal yr ystyr.

Mae Mali a Helyg yn eistedd yn yr unig ddwy gadair freichiau sydd yma, y ddau'n rhynnu o dan dywelion. Golwg stiff a digalon ar y ddau. Mae Helyg yn cnoi eu hewinedd tra bo llygaid Mali ar hanner cau, ei hanadlu'n gryg. Nawr ac yn y man mae un ohonon ni yn peswch, a hwnnw'n beswch trwchus, ffiaidd wrth i'r lludw geisio gwthio'i hun mas o'n hysgyfaint.

Mae Tŵr-yr-Heli wedi mynd. Ar ôl bod dan wyliadwriaeth dwsinau o Wylwyr, fi oedd yr un wnaeth adael iddo gael ei ddinistrio.

Mae dagrau yn disodli'r lludw yng nghorneli fy llygaid.

Does gen i ddim hawl bod yn Wyliwr.

Mae Idris yn dod i mewn o'r gegin gyda hambwrdd o fygiau sy'n stemio, pob cwpan yn wahanol siâp a gyda tholc neu grac ynddo. Mae Idris yn gosod yr hambwrdd i lawr yn ddiseremoni. Dyw e ddim yn disgwyl yn hapus i'n cael ni yma.

Mae'n ymddangos bod Idris wedi gweld y fflamau'n codi dros y twyni ac wedi gyrru i weld beth oedd yn bod. Yn ei fan dyma fe'n gyrru'r tri ohonon ni'n glou bant o adfail fy nghartref, oedd â mwg yn dal i droelli o'i amgylch, ac yn syth i'w dŷ e. Pan oeddwn i yn y fan doedd gyda fi mo'r egni i siarad. Roedd llygaid Idris wedi'u hoelio ar y ffordd ddu o'n blaen yr holl ffordd.

Rwy'n cymryd y cwpan agosaf oddi arno heb ddweud gair, gan yfed tra'n syllu ar y carped, a gwrando ar y glaw yn taro'r to.

Fydd dim diwedd i'r storm yma.

Ar ôl munud neu ddau rwy'n ymwybodol o Idris wrth fy ysgwydd. Mae'n ystumio i mi ei ddilyn. Fel oen bach rwy'n mynd gydag e i'r gegin.

Mae Idris yn cau'r drws y tu ôl i ni cyn troi i sefyll â'i gefn ato. Mae'r radio mlaen ar y cownter, yn chwarae dim byd ond statig, yr hisian yn llenwi'r gegin.

'Diolch eto, Idris.' Gallaf i glywed mor wag yw fy llais. 'Wn i ddim beth fydde 'di digwydd taset ti heb weld y fflamau 'na.'

Mae Idris yn plygu ei freichiau. Dyw e ddim yn amneidio i mi eistedd, felly rydyn ni'n dau'n sefyll gan wynebu'n gilydd.

Rwy'n gallu gweld o'i osgo ei fod e'n moyn atebion gen i. Mae cysgod dros ei wyneb.

'Fe ddaeth pobol ar ein holau ni,' rwy'n dechrau esbonio'n gloff, gan osod fy nisgled ar y bwrdd. 'Y bobol 'na wnes i sôn amdanyn nhw ddoe. Fe daflon nhw fomiau petrol drwy'r ffenestri. Cael a chael oedd hi i ni ddod mas.'

Mae Idris yn ysgwyd ei ben yn araf, yn hanner cydymdeimlo a hanner ceryddu. Mae'n codi ei lechen ac yn crafu rhywbeth arni, *Ble maen nhw nawr?*

'Dydw i ddim yn gwybod.'

Mae'n glanhau'r llechen cyn ysgrifennu brawddeg newydd, *Ddwedais i bod perygl yn y symbol yna!*

Rwy'n ochneidio'n drist. 'Do, Idris, fe wnest ti. Ond, ti'n gweld, doedd dim dewis 'da fi.'

Mae dewis bob tro.

'Oes e?'

Mae Idris yn oedi cyn ysgrifennu eto. Pan mae'n gwneud, mae ei law e'n crynu.

Allaf i ddim gadael i berygl ddod i'r tŷ hwn, Noor.

Oeddwn i'n ofni taw dyma fyddai ei ymateb. Dyw hynny ddim yn golygu nad oes siom yn fy stumog. 'Wi'n deall.' Rwy'n troi i wynebu'r cownter ac yn dechrau chwarae'n aflonydd â chornel y clwt sychu llestri ger y sinc.

'Doedd dim raid i ti ddod â ni yma,' meddaf i'n dawel. 'Dyw hi ddim yn deg i fi ofyn i ti wneud mwy. Yn enwedig ar ôl... Wel, dydw i ddim yn gallu disgwyl dim byd wrthot ti, wi'n gwybod hynna, ond... Does gyda fi ddim syniad beth i'w wneud. Ble alla i fynd? Pwy alla i fynd atyn nhw?'

Rwy'n sychu cornel fy llygad â blaen fy mys.

Mae cysgod Idris yn cael ei fwrw dros ddrws y cwpwrdd o fy mlaen i, y cysgod yn dalach ac yn feinach nag Idris ei hun ac yn cyrraedd y nenfwd.

Yn sydyn rwy'n teimlo'n embaras. Rwy'n camu bant ac yn mynd i sefyll wrth y ffenest. Mae golau llwyd yn treiddio i mewn. Heb edrych rwy'n clywed Idris yn eistedd wrth fwrdd y gegin. Mae hisian y radio yn dal i gystadlu â rhu'r storm y tu fas, ond y gwynt a'r glaw sy'n ennill.

Does dim llwybr clir ymlaen i fi. Mae gan Doctor Gwermwnt y torchrwy ac, mae'n debyg, popeth sydd ei angen arno i ddeffro Llŷr. Yr unig beth sydd ar ôl yw amser; faint bynnag o amser bydd hi'n ei gymryd i'r Darllenwyr gyrraedd ble bynnag mae'r brif ddefod yn digwydd. Os gallaf i eu dal nhw mewn pryd... Ond does dim siawns o hynny. Rwy bron â chwerthin – ar ôl popeth rydyn ni wedi bod drwyddo, rydyn ni'n ôl ble cychwynnon ni. Yn waeth, mewn ffordd. Does dim cliwiau ar ôl i'w dilyn. Yr holl ddrysau ar gau.

Ar ôl dipyn rwy'n clywed sialc Idris yn gwichian ar draws ei lechen. Rwy'n troi'n araf ac yn mynd at y bwrdd, yn sychu'r dagrau sydd yn siŵr o fod yn gadael afonydd du ar fy mochau.

Rwy'n edrych ar beth yw neges Idris nawr.

Rydw i eisiau dy helpu di. Ond mae'n amhosib.

Rwy'n nodio. Yn ceisio gwenu. Methu.

Allan nhw ddim cael hyd i'r tŷ yma.

'Na, wi'n deall.'

Mae cwlt Llŷr yn rhy beryglus.

Mae aflonyddwch yn pigo Idris. Bron mod i'n gallu teimlo ei bryder e fel cur yn fy mhen innau. Mae e'n gynnwrf i gyd.

Rwy ar fin dweud rhywbeth arall—

Yna rwy'n oedi. Mae darn o rew miniog yn dechrau ffurfio yn fy ngwddw.

'"Cwlt Llŷr",' rwy'n dweud wrtho'n araf gan bwyntio at ei lechen. 'Dyna sgwennest ti fanna. Ond *sut wyt ti'n gwybod taw Llŷr maen nhw'n addoli?* Ddwedes i byth mo'r enw yna wrthot ti. Dim ond dangos y symbol i ti ddoe wnes i. Ddwedest ti bod ti ddim yn ei nabod e.'

Dyw Idris ddim yn symud. Mae sŵn y storm yn distewi a dydw i'n clywed dim ond cyflymu fy nghalon.

'Beth wyt ti'n guddio, Idris?'

Am yr amser hiraf dyw'r un ohonon ni'n symud. Yna, yn araf, araf, mae Idris yn codi'r llechen ac yn crafu rhywbeth arno gyda'r stwmpyn o sialc. Mae'n troi'r llechen i fy wynebu i.

Dydw i ddim moyn iddyn nhw fy nal i.

Rwy'n ceisio rheoli fy anadlu. 'Ti 'di dod ar eu traws nhw o'r blaen, yndwyt?'

Y symudiad lleiaf o'r pen. Do.

Mae Idris yn gwybod am y Darllenwyr.

Faint mwy mae e wedi'i guddio oddi wrtha fi?

Mae'n ysgrifennu neges frysiog. *Ddim yn gallu esbonio popeth.*

'Ddim yn gallu,' meddaf i'n oeraidd, 'neu ddim moyn?'

Dyw e ddim werth y risg.

Risg? Dydw i ddim yn deall. Ond mae Idris wrthi'n codi, golwg ryfedd ar ei wyneb. Mae'n edrych yn syth drwof i.

Yna mae hi fel taswn i'n llefain eto, fy llygaid yn niwlog, amlinell Idris yn aneglur o fy mlaen i. Mae fy nhalcen yn teimlo'n dwym yn sydyn – rwy'n gorfod gafael yn sil y ffenest rhag mod i'n cwympo.

Rwy'n blincio'n glou ac yn cymryd tair anadl ddofn. Mae fy ngolwg i'n dechrau clirio a'r anesmwythder yn pallu.

Mae Idris yn rhedeg llaw drwy ei wallt – yna mae'n troi ar ei sawdl ac yn agor y drws cefn. Yn syth bin mae gwynt yn chwythu i mewn gan ratlo'r llestri ar y ddresel, glaw'n tasgu dros y llawr.

Mae Idris yn cerdded mas i'r storm.

Rwy'n rhythu ar ei ôl. Beth sydd wedi dod drosto fe? Yna rwy'n llyncu'n galed, yn defnyddio un llaw i ddal fy hijab i lawr, ac yn martsio mas i'r ddrycin. Mae golau dydd yn ei chael hi'n anodd i wthio drwy dywyllwch y cymylau a'r haen solet o law.

'Idris!'

Mae e wedi brasgamu bant o'r tŷ i lawr y llethr bychan sy'n arwain at y doc. Mae'r môr yn wyn fel esgyrn wrth iddo ffrwydro eto ac eto o fy mlaen. Rwy bron â llithro ar y llwybr anwastad wrth i mi ddilyn Idris i lawr y llethr.

Pan rwy'n cyrraedd y doc mae Idris wrth ei gwch, sy'n siglo o ochr i ochr dan riddfan yn ei raffau. Mae'r storm a'r tonnau yn gythryblus o amgylch Idris ond dyw e ddim fel tase fe'n sylwi. Mae'n sefyll fel colosws yng nghanol popeth, yn edrych mas ar y môr.

'Idris! Dere mewn!'

Dyw e ddim yn clywed – neu ddim yn gwrando. Mae'r gwynt yn dwyn fy llais yn syth ta beth.

Am eiliad rwy'n cau fy llygaid ac yn ceisio gwneud cyswllt â'r môr – ac yn dychryn wrth deimlo gwallgofrwydd a dicter yng nghrombil y dyfroedd, fel anifail gwyllt wedi dianc o'i gadwyn. Bron fel tase'r môr yn cosbi'r tir, yn ein cosbi ni.

Mae Idris yn gerflun.

'Idris!' Rwy'n ceisio cael ateb ganddo unwaith eto. 'Beth wyt ti'n wybod am Llŷr? Helpa fi! Plîs, Idris!'

Dim.

Rwy'n wlyb at fy nghroen ac mae'r glaw yn llosgi fy wyneb.

Allaf i ddim aros mas fan hyn. Gan lyncu fy anobaith rwy'n troi ac yn hanner cerdded, hanner baglu yn ôl at y tŷ.

Wrth i mi gyrraedd wal gefn y tŷ mae drws y gegin yn siglo'n ôl ac ymlaen gan fwrw yn erbyn y wal eto ac eto. Rwy'n ei gau ar fy ôl gyda chryn ymdrech. Mae fy anadl yn dod yn boenus ac rwy'n peswch, y mwg yn dal i frifo fy ysgyfaint.

Dyw hi ddim yn ddiogel bod yma – ddim os yw Idris yn cuddio pethau. Does dim syniad gyda fi ble i fynd na beth i'w wneud, ond mynd sydd raid.

Hyd yn oed os yw hynny ar fy mhen fy hun.

Mae'r drws mewnol sy'n arwain at y stafell fyw yn agor. Akram sydd yno. Golwg bryderus ar ei wyneb.

'Beth ddigwyddodd?' mae e'n gofyn mewn Arabeg. 'Mi glywais i weiddi y tu allan.'

'Dim byd,' yw fy ateb i. Rwy wedi blino.

Mae Akram yn bwrw golwg mas o'r ffenest, yna yn ôl ataf i. Saib. 'Rydych chi mewn trafferth, y tri ohonoch chi.' Nid cwestiwn yw e.

Does dim pwrpas gwadu. Dyw Akram ddim yn dwp.

'Allwn ni helpu?' mae'n gofyn mewn llais tawel.

Mae ei garedigrwydd yn gwneud i mi deimlo'n waeth, os unrhyw beth. Dyma fi wedi dod â helbul at ei deulu ac mae e'n cynnig cymorth i mi.

Rwy'n peswch eto cyn rhoi gwên drist iddo fe.

'Diolch, Akram. Ond does dim raid i ti. Byddaf i'n gadael toc.'

Mae'n byseddu ei farf, yn amlwg yn deall mod i'n celu'r gwirionedd, ond yna mae'n nodio. 'Cadwa dy hun allan o drybini, Noor,' medda fe. 'A chofia, mae Duw yn anfon heriau aton ni i gyd er mwyn ein profi ni. Dod drwodd yn y pen draw sy'n bwysig.'

Yna mae'n plygu ei ben ataf i ac yn bagio'n ôl i mewn i'r stafell fyw. Mae chwa o wres yn dod o'r stafell honno. Cip o Tamir ac Amirah yn chwarae. Wedyn mae'r drws yn cau eto ac rwy ar fy mhen fy hun yn y gegin.

Mae'r radio'n dal i sisial.

Drwy bopeth sydd wedi digwydd, rwy wedi ceisio gwneud beth sydd orau. Ar y dechrau roeddwn i eisiau pasio'r dasg ymlaen i rywun arall. Idris. Yr heddlu. Mali. Unrhyw un ond y fi. Wedyn fe wnes i feddwl y byddwn i efallai yn gallu arwain y tri arall mas o'r perygl a stopio'r Darllenwyr rhag cwblhau eu cynllwyn. Ond fe wnes i fethu yn hynny hefyd – a chael y lleill i mewn i fwy o berygl yn y broses. Pa fath o arweinydd sy'n gwneud *hynny*?

Yn sydyn mae drws y gegin yn bwrw ar agor yn swnllyd. Helyg sydd yno. Mae eu hwyneb nhw'n welw.

'Noor,' meddan nhw, 'mae… Mali ydi o. Mae 'na rwbath yn bod efo Mali. Ty'd.'

28

Mali

Pan gofiais i wir enwau Cŵn Annwfn, daeth y teimlad rhyfedda drosof i. Egni'n corddi drwy fy ngwythiennau mewn modd na alla i ei ddisgrifio. Fel trydan. Sa i erioed wedi teimlo mor fyw.

Ar yr un pryd fe ddaeth poen. Dim anaf fel y cyfryw, ond y math o boen eithafol sydd yn pwyso ar rywun ar ôl clefyd hir, neu fel pan fyddwch chi'n llwgu ond dyw'r newyn ddim yn mynd bant dim ots faint ydych chi'n ei fwyta.

Gorfoledd – a gwewyr.

Mae'r Cŵn yn dal yma. Yn fy mhen i, ta beth. Alla i glywed sŵn eu traed, eu hanadlu, y gwynt yn siffrwd drwy eu blew. Fe anfones i'r ddau ohonyn nhw yn ôl gartre – fi'n credu. Sa i'n siŵr ble mae eu cartre nhw. Dim ond ambell fflach fi'n ei gael ohonyn nhw. Sa i'n meddwl y bydd 'da fi reolaeth drostyn nhw am yn hir. Mae ymlid tu fewn fy mhen, fel atgofion yn curo'n ddi-baid ar ddryse, yn ysu i gael eu rhyddhau. Does 'da fi ddim y grym i gadw fy ngafael ar eu tennyn, megis, am byth.

Nid fi yw eu *gwir* feistr.

Efnisien. Fe sydd wedi achosi hyn, fe a'i fath. Plant Llŷr – beth bynnag y'n nhw.

Ers degawde fi wedi ceisio ei gadw fe bant, ei wahardd o fy

meddwl i. Mae eich meddwl chi'n lle diogel, i fod, yn deyrnas i chi'n unig lle gall neb arall dresbasu.

Ond nid i fi.

Wrth ddarllen Pumed Gainc y Mabinogi fe agorais ddrws i mewn i fy meddwl fy hun – ac mae pobl eraill wedi gadael ôl brwnt eu traed ynddo. Dim bwys faint o walie y gwnes i eu rhoi lan, dim ots faint wnes i hyfforddi fy ymennydd i wrthsefyll y sibrydion, doedd dim modd eu cadw bant am byth.

Wrth i mi eistedd yma nawr, fi'n teimlo... dim byd. Mae fel taswn i wedi gadael fy nghorff ac yn profi'r byd fel atsain gwan o'r hyn yw e. Mae'r cracie'n dechrau ymddangos. Yn dechrau lledaenu.

Dim ond un twll bychan bach sydd ei angen yn yr argae a bydd y dŵr yn llifo drwyddo yn y pen draw.

Mae'r Cŵn yn dal i garlamu. Er nad oedd eu traed yn gwneud sŵn pan oedden nhw ar ein holau ni, fi'n clywed dwndwr eu pawenne nawr yn cymysgu â dryniio'r glaw y tu fas... ac mae fy mhen i'n brifo cymaint...

Fe wnaeth y gwaith o gofio enwau'r ddau Gi, pan oeddwn i yn y car, dynnu gormod mas ohonof i. Fi'n eistedd mewn cadair nawr, ond fi ddim yn bendant fydda i byth yn gallu cael hyd i'r nerth i godi mas ohoni.

Sa i'n gwybod faint mwy o help alla i fod i Noor.

Druan ohoni. Mae hi wedi cael tasg amhosib. Fe geisiais i ei helpu 'ddi gyda'r wybodaeth oedd gyda fi, ond wn i ddim faint o iws oedd hynny. Yn y diwedd bydd y môr yn codi ac yn ein boddi ni i gyd. Fel yn y stori.

Gollon ni'r torchrwy. Mae Doctor Gwermwnt a gweddill y Darllenwyr – a Dafydd – wedi toddi i mewn i'r storm. Mae pob gobaith oedd gyda ni i roi stop arnyn nhw wedi diflannu.

Wel.

Falle ddim *pob* gobaith.

Fi tamed bach ar wasgar, felly fi'n ceisio tynnu siwtrws fy meddylie yn ôl tuag at ryw ganolbwynt, er gwaetha'r boen sy'n gwefru drwyddo i.

Er mod i wedi darllen y Llyfr Glas, amser maith yn ôl, sa i'n Ddarllenwr. Fe wrthodes i ddeisyfiade Efnisien. Fe gadwes i e mas o fy mreuddwydion.

Ond mae Efnisien yn gwybod ble mae'r Darllenwyr wedi mynd...

Falle y galla i helpu Noor wedi'r cyfan.

29

Pumed Gainc y Mabinogi

Mae'r geiriau anghyfarwydd yn ailffurfio hyd yn oed wrth i ti edrych arnynt, yn dod yn ddealladwy, fel petaet ti'n eu byw dy hun…

Rwyt ti'n deffro i weld dy fod ti'n eistedd mewn tŵr bychan, cyfyng.

Mae'r wal o dy flaen wedi dymchwel, fel pe bai rhywbeth wedi'i chwalu â chryn nerth. Drwy'r hollt yn y mur rwyt ti'n gweld yr awyr, ei liw yn hanner ffordd rhwng machlud a gwawr, yn goch a phiws fel cleisiau.

Rwyt ti'n codi ar dy draed, yn rhyfeddu mor ysgafn rwyt ti'n teimlo. Mae dy gyhyrau'n llac ac yn ystwyth. Rwyt ti fel petaet ti'n iachach, bron. Fel petaet wedi cael dy ddadeni. Ond wrth i ti gymryd anadl i mewn i dy ysgyfaint rwyt ti'n blasu rhywbeth amhleserus yn yr aer. Blas priddlyd, fel mawn. Arogl cyfarwydd.

Mae hwn yn atgof rhyfedd. Wyt ti'n siŵr mai dy stori di yw hon? Mae'n teimlo fel petaet ti wedi darllen y gainc o'r blaen, er mai dyma'r tro cyntaf i ti fyseddu'r tudalennau hyn… onid e?

Gan deimlo ychydig yn chwil, rwyt ti'n ymwthio drwy'r bwlch yn wal y tŵr. Rwyt ti'n cicio un o'r cerrig sydd yn gorwedd yn y glaswellt ar ddamwain, er nad wyt ti'n teimlo poen.

Rwyt ti ar ben bryn, llethrau graddol o laswellt sych yn arwain i bob cyfeiriad. Yn y pridd yn union o dy flaen di mae olion traed, eu dyfnder a'r pellter rhyngddyn nhw yn awgrymu bod eu perchennog wedi bod yn rhuthro. Yn fwy na hynny, rwyt ti'n sylwi felly *y bu rhywun yma o'th flaen di...*

Mae'r lle hwn yn brydferth, yn ei ffordd ei hun. I un cyfeiriad mae mynyddoedd miniog, anferth yn tyrru ar y gorwel. Efallai eu bod yn cuddio'r haul, gan na weli di haul yn yr awyr. I'r cyfeiriad arall rwyt ti'n gweld y môr.

Mae'r stori'n gorffen gyda'r môr. Rwyt ti'n cofio hynny'n sydyn (sut, os mai dyma'r tro cyntaf i ti ei ddarllen?) – cofio mai'r uchafbwynt yw tonnau llwydlas yn cuddio'r nen, rhu'r tonnau fel daeargryn yn bell i ffwrdd. Mae'r ddelwedd honno yn dy ddychryn.

Nawr rwyt ti'n rhythu ar y môr a hwnnw'n ymestyn o dy flaen am byth. Mae'r dŵr yn troelli ac yn ymgordeddu'n llesg fel pydew anfeidrol o nadroedd, heb edrych llawer fel dŵr o gwbl.

Mae'r wlad yn ddieithr i ti ac yn gyfarwydd ar yr un pryd. Efallai mai dim ond yn dy atgoffa di o rywle arall y mae'r lle hwn – rhywle y buost yn dy blentyndod, efallai. Rwyt ti'n credu dy fod ti wedi dod yma am reswm – rheswm sydd yn llechu yng nghefn dy feddwl. Yr unig beth y gelli di ei wneud yw gobeithio y bydd dy draed yn gwybod ble'r wyt ti'n mynd.

Mae hi'n gynnes yma, fel y gwres swrth a ddaw cyn storm, er bod yr awyr yn glir. Erbyn cyrraedd gwaelod y llethr rwyt ti'n chwysu. Rwyt ti ar y traeth, y môr yn annymunol o agos. Rwyt ti'n edrych i'r naill gyfeiriad i lawr yr arfordir. I'r pellter i un cyfeiriad mae sbrencian o oleuadau yn awgrymu bod pentref yno. Mae'n bosib y gall rhywun yn y pentref dy helpu – os gelli di gofio pam wyt ti yma, wrth gwrs. Wyddost ti ddim a oes teithwyr eraill fel ti yn y byd hwn neu dim ond ei thrigolion. Wedyn rwyt ti'n cofio – roedd rhywun yma o dy flaen. Teithiwr arall. I ble'r aethon *nhw*?

Mae'r môr ar dy ystlys chwith yn chwyrnu'n isel. Tywod, o fath, sydd o dan dy draed, o'i edrychiad, ond mae dy esgidiau'n crensian yn swnllyd arno fel ar wydr wedi torri. Wrth i ti gerdded rwyt ti'n synhwyro – er nid yn gweld – bod rhywun yn dy ddilyn, efallai yn gwneud eu ffordd ar hyd y clogwyni uwchben. Rwyt ti'n teimlo ffrwtian yn dy stumog, fel petaet ti'n ymwybodol dy fod wedi anghofio rhywbeth pwysig. Mae rhywbeth echrydus o gyfarwydd am y ffordd mae'r awyr yn blasu. Rwyt ti'n brysio yn dy flaen.

Yn raddol, raddol, mae'r pentref bach disglair yn dod yn nes. Mae siapiau pobl yn symud ar ei gyrion. Wrth i ti agosáu maen nhw'n stopio i syllu. Pobl lwyd ydyn nhw, pob un yn brudd ac esgyrnog ac yn drist eu llygaid. Maen nhw'n gwisgo dillad sydd yn gyfarwydd i ti ond ddim beth fyddet ti'n eu gwisgo fel arfer – er, pan wyt ti'n edrych i lawr rwyt ti'n sylwi dy fod mewn dillad tebyg: crys a throwsus llwyd, llac. Mae hynny'n hynod od gan dy fod ti'n wahanol iawn i'r bobl yma – yn dwyt ti?

Mae un o'r bobl lwyd yn dod atat yn araf, dyn tal ond sydd â sgwyddau crwm sy'n ei wneud i edrych yn fyrrach. Mae ganddo lygaid glas, gwag. Heb ddweud gair mae'n pwyntio at grochan gerllaw sydd yn gorwedd ar golsion tân. Mae bwyd o ryw fath yn y crochan, ac ymddengys bod y dyn yn cynnig pryd i ti, ond rwyt ti'n ysgwyd dy ben. Dwyt ti ddim yn credu bod bwyta nac yfed unrhyw beth yn y byd yma'n beth doeth, er mor newynog wyt ti. Pwy a ŵyr – efallai mai dyma beth sydd wedi gwneud y bobl hyn mor drist? Mae'r byd hwn yn brydferth a does dim rheswm amlwg pam y *dylen* nhw fod yn drist.

Mae'r dyn yn nodio'n ddigalon wrth i ti wrthod cynnwys y crochan. Mae'n rhaid nad ti yw'r cyntaf i ymateb fel hyn.

Nid yw'r pentref yn fwy na dwsin o gytiau wedi'u hadeiladu o glai a gwiail ac wedi eu peintio â chalch, er bod gwynt ac amser, rwyt ti'n tybio, wedi troi'r gwyn gwreiddiol yn frown. Mae canhwyllau oer yn sefyll mewn ffenestri di-wydr gan boeri mwg. Yn hytrach na theuluoedd, mae'n ymddangos bod pob person yma ar ei ben ei hun. Nid oes neb yn sefyll yn agos at ei gilydd; nid oes mwy nag un i bob tŷ. Maen nhw'n gweithio, neu'n gwneud ystum gweithio, wrth i ti gerdded drwy'r pentref, yn ceisio palu tyllau yn y pridd caled, yn tynnu'r rhisgl oddi ar goed neu'n pluo ieir. Gweithio'n unigol mae pob un, er dy fod yn gweld dau yn dadlau'n fud wrth ffraeo dros bwy sydd yn cael tro gyda chaib.

Dwyt ti ddim yn gwybod a yw'r bobl hyn yn byw yma drwy'r amser neu'n deithwyr o bell fel ti.

Yng nghanol y tai eraill mae adeilad sydd yn fwy ei faint. Mae ei wneuthuriad cyn symled â'r gweddill, ond mae ei ddrws yn lletach ac mae nifer o ffenestri iddo. Gan dy fod ti heb ddatrys cyfrinach dy fwriad wrth ddod i'r byd hwn, rwyt ti'n anelu at yr adeilad hwn, gan obeithio y bydd rhywun tu mewn fydd yn gallu dy gynorthwyo.

Mae dau geffyl wedi'u clymu i bostyn y tu allan. Dyma'r anifeiliaid cyntaf i ti eu gweld yma, er dy fod ti'n amau dy fod wedi *clywed* rhai ar dy siwrnai ar hyd y traeth. Mae'r ddau farch gwelw fel petaen nhw ar fin marw, yn simsan ar eu carnau. Maen nhw'n dy lygadu di'n druenus. Dwyt ti ddim eisiau edrych arnyn nhw yn rhy hir, felly rwyt ti'n brasgamu drwy'r drws.

Tu mewn, unwaith i dy lygaid arfer â golau pŵl y tair llusern sy'n hongian o'r to, rwyt ti'n gweld nifer o fyrddau pren, stoliau wrth bob un. Mae pobl yma, dim mwy nag un person i bob bwrdd, ac mae wynebau diemosiwn yn troi tuag atat ti. Mae pob person yn cydio mewn cwpan o ddiod ac yn gwyro drosto'n amddiffynnol. Does neb yn dweud dim – wrthot ti nac wrth ei gilydd.

Mae'n debyg mai tafarn yw hon, ond lle truenus, dirialtwch. Mae dynes welw yn sefyll ger casgen yn erbyn y wal. Rwyt ti'n mynd ati ac yn ceisio peidio ag edrych yn syth i mewn i'w llygaid gwyrddfelyn. Heb ddweud gair mae hi'n gwyro'r gasgen ac yn tywallt hylif du i mewn i gwpan ac yn ei gynnig i ti. Rwyt ti'n oedi, ond wedyn yn ei gymryd ganddi. Rwyt ti'n teimlo'n hynod o sychedig yn sydyn, blas halen drwy dy geg. Rwyt ti'n codi'r cwpan at dy drwyn ac yn arogli'i ddiod. Mae'n eithriadol o chwerw. Rwyt ti'n nodio dy ddiolch i'r fenyw, ond dwyt ti ddim yn yfed.

Gan afael yn dy gwpan rwyt ti'n mynd at y bwrdd agosaf. Yma mae hen ddyn sydd â barf laes a chroen lliw copor yn eistedd, ei grys yn garpiau a'i freichiau'n esgyrnog. Yn fecanyddol mae'n codi ei gwpan at ei wefusau nawr ac yn y man er mwyn yfed yn swnllyd, y cwrw du yn llifo i mewn i flew ei farf. Wrth i ti dynnu stôl o fwrdd arall ac eistedd gyferbyn â'r hen ŵr, mae'n rhewi. Nid yw'n edrych arnat ti. Mae ei dafod yn symud i mewn ac allan yn gyflym mewn tic nerfus.

Dwyt ti ddim yn gwybod beth i'w ddweud wrtho nes bod y geiriau'n dod o dy enau, 'Rydw i'n chwilio am Efnisien.'

Nid yw'r hen ddyn yn symud. Rwyt ti'n ymwybodol bod pawb arall yn y dafarn yn llonydd hefyd. Mae sŵn cryg yn llithro allan o geg y dyn, sain ingol, araf. Mae'n dangos ei ddannedd i ti. Mae golwg cwbl wallgof arno.

Yna mae llais yn dod o ben arall yr ystafell.

'Y brenin.'

Menyw ifanc sydd yno, prin yn oedolyn ond yn edrych fel pe bai hi wedi bod yma ers canrifoedd.

'Beth ddwedaist ti?' rwyt ti'n gofyn.

'Y brenin,' meddai hi eto. Mae'r ddau air yn dod yn anodd iddi, cynaniad pob sillaf yn llafurus.

Mae'r ddynes wrth y gasgen yn gwneud sŵn yn ei gwddf ac yn ysgwyd ei phen.

Dyw'r fenyw ifanc ddim yn tynnu ei llygaid oddi arnat ti. Mae hi'n codi bys tenau i bwyntio allan o'r ffenest y tu ôl i ti.

'Brenin ar y bryn,' meddai gydag ymdrech, ei thafod yn dew.

'Pa ŵr yw'r brenin?' gofynni dithau, ond does dim ateb mwyach. Mae'r ferch ifanc yn codi ei chwpan cwrw yn sydyn ac yn yfed ohono yn awchus. Wedi ei orffen, mae hi'n suddo ei phen ar y bwrdd o'i blaen.

'Diolch,' rwyt ti'n dweud wrthi, er nad wyt ti'n meddwl ei bod yn gwrando. Rwyt ti'n codi yn araf. Yna rwyt ti'n arllwys cynnwys dy gwpan ar lawr pridd y dafarn. Mae sawl un o'r cwsmeriaid yn gwneud sŵn truenus, ond rwyt ti'n eu hanwybyddu.

Mae'r bobl hyn yn wahanol i ti. Rwyt ti'n tybio iddyn nhw fod yma ers amser maith. Ddim eisiau gadael, mae'n siŵr. Mae ganddyn nhw gymuned ar lan y môr, ond prin y gellid dweud eu bod nhw'n bodoli, heb sôn am gymdeithasu. Dwyt ti ddim yn gwybod (rwyt ti *yn* gwybod, yn dwyt ti) pam nad ydyn nhw'n gadael ac yn dychwelyd i'w bydoedd eu hunain.

Dyw hwn ddim yn lle i oedi ynddo'n rhy hir.

Wrth i ti fynd allan drwy'r drws rwyt ti'n galw dros dy

ysgwydd, 'Rydw i am fynd ag un o'ch meirch.' Nid yw'r bobl yn ymateb. Rwyt ti'n gwybod mai dwyn yw hyn, ond mae golwg mor ddi-faeth a garw ar y ddau geffyl nes dy fod ti'n gweld hyn fel cymwynas yn fwy na throsedd. Yn wir, wrth i ti esgyn ar gefn un ohonynt, mae'r ceffyl arall yn dy lygadu'n obeithiol, felly rwyt ti'n rhoi rhaff am ei wddf er mwyn ei gysylltu yntau y tu ôl i'r un rwyt ti'n eistedd ar ei gefn. Pam ddim mabwysiadu dau os mabwysiadu un? Wedyn rwyt ti'n marchogaeth i gyfeiriad y bryn uchel lle pwyntiodd y ferch.

Rwyt ti'n ceisio peidio â meddwl gormod am y ffaith bod rhywbeth o'i le ar y ddau geffyl hyn – eu llygaid wedi chwyddo, eu cynffonnau'n rhy fyr, eu dannedd yn gwthio allan o'u penglogau. Mae fel petaen nhw rywsut ddim yn gyflawn, ond mae eu cerddediad yn ebrwydd a chwim erbyn i ti gyrraedd y gwastatir sydd rhwng yr arfordir a'r bryniau pell.

Heblaw am y bobl drist-eu-hwynebau, mae'n *rhaid* bod pobl eraill yn byw yn y wlad yma. Rwyt ti'n teimlo bod hynny'n wir, os nad yn cofio'n union. Mae ganddyn nhw enwau ac mae eu dillad yn llifo fel dŵr. Maen nhw'n gallu defnyddio hud a lledrith i weddnewid y tir – a'r pethau sydd arno – i weddu at eu chwiw hwythau. Mae eu lleisiau fel cleddyf ar dy wegil – wyt, rwyt ti'n cofio'r lleisiau, hyd yn oed os nad wyt ti'n cofio'r geiriau.

Efnisien. Pan ddaeth yr enw hwnnw yn ddigymell allan o dy geg yn y dafarn wachul, gydag ef daeth toreth o atgofion darniog. Mae'n enw rwyt ti wedi'i glywed o'r blaen – wedi'i ddweud gyda dy dafod dy hun. Er mai hwn yw'r tro cyntaf i ti ddarllen y stori benodol hon (onid e?), mae Efnisien wedi bod mewn straeon eraill, rhai rwyt ti'n siŵr dy fod wedi'u darllen, bell yn ôl. Mae rhywbeth am ei enw – Efnisien – *Efnisien* – sydd yn gwneud i lwmp ffurfio yn dy wddf. Yn dal yn methu â chofio pam dy fod ti eisiau cael hyd i Efnisien – na phwy ydyw – rwyt ti'n marchogaeth yn dy flaen. Gobeithio y bydd y brenin ar y bryn yn gallu dy helpu.

Mae'r siwrnai yn cymryd llawer mwy o amser nag oeddet ti'n ei ddisgwyl.

Er i'r bryniau ymddangos ddim ond ychydig filltiroedd i ffwrdd pan oeddet ti'n edrych arnyn nhw o'r pentref, nawr dy fod ti'n carlamu ar gefn y ceffyl, does dim arwydd eu bod yn dod yn nes – yn wir, mae weithiau'n edrych fel petaen nhw'n bellach nag y buon nhw! Mae dy ben di'n troi. Rwyt ti'n gafael yn dynn ym mwng dy geffyl, rhag ofn i ti ddisgyn oddi ar ei gefn, ac yn reidio. Dwyt ti ddim yn gwybod beth arall i'w wneud.

Ymlaen. Ar ôl cyfnod rwyt ti'n rhoi hoe i'r ceffyl ac yn marchogaeth y llall yn ei le. Ymlaen, ymlaen, nes dy fod ti'n colli trac o amser. A dwyt ti'n dal heb gyrraedd y bryniau. Rwyt ti'n bell o'r traeth erbyn hyn, ond rywsut rwyt ti'n clywed sisial gludiog y tonnau o rywle sydd fymryn tu hwnt i dy olwg. Does neb yn byw lle rwyt ti nawr. Dim ond cymoedd tywyll, gweigion sydd i'r naill ochr.

Rwyt ti'n clymu'r ddau geffyl at goeden farw ac yn ceisio gorffwys. Er dy fod yn teimlo'n flinedig a'th symudiadau'n araf, rwyt ti'n methu cysgu. Nid yw hynny'n syndod, wrth i ti feddwl am y peth. Nid lle i gysgu yw'r byd hwn. Does dim haul yn machlud na gwawrio yma ac mae'r cysgodion wastad yn fain. Hefyd mae'r cyffro a'th lenwodd di ynghynt wedi dy adael erbyn hyn, gan dy adael yn oer a phetrus.

Rwyt ti'n gorwedd yng nghysgod craig am beth sy'n teimlo

fel amser maith, yn gwylio'r awyr porffor yn troelli uwchben. Efallai y dylet ti fwyta rhywbeth, ond does dim bwyd gennyt ti.

O'r diwedd rwyt ti'n codi ar dy draed ac yn ailgychwyn y daith. Rwyt ti'n reidio i ben bryncyn bach ac yn gweld y mynyddoedd ymhell o dy flaen. Rwyt ti'n dal i glywed sŵn isel y môr ymhell i ffwrdd ac o bob cyfeiriad. Bron bod y tir yn crynu'n ysgafn o dan garnau'r ceffyl, fel pe bai'r tonnau yn ymwthio o dan y pridd.

Rwyt ti'n craffu tuag at y gorwel mynyddog er mwyn gweld a oes castell i'w weld, ac am eiliad rwyt ti'n gweld fflach o binc ar un o'r copâu, ond efallai mai dy lygaid sy'n chwarae triciau. Gydag ochenaid rwyt ti'n marchogaeth yn dy flaen, yr ail geffyl yn dy ddilyn yn ufudd.

Rwyt ti'n teithio am wythnosau, o bosib. Weithiau rydych chi'n gorffwys, y tri ohonoch, ond nid yw'r ceffylau fel pe baent yn blino nac angen bwyd na diod. Pan wyt ti'n gorwedd am dipyn er mwyn dadebru, mae wynebau hyllion y ddau anifail yn crechwenu'n ddanheddog arnat, eu llygaid yn foliog a gwlyb. Rwyt ti'n gobeithio mai dangos eu diolch am i ti roi seibiant iddynt yw hyn.

Doedd y ceffylau'n brin mwy na chroen ac esgyrn pan gymeraist ti nhw o'r pentref, ond rwyt ti'n gweld newid graddol yn dod drostynt. Wrth i'r daith fynd yn ei blaen rwyt ti'n siŵr bod eu mwng yn tyfu a'u camau'n mynd yn hwy, fel pe baent yn buddio o gael ymestyn eu coesau. Ar yr un pryd rwyt tithau'n teimlo'n fwy a mwy diegni gyda phob seibiant, fel pe baet ti'n heneiddio yn rhy gyflym.

Mae pryd wnest ti gyfarfod y bobl ryfedd yn y dafarn mor bell yn ôl nawr nes ei fod yn atgof – misoedd, blynyddoedd yn ôl? – fel rhywbeth ddigwyddodd i rywun arall, nid i ti. Rwyt ti'n sychedig drwy'r amser. Yr hyn sy'n dychwelyd eto ac eto i dy feddwl yw'r cwrw du hwnnw roedd y bobl yn ei yfed yn y dafarn. Ar y pryd roedd ei arogl yn codi pwys arnat a'r syniad o'i yfed yn hunllefus. Ond nawr rwyt ti'n llyfu dy weflau, dy dafod cyn syched â gwlâu'r afonydd rwyt ti'n eu pasio, ac fe fyddet ti'n croesawu sip – dim ond sip – o'r ddiod ddu erbyn hyn, er bod gwreichionyn bach yng nghefn dy ben yn gwneud i ti gwestiynu doethineb y syniad.

Ymlaen. Rwyt ti'n swp blinedig ar gefn y ceffyl, yn gorffwys dy ben yn ei fwng. Erbyn hyn mae'r ceffyl oddi tanat wedi tyfu gymaint nes ei fod yn ddwywaith y taldra a'r lled y bu pan gymeraist ti ef. Mae'n fwy fel pe baet ti'n gorwedd ar ei gefn nag yn eistedd arno, ei asennau yn rhy llydan i ti gael dy goesau bob ochr iddo. Mae'r ceffyl arall i'w glywed y tu ôl i chi, ei anadl yn ddwfn a moethus. Mae eu carnau'n gwneud sŵn taranau yn y pridd wrth i chi hedfan yn eich blaen. Gan deimlo'n fregus ac yn egwan rwyt ti'n ymddiried yn eu camre ac yn ymbelennu i fyny'n gynnes ym mwng y march.

Mae dwndwr eu carlamu yn fesmeraidd. Rwyt ti eisiau cysgu.

Ond fedri di ddim cysgu.

Rwyt ti'n mentro agor dy lygaid ac yn gwthio llen y mwng i'r neilltu. Mae'r tirwedd o'ch cwmpas wedi newid. Mae coed yma a blodau'r maes yn ffynnu. Mae'r ddau geffyl wedi parhau i dyfu ar hyd y daith nes dy fod ti'n ddim mwy na gronyn, yn clywed pob curiad eu calonnau megis tirlithriad. Mae'r coed uwch dy ben yn ymestyn drwy'r cymylau.

Dwyt ti ddim yn cwestiynu pam bod hyn i gyd yn digwydd, er mor rhyfedd yw'r cyfan. Mae rhannau o'r stori sy'n gyfarwydd i ti ond bod pethau mewn trefn wahanol i'r hyn byddet ti'n ei ddisgwyl. Mae'r dryswch yn creu teimlad gwag, annifyr yn dy fol. Rwyt ti wedi – efallai? – treulio dy fywyd yn ceisio deall popeth, gan ystyried bod rhesymeg i bob dim. Ond mewn straeon – fel hon – mae troeon annisgwyl weithiau sy'n anfon y darllenydd i lawr llwybr nad ydyn nhw'n ei ddeall. Llwybr ofnus, efallai. Mae pethau newydd yn gallu bod yn frawychus. Fel arfer, rwyt ti'n myfyrio, bydd yr awdur yn rhoi ateb i'r dirgelwch yn y pen draw, hyd yn oed os oes raid darllen y stori eto ac eto cyn i'r geiniog ddisgyn. Ond beth, ar y llaw arall, os nad oes esboniad i'r dirgelwch? Mai sut rwyt ti'n *ymateb* iddo sy'n bwysig? *A beth os nad oes awdur…?*

Rwyt ti mor sychedig.

Yn sydyn mae'r march oddi tanat yn gweryru ac rwyt ti'n cau dy ddwylo am dy glustiau mewn poen. Wrth wneud hynny rwyt ti'n colli dy gydbwysedd ac yn llithro oddi ar gefn y ceffyl. Yn syrthio… yn syrthio…

Rwyt ti'n glanio ar laswellt meddal y goedwig. Mae arogl blodau yn llenwi dy ffroenau'n syth ac rwyt ti'n blasu awyr iach. Mae'r syched wedi mynd ac rwyt ti'n teimlo'r nerth yn llifo'n ôl i dy gyhyrau. Yn betrus rwyt ti'n codi ac yn troi at y ceffylau.

Ond mae'r ddau wedi diflannu. Rwyt ti ar dy ben dy hun ymysg y coed. Yn y pridd wrth dy draed gelli weld ôl pedol.

Mae gen ti frith gof dy fod ti'n ceisio teithio i rywle, ond i ble? Nid coedwig. Bryn? Tafarn? Castell! Dyna ni, roeddet ti'n chwilio am gastell y brenin. Er mwyn gofyn iddo am help. Oherwydd dy fod ti'n chwilio… yn chwilio am…

Efnisien. Wrth i'r enw wawrio yn dy feddwl rwyt ti'n teimlo cryndod yn y ddaear. Sŵn pell. Y môr. Mae pethau'n dod yn ôl atat, a thithau wedi peidio meddwl amdanynt ers blynyddoedd, ers i ti ddringo ar gefn y ceffyl hwnnw. Rwyt ti'n cofio'r rhan hon o'r stori, rywsut. Ddim y goedwig. Ond sŵn y môr.

Oherwydd bod y stori bob tro'n gorffen gyda'r môr...

Dwyt ti ddim eisiau bod yma pan ddaw'r tonnau. Felly rwyt ti'n gwthio dy ffordd drwy'r coed, y mwsogl yn llithrig. Mae'r canghennau uwchben mor agos at ei gilydd nes eu bod nhw'n ffurfio to gwiail, golau'r awyr yn gwthio drwy'r gwyrddni gan droi'r goedwig yn lliw llwyd-borffor ffiaidd. Ar ben hynny rwyt ti'n taeru bod sŵn o'th gwmpas, er nad oes neb yno pan fyddi'n troi i edrych.

Mae'r coed yn sibrwd. Mae geiriau ysgeler yn cyrraedd dy glust o bob cyfeiriad, gan wneud i ti neidio bob tro. Does neb da yn byw mewn coedwigoedd a dwyt ti ddim yn teimlo bod y geiriau sy'n cael eu sibrwd yn rhai cefnogol. Fflach o wyn a choch. A sŵn arall ymysg y sibrydion: *giff... gaff... giff... gaff...*

Rwyt ti'n cofio nawr. Rwyt ti wedi bod i'r goedwig hon o'r blaen, ers talwm efallai, er nid ar hyd yr un llwybr. Y rhain, felly, yw'r ddau anifail hela a gafodd eu cludo i'r byd hwn gan... Pryderi? Dyna'r tro cyntaf ers tro i ti feddwl am y dyn hwnnw. Cei atgof sydyn ohono: gwallt euraid; gwaywffon finiog; cyfaill a drodd yn elyn... Pryderi oedd yr un a roddodd enwau i'r anifeiliaid hyn hefyd, unwaith iddo'u dofi. Roeddet ti yno gydag ef yn y llannerch aur y prynhawn hwnnw. Mae beth ddigwyddodd wedyn yn annelwig i ti. Teimli fod trais wedi digwydd – lleidr – melltith – bradwriaeth – a'r anifeiliaid yn cael perchennog newydd.

Giffygaffagiffygaffa—

Maen nhw'n dy amgylchynu di nawr heb i ti allu eu gweld – ai dyna eu llygaid cochion ymysg y dail? – ond yn lle dy larpio di, mae'n ymddangos fel petaen nhw'n gwneud rhywbeth arall. Yn dy... hebrwng di?

Rwyt ti'n gwthio'n ddyfnach i mewn i'r goedwig, y tywyllwch ac anadlu'r creaduriaid yn cau amdanat. Wrth wasgu rhwng y coed mae brigau'n rhwygo dy groen. Prin y gelli anadlu. Mae'r cryndod yn y tir yn fwy gyda phob munud sy'n mynd heibio.

Mi allet ti droi'n ôl. Hyd yn oed os yw'r daith yn hir, mae tafarn ger y traeth lle mae cwrw du braf i'w gael. Mae cadair yno ar dy gyfer di a bwrdd i ti dy hun. Byddai'n ddiogel mynd yn ôl, lle mae pethau'n gyfarwydd, lle mae pethau yn syml. Byddai'n *haws* troi'n ôl.

Ond mae'n rhaid i ti gyrraedd pen y daith. Dim ond felly mae modd gorffen y stori. Mae'n rhaid i ti lyncu dy arswyd a phrysuro yn dy flaen.

Ar hynny rwyt ti'n baglu allan o'r coed i mewn i dir agored. Mae chwa o wynt oer yn taro dy wyneb fel dagrau. Dwyt ti ddim yn clywed y sibrydion bellach.

O dy flaen mae mynydd yn ymestyn at y ffurfafen a rhywbeth yn disgleirio yn bell, bell uwchben. Mae llwybr cul o dy flaen yn ymdroelli i fyny ysgwydd serth y mynydd. Rwyt ti'n dechrau dringo.

Dylai'r daith gymryd oriau, ond yr eiliad nesaf rwyt ti'n camu ar frig y mynydd. Oddi tanat mae'r byd yn ymestyn o dan gwrlid o niwl. Ond nid hynny sydd yn tynnu dy sylw.

O dy flaen mae'r castell mawreddog o faen rhuddwyn, ei dyrrau llachar yn codi mor bell i'r awyr nes nad wyt ti'n gallu gweld eu topiau. Dyma gartref i frenin!

A dyma lle cei di atebion. Gobeithio.

Rwyt ti'n dechrau brasgamu'n bwrpasol tuag at giât y castell, ond yn dod wyneb yn wyneb â dyn.

Mae'r gŵr hwn mor fawr ac mor llydan ag arth, a'i ddwylo'n anferthol – byddai cledr un llaw yn ddigon i lapio o amgylch dy ben di fel bod y bys a'r bawd yn cyffwrdd! Ar ei frest noeth mae creithiau mewn patrymau o sbiralau a symbolau nad wyt ti'n eu hadnabod.

Hwn yw ceidwad y giât. Y porthor.

A does dim wyneb ganddo.

Hynny yw, *mae* ganddo wyneb, ond dim llygaid na thrwyn na chlustiau arno, dim ond gwacter o groen tynn, gwythiennog. Ond mae ganddo geg – ceg sydd yn *rhy fawr*, yn lledaenu o un asgwrn boch i'r llall, heb wefusau ond gyda thafod hir yn llyfu'r dannedd coch.

Rwyt ti'n cymryd cam yn ôl mewn braw, ond cyn i ti allu dianc mae'r porthor yn gafael ynot ti gydag un llaw orfawr – ac yn dy godi o'i flaen nes bod dy draed yn gwingo.

'Paham yr wyt,' meddai'r porthor, llysnafedd yn diferu gyda phob gair, 'yn dyfod at gaer y Brenin Hafgan?'

Mae ei fysedd tewion yn gwasgu'r anadl allan ohonot. Rwyt ti'n llwyddo i ddweud wrtho, 'Dof i'w ddeisyfu ef. Chwilio'r wyf am Efnisien.'

Mae'r porthor yn dy dynnu'n agosach. Mae surni fel cig wedi llwydo yn dod o'i geg.

'Paham yr wyt yn chwilio amdano *yntau*?' meddai, ei lais yn beryglus ond eto'n chwilfrydig.

'Nid...' dechreui, cyn ymladd am y geiriau, 'nid ydwyf yn gwybod.'

Yn sydyn mae'r porthor yn chwerthin – cyfarthiad – ac yn dy ollwng yn ddisymwth i'r llwch.

'Dos, felly,' chwardda'r porthor gan bwyntio bys anferth drwy fwa carreg y gât. 'Dos, a boed i ti ddysgu o'th ffwlbri.'

Rwyt ti'n llusgo dy hun ar dy draed ac yn hercian i mewn i'r castell, yn ymwybodol o gerddediad trwm y porthor yn dy ddilyn.

Mae neuaddau'r castell yn eang a gwag, gwynt oer yn chwythu i lawr ei gynteddau gan wneud i dy ddannedd rincian. Rwyt ti'n pasio byrddau hirion sydd â digon o feinciau i fil o bobl eistedd wrthynt, er nad oes neb yma heblaw amdanat ti a'r porthor.

Mae set o risiau o dy flaen. Rwyt ti'n dringo, y porthor wastad wrth dy sodlau, y grisiau'n troi a throi wrth esgyn. Rwyt ti'n cerdded am amser maith. Hyd nes eich bod chi uwchben y cymylau, efallai.

Yn sydyn mae'r grisiau'n peidio ac rwyt ti ar lawr gwastad neuadd hir. Ym mhen draw'r neuadd, bron yn rhy bell i ti allu gweld, mae rhywun yn eistedd mewn cadair fawr. Rwyt ti'n arogli'r porthor wrth dy war ac yn prysuro yn dy flaen. Ydi, mae hyn oll yn gyfarwydd, gan gynnwys y siâp pentagon nodedig sydd i'r teils ar y llawr.

Wrth i ti nesáu at y gadair rwyt ti'n gweld ei bod wedi'i ffurfio o goeden farw, y pren yn ddu ac yn gam fel pe bai mellten wedi'i daro un tro. Mae'r canghennau crwca yn plygu'n grafanc fawr er mwyn creu gorsedd.

Ar yr orsedd eistedda'r Brenin Hafgan.

Mae'r brenin yn dal ac yn arswydus o denau. Byddai sgerbwd yn dewach na hwn. Mae ei lygaid yn gwthio allan o'i ben a'i wddf yn bolio fel gwddf broga. Mae'n gwisgo clogyn glas sydd mor hir nes ei fod yn ymestyn am droedfeddi ar hyd y llawr oddi tano.

'Ymgryma,' medd Hafgan gan dy lygadu.

Nid yw ei geg yn symud wrth iddo siarad. Mae'r gair yn hytrach fel atsain o lais pell yn sboncio ymysg colofnau'r neuadd.

Rwyt ti'n syrthio ar dy liniau er mwyn ufuddhau'r gorchymyn; mae'n gyfle hefyd i orffwyso dy draed wedi dy siwrnai lafurus. Mae'r porthor yn llwybreiddio heibio er mwyn sefyll wrth law dde'r brenin. Yn sydyn rwyt ti'n sylweddoli ei fod yn syllu arnat er nad oes llygaid ganddo. Dwyt ti ddim eisiau meddwl mwy am hynny, felly rwyt ti'n edrych yn daer ar y llawr.

'Arglwydd,' meddi, dy geg yn sych, 'chwilio yr wyf am Efnisien. Dywedwyd wrthyf y byddet ti'n gallu dweud pa le y gallwn ei ganfod.'

O gil dy lygaid rwyt ti'n gweld Hafgan yn gwyro i lawr atat, ei gorff hir yn plygu mewn ffordd amhosib. 'Yr wyt yn *chwilio*,' mae'n adleisio, y geiriau'n ofalus ac yn swnio bron yn anghrediniol, 'am *Efnisien*? Paham y gwnei hynny?'

Rwyt ti'n llyncu. Dwyt ti ddim eisiau ailadrodd nad wyt ti'n gwybod pam dy fod ti'n chwilio am Efnisien, oherwydd byddai Hafgan yn siŵr o chwerthin am dy ben. Ond *dwyt* ti ddim yn cofio pam dy fod ti'n chwilio am Efnisien yn benodol...

...nag wyt?

Mae lluniau'n dod i dy feddwl. Delweddau sydyn sydd ddim yn gwneud synnwyr i ti.

Gwraig yn sefyll ar glogwyn.

Cerbyd yn rhuthro drwy'r tywyllwch.

Neuadd mewn fflamau.

Diafol mewn mwgwd aur, ei law yn llachar.

Dwyt ti ddim yn meddwl bod y rhain i *fod* yn y stori. Maen nhw'n dod o stori arall, efallai, gan dorri ar draws dy stori di. Ond rwyt ti'n methu â chofio'r gainc honno, dim ond fflachiadau.

Yn eu lle mae un ddelwedd olaf yn cyrraedd dy feddwl. Ynddo rwyt ti mewn neuadd yn llawn o olau ac o dy flaen mae dyn tywyll, cam, ei geg yn llydan. Mae'n llamu ymlaen i dy larpio ac wrth iddo wneud hynny rwyt ti'n ei glywed yn dweud, *Mali a wyt ti'n dod yn ôl ataf i wyt ti Mali wyt ti o dyweda dy fod ti—*

Rwyt ti'n cael hyd i dy lais. Mae'n swnio'n bitw. 'Oherwydd,' meddi yn araf, 'bod arnaf eisiau ymddiddan ag ef.'

Mae'r syniad yn swnio'n wallgof, hyd yn oed wrth i'r geiriau lithro ohonot. Ti, yn cael sgwrs gydag Efnisien? Waeth i ti fod wedi dweud 'mae arnaf i eisiau bwyta'r haul i ginio'! Ac eto… Tybed a yw'r syniad mor wallgof â hynny? Onid yw Efnisien yn ddyn caredig a hardd, yn un sydd yn gallu rhoi popeth i ti? Onid ef yw'r un rwyt ti wedi bod yn chwilio amdano dy holl fywyd?

Ai *dyna* sut mae'r stori hon yn mynd?

Nid yw'r Brenin Hafgan yn dy ateb. Yn llechwraidd rwyt ti'n codi dy ben.

Mae ei lygaid mawr yn lampau ac mae sŵn clicio yn dod o swigen ei wddf. Mae'n codi ei ddwylo atat, ei fysedd yn nodwyddau.

'Bob tro arall,' meddai ei lais, sydd fel gwynt y gaeaf, 'rwyt ti'n ymbil arnaf i'th achub di rhag Efnisien. Ac eto yn awr yr wyt yn ymofyn ei gwmni. Diddorol.'

Rwyt ti'n teimlo gwynt rhewllyd ar dy foch.

'Chei di ddim dod o hyd iddo,' meddai Hafgan wedyn, 'ond, dichon, efe a gaiff hyd i *ti*.'

Mali.

Ai Mali yw dy enw di?

Mali. Rwyt ti wedi dychwelyd ataf.

Yn sydyn rwyt ti'n clywed sŵn carnau ceffylau. Rwyt ti'n codi ac yn edrych o dy gwmpas yn wyllt. Ai'r ddau geffyl o'r pentref sydd yno? Ond na, nid oes ceffylau yn y neuadd. Y tu allan maen nhw, mae'n rhaid. Ond rwyt ti mor uchel yn yr awyr!

Pan wyt ti'n edrych eto ar orsedd Hafgan, mae ei sedd yn wag. Mae'r porthor hefyd wedi diflannu. A'r waliau a'r to. Rwyt ti ar dy ben dy hun ar dop y tŵr, y gwynt yn dy chwipio.

Rwyt ti'n syrthio ar dy liniau mewn hanner llewyg. Prin y gelli anadlu. Mae'r awyr yn fôr o dy gwmpas. O'r pinacl hwn gelli weld y byd i gyd.

Gall y cyfan fod yn gartref i ti.

Ie.

Gallem deyrnasu, ti a fi.

Pwy wyt ti?

Fe wyddost.

Efnisien.

Ie. Yr wyf yn dyfod atat. Yn gynt nag anadl, ar fy march. Byddwn gyda'n gilydd. Am byth.

Wrth i'w lais lenwi dy galon rwyt ti'n cofio pwy yw Efnisien. Rwyt ti'n cofio pam y daethost yma o'r blaen.

Rwyt ti'n cofio sut mae'r stori hon yn gorffen.

Ar y dechrau roeddet ti'n dod yma trwy'r amser. Nid trwy wirfodd; pryd bynnag y byddet ti'n cau dy lygaid i gysgu, byddet ti'n eu hagor i ddarganfod dy fod ti wedi camu, eto, i mewn i'r byd hwn. Nid yw fel breuddwydio. Mae popeth yn teimlo'n gwbl real, ond fel atgof. Atgof rwyt ti'n gallu cerdded drwyddo, ei deimlo, ei arogli.

Rwyt ti'n sicr nad yw hwn yn fyd y dylai unrhyw berson fod ynddo.

Pan oeddet ti'n dod yma ers talwm – wyt ti'n cofio? – byddai'n anodd gadael. Byddet ti'n gwybod bod angen i ti ffoi, bod rhywun yn dy hela – ond yna byddet ti'n aros, ac aros, ac aros. Dyddiau, wythnosau, misoedd, blynyddoedd yn cael eu treulio ar bob ymweliad, yn adeiladu tŷ i dy hunan allan o glai a gwiail, yn yfed y cwrw du gyda'r lleill, yn teimlo'r ysgafnder sydd mor drwm.

Y si ymysg y pentrefwyr hynny a oedd yn dal i allu siarad oedd bod rhai o drigolion y byd hwn yn hapusach. Y bobl sydd yn byw, meddent, ymhellach i lawr yr arfordir yn y Dinasoedd Crisial, yng Nghaer Fedwydd neu Gaer Fandwy neu Gaer Siddi. Y rhai hyn, tybiaist, oedd y bobl oedd *heb* wrthod y cynnig. Pobl oedd wedi darllen yn awchus – ac felly yn hapus yn y byd hwn.

Rwyt ti, fodd bynnag, yn un o'r rhai a wrthododd.

Does dim hapusrwydd i rywun fel ti bellach.

Er hynny, rwyt ti'n gryf. Fe sylweddolaist fod dychwelyd yma nos ar ôl nos yn ei gwneud hi'n fwy a mwy anodd i wneud y daith yn ôl i'th fyd di. Dyna pryd y dechreuaist geisio *peidio* dod yma.

Roedd rhaid i ti godi waliau i dy amddiffyn di rhag pethau erchyll y lle hwn. Waliau llythrennol, i ddechrau; byddet ti'n mynd ati, yn syth ar ôl i ti gyrraedd yma bob nos, i gasglu cerrig a'u codi yn furiau o dy amgylch. I ddechrau roedd y gorchwyl yn ofer; byddai'r cerrig yn dymchwel hyd yn oed wrth i ti eu gosod ar ben ei gilydd, neu byddet ti'n cael dy hudo ymaith gan alaw neu lais. Ond y noson ganlynol byddet ti'n ceisio eto. Adeiladu. A phan fyddai'r waliau'n dymchwel, yn ailadeiladu. Dyfalbarhau. Eto. Ac eto. Ac eto.

Dros amser dyma'r byd yn dod i ddeall beth roeddet ti'n geisio ei wneud, ac yn anfon bwystfilod atat i geisio dy stopio di rhag adeiladu. Rwyt ti'n cofio sŵn eu crafangau'n rhygnu cerrig y tŵr lle'r oeddet ti'n cwrcwd, tithau'n ewyllysio dy hun i adael y byd hwn. A phob tro fe fyddai'r tonnau'n dod cyn i ti allu gorffen adeiladu...

Yna, un noson, fe weithiodd. Roedd dy waliau'n dy atal di

rhag teithio yma o gwbl. Adeiladaist nhw'n ddigon cadarn nes i'r muriau cerrig yn y byd *hwn* ddod yn furiau yn dy *feddwl* hefyd. Llwyddaist i gau'r drws.

Ond dwyt ti ddim o'r byd hwn. Ac mae ei wir drigolion yn gryfach hyd yn oed na thithau. P'run ai dy fod ti'n effro neu'n cysgu, rwyt ti byth a hefyd yn clywed curo, curo, curo ar waliau dy dŵr. Fel petai rhywun yn ceisio dod allan atat ti – neu'n ceisio dy dynnu di yn ôl i mewn. Dyna pam nad wyt ti'n gallu cysgu o gwbl erbyn hyn. Mae'n rhy beryglus. Dysgaist dy hun i beidio *cysgu*-cysgu, ond hanner cysgu, waeth pa mor flinedig oeddet ti.

Wrth gwrs, nid oedd modd cadw draw am byth. Nid oes unrhyw wal mor gryf â hynny.

Rwyt ti wedi dychwelyd. Wedi *gorfod* dychwelyd. Ac nid am y tro cyntaf chwaith.

Fe ddaethost ti yma yn ddiweddar iawn, er mwyn chwilio am ddau gi…

Dyna pwy oedd y person ddaeth yma o dy flaen di.

Dy olion traed *di* oedden nhw.

Hon oedd y stori nad oedd neb i fod i'w darllen. Dylai hi fod wedi trengi yn fflamau'r goelcerth. Mae rhai straeon yn rhy bwerus. Ond fe wnaeth rhai ei darllen hi, gan gymryd y Llyfr Glas a gynigiwyd iddynt a gadael i'r geiriau lenwi eu llygaid barus.

Dwyt ti ddim yn sicr, ond rwyt ti'n tybio bod y stori yn wahanol i bawb sy'n ei darllen. *Dyna* yw Pumed Gainc y Mabinogi. Nid chwedl ar bapur yw hi ac iddi ddechrau a diwedd, ond porth i'r byd hwn.

Nid ti oedd y cyntaf i ddod yma. Nid ti fydd yr olaf.

Ers talwm roedd gan dy stori di yn y byd hwn yr un uchafbwynt. Roeddet ti'n dianc rhag Efnisien, am y tro. Yna roedd y môr yn dod. Ond doedd adeiladu'r tŵr ddim ond megis cau'r clawr ar lyfr cyn cyrraedd ei ddiwedd. Nid yw'r stori'n newid – dim ond cael ei thorri yn ei blas mae hi.

Ond heddiw mae pethau'n wahanol. Does dim ofn arnat ti. Dim erbyn hyn.

Bydd y stori'n darfod heddiw.

Yn araf rwyt ti'n sefyll.

'Efnisien!'

Mae'r ceffylau yn swnio'n agos, ond weli di ddim byd.

'Ble wyt ti?' rwyt ti'n bloeddio.

Ar draws yr awyr daw cryndod, fel carreg yn cael ei thaflu i lyn. Yna mae lliw'r cymylau'n newid wrth i gysgod lifo drwyddynt ac maen nhw'n troelli o amgylch pinacl y tŵr lle safi di. Yng nghanol y cysgod mae sŵn carnau a chlincian metel.

A dyma Efnisien.

Mae ei geffyl yn greadur a gafodd ei ffurfio gan law ei feistr. Y cnawd a'r esgyrn wedi eu plygu mewn parodi o farch, enaid y creadur wedi'i hen ladd fel nad yw'n ddim mwy na chasgliad o gysgodion ac amhosibilrwydd. Yn y cyfrwy eistedda Efnisien, ei wedd yn brydferth fel y gwanwyn. Mae'n llifo i lawr atat ti gan wenu mewn ffordd sydd yn gwasgu dy galon ac fel pe bai'n dweud, *Does dim byd yn bod nawr. Mae Efnisien yma.*

Mae'n camu ar ben y tŵr uchel ac yn gafael yn dy ddwylo. Mae'n edrych yn ddwfn i dy lygaid.

'Roeddwn i'n gwybod,' medd ef, 'y dychwelet ataf un dydd.' Mae'n codi dy law ac yn ei gosod yn dyner yn erbyn ei foch. 'Onid oeddet ti'n hiraethu am y cnawd hwn?' Mae'n cyffwrdd ei wefus yn erbyn dy arddwrn. 'Y gusan hon?'

Dwyt ti ddim yn gallu anadlu. Mae'n teimlo fel y tro cyntaf y gwnaethoch chi gyfarfod. Pan oedd yn wên i gyd ac yn gwneud i'r byd droi o dy gwmpas.

Mae pob munud ers y funud gyntaf honno wedi bod oherwydd Efnisien. Mae wedi bod yn dy gwmni drwy'r amser, hyd yn oed ar ôl i ti ddianc oddi wrtho. Ei lais, ei gnawd, ei gusan – dyna beth sy'n gwneud i ti ailfeddwl nawr. Ai'r dewis cywir oedd gwrthod Efnisien? Ai dy fai di yw bod popeth wedi mynd o'i le? Beth pe baet ti wedi *derbyn* yn lle?

Caer Fedwydd, Caer Fandwy, Caer Siddi…

'Fi wedi gweld dy golli di, ti'n gwybod,' rwyt ti'n dweud wrtho. 'Mae wedi bod fel… yn gwmws fel poen. Bob dydd. Does 'da ti ddim syniad pa mor anodd oedd gwneud hyn.'

Mae llygaid du Efnisien yn disgleirio. 'O, gwn,' mae'n ateb. 'Gwn y cyfan. Does dim byd y gelli gadw oddi wrthyf, Mali. Ti a fi. Yr ydym yn *un*. Gyda nerth dy gariad byddwn yn fuddugoliaethus!'

Rwyt ti'n nodio. Mae rhu'r tonnau'n agos. Dy stori bron â gorffen.

Ychydig yn nerfus rwyt ti'n hanner troi oddi wrth Efnisien. 'Sa i…' Rwyt ti'n llyncu ac yn ceisio eto. 'Sa i'n dy haeddu di. Ti'n deall hynny? Base unrhyw un arall wedi rhoi'r ffidil yn y to ymhell cyn hyn. Ond ti… smo ti 'di stopio chwilio. Byth.'

'Nac ydw,' medd Efnisien, yn camu tuag atat. 'Fe ddewisais i ti. Rwyt ti'n arbennig. Wnaf i ddim dy adael di fynd eto.'

'Cymera fi,' rwyt ti'n murmur. 'Fi 'ma nawr. Sa i'n mynd i nunlle.' Rwyt ti'n estyn ato. 'Dyma fi, Efnisien.'

Mae Efnisien yn gwenu ac yn gafael yn dy law.

Yn yr ennyd honno rydych chi'n un. Rwyt ti'n gweld drwy ei lygaid ef – yn gweld ffigwr llwyd, esgyrnog o fenyw sydd ag wyneb rhyfeddol o lachar – ac yn gallu teimlo ei deimladau ef, ei gasineb, ei boen.

Rwyt ti hefyd yn gallu darganfod beth sydd yn ei feddwl.

Mae Efnisien, yn rhy hwyr, yn deall beth yw dy fwriad ac

mewn dicter mae'n ceisio tynnu ymaith, ond mae'n rhy agos atat, wedi rhoi ei hun ormod i ti. Rwyt ti'n gafael ynddo'n dynn.

Rwyt ti'n hedfan drwy ei enaid, yn chwyrlïo drwy frwydrau, llofruddiaethau a galar, yn gweld tiroedd yn diflannu dan ddŵr a thân, yn cael cip ar filiwn o sêr estron yn dy amgylchynu mewn galaeth dywyll – ac rwyt ti'n clywed Efnisien yn bloeddio, yn cablu, yn sgrechian arnat, yn gwingo er mwyn dod yn rhydd...

Ar yr un pryd rydych chi'n syrthio. Efallai fod y tŵr wedi diflannu, neu dy fod wedi hyrddio'r ddau ohonoch chi oddi ar ei ymyl. Mae Efnisien yn dy freichiau wrth i'r ddau ohonoch chi syrthio a syrthio – ac rwyt ti'n gwybod mai hyn fydd dy ddiwedd.

Yn y foment hon rwyt ti'n gweld Efnisien mewn modd nad yw ef eisiau i ti ei weld. Ei wir ffurf. Mae ei grafangau hirion yn lapio eu hunain o amgylch dy wddf, yn dy wasgu...

Cyn taro'r llawr rwyt ti'n gweld fflach o atgof Efnisien. Atgof – neu rywbeth sy'n digwydd nawr – neu a *fydd* yn digwydd? Ynddo mae Efnisien yn cerdded drwy stryd werdd, ei ddillad fel dŵr, ac mae ef yn llawn gobaith a gorfoledd. Y tu ôl iddo mae mintai mewn clogynnau yn dilyn dan lafarganu. O ffenestri pefriog yr adeiladau crisial sy'n codi'n chwil ar ddwy ochr y stryd mae llygaid ofnus yn edrych i lawr ar yr orymdaith. Ymhell uwchben mae'r awyr cythryblus yn troi a throi fel... nid fel awyr ond fel... *fel y môr...*

'Chei di mohona i byth, gwboi,' meddi di, cyn i bopeth ffrwydro.

30

Noor

Mae Mali'n dal yn y gadair ble gadewais i hi. Mae Ikhlas yn gwyro uwch ei phen a Helyg yn ysgwyd ei braich er mwyn ei deffro.

Rwy'n rhuthro ati. Mae ei llygaid ar agor ond dy'n nhw ddim yn symud. Mae ei chorff yn gwbl oer. Mae afon fach o waed yn llifo mas o'i thrwyn gan staenio top ei chardigan.

Na. Nid Mali. Na. Plîs.

Gan geisio rheoli fy anadlu, rwy'n rhoi fy llaw ar ei boch. 'Mali?' meddaf i'n dyner. 'Mali, deffra. Deffra nawr.'

Dim byd.

'Mali…'

Yna—

Mae Mali'n rhoi ochenaid ofnadwy, ei chorff yn hanner codi mas o'r gadair mewn sbasm. Mae Ikhlas yn camu'n ôl mewn braw gan roi ei dwylo dros ei cheg. Mae Helyg yn gwelwi.

Mae Mali'n fy ngweld ac yn cau ei bysedd yn dynn o amgylch fy arddwrn. 'Noor!' Dan grynu fel un dan artaith, mae hi'n gwthio'r geiriau mas, 'Cantre'r Gwaelod. Dyna ble mae e'n mynd. Cer i Gantre'r Gwaelod, Noor!'

Cyn i mi allu ateb, mae ei llygaid hi'n chwyddo wrth iddi

weld rhywbeth dros fy ysgwydd – ond does neb yno – ac mae hi'n tynnu gwynt sydyn, erchyll i mewn.

Dyw hi ddim yn ei anadlu'n ôl mas. Mae ei chorff yn suddo'n llipa i'w sedd. Mae Mali wedi mynd.

31

Dafydd

Pan dwi'n gofyn i'r capten lle ydan ni, dwi'm yn cael llawar o sens allan ohono fo. Mae o'n sbiad arna fi o dan eyebrows mawr gwyn fo efo'r golwg intense 'ma, ac ma'n dechra paldaruo bron heb gymryd gwynt. Mae o'n micsio geiria Cymraeg hefo rei Susnag ac ieithoedd erill dwi'm yn nabod, so dwi mond yn dal chwartar y petha mae o'n ddeud, ond dwi'n clŵad wbath sy'n swnio fel 'i fynwes yr Un anfeidrol' ac 'y llwybr arbennig' drosodd a drosodd.

Ar ôl chydig funuda o hynna dwi'n gorod mynd oddi wrtho fo achos mae o'n dychryn fi.

'Dan ni 'di bod yn hwylio ers oria ac oria. Yr unig point of reference sgen i ydi bo ni 'di dechra yn Cymru a hedio allan i'r storm. Ma'i'n edrach fel bo ni 'di dŵad i ben draw'r byd.

Be sy draw ffor'na? Y Werddon? America? Dwi'n trio cofio lessons geography yn rysgol fawr ac ma llun yn dŵad i pen fi o glôb Meirion Moel ar desg fo. Jyst môr sy i'r west o Gymru. Yr Atlantic (neu'r Pacific, dwi wastad yn cael heina'n rong). Ydan ni jyst yn mynd i hwylio am byth?

O flaen ni ma'r storm yn cyfro pob dim. Dim arwydd bod hi am basio – ma'i 'di mynd yn waeth os wbath. Ma'r tonna'n fawr, 'tha *masif* mawr – mynyddoedd yn codi a disgyn mewn slo motion. Weithia 'dan ni'n cal 'yn cario gan don hiwj sy'n golygu bo ni'n mynd ar ninety degrees, a dwi'n gorod gripio'r reilin mor dynn nes bod dylo fi bron â ffiwsio i'r metal.

Un peth dydi pobol 'im yn sôn amdan ydi sŵn storm. Dwi'm yn golygu 'tha *boom* y tarana neu betha felna. Ond pan ti tu mewn i storm, reit yn 'i ganol o, ma'r sŵn jyst yn constant. Fatha bod y byd i gyd yn crynu. Dwi'n cal image stiwpid sydyn o pan ddaru glôb Mei Moel ddisgyn off desg fo a smasho i'r llawr a fi'n cal y bai a cal fy ecslŵdio am rest o'r dydd. Ma hi'n teimlo felna i fi rŵan. Fel glôb yn smasho.

Yn sydyn dwi'n gweld rwbath.

Na.

'Di hynna ddim yn bosib. Ma raid bo fi'n halwsineitio, ond dwi'n edrach ac edrach – a dwi'n *siŵr* bod o yna.

Ma 'na wynab yn ganol y môr.

Does gen ti ddim sense of perspective pan ti ar y môr, ond faswn i'n taeru bod y gwynab yma'n five hundred foot ar draws o leia. Mae o'n codi o'r dŵr o'n blaena ni – a llgada, trwyn a ceg fo'n sticio allan. Ma'r llgada mor fawr â dau lyn, y trwyn fatha mynydd a'r geg fatha ogof anfarth. Ma llong ni fatha tegan wrth ymyl o.

Dwi'n sgrechian fatha dwi heb neud ers pan o'n i'n fach. Mae o'n gut reaction, y sgrech jyst yn slipio allan ohona fi. Ma brên fi jyst methu delio efo be dwi'n weld. Dwi isio pasio allan, ond dwi'n gwbod os wna i fydda i'n syrthio i'r môr, so dwi jyst yn sefyll a sgrechian. Ma'r storm mor swnllyd nes dwi'm hydnoed yn clŵad fy hun.

Dwi isio i'r capten droi ni i ffwrdd o'r thing 'ma, o'r sea monster uffernol sy'n mynd i fyta ni i gyd efo'i geg anfarth, ond am ryw reswm insên ma'r capten jyst yn hwylio ni *strêt at yr wynab anfarth*. Y diawl gwallgo. Mae o'n mynd i ladd ni gyd!

Ma llgada'r monster yn wyn 'tha mellt ac ma ceg fo'n mynd yn fwy ac yn fwy – mae o'n mynd i'n llyncu ni...

Dwi'n teimlo llaw ar ysgwydd fi. 'Dan ni allan o'r storm a dwi'm yn teimlo glaw yn disgyn. Dwi'n dal i *glŵad* y storm, ond ma'i 'di miwtio.

Dwi'n blincio ac yn gweld bo ni 'di stopio, y cwch yn bobio fyny ac i lawr wrth ymyl slab mawr o garrag. 'Dan ni tu mewn i ogof fawr.

Am eiliad dwi'n gaspio mewn ofn achos dwi'n cofio bo ni 'di mynd i mewn i geg y monster, ac ella bo fi 'di marw, ond wedyn ma'r llaw yn gwasgu'n fwy tynn ar ysgwydd fi.

'Dafydd, mae'n iawn,' ma Doctor Gwermwnt yn deud. Ma llais fo'n reassuring yn ganol hyn i gyd. 'Rydyn ni'n ddiogel nawr.'

Raid bo fi 'di colli amsar – sioc ella. Dwi'n dal i gripio yn y reilin, nycls fi'n brifo. Dwi'n gorod pilio bysadd fi un ar y tro oddi arnyn nhw.

'Lle 'di fama?' Ma gwefusa fi'n stryglo i symud.

'Dyma sut byddwn ni'n cyrraedd teyrnas Plant Llŷr. Dim ond un fynedfa sydd – i rai fel ti a minnau, beth bynnag – sef hon.'

'Nesh i weld... wynab mawr...'

Dwi'n edrach ar y Doc, sy'n gwisgo masg metal fo. Ma 'na rwbath newydd yn llgada fo. Pupils 'di dilatio gymint nes bod eyeballs o bron yn ddu. Dwi'n sylwi bod o 'di egseitio, yn crynu jyst.

'Nage,' medda fo. 'Ynys yw hon – ynys sydd ond yn ymddangos, medden nhw, i'r rhai sydd yn chwilio amdani ac sydd â'r hawl i fentro iddi. All neb ein dilyn – mae'r storm wedi cau'r ffordd y tu ôl i ni. Gallaf i ddeall pam y byddai gweld rhywbeth fel hyn wedi drysu dy lygaid. Parodd gyffro i minnau hefyd. Ond mae'r siwrnai bron ar ben. Does dim byd i'w ofni bellach.'

Dwi'n gobeithio bod hynna'n wir.

Ma gweddill y praidd wrthi'n dringo off y cwch ac ar y graig fawr. Ma rhei ohonyn nhw'n cario stwff 'di lapio mewn cynfasa ac yn offloadio nhw. Efo pen fi'n dal yn troi, dwi'n mynd i lawr y gangplank ac yn joinio pawb arall. Ma'r capten 'di diffodd yr injan ac mae o yma hefyd, yn siarad efo fo'i hun ac yn chwerthin weithia.

'Dilynwch fi, gyfeillion ffyddlon,' ma Doctor Gwermwnt yn deud wrth iddo fo gerad i mewn i'r tywyllwch yn gefn yr ogof fawr. Ma 'na rei o'r lleill efo torches a dyna ydi'r unig ola yn y lle. 'Dan ni'n cerad mewn prosesiwn ac wrth i ni fynd mlaen ma walia'r ogof yn teimlo fel bo nhw'n mynd yn agosach o gwmpas ni – 'dan ni mewn pasej ne rwbath. Ma rymblian y storm yn mynd yn bellach i ffwrdd efo bob step dwi'n gymyd, ond dwi'm yn licio be ma hynna'n golygu – ydan ni'n mynd o dan y môr? Ma'i'n boeth ac yn styffi fama. Ma calon fi'n pwmpio mor gyflym nes bo ribs fi'n brifo, ac ma'r boen yn ysgwydd fi'n cosi.

Er bo fi'n trystio bod y Doc yn gwbod lle mae o'n mynd â ni, ma 'na'n dal rwbath hollol unnerving am y lle 'ma. Ma gola'r torches yn bownsio off y walia gan ddangos dim ond fflashys o betha, a dwi'm yn siŵr os dwi isio cal *mwy* o ola i weld nhw'n iawn neu gael dim gola o gwbwl fel bo fi'm yn gorod sbiad arnyn nhw. O'n i'n cymryd na fatha natural rock formations oedd y twnnal 'ma, ond weithia dwi'n gweld carvings a siapia sy'n neud i fi feddwl na pobol sy 'di cloddio hwn. Ma 'na symbols a be sy'n edrach fel sgwennu, er dwi'm yn ddallt o, ac weithia dwi'n gweld wyneba gargoyles yn y cerrig. Dy'n nhw ddim actually yn symud, though, nacdyn – jyst tric y gola 'di hynna…?

Wrth i ni gerad ma'r lleill yn rhoi cloaks nhw ymlaen. Dwi ddim yn gwbod pam ma'r Darllenwyr yn gwisgo heina, achos ma'n nhw'n edrach braidd yn wirion, ond whatever. Dangos respect i Llŷr neu wbath ma'n nhw'n neud, probabli. Dy'n nhw ddim 'di roid cloak i fi though. Wni'm pam.

'Dan ni'n stopio'n reit sydyn a dwi'n bympio mewn i'r boi sy o flaen fi.

Ma Doctor Gwermwnt yn dal breichia fo allan fatha mae o'n neud weithia mewn seremonis. Ma pawb yn hollol ddistaw, mor ddistaw nes bo fi'n sylwi bo neb yn anadlu hydnoed. Ma pawb yn sterio o flaen nhw.

'Dan ni mewn neuadd masif. Ma 'na ola fama heblaw'r torches, fatha bod y cerrig yn glowio yn wyrdd. Ma'r stafall yn grwn efo ni ar un ochor i'r cylch. Ar y pen draw, opposite lle 'dan ni, ma 'na siâp archway 'di cerfio yn y wal, mor llydan â lori ac mor dal â tŷ. Rownd ochor yr archway ma 'na wahanol symbols, pob un mor fawr â pen fi. A tu mewn i'r archway ma 'na ddu.

Jyst *du*.

Er bod hi'n boeth fama, dwi'n sydyn yn teimlo'n oer ddiawledig.

Ma Doctor Gwermwnt yn deud rwbath ond dwi methu ffocysio arno fo. Dwi methu tynnu llgada fi off y du sy'n ganol yr archway mawr. Mae o fatha twnnal ond does 'na'm gola yn mynd i mewn iddo fo – na dŵad allan ohono fo.

Dwi'n clŵad y Doc yn deud y gair 'defod'. Wedyn ma eco sŵn traed gweddill y praidd i'w glŵad – a dwi'n gweld yr holl

Ddarllenwyr yn cloaks glas nhw yn mynd i sefyll rownd ochor y cylch, i gyd yn sbiad am i mewn.

Dwi'n teimlo rywun yn gafal yn llaw fi.

'Tyrd, Dafydd,' mae Doctor Gwermwnt yn deud, llais fo'n fetalig drwy ei helmet ond yn dal yn swnio'n comforting. 'Tyrd gyda mi.'

Dwi'n neud be mae o'n ddeud. Corff fi'n symud heb i fi rili ddeud 'tho fo am neud, fatha bo fi'n robot. Ma 'na deimlad cynnas neis yn pen fi. Fel mynd i gysgu.

Ma Doctor Gwermwnt yn mynd â fi i ganol y bowlan fawr a neud i fi fynd lawr ar penaglinia fi. Ma'r garrag yn smooth. Dwi'n tynnu côt a crys fi a gollwng nhw ar llawr. Ma'r Doc yn deud mwy o betha i'r lleill, llais fo'n codi yn y ffor canu-cân 'na sgynno fo pan mae o'n mynd i hwyl y peth. Dwi'n dal bits fel *ennyd dyngedfennol* a *cyflawni ei bwrpas* a *braint y breintiau*, y geiria'n nofio o gwmpas fi – a rywsut dwi'n dallt be ma'n nhw'n feddwl.

Ma hon yn seremoni sy'n mynd i fynd â ni at Blant Llŷr – atyn nhw i *gyd* – ac i lle fyddan ni'n joinio efo pobol erill fel ni, ac yn cal parti mawr wrth groesawu Llŷr yn ôl i'n byd ni. A *fi* ydi'r rheswm bod ni'n medru mynd 'na o gwbwl. Fi ydi'r person pwysica yma. Fi!

Ma'n rhyfadd y petha ti'n sylwi arno fo. Yn lle'r Darllenwyr mewn cylch mawr yn cloaks nhw yn chantio yn isal, yn lle'r archway mawr o flaen ni sy'n hymio fel injan, be ma llgada fi'n syrthio arno fo ydi un o'r members erill. Dynas dal, blond, efo plastar mawr gwyn ar boch hi. Hon 'di'r ddynas nath atacio Noor a fi tu allan i fflat fi dwrnod o blaen. Eirwen dwi'n meddwl 'di enw hi. Ma Doctor Gwermwnt yn trystio hi, o be dwi'n ddallt; dyna pam bod hi'n cal cario briefcase fo. Ma'i'n dal sylw fi am bo hi'n cerad mlaen ac yn roid y briefcase yn ofalus wrth draed y Doc, reit wrth eye level fi. Ma hi'n agor o fel tasa hi'n diffiwsio bom ac yn tynnu allan y torchrwy. Wrth iddi hi neud hynny dwi'n gweld, am eiliad, bod gwn fi yng ngwaelod y bag. Ma Eirwen yn rhoid y torchrwy i'r Doc gan fowio pen hi, cyn cau'r briefcase efo *clic*. Wedyn ma hi'n gario fo efo hi yndôl i sbot hi yn y cylch ac yn sbiad arna fi mewn ffor fudur iawn, ella achos bod hi'n dal heb fadda i fi am dynnu gwn arni hi yn y dre.

Motsh amdani hi. Moment fi 'di hwn.

Rŵan ma Doctor Gwermwnt yn dal y torchrwy yn yr awyr ac yn deud mwy o betha. Dwi'm yn meddwl na Cymraeg ydi o. Ma'r iaith mae o'n siarad yn swnio'n galad, yn hyll bron, ond wedi deud hynna mae'n swnio'n neis hefyd. Dwi'n teimlo esgyrn fi'n crynu.

'Agorwch!' mae o'n gweiddi'n sydyn. Er na dim Cymraeg ydi'r gair sy'n dod o geg y Doc, yn pen fi mae o *yn* Gymraeg. 'Agorwch yn enw yr Un Mawr!'

Ma 'na lot o betha yn digwydd wedyn.

Ma 'na fflash. Ella bo melltan 'di taro fi achos dwi'n ysgwyd fatha bo fi'n cal letrig sioc. Dwi methu gweld dim achos y gola, ond dwi'n meddwl bod corff fi'n cal 'i luchio i'r awyr. Ma breichia a coesa fi'n cal 'u stretsio allan. Dwi isio gweiddi ond ma wynab fi 'di rhewi a dannadd fi'n cau agor, mond crynsho yn erbyn 'i gilydd. Ma 'na boen masif yn chest fi – ma'r siâp nathon nhw carfio yna, arwydd Llŷr, yn llosgi, yn brifo fel does mbyd 'di brifo o'r blaen. Ma rwbath yn cal 'i dynnu allan ohono fi. Fel rhoid gwaed.

Dwi'n gweld petha, ond ddim efo llgada fi. Gweld afon letrig yn rhedag drwydda fi reit o ganol y ddaear ac allan i space, at y sêr. Gweld gwyneba dwi'm yn nabod o gwmpas fi, ond dwi *yn* nabod nhw, 'tha bod nhw'n perthyn i fi ond finna rioed 'di cwarfod nhw. Gweld gola llachar fel yr un welish i pan esh i o dan y dŵr…

Ma llais Doctor Gwermwnt yn torri ar draws pob dim. Dwi'm yn clŵad be mae o'n ddeud ond mae o'n swnio'n hapus, yn uffernol o hapus, bron yn crio.

Wedyn ma corff fi'n mynd yn limp – ac ma 'na glec wrth i fi landio ar cefn fi ar y garrag.

Dwi'n chwil. Yn anadlu'n ffast. Ac yn teimlo mor, *mor* wan.

Efo strygl dwi'n codi pen fi. Dwi'n dal gwynt fi – achos ma tu mewn i'r archway yn sgleinio'n wyrdd a glas ac yn neud i llgada fi brifo.

Ma 'na lwybr 'di agor.

'Dewch!' ma Doctor Gwermwnt yn gweiddi, 'Dewch! Mae'r awr arnom. Dewch!'

Ma gweddill y Darllenwyr yn dilyn fo gan redag. Does 'na neb yn sbio arna fi. Neb yn helpu fi i godi. Dwi'n estyn llaw allan at Doctor Gwermwnt ond mae o'n ignorio fi. Ma masg fo'n sgleinio yn y gola newydd sy'n fflydio'r neuadd wrth iddo fo ddiflannu drwy'r archway.

Ma'i'n ddistaw wedyn.

Jyst fi ar ôl.

Ond nath o ddeud bo fi'n sbesial…

Gorfadd.
    Teimlo'n drwm.
    Brifo i symud.
    Brifo i anadlu.
    Pam dwi dal yma?

Odd pob dim yn glwydda?
Fasa'r Doc byth yn deud clwydda.
Ddim wrtha fi.
Fasa fo ddim.
Ella bo fi 'di camddallt rwbath.
Ella bo fi 'di neud rwbath yn rong.
Fedrith y Doc egspleinio.
Ma'r drws ar agor o flaen fi.
Gola.
Yr archway.
Fedra i bron gyffwrdd o.
Dwi 'di rhoid gymint.
Dwi'n haeddu cal bod yna ar y diwadd.
Ma coesa fi fel jeli.
Ma corff fi ar dân.
Ma dagra'n rowlio i lawr bocha fi.
Ond.
Dwi'n meddwl fedra i gerad.

32

Helyg

Mae marwolaeth person yn hitio pawb sy'n agos iddyn nhw fel bom.

Do'n i ddim yn nabod Mali Teifi. Wnes i ddim ond ei chyfarfod hi ychydig oriau yn ôl. Ond dwi yma o'i hachos hi. Mi ddois i ati hi am bod Lleucu 'di deud wrtha i am wneud. A rŵan mae Mali wedi marw.

Does gen i ddim syniad sut Welais i hi'n confylsio yn ei chadair a dyna pryd es i i nôl Noor. Ychydig eiliadau wedyn mi ddudodd hi rwbath am Gantre'r Gwaelod ac wedyn... Gwaed ar ei hwyneb hi i gyd – fel pan oedden ni yn y car.

Oedd raid i fi adael y stafell. Gormod o bobl yna, a finnau'n teimlo mod i methu helpu. Ac am y trydydd tro mewn deuddydd dwi'n sefyll mewn cyntedd ar fy mhen fy hun.

Dwi'n teimlo'r gorbryder yn cropian tuag ata fi, felly er mwyn tynnu fy sylw fy hun dwi'n edrych o gwmpas. Prin bod lle i droi yn y cyntedd 'ma. Mae 'na silffoedd neu fyrddau cul ar y naill ochr ac maen nhw'n llawn o hen geriach. Dwi'n cymryd mai trugareddau Idris o'i fywyd ar y môr sy 'ma.

Dyma ni raff wedi'i rhowlio'n dynn efo patsys du arni sy'n edrych fel tar. Fama mae 'na *figurine* bach o angel wedi'i naddu allan o, be, asgwrn? *Mor* delicet. Ar y silff uwchben hwnnw mae potel wag ar ei hochr, y math faswn i'n ddisgwyl gweld model o long ynddi hi. Draw fan hyn mae 'na declyn metal o fwrdd llong, ar gyfer mesur rwbath-neu'i-gilydd. Yn gorffwys yn ei erbyn o mae llyfr heb glawr, y dudalen flaen frown mewn iaith sy ella'n Ffrangeg; ar y top mae'r geiriau *Almanach royal*. Mae staeniau dŵr wedi rhoi siâp tonnau i'r papur.

Efo Mali wedi marw, mae unrhyw obaith oedd gynnon ni o ddallt be sy'n mynd ymlaen wedi diflannu. Hi oedd efo'r pen am lyfrau a hanes a chwedloniaeth a ballu. Dwi'n meddwl, tasen ni wedi cael jyst ychydig mwy o amser, y basen ni – wel, Mali a Noor yn benna – wedi medru gweithio allan ffordd i stopio'r Darllenwyr *ac* achub Lleucu.

Lleucu. Weithiau dwi'n sylwi mod i heb feddwl amdani ers sbel, ers i mi gael fy nhynnu i mewn i helyntion Noor, Mali a Dafydd. A dydi hynny ddim yn iawn; yma achos Lleucu ydw i. Mi ga i hyd i Lleucu, hyd yn oed os ydi o'r peth ola dwi'n wneud.

Dyna dwi'n *ddeud* wrtha fi fy hun.

Ond y gwir ydi nad oes gen i syniad lle i fynd. Na be i'w wneud. A pham ddylwn i? Peth bychan bach yn y bydysawd ydw i; smotyn pitw mewn môr du sy'n cymryd dim sylw ohono fi.

Be ti'n fod i wneud pan mae dy fyd di'n cael ei droi ben i lawr?

Dwi'n chwil ac yn gorfod gafael yn y silff er mwyn stopio fy hun rhag disgyn. Mae'r panig yn dal i drio gwthio drwodd. Mae'r cyntedd yn troi rownd a rownd a dwi isio bod yn sâl.

Canolbwyntia ar rwbath arall. Tynna dy sylw dy hun!

Mae 'na fodel fama sy wedi'i wneud allan o gregyn glas a melyn. Adeilad o ryw fath ydi o i fod, fatha eglwys. Mae'n fach iawn ond mi oedd llaw gelfydd wedi gweithio ar hwn. Mae ganddo fo gwpwl o ffenestri bach a set o risiau yn arwain i fyny at ei ddrws ffrynt. Dwi'n sbecian drwy dwll y drws er mwyn gweld a oes unrhyw beth tu mewn, ond mae'n wag. Wrth i mi estyn amdano fo i sbio'n agosach, mae fy mysedd llithrig yn gwneud i mi ei ollwng o. Dydw i ddim yn ddigon cyflym i'w ddal o cyn iddo syrthio ar lawr a chwalu'n rhacs, briwsion cregyn yn sgrialu i bob cyfeiriad.

Damia. Dwi mor drwsgl.

Wedi cynhyrfu braidd, dwi'n mynd ar fy ngliniau er mwyn codi darnau'r model. Mae o tu hwnt i'w drwsio, o be wela i, ond o leia fedra i glirio'r llanast.

O dan un o'r silffoedd dwi'n ffeindio darn efo top y grisiau a drws ffrynt yr adeilad arno fo. Oedd hwn yn ornament mor ddel a chrefftus. Mae'r drws pitw wedi ei ffurfio lle mae tair cragen yn dod at ei gilydd, y twll prin yn ddigon mawr i fy mys bach ffitio i mewn.

Drws.

Mae'r drws yn y model yn gwneud i mi feddwl yn sydyn am Lleucu yn curo ar fy nrws ffrynt i. Dwi'n ei gweld hi eto yn fy nychymyg yn sefyll yn yr ogof yna, fel yn y llun dynnais i ohoni. Doedd hi ddim yn bihafio fel tasa hi'n mynd yno i gyfarfod rhywun, rŵan mod i'n meddwl am y peth. Chwilio am *rywbeth* oedd Lleucu, nid *rhywun*. Wedyn y fflach fawr a hi'n diflannu—

Yn sydyn dwi'n dallt – mae fel golau dydd yn gwthio drwy'r llenni i fy neffro i.

Drws: dyna pam aeth Lleucu i Ynys Gwales. I *gael hyd* i Efnisien. Mi oedd hi'n gwybod bod ffordd i'w gyrraedd o ar yr ynys. Dyna oedd y symbolau ar y llawr, beth oedd hi'n gyffwrdd cyn iddi ddiflannu. Llwybr. Drws.

Drws sy'n arwain at Efnisien...

Dwi'n gollwng darnau'r model ar y llawr ac yn rhuthro'n ôl i'r stafell fyw, cyffro'n golchi'r gorbryder i ffwrdd.

'Noor!' dwi'n galw. 'Dwi'n gwybod lle fedran ni fynd! Dwi'n gwybod sut i gyrraedd at Lleucu – ac i stopio Efnisien hefyd!'

Ond dwi'n stopio'n stond, achos mae Noor yn sefyll gan syllu ar be sy ganddi yn ei dwylo. Mae golwg bell a pheryglus ar ei hwyneb.

O'r diwedd mae hi'n sylwi mod i yma. Mae'n codi ei llygaid ata fi yn ara.

'Dyw e ddim pwy o'n i'n feddwl oedd e,' medda hi. 'Mae e wedi'n twyllo ni.'

Dwi ddim yn dallt. 'Pwy?'

'Idris. Mae e wedi bod yn gweithio gyda'r Darllenwyr...'

33

Noor

Mae Mali wedi mynd.

Mae'n rhaid i mi gyfaddef na wnaeth hi argraff gyntaf ffafriol arnaf i. Yn y Llyfrgell Genedlaethol gwnaethon ni gyfarfod, pan es i am help i ddarganfod mwy am y tŷ oeddwn i newydd ei etifeddu. Ar y pryd roeddwn i'n meddwl bod natur di-serch ganddi ac roedd hi byth a hefyd fel tase ganddi bethau eraill ar ei meddwl. Ond dros amser dyma ni'n dod yn ffrindiau, er gwaethaf ein gwahaniaethau. Doedd gyda hi ddim llawer o gyfeillion, rwy'n credu. Doedd gyda finnau ddim chwaith.

Nawr mae hi'n eistedd yn fanna, ei llygaid yn syllu arnaf i'n farw. Mae tristwch tu mewn i mi sydd yn ddwfn fel y môr – ond mae diolchgarwch hefyd. A chasineb. A rhyddhad. Yr holl deimladau gwrthgyferbyniol hynny.

Mae fy ffrind wedi gadael.

Mae Idris yn brasgamu i mewn o'r glaw. Er tegwch iddo fe, mae'n ymateb yn glou, gan roi blanced dros Mali, ei chodi hi'n dyner yn ei freichiau fel tase hi'n pwyso dim, a'i chario hi lan lofft. Mae Ikhlas yn hebrwng y plant mas fel nad ydyn nhw'n gorfod gweld, tra bo Akram yn ceisio dweud rhyw bethau dwys wrtha i am farwolaeth, ond dydw i ddim yn gwrando arno. Mae e'n gadael hefyd.

Rwy'n eistedd am funud, wedi fy fferru. Mae'r storm i'w chlywed yn difetha'r byd y tu fas.

Prosesu. Dyna'r gair sy'n cael ei ddefnyddio am ddelio gyda galar y dyddiau 'ma. Fel tase'n calonnau ni yn gyfrifiaduron a bod y tor calon yn rhywbeth sydd yn gallu cael ei ddatrys. Rwy wedi cael llawer o ymarfer delio gyda galar, a dydw i ddim wedi cael hyd i'r datrysiad eto.

'*Cer i Gantre'r Gwaelod.*' Geiriau olaf Mali. Ddwedodd hi'r geiriau gydag arddeliad, yn fwy pendant nag y dwedodd hi unrhyw beth wrtha i erioed. Roedd y neges yn *bwysig*. Neges, efallai, y rhoddodd hi ei bywyd er mwyn ei phasio i mi.

'*Dyna ble mae e'n mynd.*' Sôn am Efnisien, wrth gwrs. Roedd Mali'n credu ei fod e, ac felly'r Darllenwyr hefyd, yn mynd i Gantre'r Gwaelod. Efnisien, y torchrwy, Doctor Gwermwnt, Dafydd… Maen nhw i gyd yn gysylltiedig, felly byddan nhw i gyd yn dod at ei gilydd ar gyfer y ddefod i atgyfodi Llŷr. Oni bai mod i'n gallu eu stopio nhw.

Drwy fynd i Gantre'r Gwaelod.

Ond does gyda fi ddim syniad sut…

Mali, byddai'n dda cael dy gyngor di nawr.

Fe ddylen i alw am rywun i ddod ar gyfer ei chorff. Ond fydd ffonau ddim yn gweithio mewn tywydd fel hyn. Bydd rhaid i gorff Mali sefyll yma am sbel – dyna fydden nhw'n ei wneud yng Nghymru ers talwm, rwy'n credu, er mwyn i bobl ddod i ddangos parch. Bu farw hen ewythr i mi pan oeddwn i'n bump oed ond chefais i ddim gweld ei gorff. Dwedodd fy mam bod y dynion wedi'i lanhau e'n ofalus a'i lapio mewn lliain gwyn bron yn syth ar ôl iddo fe farw. Mae ysfa ryfedd gyda fi i wneud yr un peth i Mali, er ei bod hi'n kāfirah… Ond allaf i ddim meddwl am hynny nawr. Rwy'n credu na fyddai Mali'n becso, ta beth.

Dyw aros yn y stafell wnaeth hi farw ynddo ddim yn eistedd yn dda gyda fi, felly rwy'n mynd drwodd i'r coridor cefn. Mae hon yn arwain i'r dde at y parlwr blaen – ble gallaf i glywed teulu Ikhlas yn siarad yn isel. Mae troed y staer yn syth ar fy chwith.

Allaf i ddim clywed Idris lan lofft – dim ond synau hen drawstiau'r tŷ yn y gwynt. Heb fod yn siŵr pam, rwy'n rhoi fy nhroed ar y stepen isaf. Mae'r pren yn griddfan. Rwy'n dringo'n araf, yn wyliadwrus.

Dyw Idris erioed wedi dangos lan staer i fi. Dydw i ddim yn gwybod beth sydd yno. Rwy'n parchu preifatrwydd Idris fel rheol, wrth gwrs. Ond mae ansicrwydd yng nghefn fy meddwl wedi gwneud i mi neilltuo'r parch hwnnw heddiw, yn enwedig o ystyried ymddygiad rhyfedd Idris a'r wybodaeth mae e'n amlwg wedi bod yn ei chelu oddi wrtha i.

Dydw i methu siglo'r teimlad bod Idris yn cuddio rhywbeth lan fan hyn...

Mae arogl llaith, chwerw ar ben y staer, fel tase neb wedi agor ffenest ers hydoedd. Bach iawn yw'r landin; gallaf gyffwrdd pob wal o le rwy'n sefyll. Mae dau ddrws yma a'r rheiny ar gau.

Aeth Idris lan cyn fi gyda chorff Mali; dydw i ddim yn credu bod e wedi dod i lawr ers hynny. Rhyfedd felly nad ydw i'n gallu ei glywed e'n symud o gwmpas – er bod fy nghalon i'n curo'n ddigon swnllyd i guddio pob sŵn arall.

Yn betrus rwy'n estyn am y drws sydd i'r dde. Mae *rhywbeth* yn fy nenu i at hwnnw. Mae paent a arferai fod yn wyrdd yn plicio ohono, gan ddangos lliw gwahanol oddi tano.

Rwy'n agor y drws.

Tu hwnt mae stafell hir; rhaid ei bod hi'n ymestyn o dan fondo'r tŷ. Mae llwch yn hofran yn yr aer. Ym mhen draw'r stafell mae ffenest yn gadael golau brwnt i mewn drwy lenni o las tila. Mae bocsys pren yma ac acw, fel rwy'n dychmygu bod llongau ers talwm yn eu defnyddio er mwyn cludo eu cargo. Mae gwely cul yn y gornel sydd heb weld defnydd ers tro; mae pethau wedi'u pentyrru arno.

Dylen i gau'r drws yn syth, ond dydw i ddim. Mae yna gyffro mewn bod yn rhywle dydych chi ddim i fod ynddo. Ac ofn.

Rwy'n dychmygu taw hon yw storfa Idris. Mae gan bawb un o'r stafelloedd hynny – mae'n sicr sawl un yn Nhŵr-yr-Heli. Mae rhywun yn dychmygu darganfod trysor ymysg hen geriach, wrth gwrs, ond dim ond mewn storïau plant mae hynny'n digwydd.

Rwy'n cerdded o gwmpas yn bwyllog. Mae arogl papur wedi sychu ac mae'n rhaid i mi wthio drwy ambell i we corryn. Allaf i ddim gweld llawer o bwys. Tarpolins wedi'u plygu. Offer pysgota. Pentwr o gadeiriau pren. Cist forwrol urddasol sydd â dolenni pres.

Er mwyn lleddfu fy chwilfrydedd dyma fi'n agor un o'r droriau yn y gist. Tu mewn mae papurau, yn amlwg yn dyddio yn ôl blynyddoedd lawer – canrifoedd? – tra bo rhai eraill yn fwy diweddar. Rhestrau a *logs* ac ati yw beth rwy'n eu gweld yn bennaf. Ond mae dau rolyn mawr o bapur hefyd: mapiau. Rwy wedi dwli ar fapiau erioed. Mae rhywbeth cyffrous ynghylch gweld faint o'r ddaear dydw i ddim wedi mentro iddo eto, ac ar yr un pryd mae'n fy atgoffa i pa mor fychan a di-nod ydw i yn y byd.

Mae un map yn llai llychlyd na'r llall. Wrth ei ddadrolio ar ben y gist rwy'n gweld ei fod yn fap o ynysoedd Prydain, gydag Iwerddon a gogledd Ffrainc i'w gweld. Hen fap – mae Cymru yn rhan o Loegr – ond mae llinellau ac ysgrifen arno sydd yn edrych yn gyfoes. Fel tase rhywun wedi bod yn nodi teithiau cychod ar hyd y môr. Mae'r llawysgrifen sydd yn cyd-fynd â'r llinellau wedi'i hysgrifennu mor fach nes mod i methu adnabod yr iaith.

Yna, wrth wthio cornel y map mas i'w weld i gyd, mae fy ngwaed yn oeri.

Rwy'n baglu mas o'r stafell gyda chornel y map, wedi ei rwygo bant, yn fy llaw.

Mae Idris yno.

Mae'n sefyll ym mynedfa'r llofft arall, ei ffurf yn llenwi'r drws. Mae'n syllu arnaf i heb symud, ei freichiau i lawr wrth ei ochr ond y dwylo'n ddyrnau.

'Idris,' meddaf i, fy llais yn crynu, 'beth yw hwn?'

Rwy'n dal y tamed o fap tuag ato. Er nad yw ei lygaid yn symud, rwy'n gwybod ei fod e'n gweld beth sydd ar y sgrap o bapur, wedi'i sgriblo mewn inc coch.

Seren sydd â phum coes, un yn pwyntio'n syth lan, dwy yn plygu i'r ochr a dwy yn troi am i lawr.

Symbol Llŷr.

'Pam bod 'da ti'r map yma?' rwy'n erfyn arno. 'Pam bod symbol Llŷr arno fe? Mae e'n... *Ti* sgwennodd e, ondife? Wi'n nabod dy sgrifen di.'

Dim ateb.

'Dwed wrtho i, Idris!'

Dim ateb.

Mae fy meddwl ar ras, achos does dim o hyn yn gwneud synnwyr – ond mae un esboniad erchyll sy'n codi i'r wyneb, yn rhwygo'i hun bant o fy nghalon.

'Ti'n gweithio 'da nhw.' Allaf i prin gael fy llais mas. 'Ti'n eu *helpu* nhw. Dyna pam mae'r map 'da ti. *Ti'n un ohonyn nhw.*'

Dal dim ateb.

Yn sydyn mae fy llygaid yn niwlo. Rwy'n teimlo'r landin o dan fy nhraed yn siglo, fel taswn i ar ddec llong.

Mewn braw, rwy'n rhuthro i lawr y staer, bron â chwympo. Pan rwy'n cyrraedd y lolfa, rwy'n cau'r drws i'r cyntedd cefn yn glep. Mae fy anadl yn dwym a fy llygaid yn nofio.

Rwy'n sylweddoli bod Helyg yn sefyll o fy mlaen i. Wn i ddim pa mor hir maen nhw wedi bod yno. Maen nhw'n dweud rhywbeth mewn cyffro ond allaf i ddim gwrando.

'Dyw e ddim pwy o'n i'n feddwl oedd e,' meddaf i, yn methu â choelio'r geiriau sy'n dod mas o fy ngheg. 'Mae e wedi'n twyllo ni.' Rwy'n dangos y sgrap o bapur gyda'r symbol arno i Helyg. 'Idris. Mae e wedi bod yn gweithio gyda'r Darllenwyr – yn cadw cofnod o'u mordeithiau iddyn nhw, wi'n credu. Co, ges i hyd i hwn lan lofft.'

Mae Helyg yn cipio'r darn o fap ac yn rhythu arno. Rwy'n gweld eu llygaid yn mynd yn gul mewn penbleth ac yna'n llydan wrth sylweddoli. Maen nhw'n rhegi o dan eu gwynt ac yn pasio'r sgrap yn ôl i mi.

'Ry'n ni mewn perygl yma,' meddaf i. 'Rhaid i ni adael. *Nawr.*'

Mae Helyg yn nodio'n frysiog. 'Iawn. A dwi'n gwbod lle 'dan ni angen mynd.'

Ond cyn i ni allu symud, mae Idris yn dod drwy'r drws.

Efallai taw fy meddwl sy'n chwarae triciau arnaf i, ond mae Idris hyd yn oed yn fwy nag arfer, ei gysgod yn llenwi'r stafell. Mae chwa o awel hallt yn dod gyda fe.

Mae Helyg yn gafael yn fy mraich, heb dynnu eu sylw oddi ar Idris. 'C'mon!'

Rwy'n *moyn* mynd, ond…

'Idris.' Rwy'n ceisio gwneud fy llais yn gryf, ond mae e'n fregus. 'Dy'n ni'n gadael. Elli di ddim ein stopio ni.'

Yn araf mae Idris yn ysgwyd ei ben. Mae emosiynau'n toddi

dros ei wyneb mewn amrantiad – ac mae'r un teimladau'n ymladd tu mewn i mi. Ofn. Dyhead. Panig. Dial.

Mae Helyg yn fy nhynnu i tua'r gegin er mwyn dianc – ond yna mae Idris yn dweud, *Mae angen i ti ddeall*.

'Deall…? Deall beth?'

Y gwir.

'Mae'n rhy hwyr i—' Rwy'n stopio ar ganol y frawddeg. Oherwydd dyna pryd rwy'n sylweddoli bod Idris yn *siarad*. Dyw e erioed wedi siarad gyda fi o'r blaen.

Ond pan rwy'n clywed ei eiriau, dyw ei wefusau fe ddim yn symud.

Mae ei lais yn dod *o du mewn i fy mhen*…

34

Helyg

Mae'n rhaid mod i'n mynd yn wallgof. Dwi'n clywed pethau.

Ond wedyn dwi'n gweld yr olwg ar wyneb Noor ac yn sylweddoli – mae hithau hefyd!

Arhoswch. Rydw i ar eich ochr chi.

Dwi ddim yn nabod y llais, ond o'r ffordd mae llygaid Idris yn drilio i mewn i mi...

Llais dwfn ydi o, yn rymblan fel injan, y sillafau fel tasan nhw'n cael eu mesur allan yn ofalus un ar y tro. Mae fy nghorff i'n crynu. Dwi'n methu gweld y stafell ddim mwy, na Noor, nac Idris.

Mae be sy'n digwydd i fi wedyn yn aneglur. Mae gwybodaeth yn llifo drwy fy mhen i mewn fflachiadau. Dwi'n gweld lluniau yn fy meddwl o freuddwydion gwyrdd, dwfn, ac yn clywed llais Idris yn ffrwtian yn y cefndir, ond dwi ddim yn siŵr a dwi'n clywed *geiriau*. Y ffordd orau fedra i ddisgrifio fo ydi bod o fel datgloi atgofion – pan ti'n cofio pethau ti heb gofio amdanyn nhw ers amser maith. Heblaw, yn yr achos yma, fedrith y rhain ddim bod yn atgofion i *fi*. Atgofion Idris ydyn nhw.

Mae o'n un ohonyn nhw.

Dim y Darllenwyr, ond y *nhw* – y bobl fel Efnisien.

Dwi'n dod i ddallt rhywfaint o hanes Idris a phwy ydi o. Dydi o ddim yn deud y cyfan wrthon ni a dim ond syniadau, awgrymiadau, dwi'n eu cael rili. Hwyrach bod Idris methu cofio'r cwbl. Neu ddim *isio* cofio.

Mi ddaeth Idris o Gantre'r Gwaelod. Dim person fel fi a Noor ydi o, er gwaetha sut mae o'n edrych rŵan. *Be* yn union ydi o, dydw i ddim yn siŵr. Mae o'n dangos i ni be mae o'n ei gofio o'r adeg pan oedd o'n byw yng Nghantre'r Gwaelod, ond dwi'n amau nad ydi fy ymennydd i'n medru delio efo be sy'n cael ei ddangos i fi, achos yr eiliad dwi'n gweld y delweddau maen nhw'n diflannu'n syth, a'r unig synnwyr dwi'n ei gael ydi lliw neu ogla neu flas.

Braw. Dyna'r prif emosiwn yn y stori mae Idris yn ei hadrodd i ni. Pan oedd o'n byw yng Nghantre'r Gwaelod mi oedd o'n byw mewn ofn – ofn rhai fel Efnisien, y rhai oedd yn rheoli'r lle. Un diwrnod dyma fo'n dianc; llun sydyn o don yn ei gario fo drwy'r nos, pen cawr anferth y tu ôl iddo fo yn codi allan o'r môr i drio, ond yn methu, ei lyncu fo. Dwi'n dysgu bod Idris wedyn wedi dŵad i'r tir a chuddio ymhlith pobl y ddaear. Mi wnaeth o gymryd siâp newydd, rywsut, er mwyn ffitio i mewn. A dyma lle mae o wedi bod ers hynny, yn llechu oddi wrth Blant Llŷr. Mae'r ofn y byddan nhw'n dŵad o hyd iddo fo yn treiddio drwy ei stori fo i gyd.

Dyma ni fflach arall o'i fywyd o ar y tir. Mae o'n gweithio ar long mewn harbwr, yn cario sachau oddi ar y cei, llongwyr eraill yn gwenu arno fo ac yn ei barchu fo...

Na. Amhosib.

Dwi'n siŵr nad *dyna* be wnes i ei weld, ond dwi'n taeru bod y dynion yn yr atgof yn gwisgo dillad hen ffasiwn *iawn* – fel tasan nhw o'r Oesoedd Canol neu rywbeth. Ond basa hynny'n golygu bod Idris wedi bod o gwmpas ers—

Dwi'n teimlo gwaed cynnes yn fy ngheg i. Mae fy mol i'n corddi ac mae cur yn lledaenu drwy fy mhen, fy nghyhyrau'n gwingo'n boenus. Dwi'n slapio dwylo dros fy nghlustiau er mwyn trio distewi'r llais a'r lluniau…

Mae'n ddrwg gen i.

Yn sydyn mae fy meddwl i'n gwagio. Fy ymennydd i'n perthyn i fi eto.

Dwi ar fy ngliniau ar y llawr. Mae Noor wrth fy ymyl i'n anadlu'n ddwfn.

Mae Idris yn eistedd yn ei gadair freichiau, golwg euog ar ei wyneb creigiog o. Mae o'n ymbalfalu am ei lechen ac yn sgriblo am funud. Wedyn mae o'n ei ddangos o i ni. *Dyw eich cyrff chi ddim wedi esblygu i ymdopi â fi'n siarad. Wnaf i ddim ei wneud eto. Ond roedd angen i mi ddangos i chi.*

Mae Noor yn rhythu arno fo. Dwi hefyd. Dim syniad gen i be i'w ddeud. Mae 'na rywun – creadur? – yn eistedd o'n blaenau ni sy ella wedi bod o gwmpas ers canrifoedd ac sy'n dod yn wreiddiol o, lle, dinas o dan y môr?

Mae hyn yn ormod.

Mae Noor yn sefyll yn ara deg ac yn fy helpu fi at gadair. Mae hi'n eistedd ar y carped. 'Dan ni, y tri ohonon ni, yn ddistaw am amser hir.

'Felly,' medda Noor yn y pen draw, 'y rheswm doeddet ti ddim moyn ein helpu ni yw dy fod ti ofn i Blant Llŷr gael hyd i ti? Ofn basen nhw'n dy lusgo di'n ôl i ble wnest ti ddianc ohono? I Gantre'r Gwaelod?'

Mae Idris yn nodio, ei aeliau yn drwm dros ei lygaid o.

'Mae'n rhaid dy fod ti 'di bod yn cuddio ers gymaint o amser…'

Nod arall. Llai o wynt yn hwyliau Idris nag oedd cynt. Mae o'n edrych yn hŷn. Mae'n crafu efo'i sialc. *Wedi bod yn cadw llygad arnyn nhw o bell. Am flynyddoedd a blynyddoedd. Ond methu gwneud gormod heb ddangos fy hun.*

'Ond ti'n deall mwy na neb bod *angen* i ni stopio Efnisien a'r Plant eraill,' medda Noor. 'Maen nhw'n trial atgyfodi Llŷr. Base hynny'n gyflafan, meddai Mali. Gall y byd i gyd fod mewn perygl.'

Mae llygaid Idris yn loyw.

Mae Noor yn sefyll. Dwi'n gweld ei gwefusau hi'n teneuo. 'Alla i ddim gwneud hyn ar fy mhen fy hun,' medda hi, cyn edrych arna fi. 'Felly wi'n gofyn i chi helpu fi. Y ddau ohonoch chi. Mae amser yn brin. Mae'n rhaid i ni fynd i Gantre'r Gwaelod, cymryd y torchrwy oddi wrth Doctor Gwermwnt a stopio Llŷr rhag boddi ein byd ni.' Mae hi'n llyncu'n galed. 'Wnewch chi ddod gyda fi?'

Mae Idris yn codi ar ei draed, ei ben o bron â chyffwrdd y to. Mae o'n sgwennu ar ei lechen.

Iawn. Does dim dewis.

Mae Noor yn gwenu fymryn. 'Mae dewis bob tro.'

Mae Idris yn ymestyn ei law fawr ac yn ysgwyd llaw Noor.

Dwi'n codi fy sgwyddau. 'Mae'n edrych fel tasa 'yn llwybra ni'n mynd yr un ffordd. So iawn, wna i helpu.'

'Idris,' medda Noor. 'Y ffordd ddest ti allan o Gantre'r Gwaelod, ydyn ni'n gallu ei ddefnyddio fe i fynd i mewn yno?'

Mae Idris yn siglo ei ben. *Na*, mae'n deud efo ei lechen, *wnaiff y drws hwnnw ddim agor i ni.*

Mae Noor yn gwgu mewn rhwystredigaeth.

Dwi'n peswch yn ofalus. 'Fel mae'n digwydd,' dwi'n deud, gan deimlo ddim ond mymryn bach yn falch ohona fi fy hun, 'ella bod gen i syniad sut i gyrraedd yno…'

Dwi'n rhoi munud i Noor ar ei phen ei hun efo Mali.

Mae Idris yn mynd i'n hwylio ni i Ynys Gwales. Mi wnaeth Noor ofyn a oedd y môr yn rhy beryglus i hwylio arno fo, a'r ateb ar lechen Idris oedd: *Ddim i mi.*

Wn i ddim a oes gen Noor gynllun cadarn o sut i gysylltu fy syniad i â'i syniad hi. Os ydw i'n iawn mai drws hud i rywle sydd ar Ynys Gwales, ac os oedd Mali'n iawn mai yng Nghantre'r Gwaelod mae Efnisien, yna mae Noor a fi'n gytûn mai drws i Gantre'r Gwaelod sydd ar yr ynys a bod Lleucu wedi bwriadu mynd fanno. Yng Nghantre'r Gwaelod, felly – ella – mae Lleucu; yng Nghantre'r Gwaelod hefyd – ella – mae Efnisien. Dyna'r unig blan sydd gynnon ni, ac ella wneith o weithio. Ella, ella, ella.

Dydan ni ddim yn esbonio pob dim wrth deulu Akram ac Ikhlas, wrth gwrs, er bod y ffordd mae'r oedolion yn edrych arnon ni yn dangos eu bod nhw'n dallt ein bod ni'n mynd i ffwrdd i wneud rhywbeth gwirion. Mae Ikhlas yn rhoi dillad sych i Noor ac yn cynnig rhai i fi hefyd. Mae 'na 'nôl-a-mlaen dipyn bach yn *awkward* wrth i fi esbonio pa ddillad dwi'n gyfforddus yn eu gwisgo, ac yn y pen draw, er nad ydi o'n hapus iawn am y peth, mae Akram yn benthyg cwpwl o bethau i mi a dwi'n diweddu wrth wisgo ambell beth gynno fo ac ambell beth gynni hi.

Bydd mynd yn ôl yno yn beryglus i mi. Dyna mae Idris yn deud wrthon ni ar ei lechen. *Ac i chi, os ydyn nhw'n fy ngweld i.*

'Cer â ni yn agos, 'te,' ydi cyfaddawd Noor. 'Fe wnaiff Helyg a fi y gweddill. Does dim angen i ti ddod i Gantre'r Gwaelod.'

Nid yw'n lle i bobl fel chi. Allaf i ddim addo y byddwch chi'n ddiogel.

Mae Noor yn dal fy llygad yn bryderus. Dwi'n rhynnu er nad ydi'r stafell yn oer.

Dydi amser ddim ar ein hochr ni, ond mae'n dal angen paratoi cyn cychwyn. 'Dan ni'n teithio'n ysgafn. Bag ysgwydd i fi a Noor, tortsh yr un, blanced, potel o ddŵr pur ac ychydig o *provisions*. Mae gen i a Noor *sowesters* mawr rŵan i'n cadw ni dipyn yn sychach. Yn fy mag i dwi'n rhoi bwyell fach – y math mae rhywun yn ei iwsio i dorri priciau tân – un y mae Idris yn ei ffeindio i mi o'i sied. Jyst rhag ofn.

Wedyn 'dan ni'n mynd at gwch Idris, y storm yn dal i sgubo dros bobman. Mae hi'n ddau o'r gloch y pnawn pan 'dan ni'n gadael.

Dwi ar fy ffordd, Lleucu. Dwi jyst yn gobeithio na fyddwn ni'n rhy hwyr.

35

Noor

Bob tro mae'r cwch yn cael ei godi gan don anferth, rwy'n *siŵr* ein bod ni'n mynd i suddo. Ond mae Idris yn llongwr medrus, yn llwyddo i'n llywio ni drwy'r storm. Er hynny, wrth i'r daith fynd yn ei blaen mae e i'w weld yn fwy a mwy nerfus. Ac mae'r tywydd yn mynd yn waeth ac yn waeth.

Idris. Allaf i ddim deall chwarter o'r hyn mae e wedi'i ddweud wrthon ni am bwy yw e go iawn – ond ar y llaw arall, mae rhai pethau'n gwneud mwy o synnwyr nawr. Y teimlad bod Idris wedi bod o gwmpas erioed, gyda neb yn cofio amser pan *nad* oedd Idris yno. Sut fod ganddo gymaint o wybodaeth am y môr – weithiau'n gallu rhagweld beth sy'n mynd i ddigwydd cyn iddo fe ddigwydd. Sut mae fy llygaid i weithiau'n dyfrio wrth edrych arno, yntau'n *blur*, fel taswn i ddim yn edrych ar berson o gwbl…

Mae hanes Idris yn ddirgelwch i mi o hyd, ond rwy'n dal yn falch ei fod e gyda ni. Roedd fy ngreddf i amdano – ei fod e'n rhywun y gallwn i ei drystio – yn gywir.

Rydyn ni'n hwylio i lawr arfordir Cymru at droed Sir Benfro lle gorwedda Ynys Gwales. Dydw i erioed wedi bod yno, nac i'r rhan yna o Gymru o gwbl. Nid mod i'n gallu gweld y tir ar hyn o bryd, wrth gwrs; er ei bod hi'n ddydd mae'r tywydd yn erchyll a dim ond llenni o law a thonnau du rwy'n gallu eu gweld drwy ffenestri'r caban.

Rwy'n ceisio peidio meddwl yn rhy galed sut oedd y storm wedi dechrau yr un pryd â defod y Darllenwyr ar y traeth – ac nad yw hi wedi stopio ers hynny. Mae tywydd garw, hyd y gwn i, yn dal i orchuddio Cymru. Tybed ai storm arferol yw hon – neu bod galluoedd Llŷr eisoes wedi dechrau ymwthio i'n byd ni...?

Mae Helyg a finnau'n cysgodi ar fainc yn un pen i'r caban tra bod Idris yn rheoli'r cwch o'r pen arall, ond mae hi mor gyfyng yma nes ei fod e ddim ond ychydig droedfeddi oddi wrthon ni. Rwy'n gallu teimlo Helyg yn anadlu, teimlo'r cwch yn crynu gyda chwyrnu'r injan, teimlo fy nghalon fy hun yn curo'n rhy sydyn. Er ein bod ni'n hwylio yn weddol agos at y lan, mae'r tonnau'n anferth ac weithiau mae'n teimlo fel petai'r cwch yn cael ei hyrddio i'r awyr neu'n cwympo dros ddibyn. Mae fy stumog i'n dynn ac yn boenus.

Er mwyn stopio fy hun rhag mynd yn sâl, rwy'n gofyn i Helyg, 'Beth wyt ti'n medru'i ddweud wrtha i am Ynys Gwales?'

Maen nhw'n troi i edrych arnaf i. Gallaf i weld mor flinedig ydyn nhw, ond mae cryfder yn eu hwyneb hefyd. 'Dwi'm yn meddwl bod 'na lot dwi heb ddeud yn barod, rili. Ti'n teimlo fel tasa ti ar dy ben dy hun yn y byd yno. A'r adar... Rheina ydi be wna i byth anghofio.'

'Wel, wi'n hoffi adar.'

Maen nhw'n crychu eu gwefus. 'Dwi'n ama na fyddi di'n hoffi'r *rhein.*'

'Hm. Beth ydyn nhw?'

'Hen betha mawr, hyll. Hucanod – *gannets.*'

'O. Dyw hynny ddim yn swnio'n rhy ddrwg.'

Mae Helyg yn fy llygadu i'n anghrediniol, ond ddim yn ateb.

Mae'r storm yn cythruddo y tu fas, bron â boddi sŵn yr injan. Mae'r tywydd yn ein hymladd. Rhaid i fi dynnu fy sylw oddi arno, neu bydd e'n fy ngwneud i'n wallgof.

'Dwêd wrtha i rywbeth amdanat ti dy hun,' rwy'n gofyn, gan geisio cadw fy llais yn llonydd.

'Fel be?'

'Enw Gwyddelig yw "O'Shea", ife?'

"Ia. Ochor Dad. Ond oedd teulu fo 'di byw yng Nghymru ers fatha tair cenhedlaeth, so does 'na fawr ddim byd o Iwerddon yn ein teulu ni erbyn hyn, heblaw'r enw.'

'Ti 'di bod yno erioed?'

'Iwerddon? Unwaith i gnebrwng rhyw hen anti pan o'n i'n fach iawn. Es i eto pan o'n i'n eighteen i Dublin. Aethon ni rownd y pybs yn Temple Bar a meddwi'n rhacs. O, sori.' Mae golwg tamed bach yn euog arnyn nhw. 'Ddylswn i ddim sôn am betha felna o flaen chdi.'

'Mae'n iawn. Paid becso. Dydw i erioed wedi bod i'r Iwerddon, er mod i'n gallu gweld ei harfordir hi ar ddiwrnod braf o'n ffenest flaen i.' *Heblaw bod y ffenest flaen honno nawr wedi toddi yn y tân…*

'Un o Barbados oedd Mam. A cyn i ti ofyn – na, dwi heb fod i fanno.'

'Ti'n gynnyrch dwy ynys felly.' Rwy'n gwenu – cyn i siglad sydyn y cwch wrth fynd dros don gnocio'r wên bant.

'Am wn i. I Gymru dwi'n teimlo mod i'n perthyn. Paid cal fi'n rong, dwi'n falch o'r heritage sy gen i. Ond mi oedd ancestors fi'n bobol wahanol i bwy ydw i.' Mae ystum swil yn dod dros eu hwyneb. 'Does 'na'm raid i fi ddeud 'tha *chdi* yr hasl dwi 'di gael o fod yn berson brown sy'n siarad Cymraeg.

Rhan fwyaf o'r amser dydi o ddim bod pobol yn cau fi *allan*; mae o'n fwy bod nhw ddim cweit yn gadael fi *mewn*.'

Rwy'n syllu ar fy nwylo. 'Mae'n od, on'd yw e? Wi 'di gwneud y fath ymdrech i ddysgu Cymraeg, a dyw e'n dal ddim yn ddigon...'

Rwy'n teimlo'n hun yn gwrido ac yn rhoi pesychiad bach. 'Ym, felly ble mae dy rieni di nawr?'

Mae Helyg yn gwgu wrth i daran rowlio tu fas. 'Nath Mam ddiforsio Dad pan o'n i'n ddeuddeg. Oedd o 'di troi'n bach o gonspiracy theorist. Ella bod o wastad 'di bod felna, rili, wrth i fi edrych yn ôl. Mi nath Mam gadw'r enw "O'Shea" – dwn i'm, am bod hi'n meddwl fasa fo, ryw ddydd, yn dod yn ôl at ei goed. Ond ddaru o ddim. Mae o'n dal i fyw yn y pentra lle nesh i dyfu i fyny, ond 'di o'm yn rhan o 'mywyd i erbyn hyn. Dim ond Mam a fi fuodd hi ar ôl hynny. Symudon ni i Ben Llŷn. Fuodd hi farw rhyw dair blynedd yn ôl. Dwi'n rili methu hi... So, jyst fi rŵan yn erbyn y byd.'

'Ie,' meddaf i'n dawel. 'Fe alla i uniaethu gyda hynny.'

Rydyn ni'n eistedd heb ddweud rhagor. Mae'r glaw'n bwrw mor galed yn erbyn y ffenestri nes bygwth eu torri.

Mae Helyg yn disgwyl yn swrth, eu pen nhw'n nodio. Fydden i'n hoffi cwsg hefyd, ond mae fy meddyliau'n rhy brysur. Rwy'n meddwl am y torchrwy. Ers i Dafydd fynd ag e oddi wrthon ni, rwy'n teimlo gwacter rhyfedd. Mae'n rhaid i mi ei gael e'n ôl.

'Dolen. Linc mewn cadwyn,' rwy'n murmur i fi fy hun. 'Dyna ddwedodd Mali yw ystyr y gair "torchrwy". Ond linc rhwng *beth*?'

'Wn i'm,' medd Helyg. Doedden nhw ddim wedi cwympo i gysgu wedi'r cyfan. 'Cysylltu'r Darllenwyr 'ma efo Llŷr ella?'

Dydw i ddim yn ateb. Rwy'n meddwl pa mor rhyfedd oedd

y teimlad pan o'n i'n gafael yn y torchrwy. Rhywbeth trist amdano – rhywbeth oedd yn gwneud i mi deimlo'n drwm. Fel petai dwylo'n codi o'r ddaear i afael yn fy nhraed...

'Duda be sy ar dy feddwl di,' medd Helyg, yn amlwg wedi gweld yr olwg ar fy wyneb i.

Wn i ddim beth i'w ddweud wrthyn nhw. Fydden nhw ddim yn deall, ddim mewn gwirionedd. Wnaethon nhw ddim cyffwrdd yn y torchrwy am fwy nag eiliad, yn ôl yn y Llyfrgell. Fi, rwy wedi ei gario o gwmpas am sbel. Yn cofio ei oerni yn erbyn fy mysedd.

'Dydw i ddim yn meddwl bod y torchrwy wedi cael ei wneud gan bobol,' rwy'n ateb yn ofalus. 'Rwy'n meddwl ei fod e'n dod o Gantre'r Gwaelod. Neu rywle... arall.'

'Fel lot o betha, mae o'n beryglus yn y dwylo rong,' medd Helyg gan edrych i lawr ar eu dwylo. 'Dydi o'm ots be mae'r torchrwy yn *neud* rili. Be mae o'n *olygu* sy'n beryg.' Saib. 'Be os tasan ni'n ei ddinistrio fo? Fel bod *neb* yn ei gael o?'

Mae fy nghalon i'n cyflymu. Rwy'n llyfu fy ngwefus. 'Y broblem yw, dydyn ni ddim yn gwybod a fase hynny'n gwneud pethau'n well – neu'n waeth...'

Rydyn ni'n dawel am weddill y daith.

'Dacw fo.'

Mae bys Helyg yn crynu. Rwy'n edrych at ble maen nhw'n pwyntio. Yno, drwy'r gwyll, mae talp o dir yn ymddangos. Er taw dim ond ynys yw hi, mae'n codi ofn arnaf i.

Wrth i ni agosáu rwy'n teimlo Idris yn mynd yn fwy ofnus. Ers iddo fe 'agor' ei hun i ni, mae ei emosiynau yn fwy amlwg – felly mae'r pryder a'r aflonyddwch mae e'n eu teimlo hefyd yn nofio tu mewn i fy mhen innau. Er nad oes rheswm i feddwl bod Plant Llŷr yn aros amdanon ni ar Ynys Gwales, mae dod yma yn artaith i Idris. Rwy'n teimlo'n grac gyda'n hunan am ofyn iddo fe'n cludo ni yma, ond dyna'r unig ddewis oedd 'da ni.

Bydda i'n gadael yn syth wedyn. Mae'r llythrennau ar lechen Idris yn grynedig. *Sori.*

'Mae'n iawn. Allwn ni ddim gofyn mwy gen ti.'

Pob lwc.

Ym mêr fy esgyrn rwy'n gwybod taw trip unffordd fydd hwn.

Wrth i ni ddod o fewn ychydig lathenni i'r ynys, mae Idris yn stopio'r injan. Mae e'n dod mas o'r caban yn araf, ei fraw yn ein llenwi ni i gyd. Yna mae'n troi ei gefn ar y creigiau ac yn mynd at ei waith yn glou. Mae'n bwrw angor storm dros flaen y cwch. Esboniodd i ni yn gynharach y byddai'r angor hwn – pen metel trwm, miniog ar ben cadwyn hir – yn cadw'r cwch yn pwyntio i'r un cyfeiriad yn y gwynt ffyrnig.

Cael fi a Helyg ar y lan yw'r cam nesaf.

Dyw'r naill un ohonon ni'n forwyr a does dim siawns gyda ni o lywio dingi drwy'r tonnau sy'n sgubo ochrau'r ynys. Bydden ni'n cael ein boddi'n syth neu'n cael ein malu yn erbyn y clogwyni. Mae hefyd yn llawer rhy bell a pheryglus i ni neidio o'r cwch at y creigiau.

Syniad Idris – ac fe gymrodd hi beth amser i fi a Helyg gytuno i hyn – oedd iddo roi siacedi achub arnon ni'n dau ac yna defnyddio'r winsh, fel ein bod ni'n swingio ein hunain drosodd at yr ynys. Winsh ar gyfer codi rhwyd o bysgod yw hi, nid dau berson. Mae'n *disgwyl* yn ddigon cadarn…

Mae'n tywyllu'n glou tu fas. Roeddwn i'n gobeithio bydden ni wedi cyrraedd yma cyn iddi nosi, ond mae'r dydd wedi bod yn un byr. Rwy'n gofyn wrth Idris a oes goleuadau gyda fe. Mae'n pwyntio'i fawd at y *floodlights* sydd ar bob pen i'r cwch – maen nhw wedi'u diffodd – ac yn ysgwyd ei ben. Mae golwg anniddig yn ei lygaid ac rwy'n deall ei ystyr. Dyw e ddim moyn tynnu gormod o sylw aton ni.

Felly dim ond bylb gwan coch o'r caban sydd yn goleuo'r gwyll. Dydw i prin yn gallu gweld tu hwnt i'r reilin, ond nawr ac yn y man mae mellten yn arddangos yr ynys o'n blaenau ni.

Does yr un ohonon ni'n dweud gair wrth i ni baratoi. Gormod o densiwn. Mae wyneb Helyg yn welw; mae'n siŵr bod fy un i hefyd. Mae Idris yn defnyddio clipiau a rhaffau i'n clymu ni at y bachyn fyddai fel arfer yn dal rhwyd. Mae Helyg a finnau'n gorfod gafael yn ein gilydd yn dynn, wyneb i wyneb. Mae fy mhen i ar eu hysgwydd. Mae eu boch nhw mor oer.

Yn ddisymwth mae Idris yn taro'r modur ac mae'r *hydraulics* yn dechrau gwichian. Rwyf i a Helyg yn cael ein codi'n araf oddi ar y dec, ein traed yn danglo'n llipa oddi tanon ni. Allaf i weld bron ddim. Mae'r gwynt yn gafael ynon ni'n syth ac ry'n ni'n dechrau pendilio o un ochr i'r llall. Taran fawr wedyn a'r môr yn llamu lan aton ni. Rwy'n bloeddio mewn ofn; mae Helyg yn tynhau eu gafael arna i.

Mae creigiau'r ynys yn troelli islaw, yn codi mewn a mas o'r tonnau. Mae cebl y winsh yn gwneud sŵn rhygnu brawychus wrth iddo ein swingio ni'n agosach. Rwy'n moyn cau fy llygaid, ond rwy'n gorfodi fy hun i'w cadw ar agor.

Rwy'n dal cip o rywbeth arall oddi tanon ni hefyd, yn troi wrth i ninnau droi; dotiau bychain yn sgleinio.

Llygaid adar ydyn nhw.

Maen nhw'n syllu arnon ni, ond heb symud. Miloedd ar filoedd ohonyn nhw. Mae'r hucanod yn aros amdanon ni…

Yna yn sydyn rydyn ni'n stopio ac mae fy nghoesau'n clecio yn erbyn llawr caled, garw. Rwy'n gweld bod Helyg wedi estyn a llwyddo i afael mewn carreg oedd yn sticio mas o ochr y clogwyn.

Rwy'n edrych lan. Mae'r cebl fwy neu lai yn anweledig. Rwy'n ymbalfalu amdano er mwyn ceisio datod y clipiau sy'n ein clymu ni at y bachyn, ond mae fy mysedd yn rhy llithrig. Gallaf i deimlo'r cebl yn parhau i dynnu, yn fy llusgo oddi ar y graig, y gwynt yn fy ngwthio i mewn i'r môr wrth i mi fyseddu'n wallgof ar y clipiau—

Clic. Mae fy mysedd trwsgl yn llwyddo i'w datod ac rwyf i a Helyg yn cwympo'n bentwr ar garreg fawr wrth y lan. Yn syth mae ton fawr rewllyd yn golchi dros ein pennau ni; bron iawn i ni gael ein sgubo bant ganddi. Ond rywsut rydyn ni'n aros ar ein traed, ac yn dringo cwpwl o droedfeddi lan y garreg fel nad y'n ni mor agos at y tonnau du.

Mae amlinell goch y cwch yn barod yn ymddangos mor bell oddi wrthon ni. Rwy'n credu mod i'n gweld Idris yn troelli'r winsh yn glou ond dydw i ddim yn clywed hyd yn oed sŵn yr injan bellach – dim ond y môr a'r gwynt yn diasbedain o'n cwmpas ni. Yna mellten arall – mae'n dangos trwyn y cwch yn troi dros y tonnau boliog ac yn gyrru i ffwrdd. Mae'r storm yn llyncu'r cwch ac Idris.

Dim ond dau ohonon ni sydd nawr.

'Ty'd.' Mae Helyg yn gorfod gweiddi yn fy nghlust. 'Raid i ni gael oddi ar y graig 'ma. Mae'n beryg bywyd.'

Yn rhy flinedig i ateb, fy nghorff i'n brifo drosto, rwy'n eu helpu i ddatod a chael gwared o'r rhaffau sy'n ein clymu ni. Yna, dros nifer o funudau araf, peryglus, rydyn ni'n dau yn ymbalfalu lan y creigiau ac at lethrau'r ynys, gyda dim ond golau tila tortsh Helyg i'n harwain ni drwy'r tywyllwch.

Mae'r hucanod yn gwylio. Maen nhw'n cwato yn eu plu er mwyn lloches rhag y gwaethaf o'r tywydd, ond mae eu llygaid yn dal i ddisgleirio yng ngolau'r fflachlamp. Dydw i ddim yn credu eu bod nhw'n gwneud sŵn wrth i ni basio drwyddyn nhw, hwythau mewn rhengoedd gwyn bob ochr i'r traeth bychan yma. Gallaf i weld sgwyddau Helyg o fy mlaen i yn dynn fel rhai cath, eu pen yn hercian o'r dde i'r chwith wrth iddyn nhw geisio cadw llygad ar yr adar a'r tir anwastad dan draed ar yr un pryd.

O'r diwedd rydyn ni'n cyrraedd ble mae darn o'r clogwyn yn gwthio mas fel silff. Rydyn ni'n cwrcwd yno er mwyn cael ein gwynt aton ni. Dyw e'n fawr o loches – tŷ sydd ag un wal a hanner to. Rwy'n wlyb at fy nghroen.

Mae Helyg yn fflachio'u tortsh o gwmpas ac yn cael hyd i lwybr sy'n arwain i ben yr ynys. Pan ydyn ni'n barod, ac wedi tynnu ein siacedi achub a'u gadael mewn cilfach yn y graig, rydyn ni'n cerdded lan, pob cam yn drwm a blinderus. Mae'r hucanod yn dal i lechu'n agos, fy nghalon yn neidio bob tro mae adenydd un ohonyn nhw yn siffrwd.

'Pa ffordd nawr?' rwy'n gweiddi ar Helyg dros y gwynt.

'Ffor'na, dwi'n meddwl.' Maen nhw'n pwyntio gyda'r fflachlamp draw dros gopa moel yr ynys. Does bron dim i'w weld ond glaw a thywyllwch. Rwy'n dilyn Helyg ta beth.

Maen nhw'n fy arwain i ar draws y copa ac i lawr craig serth sydd yn edrych fel petai hi'n mynd i'n gollwng ni i'r môr, ond, yn lle hynny, ar ei gwaelod mae silff gul sydd mewn hollt yn y clogwyn.

Roedd Helyg wedi disgrifio i mi sut roedd Lleucu wedi cael hyd i dwnnel wedi'i guddio yn ochr y graig – a bod hwnnw'n arwain at yr ogof. Nawr mae Helyg yn trial cael hyd iddo'u hunain. Rwy'n cwrcwd gan geisio gadael iddyn nhw fwrw mlaen â'u pethau, ond gallaf weld o'u hwyneb eu bod nhw'n cael trafferth. Mae llafn gwyn y tortsh yn torri ar draws wyneb y graig, o'r chwith i'r dde, o'r chwith i'r dde, yn fwy a mwy cynhyrfus, wrth iddyn nhw geisio chwilio.

Uwch ein pennau, mae'r awyr yn Armagedon. Yng ngolau'r mellt mae'r cymylau yn edrych fel bysedd diafolaidd yn ymestyn at y môr islaw – a phrin mod i'n gallu dweud ble mae'r tonnau'n gorffen a'r storm yn dechrau. Yna, ymhell i'r awyr, rwy'n gweld ffigwr – amlinell dyn anferth yn codi uwchlaw popeth gan lenwi'r storm a'i ysgwyddau. Mae ei lygaid yn gorwyntoedd a'i goron yn fellt. Rwy wedi ei gyfarfod o'r blaen, mewn breuddwyd ers talwm – mae e'n fy ngweld i – yn rhuo – yn disgyn tuag ataf i—

'Noor!' Mae Helyg yn gafael yn fy ysgwydd. Rwy'n troi, yn crynu, i weld eu hwyneb nhw yng ngolau'r fflachlamp. Pan rwy'n edrych i'r awyr eto, mae'r brenin wedi diflannu – ond mae'r storm yn dal yno, yn waeth nag erioed.

'Wyt ti… wyt ti 'di cael hyd iddo fe?'

Mae Helyg yn nodio. 'Gymrodd hi oesoedd. Sori.'

Gan fy llusgo at ble mae dwy graig yn cyfarfod, mae Helyg yn gwthio yn eu blaen ac rydyn ni'n diflannu i mewn i dwnnel cul iawn. Mae angen gwasgu wysg ein hochrau er mwyn mynd drwyddo. Mae glaw yn tasgu i lawr ar fy wyneb i ac mae'r môr yn frawychus o agos.

Yna mae'r twnnel yn lledaenu – ac mae Helyg yn rhoi llaw mas i fy stopio.

'Yr ogof…'

Mae rhywbeth yn eu llais yn gwneud i mi edrych arnyn nhw. 'Ti'n iawn?'

Maen nhw'n llyncu, yn blincio'n glou. 'Fama nesh i weld Lleucu am y tro ola. Ma dŵad yn ôl yma… Do'n i'm yn disgwyl iddo fo effeithio fi fel hyn.'

'Mae'n iawn. Wi'n deall. Cymera di funud fach. Fe edrycha i o gwmpas.'

O leiaf does dim glaw tu mewn i'r ogof, ond mae'r gwynt yn chwythu'n fain drwy dyllau rywle uwchben. Rwy'n cynnau fy fflachlamp fy hun ac yn ei defnyddio er mwyn bwrw ychydig mwy o olau yma. Dydw i ddim yn hoffi bod o dan ddaear, a hynny yn y nos, ac mae'n cymryd popeth sydd gyda fi i gadw fy mhwyll.

Yng ngolau'r lamp rwy'n dechrau gweld beth oedd Helyg wedi'i ddisgrifio i ni o'r blaen. Mae hen farciau ar waliau'r ogof, fel graffiti o Oes y Cerrig, ac mae'n anghysurus gweld sawl enghraifft o arwydd pum-coes Llŷr yn eu plith. Wrth ein traed hefyd mae'r cylch o gerrig roedd Helyg wedi sôn amdano, adfeilion rhywbeth.

Dyna pryd rwy'n gweld symbol Seithenyn.

Mae'n fawr, yn gorchuddio'r llawr i gyd. Cylch sydd â'r ddwy linell igam-ogam gyfarwydd yn ei groesi. Mae ei weld yn ailgynnau tipyn o obaith ynof i. Mae gwefr yn yr aer sydd yn goglais fy nghroen ac yn gwneud i mi deimlo bod swynion y Gwylwyr yn amddiffyn yr ogof.

Mae hud Seithenyn yn corddi yma...

36

♦

Helyg

Fedra i'm coelio mod i'n ôl yn y blydi ogof 'ma.

O leia pan o'n i fama efo Lleucu mi oedd hi'n ddydd a'r tywydd yn weddol dda. Rŵan, efo'r tywyllwch o'n cwmpas ni a'r gwynt a'r glaw yn ymosod arnon ni o'r tu allan, mae'n gymaint gwaeth. Dwi'n wlyb domen ac yn crynu. Mae'n rhaid i mi wthio'r panig yn ôl i lawr bob eiliad rhag ofn iddo fo fy llorio i.

Mae Noor yn eistedd fanna am amser hir, ddim yn edrych fel tasa hi'n neud lot. Mae gen i watsh efo bysedd fflwroleuol, er bod hi ddim yn cadw'r amser yn dda iawn. Mae honno'n disgleirio i ddangos i fi ei bod hi'n nesáu at un ar ddeg y nos. Mae'r munudau'n llithro heibio.

Dwi'n llwglyd. Dylswn i wedi bwyta ar y cwch, ond doedd gen i ddim yr awydd bryd hynny. Dwi'n cymryd bisged o'r bag ac yn ei fwyta fo'n ara, yn blasu dim. O leia mae o'n rhoi dipyn o egni i fi.

Yn sydyn mae Noor yn gwneud sŵn. Dim sŵn mawr, jyst dal ei gwynt yn sydyn mae hi, ond mae o'n ddigon i wneud i fi sythu a sbio.

Mae hi'n eistedd ar arwydd Seithenyn yng nghanol y cylch o gerrig, yn rhythu o'i blaen. Mae ei chefn fel procar, ei cheg ar agor.

'Noor? Ti'n iawn?'

Dim ateb.

Mae golau'r tortshys mor wan nes ei bod hi'n cymryd cwpwl o eiliadau i fi sylweddoli bod canhwyllau ei llygaid hi wedi mynd yn fychan bach: dau ddot, fel tasa hi'n edrych ar rywbeth llachar ofnadwy.

'Noor!'

Dal dim ateb.

Mae ei hanadlu hi'n cyflymu, ei gwefusau hi'n tynnu'n ôl dros ei dannedd.

Wedyn mae hi'n dechrau siarad – ond mae ei llais yn wahanol, yn is ac yn fonoton. Dwi'm yn dallt y geiriau achos dydyn nhw ddim yn swnio fel Cymraeg nac Arabeg nac unrhyw iaith dwi'n nabod.

Dyna pryd mae'r llawr yn cracio o dan fy nhraed – a dwi'n syrthio.

Neu, yn hytrach, dyna sut mae'n teimlo, am eiliad. Fel rwbath yn byrstio. Mae 'na glec yn fy nghlustiau i ac oglau chwerw, chwerw.

Mae'r ogof yn hollol dywyll.

'Helyg?' Mae llais Noor yn swnio'n normal, ond rŵan yn gryfach rywsut. Yn fwy pendant.

'Dwi fama, Noor.'

Yn ara bach dwi'n dechrau medru gweld eto. Mae Noor yn sefyll ond fel arall dydi hi heb symud o'i hunfan.

Dwi'n sylwi mod i ar fy ngliniau. Dwi'n codi'n boenus ac yn symud tuag ati hi.

'Be ddigwyddodd?'

'Hud Seithenyn,' ydi ateb Noor. Mae sglein yn ei llygaid. 'Fe... fe deimlais i *bresenoldeb*. Fel tase rhywun yma gyda ni. Ond nid rhywun drwg. Cryfder... Mae'r ogof i gyd wedi'i phlethu gan swynion y Gwyliwr Cyntaf. Dydw i ddim yn gwybod yn gwmws beth wnes i, ond daeth y geiriau ata i.'

'Wnest ti siarad mewn iaith ryfadd.'

'Do fe? Hm. Dydw i ddim yn cofio hynny. Wel, roedd symbol Seithenyn o dan ein traed yn rhyw fath o glo hud. *Mae drws yma, ond ei fod e wedi'i guddio*. Gosododd y Gwyliwr swyn drosto.'

Dwi'n teimlo fy nghalon yn cyflymu. 'Fedri di gael gwared ar y swyn? I ddatgloi'r drws?'

'Wi'n barod wedi gwneud,' medda Noor gan edrych yn ystyrlon arna fi.

Dwi'n sbio o gwmpas yn ddryslyd. 'Wela i ddim byd 'di newid.'

'Mae'r *aer* wedi newid. Falle taw dim ond fi sy'n gallu ei deimlo fe. Mae'n fwy... bregus. Ti'n gwybod holl symbolau Llŷr sydd dros y waliau? Mae math o hud iddyn nhw hefyd. *Ogof Plant Llŷr oedd hon yn wreiddiol*. Ffordd arall i fynd mewn a mas o Gantre'r Gwaelod, fyddwn i'n tybio. Ond roedd swyn Seithenyn wedi cymryd drosodd – wedi tawelu hud Plant Llŷr. Wedi'i wneud e'n ddiwerth iddyn nhw. Ond nawr...'

'...ti 'di cael gwared ar y clo.' Dwi'n dechrau dallt.

Mae Noor yn nodio. 'Mae'n beryglus 'ma nawr. Does dim hud y Gwyliwr Cyntaf i'n hamddiffyn ni. Ond mae'r drws ar agor – wi'n credu.'

'Sut ti'n gwybod hyn i gyd?'

'Wi'n credu am taw fi yw'r Gwyliwr,' ateba Noor yn ddistaw.

'Sut nath Lleucu agor y drws, 'ta?' dwi'n gofyn wedyn. 'Nath hi... dorri drwy swyn Seithenyn?'

Mae Noor yn codi ei sgwyddau. 'Falle...? Mae hud y Gwylwyr yn hynafol iawn, yn dod o'r tir, o'r môr a'r awyr. Nid

Seithenyn oedd yr unig ddewin oedd yn gallu ei ddefnyddio. Felly bosib bod Lleucu 'di dysgu rhywfaint o'r hud o rywle – mae llyfrau yn bodoli os chi'n gwybod ble i edrych. Ond, beth bynnag wnaeth hi, doedd hi ddim wedi diffodd y swyn – na datod y clo.' Mae hi'n ysgwyd ei phen. 'Os y'ch chi'n ymyrryd gyda hud fel hyn, mae'n gallu...' Dydi hi ddim yn gorffen y frawddeg.

Mae arswyd yn golchi drosta i. Mae fy ngheg i'n sych grimp. *Be ti 'di neud, Lleucu?* Ond mae'n rhaid i fi goelio bod Lleucu wedi mynd drwodd i Gantre'r Gwaelod, a'i bod hi yno yn rhywle. Mae'n *rhaid* i fi goelio hynna.

Mae Noor yn rhoi llaw ar fy mraich i. 'Co,' medda hi, 'mae'r Gwyliwr yma 'da ti.' Mae'n rhoi gwên fach. 'Mae hynny'n rhywbeth.'

Dwi'n anadlu'n drwm, mewn ac allan, mewn ac allan. 'So. Lle mae'r drws 'ma?'

Dydi Noor ddim yn ateb yn syth. Mae hi'n cerdded rownd yn araf a phwyllog, golwg ar ei hwyneb sy'n debyg i Mali pan oedd hi'n datrys pethau.

'Mae'r Tylwyth Teg,' medda Noor o'r diwedd, 'yn hoffi gwneud i ni weld beth maen nhw'n *moyn* i ni weld. Yn twyllo'n llygaid ni. Beth os yw e'r un peth gyda'r ynys yma?'

'Be?'

'Paid â chredu beth wyt ti'n weld.'

Heb wybod be dwi'n trio'i wneud, dwi'n edrych o gwmpas ar waliau'r ogof yng ngolau'r tortsh, yn gorfodi fy hun i drio gweld rwbath gwahanol. Ond wela i ddim heblaw cerrig.

'Canolbwyntia.' Mae llais Noor yn swnio'n bell i ffwrdd.

Yn sydyn dwi'n teimlo'n chwil ac mae niwl yn dod dros fy llygaid i. Dwi'n eu cau nhw. Am eiliad dwi mewn tywyllwch ac yn disgyn, disgyn. Yna dwi'n agor fy llygaid.

Mae'r ogof yn wahanol. Mae fel yn y fflachiadau welais i pan ddiflannodd Lleucu – ond yn eglur rŵan. Mae grisiau o gwmpas y waliau, rhai carreg sy'n weindio rownd wrth fynd i fyny. Bellach dydan ni ddim mewn ogof ond ar waelod tŵr crwn. Ar dop y grisiau, yn bell uwch ein pennau ni, mae ffenest. Dwi'n cofio'r ffenest yna. Mae golau gwyrdd yn sgleinio drwyddi. Mae ffenest arall gyferbyn â hi, ond does 'na'm golau'n dod drwy honno.

Mae mond raid i rywun wbod sut i sbio. Dyna ddudodd Lleucu wrtha i yn yr union lecyn yma. Ac mi oedd hi'n gywir.

Mae Noor a finna'n edrych ar ein gilydd. Wedyn, heb ddeud gair, 'dan ni'n dechrau cerdded i fyny'r grisiau, hi o fy mlaen i.

Wrth i ni ddringo'n uwch ac yn uwch mae'r golau gwyrdd yn mynd yn fwy llachar, nes bod tu mewn y tŵr i gyd wedi'i oleuo yn y lliw sâl hwnnw. Dwi'n ymwybodol hefyd bod sŵn y storm y tu allan i'r ogof wedi distewi rywfaint – ddim i gyd, ond mae o yn y cefndir rŵan.

'Dan ni'n cyrraedd pen y grisiau. Jyst cyn i ni ddod at y ffenest a'i golau, mae Noor yn troi ata fi. 'Dydw i ddim yn gwybod beth sydd tu hwnt i fama, Helyg. Bydda'n ofalus. Ac aros gyda fi.'

Dwi'n gwrido, yn nodio. 'A'r un peth i chditha.'

Yna dwi'n sbio drwy'r ffenest. Dwi'n teimlo'n hun yn cael fy nhynnu tuag ati hi – *a thrwyddi hi...*

37

NOOR

Pan glywais i gyntaf am Gantre'r Gwaelod, yn ôl pan o'n i'n dysgu Cymraeg, roeddwn i'n ei dychmygu fel dinas o dan y tonnau, morforynion yn nofio ynddi a hen frenin barfog gyda'i fforch yn rheoli drosti.

Ond dyw hi ddim fel 'na go iawn.

Y peth sydd yn fy nharo i fwyaf, unwaith i fy ngolwg glirio, yw pa mor chwil rwy'n teimlo. Er bod llawr soled o dan fy nhraed, rwy'n cael y teimlad mod i ar fin cwympo – ond dydw i ddim. Rwy'n rhoi cam ymlaen; mae'r bendro'n dal yno.

Rwyf i a Helyg yn sefyll ar dop staer lydan. Mae'r grisiau'n debyg i'r rhai y dringon ni er mwyn cyrraedd y ffenest 'na yn yr ogof, heblaw bod y rhain yn fwy o lawer ac yn sgleinio'n wyrddlas, a'n bod ni mewn coridor sydd yn arwain tuag at i lawr. Allaf i ddim gweld beth sydd ar waelod y staer.

Rwy'n troi at Helyg. Er tipyn o syndod i mi, rwy'n gallu siarad ac anadlu'n iawn, er bod blas sur, clòs i'r aer.

'Ti'n iawn?'

Mae Helyg yn nodio'n araf ond heb edrych arnaf i. Mae eu llygaid nhw ar agor led y pen. 'Mae'n teimlo'n od 'ma.' Mae eu llais yn gryg. 'Fel pan dwi 'di dal 'y ngwynt yn rhy hir.'

'Ie, rhywbeth felna.' Mae'r teimlad yn gwneud i mi fod eisiau brysio fwy nag erioed. 'Dere.'

Ry'n ni'n mynd i lawr y staer. Mae fy mhen i'n dal i droi ac wrth i ni gerdded mae surni'r aer yn cryfhau. Hanner ffordd rhwng arogl halen ac arogl gwaed yw e. Mae'n amlwg ei fod yn hambygio Helyg hefyd, achos maen nhw'n codi eu llawes dros eu ceg wrth symud.

Mae'r staer yn mynd yn ei blaen am oesoedd. Wn i ddim ble rydyn ni'n mynd ond mae'n rhywle dwfn iawn. Dydw i ddim moyn meddwl gormod am ffiseg hyn i gyd. Os oedden ni *uwchlaw* lefel y môr yn yr ogof – wel, y tŵr – a nawr rydyn ni'n mynd i *lawr*, mae'n rhaid ein bod ni'n mynd o dan y môr. Ond dyw hi ddim fel tase'r pwysedd yn newid fel y byddech chi'n disgwyl iddo fe. I'r gwrthwyneb – rwy'n teimlo'n fwy a mwy penwan, fel rhywun sydd yn dringo mynydd.

'Ti'n clywed hynna?' medd Helyg yn sydyn.

Rwy'n clustfeinio. Oes, mae twrw cyson, ymhell i ffwrdd – oddi tanon ni. Anodd dweud beth yw e. Sŵn ratlo metelaidd annifyr. Mae'n fy atgoffa i o fod mewn bol llong fawr, yr injan yn gwneud i'r dur ddirgrynu.

Mae Helyg yn syllu arnaf i'n ofidus. 'Dwi'n meddwl…' medden nhw, 'dwi'n meddwl na *clycha ydyn nhw.*'

Mae'r poer yn glynu i gefn fy ngheg. Ie, clychau ydyn nhw, yn canu, canu, canu – ond eu bod nhw'n swnio'n erchyll, heb dôn na thiwn. Clychau sydd yn siglo'r waliau.

Er gwaetha'r ysfa i droi ar ein sodlau a dianc, rydyn ni'n prysuro yn ein blaen.

O'r diwedd mae'r staer yn mynd yn wastad ac rydyn ni'n dod wyneb yn wyneb â phentwr o gerrig. Mae lliw glas oeraidd iddyn nhw ond dydyn nhw ddim yn edrych fel unrhyw gerrig rwy wedi'u gweld o'r blaen. Maen nhw'n blocio'r coridor.

'O,' medd Helyg. Jest sŵn bach digalon. Eu gobaith yn fregus.

'Mae rhywun 'di cau'r ffordd yr ochor yma hefyd,' rwy'n dweud – yn ddiangen efallai, wrth i Helyg daro golwg braidd yn galed arnaf i. Rwy'n camu at y cerrig ac yn edrych yn agosach.

'Co.' Rwy'n dwyn sylw Helyg at un gornel o'r pentwr. 'Dydi e ddim wedi'i flocio'n llwyr.' Mae twll yma ble mae rhai o'r creigiau wedi rowlio bant, gan greu agoriad bychan at yr ochr draw. Ddim yn fawr, ond digon i ni gropian drwyddo fe.

Mae Helyg yn cynnig mynd yn gyntaf, gan ddringo'n drwsgl i fyny at yr agoriad. Maen nhw'n plygu i syllu drwyddo.

'Wela i neb,' maen nhw'n sibrwd. 'Wela i… ddim byd rili.'

'Wel,' meddaf i, 'does unman arall i fynd. Y ffordd hyn neu droi'n ôl.'

Mae Helyg yn nodio. 'Wna i alw arna chdi os ydi hi'n saff i ti ddod drwodd.' Yna maen nhw'n llithro drwy'r twll, eu sgidiau'n gwingo am eiliad cyn diflannu. Gallaf i glywed bustachu a rhygnu wrth i Helyg gropian drwy'r bwlch.

Mae distawrwydd am gyfnod llawer rhy hir.

Yna, 'Noor.' Daw llais Helyg fel adlais.

'Ie?'

'Ym… well i chdi weld drosta chdi dy hun.'

Rwy'n cropian ar eu holau drwy'r twll. Mae'n gul iawn a gallaf i deimlo fy nillad yn rhwygo. Mae'r cerrig yn sebonllyd yn erbyn fy nghroen, yn fwy cnotiog nag maen nhw'n edrych – yn fy atgoffa i, mewn gwirionedd, yn fwy o gregyn na chreigiau.

Mae'n dywyll yr ochr draw i'r twll ac rwy bron â chwympo mas ar fy mhen. Rwy'n stryffaglu ar fy nhraed – yna'n gweld pam bod Helyg wedi swnio mor fregus wrth siarad.

Allaf i ddim coelio beth rwy'n edrych arno.

Rydyn ni'n sefyll ar ochr lle agored, anferthol – fel ogof a dyffryn ar yr un pryd, heb waelod na nenfwd. Mae gwe o bontydd a cholofnau naturiol – wedi eu gwneud o, beth, craig? crisial? – yn ymestyn ar onglau ar hyd yr agendor, lan ac i lawr ac ar draws. Mae'r strwythurau yma'n ymestyn i bellter anweledig. Er gwaetha'r pontydd rhyfedd hyn, mae'r lle'n edrych yn... *wag*.

Mae twrw'r clychau i'w clywed mymryn yn nes nawr. Nid yw'n sŵn pleserus. Maen nhw'n ddi-baid.

'Be *ydi'r* lle ma?' gofynna Helyg, gan rythu o'u cwmpas.

Maen nhw'n gwybod nad oes ateb 'da fi i hynny.

Rwy'n ceisio camu ymlaen i edrych dros drothwy'r graig ry'n ni'n sefyll arni. Mae mwy o'r ffurfiannau crisialog yn plethu o'r golwg oddi tanon ni.

'Dydw i ddim yn gwybod pa ffordd i fynd,' meddaf i. Rwy'n teimlo braw'n ymlusgo i lawr fy nghefn. 'Mae pobman yn edrych yr un fath.'

'Wel,' ateba Helyg, 'wnawn ni jyst trio mynd mlaen a gweld be welwn ni, 'ta.'

Maen nhw'n cerdded mas ar hyd y 'bont' agosaf. Nid yw'r bont hon – na'r un o'r lleill chwaith – ag wyneb fflat a dyw hi ddim yn ymddangos yn gadarn o gwbl. Ond mae Helyg yn dal eu breichiau mas ac yn cerdded yn glou ar hyd y strwythur cul nes cyrraedd platfform arall fel yr un rwy'n sefyll arni. Maen nhw'n troi ac yn galw arnaf i'w dilyn.

'Dydw i ddim yn siŵr,' fi'n dweud.

'Trystia fi.'

Gan yn dal i deimlo'n simsan, rwy'n camu ar y bont. Mae'r weithred syml o gerdded yn mynd â fy holl sylw. Rwy'n llyncu'n galed. Er nad oes gwynt yma – mae'n llonydd, *mor* llonydd – mae grymoedd yn tynnu arnaf i ac yn ceisio fy sugno mas i'r bwlch rhwng y pontydd a'r colofnau. Os byddaf i'n llithro ac yn cwympo, fydd 'na waelod i mi lanio arno – neu a fyddaf i'n cwympo am byth...?

Wrth i fi feddwl hynny mae pendro gwael yn fy nharo. Rwy'n gorfod aros lle ydw i, yn dal ar ganol y bont, y gwagle anferthol yn troi a throi o fy amgylch i. Allaf i ddim dweud beth yw lan a beth yw lawr...

Yn sydyn rwy'n teimlo llaw Helyg yn gafael ynof i ac yn fy nhynnu. Rwy'n glanio ar y silff lydan gyda nhw.

'Diolch. Sori,' meddaf i, gan geisio arafu fy nghalon. 'Dydw i ddim yn gwybod beth ddaeth drosta i.'

'Y *lle* 'ma 'di o.' Mae gwefusau Helyg yn dynn. 'Mae o'n neud fi'n chwil hefyd. Fatha mod i'n dal ar gwch Idris. Jyst... tria beidio edrych ar ddim byd. Mond arna fi. Iawn?'

'Iawn. Felly, ble nawr?'

'Mi ddilynwn ni'r clycha.' O'r ffordd maen nhw'n ddweud e, mae'n swnio fel cynllun pendant, ond rwy'n gallu dweud nad oes gan Helyg ffydd yn eu syniad eu hunain. Wedi dweud hynny, mae'n weddol glir bod y sŵn yn dod o *rywle*, ac mae'n bosib y gallwn ni wneud ein ffordd tuag at y rhywle hwnnw. Gan taw hwn yw'r unig gynllun sydd gyda ni, rwy'n nodio, yn tynhau fy hijab er mwyn teimlo'r deunydd yn glyd rownd fy mhen. Rwy'n dilyn Helyg.

Am amser hir rydyn ni'n mynd yn ein blaenau fel hyn. Dringo ar hyd pontydd o un lle i'r llall, weithiau'n dringo lan neu i lawr set o stepiau naturiol. Drwy'r siwrnai dyw ein golygfa prin yn newid o gwbl. Mae fel carthen wedi'i phwytho o batsys glaswyrdd a phatsys o dywyllwch. Yr unig wahaniaeth yw, ar ôl i ni basio'r ail bont, ein bod ni methu gweld ble ddechreuon ni – sydd yn golygu felly nad oes fawr o obaith i ni allu cofio'r llwybr yn ôl...

Ond mae'r clychau yn nesáu. Droedfedd wrth droedfedd, funud wrth funud, mae'r twrw'n cynyddu yn fy nghlustiau, yn suo drwy fy esgyrn. Allaf i ddim cofio amser pan *nad* oeddwn i'n eu clywed nhw.

O'r diwedd mae Helyg yn dal eu gwynt – ac yn pwyntio i lawr.

Daw golau o dwll oddi tanon ni. O amgylch ochrau'r twll mae staer gul, gul yn rhedeg mewn sbiral, yn fy atgoffa i o'r grisiau oedd yn yr ogof ar Gwales, ond i'r tu chwith. Mae fel ein bod ni ar dop twr ac yn syllu yn syth i lawr at ei waelod – ble mae goleuadau'n disgleirio fel gwydr ar wely'r môr. O du hwnt i'r golau mae'r clychau'n atseinio, y sŵn yn cael ei gynyddu, efallai, gan siâp silindrig y 'twr'.

Rwy'n edrych ar Helyg. Maen nhw'n gwneud ystum ddiegni gyda'u dwylo sydd yn awgrymu eu bod nhw'n teimlo'r un fath â fi.

Y ffordd hyn – neu droi'n ôl.

I lawr y staer â ni.

Mae'n troi mewn cylch serth, wal ar fy ochr dde a dibyn i'r chwith. Mae pob gris tua throedfedd o daldra, felly gyda phob cam rwy'n ofni mod i'n mynd i faglu a chwympo tua'r clychau. Mae Helyg ychydig gamau o fy mlaen – rwy'n ofni taro i mewn iddyn nhw a'n hanfon ni'n dau dros yr ymyl. Prin yn gallu anadlu, rwy'n prysuro i lawr y staer, rownd a rownd, rownd a rownd, nes bod fy mhen i'n nofio. Mae'r clychau islaw yn fy ngalw i atyn nhw. Rwy'n teimlo fy esgidiau'n bygwth llithro. Ond rwy'n rhincian fy nannedd ac yn ewyllysio fy hun mlaen, gris fesul gris, anadl fesul anadl.

Wrth i ni fynd i lawr y staer rwy'n gweld nad yw'r gwaelod yn dod yn agosach o gwbl. Rydyn ni'n troelli o amgylch rhimyn trobwll, yn mynd rownd ond ddim yn mynd i mewn iddo. Dyw hyn ddim yn bosib! Mae ymylau fy ngolwg yn tywyllu. Rhaid i mi orffwys. Rhaid i mi stopio. Rhaid i mi...

'Helyg...' Rwy'n pwyso fy nhalcen yn erbyn y wal. Allaf i ddim edrych mwy ar y lliwiau disglair sydd oddi tanon ni. Mae Helyg yn dringo cwpwl o risiau'n ôl ataf i ac yn gafael yn fy llaw.

'Jyst dal i fynd. Hynna 'di'r cyfan 'dan ni'n medru neud. Jyst *mynd.*'

'Dyw... dyw'r staer byth yn gorffen...'

'Mi wneith. Caea dy lygaid am eiliad, wedyn awn ni yn ein blaen.'

Rwy'n cau fy llygaid fel mae Helyg yn ei awgrymu. Gallaf i weld y gwythiennau'n pwmpio o dan fy amrannau. Rwy'n ceisio anadlu'n gyson, ceisio cael hyd i ffordd i ganolbwyntio. Dim ond am dipyn bach mwy.

Rwy'n meddwl am lle rwy'n byw. Am gerdded ar y clogwyni ger y tŷ, y brwyn yn brwsio yn erbyn fy nghoesau, y gwynt yn dwym a hallt o'r gorwel. Rwy'n meddwl am deimlad y pridd tywodlyd o dan fy sodlau a sŵn y gwylanod yn hwylio uwch fy mhen. *Paid ag ofni.* Rwy'n cofio'r llais hwnnw, llanw'n sisial mewn cragen – llais y môr. *Mae grym y tonnau gennyt ti.*

Rwy'n sylwi bod blaenau fy mysedd yn goglais a bod awel o rywle'n anwesu fy ngwar.

Dydw i ddim yn credu ein bod ni o dan y môr mwyach. Ry'n ni mewn lle arall...

Dim ots. Waeth ble rwyt ti'n mynd, byddaf gyda thi a byddi di gyda mi.

Rwy'n agor fy llygaid ac yn gweld Helyg yn edrych yn bryderus arnaf i. Yna rwy'n troi i syllu at waelod y staer. Mae'n disgwyl yn bell, bell islaw, ond... Rwy'n canolbwyntio ac yn teimlo fy mysedd yn plygu ac yn ymestyn, heb wybod beth yn union rwy'n ei wneud. Oes gwynt yn chwythu i lawr y twr anfeidrol hwn, neu ydw i'n dychmygu hynny? Mae fy llygaid yn dyfrio—

Rwy'n blincio sawl gwaith. Nawr, mae gwaelod y grisiau, ble mae'r lliwiau a thwrw'r clychau – rwy'n taeru, mae'n wir – yn siarpach, mewn mwy o ffocws. Hud y Tylwyth Teg eto?

I lawr â ni, felly, a'r gwaelod yn dod yn agosach nawr – a'r clychau yn canu'n fwy a mwy swnllyd – ac mae hynny'n gwneud i mi gyflymu fy ngham. Helyg hefyd. Mae'r momentwm yn gwneud i ni redeg erbyn y diwedd, yn carlamu'n ddi-hid o un gris i'r llall ac yn teimlo'r gwynt yn chwipio o'n cwmpas...

Mae Helyg a finnau yn cyrraedd y pen draw ar yr un pryd – ac mae'n rhaid i ni ffrwyno ein hunain rhag cwympo, achos o'n blaenau ni, yn ymestyn yn bell ac yn amhosib, mae dinas ddisglair.

Gwyrdd, porffor, gwyn, glas, pinc... mae cannoedd ar gannoedd o adeiladau yma, yn agos at ei gilydd ac yn blith-draphlith mor bell ag y gallaf i weld. Mae'r tai – os tai ydyn nhw – yn fy atgoffa i o strwythurau cwrel, yn dal a thenau ac wynebau garw iddyn nhw, ond eu bod nhw'n fwy, wel, *mathemategol* na hynny, yn gwthio mas ar onglau annisgwyl neu'n plygu ar draws ei gilydd.

Mae'r awyr uwchben yn newid ei liw bob eiliad... Na, nid awyr yw e. Mae'n edrych fel nenfwd... neu haen o ddŵr? Mae'n gwneud i mi deimlo'n anghyfforddus iawn. Rwy'n edrych i lawr eto.

Mae strydoedd yn croes-ymgroesi'r ddinas, ond beth sy'n eu gwneud nhw'n wahanol i strydoedd ein byd ni yw bod y rhain yn grwm fel ffos neu sianel, a'u bod nhw'n sgleinio'n llachar, gan fy atgoffa o'r crychau hardd sydd i'w gweld ar dywod o dan ddŵr clir.

Mae sŵn y clychau'n aflafar, yn dod o du mewn i'r ddinas fel tase gwynt yn chwythu miloedd o gregyn ar draws llyn o wydr. Sain garw, afiach. Rwy'n trial rhoi dwylo dros fy nghlustiau, ond dyw e'n gwneud dim gwahaniaeth. Mae'r clychau'n dal i'w clywed.

Rydyn ni bellach yn sefyll ar ben llethr; hewl sy'n gul fan hyn ond yn mynd yn lletach wrth iddo fynd i lawr, gan droi mewn cryman hir wrth ddiflannu i mewn i'r ddinas.

'Ti'n gweld unrhyw un?' gofynna Helyg yn sydyn.

'Nagw. Oes unrhyw un yn byw yma?'

Mae Helyg yn rhwbio chwys o'u hwyneb. 'Yr unig beth fedra i ddeud ydi bod o ddim yn *teimlo'n* wag.'

Maen nhw'n iawn. Er nad oes neb i'w weld ar y strydoedd o'n cwmpas ni, rwy'n cael y synnwyr anghynnes bod rhywun yn cuddio tu ôl i bob wal.

'Yn ofalus, 'te,' meddaf i.

Nòd anfoddog gan Helyg, yna rydyn ni'n cychwyn i lawr yr hewl. I'r naill ochr mae'r adeiladau cwrel yn codi'n chwil o uchel, gan weithiau blygu dros ein pennau i wneud twneli. Mae ambell olau'n fflachio'n wyrdd-felyn o'r strwythurau, gan wneud i mi feddwl taw ffenestri ydyn nhw a bod rhywun yn ein gwylio ni. Beth bynnag yw e, mae'n gwneud i mi fod eisiau peidio oedi.

Mae Helyg yn murmur rhywbeth dan eu gwynt.

'Beth ddwedest ti?'

'Dim byd. Jyst meddwl am Lleucu.' Mae eu llais yn floesg. 'Mae'r lle 'ma mor fawr. Does 'na'm gobaith ffeindio hi os nad ydan ni'n gwbod pa ffordd i fynd.'

'Ti'n iawn. Falle ddylen ni gael hyd i rywun sy'n byw 'ma.'

Maen nhw'n syllu arnaf i fel taswn i'n wallgof.

'Wi'n siriys,' af i ymlaen. 'Pwy well i ddangos y ffordd i ni nag un o drigolion Cantre'r Gwaelod?'

Mae Helyg yn ochneidio ond yn amlwg yn gweld y synnwyr yn fy syniad. Y broblem yw, ble mae trigolion y ddinas? Ac a fydden nhw'n gyfeillgar aton ni – neu yn ein gweld fel gelynion?

Wrth i ni droi tro yn yr hewl, ry'n ni'n stopio'n stond. Yn edrych ar ein gilydd. Mae rhywun yno – neu, o leiaf, rydyn ni'n gallu clywed symudiad yn rhywle ymhellach i lawr y stryd. Rhythm eglur sy'n codi uwchlaw y clychau.

Sŵn traed. Llawer o draed.

Yn llechwraidd, gan gadw at ochr yr hewl, rydyn ni'n dilyn y twrw. Mae'r stryd yn sythu yn y fan hon gan fynd i lawr llethr arall tuag at groesfan.

Wrth i honno ddod i'r fei, rwy'n gweld siapiau'n diflannu i lawr y stryd sydd ar y chwith...

Er na welais i ddim byd yn glir, mae ofn yn chwipio drwof i, fy mhengliniau'n wan. Rwy wedi gweld y clogynnau a'r cyflau 'na o'r blaen.

Y Darllenwyr. Maen nhw yma'n barod.

Gyda Helyg wrth fy ochr rwy'n mynd yn garcus at y groesfan. Wrth edrych i'r chwith mae modd gweld yn fwy eglur nawr. Gorymdaith sydd wrthi. Mewn mintai hir mae dwsinau o ffigyrau mewn clogynnau glas yn cerdded i ffwrdd oddi wrthon ni. O'u holau mae nodau cân yn cario aton ni, melodi afiach fel y llafarganu glywais i ar y traeth. Mae ganddyn nhw lusernau melyn i oleuo'r ffordd. Mae'r golau hwnnw'n dangos ffigwr arall ar flaen y dorf. Un talach a thywyllach.

Efnisien.

Er nad ydw i'n gallu gweld ei wyneb, rwy'n gwybod taw fe yw e. Mae nerth yn tywynnu mas ohono fe ac mae ei gorff fel tase fe'n llenwi'r stryd o wal i wal.

Rwy'n edrych ar Helyg. Maen nhw'n siglo eu pen yn

araf i ddweud *nid nawr* wrtho i – ond does dim amser gyda ni i wastraffu. Mae'r Darllenwyr ac Efnisien – a phwy a ŵyr pa greaduriaid eraill – yng Nghantre'r Gwaelod ac yn gorymdeithio, rwy'n tybio, tuag at ble fydd eu defod fawr yn digwydd. Y ddefod i ddeffro Llŷr – ac, os oedd ofn Mali a Lleucu yn gywir, i dywallt y môr dros y byd mewn ail Ddilyw.

Does dim dewis ond mynd atyn nhw a cheisio'u stopio. Fe wnes i fe unwaith. Fe wnaf i fe eto.

Mae fy mysedd yn ddyrnau. Rwy'n camu mlaen—

Ac mae dwylo'n gafael ynof i o'r cefn ac yn fy llusgo'n sydyn i mewn i'r cysgodion.

38

Dafydd

Ma'n nhw'n mynd yn bellach ac yn bellach o flaen fi a dwi jyst methu dal fyny hefo nhw.

Be sy 'di digwydd idda fi? Pam bo corff fi mor wan?

Dwi methu rili talu sylw i lle ydan ni. Rhyw fath o ddinas dan y môr ydi o. Ma'r lle mor weird nes bo sbiad arna fo yn brifo llgada fi. Ma pen fi'n brifo hefyd. Yr unig beth da ydi bod 'na sŵn neis o glycha'n canu dros bob man, yn lyfli; swnio fatha Dolig neu wbath.

Dwi'n gweld nhw, gweddill y Darllenwyr, yn cerad tua fifty metres o flaen fi ar y stryd 'ma. Dydyn nhw'm yn troi i jecio os dwi'n iawn. Ma'n nhw'n martsio i ffwr ac yn blydi canu yn yr iaith weird 'na, ac ma clŵad y geiria'n neud i'r siâp sy 'di llosgi ar chest fi deimlo fatha bod o ar dân. Dwisio crio ond sgen i'm yr energy i neud.

Does bosib bo Doctor Gwermwnt 'di *bwriadu* gadal fi ar ôl. Does bosib.

Yn sydyn ma'n nhw'n stopio a dwi'n meddwl am eiliad bo nhw'n aros amdana fi, ond wedyn dwi'n gweld bod o achos bod *o* yma. Efnisien.

Dwi'n teimlo'n sydyn fel nesh i pan oddan ni yn y Llyfrgell ac Efnisien a'r Cŵn 'di trapio ni. Gwag tu mewn. Stryglo i anadlu.

Y bildings o gwmpas fi yn mynd yn llai, yn plygu i mewn ac yn twistio rownda fi fatha bo fi'n disgyn lawr twll—

Ond dio'm yn talu sylw i fi.

Does 'na'r un ohonyn nhw yn sylwi arna fi.

Mae pob man yn toddi nes bo nhw'n edrach fel oddan nhw, ond ma'r teimlad gwag yn dal yn bol fi. Ma Doctor Gwermwnt yn deud rwbath yn llais canu fo, ac ma 'na fflash o'r torchrwy yn llaw fo. Gweddill y Darllenwyr yn atab 'tha parti adrodd. Wedyn ma Efnisien – dwi methu gweld gwynab fo, mond smyj du – yn arwain nhw mlaen i lawr y ffor. Dwi'n medru teimlo pa mor hapus ydyn nhw i gyd; mae o'n fflydio allan ohonyn nhw wrth iddyn nhw basio rhwng y tai mawr tal, y lampa'n aur yn dylo nhw.

Dwi'n dragio fy hun mlaen. Am bo nhw 'di stopio am funud wrth gwarfod Efnisien, dwi ddim mor bell i ffwrdd ohonyn nhw rŵan ag o'n i. Fedra i jyst abowt dwtshiad cloak y rei sy'n gefn y prosesiwn.

Ma raid bo fi'n neud sŵn, achos ma cwpwl o'r Darllenwyr yn troi rownd i weld pwy sy 'na. Ma llgada nhw'n sgleinio. Ond dy'n nhw ddim yn stopio ar gyfer fi.

'Plîs,' dwi'n deud, llais fi'n sych, 'plîs helpwch fi.'

Ma un boi yn chwerthin. Hogan arall yn codi sgwydda hi ac yn troi i ffwr, gwynab hi'n deud na dim problam hi 'di o. Ond ma pobol sy'n bellach i fyny'r lein 'di dechra sylwi bo 'na rwbath yn digwydd, achos ma hannar y prosesiwn 'di stopio rŵan. Mwy o wyneba'n troi i sbiad arna fi. Rhei'n sibrwd, rhei'n chwerthin.

Dwi'n gweld Doctor Gwermwnt.

Mae o 'di dod yn 'i ôl, probabli achos bo fi'n achosi scene. Mae o'n edrach i lawr arna fi drw'r ddau dwll yn ei fasg o. Y Darllenwyr erill yn sefyll bob ochor iddo fo.

'Plîs, Doc,' medda fi eto. 'Dwisio bod yna pan ma Llŷr yn dŵad yndôl.'

Dwi ar penaglinia fi rŵan. Sefyll yn rhy anodd. Ma Doctor Gwermwnt yn plygu i lawr yn ara o flaen fi, fatha bo fi'n hogyn bach neu'n gi.

'Dafydd,' mae o'n deud mewn llais ara, 'hwn yw diwedd dy daith.'

'Na…'

'Ie, Dafydd.' Mae o'n rhoi pen fo reit i lawr wrth clust fi rŵan, fel na mond fi sy'n clŵad. 'Roedd arnom dy angen di oherwydd y gwaed sy'n llifo drwy dy wythiennau, dy angen di er mwyn agor y porth. Ond mae'n rhaid i ti ddeall, nid ar gyfer pobl fel *ti* mae Llŷr yn paratoi'r byd. Roeddwn i'n gobeithio y byddet ti'n fwy o ddyn nag wyt ti. Ond dwyt ti ddim digon cryf.'

Ma calon fi'n dynn. Dwi'm yn dallt be mae o'n ddeud 'tha fi

Ma rwbath yn newid yn llgada Doctor Gwermwnt. 'A! felly doeddet ti ddim yn gwybod, wedi'r cyfan? Dylai dy deulu fod wedi dy fagu di'n well, wedi dy drwytho yn y gwirionedd am dy linach di, am dy enynnau di. Roeddet ti'n lwcus – lwcus i gael dy eni i'r llinach y gwnest ti: teulu, ddwy fil o flynyddoedd yn ôl, *a unodd y Tylwyth Teg gyda Dyn*. Ond roeddet ti'n afradlon, fel dy gyndeidiau mae'n amlwg, yn gwastraffu urddas dy hil. Pam mai *ti* gafodd ei eni i'r fraint hon?'

Ma llais fo 'di mynd yn galad. Dwi'n meddwl bod o'n poeri wrth siarad a fedra i glŵad dannadd fo'n malu yn erbyn 'i gilydd.

'Roeddwn i wedi gobeithio y byddet ti fel fi – rydyn ni'n rhannu'r un gwaed, wyddost ti, ond dy fod ti, drwy hap a damwain, yn dod o linach uniongyrchol, burach. Am wastraff!

Dwyt ti ddim fel y fi o gwbl. Does gennyt ti ddim yr ymroddiad, y ffydd na'r parch i fod yn un ohonom ni.' Mae o'n gafal yn gwynab fi ac yn gwasgu'r croen rhwng bysadd tew fo. 'Y cnawd hwn, yr esgyrn hyn – wyddost ti pa mor lwcus wyt ti? Na wyddost! Does gennyt ti ddim clem. O leiaf rydw i'n ddiolchgar mod i wedi dod ar dy draws di, *neu byddai'n rhaid i mi aberthu fy hunan i agor y porth yn lle...* Na. Fyddwn i byth yn breuddwydio dy gyflwyno di i Llŷr – hyd yn oed fel un sy'n rhannu gwaed â Phlant yr Un Mawr! – oherwydd pa dduw fyddai eisiau rhywun fel *ti* ym mharadwys gydag ef?'

Mae o'n ddistaw am funud, jyst yn anadlu'n drwm. Wedyn mae'n codi ar 'i draed yn ara ac yn troi at y lleill.

'Awn yn ein blaenau, gyfeillion ffyddlon,' medda fo. 'Rydym wedi gwastraffu digon o amser. Dim ond y rhai *haeddiannol* sy'n cael mynd gerbron Llŷr Fawr.'

Ma'n nhw'n gadal fi ar ôl.

Dwi methu rili dallt be odd Doctor Gwermwnt yn ddeud. Rwbath amdana fi a fo yn dod o'r un teulu, bo fi'n perthyn i Blant Llŷr...? 'Di hynna ddim yn bosib. Dwi'n berson, ddim yn monstyr. Ond ella, os odd Doctor Gwermwnt yn *coelio* bo genna fi waed sbesial, na dyna pam nath o bigo fi. Dio'm ots rili.

Dwi'n gorfadd fama yn ganol y stryd mewn lle sy mor bell i ffwrdd o adra.

Dwi'n meddwl wna i jyst aros fama a marw. Sgenna i'm lot i fyw amdano fo rŵan eniwe. Pan nesh i ddianc i Aber, mond yn dal gafal efo blaena bysedd fi o'n i rili. O'n i fatha yn yr in-between stage 'ma lle do'n i'm yn teimlo cweit yn fyw ond ddim cweit yn barod i farw. Wedyn dyma Doctor Gwermwnt yn apîrio a rhoid pwrpas i fi. Neud i fi deimlo bod 'na bwynt i Dafydd Jones fod ar y byd 'ma. Ond nath o iwsio fi, wedyn cal gwarad arna fi.

Stori bywyd fi.

Do'n i'm yn haeddu hynna. Do, dwi 'di neud petha drwg, ond dwi'm yn meddwl bod hi'n iawn be nath Doctor Gwermwnt i fi. Na be nath o i'r Darllenwyr erill chwaith. Ella bod o 'di deud clwydda wrthyn nhwtha hefyd. Ti methu trystio fo. Ddylia bo fi rioed 'di gneud. Dwi'n gweld rŵan pa mor pathetig o'n i, yn meddwl na Doctor Gwermwnt 'di'r person gora yn y byd. *Fo* nath neud i fi feddwl hynna. Mae o'n convinced bod o'n haeddu bendith Llŷr a bo fi ddim. Ond pwy sy 'di berswadio fo bod hynna'n wir? Jyst boi ydi o! Pwy sy i ddeud bod *o* mor sbesial?

Basdad.

Dyna ydi o. Basdad. Y math o ddyn ti'n gweld yn llwyddo drw'r amsar yn y byd 'ma. Pawb yn meddwl na fo 'di'r gora a na fo sy'n haeddu'r respect a'r pres a'r cariad i gyd, ond y cwbwl ydi o go iawn ydi'r boi sy'n medru iwsio pobol yn well na neb arall. Ti angan cal gymint o dwllwch yn calon chdi i fedru neud hynna nes bo ti wastad yn troi allan i fod yn fasdad. Ac ma'r basdads bob tro yn cal getawê efo hi.

A dyna neith Doctor Gwermwnt.

Y basdad.

Dwi 'di dilyn pobol drw bywyd fi. Y mistêc mwya i gyd oedd dilyn *fo*.

Rhyfadd bod o 'di honni bo fi'n perthyn i'r Tylwyth Teg, 'de. 'Sa hynna'n wir, a taswn i 'di gwbod yn gynt, faswn i 'di neud petha'n wahanol. Fasa bywyd fi 'di bod gymint gwell. Faswn i 'di medru teimlo'n sbesial erioed.

Hei, tasa fo'n wir, ella na fama, Cantre'r Gwaelod, mewn ryw ffor crazy, *ydi* adra i fi! Neu i ancestors fi, be bynnag.

Ma'r garrag, ne be bynnag ma'r stryd 'ma 'di neud allan ohono fo, yn gynnas yn erbyn gwynab fi.

Od. Dwn i'm os dwi'n breuddwydio, ond ma breichia a coesa fi'n dechra teimlo dipyn bach gwell. Fatha bod y cryfdar yn dŵad yn ôl i corff fi'n slo bach. Ma anadlu'n mynd yn hawddach a 'di pen fi ddim yn sbinio gymint.

Dwi'n codi. Dwi'n dal yn brifo drosta fi, ond ma 'na rwbath yn yr aer, ma raid, achos dipyn wrth dipyn dwi'n dechra teimlo fel fi'n hun.

Ella *bod* fi adra.

Ma sŵn pâr o draed yn dŵad tuag ata fi. Am ryw reswm dwi'n cal y teimlad na Noor sy 'na. Dwi'n troi ati hi, achos dwi angan deud sori wrthi hi. Sori am fradychu hi, am adal hi, am bob dim dwi 'di neud. Dwi'n gaddo wna i fod yn berson gwell rŵan. Dwi'n medru newid.

Ond ddim Noor sy 'na.

Eirwen sy 'na. Y ddynas oedd hefo briefcase Doctor Gwermwnt. Y ddynas nath gwffio Noor yn y stryd yn y glaw. Y ddynas nesh i ddychryn off drwy saethu'r gwn i'r awyr.

Mae hi'n sefyll o flaen fi rŵan.

Yn dal yr un gwn.

'Ti'n hoffi fo?' ma'i'n gofyn. 'Ti'n hoffi cael barel gwn yn dy wyneb di?'

Dwi'm yn atab.

'Oeddwn i'n poeni 'set ti'n dal yn fyw,' medda Eirwen wedyn. 'Mae gen ti habit o wneud hynny. Ti fel cocrotsien. A dim ond un peth sydd 'na i'w wneud efo cocrotsis.'

Ma hi'n pwyntio'r gwn reit at ganol talcan fi. Dwi'n gweld pa mor gas ma llgada a ceg hi'n edrach a sut ma mysls hi 'di tensio 'tha sbring – a dwi'n teimlo dau beth ar yr un pryd.

Yn gynta, dwi'n teimlo bechod drosti. Ma hi 'di roid pob dim i'r Darllenwyr. Bywyd hi i gyd, probabli. Sgwn i os odd hi wastad fel 'ma, neu os odd 'na berson da tu mewn iddi hi ar un adag?

Yn ail, dwi'n teimlo'n flin. Blin bod hyn 'di digwydd i fi, blin bod pobol 'di iwsio fi, blin bo fi rioed 'di cal pwrpas. Bo fi rioed 'di neud dim byd da i neb.

Blin bod Doctor Gwermwnt yn mynd i gal getawê efo hyn.

Ma Eirwen yn tynnu'r trigger. Ar yr un pryd dwi'n neidio tuag ati fathag anifal gwyllt.

Bang.

39

Noor

Wnaf i byth anghofio gweld y llygaid am y tro cyntaf.
Mae tri ohonyn nhw yn sefyll uwch fy mhen yn syllu arnaf i, eu llygaid mawr gwynion yn llythrennol mor fawr â soseri. Dydyn nhw ddim yn dweud dim, ond mae sŵn *clic clic clic* distaw yn dod mas ohonyn nhw, gan fy atgoffa i – mor abswrd – o Geiger *counter*.

Rwy'n gorwedd ar fy nghefn mewn cilfach dywyll rhwng dau adeilad. Mae Helyg gerllaw, un arall o'r creaduriaid 'ma o'u blaen.

Dyma'r disgrifiad gorau gallaf i wneud ohonyn nhw. Maen nhw tua chwe throedfedd o daldra gyda phennau cul sy'n chwyddo tua'r cefn. Mae eu cyrff nhw'n esgyrnog iawn ac yn fwy tebyg i gorff trychfil na pherson. Mae ganddyn nhw nifer o goesau a breichiau gyda bysedd hir iawn ar ben pob un – mae'n disgwyl fel tasen nhw'n gallu defnyddio'r un cymalau at yr un pwrpas – ac mae cynffonnau byr ganddyn nhw sy'n ymddangos yn *prehensile*. Does dim cegau ganddyn nhw – dim y gallaf i weld – a dyw hi ddim yn eglur sut yn gwmws maen nhw'n cyfathrebu. Ond mae'n amlwg eu *bod* nhw'n cyfathrebu, achos maen nhw'n plygu tuag at ei gilydd ac yn symud eu bysedd mewn siapiau sy'n rhy glou i mi weld – math o iaith arwyddion, efallai – ac yn clicio nawr ac yn y man, sydd yn gwneud i'w gyddfau hir grynu.

Rwy'n moyn sgrechian. Greddf yw hynny, adwaith cyntaf person wrth weld rhywbeth anghyfarwydd. Ffordd esblygiad, sbo, o wneud i'r adrenalin gicio i mewn a'n helpu ni i ymladd neu ddianc. Darn bach o'n hymennydd ni sydd yno i'n stopio ni rhag marw'n rhy hawdd.

Ond rwy'n ymladd y reddf honno nawr. Does dim pwrpas sgrechian na stryffaglu.

Ac mae rhywbeth yn dweud wrtha i nad ydyn nhw eisiau gwneud niwed i mi. Daw tawelwch annisgwyl i fy meddwl. Mae hyd yn oed twrw'r clychau'n distewi fymryn, fel taswn i'n cael fy lapio mewn gwlân.

Mae un o'r creaduriaid yn fy nghyffwrdd i'n ysgafn â'u llaw, eu bysedd main yn rhedeg yn araf ar hyd fy nghroen am eiliad. Mae fy nhalcen yn teimlo'n dwym. Yna mae'r creadur yn gwneud mwy o synau i'r lleill, sydd yn ateb mewn ffordd debyg.

'Os gwelwch chi'n dda,' rwy'n dweud, heb wybod pam rwy'n dychmygu y bydden nhw'n deall Cymraeg, 'rydyn ni angen eich help chi.'

Mae'r pedwar pâr o lygaid gwyn yn rhythu arnaf i.

Rwy'n codi'n araf, er mwyn dangos nad ydw i'n fygythiad iddyn nhw. Rwy'n amneidio gyda fy mraich draw i'r cyfeiriad aeth y Darllenwyr. 'Wi eisiau—'

Ond cyn i mi allu gorffen, mae'r un creadur yn rhoi braich mas yn sydyn i fy nal yn ôl, yn fwy garw y tro hwn. Maen nhw'n symud eu pen mewn ystum sy'n cael ei ddynwared gan y tri chreadur arall.

'Maen nhw'n trio dy stopio di,' medd Helyg yn isel. 'Deud bod o'n rhy beryglus i'w dilyn nhw.'

'Sut ti'n gwybod hynny?'

Maen nhw'n edrych arnaf i trwy gil eu llygaid. 'Achos dyna dwi'n feddwl hefyd.'

Mae'r creadur yn fy ngwthio i ymhellach, i lawr stryd gul iawn, mor gul nes bod fy nwy ysgwydd yn crafu'r naill wal. Mae'r creaduriaid eraill yn dilyn gan dynnu Helyg gyda nhw. Does dim lle i mi eu gwrthsefyll nhw ac maen nhw'n gryfach nag mae'r cyrff tenau yn ei awgrymu.

'Jyst dos efo nhw, Noor,' medd Helyg, mas o wynt. 'Ella byddan nhw'n gwbod lle ma Lleucu.'

Mae'r creaduriaid yn stopio ar yr un foment ac yn troi at Helyg, sy'n stopio ac yn edrych yn ddryslyd arnyn nhw. Mae un arall o'r creaduriaid yn codi llaw yn ofalus i gyffwrdd ym mraich Helyg. Wrth i'r bys gyffwrdd eu croen maen nhw'n tynnu eu gwynt yn siarp.

'Noor…' Maen nhw'n llyncu, eu llygaid yn llydan. 'Nesh i ei gweld hi. Yn 'y mhen i. Nathon nhw… Nathon nhw *ddangos* hi i fi.'

Maen nhw fel Idris, rwy'n sylweddoli.

Mae'r creadur yn ymestyn i gyffwrdd Helyg eto, ond mae Helyg yn ysgwyd eu pen ac yn bagio oddi wrtho. 'Na. Ym, sori,' medden nhw. 'Ma'n brifo pan ti'n neud hynna.'

Rwy'n gallu teimlo'u hymateb nhw. Fel gydag Idris. Maen nhw'n teimlo'n wael am frifo Helyg, ond mae teimlad o frys ynddyn nhw hefyd, o fraw trydanol.

Mae'r creaduriaid yn clicio gyda'i gilydd eto am funud. Wedyn maen nhw'n symud bant i lawr y stryd gul gan fy llusgo i a Helyg gyda nhw, mor glou nes prin y gallwn ni gadw lan. Dy'n nhw ddim yn rhedeg; mae'n fwy fel petaen nhw'n sboncio o un lle i'r llall, gan gynnwys ar hyd y waliau, weithiau'n ymddangos fel petaen nhw'n hofran yn yr awyr am ychydig, er na welaf i bod adenydd gyda nhw. Maen nhw'n ein hebrwng ni ar frys i lawr un stryd ar ôl y llall wrth i ni gael ein tywys i ffwrdd o'r brif stryd lle gwelon ni'r Darllenwyr. Rydyn ni'n mynd yn ddwfn i mewn i'r ddinas nawr.

Mae rhagor o'r creaduriaid hyn yma. Wrth i ni redeg gallaf weld eu hwynebau – neu eu llygaid, o leiaf – yn sbecian mas o'r cysgodion. Rwy'n teimlo tonnau o deimladau yn ffrydio mas ohonyn nhw wrth i ni basio, a'r prif deimlad yw *ofn*. Nid y math o ofn greddfol roeddwn i'n ei deimlo pan afaelodd y creaduriaid ynof i gyntaf, ond braw sydd wedi bod yn pydru ynddyn nhw ers amser maith. Ofn parhaol sy'n rheoli pob eiliad o'u bywydau.

Ymlaen â ni drwy Gantre'r Gwaelod. Rydyn ni'n mynd mor gyflym nes mod i'n siŵr mod i'n hedfan ar adegau. Mynd lan grisiau cwrel troellog. Mynd drwy dyllau yn y bylchau rhwng tai er mwyn cyrraedd lefel oddi tanon ni. Mynd ar hyd twneli lle mae'r ffurfiannau creigiog wedi'u lapio o gwmpas ei gilydd. A thrwy'r cyfan mae'r llygaid ofnus yn parhau i'n gwylio ni o'r ymylon, y pedwar creadur sy'n ein harwain yn pefrio'r un braw aton ni ynghyd â chyffro a gofid, gobaith ac anobaith. Mae cymysgedd yr emosiynau hynny yn fy mhen yn ddigon i fy llethu. Ond rwy'n eu dilyn nhw – ac rwy'n eu trystio nhw, er nad ydw i'n gwybod pam.

Yna rydyn ni'n dringo rownd y tu fas i dŵr sgwâr, ble mae platfformau yma ac acw yn lle staer, gan ein gorfodi i ymbalfalu lan at y top gyda'n dwylo a'n traed. Yn y fan honno mae agoriad yn y wal; mae'r creaduriaid yn ein tywys ni drwyddo.

Am y tro cyntaf ry'n ni y tu mewn i un o adeiladau Cantre'r Gwaelod. Mae'n dywyll – efallai fod y trigolion yn gallu gweld yn y tywyllwch? – ond oherwydd ei bod hi'n loyw tu fas rwy'n gallu gweld siapiau onglog waliau ac alcofau o ryw fath. Mae drewdod yma hefyd fel arogl hen bysgod.

Mae Helyg yn cynnau eu fflachlamp ac rwy'n gwneud yr un fath. Mae dau lafn o olau'n torri drwy'r tywyllwch gan roi cip o stafelloedd petryal ar hyd dwy o'r ochrau. Mae drws wedi cau ar bob stafell, ond eu bod nhw wedi'u plethu o ddeunydd sy'n debyg i wymon caled, y tyllau bach rheolaidd sydd ynddyn nhw yn caniatáu i ni weld i mewn.

Does neb arall yma. Rwy'n troi at y creadur wnaeth afael ynof i y tro cyntaf. Mae'n gwingo wrth i fi sgleinio fy fflachlamp arno fe ac rwy'n teimlo'n euog.

'Pam dych chi wedi dod â ni yma?' rwy'n gofyn, gymaint mas o wynt nes mod i prin yn gallu cael y geiriau mas. 'Beth yw'r adeilad hwn?'

Yna mae Helyg yn rhoi gwaedd ac yn neidio tuag at ddrws un o'r stafelloedd yn y pen draw. Rwy'n gofyn iddyn nhw be maen nhw'n ei wneud, ond mae gwallgofrwydd wedi dod drostyn nhw a dy'n nhw ddim yn gwrando. Maen nhw'n agor eu bag yn wyllt ac yn tynnu mas y fwyell fach gawson nhw gan Idris.

Mae'r creaduriaid yn gwneud clicio truenus ac mae'r pryder maen nhw'n ei deimlo yn ddigon i hollti fy ymennydd.

'Helyg, beth ti'n...?'

Mae un creadur yn llamu ymlaen ond mae Helyg eisoes yn bwrw'r drws â'u bwyell: unwaith, dwywaith, tair—

Sŵn torri. Gweld yng ngolau'r fflachlamp bod rhan o'r drws yn cwympo. Mae Helyg yn gollwng y fwyell cyn defnyddio'u dwylo'n ffyrnig i rwygo gweddillion y drws ar agor. Maen nhw'n gwthio eu hunain i mewn i'r stafell y tu hwnt.

Rwy'n rhedeg i mewn ar eu holau nhw. Beth rwy'n weld yw cell fach sgwâr a Helyg yn y gornel. Maen nhw'n gafael mewn rhywbeth yn dynn yn eu breichiau. Wrth agosáu gallaf i weld taw person yw e. Menyw wallt golau mewn dillad brwnt. Mae hi'n crynu.

'Helyg…?' medd y ferch mewn llais gwan.

'Dwi yma, Lleucu,' ateba Helyg. 'Dwi yma.'

40

Helyg

Dwi'n gafael ynddi hi am yn hir iawn.

Mae Lleucu'n syllu arna fi. Dwi ddim yn siŵr a ydi hi'n fy ngweld i, ond mae hi'n deud fy enw i ac mae hynny'n ddigon.

Dwi wedi cael hyd iddi. Dwi'n crio.

Mae Noor yn sefyll wrth ein hymyl ond mae hi'n ddigon call i adael i ni fod. Yn raddol, wrth i fi afael yn Lleucu a'i siglo hi yn fy mreichiau, mae hi'n rhoi ei dwylo amdana fi a dwi'n teimlo'i chalon hi'n curo'n gynt.

'Pam ddoist ti, Helyg...?'

Dydi hi ddim mewn cyflwr da. Mae'n edrych fel tasa hi 'di bod yn y lle 'ma ers misoedd ac mae golwg denau arni. Dwi'n palu potel o ddŵr allan o'r bag ac yn ei chynnig iddi. Mae hi'n yfed ond yn crynu gymaint nes bod lot o'r dŵr yn mynd i lawr ei gên.

Dwi'n sylweddoli bod y pedwar person wnaeth ein hebrwng ni yma yn aros tu allan i ddrws y gell. Pan mae Lleucu yn eu gweld nhw dwi'n poeni ei bod hi'n mynd i gael ffit, achos mae ei llygaid hi'n mynd yn fawr ac mae hi'n cymryd gwynt sydyn i mewn, ond wedyn mae hi'n deud, 'Nathon nhw weld fi yn cael 'yn rhoi fama.'

Dwi'n sychu'r dagrau sy ar fy mochau i. 'Be?'

'Y rhein. Ond oedden nhw'n ofni dod yn ôl tra bod y ddau giard yma.'

'Lle mae'r giards rŵan?'

'Maen nhw 'di mynd.' Mae Lleucu'n tynhau ei bysedd o gwmpas fy mraich i. 'Mae'r holl rei pwysig wedi mynd efo'i gilydd i ran arall o'r ddinas.'

Dwi'n ei helpu i eistedd. Mae Noor yn mynd ar ei chwrcwd ac yn tynnu *energy bar* o'i bag a'i roi o i Lleucu, sy'n ei fwyta fo fel tasa hi heb weld bwyd ers blwyddyn.

'Wyt ti'n clywed nhw yn dy ben di hefyd?' dwi'n gofyn.

'Drwy'r amser.' Mae hi'n stwffio mwy o fwyd yn ei cheg wrth siarad. 'Dydi o ddim yn stopio, Helyg. Mae 'na gymaint ohonyn nhw yn y lle 'ma, pob un ohonyn nhw'n *meddwl* ac yn *teimlo*. Dwi'n clywed nhw os 'dyn nhw isio i fi wneud neu beidio.' Mae hi'n blincio'n gyflym, chwys yn diferu i lawr ei thalcen hi. 'O'n i'n meddwl 'sa neb yn cael hyd i fi.'

Dwi'n llyncu. 'Wel, dwi ddim yn un i roi give-yp yn hawdd, nacdw.' Dwi'n gwenu'n drist. 'Iesu, Lleucu, pam ddoist ti yma?'

'Oedd... oedd raid i fi neud rwbath. O'n i angen i 'mhen i stopio bod yn llawn ohono *fo*.'

'Efnisien?'

Mae hi'n rhynnu. 'Nath o gael fi i ddarllen Llyfr. Oedd o 'di gaddo gymaint i mi am hwnnw – ond doedd y profiad yn ddim byd ond poen. Doeddwn i'm isio medru gweld y... petha newydd o'n i'n weld. Ond dim ots lle o'n i'n mynd, be o'n i'n wneud – oeddwn i'n methu dianc rhag yr atgofion 'ma – atgofion o betha *nath erioed ddigwydd i mi*. So nesh i drio dysgu am y gorffennol – darllen hen swynion – palu a chloddio am hen gyfrinachau – unrhyw beth fasa'n cael gwared ar y llosgi 'ma sy yn 'y mhen i. Yn y diwedd dyma fi'n dysgu am Gwales – yn meddwl basa 'na ateb fanno, ffordd i stopio Efnisien. Ond – o'n i'n ofn mynd. Ofn dod wyneb yn wyneb efo Efnisien.'

Drwy gydol hyn mae hi wedi bod yn syllu i nunlle, ond rŵan mae hi'n sbio i fyw fy llygaid i. 'Dyna pam ddois i atat ti, Helyg. O'n i methu mynd ar ben fy hun. O'n i... o'n i angen *chdi*.'

Dwi'n ei chofleidio hi eto, heb wybod be i'w ddweud.

'Pan ddois i yma...' Mae hi'n tagu ac yn dechrau eto. 'Mae raid bod 'na rwbath am yr hud nesh i iwsio nath ddim gweithio'n iawn. Do'n i prin yn gwbod be o'n i'n neud, nag o'n! Nesh i ffeindio'n hun reit yn ganol y ddinas 'ma, o flaen pawb. Nunlla i ddianc. Nathon nhw ddal fi a 'nghloi fi yn fama.'

'Pam?'

'Oeddan nhw isio gwbod petha gen i.' Mae Lleucu'n rhedeg llaw dros ei llygaid, fel tasa hi'n trio anghofio. 'Mi ddoth 'na ddynes ata i – wel, oedd hi'n *edrych* fel dynes, yr hogan ddela ti erioed 'di weld – ond un o'r byddigion ydi hi. Nath hi holi fi. Nath hi frifo fi...'

'Byddigion?'

'Mae 'na wahanol fatha o bobol yma. Nesh i ddysgu drwy wrando arnyn nhw. Y werin ydi'r rhan fwya – wel, fy ngair i amdanyn nhw ydi hynna. Mae'r giards wedyn yn fwy pwysig na'r werin, yn eu cadw nhw dan y chwip. Mae'r werin yn eu hofn nhw – ond yn ofn y byddigion hyd yn oed mwy. Y byddigion sy'n arwain. Nathon nhw ddŵad â'r holl werin draw 'ma yn y lle cynta, ond byth 'di gadael iddyn nhw fynd allan i'n byd ni. Wedi cadw nhw'n sownd fama, fatha carcharorion – a hynny am amser hir, hir...'

Dwi ddim isio gofyn y cwestiwn, ond fedra i ddim helpu fy hun. 'O le ddaethon nhw, Lleucu?'

Mae golwg bellennig yn ei llygaid hi. 'Mae rhei ohonyn

nhw'n cofio... Anodd dallt yn iawn achos propaganda gan y byddigion ydi lot ohono fo. Pan maen nhw'n dangos i fi... fedra i weld lle sy fel y ddinas yma, ond yn *llawer mwy*. Ac uwchben... uwchben dwi'n gweld awyr biws – *a miloedd o sêr*...

'Hyn 'di be dwi 'di medru ei roi at ei gilydd. Yn y lle maen nhw'n dŵad ohono fo, mi oedd 'na grŵp o bobol oedd yn addoli Llŷr, er bod hynny'n cael ei wahardd. Ond oedden nhw isio'r hud oedd o'n gynnig. Oedd 'na wrthryfel, y rhei oedd yn addoli Llŷr yn erbyn y lleill. Mi gollodd dilynwyr Llŷr ac mi gawson nhw eu halltudio – felly dyma nhw'n teithio, nhw a'u dilynwyr nhw, yn bell, bell i ffwrdd o'u cartra, er mwyn cael hyd i gartra newydd... a'n ffeindio *ni*...'

Dwi'm yn dallt am be mae Lleucu'n sôn. Mae ei hanadlu'n gryg ac anodd. Dwi'n rhoi llaw ar ei hysgwydd hi i drio ei thawelu. Mae hi'n edrych arna fi yn llawn braw.

'O'n i'n meddwl baswn i'n medru ffeindio ffordd i stopio Efnisien. Dyna pam ddois i fama. Ond Helyg, mae o...' Mae hi'n crynu. 'Dim ond y smotyn lleia mewn môr mawr du ydw i. Sut fedrwn *i* stopio creaduriaid fel nhw?'

'Falle nad oes modd stopio *Efnisien*,' mae Noor yn dweud wrthi, 'ond mae'n bosib y gallwn ni stopio'r *Darllenwyr*.'

Mae Lleucu'n rhythu ar Noor fel tasa hi'n ei gweld hi am y tro cynta.

'Noor ydi hon,' dwi'n esbonio. 'Ffrind i fi. 'Dan ni 'di dysgu lot wrth drio cael hyd i chdi.'

Mae atgof yn gwawrio ar wyneb Lleucu. 'Sut gawsoch chi yma? Wnest ti gael help gan Mali Teifi, fel nesh i awgrymu?'

Dwi'n llyncu. 'Do. Fasen ni nunlle heb Mali.' Saib. 'Pam anfon fi ati hi?'

Ysgwyd ei phen yn ara mae Lleucu. 'Dwi'm yn siŵr. Ddoth hi i 'mhen i y funud honno pan o'n i'n sgwennu'r llythyr. Cofio hi'n adrodd chwedla wrtha i ers talwm. Oedd hi'n neis wrtha fi ac yn agos at Dad. Do'n i heb feddwl amdani ers blynyddoedd. Rhyfadd, de…'

Dwi'n dal llygaid Noor, 'run ohonon ni'n gwbod sut i ymateb.

Mae Lleucu'n codi'n boenus. 'Y Darllenwyr. Oedden nhw isio recriwtio fi. Ond nesh i ddeud na – a dianc. So… maen nhw yma?'

Dwi'n nodio.

Efo llygaid llydan mae Lleucu yn troi tuag at Noor. Yn gafael yn ei llawes hi. 'Os oes 'na *unrhyw* ffordd i chi stopio be maen nhw'n neud… Mae'r byddigion 'di bod yn paratoi at hyn ers canrifoedd. Yn trio cael Llŷr i ddod atyn nhw, yn trio ailafael yn y pwerau oedd gynnon nhw ers talwm, cyn iddyn nhw ddwâd yma. Os lwyddan nhw, byddan nhw'n suddo'r byd o dan y môr – fel yn 'y mreuddwydion i!'

Dwi isio gofyn cymaint iddi hi, ac esbonio pethau o'n hochr ni hefyd, ond dwi'n gweld wyneb Noor.

Mae'n rhaid i ni fynd.

Dydi Lleucu ddim yn gadarn ar ei thraed felly dwi'n rhoi fy mraich rownd hi. 'Fedri di gerddad?' Mae'n nodio'n ansicr. 'Iawn. Ty'd, 'ta. Mi ffeindiwn ni'r ffordd i lawr o'r twr 'ma gynta.'

Mae pobl Cantre'r Gwaelod yn ein helpu ni i fynd â Lleucu i lawr at y stryd agosa. Mae'n cymryd sbel. Efo pob munud sy'n pasio dwi'n gweld Noor yn poeni fwy a mwy, a dwi'n dallt pam. Ond mae'n rhaid i fi gael Lleucu i rywle diogel. Hwn ydi'r peth pwysica i fi yn y foment yma. Mwy pwysig na diwedd y byd, hyd yn oed.

Mae sŵn y clychau'n cynhyrfu efo pob eiliad sy'n pasio. Dim cliw gen i os mai clychau ydyn nhw go iawn – ond fasa fo'n gwneud synnwyr os ydi'r 'byddigion' yn dathlu bod y seremoni ar fin dechrau. Dwi'n llyfu fy nannedd yn bryderus; maen nhw'n blasu'n hallt.

Mae Lleucu'n methu cerdded heb help. 'Dan ni'n mynd, yn boenus o araf, ar hyd stryd gefn, y pedwar person o'r ddinas yn ein tywys ni heb wneud sŵn. 'Dan ni'n cyrraedd lôn letach sy'n edrych fel tasa hi'n arwain rownd ac yn ailgyfarfod y brif stryd.

Wrth i ni oedi am eiliad, dwi'n teimlo llaw Noor ar fy mraich i.

'Wi mor falch bod ni 'di cael hyd i Lleucu,' medda hi'n isel, 'ond nawr mae angen i ni wneud penderfyniad. Mae'n rhaid i fi gael hyd i'r Darllenwyr. Wi wedi dod yn rhy bell i beidio ceisio rhoi stop arnyn nhw.'

'Ond sut?'

Mae hi'n codi ei sgwyddau. Mae ei gwefus yn crynu. 'Dydw i ddim yn gwybod. Ceisio cael y torchrwy oddi ar Doctor Gwermwnt. Dyna i gyd alla i feddwl amdano.'

'Ond Noor...' Mae fy llais i'n dynn efo ofn drosti. 'Mae 'na *gymaint* ohonyn nhw. Wnei di byth gael drwodd ato fo. Wnawn nhw dy ladd di.'

'Falle wir.' Mae hi'n sychu ei llygaid. 'Ond mae'n rhaid i fi drio.' Saib. 'Beth ti'n moyn i ni wneud am Lleucu?'

Dwi isio rhoi ateb iddi. Ond dwi ddim yn gwybod be i'w wneud.

Doeddwn i erioed wedi cynllunio mor bell â hyn. Dim ond cael hyd i Lleucu; dyna oedd y plan. Ond rŵan... Wrth weld y stad sy arni, dwi'n amau'n fawr y medra i ei helpu hi yn ôl drwy'r ddrysfa 'na ar ben fy hun, hyd yn oed taswn i'n medru cofio'r union ffordd yn ôl. A dydw i ddim.

O gil fy llygad mi fedra i weld mwy o werin Cantre'r

Gwaelod yn syllu arnon ni. Maen nhw yn bobman. Gymaint ohonyn nhw. Beth bynnag ddigwyddith os bydd Llŷr yn dod yma, fydd y bobl yma ddim ar eu hennill. Mae fy nghalon i'n torri drostyn nhw. Os ydi Lleucu'n iawn, maen nhw 'di bod dan fawd Plant Llŷr ers canrifoedd. Mwy na hynny, ella. Fedra i ddim dychmygu'r peth.

Mae rwbath arall ddudodd Lleucu'n dod yn ôl i fi, bod y ddau giard oedd y tu allan i'w chell hi wedi gadael y carchar yn ddiweddar. Dyna pam nad oedd neb yn ei gwarchod hi pan gyrhaeddon ni. 'Dan ni ddim wedi cyfarfod yr un o'r 'byddigion' ers i ni gyrraedd chwaith, dim ond y werin. Be os ydi'r byddigion a'r giards i gyd yn y seremoni? Oes 'na unrhyw un ar ôl yn gwylio'r ffordd allan o'r ddinas...?

Dwi'n troi yn sydyn at un o'r bobl ac yn gwneud stumiau atyn nhw gan bwyntio at fy mhen. Dwi isio gadael iddyn nhw siarad efo fi am eiliad – yn fy mhen i. Mae'r person yma yn symud eu gwddw a'u cynffon, sy'n amlwg yn golygu rwbath nad ydw i'n ddallt, ond wedyn maen nhw'n estyn ac yn cyffwrdd fy ngwefus i'n dyner efo'u bysedd.

Mae'n ymddangos bod hyn yn peri loes i chi, maen nhw'n deud yn fy meddwl i. Maen nhw'n gywir. Dwi'n anadlu drwy'r boen. *Ymddiheurwn am hynny, ac am y boen i'ch cyfaill.*

Ylwch (medda fi), mae rwbath drwg iawn am ddigwydd. 'Dach chi isio aros 'ma?

Daethom yma yn wreiddiol ar yr addewid o dir a thonnau, ond maen nhw wedi cadw ni'r werin yn yr arch byth ers hynny. Rhyddid yw'r hyn a ddymunwn.

Ma'n well i chi fynd felly. Cyn i'r seremoni orffen.

Nid oes ffordd i'r werin adael yr arch. Dim ond y byddigion sy'n cael defnyddio'r drws mawr. Mae'r gwarcheidwaid yn ein rhwystro rhag mynd drwyddo. Mynd a dod mae'r byddigion wedi gwneud ers amser maith, ond marwolaeth sy'n ein haros ni os ceisiwn ni adael.

Doedd neb yn gwylio'r ffordd ddaethon *ni* drwyddi.

(Dwi'n medru eu teimlo nhw'n gweld fy atgofion o'r daith o Gwales, drwy'r dyffryn glas efo'r pontydd dros ddim byd ac i lawr y grisiau sbiral ofnadwy.)

Yr hen ffordd! Nid yw'r byddigion wedi'i defnyddio ers oes. Credwn ei bod wedi'i chau â swynion eich hil chwithau yn y dyddiau gynt.

Mi nath Noor agor y ffordd heddiw. Ma hud pwerus ganddi hi. Dach chi'n medru gadal drwy'r un ffordd?

Beth os oes gwarcheidwaid yn ein dal? Maent yn greulon.

Dwi'n meddwl eu bod nhw i gyd yn y seremoni. Y giards, y byddigion – pawb heblaw'r werin. Dyma'ch cyfle chi. Mae'r ffordd yn glir. Ewch.

(Dwi'n teimlo rwbath fel gobaith yn tanio yn eu meddwl nhw.)

Felly... gallwn. Gallwn arwain rhai ohonom ar hyd y ffordd. Nid pawb. Nid oes amser. Ond rhai.

Be dach chi'n wbod am ein byd ni?

Dim.

Mi nath un ohonoch chi ddianc oddi yma ers talwm. Idris 'dan ni'n ei alw fo.

Yn wir? Mae straeon am y Ffoaduriaid. Dim ond llond llaw o'r werin sydd wedi dianc erioed, gan lithro heibio'r gwarcheidwaid heb gael eu lladd.

Fedra i ddim gaddo y bydd y byd yn lle diogel i chi. Mi fydd raid i chi newid sut dach chi'n edrych.

Pam?

Am ein bod ni'n poeni lot am sut ma pobol erill yn edrych.

O.

Wnewch chi fynd â Lleucu efo chi? Fedran ni ddim gadal hi yma.

Gwnawn, fe gludwn ni'r greadures hon gyda ni, er y bydd y siwrnai yn anodd iddi.

Diolch.

Awn ni â chi a'r llall gyda ni hefyd?

Dwi'm yn meddwl bydd Noor isio mynd...

Maen nhw'n tynnu eu bysedd i ffwrdd a dwi'n anadlu'n ddwfn. Fedra i ddim dychmygu sut wnaeth Lleucu ddioddef hyn am gymaint o amser.

'Beth sy'n digwydd?' medda Noor. Mae Lleucu, ei llygaid hi ddim ond yn hanner ar agor, yn sbio arna i hefyd.

'Mae'n rhaid i ni fynd. Mae Lleucu angen teithio adra.'

'A ti?'

Saib. 'Fi hefyd.'

Mae golwg yn pasio dros wyneb Noor am eiliad. Siom, ella. Mae hi'n nodio. 'Wrth gwrs. Well i chi frysio. Dyw'r clychau ddim yn stopio.'

Dwi'n camu ati'n frysiog. Yn lletchwith. 'Sori, Noor. Mi ddois i yma i ffeindio Lleucu. Dwi'n gorfod neud yn siŵr bydd hi'n iawn.'

Mae Noor yn gwenu'n drist. 'Wi'n gwybod. Diolch i ti, Helyg.' Mae hi'n gafael ynddo fi yn sydyn. Dwi'n rhoi fy mreichiau rownd hithau hefyd. Mi fedra i ei theimlo hi'n crynu.

'Cym ofal,' medda fi'n floesg, cyn troi a gafael ym mraich Lleucu i'w helpu hi ar ei thraed. Mae un o'r bobl yn clicio'n frwdfrydig ac yn symud at Noor.

'Maen nhw am ddangos iddi hi lle mae'r seremoni,' mae Lleucu'n deud mewn llais gwan. Pob gair yn ymdrech iddi. 'Mae 'na hen drac ar hyd y topiau sy'n arwain at y deml. Ma'r giards fel arfer yn ei amddiffyn o, ond maen nhw'n meddwl y bydd o'n glir heno.'

Dwi'n nodio. Dwi'n sbio ar Noor dros fy ysgwydd am y tro ola. Mae hi'n dal fy llygaid, cyn dilyn ei thywysydd i lawr y stryd yn gyflym.

Mae'r tri pherson sy'n dal efo ni yn siarad yn sydyn iawn efo'i gilydd, cyn i un garlamu i ffwrdd yn syth i fyny'r wal. Dwi'n gobeithio eu bod nhw'n mynd i ganu'r larwm, i nôl mwy o'r werin, i gael cynifer ohonyn nhw allan efo ni ag y medran nhw. Sgwn i faint wneith lwyddo.

Dim ond Lleucu, fi a dau ohonyn nhw sy ar ôl. Maen nhw'n ein tywys y ffordd ddaethon ni.

'Maen nhw am foddi popeth, Helyg.' Dwi'n ymwybodol o Lleucu yn murmur wrth fy ochr i wrth i ni frysio, a finnau'n ei hanner llusgo hi. 'P'run ai bod nhw'n bwriadu neu beidio.'

'Dwi'n gwbod.'

'Does 'na'm amser.'

Dwi'n canolbwyntio ar anadlu. 'Wneith Noor stopio nhw.'

Mae Lleucu yn gwthio fi i ffwrdd yn sydyn, yn gynddeiriog. Dwi'n rhythu arni.

'Mae *o* yn agos, Helyg.' Mae swigod poer yng nghorneli ei gwefusau. 'Fedra i deimlo fo. Teimlo nhw i gyd! Mae fy mhen i mor llawn…' Mae hi'n rhoi ei dwylo dros ei llygaid.

Dwi'n crynu wrth drio cadw fy llais yn lefel. 'Hitia befo rŵan. Jyst ty'd efo fi. Fydd pob dim yn ocê.'

'Na fydd.' Mae hi'n gafael yn fy nghrys i. 'Ti ddim yn dallt. *Does 'na'm amser ar ôl.* Mae'r seremoni 'di dechrau – mi fyddan nhw'n gorffan unrhyw funud. Fydd gynnon ni ddim amser i gyrraedd y ffordd allan…'

Mae'r ddau berson o'n blaenau ni'n clicio'n ddiamynedd ac yn llawn pryder.

'Mae Noor…' dwi'n dechrau – ond hyd yn oed wrth i mi

siarad, mae'r geiriau'n mynd yn sownd yn fy nghorn gwddw. Dwi'n gwybod be fasa ateb Lleucu.

'Dylsa bo fi 'di deud popeth wrthot ti ar y dechra,' mae hi'n deud, dagrau ar hyd ei bochau hi. 'Dwi'n sori, Helyg.'

Dwi'n symud yn sydyn ati ac yn cyffwrdd ei thalcen efo 'nhalcen i, yn teimlo ei chwys hi. Yn clywed ei hanadl hi.

'Mi faswn i 'di neud unrhyw beth i gadw chdi'n saff,' dwi'n sibrwd.

'Dwi'n gwbod,' medda hi. Bron fedra i flasu ei dagrau hi. 'Mae'n iawn, Helyg. Dwi'n trystio chdi. *Mae'n iawn.*'

Dwi'n meddwl mod i wastad wedi gwbod be oedd raid i fi wneud.

Mae Noor 'di mynd i ffau'r llewod. Ella wneith hi lwyddo. Ella wneith hi ddim. Ond bydd ganddi hi fymryn mwy o obaith os bydd hi ddim ar ei phen ei hun.

'Edrychwch ar ôl Lleucu – plîs,' dwi'n deud wrth y bobl.

Dwi'n clywed un gair yn pefrio yn fy mhen: *Gwnawn.*

Mae Lleucu'n edrych fel yn y llun yna sy gen i ohoni hi, yr un dynnais i yn yr ogof ar Gwales; llygaid glas, glas mewn wyneb gwelw, yn syllu ar rywbeth sy'n bell i ffwrdd.

'Mi wna i dy ffeindio di eto,' medda fi wrthi.

Yna dwi'n rhuthro i lawr y stryd i'r cyfeiriad aeth Noor.

Dwi'n dal i fyny efo hi a'r person sy'n ei harwain hi. Maen nhw wrthi'n dechrau dringo rhiw serth, cul rhwng dau dŵr. Wrth glywed fi'n dod atyn nhw dan bwffian, mae Noor yn troi yn syn.

'Helyg? Beth ddigwyddodd?'

'Dim.' Dwi'n cymryd eiliad i ddal fy ngwynt.

'Ond beth am Lleucu?'

'Mae rhywun yn edrych ar ei hôl hi. O'n i'n meddwl basa chdi'n ffansi dipyn o help llaw.' Dwi'n codi fy sgwyddau. 'Felly dyma fi.'

Mae Noor yn brathu ei gwefus. 'Iawn. Diolch, Helyg.'

Dwi'n gwbod na fydda i, yn ôl pob tebyg, yn dŵad yn ôl. Dim ond cyfle bach, bach sydd gynnon ni o fedru stopio'r seremoni. Y mymryn lleiaf o obaith.

Y broblem ydi, fedra i'm gadael Noor. Fedra i ddim. Ddim dyna'r math o berson ydw i. Taswn i'n ddigon calon-galed – ac efo digon o sens – mi faswn i wedi dianc tra bod y cyfle gen i. Ond ddim fel 'na mae bywyd yn gweithio.

Weithiau does 'na ddim ond un dewis cywir, rili.

Felly dwi'n dilyn Noor ar frys i fyny'r allt i gyfeiliant miloedd o glychau.

Achos does dim amser ar ôl.

41

Doctor Gwermwnt

Roedd Talhaearn Gwermwnt wedi cyrraedd uchafbwynt ei fywyd. Roedd popeth – pob her, pob trosedd, pob aberth – i gyd wedi arwain at yr awr hon.

Cerddai drwy strydoedd teyrnas Plant Llŷr yn teimlo fel brenin yn cael ei groesawu'n ôl wedi rhyfelgyrch. Wrth i nodau cân ei braidd fwytho'i glustiau, dychmygai fod tyrfaoedd yn leinio'r ffordd gan daflu rhosynnau ato a'i foli mewn bonllefau di-ben-draw.

Yn ei feddwl yn unig oedd hyn, gan *nad* oedd poblogaeth Cantre'r Gwaelod wedi dod allan i'w gyfarch yn eu miloedd. Yn wir, dim ond eu gweld yn llechwra ger yr ymylon yr oedd Doctor Gwermwnt, a hynny'n fud. Haerllug, meddyliodd yntau. Ond doedd hyd yn oed hyn ddim yn ddigon i'w siomi na'i daro oddi ar binacl ei orfoledd. Roedd wedi cyfarfod ag Efnisien – y Milwr, y Pumed o'r Pump, Mab Gwyn Llŷr, y cryfaf a'r cyfrwysaf – ac roedd Efnisien yn *fodlon* ag ef. Cymaint ag yr oedd dig y Milwr yn arswydus, roedd ei lawenydd yn ewfforig. Roedd Efnisien wedi gwenu wrth weld y torchrwy yn llaw Doctor Gwermwnt ac wedi ei fendithio yn yr heniaith. Yna roedd wedi dechrau arwain y Darllenwyr tuag at y deml fawreddog ble, meddai, byddai'r Ddefod Olaf yn digwydd. Yno roedd mawrion y ddinas eisoes yn disgwyl amdanynt.

Teimlai Talhaearn Gwermwnt ei hun yn chwerthin mewn llawenydd wrth feddwl am beth oedd ar fin digwydd. Ceisiodd leddfu'r chwerthin hwnnw drwy gau ei geg yn dynn, ond deuai piffian afieithus ohono heb iddo allu ei atal. A pham lai? Dyma'r amser i fod yn llawen, oherwydd roedd Llŷr ar fin cael ei ryddhau o'i gadwyni, y cadwyni y rhoddodd y Gwyliwr Cyntaf ef ynddynt.

Nid oedd Doctor Gwermwnt ychwaith am adael i'r digwyddiad anffodus gyda Dafydd Jones ei bryderu mwyach. Y munud y gwelodd yr effaith gafodd agor y porth ar gorff Dafydd, roedd yn gwbl amlwg iddo nad oedd y bachgen yn haeddu cyrraedd pen y daith. Peth afiach, truenus oedd i Dafydd amharu ar eu mynediad i Gantre'r Gwaelod drwy ymbil mor druenus arno. Daeth y llid cyfarwydd i gynhesu brest Talhaearn Gwermwnt pan sibrydodd yng nghlust Dafydd bryd hynny, a chael a chael oedd hi iddo beidio â lladd Dafydd yn yr un modd ag y lladdodd ef Arthur Campion. Yr unig beth â'i cadwodd rhag gwneud hynny oedd nad oedd eisiau amharchu dinas Plant Llŷr gyda thrais ar ddiwrnod fel hwn.

Dim ots am Dafydd. Roedd y Darllenwyr a oedd wedi dangos *gwir* ymroddiad yn dal gyda Doctor Gwermwnt, a hynny oedd yn bwysig – er, ni allai weld Eirwen bellach, ei Eirwen deyrngar; tybiai ei bod hi ar goll ymysg y môr o glogynnau glas a ddilynai ef.

Wrth gwrs, ym mêr ei esgyrn, gwyddai mai dim ond ef, Doctor Talhaearn Gwermwnt, oedd yn mynd i weld gogoniant Llŷr a goroesi'r profiad. Do, roedd ei braidd wedi dangos eu ffyddlondeb ac felly byddant yn cael dod gydag ef i'r Ddefod Olaf a gwylio'r cyfan. Ond nid oedd eu gwaed hwy'n ddigon pur

– roedd eu teuluoedd yn rhy *ddynol*. Wrth gyfrannu eu lleisiau a'u heneidiau i'r ddefod, byddent yn wynebu marwolaeth heddiw – ond *am* farwolaeth!

Cerddodd ar flaen gosgordd y Darllenwyr, Efnisien o'i flaen yntau, wrth iddynt orymdeithio ar hyd y stryd lydan, y clychau'n clindarddach yn llawen-wyllt o'u cwmpas. Disgleiriai'r torchrwy yn danbaid yn llaw Doctor Gwermwnt, bron â llosgi ei groen, yn barod am yr ennyd dyngedfennol pan fyddai Efnisien yn gofyn iddo roi'r trysor iddo. Ac ar ôl hynny? Ni wyddai Talhaearn Gwermwnt y manylion, ond gwyddai y deuai Llŷr allan atynt, yn rhydd o'i gell, ac y byddai'r dilyw mawr yn digwydd. Y byd yn cael ei aileni. Yr heulwen wedi'r storm.

Dilynodd y fintai y ffordd wrth iddi ostwng tuag at ganol y ddinas. Yno roedd colofn anferthol, drwchus o graig borffor, gyda'r brif stryd yn arwain i mewn iddi drwy goridor llydan. Wrth iddynt basio o dan do y twnnel hwnnw, teimlai Doctor Gwermwnt yr egni a lifai o'r deml o'i flaen yn cynhesu ei wyneb, hyd yn oed drwy fetel ei helmed.

Yna daethant allan o ben arall y twnnel a dygwyd anadl Doctor Gwermwnt oddi wrtho.

Roedd y lle'n odidog. Teml bum-onglog oedd hi. Codai pileri oedd wedi'u siapio o faen disglair gwyrdd ymhell, bell i fyny, yn ymestyn at nenfwd a oedd yn corddi fel tonnau'r môr. Yng nghanol y neuadd anferth safai strwythur megis *ziggurat* neu byramid, oedd hefyd â phum ochr iddo, yn slabiau seiclopeaidd du wedi'u pentyrru ar ben ei gilydd, pob maen yn llai na'r un oddi tano, fel pe bai'n risiau ar gyfer cawr. Ni allai Doctor Gwermwnt weld beth oedd ar frig fflat y strwythur, ond pefriai golau glaswyn trydanol ohono fel marwydos.

Roedd pum ffigwr yn sefyll ar ben y *ziggurat* yn wynebu'r

golau, eu hamlinellau yn dangos y Cawr, yr Arglwydd, y Forwyn, yr Offeiriad a'r Milwr.

Dim ond dau o'r rhain yr oedd Doctor Gwermwnt erioed wedi eu gweld wyneb yn wyneb. Roedd wedi hanner disgwyl gweld Plant Llŷr heddiw yn eu ffurfiau *teg*, yn edrych fel pobl hardd, ond beth a ymddangosodd i'w lygaid ef oedd eu *gwir* ffurfiau. Ai hyn oedd y fendith y rhoddwyd iddo gan Efnisien? Bod y rhith wedi'i ddiosg ar gyfer Talhaearn Gwermwnt, a'i fod yn awr yn un ohonynt *hwy*…?

Yn y gorffennol roedd cyrff go iawn Plant Llŷr wedi peri arswyd iddo – yn fwy nag y gallai ymdopi ag ef. Ond nawr? Ni allai ddychmygu edrych ar ddim byd mwy prydferth.

Yr Arglwydd Llwyd, yn dywyllwch ac yn oleuni yn yr un corff.

Y Forwyn, ei hadenydd gwyn ar led.

Yr Offeiriad, ei ddwsin o dafodau yn plethu dwsin o emynau.

Y Cawr Bendigedig yn ymddyrchafu uwchben y lleill fel coloswm.

A'r Milwr – *ei* Filwr – yn fain fel cleddyf ac yn ddiysgog fel tarian.

Roedden nhw'n codi breichiau heglog a chynffonnau uwch eu pennau ac yn eu chwifio'n nadreddog, yn araf a chyfrin fel petaen nhw'n gwau â gweill anweledig. Roedd y Pump yn cyd-wneud synau drosodd a throsodd, y sŵn yn diasbedain. Ni allai Talhaearn Gwermwnt esbonio – hyd yn oed o fewn ei ddychymyg – beth oedd natur y synau roeddent yn ei wneud; nid cân ydoedd, na llefaru, ac er bod genau'r Pump yn symud weithiau, nid iaith lafar yr oedden nhw'n ei chynhyrchu ychwaith. Byddai clywed un eiliad o'r fath ganu'n difa meddwl unrhyw ddyn cyffredin, tybiodd Doctor Gwermwnt, ond iddo ef roedd y sŵn yn wefreiddiol, yn gorlifo'i galon â nerth.

Roedd y deml yn llawn. Prin iddo sylwi arnynt cyn hyn, ond gwelodd Doctor Gwermwnt gannoedd o ddynion a menywod yn sefyll gydag ef gan syllu'n orfoleddus ar y Pump oedd yn rhedeg y gwasanaeth o'u pulpud amhosib uwchben – a phob un o'r bobl hynny'n canu. Nid oedd Talhaearn Gwermwnt yn adnabod yr wynebau, ond gwyddai mai'r rhain oedd preiddiau eraill Cymru ac mai eu harweinwyr oedd y lleisiau bu yntau'n cyfathrebu â hwy dros y ffôn coch yn ei swyddfa ers cyhyd. Roedd y preiddiau eraill wedi cael eu mabwysiadu a'u harwain gan y Pedwar Plentyn arall, er mwyn cyfrannu eu ffydd yn yr un modd ag iddo ef a'i braidd gynorthwyo Efnisien.

Oedodd Doctor Gwermwnt am eiliad. A oedd hynny'n golygu bod gweddill y bobl hyn yn mynd i dderbyn yr un breiniau ag ef? Cyneuodd colsyn o eiddigedd yn ei stumog wrth feddwl hynny. Ni *allai* fod yr un ohonynt wedi gwneud cymaint ag yntau!

Gafaelai'n dynn yn y torchrwy; roedd hwnnw'n crynu oherwydd y pŵer oedd yn ffrydio drwyddo yn y ddinas hon. Dyma'r talisman fyddai'n caniatáu i'r Pump gwblhau'r ddefod ac yn golygu y gallai Llŷr Fawr ei hun ddychwelyd at ei deulu. Gwlithiai ddeigryn ar foch Doctor Gwermwnt wrth feddwl am hynny.

Trodd y Pump nawr, yn bwyllog ac fel un, gan edrych ar y bobl a dyrrai oddi tanynt dan forio canu. Cododd pob un o Blant Llŷr fraich a phwyntio at unigolyn yr un. Pwyntiodd bys miniog Efnisien, y Milwr, at Doctor Gwermwnt, a gwyddai yntau yn syth beth oedd angen iddo ei wneud – gallai glywed Efnisien yn fêl yn ei feddwl. Cododd Talhaearn Gwermwnt y torchrwy uwch ei ben. Gwelodd arweinwyr y pedwar praidd arall yn codi eu torchrwyau hwythau yn yr un modd. Pum disg i gyd. Pum allwedd. Pum dolen yn yr un gadwyn. Un bob un ar gyfer Plant Llŷr.

Daeth synau o wefusau Doctor Gwermwnt mewn iaith na ddeallai ef eu hystyr na'u tarddiad; geiriau o amser arall, efallai o fyd arall. Iaith y Plant. Roedd hon yn emyn newydd. O'i gwmpas roedd gwefusau eraill yn ymuno, fel codi canu, eu lleisiau'n storm o sŵn wrth asio. Teimlai fetel y disg yn chwilboeth rhwng ei fysedd wrth iddo'i ddal i fyny, ac roedd golau'n sgleinio ynddo fel haearn yng ngefeiliau gof.

Crynai'r torchrwy fwyfwy gan greu nodyn parhaus megis bwa ar linyn soddgrwth. Wrth i'r sŵn iasu drwy gorff Doctor Gwermwnt, clywai – a theimlai – nodau hefyd yn dod o'r pedwar torchrwy arall; gwahanol nodau'n ffurfio cord coll nas clywyd ers milenia. Gwreichionai dagrau llachar o ben yr allor gan neidio o un torchrwy i'r llall, yn gynt ac yn gynt, yn llamu a throelli, nes bod rhwyd o olau a thrydan yn amgylchynu pawb. Roedd y Pump yn parhau i lafarganu eu hanthem annealladwy nes bod meini'r deml yn gwegian.

Wrth i bawb ganu, sawl gwahanol alaw'n plethu'n ecstasi, ymddengys i Talhaearn Gwermwnt fod y Pump yn *tyfu*. Gyda phob nodyn a ddeuai o bob gwefus dynol roedd harmoni Plant Llŷr yn cryfhau, yr egni a ffrydiai ohonynt yn ffyrnicach, y trydan yn gwefru'n gynt ac yn gynt drwy gyrff pawb yn y deml. Dyna pryd y deallodd Doctor Gwermwnt, o'r diwedd, y rheswm pam bod Efnisien wedi gorchymyn iddo gasglu cynifer o Ddarllenwyr â phosib; *roedd angen niferoedd arnynt*. Po fwyaf o ddilynwyr ffyddlon oedd gan Blant Llŷr yr ennyd hon, y cryfaf oedd nerth y ddefod. Y nerth oedd yn mynd i ryddhau Llŷr.

Roedd *pawb* yn cyfrannu. *Pob* llais yn bwysig.

Ond teimlai Doctor Gwermwnt yn bwysicach na'r un ohonynt...

Heb sylweddoli ei fod yn gwneud hynny, dechreuodd ddringo grisiau'r *ziggurat* yn araf. Roedd y pedwar unigolyn arall a ddaliai dorchrwyau hefyd yn dringo gam wrth gam tua'r brig. Roedd y dringo'n anodd oherwydd bod pob gris yn uchel, ond, er iddo fod yn ymwybodol bod poen yng nghyhyrau ei goesau a'i gefn, dringodd Doctor Gwermwnt i fyny'n eiddgar, ei wefusau'n symud yn anochel i'r geiriau estron.

Syllai'r Milwr i lawr arno. Roedd byd Doctor Gwermwnt yn byrlymu mewn lliwiau godidog ac roedd yn ymwybodol o bob atom a phob gronyn o realaeth o'i gwmpas. Estynnodd Efnisien ei law, ei lygaid mawr gwyn yn ddigon dwfn i foddi ynddyn nhw, ei geg wag yn llafn o wên. Cododd Doctor Gwermwnt y torchrwy tuag ato, yn ei gynnig iddo, er mwyn cwblhau'r ddefod—

Yna digwyddodd y tri pheth canlynol ar yr un pryd.

Un: Gyda tharan sonig, cywasgodd yr egni oedd ar ben yr allor cyn ffrwydro mewn fflach echrydus. Trodd popeth yn wyn. Llosgodd yr aer am eiliad. Sgrechiodd bron pob un o'r bobl oedd yn amgylchynu'r *ziggurat*, eu cyrff yn gwingo, eu meddyliau'n tanio mewn poen. Roedd colofn o olau yn codi o'r man lle safai'r Pump, yn gwthio i fyny i'r nenfwd stormus gan glecian yn drydanol.

Dau: Symudodd pob un o'r Pump yn eu holau mewn syndod oddi wrth y golau a oedd newydd ffrwydro o'u blaenau. Dyma'r porth wedi ei agor, o'r diwedd – ar ôl y milenia o ddisgwyl – a byddai Llŷr yn dod drwyddo unrhyw eiliad. Ond roedd petruster i'w hymateb, eu gyddfau'n cordeddu'n wyllt wrth iddynt gyfathrebu'n frysiog â'i gilydd. Roedd yr egni a oedd yn llifo o grombil yr allor, efallai, yn wahanol i'w disgwyl.

Tri: Siglodd Doctor Talhaearn Gwermwnt yn ôl mewn syndod wrth i'r fflach ei ddallu. Gan ddal ei afael, o reddf, yn y torchrwy, baglodd a llithrodd at y gris islaw. Glaniodd yn boenus ar un ben-glin a chafodd ei anadl ei fwrw ohono.

Roedd y torchrwy'n grasboeth yn ei ddwylo – croen ei fysedd yn plicio fel hen afal a gwaed yn llifo i lawr ei arddyrnau. Cododd ei ben ac edrych i fyny'n chwil, gan weld Efnisien yn sefyll yno ac yn petruso. Ymdrechodd Doctor Gwermwnt i dynnu ei hun i fyny at ben yr allor er mwyn rhoi'r torchrwy yn nwylo ei Filwr. Ceisiodd anwybyddu'r artaith. Roedd angen iddo gwblhau beth oedd yn ofynnol ohono, er mwyn Efnisien, er mwyn Llŷr, oherwydd dyma beth yr oedd wedi bod yn gweithio tuag ato ei holl fywyd. Doedd dim byd arall nawr, dim ond y torchrwy, a'r dringo, a'r golau, ac Efnisien, a Llŷr—

Yna teimlodd bresenoldeb y tu ôl iddo. Gan droi, gwelodd wyneb cyfarwydd y person oedd yn sefyll yno.

Roedd hwn wedi dod i'w helpu. Er gwaethaf popeth! Efallai ei *fod* yn haeddiannol wedi'r cyfan. Bydden nhw'n gallu croesawu Llŷr gyda'i gilydd.

'Fy annwyl gyfaill!' meddai Talhaearn Gwermwnt.

Fflachiai llygaid Dafydd fel arian byw. 'Basdad,' meddai. Yna rhoddodd faril y gwn yn erbyn twll y llygad chwith ym masg Doctor Gwermwnt – a thanio.

42

Noor

Rwy'n gwylio'r cyfan.

Mae Helyg a finnau yn cwato ar silff garreg uwchben ble mae'r holl gyltyddion wedi ymgynnull. Cawson ni ein harwain yma ar hyd y llwybr dirgel gan y creadur caredig 'na, cyn iddo droi wedyn a diflannu y ffordd y daeth.

Dim ond jest mewn pryd hefyd. Wrth i mi syllu'n gegrwth ar y deml erchyll sydd o'n cwmpas ni, rwy'n gweld Plant Llŷr, yn gweld Doctor Gwermwnt – ac yna'n gweld Dafydd yn llwybreiddio'n araf ond yn bwrpasol drwy'r dorf, rhywbeth yn ei law.

Pan oedd y dorf yn gweiddi'r synau afiach hynny, doeddwn i erioed wedi clywed unrhyw beth mor ofnadwy yn fy mywyd, ond mae'r sgrechian sy'n dod wedyn yn waeth. Mae Helyg yn tynnu ar eu gwallt ac yn griddfan. Mae'n siŵr mod innau'n gwneud yr un fath.

Yna daw fflach.

Mae fel tase'r holl ocsigen yn cael ei sugno mas o'r neuadd yn syth. Clec yn fy sinysau a blas batri yn fy ngheg. Rwy'n gafael yn wyllt yn y garreg rhag llithro. Mae nerth aruthrol fel corwynt yn pwnio fy nghorff.

Yna mae Helyg yn gafael yn fy ysgwydd a, drwy eu poen, yn

pwyntio'n daer oddi tanon ni. Rydyn ni'n gweld Dafydd yn sefyll uwchben Doctor Gwermwnt. Sglein metel yn ei law. Fflach – clec – ac mae gwaed Doctor Gwermwnt yn tasgu'n ddu ar y graig, yn llifo mas o dyllau llygaid ei helmed erchyll ac i lawr ei wddw. Mae ei gorff e'n gwingo am eiliad cyn cwympo'n llipa – gan edrych yn llai, rywsut.

Mae Helyg yn rhegi wrth fy ymyl.

Yna rwy'n gweiddi, 'DAFYDD!'

Mae ei ben yn chwipio lan wrth glywed fy llais. Ein llygaid yn cyfarfod. Er mod i hanner can llath oddi wrtho ac yn uwch nag e, rwy'n estyn fy llaw ato.

Mae Dafydd yn oedi, ei lygaid ar led, yna mae'n ysgwyd ei ben yn araf. Gan blygu, a heb ollwng y gwn, mae e'n bachu'r torchrwy o'r dwylo marw sydd wrth ei draed. Wrth ddal y torchrwy yn ei law mae'n syllu arno'n fyfyrgar, fel tase fe'n cael ei hypnoteiddio ganddo, hyd yn oed wrth i'w fysedd ddechrau llosgi.

Rwy'n troi at Helyg. 'Mae'n *rhaid* i ni fynd lawr 'na.'

Mae Helyg yn nodio, eu gwefus yn crynu. Maen nhw'n amneidio tuag at ochr bellaf y silff lle rydyn ni. 'Sbia. Ma ffordd fanna i ni ddringo i lawr, dwi'n meddwl.'

Rwy'n cytuno. Dydw i ddim yn credu bod neb wedi'n gweld ni heblaw Dafydd; does neb yn ein stopio ni, ta beth. Ry'n ni'n ymbalfalu tuag at lle mae'r graig yn crymu, ac yna, fi yn gyntaf, yn dechrau disgyn i lawr wal y deml mor glou ag y meiddiwn ni. Mae'r aer yn berwi nawr a'r dorf yn bloeddio mewn môr erchyll o boen. Fe allaf i weld ambell un yn ceisio dianc yn barod, yn ymlid a gwthio yn erbyn ei gilydd wrth chwilio am ffordd mas.

Rydyn ni'n glanio ar silff arall. Mae hi tuag ugain troedfedd uwchben y pyramid sydd yng nghanol y deml, ond rydyn ni'n dal ymhell o le mae Dafydd. Mae Helyg gyda mi, yn edrych o'u cwmpas yn aflonydd, yn amlwg yn ceisio chwilio am lwybr diogel i lawr. Mae fy nghalon i'n suddo wrth i mi sylweddoli ein bod ni, er i ni ddringo i fan is na lle buon ni, wedi cyrraedd *dead-end*. Does dim ffordd mlaen heblaw yn ôl lan – neu neidio i lawr tuag at dop y pyramid. Ac mae hwnnw'n disgwyl yn bell i gwympo ato...

Rwy'n edrych ar Dafydd. Mae gwaedd yn ffrwydro o fy ngwefusau. Rwy'n gweld beth sy'n mynd i ddigwydd eiliad o flaen llaw, ond ddim mewn pryd i wneud unrhyw beth heblaw gweiddi.

Mae Dafydd yn cael ei godi oddi ar ei draed, llaw anweledig yn cydio yn ei grys. Rwy'n gweld Efnisien yn sefyll ar y gris uwchben Dafydd, ei wyneb yn artaith o atgasedd a'i geg yn ddu. Mae ffurf Efnisien yn annelwig – fel tase sawl llun ohono fe wedi cael eu pastio ar ben ei gilydd, pob un fymryn yn wahanol a phob un yn symud ar wahanol adegau; mae'n fy atgoffa o edrych ar Idris. Mae'n gwneud dolur i fy llygaid. Am eiliad rwy'n siŵr mod i'n gweld rhywbeth yn clymu o gwmpas gwddw Dafydd – braich dywyll a hir fel rhaff yn nadreddu ac yn tynhau – gan ei godi ymhellach i'r awyr. Mae breichiau Dafydd yn chwifio a chicio wrth iddo geisio dod yn rhydd.

Helyg sy'n ymateb gyntaf. O gornel fy llygad rwy'n eu gweld nhw'n codi carreg a'i hyrddio'n ddiseremoni at Efnisien. Mae'r garreg yn bownsio oddi arno fel tase fe'n ddim byd, ond mae'n ddigon i dynnu ei sylw.

'Hei!' mae Helyg yn bloeddio drwy'r holl gyflafan. 'Gad iddo fo fod!'

Mae Efnisien yn edrych arnon ni. Mae ei lygaid e'n fflachio â golau a thywyllwch am yn ail – ac rwy'n gallu *teimlo* fe'n ceisio gwthio ei hun i mewn i mi, fel bysedd yn gwasgu yn erbyn ochrau fy mhenglog. Mae'n cymryd yr holl nerth sydd gyda fi i'w gadw fe mas.

Uwchben mae'r nenfwd fel trobwll a tharanau'n bwrw'r ystafell eto ac eto. Mae llwch yn dechrau syrthio o'r to ac o'r waliau, yna cerrig mân – a mwy. Mae'r deml yn dechrau dymchwel.

Yng nghanol hyn oll mae'r golau a'r egni yn dal i ddod o ganol top y pyramid. Gallaf ei weld e nawr, yn bwll mawr o dân gwyn yn berwi lle'r oedd Plant Llŷr yn gwneud eu defod. Rwy'n teimlo nerth eithriadol yn dod o'r pwll – a theimlo fy mod i'n cael fy nhynnu tuag ato fe. Mae gronynnau llwch hefyd yn cael eu sugno ato – a *thrwyddo*, o'r golwg. Fel tase fe'n dwll.

Mae'r deml yn crynu a'r colofnau yn gwegian, y sŵn yn annioddefol erbyn hyn.

Mae'r pedwar arall o Blant Llŷr, wrth frig y pyramid, yn oedi am funud cyn troi a diflannu. Welais i ddim ble'r aethon nhw, ond mewn amrantiad maen nhw'n un gyda'r cysgodion.

Nhw yw'r rhai callaf. Mae atynnu'r pwll golau yn cryfhau, yn dechrau rhwygo darnau o graig o waliau'r neuadd ac yn eu hamsugno. Mae aelodau'r cwlt islaw yn codi o'r llawr fel dail mewn corwynt, ac, wrth sgrechian, maen nhw hefyd yn cael eu tynnu tuag at y drws gwyn. Mae ambell un yn llwyddo i ddal gafael mewn rhywbeth, sydd yn eu hachub, ond mae sawl un arall yn diflannu i mewn i'r golau. Gyda phob un sydd yn mynd i grombil y drws hwnnw, mae'r golau'n cynyddu; mae tu mewn y deml yn wyn i gyd erbyn hyn, yn fy nallu.

Dydw i ddim yn deall. Roeddwn i wedi cymryd taw dod *mas* y byddai'r egni pan oedd y ddefod yn cwpla. *Rhyddhau* Llŷr oedden nhw'n ceisio ei gyflawni wedi'r cyfan. Ond does dim byd yn dod mas o'r drws – dim ond pethau'n cael eu tynnu *i mewn*. Mae'r cyltyddion yn cael eu dala fel trychfilod mewn trap.

Mae'n ymddangos nad oedd neb – ddim hyd yn oed Plant Llŷr – yn disgwyl hyn.

Mae Efnisien yn dal i sefyll islaw, Dafydd yn hongian yn yr awyr o'i flaen. Mae casineb yn pefrio mas o Efnisien – a rhwystredigaeth hefyd. Yn wahanol i'r 'Plant' eraill, nid yw e fel tase fe'n barod i ddianc eto. Mae'r fraich anweledig yn llusgo Dafydd drwy'r awyr yn nes at Efnisien, llygaid gwelw hwnnw wedi'u hoelio ar beth sydd yn llaw chwith Dafydd.

Y torchrwy.

Rwy'n gweiddi – dim geiriau, dim ond sŵn o waelod fy ysgyfaint – ac yn teimlo gwreichion gwefreiddiol yn fy mysedd. Rwy'n ymbil ar rym y môr i ddod ataf i, i achub Dafydd ac i ymladd Efnisien. Mae cryndod yn fy siglo wrth i fellten saethu drwof i—

Ond cyn i mi allu gwneud dim byd, mae'r gwn yn llaw dde Dafydd yn fflachio. Chlywaf i ddim y glec. Mae Efnisien yn baglu'n ôl ac mae Dafydd yn syrthio'n galed ar feini'r grisiau du. Fodd bynnag, dyw Efnisien ddim wedi'i anafu, neu ddim yn ddrwg, ac mae'n neidio tuag at Dafydd. Dyna pryd mae Dafydd yn edrych lan, yn culhau ei lygaid, ac yn taflu'r torchrwy tuag aton ni.

Rwy'n ei weld yn troelli drwy'r awyr. Mae'r disg metel yn wenfflam ac mae trydan yn gwau o'i gwmpas.

Mae Efnisien yn lladd Dafydd. Wn i ddim sut mae'n wneud e, ond mor sydyn â churiad calon mae corff Dafydd yn snapio fel brigyn, ei lygaid yn rowlio'n ôl yn ei ben. Mae Efnisien yn rhuo – buddugoliaeth; atgasedd.

Dim amser i feddwl. Heb boeni amdanaf fy hun, rwy'n camu i'r awyr gwag o fy mlaen i, yn taflu fy mraich chwith i mas, fy mysedd i'n ymestyn er mwyn cipio'r torchrwy cyn iddo gwympo.

Rwy'n sylweddoli mod i ddim yn mynd i'w ddal e. Mae'n hwylio heibio i mi yn araf, yn methu fy mysedd o filimedrau. Ond yna, mae ias yn tanio trwy fy mraich; mae'r disg yn dod ataf i fel magned – trydan, egni – ac mae e yn fy llaw.

Ond rwy'n syrthio. Does dim craig o dan fy nhroed, dim ond y drws o olau aflan gwyn sy'n agor oddi tanaf i, yn fy nhynnu i mewn, i mewn...

Mae llaw yn gafael yn fy un i – a gyda sgrech rwy'n stopio syrthio. Rwy'n edrych lan.

Helyg sydd yno. Maen nhw'n gafael yn fy llaw rydd, yn straenio yn erbyn y pwysau ond yn sefyll yn gadarn ar y silff o garreg. Maen nhw'n sgyrnygu gyda'r ymdrech. Rwy'n dal fy ngafael yn dynn yn y torchrwy – ond allaf i ddim cael fy nhroed at unrhyw le diogel, felly rwy'n hongian yma gyda dim ond Helyg yn fy nghadw i rhag y drws erchyll oddi tanodd.

Mae'r pŵer sy'n dod o'r pwll gwyn yn ormod i'r deml hon. Mae seiliau'r adeilad yn griddfan – daw *crac* enfawr fel daeargryn – ac mae rhan o'r wal uwchben yn disgyn yn dalp anferth, tunelli o garreg yn bwrw i lawr o'n cwmpas ni. Rwyf i a Helyg yn sgrechian. Does dim rwbel yn taro'r un ohonon ni, drwy ryw wyrth.

Ond dyw Efnisien ddim mor lwcus.

Mae fel tase mynydd yn syrthio ar ei ben. Does dim amser i weld ei ymateb, ond rwy'n siŵr i mi weld ei gorff yn plygu wrth i ddarn o garreg maint tŷ falu i mewn iddo fel dwrn. Does dim golwg ohono wedyn.

Oddi tanaf rwy'n gallu teimlo'r drws yn sugno, fel cannoedd o freichiau yn ymbalfalu amdanaf i ac yn ymladd yn erbyn

Helyg. Mae Helyg yn gweiddi, eu traed yn dechrau llithro wrth iddyn nhw golli'r ornest.

Roeddwn i'n methu achub Dafydd. Allaf i ddim gadael i Helyg farw hefyd. Gallaf i weld y cyhyrau yn eu breichiau'n tynhau a'r gwythiennau yn eu gwddw'n chwyddo. Mae Helyg yn trio – ond wnawn nhw ddim llwyddo. Fe gawn nhw eu tynnu i lawr gyda mi drwy'r drws, a fy mai i fydd e.

Rwy'n dechrau llacio fy mysedd o gwmpas eu llaw nhw. Does dim rhaid i ni'n dau fynd.

Mae llygaid Helyg yn llydan wrth iddyn nhw sylweddoli beth rwy'n ceisio ei wneud. Mae ton o benderfynoldeb yn torri ar draws eu hwyneb. Maen nhw'n gafael yn fy llaw yn dynnach fyth, yn gwneud un ymdrech olaf i geisio 'nhynnu i lan—

Yna mae cysgod yn codi tu ôl i Helyg. Creadur – y peth mwyaf erchyll i mi ei weld erioed. *Efnisien*.

Rwy'n teimlo'r dicter yn dod mas ohono fe fel tân o ffwrnais. Does dim ffurf ddynol ganddo erbyn hyn. Fe yw'r bwystfil mas o bob hunllef. Dyma'i ffurf go iawn e.

'Helyg—' rwy'n galw, ond mae'n rhy hwyr. Mae Efnisien yn eu gwthio nhw yn eu cefn ac maen nhw'n baglu ymlaen – a thros ochr y silff garreg. Rydyn ni'n dau yn cwympo, cwympo, yn dal i afael dwylo…

Mae popeth yn olau ac yn boen.

43

HELYG

Stafell fawr o ryw fath. Neuadd. Amhosib deud be yn union. Mae'r lle'n anferthol. Mae sglein oer gwyrddlas yn dod o bobman ac o nunlle. Lliw marwolaeth.

Dwi'm yn cofio sut gyrhaeddais i yma.

Dwi'n cerdded. Rhedeg? Symud, beth bynnag. Yn fy mlaen. Dwi'n ymwybodol o bobl eraill o 'nghwmpas i, i gyd yn symud i'r un cyfeiriad. Yn rhuthro. At ganol y stafell.

Yn fanno mae'r golau. Dwi ddim yn gwbod be ydi'r golau, ond dwi'n gwbod nad *jyst* golau ydi o. Mae rwbath – *rhywun?* – tu mewn i'r golau. Ac mae o'n galw arna fi. Arnon ni i gyd, dwi'n meddwl. Pawb bron â baglu wrth i ni frysio yn ein blaenau tuag ato fo. Mae'n teimlo'n... braf?

Na. Dim dyna'r gair cywir.

Dwi'n sylwi bod y lle fatha powlen enfawr. Mae'r llawr o 'mlaen i yn gostwng yn allt tuag at y canol, sy'n bell, bell i ffwrdd. Neu – ydi'r llawr yn codi am i fyny fel rhiw at gopa mynydd? Ac ydi'r golau mawr yn agos, agos?

Fedra i ddim esbonio, ond mae'r cwbl yn wir ar yr un pryd.

O'r canolbwynt, fel necsws o egni, mae'r golau yn dŵad. Dwi'n cael fy nhynnu tuag ato fo, yn teimlo'n drwm ac yn ysgafndroed. Dwi'n dal ddigon o gwmpas fy mhethau i edrych o gwmpas. Uwchben mae be sy'n edrych un eiliad fel tonnau'n troelli, yr eiliad nesa fel awyr stormus.

Mae'r neuadd yn llawn o bobl – na, o *ffigyrau*, achos dwi ddim yn siŵr ai bodau dynol ydyn nhw i gyd – ac maen nhw, fel fi, yn symud tuag at y canol, yn dod o holl ymylon y ddysgl fawr ac yn brasgamu'n rhythmig, yn nes ac yn nes at y canol ac at ei gilydd. Torf yn heidio at un pwynt.

Tuag at Llŷr...

Fedra i'm teimlo fy nghorff na fy meddwl yn iawn. Mae gen i frith deimlad o banig yn berwi tu mewn i mi, neu ella mai gwallgofrwydd ydi o, ond fel tasa fo'n digwydd i rywun arall.

Dwi'n penderfynu bod angen i mi beidio llithro i ffwrdd yn gyfan gwbl, felly dwi'n dechrau ffocysu fy ymennydd ar rywbeth. Dwi'n trio cyfri faint o ffigyrau dwi'n medru eu gweld efo fi yn y neuadd anferthol yma. Ond mae gormod ohonyn nhw i gyfri, a rywsut dydi'r cysyniad o 'rifau' ddim yn gwneud synnwyr bellach. Mae geiriau fel *miloedd – miliynau – biliynau – anfeidrol* yn atseinio yn fy mhen, a dwi'n teimlo niwl yn dechrau cronni ar ochrau fy llygaid, fatha tasa dallt hyn yn ormod i fy ymennydd fedru ei brosesu. Ac mae fy nhraed i yn dal i gario fi yn fy mlaen, un cam ofnadwy ar y tro.

Dwi'n ymwybodol bod sŵn yn llenwi'r ogof, fel offerynnau uffernol yn gwichian ar nodau sy fymryn yn wahanol i'w gilydd. Mae hynny'n cymysgu efo sgrechiadau'r bobl wrth iddyn nhw ruthro at y canol; mae synau tebyg yn dod o gegau'r creaduriaid eraill, y rheiny sy ddim yn bobl.

Mae'r golau'n galw arna fi. Ddim efo llais – mae'n fwy o emosiwn. Cynhesrwydd y tu mewn i fi, fel y teimlad o *berthyn*. Dwi o'r diwedd, wrth i mi agosáu at y necsws, yn fodlon. *Dwi'n medru rhoi'n hun i chdi, Llŷr.*

Dyna pryd dwi'n teimlo rwbath yn gwasgu fy llaw i. Dwi'n troi fy mhen, yn araf a swrth, i'r ochr.

Mae Noor yma.

Wrth gwrs bod Noor yma – ond doeddwn i ddim yn cofio amdani tan i mi ei gweld hi. Faint o amser sy 'di bod ers oedden ni yn y deml 'na, a hwnnw'n dymchwel o'n cwmpas ni? Mae'n teimlo fel oes yn ôl.

Ond mae Noor yn dal i afael yn fy llaw. Neu fi yn ei llaw hi. Y ddau yn llaw ein gilydd.

Mae hi'n edrych arna fi wrth i ni gerdded. Yng ngolau Llŷr dwi'n gweld y braw ar ei hwyneb hi.

Ond does 'na ddim byd fedran ni wneud. Does gynnon ni ddim rheolaeth, ddim rŵan, dros ein traed ein hunain. Mi agorodd Blant Llŷr ddrws i ble bynnag ydi fama – lle mae Llŷr yn byw – ac mi aethon ni drwodd. Mi ddoth pobl eraill drwodd hefyd. Ond mae'n amlwg nad ydi pawb yma wedi dod o'r un deml â ni. Mae gormod ohonyn nhw i hynny fod yn bosib. Maen nhw wedi dod o rywle arall. *O lawer o lefydd eraill.*

Dyna pryd dwi'n sylweddoli bod teyrnas Llŷr ar gyfer mwy na dim ond y Cymry, na dim ond Plant Llŷr chwaith. Mae pa bynnag bŵer sy yma yn denu creaduriaid o bob rhan o realiti i'w grombil. O bob rhan *o bob realiti*, ella. Ac am wn i bod hyn 'di bod yn mynd mlaen erioed, heb stopio, a bod Llŷr – neu beth bynnag ydi'ch enw chi arno fo – yn tynnu fi a Noor a phawb arall i mewn iddo fo, dro ar ôl tro, eto ac eto, tu hwnt i amser, tu hwnt i fywyd, am byth. Ella mai dyna sut mae o'n cael ei bŵer – a sut mae'n ei gadw fo. Mae o'n bwyta pobl, eu heneidiau nhw, eu *nhw* nhw – yn llowcio pob atom ohonyn nhw ac yn tyfu'n dewach ac yn dewach, hyd nes fydd 'na ddim byd ar ôl i'w lyncu. Dwi'm yn gwbod *sut* dwi'n gwbod hynny, ond wrth i'r golau lenwi pob man ac wrth i Llŷr lenwi fy mhen i, dwi'n dallt pob dim.

Ac mae o'n ormod.

Dwi'n teimlo'r nerth anhygoel sy'n tynnu a thynnu a thynnu, ac mae darnau o'n byd ni yn cael eu llusgo i mewn yma drwy'r twll greodd Plant Llŷr. Dwi'n meddwl y medra i ogleuo dŵr môr – ella'r llanw ola, yn llifo i ddim ond un cyfeiriad. Y dyfroedd yn cael eu sugno drwodd; dim dilyw i foddi'r byd, wedi'r cwbl, ond dilyw i dorri syched y Peth o'r enw Llŷr. Bydd popeth yn cael ei lusgo i ebargofiant, y dŵr a'r creigiau a'r pridd a'r coed a'r bobl a phob dim.

Dyna pryd dwi'n sylwi ar rwbath yn sgleinio yn llaw arall Noor. Mae o'n edrych yn gyfarwydd. Fatha rwbath wnes i ei weld flynyddoedd maith yn ôl. Disg metel ydi o, yn llachar fatha bod bylbiau tu mewn iddo fo. Mae o'n cynnau atgof yn niwrons fy ymennydd. Atgof sy'n trio hedfan i ffwrdd yn syth bìn, ond dwi'n ei hela fo, yn estyn amdano fo, ac yn ei ddal o. Yn canolbwyntio arno fo.

A dwi'n cofio.

Y torchrwy.

Hwn oedd y peth oedd y cwlt yn ei ddefnyddio er mwyn cysylltu'n byd ni efo'r byd yma – efo Llŷr. Hyd yn oed rŵan mae o'n amlwg yn dal nerth tu mewn iddo fo, a dwi'n teimlo rhyw gysylltiad efo fo. Fel tasa 'na linyn arian yn rhedeg ohono fo yn ôl adra. *Yn ôl adra.*

Ella mai'r cyswllt yna 'di be sy'n golygu mod i a Noor wedi medru cadw edau denau, frau ohonon ni'n hunain – nid fel y lleill sy yma. Yn wynebau pawb arall dwi'n gweld yr un peth: gwallgofrwydd, llawenydd, arswyd. Does ganddyn nhw'r un darn lleia ohonyn nhw eu hunain ar ôl. Dim cysylltiad efo be fuon nhw, dim byd ar ôl y tu mewn iddyn nhw.

Ond mae Noor a finnau yn wahanol. Mae gynnon ni gyfle.

Un cyfle i dorri'r gadwyn.

Does 'na ddim gobaith i fi a Noor ddod allan o fama yn fyw. Debyg nad ydan ni'n dal yn fyw beth bynnag. Ond mae 'na obaith o achub ein byd ni.

Dwi'n dal gafael yn dynn yn ei llaw dde hi, ein bysedd ni wedi plethu. Dwi heb adael i Noor fynd ers iddi bron â syrthio oddi ar y clogwyn yn y deml. A rŵan mae hi, yn ara bach, yn codi'r torchrwy tuag ata fi. Dwi'n cau fy mysedd o gwmpas ochr arall y disg. Mae'r metel yn boeth, ond dwi ddim yn gollwng fynd. Mae Noor yn dal yr ochr arall.

'Dan ni'n syllu i fyw llygaid y llall. Bron fel tasa ni tu mewn i feddyliau ein gilydd. Ella mai'r torchrwy sy'n golygu bod ni'n medru gwneud hyn. Neu ella ddim.

Dwi'n tynnu. Mae hithau'n tynnu i'r cyfeiriad arall. Mae'r disg yn plygu ac yn ymestyn. Mae 'na sgrech aruthrol y tu mewn i fy mhen i, fatha rhywun yn marw. Mae'r metel yn cracio. *Mae popeth o'n cwmpas ni'n cracio.* Mae'r golau'n tyfu – a thyfu – y sgrechian yn ddaeargryn – mae'r torchrwy yn *malu* – ac – ac –

Ac mae bob dim yn gorffen.

44

Noor

Dydw i ddim yn siŵr ai dan ddŵr ydw i neu'n cwympo drwy'r awyr. Rwy'n cael y teimlad o hofran – o fod heb bwysau o gwbl.

Yna, fel clep ar draws fy moch, rwy'n torri drwy wyneb y môr, yn agor fy ngheg yn reddfol er mwyn llowcio llond ysgyfaint o aer. Mae'r tonnau'n llosgi fy llygaid ac mae gwynt rhewllyd yn chwipio fy wyneb, ond rwy'n fyw. Rywsut, rwy'n *fyw*.

Allaf i weld dim ond tonnau mawr o fy nghwmpas i, yn llwyd a thywyll. Mae'r awyr uwchben yn llanast o gymylau, ond mân yw'r glaw.

Rwy'n galw mas am Helyg. Mae fy ymennydd i fel triog a dydw i ddim yn cofio na deall beth ddigwyddodd i ni ar ôl i ni gael ein tynnu drwy'r drws o olau gwyn, ond rwy'n gwybod bod Helyg wedi bod yno gyda mi.

Does dim ateb. Dim ond rhuo'r gwynt.

Rwy'n galw eto.

Ac eto.

Yna mae rhywbeth yn cau o amgylch fy ysgwydd ac yn dechrau fy nhynnu o dan yr wyneb. Rwy'n gweiddi mewn braw ac yn llyncu dŵr – ond Helyg sydd yno, eu llygaid nhw'n fawr a'u dwylo'n crynu, yn gafael ynof i. Rwy'n rhoi fy mraich rownd eu cefn ac ry'n ni'n dau'n arnofio yno am funud, yn dal ein gilydd lan, yn rhynnu.

'Y tir,' meddai Helyg maes o law, eu llais nhw'n crynu. 'Fedri di weld y tir?'

'Na fedraf.' Rydyn ni ymhell mas, o weld pa mor fawr yw'r tonnau. Ond mae llen o law mân – y math sy'n gwneud i chi deimlo fel tase chi tu mewn i gwmwl – yn gorchuddio'r byd ac yn golygu na allaf i weld dim heblaw'r môr a'r awyr a Helyg.

O leiaf mae'r tywydd wedi gwella.

'Nofiwn ni am dipyn, er mwyn gweld be welwn ni,' meddaf wedyn.

Mae Helyg yn nodio, eu gwefus yn denau a'u hanadlu'n herciog.

Fydd dim cwch ar ein cyfer ni, felly yr unig obaith yw ceisio cyrraedd tir sych – os oes tir sych ar ôl yn y byd. Rwy'n dewis cyfeiriad ar hap ac ry'n ni'n dechrau padlo, gan ddal i afael yn dynn yn ein gilydd gydag un fraich tra'n rhwyfo gyda'r llall, yn ymladd yn erbyn y tonnau. Mae'n anodd. Mae'n boenus. Does dim nerth ar ôl gen i. Llong bapur ar drugaredd y llanw.

Yna rydyn ni'n taro yn erbyn rhywbeth. Darn mawr o froc môr yw e: styllen bren ddu, hir, wedi ei llyfnhau gan rym y môr. Ry'n ni'n dau'n cydio ynddo fe'n syth, bron yn ei suddo, ond mae'n sythu ei hun ac rydyn ni'n arnofio. Fi a Helyg ar y styllen.

'Hoe fach,' meddaf i, mas o wynt, 'wedyn gawn ni geisio nofio 'to.'

'Iawn.' Mae hyn bron yn mynd yn drech na Helyg. Wnawn ni ddim goroesi am yn hir.

Mae sŵn uwchben yn dwyn fy sylw. Rwy'n edrych ac mae siapiau'n troelli yn y cymylau. Adar gwyn.

Hucanod.

'Co, Helyg! Adar Ynys Gwales. Ma'n nhw'n dangos y ffordd i ni! Dy'n ni ddim yn bell o'r lan.'

Ond mae llygaid Helyg yn blincio'n drwsgl, eu croen nhw'n welw fel asgwrn, eu gwefusau'n las. Maen nhw'n mynd i mewn i sioc.

'Hei nawr,' meddaf i, gan geisio swnio'n ddi-hid er y braw sydd yn codi ynof i, 'rhaid i ti aros ar ddihun. Dim amser nap yw hi.'

Ond mae Helyg yn gollwng eu gafael ar y pren ac yn llithro o dan y dŵr. Rwy'n gafael yn eu crys er mwyn eu cadw nhw lan, ond maen nhw'n rhy drwm i fi, ac mae'r styllen bren yn dechrau suddo—

Dyna pryd rwy'n clywed y corn. Sŵn dwfn, cras, ond hefyd yn glir a chadarn. Rwy'n edrych yn wyllt o gwmpas, heb weld dim.

Yna mae siâp mawr tywyll yn torri drwy'r dyfroedd gerllaw, yn bwrw ton fawr droson ni, yn fy nallu – ac yn gwthio fi a Helyg i lawr, i lawr i'r dyfnderoedd.

Mae hi mor oer.

Prin rwy'n teimlo'r breichiau cryf sy'n cau amdanaf i, yn fy nghodi fi mas o'r dŵr. Mae fel breuddwyd. Rwy'n cysgu.

45

HELYG

Dwi'n ymwybodol o lygaid tywyll, pryderus ychydig fodfeddi oddi wrth fy wyneb, yn edrych yn astud arna i. Wedyn llaw fawr gynnes yn gafael yn fy ngên, a fy nghroen i mor oer nes bod o'n llosgi wrth iddo fo gael ei gyffwrdd. Mae'r llaw'n symud fy mhen i'n araf ac yn ofalus i'r chwith ac wedyn i'r dde. Rhyddhad wedyn yn llifo dros y llygaid tywyll.

'Idris,' dwi'n sibrwd.

Mae o'n nodio.

Dwi'n sylweddoli mod i'n eistedd yng nghaban cwch Idris, y drysau a'r ffenestri ar gau ond y glaw mân yn drymian yn erbyn y gwydr. Mae tywel am fy sgwyddau i. Mae'r gwres ar ffwl blast yn y caban ac mae haenen o stêm yn ein cyfro ni.

'Lle mae Noor?' dwi'n gofyn yn swrth.

'Yma.' Mae hi'n eistedd wrth fy ymyl i, wedi'i lapio'n gynnes hefyd.

'Dan ni'n dal llygaid ein gilydd ac mae hi'n rhoi gwên wan. Dwi'n deud dim – does yna ddim i'w ddeud, mewn gwirionedd – ond dwi'n llwyddo i wenu hefyd.

'Mi ddoist ti'n ôl!' dwi'n deud wrth Idris. 'Ond ddudist ti bod hi'n rhy beryg.'

Mae o'n sgwennu ar ei lechen. *Mae rhai pethau'n werth y risg.*
Mae ei lygaid o'n symud yn gynnes rhyngddo fi a Noor. Dwi'm yn dallt be mae o'n olygu, rili, ond dwi'n falch bod o 'di newid ei feddwl.

'Be am Lleucu?' medda fi wedyn.

Angen eich cael chi ar y tir mawr gyntaf, yn ddiogel. Wedyn wnawn ni chwilio am Lleucu.

Lleucu bach. Gobeithio dy fod ti wedi dod allan...

Maes o law mae Idris yn rhoi cwpanau o goffi du crasboeth i ni. Dwi ddim yn licio coffi ond dwi'n yfed beth bynnag. Dwi erioed wedi teimlo mor sychedig. Wn i ddim a wneith y blas hallt yma fyth gael ei olchi o fy ngheg i.

Wedyn mae Idris yn gwasgu botwm ac mae'r injan yn rhuo. Dwi'n teimlo'r cwch yn symud.

Yn mynd yn ôl at y lan.

Dwi'n cau fy llygaid ac yn suddo'n syth bìn i gwsg cynnes, sych.

Dwi'n deffro'n sydyn, yn llyncu fy anadl fatha pan dach chi mewn stafell westy ddiarth. Wn i ddim pa mor hir fues i'n cysgu. Dim ond munudau, ella.

Mae Idris yn dal wrth y llyw. Mae o'n troi i edrych arna fi mewn ffordd sy'n deud, *mae'n iawn, dos yn ôl i gysgu.*

Dydi Noor ddim yma. Wrth ddallt be sy'n mynd drwy fy meddwl i, mae Idris yn pwyntio'i fawd at ddrws y caban; mae Noor wedi mynd ar y dec. Fedra i weld bod y tywydd 'di gwella dipyn. Mae'r glaw i bob pwrpas wedi peidio.

Dwi'n eistedd am eiliad ar ben fy hun, ond mae'n teimlo'n od peidio cael Noor yma. Yn boenau drwydda fi i gyd, dwi'n sefyll. Efo'r tywel yn dal o gwmpas fy sgwyddau dwi'n mynd allan ar y dec er mwyn cael hyd i Noor.

Dydi'r cwch ddim yn fawr. Fedra i weld Noor yn syth. Mae hi yn y cefn, y *stern*, yn sbio allan dros y môr. Mae'n fy nharo i fel peth annisgwyl i'w wneud; fel arfer dach chi'n edrych draw at y *lan* wrth i chi ddŵad am adra – oddi ar drwyn y cwch mi fedra i weld llinell yr arfordir yn rhimyn tywyll ychydig o filltiroedd i ffwrdd. Ond mae Noor efo'i golwg hi ar y gorwel.

'Ti'n iawn?' medda fi.

Mae Noor yn troi, golwg bell ar ei hwyneb.

'Wi'n ocê,' mae'n deud, ond dydi ei thôn hi ddim yn fy argyhoeddi. Mae angen iddi hi godi ei llais achos 'dan ni'n sefyll reit uwchben y propelar mawr sy'n chwyrlïo fel melin drwy'r dŵr, yn gadael ôl wen o ewyn y tu ôl i ni.

'O'n i'n meddwl,' medda hi ar ôl dipyn, 'am yr holl bobol sydd heb ei gwneud hi drwy hyn i gyd. Mali. Dafydd. Gwerin Cantre'r Gwaelod fallc. I Iyd yn oed y Darllenwyr. Faint o bobol sydd wedi marw – ond ni'n dau yn dal yn fyw?'

'Ni'n dau a Lleucu.' Ym mêr fy esgyrn dwi'n teimlo bod Lleucu *wedi* dŵad allan. Jyst teimlad. Ond wedyn dwi'n cofio'i llygaid hi'n syllu'n wag a'i dwylo'n crynu'n ddi-baid. I ba raddau 'dan ni wedi'i hachub hi, rili? Dwi'n teimlo'n euog yn sydyn. Fel mae Noor, dwi'n meddwl.

Dwi'n mynd i sefyll wrth ei hymyl hi gan afael yn y reilin. Mae'r môr yn byrlymu'n wyn oddi tanon ni, y propelar yn bytheirio.

'Be ti'n feddwl ydi Cantre'r Gwaelod?' medda fi, prin yn gwybod sut i fynegi'r peth, '*Lle* mae o?'

Mae Noor yn oedi am yn hir cyn ateb. 'Dydw i ddim yn credu ei fod e… ei fod e o'n byd ni.' Rydan ni'n dal llygaid ein gilydd. 'Wi'n credu ei fod e yn *rhywle arall yn gyfan gwbl.*'

'Arch,' medda fi. 'Dyna oedd y gair ddwedodd un ohonyn nhw wrtha i. Neu dyna sut oedd y gair yn swnio yn 'y mhen i, beth bynnag. Mi ddaethon nhw o rwla – rwla pell i ffwrdd. Llong yn llawn ohonyn nhw. Rhai'n gryf fel Plant Llŷr, yn mynd i'n plith ni. A'r gweddill...'

'...erioed wedi cael gadael y llong.' Mae Noor yn edrych i'r awyr ac yn cymryd anadl ddofn. Pan mae hi'n siarad wedyn mae hi'n swnio'n eithriadol o flinedig a dagrau yn ei llygaid. 'Mae'r cyfan mor amhosib. Teimlo fel hunllef. Mae hyd yn oed meddwl am y peth yn gwneud fy mhen i'n dost.'

'Ti angen gorffwys.'

'Bydde cwsg yn dda.' Mae ei sgwyddau hi'n gostwng fymryn. 'Bydde, bydde hynny'n braf.'

Dwi'n rhoi fy mreichiau ar y reilin ac yn pwyso fy ngên arnyn nhw. Mae diferion o ddŵr yn sbrencian ar fy wyneb i. Dydi o ddim yn annifyr.

'Mi gafon nhw i gyd eu twyllo, yn do,' medda fi. 'Lleucu, y Darllenwyr... Un llyfr 'di neud hynna i gyd. Ma'n neis cael yr addewid o rwbath gwell, ma'n siŵr. Ella bod Plant Llŷr yn meddwl bod eu duw nhw'n gaddo rwbath iddyn nhw hefyd – ond fedra i'm dychmygu bod Llŷr yn poeni un ffordd na'r llall am be ma'n nhw isio.'

Mae'r bendro arna i am eiliad. Hyd yn oed rŵan mae fy ymennydd i'n trio gwthio i lawr yr atgof o'r lle y teithiodd Noor a fi iddo – *y neuadd – yr holl greaduriaid – y golau...*

Dwi'n llyncu. Blas coffi.

'Oedden nhw i gyd yn meddwl bod 'da nhw gontrôl,' mae Noor yn dweud, prin mod i'n ei chlywed hi. 'Meddwl eu bod nhw'n gwneud dewisiadau drostyn nhw eu hunain. Ond mae bron popeth mas o'ch contrôl chi. Chi'n *meddwl* bod dewis 'da chi, ond does dim.'

Dwi'n teimlo'n ofnadwy o drist yn sydyn.

'Dan ni'n gwrando am dipyn ar sŵn yr injan yn ein gwthio ni'n ôl tua Chymru.

Mae Noor yn troi ei chefn yn erbyn y reilin. 'Felly. Be wnei di nesa?'

'Dwi'm yn siŵr,' medda fi. 'Na, ocê, y peth cynta fydd i gael hyd i Lleucu. Dwi... dwi angen gwbod.'

Mae Noor yn cyffwrdd yn fy llaw i'n ysgafn. 'Ie, wi'n deall. Mae hi'n bwysig iawn i ti.'

Dwi ddim yn tynnu fy llaw i ffwrdd. 'Mae hi'n ffrind i fi.'

Dwi'n sbio i fyw llygaid Noor – ac yn gweld rwbath yno.

Cysgod yn symud.

Does gen i ddim amser i'w rhybuddio hi cyn i fraich ddu enfawr ddod o nunlle a'i phwnio hi i'r dec. Dwi'n gweiddi mewn braw – ond mae'r fraich eisoes yn lapio rownd ei choesau ac yn ei llusgo hi tua'r ochr. Mae Noor yn sgrechian a dwi'n neidio tuag ati. Mae braich arall hir yn nadreddu o'r reilin ac yn gafael yn fy mraich i – gan stopio fi rhag cyrraedd Noor.

Dros ochr y cwch mae creadur yn dringo, cyn glanio o'n blaenau ni. Mae o'n fwy erchyll nag unrhyw beth dwi 'di'i weld yn fy mywyd, yn fy atgoffa o sut roedd gwerin Cantre'r Gwaelod yn edrych, ond yn wahanol – ac yn gymaint gwaeth. Corff sy'n sgerbwd du heglog; llinynnau gwlyb sy'n edrych fel gwymon yn diferu ohono; nifer o dentaclau hir yn tyfu allan o'i ochrau fo. Dwi'n ymwybodol o ddau lygad yn llosgi mewn pen sy wedi hanner chwalu – mae'n ymddangos bod y gên 'di cael ei hollti i ffwrdd yn llwyr, gan adael adfeilion penglog a thafod fel neidr yn lolian allan. Mae'r bwystfil yn agor ei hun i'w lawn faint – deg troedfedd, mwy – ac mae gyrglo cras, dwfn yn rhuo o blygiadau ei wddw fo.

Mae Efnisien yma.

Duw a ŵyr sut wnaeth o oroesi, ond mae wedi cael hyd i ni. Mi ffeindiodd o ffordd allan ac mi ddilynodd ni. Wrth i fi rythu dwi'n teimlo ei emosiynau'n gyllyll poeth yn fy mhen i – a dwi'n gwybod yn union be mae Efnisien isio: dial.

Dwi'n bustachu yn erbyn ei dentacl wrth iddo fo afael ynddo fi. Mae o'n gweld fi'n trio gwrthsefyll ac mae'n fy nghodi oddi ar fy nhraed – cyn fy slamio fi yn ôl i lawr i'r dec. Dwi'n teimlo poen eithriadol yn clecian drwy fy ochr ac yn clywed sŵn asgwrn yn torri. Dwi'n tynnu'n wyllt ar y tentacl, gan lwyddo i lacio digon arno fel mod i'n medru rhyddhau fy hun. Dwi'n sgrialu yn fy ôl, fy llygaid yn sganio'n wallgo am rwbath fedra i ei ddefnyddio i gwffio Efnisien.

Mae dau dentacl arall yn gafael yn Noor ac mae hi'n gwingo wrth i Efnisien ei chodi hi tuag at ei wyneb, yntau'n rhuo. Mae Noor yn cicio a chrafu er mwyn trio dod yn rhydd.

Dyna pryd mae Efnisien yn codi braich ac yn gwthio un grafanc hir i mewn i ochr Noor – mae hi'n sgrechian, y gwaed yn llifo...

Mae'n rhaid i fi ei helpu hi – ond mae fy nhraed i fel plwm. Y gwynt wedi gadael fy ysgyfaint. Dwi ddim yn medru ei chyrraedd hi mewn pryd.

Ond mae Idris.

Mae cadwyn yn chwipio o'r tu ôl i fi, yr angor storm trwm sydd ar ei phen yn hitio Efnisien reit yn ei wddw. Sŵn gwlyb wrth i'r angor rwygo yn erbyn ei arfwisg esgyrnog a'i lusgo fo mlaen. Mae o'n byrlymu yn ei ddicter ac yn gollwng Noor, jyst mewn pryd i Idris dynnu'r gadwyn yn ôl a'i swingio hi ato fo eto.

Fedra i *deimlo* pa mor flin ydi Idris. Mae o'n brasgamu o gyfeiriad y caban at Efnisien, gan chwyrlïo'r gadwyn rownd ei ben cyn taro'r bwystfil eto, eto, eto. Does dim sŵn yn dod o wefusau Idris ond mae ei gorff o'n fflicro fel hen ffilm. Mae o mor flin nes bod o prin yn medru cadw ei fwgwd dynol o mlaen.

Mae Efnisien yn rhuo eto. Gan neidio dros ben yr angor mae o'n gafael yn y gadwyn ac yn ei thynnu hi'n dynn. Mae hynny'n ddigon i ddisodli Idris, sy'n baglu yn syth i mewn i grafangau'r gelyn. Mae ei boen yn crafu fy meddwl i.

Gan ollwng y gadwyn, mae Idris yn gafael yn wyllt yn Efnisien ac yn trio'i yrru fo tuag at y reilin a'r môr, ond mae bysedd traed Efnisien yn brathu i mewn i fetel y dec. Maen nhw'n sefyll yno, y naill wedi'i gloi ym mreichiau'r llall, yn gwthio, grym Plentyn Llŷr yn erbyn grym y Ffoadur.

Efnisien sy'n cael y gorau ar Idris. Mae o'n brwydro fel tasa dim gynno fo ar ôl i'w golli, yn llarpio ac yn brathu wrth drio malu Idris efo'i freichiau a'i dentaclau. O leia mae o 'di gollwng y gadwyn rŵan. Os medra i jyst gael at honno, yna ella...

'Dydw i ddim am ddweud eto,' mae llais yn bloeddio, 'ond BANT Â TI!'

Dwi'n cael cip ar Noor yn sefyll ar ben draw'r dec, yn waed drosti ac yn dal ei dwy law allan tuag at Efnisien. Ar yr un eiliad mae 'na sŵn fel daeargryn yn y môr oddi tanon ni – ac mae ton enfawr yn neidio i'r awyr o du ôl i Noor. Mae'r don yn dymchwel ar ben Efnisien, yn gwlychu pawb ond yn ei *waldio* fo. Mae'r diawl yn trio cwffio yn erbyn y don, ond mae'r môr yn gryfach na fo. Mae Efnisien yn crafangu'n wallgof ar hyd y dec am eiliad – cyn iddo fo gael ei sgubo dros yr ochr mewn wal o ewyn.

Mae Noor yn disgyn ar ei gliniau, yn dal ei llaw yn erbyn y briw gwaedlyd sy ganddi yn ei hochr. Mae Idris yn dechrau tynnu'i hun tuag ati ar draws y dec...

Ond dwi ddim yn gweld mwy, achos yn sydyn dwi'n cael fy

nhynnu yn fy ôl – rwbath yn cau fel feis o gwmpas fy ngwddw i. Clec wedyn ar ochr fy mhen – sêr – poen.

Dydi Efnisien ddim wedi cael ei guro. Mae un tentacl yn dynn rownd fy ngwddw tra bod un o'i grafangau 'di lapio rownd y reilin waelod. Heb fedru anadlu dwi'n cael fy llusgo'n ddidrugaredd tuag at gefn y cwch – lle mae'r propelar yn chwyrlïo a'r tonnau'n tasgu'n gas.

Wrth i'r tentacl oer gyffwrdd fy nghroen, mae meddwl Efnisien yn gwthio'i fysedd i mewn i fy meddwl i.

Dwi'n clywed ei lais o. Yn gynddeiriog ac yn llawn panig – ond hefyd rywsut yn braf, yn mwytho fy ymennydd.

Tyred ataf i, anwylyd, mae Efnisien yn deud. *Mae'r Bumed Gainc yn aros amdanat.*

—dwi'n llithro ar hyd y dec, yn stryffaglu wrth i mi gael fy nhynnu rhwng y reilins tuag at y môr cythryblus—

Rwyt ti'n dioddef. Gallaf synhwyro hynny. Dwyt ti ddim yn gwybod pwy ydwyt ti.

—dwi'n ymbalfalu i afael mewn rwbath, ond mae fy nwylo i'n rhy llithrig—

Dwyt ti ddim yn teimlo dy fod yn perthyn i'r byd hwn. Ar dy ben dy hun y byddi di os gwrthodi fy nghynnig.

—ac mae'r tonnau'n rhuthro i fyny tuag ata fi. Dwi'n disgyn—

Mae byd melysach yn barod amdanat ti.

—ond mae rhywun yn fy nal i.

Noor. Ei llaw hi yn fy llaw i. Dwi'n cau fy mysedd rownd ei rhai hi a ddim yn gadael fynd.

Tyred yn awr, anwylyd.

Yndw, dwi'n aml yn teimlo mod i ddim yn ffitio i mewn. Ddim yn perthyn.

Cyn ei bod yn rhy hwyr.

Ac mae rhywle sy heb boen na hiraeth yn swnio'n nefoedd.
Tyred.
Ond mae Noor yn anghywir, achos mae 'na un peth ti'n *medru* ei ddewis.
F'anwylyd.
Dewis pwy wyt ti.
Tyred!
A dwi'n dewis—
TYRED!
—bod yn Helyg.

Yn sydyn – sgrech. Un sgrech uffernol sy'n llawn holl boenau bywyd. Dwi'n cael blas ar bob un o'r cwerylau a'r cwynion a'r camweddau mae Efnisien erioed wedi eu teimlo, canrifoedd ar ganrifoedd ohonyn nhw mewn un go.

Mae'r tentacl o gwmpas fy ngwddw i'n llacio. Does gan Efnisien ddim pŵer drosta fi. Mae o'n syllu i fyny arna fi, twll mawr gwag yn lle ceg, ei dafod o'n llarpio'n ddiwerth, ei lygaid o'n berwi. Am eiliad, am un curiad calon, dwi'n ei weld o mewn sawl ffurf, y naill yn toddi i mewn i'r llall: creadur erchyll; angel golygus; milwr gwelw; bwgan gwyllt efo ceg fel ogof; hogyn tenau efo braw ar ei wefus…

Ac mae o'n llithro.

Dwi'n clywed sŵn erchyll ac yn syllu'n gegrwth wrth i Efnisien wingo fel cwningen mewn trap. Mae un o'i dentaclau fo wedi ei ddal ym mhropelar y cwch, hwnnw'n troelli'n ffyrnig islaw lle dwi'n hongian – ac mae Efnisien yn cael ei lusgo i lawr tuag at y peiriant. Am un foment druenus, wallgof, mae Efnisien yn cribo ochrau'r cwch efo'i grafangau. Ond mae'r peiriant yn rhy gryf. Dwi'n cael un golwg ola o lygaid yn poeri eu hatgasedd – cyn bod llafnau'r propelar yn torri i mewn i'r corff esgyrnog: sŵn malu – swigod du – yfflon cnawd yn y dŵr…

Wedyn, dim ond grŵn yr injan a rhuo'r môr mawr.

Mae Noor, efo help Idris, yn fy nhynnu fi'n ôl ar y dec. Dwi'n gafael ynddi hi'n dynn. A 'dan ni jyst yn eistedd yno, achos, pan wyt ti 'di profi cymaint o boen a galar, yr unig beth fedri di ei wneud ydi gafael yn rhywun a chael nhw'n gafael yn ôl.

46

NOOR

Dyma beth ddigwyddodd wedyn.

Hwyliodd Idris ni adref. Roedd rhaid i fi a Helyg fynd i'r ysbyty; nhw wedi torri eu *ulna* a finnau gydag anaf dwfn ar ochr chwith fy mola. Diolch byth nad oedd y doctoriaid yn gofyn gormod o gwestiynau, oherwydd doedd gyda ni ddim ffordd o esbonio sut gawson ni ein hanafiadau. Gwellhaodd Helyg yn eithaf sydyn, ond cymerodd hi ryw fis i fi allu symud heb iddo frifo.

Mae Lleucu'n fyw. Ar ôl ein gollwng ni mewn harbwr saff aeth Idris yn ôl i Ynys Gwales a chael hyd iddi'n cysgu yno, wedi'i lapio mewn gwymon. Ond mae hi'n methu siarad am ei phrofiadau yng Nghantre'r Gwaelod; cyndyn iawn i siarad neu wneud unrhyw beth mae hi, a dweud y gwir. Dyw hi ddim yn hapus mynd at y doctor nac at therapydd, ac, er bod Helyg yn ei hannog hi i siarad gyda rhywun, welaf i ddim bai arni. Does dim byd y gallai meddyg ei wneud. Mae'r Llyfr Glas wedi cael ei ewinedd ynddi. Druan ohoni. Bydd raid iddi ymdopi gyda'r boen yna am weddill ei bywyd, siŵr o fod, fel y gwnaeth Mali.

Gan fod Lleucu wedi cyrraedd Ynys Gwales, mae'n rhaid bod rhywrai o greaduriaid – o *bobl* – Cantre'r Gwaelod wedi cyrraedd yno hefyd. Dywedodd Idris ei fod wedi cael hyd i ambell gliw bod pobl fel fe wedi cerdded ar yr ynys yn ddiweddar, ond beth ddigwyddodd ar ôl hynny, dyw e ddim yn gallu dweud. Efallai fod llwyth ohonyn nhw wedi gwasgaru mas i'n byd ni – ac wedi diflannu. Gobeithio y cawn nhw brofi'r rhyddid roedden nhw'n ysu amdano am gyhyd.

Bu farw Mali Teifi oherwydd *aneurysm* – dyna mae'r post mortem yn ei ddweud. Roedd ganddi lid ar yr ymennydd a oedd wedi bod yn llechu yno ers tro, ac roedd hi'n lwcus i fyw mor hir â hyn, meddai'r crwner. Nid dyna'r gwirionedd, wrth gwrs. Aberthodd Mali ei hun er mwyn ein helpu ni i gyrraedd Cantre'r Gwaelod. Wynebodd hi ei hunllefau a'u trechu nhw. Wna i byth ei hanghofio hi. Daeth mwy o bobl i'w hangladd nag oeddwn i'n ei ddisgwyl.

Does neb arall yn gwybod yr hyn wnaethon ni. Gostegodd y storm mor sydyn ag y cododd hi – roedd yr awyr yn las erbyn i ni gyrraedd Tŵr-yr-Heli. Ond roedd effaith y storm yn ofnadwy, ar hyd a lled ynysoedd Prydain. Am wythnos wedyn roedd y newyddion yn llawn eitemau brawychus am ganlyniadau'r tywydd; pobl wedi eu lladd oherwydd fflachlifogydd; tirlithriadau mewn mannau eraill wrth i glogwyni ddymchwel i'r môr; dinasoedd cyfan yn colli trydan am ddiwrnodiau. O gegau'r gwleidyddion daeth addunedau i wella'r ddarpariaeth ar gyfer ymdopi â llifogydd a stormydd, fel na fyddai'r un drychineb yn digwydd eto. Ond rwy'n amau na fydd dim yn newid – neu fase fe'n gwneud dim gwahaniaeth, ta beth.

Dim ond gwthio'r llanw bant am y tro 'dyn ni wedi'i wneud. Bydd e'n dod eto. Dyna yw natur llanw. Bydd rhywun neu rywrai yn dysgu am Llŷr ac am Gantre'r Gwaelod ac yn ceisio agor y drws unwaith eto. Ac mae copïau o Bumed Gainc y Mabinogi yn dal yn bodoli rywle yn y byd – oherwydd dyna sut beth yw chwedl; y funud mae rhywun yn agor eu ceg i'w dweud hi, mae hi mas yna…

Cafwyd hyd i gyrff tri o'r Darllenwyr yng nghanol y môr sbel wedyn. Yn y newyddion *unknown remains* oedden nhw, oherwydd bod y pysgod a'r tonnau wedi bwyta'u cnawd. Ond roedd Idris yn gwybod. Y tri chorff hynny oedd y rhai lwcus; yr unig beth gallaf i ei feddwl yw y cawson nhw eu chwythu mas o Gantre'r Gwaelod wrth i'r deml ddymchwel. Does dim golwg o weddillion y lleill – gan gynnwys Doctor Gwermwnt a'i fwgwd erchyll. Mae'r gyfrinach honno'n cuddio dan y tonnau tywyll.

Dydw i ddim yn gwybod beth, wrth gwrs, yw hanes Cantre'r Gwaelod. Pan chwalodd y deml oherwydd defod Plant Llŷr, a gafodd y ddinas gyfan ei chwalu hefyd? Fe *allwn* i fynd yn ôl i Gwales, wrth gwrs, a gweld a yw'r drws yn dal ar agor – ond does dim awydd gyda fi i wneud hynny. Bob dydd mae fy atgofion i o Gantre'r Gwaelod yn llithro bant, fel breuddwyd rwy'n ffaelu ei chofio'n iawn. Efallai taw dyna fel y dylai hi fod.

Cafodd Efnisien ei falu'n ddarnau gan bropeler cwch Idris. Does neb all ddod yn ôl o hynna. Dyna rwy'n ei obeithio, ta beth. Am y pedwar Plentyn arall, does dim sôn. Wnaethon nhw ddim llwyddo'r tro hwn, ond mae'n siŵr y gwnawn nhw roi cynnig arni eto. Rwy'n ofni weithiau y daw'r Tylwyth Teg at fy ffenest i yn mynnu dial am beth wnaethon ni. Does dim modd cadw'r tywyllwch bant am yn hir. Yr unig beth y gallaf i ei wneud yw parhau i fod yn wyliadwrus.

Dafydd druan. Achubodd e bawb yn y diwedd. Er ei fod e wedi ein bradychu ni, dydw i ddim yn grac gydag e. Fe gafodd ei swyno a'i dwyllo gan wahanol bobl ar hyd ei fywyd, ond yn y diwedd fe gerddodd ei lwybr ei hun. Doedd dim golwg o'i gorff. Dydw i ddim yn gwybod pwy yw ei deulu ac mae 'Dafydd Jones' yn enw rhy gyffredin i mi ddarganfod mwy amdano. Ond fe wna i ysgrifennu am beth wnaeth e.

Ie, rwy'n ysgrifennu. Mae angen gwneud cofnod o beth ddigwyddodd dros y dyddiau hynny – a beth fydd yn digwydd nesaf. Pwy a ŵyr pa mor hir y byddaf i'n ddigon lwcus i gael byw, na phwy fydd yn Gwylio ar fy ôl i. Rwy am roi help llaw i'r person lwcus hwnnw. Mae rhai storïau'n bwerus. Hefyd mae'r weithred o roi fy mhrofiadau ar bapur yn gymorth i mi wneud synnwyr o beth ddigwyddodd, tamed wrth damed. Felly rwy'n ysgrifennu cymaint ag rwy'n gallu ei gofio mewn llyfr mawr sydd, ar hyn o bryd, yn fôr o dudalennau gwag, tawel. Clawr du sydd gyda fe. Llyfr Du – gwell na Llyfr Glas, ta beth.

Mae Tŵr-yr-Heli yn cael ei ailadeiladu yn araf bach. Ar ôl i mi wella ddigon i fynd i archwilio'r adfail, roedd y strwythur ei hunan yn dal i sefyll yn gadarn. Mae popeth sydd o dan y ddaear heb ei ddifrodi heblaw am arogl mwg. Wrth gwrs, mae angen trwsio'r to a'r gwaith pren; hynny yw'r job llafurus. Mae gen i help; cysylltodd Akram ac Ikhlas â chymunedau o ffoaduriaid eraill oedd wedi ymgartrefu yng ngorllewin Cymru a'u perswadio nhw i roi cymorth gyda'r adeiladu. Rwy'n dysgu tamed o Gymraeg iddyn nhw ar yr un pryd. Mae Ikhlas yn gogyddes benigamp ac wedi bod yn bwydo'r gweithwyr fel nad ydyn nhw'n debygol o fod eisiau gadael!

Ar y llaw arall, mae'r rhan fwyaf o'r llyfrau a'r trysorau oedd yn y tŷ wedi llosgi'n ulw. Fel cynifer o hen lawysgrifau Cymru sydd wedi diflannu cyn i bobl yr oes hon eu darllen, mae colli'r fath wybodaeth yn drychineb. Ond mae ffyrdd eraill o ddysgu am bethau, felly dyna fydd raid i mi ei wneud dros y blynyddoedd nesaf. Dysgu. Paratoi.

Daeth Helyg i fyw i Dŵr-yr-Heli. Mae'n stori hir, ond yn fras fe gawson nhw'r sac o'u swydd nhw yn y dafarn, am eu bod nhw wedi methu sawl diwrnod o waith heb rybudd, ac oherwydd hynny roedden nhw'n methu talu'r biliau. Felly dyma fi'n cynnig iddyn nhw ddod i aros yma gyda fi. Rwy wedi esbonio gallan nhw aros yma cyn hired ag y maen nhw'n moyn. Mae'n dda cael y cwmni. Cwmni Helyg yn enwedig.

Cynigiais i Lleucu fyw yma hefyd, ond gwrthododd hi. Dywedodd rywbeth am y tŷ yn ei hatgoffa hi o bethau nad yw hi'n moyn cofio. Mae Helyg yn dweud ei bod hi wedi mynd i aros gyda hen ffrind arall o'r enw Elinor. Gobeithio bydd Lleucu'n profi heddwch yn y pen draw.

Dyw fy nhasg i ddim drosodd. Fel ddwedais i, daw'r llanw tywyll yn ôl, a bydd angen i mi fod yn barod i'w ymladd – p'run ai Plant Llŷr neu ba bynnag greaduriaid eraill arswydus sy'n byw mas fanna.

Ond fyddaf i ddim ar fy mhen fy hun. Mae Helyg yma. Ac mae Idris yn ymweld yn ddyddiol, bron, ac wedi addo helpu ym mha bynnag ffordd mae e'n gallu. Rwy wedi sylweddoli nad tasg i un person yw bod yn Wyliwr. Mae gormod o beryglon i unigolyn sefyll yn eu herbyn. Mae tri ohonon ni nawr. Fe wnawn ni beth sydd ei angen er mwyn amddiffyn arfordir Cymru rhag y cysgodion – gyda'n gilydd.

Ni yw'r Gwylwyr.

Rwy'n hoffi eistedd mas ar y clogwyn gyda Helyg tua diwedd y prynhawn, yn gwylio'r môr ac yn teimlo bodlondeb yn fy nghalon. Yn gwybod mod i, o'r diwedd, gartref.

Wrth i mi ysgrifennu a dod â diwedd y bennod hon o fy hanes i ben, gyda'r machlud yn gwrido drwy'r awyr glir, mae cath ddu yn syllu arnaf o sil y ffenest. Does dim clem gyda fi sut cafodd Kate Roberts hyd i ni, ond dyna wnaeth hi. Un bore roedd hi jest *yno*, yn llyfu ei phawennau ac yn mewian am fwyd ac am ffŷs. Pethau rhyfedd ar y naw yw cathod.

Epilog

Dau ohonynt

- Rydym ni wedi methu, frawd.
    - *Do, chwaer. Mawr yw fy nicter am hynny.*
    - A yw Llŷr wedi ein hamddifadu ni?
    - *Credaf mai ein camgymeriad oedd ymddiried yn nynion y tir. O'u herwydd hwy y bu methiant ein defod. Atolwg, daw ein hawr. Rhaid yw i ni feithrin ein hamynedd eto, chwaer annwyl. Ni fyddwn yn dibynnu ar ddynion mwyach. Rydwyf wedi alaru ar y byd hwn. Mae angen i ni ddychwelyd adref.*
    - Adref?
    - *Ie, chwaer. Cawn gyfle i ddeisyfu'r Un Mawr eto. Gyda'i fendith ef, gallwn deithio'r pellteroedd sydd rhyngom ni ac adref.*
    - Hoffwn hynny, frawd. Ond bydd angen pump ohonom, oni fydd?
    - *Bydd. Bob tro y mae angen pump.*
    - Och! Dim ond pedwar ohonom sydd. Cafodd y Milwr ei drechu. Bu yntau yn rhy fyrbwyll.
    - *Yn wir. Byddwn angen cael hyd i un i lenwi'r bwlch.*
    - Gwranda dithau, frawd. Wedi hir chwilio, cafodd yr Offeiriad hyd i bedwar darn corff y Milwr yn y tonnau. Ydi, mae ef yn farw. Ond beth petasem…?
    - *Chwaer?*

- Y Pair, frawd. Gellid defnyddio'r Pair.

- *Ond chwaer, gwarchodir hwnnw gan ein gelynion. Yng Nghaer y Porthor y mae, a dan glo bythol. Mae y tu hwnt i'n gafael.*

- Nid oes dim y tu hwnt i'n gafael ni! Mae ein nerth yn fwy yr awron na nerth y Porthor. Gwn y gallwn gyrraedd y Gaer lle cedwir y Pair, er gwaethaf yr agendor sy'n gorwedd rhyngom ni a'r fan honno.

- *Ie!*

- Yr hyn sydd ei angen, frawd, yw ffordd i ni groesi'r agendor hwnnw. Fy mrawd – fy mrenin bendigedig – bydd angen *pont*. . .

DIOLCHIADAU

Hoffwn yn gyntaf ddiolch i'r Lolfa am gyhoeddi *Cysgod y Mabinogi*, yn enwedig i Meleri Wyn James am fod yn olygydd sensitif a chraff, i Marged Tudur am olygu *Pumed Gainc y Mabinogi* ac am fod mor fodlon i ddarllen fy ngwaith pan gysylltais â'r cyhoeddwyr yn y lle cyntaf, ac i Lefi Gruffudd am ei holl gefnogaeth drwy'r cyfan.

I Tanwen Haf am ddylunio cloriau mor ardderchog.

I fy mhrawf-ddarllenwyr a oedd yn ddigon caredig i roi sylwadau ar ddrafftiau, gan gynnwys Eirini Sanoudaki, Sarah Cooper, Andy Webb, Stuart Estell, Francesca Sciarrillo a fy rhieni.

I Aeron am fod mor agored am eu profiad o fod yn Gymry anneuaidd.

I Meinir Williams am ei hargymhellion o leoliadau brawychus yng Ngheredigion.

I Adran Anglo-Saxon, Norse & Celtic Prifysgol Caergrawnt am fy nhrwytho yn llenyddiaeth, iaith a hanes y canol oesoedd ac i fy athrawon ysgol ym Modffordd a Llangefni am fy nghyflwyno i'r Mabinogi.

I'r hogiau sy'n chwarae D&D efo fi ac a wnaeth fy helpu i ddod yn well am ddweud straeon.

I'm cydweithwyr ym Mhrifysgol Bangor a fu mor gefnogol i fy ngwaith fel awdur, yn enwedig Ruth McElroy, Enlli Môn Thomas, Thora Tenbrink, Angharad Price, Fiona Cameron a Zoë Skoulding.

I'r awduron eraill sydd wedi fy nghefnogi, gan gynnwys Siân Llywelyn, Llŷr Titus, Grug Muse, Aled Hughes ac Iestyn Tyne.

Ac i fy nheulu, yn enwedig fy mrawd Seiriol, Mam (Eleri), Dad (Gareth), fy ngwraig Kelly a fy mab Brython. Hebddoch chi fyddai dim o hyn yn bosib.

Diolch yn fawr i chi i gyd.